刘加云 著

山东文艺出版社

图书在版编目（CIP）数据

兵支书 / 刘加云著 . —济南：山东文艺出版社，2024.4

ISBN 978-7-5329-6548-9

Ⅰ.①兵… Ⅱ.①刘… Ⅲ.①长篇小说—中国—当代 Ⅳ.① I247.5

中国版本图书馆 CIP 数据核字（2022）第 004056 号

兵支书
BING ZHI SHU
刘加云　著

主管单位	山东出版传媒股份有限公司
出版发行	山东文艺出版社
社　　址	山东省济南市英雄山路 189 号
邮　　编	250002
网　　址	www.sdwypress.com

读者服务	0531-82098776（总编室）
	0531-82098775（市场营销部）
电子邮箱	sdwy@sdpress.com.cn

印　　刷	肥城源盛印刷有限公司
开　　本	710 毫米 × 1000 毫米　1/16
印　　张	26.75
字　　数	430 千
版　　次	2024 年 4 月第 1 版
印　　次	2024 年 4 月第 1 次印刷
书　　号	ISBN 978-7-5329-6548-9
定　　价	79.00 元

版权专有，侵权必究。如有图书质量问题，请与出版社联系调换。

序

铁流

我出生在农村,长在农村,虽然离开家乡三十多年了,可对农村的一草一木至今还都充满了感情,对昔日的贫穷到现在还刻骨铭心。在城市的这些年,我并没有因为长期离开了土地而忽略和遗忘了乡村,还时刻在关注着农民兄弟的喜怒哀乐、油盐酱醋和锅碗瓢盆。这些年,在中国打响的脱贫攻坚和乡村振兴中,全国广大农村正发生着天翻地覆的变化。我们欣喜地看到,一卷新的山乡巨变图画正在人们面前徐徐展开。

过去我们经常听到这样一句话:村看村,户看户,社员看干部。农村富裕离不开一个好的党支部,离不开一个好的带头人。刘加云的《兵支书》就是一部反映乡村巨变的作品,作者浓墨重彩地塑造了一位一心为民的好支书。"兵支书"是退伍军人担任农村党支部书记的简称。据某省退役军人事务厅统计,该省有1.7万"兵支书"战斗在乡村振兴一线,成为群众脱贫致富的"领头雁"。

《兵支书》中的主人公赵丰年,是恒发源房地产开发公司的副总经理,他性格耿直,爱管闲事,受到总经理王亚的排挤和报复。王亚将赵丰年调离业务一线,对他提交的开发龙山泉水项目久拖不办。一心想干事的赵丰年非常生气和失望,尤其是看到那些从农村来城里买房、打工这部分人群的生活困境后,决定辞职回乡创业。几番努力之下,他与龙山村支部书记张玉匣签下了合作开发市场潜力巨大的龙山泉水项目。谁知,张玉匣突然毁约,这无疑给赵丰年当头一棒。书中这样写道，张玉匣坐到椅子上甚至不敢看赵丰年的眼睛，点上香烟抽了几口，说："丰年，我跟你实话说了吧，咱们合作开发矿泉水的事情黄了……"

赵丰年的家人、战友、同事、朋友都不同意他回村创业，都说他这是瞎折腾，有的劝他尽快脱身回城里，妻子甚至以离婚相要挟。但军人出身的赵丰年没有气馁，没有退缩，反而迎难而上。他联络张玉振、张兴海等退伍军人，共同开办农业合作社。在老家这段创业时间里，赵丰年亲身感受到：一方面，村里人纷纷到城里打工，但依然贫困。另一方面，城里有钱人到村里建楼台会所，严重破坏了农村的生态环境。当张兴海将村里一份真实的负面清单递给赵丰年时，他看在眼里，急在心头，没有想到村里还有一百多户贫困家庭，一半以上的家庭也刚过温饱线，光棍竟有五六十人。所谓的文明村，其实背后还隐藏着巨大危机。此时，赵丰年感到自己离不开龙山村了。

作品这样精心铺设和巧妙开局，不落俗套，有情有理，将赵丰年回乡创业的动因和决心，有张有弛、循序渐进地描述出来，同时还弥漫着浓郁的乡村烟火和城市的时代气息。刘加云算是找对了路子，找准了切入点。

刘加云是退役军人，在部队的时候就发表过不少小说、报告文学等作品。转业后，更是笔耕不辍。令我赞叹的是，他虽不是专业作家，可他充分利用业余时间进行创作，出版了多部长篇小说，有300多篇文章发表在全国各级报刊上，有些还是国家级的。《兵支书》这部作品延续了他现实题材的叙述手法，在人物性格刻画方面，没有脸谱化，每个人有每个人的性格特点，符合现实，对应场景，栩栩如生。

退伍军人是一个庞大的群体，在部队保家卫国，无私奉献。退伍后，他们退伍不褪色，在各自的工作岗位上照样发光发热。作品着重塑造了以赵丰年为中心的勇敢担当、自我加压、乐于奉献的退伍军人群体形象。任政甘愿降职到乡村任村干部，是为了帮助穷乡村脱贫致富；张兴海在部队是学雷锋标兵，退伍后依然助人为乐。当然，一味地去描写正面形象，必然会失去小说的阅读性、真实感。作品中突出了人物的性格特征，增强了故事的现实感和逻辑性。张玉振有能力有思路，可就是脾气急躁，思维简单，成了人人躲闪的上访户。赵丰年，也并不是没有缺点，镇领导直接指出了他的缺点："丰年，你退伍不褪色，这是你的优点，但你或多或少存在性格上的缺陷，你认识到了吗？"最亲密的战友崔建设骂他："你有什么了不起，看不起这个瞧不起那个，好像天下就你是正人君子，别人都是小人。"正由于他性格的缺陷，听不进大家的意见，执意在汛期造桥修路，结果造成集体财产重大损失。张玉匣，也曾经是"兵支书"，但他当上村干部后，享乐主义占据了上风，忘记了本色，疏远了人民，最终贪污受贿，受到了党纪国法的严惩。

我也是一名退役军人，看到作品中大量战友之间的唱歌、喝酒、钓鱼、打牌等场景描写，甚至互骂互掐等情景，就仿佛这些场景发生在我身边。"战友战友亲如兄弟……"不管走到哪里，不管什么时候，战友情是人世间美好的情感，坦诚真挚、放松自如、肝胆相照，每每想起来都让我热血沸腾，久久难以忘怀，仿佛刹那间又回到了朝思暮想的军营。

刘加云善于用长镜头描写农村生活，画面感极强，对农民形象的刻画更是入木三分。我想这与他从小生活在农村有关，也与他善于观察农民的习性有关。从赵丰年回乡投票选举开始，镜头里缓缓出现了初恋林芷芗、神秘人物蔡三九、往河里投"毒"的张昭顺、村支部书记张玉匣、暗恋他的林芝秋、泼妇秦秀琴、混混小六、村霸张传刚等，几十个人物顺序出场，可性格迥异，举手投足中就暴露了每个人的特点。其中许多是不起眼的小人物，但都起到了四两拨千斤的作用，他们的言行举止不同程度上也暗含了他们个人的故事和命运，接地气而有人情味，简直就是一幅形形色色的充满人间烟火的农村风俗画卷。

作品在故事的塑造方面，情节设计十分精巧，矛盾冲突接二连三，悬念迭出，引人入胜，如江河奔流，时而跌宕起伏，时而舒缓平坦。赵丰年在担任村支部书记之前，也曾竞选村主任，结果落选。因为村干部出现诸多问题被免职，镇党委任命赵丰年为代理支部书记，书记辛瑞民给他下达了稳固基层政权、修复绿水青山和带领全体村民奔小康三大任务。这时，整篇的亮点就顿时闪现出来，军队的特质也就呈现出来。赵丰年将三大任务视为"三大战役"。他上任伊始，大胆撕掉"遮羞布"，将问题暴露出来，制定各项行之有效的措施和办法，立即引起上级某些领导的不满和村里既得利益者的仇视和迫害，明枪暗箭齐向他射来，黑社会头目甚至在路上截杀……

作品中的感情戏，刘加云以细腻的手法描写得恰到好处，将赵丰年与妻子徐雯雯、初恋林芷芗和爱慕他的秘书李梦好三个女人的爱情纠葛，发挥得淋漓尽致，精彩纷呈。尤其是将赵丰年面对三个女人的心理变化、矛盾纠结，刻画得惟妙惟肖，真挚动人。

刘加云从小在山村长大，非常熟悉山里人家的生活和困苦。当兵转业进了城里工作，生活条件极大改善了，但他始终有家乡情怀，正是因为这些割舍不掉、难以忘怀的情感，让他善于观察身边的人和事，善于思考社会生活中遇到的一些矛盾和问题。在作品立意上，不是简单地运用了"二元关系"，将城市与农村、社会与家庭、人与人进行对比或对立，而是通过一个个丰满、生动而曲折的故事给娓娓讲述出来，给人以艺术享受的同时，也给予了更多的启迪和思考。其中有两个值得关注的亮点：

一个是客观反映农民进城生活和工作所遇到的困境。作品一开始就描写了一位失去土地但热爱土地的农民进城卖菜被城管执法的情节，殊不知这位城管也是进城农民工，他是家里的独子，父母为了他托关系在城里找了工作，他却为了在城里买楼买车娶媳妇，逼着父母四处借钱。赵丰源为了在城里生活，甚至卖掉老宅，将父母赶出家门……农民进城工作生活是一种趋势，但也存在一时适应不了城市里的生活环境，回家又没有土地和房子的尴尬困境，许多父母为了给儿女在城里买房买车可是煞费苦心，省吃俭用，像讨饭一样四处借钱，有好多山区成了留守老人的村庄，大片田地荒芜。刘加云将乡村变迁中的真实生活素材融入作品中，增强了作品的感染力和厚重感，无疑也加深了对主人公赵丰年所作所为的认同感。

另一个是全面反映城市与农村唇齿相依的关系。现在城市越来越现代化，但一刻也离不开农村源源不断的人力、资源、粮食等输入、补给。试想一下，如果城里缺少了农民工，整个城市还能正常运转吗？市民还能正常生活吗？

赵丰年回乡创业，自己富裕了不忘穷乡亲。然而，他的这些担当、善举却遭到了许多人的质疑误解、冷嘲热讽，甚至反对打击。连一同生活了几十年、一向恩爱的妻子都不理解，在别人的挑拨离间下，干脆与他离了婚。赵丰年也不是没有犹豫过、彷徨过，为此还得了焦虑症，让他痛苦不已。但坚强的意志和使命感让他毅然成为逆行者和践行者。作品中反复用镜头的切换手法，通过几组人物的生活画面，一会儿乡村，一会儿城市；一会儿赵丰年的奉献、付出，一会儿王亚的消极、奢靡。在直戳人内心深处柔软的同时，也带给人更多的思考，正是这部作品的含金量之所在。

赵丰年作为新时代退伍军人、农村支部书记，他清醒地认识到，农业乃中国生存之本，饭碗要牢牢端在自己手里。在带领全村富裕起来后，他没有船到码头车到站的歇息思想，而是将目光投向了高新智能农业和清洁能源开发，马不停蹄再出发。建立现代农业示范园区，建设大型生物质天然气项目，将乡村里的干净水源、富含营养的有机农产品以及清洁能源源源不断地输送到城里，奏响了城乡一体化发展的和谐乐章。

读完《兵支书》，掩卷沉思，作者笔下的赵丰年形象，无疑是退伍军人群体中的优秀代表。他的家国情怀，彰显了退伍军人正直勇敢和无私奉献的优良作风，展现了新一代农民超前先进的思想和胸怀天下的风采，践行了新时代一名村支部书记对人民群众的郑重承诺。

我想，刘加云之所以写出这部带有新时代特色的优秀作品，除了他从小生长在山区农村，又是转业军人，非常熟悉农村和退伍军人的生活外，还与一个作家的责任感和使命感是分不开的。

铁流，现任中国作家协会报告文学委员会副主任、山东省作家协会副主席、青岛作家协会主席。出版发表多部纪实文学作品与小说。多篇作品被《小说月报》《新华文摘》和各类年度选本转载。曾获鲁迅文学奖、中宣部"五个一工程"奖等多种奖项。

目 录

第一章	1
第二章	8
第三章	14
第四章	20
第五章	27
第六章	34
第七章	39
第八章	43
第九章	49
第十章	56
第十一章	62
第十二章	67
第十三章	73
第十四章	78
第十五章	83
第十六章	91
第十七章	100
第十八章	105
第十九章	111

第二十章	118
第二十一章	124
第二十二章	129
第二十三章	135
第二十四章	141
第二十五章	147
第二十六章	155
第二十七章	162
第二十八章	170
第二十九章	176
第三十章	181
第三十一章	186
第三十二章	195
第三十三章	203
第三十四章	212
第三十五章	219
第三十六章	225
第三十七章	230
第三十八章	235
第三十九章	241
第四十章	248
第四十一章	256
第四十二章	262
第四十三章	267

第四十四章	273
第四十五章	278
第四十六章	284
第四十七章	289
第四十八章	295
第四十九章	302
第五十章	307
第五十一章	313
第五十二章	321
第五十三章	328
第五十四章	335
第五十五章	343
第五十六章	349
第五十七章	356
第五十八章	361
第五十九章	367
第六十章	372
第六十一章	378
第六十二章	383
第六十三章	393
第六十四章	405
第六十五章	409

第一章

"你再多管闲事，我敲断你的狗腿……"

赵丰年被噩梦惊醒，起身蜷腿坐在床上，清楚记得父亲拿着一根棍子朝自己打来……他觉着特奇怪，无论如何也找不出父亲要打自己的理由，父亲一向是讲理的人呀。他侧身从床头柜上拿起手表看时间，才四点半，离平时起床的时间还差半个小时，透过窗帘缝隙看到外面已经放亮了，他没有惊动还在睡梦中的妻子，下床穿好衣服，蹑手蹑脚出了房门。

赵丰年中等个子，身材长得匀称，看上去显得端正结实，浓眉下一双细长而犀利的眼睛，棱角分明的嘴唇总也掩饰不住与生俱来的直率与自信。虽然退伍多年，但他在部队养成早起锻炼身体的习惯一直没有丢，无论冬夏，皆是一身短衫短裤，一条毛巾往脖子上一搭，顺着海边步行道小跑五公里。跑步时，他浑身的肌肉凸显出来，皮肤上布满细珠，并散发着热气。

可是今天，赵丰年怎么也运动不起来，浑身上下感到少有的疲惫，双腿像灌了铅那般沉重，尤其是昨夜那个怪梦一直搅乱他的思绪，纷纷杂杂，朦朦胧胧，走几步停一停，捏捏脖子扭扭腰，反复琢磨那个简直不可思议的梦：自己平时倒头便睡，很少做梦，难道是日有所思夜有所梦？

那还真是。最近，赵丰年跟一条狗——准确地说是跟狗主人杠上了。

说来也巧。那天清早，赵丰年正常晨练，突然见一条金毛犬吼叫着扑向路边行走着的一位青年人，他不假思索一个箭步冲了上去，飞身一脚踢中了金毛犬前肢部位，金毛犬疼得惨叫了几声，撒腿跑远了。

赵丰年刚要去安慰还在惊魂之中的青年人，忽然觉着背后凉飕飕的一阵风袭来，猛然回头一看，只见一位满身珠光宝气的高个女人指着他，气冲冲地质问："打狗还得看主人，你吃豹子胆了，竟敢踢俺家的毛毛？"赵丰年见此情景，立即与她评理。狗主人根本不听，打了110报警。

不一会儿，一辆闪着警灯的警车赶来，从车上下来两位警察。没等警察上前询问，狗主人哭诉，要求赵丰年赔偿。赵丰年也不示弱，一再强调是她的狗先咬人。这时，围上了一大圈看热闹的市民。狗主人挥舞着手指，满口污秽词语，而且反问道："你说毛毛咬人了，人呢？人呢？"赵丰年急忙巡视四周，想寻找那位青年人出来作证，岂不知那人不知什么时候悄悄溜走了。

警察大概明白了事情的经过，也不是什么大事，他认识赵丰年，笑着对他说："赵总，不管怎样，你用脚踢人家的狗狗是真，你当老总的也不差这几千块钱……"没等他说完，狗主人立即转变脸色，冷笑道："我也不差钱，我不要他赔偿了。"警察刚要松口气，只听她继续说："我要他给毛毛道歉！"

这时，周围的人都看不下去了，纷纷指责狗主人太过分了。赵丰年听了更加气愤，指着她吼道："本来你错了，想让我道歉，没门！"

"警察同志，他没有爱心，你快把他抓起来，否则我找你们局长。"狗主人仗势欺人，逼迫警察给他施压。警察想大事化小，小事化了，劝赵丰年退一步海阔天空。赵丰年反倒给他上了一课："我说警察同志，有你这么办案的吗？明知她遛狗不拴绳子，拉的狗屎到处都是，还咬人，严重污染环境和危害行人安全，你应该严加管教她才是。"

狗主人指着金毛犬弯曲的腿对警察说："警察同志，你看看，毛毛的腿都被他踢折了，他还有理了，我不让他赔钱了，难道道个歉还不行吗？"赵丰年感到了莫大羞辱，士可杀不可辱。他走到金毛犬前，刚要抬起脚，金毛犬挣脱了狗主人的怀抱撒腿跑了，吓得众人一片惊叫，接着都哈哈大笑起来。

这时候，狗主人耍赖了，躺在地上不起来。警察对赵丰年说："赵总，你们还是跟我们去趟派出所处理吧。"狗主人一听要去派出所，立即爬起来说不去，反复强调要把公安局局长叫来。赵丰年感觉她是有来头的人或是一个泼妇，遇上这样的人有理说不清，便对警察说："这样吧，你让她给狗狗拍个片子，要是真骨折了，我赔钱。我呢，也找找那个青年人，让他说明事情真相。"警察觉着这是唯一可行的办法，就顺水同意了，让狗主人回家给金毛犬拍片子，下周一到派出所处理此事。

茫茫人海，到哪儿找那个青年人呀。赵丰年想了好多办法，也想去电视台、报社登寻人广告，考虑再三，不想把小事情搞得满城风雨。他制作了寻人启事小卡片，还没有贴在墙上，城管就过来掏出罚单要罚款，气得赵丰年啪的一声贴在自己的脸上："我贴在自己的脸上，你们管不着吧！"为这事，亲朋、战友不理解，妻子埋怨他多管闲事，管闲事落闲事。最让他没有想到的是，好多爱狗人士到小区门口抗议，金毛犬联盟还给他发函，表示对"踢狗门"事件高度关注。警察隔三岔五或给他打电话或到他单位询问寻人情况，招惹了好多人围观猜测，让他烦不胜烦。

赵丰年最终想出了一个好办法——原地等人。每天早晨，在事发地溜达、转悠，眼睛四下巡视，尤其见了青年男人总是要上前端详一番。

这些年，为了美化环境，路边栽种了各式各样的花草，尤其是在清晨，花儿含着露珠，愈加鲜艳清香。忽然，前面传来一阵嬉笑声，赵丰年看见两个女子采撷路边盛开的鲜花，看样子是拿回家插在花瓶里当装饰品。他走上前毫不客气地质问一句："你们将鲜花采回家，倒是美化自己的家庭了，大家……"他还没有说完，其中一个人自觉住手，笑笑快速离开了。另一个不服气，扔掉了手里的花，低声回敬一句："真能多管闲事！"然后追上同伴，瞥着赵丰年，用鄙视而嘲讽的话语说："就是那个'踢狗门'的当事人，嘻嘻，都让人告了，还不长记性，真爱多管闲事！"

赵丰年装作没有听见，暗暗叹了一声，刚要转身再溜达一圈，忽然想起该回家做饭了。

赵丰年喜欢自己做饭，无论多忙也没有雇保姆，这与他在部队炊事班干过有关。女儿赵甜从幼儿园到高中，都是他与妻子徐雯雯一同照顾。为此，她还一肚子意见，说现在但凡家庭条件好点的都雇保姆。他不这样认为，连安慰带调侃地对妻子说："你不觉得做饭就是做人生吗？其实，人类漫长的发展道路是追求食物的道路，我们只有通过自己做饭，才能体会到人生的味道。"她莞尔一笑说："那好，我就享受你的人生吧。"反正习惯成自然了，早饭都是他做，等她洗漱化妆完毕，一桌丰盛的早餐就做好了。

徐雯雯喜欢吃西餐，一杯牛奶、一个煎鸡蛋、两片面包、一盘蔬菜水果沙拉，

就是她的早餐。女儿也学她母亲的口味。赵丰年觉着女儿正是长个子动脑子的年龄，根据营养食谱，经常做炒虾仁、煎牛排等精致饭菜给女儿吃。他依然保持传统习惯，早上一碗豆浆或一碗小米粥，三根油条、一个茶叶蛋，外加几盘小咸菜。如此多的种类和烦琐的程序，他能在短时间内做完而不耽误女儿上学和自己跟妻子上班吗？赵丰年自有他的妙招。其实，这一切食材在早市上转一圈都能搞定。

赵丰年来到早市上，忽然觉着今天的人少了，而且有城管站在十字路口。他继续走了百十米，原先熙熙攘攘的人群没有了，那些嘈杂的吆喝声、叫卖声、砍价声都没有了，两名城管正拖着一辆装满新鲜蔬菜的电动三轮车，车主人六十多岁的年纪，黝黑的脸颊不住地抖动着，沾着泥土的破旧草帽下，掩盖不住惊恐而又失望的眼神。

"同志，我家距离城里五十多公里，两三点得起来赶路，起早摸黑来趟城里不容易，不让卖，我这就走，求您别没收了。"菜贩哀求着，粗糙开裂的双手紧紧抓住三轮车把手。城管边斥责边拖他的车。赵丰年见此情景，血液立即冲上头颅，大步上前对城管说："同志，他一个乡下人，来趟城里挣几个钱不容易，一没违法，二……"不等他把话说完，城管转身对这位管闲事的不满道："乡下人怎么啦？乡下人就可以不遵守城市管理规定了？我们明明贴出告示取缔这个早市了，可他总是不听。"

另一个城管从骨子里就看不起乡下人，接着说："乡下人素质就是差，屡教不改，今天说啥也不管用了，通通没收。"菜贩忙解释说不知道。赵丰年似乎认识这个菜贩，一时却记不起他是谁。菜贩依然哀求城管放过自己。

"不行，放过你这次，还会有下次。"城管得理不饶人。

这时，那些来早市买菜的老头、老太太不高兴了，纷纷替菜贩求情，或者给城管提意见："你们也不能一取了之啊，没有这个早市，我们买早餐、买便宜又新鲜的蔬菜多不方便呀。"赵丰年领教过城管的执法力度，趁机说："你们看到也听到了吧，多听听市民的意见。"

城管立即说："就是因为许多市民投诉，说这个早市不但扰民，还堵塞交通、污染环境。"赵丰年说："你们要加强管理和疏导呀，不能因噎废食……"他正说着，忽然见城管扒开人群向外跑去，嘴里还不停地高喊着："别跑……"

第一章

他这才发现，菜贩在前面奔跑，城管在后面追赶。他实在看不下去了，掏出手机拨通了老战友任政的手机号码，他现在担任市城管局副局长。

"老战友，你怎么管理的嘛，农民进城做个小买卖嘛。"赵丰年听到手机通了，不管他听或没听，将心底那股怒火一下子发泄出来，"你说，现在城里能离开农民吗？盖楼、修路、搞绿化、淘粪坑，哪样重活累活脏活少得了农民工？这些活你们城管能干吗？你当领导的干得了吗？"在他喘口气的时候，任政才插上话："哎呀，我的老战友、赵大炮、赵大老总呀，一大清早的，我刚起床就遭到你连珠炮轰，怎么回事？"任政之所以这么说，是因为赵丰年在部队是炮兵。

赵丰年将刚才看到的情景诉说了一遍。任政解释说："是，滨海新区那个早市取消了，是经过政府有关部门研究决定的，也在新闻媒体上发布公告了。"赵丰年还要争辩，任政这会儿几乎没给让他插嘴的余地："龙海市是沿海开放城市，又是国家卫生城市，还是全国绿化模范城市，今年市委、市政府要争创全国文明城市……"

赵丰年强硬插话道："我当然支持拥护市委、市政府争创全国文明城市的号召。但是，也要从实际出发，不能为了争创而争创，还能不让农民进城了？还能不让市民买带着露珠的新鲜蔬菜了？还能让那些上班族买不到路边便捷的煎饼果子啦？一座城市要想有活力，就要有烟火气息嘛。怎么算文明城市，那是……"赵丰年说到这里，忽然感觉对方没有声音了，他移开耳朵，果然见手机屏上没有任政的任何信息了。他暗自道："是他挂断电话了，还是没有信号或者手机没有电了？"

赵丰年没有再给任政打过去。任政在部队是团级干部，转业后安排在政府部门工作。赵丰年猜想任政可能嫌自己以下犯上了。"哼，我还没说你别忘本呢。"突然手机铃声响了，他认为是任政打来的，心头一喜，一看是妻子打来的，问怎么还不回家做饭，女儿上学来不及了，还问他是不是又在管闲事了。他这才去连锁门店买了一些简易早点回家，出了店门不住地四处观望，心里还惦记着那个菜贩："这时候他该往哪儿跑呢？"

此时，菜贩被城管追到小区里，正当他走投无路的时候，忽然看到熟人张玉振从摩托车上卸刮泥子工具，他瘦弱的妻子秦翠扛着梯子，提着白漆往楼里走去。菜贩慌忙停下车，抱起蔬菜对张玉振说："城管要抓我，我先在你这儿

躲一躲。"说完,他像猫似的蹿进楼洞里去了。

张玉振瞬间明白了,刚将工具搬到三轮车上,城管就过来了。城管围着三轮车转了一圈,用怀疑的目光打量着比自己高半个头的张玉振,这可把张玉振惹恼了,眼睛立即变成了杏核眼,质问道:"怎么,我刮泥子你也管呀?"

城管笑笑说:"啊,不管不管,就看看。"

"哼,闲的!"张玉振抱起电机进了干活的房间,没有想到城管竟然跟了进来,他暗暗吃惊,因为菜贩就躲在里间,忙堵住城管的去路,生气地问:"你要干什么?"城管四周巡视着,还不时地摸摸墙面,说:"看看,看看。"眼看着他要往里间走,张玉振朝着搅拌白灰的妻子吼道:"你磨磨蹭蹭的,先打磨。"说着开了电机,拿起打磨器具打磨墙面,霎时尘烟四起,弥漫了整个房间。城管不再四处巡视了,捂着口鼻走到张玉振的面前说:"太呛了,你要戴口罩。"说完就跑了出去。

菜贩也受不了了,抱着菜几乎憋着气息说:"走了吗?他走了吗?"秦翠忙说:"李大哥,你先别急,我出去看看。"说完她跑了出去,不一会儿在外面喊道:"李大哥,出来吧,城管走了。"

菜贩叫李昭顺,虽然家住城里,却在张玉振的家乡龙山村承包了二亩土地种植蔬菜,靠贩卖蔬菜维持生计。张玉振帮着李昭顺往三轮车上放蔬菜,不解地问:"李大哥,按说你是城里人,还种啥蔬菜呀?"李昭顺边清除菜叶上的灰尘,边叹气道:"啥城里人啊,村里的土地被开发成楼盘了,是住上高楼了,但土地没有了,到了我这个岁数,年龄已不占优势,又没有文化,只能到单位给人家看门、打扫卫生,我心不甘,见了庄稼地就心痒痒,不想丢掉种菜的手艺,可是到城里卖菜跟打游击似的,唉!"

张玉振开玩笑说:"我岂不成你的同伙了吗?"

秦翠说:"说到底,咱们都是乡里人,应该互相照顾,我们家的地被大老板占用了,才来城里打工。唉,一天累死累活的也挣不几个钱。"张玉振没好气地对妻子吼道:"你啰唆什么呀,干活去!"秦翠很听话地回楼里干活去了。李昭顺叹气说:"咱们底根是农民,这一下子成了城里人,一时半会还真不适应,无法也永远赶不上……"说到这儿,他忽然想起一个人:"我看见你们村在城里当老总的,赵……"

"你是说赵丰年吧。"张玉振接上话说。

"是他,人家真有本事,找了有钱有势的老丈人当靠山,对了……"李昭顺边说边指着不远处的高档别墅区,"他好像住里面,咱市有名的富人区。"张玉振似乎不愿意听下去了,转身要走,李昭顺拉着他的衣袖说:"哎,我看你们也不容易,我给你指条明路,你去找找赵总啊,他们恒发源公司是搞房地产的,你是搞装修的,一个行业,关键你们是一个村的……"没等他把话说完,张玉振不耐烦地扔下一句:"我们还是战友呢!"说完回楼里干活去了。

"那更应该帮忙呀。"李昭顺虽然不明白张玉振的话外音,但看着他不耐烦的情绪,似乎又明白了什么,无奈地摇摇头推着车走了。

第二章

在外人看来，赵丰年一个农村孩子之所以能在城里出人头地，全靠恒发源公司董事长徐大营这个老岳父的提携与帮扶。赵丰年闻之并没有做过多解释，毕竟自己在公司担任副总经理职务。

吃过早饭，赵丰年开着奥迪轿车穿行在繁华的街道上，忽然接到旧城改造项目经理孙海涛的电话，说工地大门被人堵住了，请他赶快去处理。这个项目由他分管，他不敢怠慢，调整方向直接去了工地。

工地在老城区，原本是一片棚户区，现在被拆迁得七零八落，不成样子。一群人或坐或站堵在大门外，像一道厚厚的人墙挡住了外面的人进去。

孙海涛看到赵丰年赶来，忙迎了上去介绍情况："这些钉子户又提出了若干无理条件，土石方必须由他们提供，将来小区物业由他们干，还说房间要扩大面积，每家一套沿街商品房，否则不签字。"

赵丰年没有当即表态，甩开臂膀继续大步往前走。孙海涛紧跟几步继续说："赵总，我听到小道消息，这些钉子户被黑社会控制、挟持，他们在钉子户家中加盖建筑，大理石铺地面，豪华装修房间，有意增加成本，以此与我们公司谈条件，一旦得手，他们从中分得利益。"

赵丰年面露愠怒，转头对他说："你别一口一个钉子户，他们世代居住此地，现在面临拆迁祖辈留下的房屋，提出要求也是可以理解的。只要合情合理，我们就要考虑，但要是他们违背法律法规和有关政策，我们自然不能答应。"

"这个村的房屋在开发前，政府部门已经给勘察登记在册了。可是，他们又提出的要求实在太苛刻、太过分了，按照国家政策，已经给他们盖好楼房了，不要的给予现金补贴，我看他们就是人心不足蛇吞象。"

"大部分住户都签协议了，少数人不同意，慢慢做工作嘛。"

"已经快半年了，严重影响了工期，他们要是十年不同意，我们就这么拖下去吗？本来旧城改造项目就不赚钱，要是还不开工，我担心会影响整个公司的效益，总经理、董事长都不会同意的。"

赵丰年驻足观望，四周高楼林立，中间大片土地撂荒，垃圾成堆。散落的十几家破旧房屋，有的屋顶上插着电视天线，有的用竹竿顶着电线，还有的插着红旗……他越看越心焦，走到大门前，立时被人包围了起来，纷纷提出条件让他答复，否则决不签字。

赵丰年耐心回答说："各位住户，以前这个地方的环境和居住条件，你们应该比我清楚，都是几十年甚至上百年的老旧棚户区，脏乱差是这儿的代名词，每到汛期几乎成了汪洋，一旦失火将是灭顶之灾，如果不尽快实行改造，非常不安全……这个项目我们公司本着服务社会、做好公益的原则，是不挣钱的。"

"谁信呀，现在哪个房地产商不是昧着良心赚黑心钱啊！"

"你们公司开发的新佳苑项目，现在每平方米都涨到一万两千多元了，为什么我们这儿不涨？"

新佳苑项目由总经理王亚分管，突然涨价翻倍，赵丰年也不清楚，忙解释说："新佳苑项目是我公司通过政府投标获得的开发土地，纯商业化运作模式，而你们这个项目是带有政策性的，是政府的棚户改造项目，是民心工程，政府补贴了一部分资金，我们公司也投入了大量的资金，已经给你们盖好了楼房，不要房子的也给予了补贴，而且大部分住户签了字……"一个胳膊上文着虎豹，脖子上戴着金项链，浑身膘肥的青年人抢话说："现在我们感觉上当了，后悔了，你们不答应我们的条件，我们决不让你们开工！"然后转身朝后煽动其他人："各位住户，我说得对吧。"几个人跟着起哄："对对，不答应我们的条件，我们决不签字……"

面对他们的无理要求，细心的赵丰年观察到也只有几个在前面的年轻人气焰十分嚣张，后面数十位中老年人始终没有响应，或低着头或三三两两交头接耳，根本没有流露出敌对或不满的表情，有些人在前期走访中还认识，他们已经答应在协议上签字了，怎么突然反悔了呢？他想起孙海涛的话，感觉背后必有隐情，朝着挑头的青年问:"你是哪村几户?叫什么名字?我怎么不认识你呀?"

青年略显慌张,指着一位老者说:"我是他的儿子,啊,不,是孙子。"他说到这儿,众人皆笑。他反问赵丰年道:"咋,你是警察,想查户口吗?我告诉你,我爷爷年纪大了,被你们黑心开发商蒙骗了,我是他的唯一继承人,没有我的签字,协议一律作废。"

赵丰年更加怀疑了,刚要走到那位老者面前了解情况,手机忽然响了,是公司秘书李梦好打来的,让他立即赶回公司参加总经理室办公会议。赵丰年将孙海涛叫到一边,小声说:"我有事先走了,你了解一下这些青年跟住户的关系,一定跟住户讲清政策,千万不能让他们被别有用心的人所利用。"

众人见赵丰年要离开,纷纷拦住了去路:"不给解决问题,你不能走。"赵丰年只好耐心解释,并承诺将很快解决所有问题。上车前,又反复嘱咐孙海涛千万别跟住户们起冲突,说话中李梦好又来电话催了,他只好上车走了。

公司办公大楼在新市区,从老城区开车过去需要一个小时。路上,赵丰年手机铃声不停,李梦好不停地打电话催促,他不耐烦道:"你不知道我开车吗?!"说完将手机扔到了副驾驶座上。手机铃声又响了,他没接,手机响个不停,他认为又是李梦好打来的,只好接听,刚要发火,忽听是警察打来的,说出了让他意想不到的事情。让他不用寻人了,那位女士撤案了,不再让他给狗道歉了。

事后,赵丰年得知,她是去医院给狗拍片时,被人曝光了,有人认出她是某位副市长的妻子,光手上戴的翡翠手镯就达数十万元,并将这一信息发在了论坛上。

这是一座充满现代气息的高楼大厦,六十多层直插云霄,一楼大厅门头上的巨幅大字"龙海市恒发源房地产开发有限公司"格外显眼。赵丰年在停车位将车停稳,开了车门一只脚刚落地,王亚亲自打电话问到哪儿了,他说了一句:"到楼下了。"接着挂断电话,提着包加快步伐进了办公楼大门。在等电梯的时候,几个员工悄声说话:"哎,你完成任务了吗?"另一个回答说:"我不是本地人,从哪儿找二十个亲戚朋友啊,真是难为人。"

"什么任务啊?"赵丰年问。员工忽然听到背后有人问,急忙回头看,见是赵丰年,都显得些许慌张,叫了一声"赵总",却不敢回答。这时电梯门开了,有员工陆续上了电梯,赵丰年又问了一遍,这时才有一位员工回答道:"赵总你不知道？王总给公司所有人下达了任务，找二十个亲戚朋友到新佳苑项目摇号抽奖。"

其中一个员工接着说："这几天，到新佳苑认购房子的客户人山人海，第一期开发的六百个楼号眨眼售罄了，价格翻倍还有人争抢，简直神了。"赵丰年似乎明白了。电梯门开了，他便下了电梯，李梦好早已在此等候，见了他急忙道："赵总，在会议室，大家都到齐了，就等你了。"

赵丰年进了会议室，见与会人员都在看当天的报纸，他用眼角扫得一清二楚，上面有公司整版广告。他坐定刚要拿起报纸看，王亚开始说话了，他扶了扶额头下一副宽大却没有镜片的框架，将三角眼尽量睁大，扫视了整个会场，然后整个身子往后倾斜，将手里的销售业绩报表扔到面前的桌子上，抑制不住内心的兴奋说："大家从电视、报纸等新闻媒体上已经看到了吧，新佳苑项目旗开得胜，购房者如潮水般涌来，简直是盛况空前啊，甚至把门前的栏杆都挤坏了，我们要马不停蹄，第二期预售接着开始。"大家拍手鼓掌，纷纷向他表示祝贺。

赵丰年这时候觉得不应该泼冷水，但实在憋不住，道："王总，我提出几点意见啊。"王亚立即笑着回答道："好呀，欢迎啊。"说着，身体前倾伏案，拿起笔盯着赵丰年，似乎要在笔记本上做记录。

赵丰年道："一是价格翻倍增长，违背了市场规律，会增加客户的经济负担，更重要的是其他公司也会跟风涨价，势必会影响到整个行业的健康发展和咱们公司的形象。"

王亚立即绷紧脸面，扔掉笔打断他的话，说："我们这样做，才是遵循了市场规律。从当前形势讲，国家为了节约土地资源，不再开发多层建筑，高层住宅开发方兴未艾，有钱的市民开始高消费，富裕起来的农民纷纷进城买房居住。咱市是海滨城市，气候宜人，居住环境优美，内地的人会不远千里来咱这儿买房定居。最关键的一点，这是学区房，周围大医院、大超市、图书馆、体育场馆等现代化设施一应俱全，可以说是黄金地段中的黄金地段，房价要是不随之上涨，反而不正常，有悖市场发展规律了。"

计划财务部总经理孙媛媛插话说："赵总，你干房地产这么多年，你还没有猜透客户的心理吗？价格越涨，越有人购买。"她留着短发，细长的脖颈上佩戴着珍珠项链，说完用手往后捋了快要遮住半个脸的头发，看到赵丰年投来异样的目光，她又快速低下头，头发又遮住了她大半个脸庞。

赵丰年排除干扰，继续按照自己的思路说："二是我们的经销手段也不合适，是欺诈行为。"他这句话无疑像一颗炸弹，大家都用惊异的目光盯着他，然后悄悄私语。王亚立即不满道："赵总，请你把话说清楚。"

赵丰年严肃指出说："公司下派任务，要求员工每人要找二十个人到新佳苑摇号抽奖，还用金钱诱骗许多市民排队登记，然后花重金在媒体上做虚假广告，这不是欺诈是什么？"然后转向销售部总经理，质问道："你说实话，第一期实际卖出多少个楼号？"

王亚不等销售部总经理回答，立即对赵丰年变脸道："赵总，你不要因为你的项目没有按期开工就怀疑这个指责那个，新佳苑销售方案只是我们打开局面、吸引客户、提高效益的销售策略，怎么到你口里就成了欺诈呢？难道你不希望公司好吗？"

"你——"赵丰年被王亚反问禁不住一怔，接着道，"我是公司的一员，当然希望公司发展了，我的意思是，咱们公司是商业经营性质，诚信是第一位的，也是生命线，难道我说得不对吗？"他的话立即引来一片议论声，现场火药味渐渐浓了起来。

王亚没有正面回答赵丰年提出的问题，而是转变话题大声说："我们有些人，自认为当了几年兵了不起了，思想觉悟、道德品质仿佛比别人高一等！自以为多来公司几年，就是元老了，可以坐享其成了。别忘了，龙海市恒发源房地产开发有限公司是经营单位，上千号人是靠效益生存，满口大道理谁都会讲，但一天不给公司带来效益，公司就一天亏损，员工就得一天没有饭吃。"

赵丰年感觉王亚在指责自己，刚要进行反驳，被其他副总劝住了。王亚接着说："商场如战场。话是不假，但不要忘了，如今的商场不是靠拼蛮力能赢的，是需要靠完美的营销谋略和恰当的投机手段的。"

"请王总说话注意分寸，不要含沙射影，进行人身攻击！"赵丰年腾地站起来，对着王亚道，"公司所有的开创者就像大厦牢固的基石，没有这些人的拼搏奉献就没有公司的现在和未来。"然后又对着大家说："我们经常说岁月静好，这是因为有人在为之负重前行！某些人总是看不起当过兵的人，如果没有军人日日夜夜守卫边防，天下还能如此安宁？"众人纷纷点头，他接着对王亚郑重地说："你也不可能坐着总经理的宝座，泡在酒吧或咖啡馆里享受人生。"

"你……"王亚坐不住了，刚要站起来辩解，赵丰年如唇枪舌剑般朝着他奔去："我说得不对吗?！无论过去还是将来，无论商场还是战场，要想取得最终的胜利靠的是过硬的信誉和敢于拼搏的精神，而不是靠投机钻营！"看到两位老总你一言我一语较量起来，整个会场顿时乱成一锅粥。桂副总经理忙笑着劝和道："这是公司办公会，要商量研究公司的发展和管理，你们两位老总扯得太远了，哈哈。"

赵丰年马上意识到自己刚才提意见的方式方法有些欠妥，对王亚说："王总，我只是提出了我的不同看法，也请你多听听大家的不同意见，我为我刚才的冲动行为向你道歉，以后再提意见会注意场合和方式。"

哼！仗着老丈人，目无领导。王亚心里骂着赵丰年，嘴里却哈哈了几声："赵总也是为公司好嘛，再说了，同事之间发生争论也在所难免，有利于提升工作效率嘛。"然后高仰着收紧的面皮，想把气氛缓和下来，但怎么也掩饰不住愤怒的情绪，嘴角颤抖了几下，郑重地说："为了公司快速发展，各个项目齐头并进，总经理室决定旧城改造项目由我具体负责。"赵丰年听到这儿，脑子嗡的一声，攥紧拳头刚要站起来反问，却被桂副总经理强行按住了："别激动，听完再说。"

"赵总负责行政管理，赵总当过兵，管理还是有一套嘛，往后公司要实行军事化管理，有些员工平时上班经常迟到早退，不像话，这项艰巨的工作也只能由赵总胜任。哈哈，大家如果没有意见，散会！"王亚说完率先起身离开会场。

"他这是独断专行，这么大的人事调整，我们总经理室成员要开会研究一下。"赵丰年气愤不已。桂副总经理劝道："赵总，人家将这么重要的工作安排给你，是对你的信任啊，不分管业务也挺好，起码压力小嘛。"

"哼！"赵丰年心里顿觉空荡荡的，好像打了败仗被免职一样失落。

第三章

赵丰年下班回到家里已经是华灯初上。徐雯雯已经将饭菜做好了,这太令他意外了,他猜想是妻子特意安慰自己吧。一盘鸡蛋炒西红柿是女儿最爱吃的,一盘苦瓜,外加一盘桔梗炒肉和一盘火腿,两杯葡萄酒早早摆在饭桌上。徐雯雯为了减肥,晚上都不吃主食,拿着一根带刺的黄瓜边吃边催促女儿吃完饭去复习功课。

其实,徐雯雯也不是很胖,属于那种丰腴匀称、优雅端庄的类型。虽然是公司董事会监事长,但她不爱管事,除了陪女儿学习,最重要的是美容、健身、逛街购物。赵丰年说晨练、晚走和游泳、爬山最适合锻炼身体,还能减肥。可她不,不是去美容院就是去健身房,用赵丰年的话说,不花点钱心里不好受。

赵丰年除了工作、早晚跑步锻炼外,没有太多的爱好。当然,他喜欢做饭。徐雯雯喜欢邀请闺蜜叶彤、菲菲和同事王亚、孙媛媛等人来家里聚会,高兴之余也在宽敞的客厅举行舞会。再多的人再大的场,赵丰年也会安排得井井有条,饭菜做得美味可口。有女士邀请他跳舞,他会婉言拒绝,要么站在一边欣赏,要么忙前忙后地倒水递水果。菲菲可欣赏他的涵养和举止了,而徐雯雯却说:"是是,他样样都好,就是少点浪漫。"菲菲顿时呛她道:"你呀,白面馃馃蘸蜜还嫌甜。"几个人都咯咯笑了。

一家人坐在餐桌前,赵丰年端起酒杯跟妻子碰杯,然后喝了一口,赵甜吃着米饭问:"爸爸,你在家不是不喝酒嘛。"赵丰年轻微叹气没有回话,徐雯雯看出丈夫的郁闷心情,一手攥着黄瓜一手举着高脚杯说:"喝酒还分家里外头啊,跟你爸干一个。来,老公,你最辛苦,干!"说着朝丈夫一举,赵丰年也没有作声，与妻子碰杯后，仰头喝了。徐雯雯喝一口啃一口黄瓜。赵甜望着母亲，禁不住道："妈，合口味吗？"

"吃你的吧，吃完了快学习去。"徐雯雯朝着女儿吼了一声。赵甜立即反驳道："妈，你吼什么呀？我还有很多事儿问爸呢。"接着朝着父亲道："爸爸，什么时候去奶奶家？"还没等赵丰年回话，她接着又问："奶奶家的小猫咪长大了吧，好可爱哟。爸爸，咱下次回家，带回城里养着呗。"徐雯雯立即接话说："闲的，现在是学习重要还是养猫重要？！"

"学习学习，你整天逼着我学习，等逼傻或逼疯了，看看你还逼不逼……"徐雯雯听到女儿不正经说话了，抬手要去揍她，赵甜急忙跑到父亲背后，搂着父亲的脖子朝着母亲做鬼脸气她，徐雯雯气不过要过来打她，赵丰年忙护着女儿说："学习固然重要，也要劳逸结合嘛，再说了，明日是周末，休息也很重要，为了下周更好地学习嘛。"

"看看我爸，比你开明。"赵甜朝着母亲嘟嘴，看到母亲又要抬手了，急忙跑回自己卧室了。徐雯雯立即对丈夫不满道："我看你要将她惯上天了，要是考不上名牌大学，看看你的脸往哪儿放。"

"你现在张口名牌，闭口名牌，好像没有名牌活不了了似的。"赵丰年看到酒杯里没有酒了，起身走到酒柜前拿了半瓶酒给自己倒上，又要端起酒杯喝，徐雯雯有些急躁，催促他道："你少喝点，快点吧。"赵丰年似乎理解了妻子，朝着她勉强笑笑，将杯中的酒一口干了。

周六是他们夫妻约定俗成的"周例事"。平时上班忙，自己忙自己的，有时一周见不着面，所以将夫妻之欢安排在周六，赵丰年也是为了次日能睡个懒觉。有时候，徐雯雯不尽兴，露出不悦之容，赵丰年吓唬她道："现在要是纵欲过度，将来没有个好身体，还不得你伺候啊。"她又羞又尬，狠狠地在丈夫肚皮上拧了一把。

赵丰年洗完澡穿着睡衣进入卧室，徐雯雯已经半躺在床上看书了，屋里灯光柔和温馨，弥漫着沁人肺腑的香气。他没有脱睡衣便上床了，两手交叉放在后脑勺上，半倚在床头。徐雯雯朝他斜视了一眼，意思很明显，可是他依然无动于衷。她实在忍不住了，问："看你今晚心事重重的样子，咋了？还为公司里那点屁事？"

赵丰年侧身顺势将妻子搂在怀里，说："雯雯，他也太过分了，独断专行，听不进别人的意见……"徐雯雯将头直往丈夫宽阔的胸膛上贴，一手搂着他的腰，一手伸进他的裤衩里："说他干吗呀，这么些年了，你又不是不了解他。"

确实，赵丰年太了解王亚了。当年，公司还是乡办建筑公司，赵丰年和王亚都跟着经理徐大营干活，一个当施工队长，一个干画图纸的技术员，两个人共同爱上了经理的女儿徐雯雯……后来，公司濒临倒闭，徐大营进行改制，成为私营企业。这时候，正赶上城市化建设步伐，建筑行业突飞猛进，公司一步一步发展壮大起来。两个人也从爱情的竞争对手转变成职业的竞争对手。徐大营似乎想寻求平衡点，将女儿嫁给了赵丰年，将总经理的位置给了王亚。可是，王亚仍然对徐雯雯不死心，至今未婚，多次在公开场合表态："自己这辈子非雯雯不娶。"

赵丰年越想越烦，浑身瘫软了下来，干脆将妻子的手拿了出来，立即惹得徐雯雯不高兴："你干吗呀，扫兴。"

赵丰年将后背往床头上靠了靠，重复着说："他太过分了，太过分了。"

徐雯雯也憋不住了："你当时也过分了，不该在办公会上顶撞他。"

"我就这脾气，再说，我已经向他道歉了，他不经过董事会、总经理室会议研究，擅自调整我的工作，简直太猖狂了。"

"他是一把手，肯定有他的道理。"

"你怎么总替他说话？难道被他的痴情感动了？"不等赵丰年说完，徐雯雯猛地起身，朝着他生气道："神经病！"

赵丰年看到妻子生气了，便靠近她的脸："你听我解释。"

"我不听。"徐雯雯说完就侧身躺下不理他了。赵丰年还想完成"周例事"，见妻子不理自己了，也没了兴趣，熄灯躺下睡觉了。

周一上班，赵丰年刚进办公室，孙海涛等人也都跟了进来，名义上是汇报工作，其实是为他抱不平："我看王总对咱们当过兵的有成见，前几年挤走了张玉振，现在又打压你，我倒霉的日子估计也不远了。他就不想想，当年还不是赵总你领着我们几个退伍兵组成突击队，盖房子、修桥梁、筑堤坝，没日没夜地吃住在工地，拼死拼活，公司才逐渐发展成龙海市数一数二的大公司，他简直是过河拆桥。"

"好了，我不喜欢背后议论人家是非。"赵丰年不让孙海涛说下去。

孙海涛实在忍不住，继续说："赵总，旧城改造项目，我们前期做了大量的工作，现在眼看大功告成了，他却推开你自己要摘桃子，简直欺人太甚了，是可忍，孰不可忍！我们当过兵的怕过谁呀？"

"是呀，赵总，你不分管我们了，我们在王总手下肯定没有好果子吃，你向董事长汇报我们的情况，我们也是为你好啊。"其他人都跟着附和。众人这么说，赵丰年也觉着有必要跟董事长汇报最近发生的情况，自己还是想干业务。

送走孙海涛他们，赵丰年来到董事长办公室，敲门进去，遇到孙媛媛坐在徐大营对面的椅子上汇报工作，她看上去很高兴的样子。见赵丰年进来，孙媛媛迅速起身，笑着对他说："赵总来了，我不打搅你们翁婿谈话了。"说完，捋着头发昂首挺胸地从赵丰年眼前飘然而过。

徐大营穿着藏青色西服，打着黑色领带，板板正正地坐在老板椅上，背后是一幅红叶漫山遍野的山水画，他拿起报表仔细看着，面无表情地说："什么事，说。"

赵丰年坐在他对面的椅子上，说："董事长，我想跟您汇报这几天所发生的事情，有些事您可能还不知道吧。"

徐大营依旧没有任何表情，继续看着报表，也没有说话。赵丰年接着说："我负责的工作被王总调整了。"说到这儿，他故意停下看看徐大营的反应，见他还是没有吱声，便接着说："我向他提出了几条建议，我认为他在宣传、销售等方面存在欺诈行为……"

"欺诈？"徐大营扔下报表，摘下眼镜生气地说，"在总经理室办公会上你已经说过这样的话了，我没有跟你计较，你现在又说这样毫无根据的混账话，我问你，你不是公司的员工？公司要是真被公安等部门认定存在欺诈行为，你还能独善其身？"

"正因为我是公司的一员，发现问题我才提出意见啊，难道不对吗？"

"你什么态度，有你这么提意见的方式吗？"

"在办公会上提意见也是正常程序，而且我已经向他道歉了，可是他公报私仇，还……"

赵丰年还没说完，徐大营没有让他说下去："住嘴！你觉着你有理了是吧，我告诉你，你在办公会上当着中层以上干部的面跟上级争吵就是不对！"

"我就是这直脾气，反正我是为公司着想。"

"我要是不看中你的脾气性格，不看到你为公司着想，我能将唯一的女儿嫁给你吗？"

"我——"徐大营这句话可把赵丰年给镇住了，也堵住了他所有想要说的话，是啊，还有什么比亲女儿更重要的呢？他不再说话了，低下头想着心事。

徐大营端起水杯要喝，一看里面没水了，赵丰年急忙站起来从饮水机里接上水送到他面前。徐大营喝了一口，然后仰在靠背上，口气依然严厉："我告诉你，王总的做法就是我的意见。"话都说到这份儿上了，赵丰年更无话可说了，他站起来想尽快告辞离开。

"经营是一门学问，也是一种手段。"徐大营拿起财务报表，说，"从这几天的报表看，公司一天就有几百万的利润。老城区改造项目，王总已经办妥，最近就要开工，虽然你前期做了不少工作，但从最终结果来看，足以说明王总在经营、销售方面比你要高明很多。新佳苑项目第二期已经开始了，前来报名、登记的购房者依然如潮，有人甚至十套二十套地购买，而且付全款。"

"他们是在炒房。"

"你管他是炒房还是卖房，我们做房地产的，卖掉房子才是硬道理。"徐大营的语气显然柔和了许多，"丰年啊，我还是那句话，我将宝贝女儿嫁给你，首先是看中了你的人品、性格，但你也不能老抱着旧观念、老做法不放呀，社会是在发展的，人的思想也要随着更新、变化，脑子一定要灵活，对吧？"

赵丰年礼貌性地点点头，但没有说话。徐大营继续说："下一步，我们公司要多元化发展，成立集团公司，所以呢，公司的行政工作尤其重要，你以后要注意团结，善于沟通，顾全大局，千万别让外人感觉我们是家族企业啊。"

徐大营最后这几句话的的确确说进赵丰年的心眼里了，他觉着董事长还是重视、信赖自己的，没有将自己当外人，他很感激，也宽慰了不少，立即起身立正道："爸爸放心，我知道自己该怎么做了。您忙吧，我出去了。"徐大营点点头，低下头继续看报表了。

第三章

赵丰年出了门，忽然觉着少了点什么，以往见到岳父，他总是关心问候外甥女几句，这次怎么一句也没有问呢？可能他忙忘记了吧。赵丰年没有想下去，他想赶快回到办公室熟悉行政工作，路过王亚办公室，觉着有必要主动跟他汇报工作，毕竟人家是主要领导。敲了几下门，然后推门进去，见他正在打电话，说了句"你忙吧，我没事"，便退了出来转身离开。

王亚没有起身相送，继续打电话："谢谢九爷，一切办妥了，过几天我们就开工……对对，旧城改造项目要做成样板工程，到时候您可要继续给我们保驾护航哟……好好，没问题，将来所有工地上的沙子都从您那儿拉，放心放心，哈哈，合作愉快……"

第四章

赵丰年做梦也没有想到王亚背后插手将快要成功的项目夺走，他也实在不适应坐在办公室里一杯茶、一张报纸的悠闲工作环境，更不喜欢那些没完没了的替会、接待和应酬。

藏青色西服是公司的工装，赵丰年每天必须穿戴整齐，走到一楼大厅东侧的竖镜前，正正蓝底白点的领带，掏出梳子理理散乱的头发，然后乘电梯上四十楼。刚进办公室，还没有走到办公桌前坐下，李梦好敲门进来。她高挑个儿，掐腰身段配着乌黑垂肩秀发，更加凸显了她的柔美。李梦好将文件夹放在他面前，说："赵总，这是今天的文件，下午两点市政府有个会，王总让您去替他开会。"

"替会，又是替会。"赵丰年说着打开文件夹，在签字栏里签字后递给李梦好。刚要坐到办公椅子上，李梦好走到他的旁边，柔声道："赵总，下面还有领导传阅文件，是上个月的业务发展情况报告，请您阅示。"说着自觉或不自觉地向他身边靠拢，脸几乎贴到他的脸颊了，一股令人窒息的脂粉香味让他快速闪开，然后朝着她说："你先去沙发上等一会儿，我很快就看完。"

李梦好马上领会了赵丰年的意思，抿嘴道："好的。"赵丰年继续阅读文件，她坐在他的对面，目不转睛地盯着他。其实，她这些暧昧举止，赵丰年是能感觉到的，他之所以没有丝毫表示，是因为他知道自己应该与她保持距离，况且她还是老同学林芝秋的女儿。

李梦好越看越想入非非，心如潮头翻滚不停，他为什么让自己产生强烈的亲近感呢？是因为他是成功的男人，还是因为他跟母亲是同学关系？越来越想

第四章

靠近他,越靠近越感到这个男人……"李秘书,好了,你拿给其他领导传阅吧。"赵丰年的话打断了她的幻想,她只好站起来嗯了声,转身出门了,到了门口还忍不住回头看了他一眼,见他拿着话筒正在拨号码,便回办公室处理文件了。

办公室是独立大房间,开放式办公,既负责总经理室的日常工作,也听从董事会的安排。除了办公室主任是单独房间,其他人都是隔断式的工位。电话铃声响起,李梦好看号码是赵丰年办公室的,便道:"您好,赵总。"赵丰年说来客人了,饮水机没有水了,让她安排人送一桶纯净水过去。她不敢怠慢,急忙安排行政岗小关去给赵总送水。不一会儿,小关从仓库里回来说纯净水没有了。她有点着急了:"没有水了,你怎么不早说呀,快给送水的人打电话,让他马上送十桶水来。"小关立即拿起电话联系送水的人。

李梦好怕耽误赵丰年招待客人,从办公室的饮水机里接了一壶开水给赵丰年送了过去。

"赵总,没有水了,先给……"李梦好刚进门,见两位客人都认识。赵丰年笑着说:"李秘书,他们俩你都认识吧。"

"认识认识,都是本村的,怎么不认识啊。"李梦好边沏茶边招呼说,"昭钰叔在城里上班,见面不多。丰源叔,几乎每次回家都遇见。"冲完水后,李梦好说:"我不打搅了,你们聊吧。赵总,有事叫我。"说完出门了。

"这个丫头,转眼长大了,比她妈长得漂亮。"李昭钰说。

赵丰源接着说:"她妈当年可是喜欢丰年啊。"

"对呀,哎,丰年,你们怎么没有走到一起啊?"李昭钰笑着问赵丰年。

赵丰年忙摆手:"别瞎扯了,喝茶吧。"

李昭钰、赵丰源和赵丰年,他们三个人自小光着屁股长大。高中毕业后,李昭钰考上了大学,赵丰年参军入伍,赵丰源在家务农。

赵丰年走到窗前,透过玻璃窗,在钢筋混凝土丛林中看到一条灰白的马路直通北方,消失在连绵起伏的山峦中。"那儿是龙山,我的家乡啊。"他感慨道。

李昭钰走到赵丰年身旁,顺着他的目光望去,脸上并没有显露出赵丰年那般快乐、激动的表情,而是迅速侧身,将目光投向鳞次栉比的高楼大厦和繁华的街道,也感慨道:"我这辈子不会再回咱那个穷山村了,一想起小时候遭受的罪,就……"他忽然转头问赵丰年:"难道你不想小时候?"

"怎么不想？"赵丰年坐回沙发上给赵丰源添茶水，"咱们小时候的家乡，可是青山绿水，春天剜菜、挖药草，夏天……"赵丰源抢话说："记得咱们三个人夏天到龙河里洗澡、捉鱼、抓螃蟹，现在想想确实挺好玩，很值得回忆。"

"你们啊。"李昭钰坐回沙发上，身子朝后仰，跷起二郎腿说，"你们怎么没有想想咱们一起去要饭？三天没有填饱肚子。"赵丰源接着说："那时候，都穷。"

"唉，是啊，都穷。不管你们怎么想，我自从走出咱们村，就发誓再也不回去了，我不会再踏进龙山村半步。"李昭钰说着说着就激动起来，手都有些颤抖，端起的茶水洒了一地。

"是啊，行长是明白人，有时候回忆挺美好，现实很残酷。"赵丰源接着他的话茬说，"虽然现在农村有所改善了，但怎么也赶不上城里优越呀。我看过一些城里人描写农村的文章，袅袅炊烟，弯弯小路，清清小溪，光影斑驳的石头墙，夕阳下摇曳的芦苇花……描写得那个好啊，啥好呀？我一辈子住在农村，没有感觉哪儿好。"

"是你没有艺术细胞。"赵丰年说。

李昭钰说："文艺作品跟现实还是有距离的，不信，让那些作家到农村住几天试试，恐怕住不了三天就得打道回府。"

赵丰年说："受不了苦的作家肯定写不出好作品，当年赵树理为写好农村题材的小说，深入农村生活，住在农民家里，同吃同住同劳动，成为一代大家。"

赵丰源说："大家总归是大家。咱村那个所谓的诗人张然，还天天住在农村，也没见他写出啥好文章。整天不务正业，早晚站在村口'啊啊'地叫着，我看就是神经病。现在可好了，地荒了，老婆跑了……"

三个人聊得正欢，小关扛着一桶纯净水进来，换下饮水机上的空桶。赵丰年给他们加水，李梦好领着一位青年进来，指着他对赵丰年说："赵总，这是送水公司的老板，他找您签字报销。"

赵丰年接过发票，走到办公桌前仔细审查，抬头惊讶地叫了起来："哎，你不是那个……"青年老板也认出了赵丰年，忙感谢道："那天多亏赵总出手相救，要不我就被狗咬了。"

第四章

"你这些日子都去哪儿了?让我……唉……不说了。"赵丰年低下头审核发票,事情已过了,他不想再提那些烦心事。青年老板似乎明白了,忙问:"是不是狗主人找你麻烦?"

李昭钰接话说:"何止麻烦,差点当被告了。"接着嘲讽道:"这就是爱管闲事付出的代价。"

青年老板急了,忙说:"赵总是好人,我可以去证明,需要多少钱,我赔。"

赵丰源生气地问:"你怎么跑了呢?你也太不负责任了,赵总……"赵丰年摆手不让他说下去。青年老板忙解释那天离开的经过和原因。原来他一早起来赶火车,这些日子一直在外地洽谈纯净水代理项目。赵丰年听了也就释怀了,接着问青年老板:"二百桶水,三千元,一桶水十五元呀,这么贵?"

青年老板回答说:"赵总,我们提供的是龙山里的山泉水,富含多种对人身体有益的物质,泡过的茶没有茶锈,所以比一般的纯净水要贵。"

"龙山里的山泉水?我家就住在龙山,天天喝山泉水,一分钱都不花。"赵丰源有些惊讶地说。

青年老板连忙朝他合掌道:"大爷,您简直太幸福了,天天喝山泉水,要不怎么您显得特别年轻呢。"他这么说,大家都哈哈大笑,赵丰源异常尴尬,朝着他说:"去去,你这人不会做事也不会说话,你看我那么老吗?"

青年老板似乎明白了,连忙朝赵丰源作揖道歉:"对不起,我有眼无珠。"

赵丰年签好字递给青年老板:"你去财务部支钱吧。"青年老板拿着发票连忙朝赵丰年鞠躬致谢。赵丰年挥手让他走了。

赵丰源忙道:"哎,一桶水这么贵。丰年,以后我给你们送水呗,反正村里山泉水有的是,也不花钱。"说着转身问李梦好:"二百桶水,在你们公司能喝多少日子啊?"李梦好说:"行政部门的话也就十天吧,下面分公司、销售网点不知道了。"

"哎呀,光行政部门一个月就将近一万块呀……"赵丰源期待着赵丰年回话。李昭钰给他泼了一瓢冷水:"你别做发财梦了,你以为从井里拉来桶水就能喝呀,人家要用机器设备过滤、消毒、杀菌,还要到有关部门进行各种矿物质检测,只有达到质量要求和各项理化指标才能上市。"

"这么复杂啊。"

"你以为呢。"

在他们两个人谈话时,一个念头在赵丰年脑海里闪现,公司要多元化发展,开发山泉水项目应该是不错的选择。

其实,行政管理杂七碎八的事情还真不少,有时候你不知干了些什么,一天却忙得晕头转向。置办物品不光在发票上签个字就行了,赵丰年大多数时候都要亲自实地查看,倒不是不放心办公室主任和行政主管,主要怕自己在办公室坐久了会憋出毛病,实在想出去转转,透透气。

售楼处需要添加桌椅板凳等设施,办公室主任拿着考察好的商家及预算单请赵丰年签批,他看价格太贵了,忙道:"你明天跟我去看看,多考察几家,对比一下。"办公室主任顿时露出不悦之色,为难道:"明天我跟王总出差,机票已经订好了。那让李秘书跟着你去吧,她也熟悉商家。"赵丰年只好点头同意了。

赵丰年在家具城考察了多家店铺,心中有数之后,便跟着李梦好来到办公室主任定好的商家。店老板是一个胖乎乎的中年女人,看到李梦好亲热地握住她的手,一口一个美女,还不时地瞅瞅赵丰年。李梦好忙向她介绍赵总,店老板更是热情,一番恭维之后,便介绍自家的产品及价格。赵丰年听罢,觉着贵了,便道:"你这儿太贵了。"

店老板忙说:"我们的产品结实,十年八年坏不了。"

赵丰年说:"我们售楼处卖完楼就完成使命了,最多也不过两三年的时间,要那么结实的干吗?我们从别处买吧。"说完头也不回地甩开手大步走了。店老板顿时眼睛都瞪圆了,李梦好忙说:"对不起,我们走了,下次再来买。"

"你走那么快干吗呀。"李梦好小跑才追上赵丰年,埋怨道,"你说话也太直接了,不买就不买,跟主任说,让他告诉店老板多好呀。"

"办事直截了当,咔嚓一下,说完办完,拐那么多弯,你不嫌麻烦呀!"赵丰年说着来到车前,刚要上车,手机响了,是老战友崔建设打来的,他忙接听:"老崔,干吗呀?我在家具城考察办公用品。"

崔建设说:"咱们去老地方钓鱼玩玩吧。"

"不行呀,我还要上班。"

"今天是周末,上啥班呀,你也够敬业的。老地方,不见不散啊。"

第四章

"今天是周末？"赵丰年转身问李梦好。她点点头说："是呀。"李梦好接着问："赵总，你要去钓鱼？带着我呗，反正我也没事。"

赵丰年说："周末你不回家吗？"

李梦好忙说："本来是要回家的，这不是跟着你来考察市场嘛。"

赵丰年想想也是，便说："上车吧。"李梦好高兴地钻进车里。

行驶了一个多小时，他们来到海边渔村，在"渔家乐"门前停了下来。穿过前厅，来到后院，顿时别有洞天，宽敞的阳台面朝大海，阵阵涛声仿佛在脚下。靠近栏杆处摆放着一张白色圆桌，桌子上安放着酒精炉，上面的砂锅正冒着热气。崔建设戴着墨镜，叼着香烟坐在一侧，手里拿着鱼竿望着大海。

"钓多少了？"赵丰年走了过去，掀开锅盖，说，"水都开了，怎么还没有一条鱼呀。"

"你赵三快不来,鱼敢来吗？"崔建设转身，忽然看到李梦好跟在赵丰年身后，立即摘下眼镜，将未抽完的香烟扔到海里道，"原来有女秘书陪着啊，难怪来晚了。"赵丰年介绍说："梦好，这是我的老战友，崔总，大国有企业老总，还是我们战友联谊会的会长。"李梦好上前很有礼貌地问好，崔建设连连点头："嗯，不错，赵三快，你艳福不浅呀。"

李梦好咯咯笑了，崔建设忙问："美女，你笑什么？"李梦好回答道："我知道赵总走路雷厉风行，说话干净利落，还有一快是？"崔建设大笑，说："你说话真有水平啊，我告诉你，你们这个赵总啊，诨名字多了，赵大炮、赵三快都是他。"赵丰年拿起崔建设早给准备好的鱼竿，放上鱼饵扔进大海里，然后坐在与他并排的椅子上，说："这些诨名字都拜你所赐。"李梦好捂着嘴朝着崔建设笑，他挪动了身子，说："哦，那一快是吃饭快。在新兵连，我一个馒头还没有吃完，他三个都进肚了。"说完，他瞥了赵丰年一眼，说："你们农村兵，那时候受穷惯了，到部队就是为了能吃上大米、馒头。"

"偏见。"赵丰年反驳说,"哎,你别总觉着自己是城市兵就高人一等,怕吃苦、怕训练、偷偷抹眼泪的还不都是你嘛。在部队吃饭就得快，哨子一吹，吃不完也得走。"崔建设不吱声了。李梦好给他端来水杯，看到桌子上的白酒瓶，忙道："你们要喝白酒呀，我让老板给你们上几道好菜。"

赵丰年忙说："不用炒菜，我们就吃钓上来的鱼。"

李梦好好奇地问:"如果钓不上鱼咋办?"

崔建设回答:"我们对着海风喝呗。"

"有意思,我倒要看看你们怎么喝。"李梦好更觉得有意思了,拿了一把椅子坐在了赵丰年身边。看到水快凉了,关心问:"赵总,水凉了,给你换换吧。"赵丰年并没有应答。李梦好看到他面朝大海,眼睛微闭,仿佛天地间就他一个人似的,再看看崔建设,跟他一模一样。李梦好心想:这两个人,好奇怪呀,这样能钓着鱼吗?

突然,崔建设大叫一声:"钓着了!"李梦好顺着鱼线看到一条鱼在水面上挣扎着,泛起的浪花引来好多海鸥争抢。他急忙收线,抓起活蹦乱跳的石斑鱼,脱掉鱼钩刚要扔进滚开的砂锅里,赵丰年突然睁开眼睛,大声阻止道:"崔总,先别——"

第五章

白水煮活鱼是赵丰年和崔建设他们俩的最爱。不刮鱼鳞，不去内脏，不加任何作料，将钓上来的鱼趁活着的时候扔进滚开的水里煮，到汤白鱼烂时便恰到好处，纯天然，鲜无比。刚才，赵丰年看到崔建设手里的鱼张着大口，忽然联想到网上报道的一条消息，说杀活鱼时，鱼也会感觉疼痛，他情不自禁地夺过来扔到地上，不一会儿，鱼不喘气不蹦跳了。

"死了。"李梦好说。

赵丰年对她说："你去冲洗一下，别动刀，拿过来放进砂锅里煮吧。"李梦好抓起鱼去了屋里，崔建设不解道："赵总，你这是干吗呀，怎么……你还是当过兵的人嘛，你忘了在炊事班，是你拿刀杀死了一头猪。"

赵丰年没有回应，而是又拿起鱼竿钓鱼。李梦好将冲洗干净的鱼直接放进砂锅里，还问："就这么用白水煮？不加作料不腥吗？咋吃呀？"她话音刚落，赵丰年也钓上一条鱼，脱了鱼钩扔到地上："梦好，照着去做。"李梦好答应着照办了，将鱼冲洗干净放砂锅里煮。很快，一股鲜香从砂锅里四散开来。

"两条鱼了，咱们开始吧。"崔建设转过身子，倒上两杯白酒，看到李梦好，便道，"丫头，你到店里拿套餐具，一起吧。"李梦好忙说："崔总，我不会喝酒，我还要给赵总开车呢，你们两位帅哥喝吧。"

赵丰年忙替她改正道："我们俩是你的父辈，以后叫大叔好了。"

崔建设将一杯白酒端到赵丰年眼前说："某人越撇清越不清。"说着望着李梦好，她只是嘿嘿笑着并没有反驳或纠正。赵丰年将一条鱼盛到碗里递给李

梦好："你一条,我们俩一条。"

"看看吧,还不敢承认。"崔建设朝着赵丰年说。

"不行不行,又不是我钓的,是两位大叔的劳动成果,我做小辈的不敢占便宜。你们俩每人一条,我喝点汤就行。"说着递给了崔建设。赵丰年笑着说:"你先尝尝,不一定合乎你的口味呢。"李梦好夹了一块鱼肉放进嘴里,还没等咀嚼就呕吐了出来:"太腥了,你们……"还没有说完,她快步跑进店里漱口去了。

崔建设和赵丰年哈哈大笑,赵丰年说:"还是咱俩好这口,来吧。"说完从砂锅里盛了一条鱼递给了崔建设。两个人端起酒杯,崔建设说:"老习惯,三口一杯。"赵丰年也没有答话,竟然一口干了。

"哟哟,你今天这是咋?"崔建设虽然惊奇,但并没有多问,而是一口喝到三分之一。两个人先喝了汤,接着对碗里的鱼肉大口朵颐。李梦好出来,看到两位奇葩,忍不住道:"两位大叔,这么腥的鱼,你们竟然吃得津津有味,我……"崔建设接话说:"我们俩属猫的,是鱼就行。"赵丰年喊出店老板,吩咐她给李梦好做几道可口的饭菜。店老板连连答应。赵丰年朝李梦好挥手说:"去吧,点最好的吃。"李梦好跟着店老板进去了。

崔建设给赵丰年倒满酒,说:"来吧,还干?"赵丰年摇摇头,他喝了第二口酒问:"挺关心的嘛,你们到什么程度了?"

赵丰年喝了三分之一,说:"我哪有你潇洒啊,今天怎么没有带着情人啊?"

"我不是怕你尴尬嘛,谁知道你今天却带着了,你这个家伙还挺保密。"

赵丰年忙解释说:"我实话跟你说了吧,她妈是我同学,当年追我,我没有同意,总觉着欠她一份情,她女儿大学毕业了找工作,我公司正好缺一位秘书,帮了点小忙。再说了,老岳、老婆都在一个公司,前后左右不知有多少双眼睛盯着,有贼心也没有贼胆啊。"

"哈哈,那倒是,喝酒。"崔建设有点相信了,两个人碰杯接着干了。这时候,赵丰年话就多了,想把一肚子里的苦水吐露出来:"老崔啊,我不服,他除了阿谀奉承、拍马屁,哪儿比我好啊,可是我那位老岳偏偏……唉,按说,家丑不可外扬,老岳这几年不重用我了,我心里有数。"

"不重用,能将公司的签字大权交给你吗?"

"你不明白吗?领导的发票,我敢不签字吗?"赵丰年接着说,"咱们这

第五章

么多年,你是知道我的,我一直想干业务,带领员工冲在一线,我最讨厌的是巴结、讨好领导,从当兵到现在,脾气性格一直没改,抗上,也不喜欢请客、送礼、拉关系。"

崔建设跟他碰杯干了杯中酒,接着都倒满,说:"其实啊,你还真得感谢你老岳,凭你的直脾气,在别的单位还真干不了几天,张玉振就是例子。"

赵丰年端起酒杯自己喝了,说话也喘粗气了:"是,我俩是一个类型的,一个直肠子,一个急性子,咱当兵的……"

崔建设打断他的话:"丰年,我问你,你现在还当兵吗?"

"我……"

崔建设接着说:"部队跟地方毕竟是两个不同的天地,面对新的环境、人物、工作,你觉着还沿用在部队的模式能行得通吗?就我自身来说,从我脱下军装的第一天开始,就迅速转变观念、改变工作方法了。"

"难道要改变咱们军人刚正、勇敢的风格吗?现在好多企业都实行了军事化管理,我看成效就很大。"

"你这是抬杠,一根筋,我简直无语。"崔建设端起酒杯自己喝了。

赵丰年看到他有些生气了,忙碰杯说:"要不你升职快呀,现在都正处级了,咱战友最有本事的,一个是你,一个是任团长吧。"

"人家转业后是政府部门领导,我们虽然是国企,还是比不了。"

"你的意思,我们私企更比不了了?"

"你呢,我更比不了,虽然级别比你高,可是你们实惠啊,年薪七位数吧,还不加绩效考核大头。"

"唉,绩效考核这块我是没有了。"

"你也别叹气了。俗话说,鱼与熊掌不能兼得。你少挣了钱,但交了桃花运了嘛。"

"又来了,喝酒吧。"

"你也别装正经,我告诉你,凡是有成就的男人,哪个没有两三个情人的?圈子里早传开了,恒发源公司董事长徐大营资产几十个亿,表面上死了老婆不再婚,其实他跟他手下一个姓孙的女人……"崔建设说到这儿,忽然发现赵丰年的脸色都变青了,他这才意识到自己喝多了,忙说,"哈哈,喝多了,胡说八道了，这都是八卦，八卦啊。来来，接着喝……"

赵丰年没有再端起酒杯，此时，他心里忽然明明白白的，自己寻找的答案终于被崔建设点破了。岳父跟孙媛媛有一腿，孙媛媛是王亚介绍来的，王亚才有恃无恐，他们关系肯定不一般……岳母去世十几年了，岳父也有续弦的念头，自己不支持但也不反对，只是徐雯雯要死要活地不同意，说公司是母亲帮着打下的天下，不能便宜了别的女人……他没有想下去，而是端起了酒杯，却被过来的李梦好夺了下来："赵总，别喝了，喝多了会伤身体的。"

"我没事，喝喝。"看到酒杯被李梦好抢走了，赵丰年生气道，"你这个小女孩大胆了，竟敢管起老子来了，啊不，竟敢管起领导来了，你不想在公司干了？给我，我今天要跟崔总，啊不，会长，喝个痛快，不醉不休。"

李梦好怎么也不给他酒杯，崔建设笑着说："丫头，你赵总在我们战友中，可是最优秀的，你要把握住哟。"

"崔总，我不明白你的话，赵总是我领导，我有责任照顾好他。"李梦好说到这儿，赵丰年指着崔建设说："听到了吗？你屁会长，我不服，为什么战友聚会，总让我掏钱？"

"你当老总嘛。"

"当年我进城打工的时候，你们这些城市兵哪个看得起我？哦，我现在当老总了，你们来巴结我了。"

崔建设实在听不下去了，猛地站起来，抓住酒杯摔在地上，指着赵丰年生气道："赵三快，要不是战友谁理你了？手里有几个钱，管了几个人，看把你嚣张的。"

"你也是当老总的，你为什么不出钱？"

"我操心出力不行吗？再说了，我们是国有单位，费用管得严。"

"你年薪几十万，就不能自己出吗？还是你小气，赚便宜惯了。"

李梦好从来没有看过如此激烈的场景，几乎吓傻了，含着泪不知如何是好了。店老板听见声音急忙过来，李梦好急忙说："你快劝劝他们吧，他们好好的，怎么突然吵起来了呀？"

店老板安慰道："你甭管他们，他们战友经常这样，也打也骂，过会儿就好了。"

李梦好不放心,站在他们中间想劝和:"两位大叔,都少说几句吧,都说一起蹲过战壕的是生死兄弟,你们俩……"

不等她说完,赵丰年把她推到一边,朝着崔建设吼道:"以后我不听你的啦,我不与你们为伍了,以后战友聚会我一分钱也不拿。"

崔建设也不示弱,气得脖上的青筋都凸显了,道:"你爱拿不拿,少了你一个,天也塌不下来,地球照样转,你有什么了不起,看不起这个瞧不起那个,好像天下就你是正人君子,别人都是小人。"

"我没那么说,起码我比你强,我是通过自己十年努力进城上班的,而你是靠父母吃国库粮才在城里安排工作……"

看到他们像小孩子戳尿窝似的你来我往,店老板拉着李梦好说:"咱们进屋去,越在这儿他们越逞强好胜。"李梦好半信半疑地跟着店老板进了房间,果然听不到他们争吵了,透过玻璃窗望去,见他们都坐在椅子上,或低着头看手机,或抽着烟望着大海出神。

店老板对李梦好说:"我已经沏好了一壶红茶,你拿过去让他们醒醒酒吧。"

李梦好端起茶水快步来到崔建设和赵丰年中间:"两位大小孩,喝杯红茶,醒醒酒,消消火,罢兵言好吧。"

崔建设接过茶水瞪着赵丰年道:"还不如一个小姑娘,不知你怎么当的老总。"

赵丰年喝着茶水瞅着崔建设道:"是,我不如你,一个一个小姑娘都毁在你手里,还好意思说我?哼!"

李梦好忙笑着说:"好了好了,两位大叔,我今天不是来看战争大片的,是……"崔建设打断她的话问:"吓着你了没有?"李梦好笑着回答:"开始有点,转念一想啊,只有生死战友才能这么无所顾忌地打撩吵闹,你们这是真情的流露和放纵。"他们俩哈哈大笑,赵丰年说:"我们俩啊,见面就是互掐互损,有时候吵得脸红脖子粗,一会儿啥事没有了。"

崔建设指着他说:"你这个大叔呀,总是不服我。其实,我当年只是跟着父母占了城市户口的便宜,其他都靠自己奋斗啊。"

"当年,农村孩子为了城市户口……"赵丰年刚说到这儿,手机响了,接听道,

"你好,张书记……好好,到时候我一定回家,拜拜。"

崔建设问:"谁的电话?回家干吗?"

赵丰年回答说:"是我们村的支部书记,叫我回家参加村民选举,我的户口还在村里。"说着问李梦好:"哎,梦好,你的户口也在村里?"李梦好说:"我大学毕业后,在城里找工作,已经落到城里了,现在好落。"赵丰年叹气说:"过去啊,我接着说啊,当年农村孩子为了这个城市户口没少操心费力,我努力了十几年都没有落进来。"

"你早说呀,我帮你。"

"你这是马后炮,现在城镇和农村户口一样了,你才敢说这样的话。"

"看看,无论我怎么对你好,你总是不领情。"

李梦好笑着说:"崔总,我最了解赵总,他是内敛含蓄的人,有好记在心上不轻易表现。"

赵丰年接着说:"我又不是傻子,谁对我好能感觉不到吗?还用得着整天提到嘴皮子上吗?真是的。"

"看看你们呀,一唱一和的,还说没事……"

李梦好知道崔建设要说什么,她感觉天气凉了,就要了他们的车钥匙,拿出风衣给他们披上,一再嘱咐别着凉了,感动得崔建设小声对赵丰年说:"你这个女秘书啊,即便不做情人,也是难找的红颜知己啊,可不要错过哟。"

"你们俩叽咕啥呀,不会是在埋汰我吧?"李梦好故意问。他们俩忙说没有。她接着说:"两位大叔呀,我有个建议啊,以后你们聚会不要喝酒了,喝杯茶聊聊天多好呀。"

赵丰年率先表态:"这个建议好,崔总,你觉着呢?"崔建设刚要去摸烟盒的手忽然停住了,指着李梦好说:"好好,你这个小姑娘净给我们带来正能量。赵总,以后你经常带着她一起聚聚啊。"

"美的你,我可不给你机会。"赵丰年说完,三个人都哈哈大笑起来。

不觉夕阳下,渔舟归港。赵丰年说:"天短了,走吧。"崔建设似乎意犹未尽,他说:"急着回家干吗呀,徐雯雯在床上等着你呢?估计你现在慢不了了,以后叫你赵四快。"李梦好知道他们又要插科打诨了,加快步伐先出去调整车向了。赵丰年说:"你以后当着女孩子的面,少胡说八道。"崔建设推了他一把,笑着说:"你呀,别假装正经了,现在的小女孩可啥都懂。哎,我问你,还行吧,我车上可是有上好的补品。"

赵丰年说:"目前还用不着。哎,喝酒了,坐我车,让李秘书送送你吧。"

"我倒是想让她送,办公室主任早来等着了,今天就不用了。"崔建设说,"到了咱们这个岁数,得想办法补补啊,要不挣那么多钱干吗呀。"赵丰年笑笑没有接茬,走到院子里,果然见崔建设的办公室主任在车旁等候了,便上了自己的车。崔建设摇摇晃晃走了过来,他只好放下玻璃,崔建设将头伸进来却对李梦好说:"小李秘书,今天表现不错啊,以后赵总不带你,咱们约啊。"

李梦好只是笑,赵丰年没好气地说:"好了,人家等着你呢,别没完没了了。梦好,咱们走。"说着将崔建设的头硬推了出去。

李梦好见有人过来扶着崔建设了,才打了声招呼:"崔总,你慢点啊,我们先走了。"说完开车走了。

路上,李梦好对赵丰年说:"赵总,我看你这个战友油嘴滑舌的,你们好像不一个性格,怎么……"赵丰年嗯了一声,然后起身说:"他是城市兵,优越感强烈。"说完,后仰在靠背上昏昏欲睡。

第六章

　　李梦好将车稳稳停在车位上，然后下来给赵丰年敞开车门，柔柔地说："赵总到家了。"赵丰年揉了揉蒙眬的眼睛下车打开后备厢，拿出路上买的食品递给她说："你拿回宿舍吃吧。"

　　李梦好忙推辞说："不用不用，我随便找个小店吃点就行，你还是拿回家吃吧。"

　　"拿着，听话！"赵丰年以长辈的口吻说，让李梦好几乎没有拒绝的余地。她只好接受了："你今天喝了不少，我送你上楼吧。"赵丰年忙摆手说："不用了，你累一天了，早点回宿舍休息。"说完就上楼了。李梦好望着他的背影，顿觉心里暖乎乎的，仰望着窗户里明亮的灯光，盼望着阳台上能出现他的身影。然而，直到眼前模糊了，也没有期盼的那个场景出现，她好久好久才挪开步转身离开。

　　"开门开门……"赵丰年走到自家门前连敲带踹。徐雯雯敞开门，他一头扎进屋里，直接跑到沙发上，抬起脚对妻子说："给我脱鞋，快快。"徐雯雯瞥了他一眼，根本没有理会他，而是大声喊："甜甜，快出来给你爸爸脱鞋。"赵丰年忙跑回门口自己脱鞋："甜甜回来啦。"可里屋并没有传来女儿的应答，他忽然明白妻子故意施了一计。

　　"又是跟你那个臭不要脸的战友喝的吧，你们可真是臭味相投。"徐雯雯生气地说着往化妆间走。赵丰年跟了上去问："甜甜呢，还没有回来？"

　　"去她姥爷那儿了。"徐雯雯简短回答。赵丰年一把将她拉到客厅，笑眯眯地问："今天是周末，你是不是故意支开她，咱们啊……啊……"徐雯雯故意甩开，道："看你色眯眯的样子，滚一边去。"她忽然想起一件事，忙问："你喝成这个样子了，咋回来的？车呢？"

"是李秘书开车送回来的。"赵丰年说完，转身要去厨房。徐雯雯霎时头皮发麻，几步冲到他的前面，指着他的脸质问道："她也去了？"赵丰年点头说："是呀。"接着就去厨房做饭了。

晚餐很简单，赵丰年给妻子做了蔬菜水果沙拉，自己煮了一碗加荷包蛋的面条。徐雯雯边吃边斜视着丈夫，忍不住拿着叉子对他道："看你今晚特殷勤的样子，说，是不是心里有鬼？"

赵丰年边吃边回答："看你疑神疑鬼的，天地良心，这么多年，除了那天晚上你为了安慰我，糊弄了一顿饭，别的时候你做过饭吗？"徐雯雯一想也是，低头吃了几口，还是不放心，忍不住又问："你们怎么单单选了周末在一起？"赵丰年被质问得发毛了，只好回击道："哎，徐雯雯，你今晚是怎么啦？你跟王亚十几年了，晚上说出去吃饭就去吃饭，说出去跳舞就出去跳舞，我啥时候怀疑过你？我知道，任凭他死皮赖脸地缠着你，你也不会心动，对吧？"

"女人跟男人不同，就怕你意志不坚强。"

"哈哈，你别忘了，我是当过兵的人。"

"算了吧，你那个战友老崔也当过兵，我看他有三好，好烟好酒好女人。"

"你还真不了解他。"赵丰年吃完了，起身去洗刷碗筷，一边走着一边说，"他就是过过嘴瘾，啥也干不了，也不敢干。你想想，他是几万员工的国企老总，上边有多少部门领导盯着他，下边有多少双眼睛瞪着他，听他说自己整天如履薄冰，小心翼翼，也就是找我们几个战友放松放松而已。"

"要不他八面神通能当上老总呀，他这个人浑话连篇，跟我也不避嫌……"徐雯雯说着崔建设。赵丰年忽然想起崔建设曾提及岳父的八卦，便走到妻子面前，说："是甜甜自己去的，还是爸爸叫她去的？"

"是甜甜说好久没见姥爷了，想他了呗。"

赵丰年说："雯雯，我说你别烦啊，我觉着爸爸这么单身过下去不行，得找……"徐雯雯知道他要说什么，起身就离开了。赵丰年端起碗，用抹布擦桌子。看到丈夫忙碌的样子，她有些不忍心，接过饭碗，说："爸爸的事情不用你操心，现在甜甜还上学，我们住这儿主要是为了陪读，等她考上名牌大学，咱

们就搬到爸爸那儿一起住。"

赵丰年站在饭桌前怔了一会儿,反复考虑是否将岳父的八卦消息告诉妻子,又怕这是假消息,又怕妻子听了接受不了。这时,徐雯雯从化妆间走了出来,浑身散发着沁人心脾的香气,轻轻扭着他的耳朵,娇柔柔地说:"今晚我要检验检验你。"他顿时明白了妻子的心意,笑着说:"看实际行动呗。"顺势抱着妻子滚到柔软的沙发上了。

这天是龙山村村主任选举的日子,赵丰年没敢忘记,正想休息几日,便找王亚请了假,换上麦黄色休闲装,开着奥迪车往家赶去。出城不久,便是龙河冲积而成的号称有十万亩的肥沃平原,这也是龙海市的粮仓。宽阔的道路笔直而平坦,两旁的绿植修剪得整齐富有层次感,低矮的是冬青,中间的是美人梅,高大的是银杏树,透过间隙几乎看不到田地了。忽然,路边出现了一个巨幅广告牌,上面写着:千亩芝樱花基地项目。打造全国第一,集农业休闲观光、有机种养和民俗旅游为一体的田园综合体。他虽然开着车,还是不住地透过车窗向外望去、望去……

山河镇恰好位于平原与山地相接的地方。赵丰年驶过十字路口,将轿车缓慢停在道路的右边,这是他多年形成的习惯。

过去,村里人赶山河大集,需要走三个多小时的山路。他清楚记得,一次父亲推着满满一车柴火,他在前头拉着车。由于山路崎岖,爷俩连人带车滚进山沟里,二个人好不容易爬出山沟,紧赶慢赶到了大集,集上却空荡荡的,几乎不见一个人了。父亲望着偏西的日头长长地叹了一口气。这件事让他刻骨铭心,自从开上了汽车,每次走到山河镇十字路口他都要停一会儿,放下车窗玻璃看看有没有回家的村里人,只要有人搭车,他都会顺路带回村。五分钟过去了,没有看见熟人。他忽然想起今天是村里选举的日子,村民或许不会出山了。他正要按动车窗升起按钮,忽然看到一辆红色电动车从侧面驶过。骑车人朝着赵丰年瞟了一眼,由于她戴着草帽,蓝色围巾紧紧裹住脸面,赵丰年没认清她是谁。电动车后座上用黄色胶带缠绕的塑料筐格外显眼,他猜想她是来镇上贩卖水果或山货的山里人。

出了山河镇便是龙山山区,道路沿着龙河蜿蜒曲折逐渐变窄,从沥青路变成水泥路,三三两两的村庄坐落在山梁上或山坞里,大多是低矮的石砖房,少数还有茅草房，断壁残垣显得破旧和古老，偶尔也能望见远离村庄掩映在绿植中的红瓦白墙或亭台楼阁建筑，这都是城里人进山建造的别墅或会馆。

在山里行路，赵丰年不敢开快，会车几乎要将车停下来。大约行驶了半刻钟，赵丰年追上了骑电动车的人。他想看清骑车人的面孔，但她似乎察觉出他的意图，故意将头扭在一侧，还没等看清便一闪而过了。半个小时后，前面出现六十多度的陡坡，道路不得不进行顺势迂回盘旋，形成了九大拐弯，这便是有名的九道拐。拐过第一道弯，一辆面包车在前面缓慢行驶，他不敢超车，把紧方向盘慢腾腾地跟在后面。直到拐过第九道弯上了垭口，道路稍微宽阔了一些，他按了喇叭刚要超车，面包车突然亮了后尾灯，他急忙刹车稳稳停在面包车后面，从车窗探出头朝前看，望不到头的车辆早已排成了长队。

从面包车上下来一个人，看上去矮小精干，略微驼背。赵丰年认得，他是本村村民蔡三九，比自己大十多岁，平时称呼他蔡大哥。赵丰年下车上前打招呼："蔡大哥，你也回家参加投票？"蔡三九与赵丰年握手，脸上似乎没有任何表情，道："早知是你跟在后面，我就给你让路了。"

"路窄，不好超车，哈哈。"赵丰年依然笑着说，"蔡大哥神龙见首不见尾，光知道你也在城里住，不知道你整天忙啥呀？"

蔡三九嘴角一撇，说："唉，哪能跟你大老总比呀，勉强混口饭而已。你那么大的公司，手指缝里撒几个芝麻让你大哥香香口嘛。"赵丰年把他的话当真了，看他瘦小的样子，说："我们公司都是重活累活，就怕蔡大哥干不了啊，要是不嫌弃，保安……"还没等他说完，蔡三九不屑，转头朝前望去。一个人站在巨石上挥舞着小红旗高喊："前面放炮了，禁止通行……"

不一会儿，炮声隆隆，整个大山都为之颤抖，石块滚落山谷的轰鸣声，震耳欲聋，一股尘烟从垭口飘过来。那个人摇晃着小绿旗吆喝着："放完炮了，可以通过了。"

蔡三九和赵丰年都上了各自的车，因为车辆拥堵，赵丰年跟着面包车缓慢向前走。从山角拐弯进山里，眼前豁然开朗起来，山坳里坐落着参差不齐的住户，有"山重水复疑无路，柳暗花明又一村"之感，这便是龙山村。

赵丰年抓紧方向盘注视前方，放炮落下的石块布满本来就不宽的道路，车辆行驶在上面如大海行舟，忽而颠簸忽而起伏，稍不小心就会发生侧翻，

坠入万丈深渊。他艰难驶过了这段坎坷路，过了龙河桥，远远看见村口停着一辆警车。

赵丰年开始认为是镇派出所来维持选举秩序的，走近了却惊讶地发现一个男人双手戴着手铐，被两位警察押着往警车上走，后面跟着村支部书记张玉匣。"这不是那个菜贩吗？"他急忙下车询问怎么回事。张玉匣告诉他，李昭顺将猪大粪和有毒液体倒进了龙河。他指着李昭顺愤恨地说："你不知道城里的人都喝龙河的水吗？你胆敢往龙河里倾倒猪大粪、投毒，污染环境，毒害生命，你犯法了，你知道吗？"

"我没有，我冤枉！我只是说说而已，我没有往龙河里投毒、倾倒猪大粪。"李昭顺始终低着头尽力辩解着，蓬松散乱的头发掩饰不住他委屈而痛苦的表情，布满额头的皱纹愈加凝聚在一起了。

赵丰年这才知道菜贩叫李昭顺，联想到他在城里的遭遇，好像自己受到了莫大的屈辱和不公，当满腔热忱迸发出来的那一刻，警察已经将李昭顺强行塞进警车里带走了。

李昭顺的妻子坐在地上哭诉着："俺就是来种菜的，你们欺负外村人，他什么也没有干呀。"围观的人悄声议论。

蔡三九走过来安慰道："大嫂，虽然你不是龙山村的，但是在龙山村工作嘛，你放心吧，我找人将昭顺弄出来。"

蔡三九的交际能力和为人义气，赵丰年早有耳闻，因为自己也在城里，母亲经常私下对他说："蔡三九很有能力，村里难办的事情都找他。"也曾听到有人说："依蔡三九的威信，回村竞选村主任肯定没有问题。"想着，他不禁向蔡三九投去敬佩和好奇的目光。

赵丰年将轿车开到村口老榆树下的空地上，每次回家他都将车停放在这儿。别看他这个细小举动，可是在村里赢得了一片赞誉声，纷纷说他低调、孝顺，不在老少爷们面前显摆。其实，是他的车底盘低，根本进不去村里凹凸不平的街道，也怕被路旁的柴草荆条划擦车体。他下车弯着腰收拾里面的东西，骑着电动车的人才赶上来，她瞥了赵丰年后背一眼，很想跟他打招呼，似乎又不想让他看到自己，心绪起伏使得她没有握紧车头，电动车晃动了两下差点摔倒，她急忙握紧车把手疾驰而过。

第七章

　　村两委大院设在村东,需要顺着主街道走一段路。赵丰年对这条街太熟悉了,过去村里的供销社、医疗所、大队部、民兵连、中小学校都设在这条街上,到现在他还经常梦到小时候在此上学、赶集、玩耍的情景,每次回家走在这条街上,他不自觉地就放缓了脚步。

　　一阵风吹来,杨树簌簌作响,叶子落了一地。小时候家里没有柴草做饭,每到秋天,全村的孩童都拿着柳树条或铁条来路上串树叶子,常常是人多叶少,记得有一次,他眼巴巴看着一片落叶从空中摇摇摆摆还没有落下,却被身后个头高的伙伴抢了过去,为此两个人还打了一架……一晃几十年过去了,赵丰年感叹岁月易逝,摇摇头将记忆抹去回到现实,忽然一股猪粪、牛粪的刺鼻臭味随着风飘来,他想捏着鼻子,又怕被村里人看见笑话,只好憋着气息往前走。

　　"小六,你要是再在俺门前撒尿,偷俺家东西,我敲断你的狗腿。"忽然一位长得肥高而又笨拙的男人从身边跑过,两个人差点撞怀,后面跟着的瘦小女人拿着棍追打,惊起两只鸡尖叫着扑棱着翅膀飞到路那边去了。他认得她,外号"三马虎",真名秦秀琴,只因喜欢跟人家吵架嗓门大、脏话多,而且不讲道理,又因她丈夫蔡白露排行老三,人们惧怕她,才以"三马虎"代之。

　　"大哥回来啦。"秦秀琴见到赵丰年,不再追赶那个叫小六的人。她家的房屋格外突兀,横斜半个大街,而且死死堵住了一条南北胡同。按村规划,她家是违章建筑。为此,好多村民找村委会解决此事,都被张玉匣一句"这是历史遗留问题不好办"而搪塞过去。村民都知道,张玉匣不敢得罪秦秀琴,因为秦秀琴的大伯哥是蔡三九。

赵丰年也了解小六是个什么样的人，四十多岁了，至今他不饿全家不饿，习惯小偷小摸，进出派出所如同家常便饭，任凭手打脚踢，他只是嘿嘿乐，啥也不说，有饭就吃，倒头就睡。最后，派出所也拿他没有办法，关几天就放出来，整日在村里逛荡，人见人烦。

赵丰年朝秦秀琴微笑着点点头，转身继续往前走，路过"龙山小卖部"，赵丰年朝里张望，还没有看清人，里面传来爽朗的笑声，接着一个搽脂抹粉、丰腴圆润的中年女人出现在门口，咧开厚唇问："什么时候回来的？"

他忙说："这不是刚回来嘛。"然后又道："看你瘦了，越来越不显老了。"

"真的吗？哈哈，我等你半天了。"这个女人叫林芝秋，是李梦好的母亲，在龙山村开小卖部。她扭动着丰硕的腰想去跟赵丰年握手，见他没有握手的意思便急忙收回来，紧走几步想与他并肩往前走，可是赵丰年走得太快了，落在了他身后，她有些尴尬但还是故作调侃道："老同学，你离我一拃长，害怕我吃了你？"赵丰年摸透了老同学的泼辣性格，答非所问："都说秦秀琴厉害，不讲道理，每次见了我都客客气气啊。"

"你是没有惹着她，说她干吗呀。哎，梦好在你那儿还听话吗？"林芝秋跑步追上他，故意用火辣辣的目光盯着赵丰年笑。

"很好呀。"赵丰年简单答道。

路上，村民三人一帮四人一群，拿着马扎或拎着凳子，还有的抱着木墩子，各姓找各姓，自家找自家，互相在悄悄议论。赵丰年见到熟悉的长辈都礼貌问候，知道他身份的人也主动热情地上前搭话。

几个打扮时髦又怪异的年轻人把守在村委大院门口，头发染成金黄的青年扯着嗓子高声问行人："大老板给你的钱收到了吧。""九爷给你打电话了吧。"赵丰年听到这些声音简直心惊肉跳，尤其是他所说的九爷，不但有所耳闻，还私下听说，只因他插手旧城改造项目，才造成了开工延期，但到现在也没有见到他的真容。

主席台由三张长条桌子组成，上面还铺了蓝色桌布。村选举委员会成员端坐在上面，他们有的刚从地里回来，也有的从城里赶来，衣着各异，甚至沾满了草屑和泥土，但几乎都是一种表情，严肃而又郑重的样子，惹得下面的村民朝着他们打趣，有的村民根本不当回事，相互聊起家常来，乱哄哄的场面让端坐在主席台上的镇领导很不耐烦,他们主要是前来指导和监督工作的。

选举委员会主任宣布大会开始,全场才安静下来,他报告了本次选举的筹备及开展工作情况,宣读了选举规程和程序,然后公布各个村民小组推选出来的候选人名单:"严百顺、李昭村、张传刚、李许……"当听到李许的名字时,赵丰源故意用手指戳了戳林芝秋的胳膊:"他还想霸着村主任的位子不放呢。"

"他这个村主任,没给村民干过一点实事。"林芝秋顿时气上心头,刚要提出反对意见,被赵丰年用眼神制止住了。

在候选人发表竞职陈述环节中,现场又开始哄闹起来。当李许拿着讲话稿一本正经走到发言席上时,场下就开始有人悄声议论了。赵丰源又朝林芝秋挤眼:"要是他再当选村主任,咱们老百姓可是没有好日子过了。"林芝秋忍了忍没有站起来,但脸颊明显涨红,双眼开始冒火了。

"龙山村的各位村民同志们,我的父老乡亲们,我叫李许,是上一届的村主任,为什么我还要继续竞选下届村主任呢?我祖祖辈辈是龙山村人,我要为龙山村村民服务一辈子……"他说到这里,赵丰源小声道:"说的比唱的还好听。"这句话一下子燃起林芝秋内心憋着许久的火焰,她腾地站起来,指着李许高声道:"李许,你说的比唱的还好听,谁信呀。"

李许知道林芝秋的诨名叫"不好惹",本不想惹她,可是今天这么个重要场合,她竟来拆自己的台,是可忍孰不可忍。李许指着她不高兴道:"不好惹!别以为都不敢惹你,我不怕你!你为什么当着全村村民的面打击我,是为了给谁拉票?"

赵丰年立即朝林芝秋瞪眼,意思是你快住嘴!此时,林芝秋也觉着自己太冲动了,好在她反应很快:"你他娘的,这次要是竞选上了,再不为村民着想,嫂子敢把你的蛋黄子捏出来。"大家都知道她的性格脾气,笑得前仰后合。李许也不好再跟她计较,憋着一肚子气将竞选报告总算读完了。

张传刚在发言中,一再强调只要他当选村主任,外面没有人敢欺负龙山村的人。几个小青年趁机在周边起哄,小黄毛递给小六一包方便面:"小六,我怎么喊,你怎么喊啊。"小六拿着方便面点头答应。小黄毛振臂高呼:"谁要是不选刚哥,龙山的泉水不让喝,龙河的大桥不让过……"小六举着方便面也跟着高喊:"谁……选刚哥,不让喝水……"众村民哈哈大笑,小黄毛气得扇

了他一巴掌："错啦错啦,重来。""我……"小六早忘记说什么了,怕挨打站起来啃着方便面跑了。村民纷纷议论了："小黄毛,这个刺头,整天跟着大老板屁股转,还能转出好转?"

赵丰年不认识他,他转身问赵丰源,林芝秋嘴快,说："他就是那个小念念,父母长年在城里做生意,他现在跟着爷爷奶奶生活。"赵丰源接着说："整天跟着他本家张传刚混吃混喝,耀武扬威,出了名的小混混。"赵丰年想起张念小时候老实可爱的样子,不禁对他的变化感到惋惜。

张玉匣见村民都非常反感了,镇上领导脸色都变得铁青了,怕惹火上身,忙冲着张念道："小黄啊,张念,你跟着瞎掺和啥?一边老实坐着。"张念不但没有收敛,反而更加嚣张："张书记,龙山村,姓张的是第一大姓,为什么……"没等他说完,李昭村就站起来指责张玉匣不公正,为他们家族拉选票,还说张传刚就是黑社会,小黄毛就是小混混。张传刚和张念顿时不愿意了,卷起袖子将李昭村围了起来,摆出一副打架的姿势。张念竟然将投票箱抱在自己怀里,大声道："谁不投刚哥,就不准往这里面放选票。"会场顿时乱作一团。

镇领导当机立断,一拍桌子宣布："你们想干什么?你们怎么组织的?今天的选举大会到此结束!"说完,气哄哄离开了现场。

第八章

"怎么搞的？"赵丰年看到乱哄哄的场景，心情极差，站起来刚要转身走。张玉匣快步过来说："赵总赵总，到办公室坐坐，给指导指导。"赵丰年脱不开面子就跟着他来到村委办公室，赵丰源也随后进来。

靠西墙并排着两张桌子，村支部书记张玉匣和村主任李许对桌办公。屋中间安放着长筒炉子，靠北墙安放着木头排椅，前面有张茶几。张玉匣指着正面墙上一块铜牌说："赵总，咱们村是市级文明村，争创这个牌子可不容易啊。"赵丰年凝视了一会儿，然后巡视四周，墙上挂满了锦旗和奖状，防火、治四害、养猪、计划生育五花八门，忽然想起刚才选举的混乱场面，说不出什么滋味，实在找不出恰当的词语赞美几句。最后还是赵丰源会表现自己："张书记就是有本事，把咱们村搞得多好呀，都文明村了。"

"哈哈，还是赵总指导得好呀。"面对张玉匣的恭维，赵丰年从心底里反感，又找不出拒绝的理由，一忍再忍。张玉匣亲自沏茶倒水，说："赵总，我跟你汇报一下咱们村的情况……"接着滔滔不绝地诉说他的政绩，唾液星子飞溅，不等他说完，赵丰年实在忍不住了，直道："我又不是你的上级领导，你跟我汇报这些干什么呀。"

"哈哈，你才是我心中的领导，以后呀，咱们村就靠你了。"

"看你把话说的，越来越没有谱了。"

"咱村咱镇乃至咱市，谁不知道恒发源公司的赵总有钱有权啊，你是龙山村的骄傲，我也以你为荣啊。哈哈，你动动小指头就够龙山村致富奔小康了。"这时，赵丰年猜到了张玉匣的用意。张玉匣继续说："赵总，看看在咱们村

投点资，也算是为家乡父老做贡献嘛。"

其实，赵丰年每年都会在不同程度上资助村里有困难的人，但投资还真没有想过，他有点心动，问："村里哪方面有投资前景啊？"

"石材呀，龙山石板材天下闻名。"严百顺一步闯进来说。他是龙山村首富，外号"严百万"，刚才也参与竞选村主任。他掏出高档香烟每人分了一支，赵丰年没有接，说不会抽烟。严百顺接着说："赵总好习惯呀。投资我们采石场吧，包你一本万利。"

张玉匣说："严百万，你的好日子也快到头了，上级已经下文件不让采石开矿了。""上有政策，下有对策。还不是你张书记一句话嘛。"严百顺将剩下的半盒烟硬塞给张玉匣。张玉匣顺手将烟盒扔到桌子上："大家谁来谁抽吧。"赵丰源过去抽出一支夹在耳朵上，然后又抽出一支放在鼻孔下深深吸了一口气，说："要我说呀，开山泉水厂最挣钱，城里一桶十五元，咱村河淌沟满的，一个龙山水库，要多少有多少。"他特别加了一句："现在好多城里人到咱村大口井打水，到了周末小汽车排好长的路程。"

赵丰年忽然想起曾经的那个开发山泉水的念头，点头道："嗯，这倒是一个投资的方向。"

张传刚突然出现在门口："赵总，投啥资呀，你捐个千八百万的，让老少爷们花花，多简单呀，到时候在村口给你立个碑……"他三十多岁，肥头短脖，肩膀上文着飞龙，明明扎着腰带，裤子却仿佛挂在屁股上，凸显了孕妇般的大肚子，外号"大老板"。忽然，一位衣衫破烂、满脸愁容的老太婆走到他跟前，伸出又黑又脏的手，近乎哀求道："小刚子，你给我十块钱花花吧，我快饿死了……"不等她说完，张传刚叱责道："天天要钱，你就没有别的事情了，现在一分钱都没有！"扭头进屋了。

赵丰年于心不忍，站起来掏出一百元想给老太婆，张传刚立即不愿意了，板着脸大声道："赵总，你当她没有儿子了？"

"传刚，我看不惯你如此对待大娘，你又不是缺钱。"

"她生了三个儿子，却光跟我要。"张传刚看到众人纷纷为老太婆不平，立即朝着母亲大声喝道，"还不走，你不怕丢我的脸啊？"老太婆抹着泪走了。

张玉匣看见气氛不对，忙对赵丰年说："赵总，中午别走了，我已经跟贾副镇长说了,请他陪你一起坐坐,谈谈下一步我们合作的事情。"

赵丰年走到门口说:"张书记,心意领了,我这次回家多请了几天的假,有的是时间谈合作,中午已经跟父母说好回家吃饭。"说完,他头也不回地走了。张玉匣追到院子里,见他走远了,只好往回返。张传刚挑拨道:"不就仗着老丈人有几个臭钱嘛,连镇长的面子都不给,架子也够大的。"

"有钱话也粗嘛。"张玉匣对屋里的人说,"中午不请了,大家伙都各自回家吃饭吧。"众人这才慢慢散去。

这是改革开放后盖的五间红砖瓦房。因为赵丰年的父亲赵树存要求低调,所以房子外面跟周围邻居没啥两样。东两间住着父母,西屋三间是他结婚时的新房。

赵丰年多次让父母搬到城里居住,可是父母不同意,说到城里住楼不方便,其实是故土难离。他为了回家居住方便,将房间装饰得格外讲究。西墙是书架,满满的各类图书整齐地摆在上面。主要是为了女儿,她爱读书,每到周末就想回老家,还说如同逛书店。里间是卧室,摆放着妻子的梳妆台和高级化妆品。北墙的架子上摆着各式各样的红酒和各种款式的茶叶,前面安放着超大树根做的桌子,上面摆放着工夫茶具,周围摆放着六把红木椅子。说到底,这些摆设是为了招待朋友、战友回家爬爬山看看景,喝山泉水,吃农家饭。

中午,王兰香给儿子做他最爱吃的手擀打卤面,赵树存拿出窖藏老酒龙山大曲,爷俩刚端起酒杯,赵丰源来了。赵树存忙吆喝老伴:"丰源来了,加双筷子。"酒过三巡,严百顺来了,赵丰年自己去拿了一双筷子让他坐下喝酒,吃完饭的时候,张玉匣来了,赵丰年便放下碗筷与他们到西屋喝茶。

张玉匣又提投资的事情,还说镇政府给每位村干部下达了招商引资任务,请他一定要帮忙。赵丰年说到村里四处转转,等调查清楚了再定。几个人来到村东山梁上,整个龙山村尽收眼底。

"咱们村背靠大山,前临小河,有山有水,是风水宝地……"张玉匣指着最显眼的两栋白墙红瓦别墅说,"这两栋别墅是咱村最有钱'严百万'和'大老板'的。"严百顺急忙说:"我不如'大老板'有钱。"

张玉匣接着介绍说:"那三排二层蓝瓦小洋楼,是咱村最近开发的,不少城里有钱人来买的……"又转身指着小龙山上的别墅群对赵丰年说:"赵总,你要是回来，我给你从这儿批个楼场。"严百顺羡慕道："赵总，那你太有脸了，现在小龙山上的地段可谓寸土寸金呀，都是有头有脸的大老板、政府官员和亿万富翁来建造的别墅或会馆啊。"

赵丰年没有显出特别感兴趣的样子，回头望着整个村庄出神。张玉匣指着村后一大片青瓦土墙说："那是一二百年前的老房子，现在几乎没有青年人居住了，好多成了危房，下一步村里计划开发大酒店或会议中心，赵总有兴趣可以来投资，给你优先，还有最大优惠政策……"他见赵丰年的眼光盯在了村前百亩平原上，忙说："这儿是咱村的黄金地段，赵总要是办企业，我敢打包票给你办下来。"

严百顺说："还是赵总脸大啊，我前几年就想在这儿办加工厂，张书记就是不批。"张玉匣有意将脸色阴沉下来，说："你要办石料加工厂，污染环境，影响村民健康，我能同意吗？"

赵丰源顺风说："张书记一心想着咱村民啊。"严百顺拍了他肩膀一下，嘲讽道："你也真会溜须拍马屁。"看着赵丰年下山了，他们急忙跟了上去。

一行人转到龙山水库北岸，赵丰源指着山坳处堆满的人群说："这些人都是从城里来打山泉水的。"赵丰年好奇地说："我们过去看看。"

因为路窄，车辆、水桶基本占满了道路，赵丰年他们只好从边上的草丛里磕磕绊绊行走，赵丰源嘟囔道："怎么没有人来管管呢。"这是一口方井，原来是村里的吃水井，这几年村里通上了自来水管，基本废弃了。赵丰年问一位坐在车里等着打水的中年男人："老师你好，麻烦问一下，你从哪儿来的？"

"从城里来的，你也是来打水的？"

"哦，我今天是来看看，水好喝吧？"

"看你问的，不好喝都来排队打呀。"坐在副驾驶上的女士说，"这里是山泉水，甘甜清洌，开水没有水垢，泡茶没有茶锈，我都喝了快一年了。"

张玉匣接着问："从城里到这儿大老远的，你们……"

她接着说："为了身体健康，再远也得来。"

赵丰源马上奉承道："看你细皮嫩肉的，一定是喝山泉水滋润的。"她连说是，大家都哈哈大笑。

赵丰年恍然大悟，他安排赵丰源回家找几个塑料桶，然后对张玉匣和严百顺说:"就是山泉水了,我们就合作开发龙山自然山泉水。"

张玉匣有些失望,小心翼翼地说:"赵总,咱村不缺的就是水,龙河每年要白白流淌到大海多少啊,谁去当回事呀,还用得着开发吗?你也看到了,想喝的开车来取就行了,谁还肯花钱买水呀。"

赵丰年哈哈大笑:"张书记,我告诉你,水是生命之源,某些时候比粮食都重要,我就看好了咱们村有取之不尽用之不竭的山泉水资源。"

"赵总,你这个设想好,随着城市化加快和生活水平的提高,老百姓对水的要求也随着提高,不过……"严百顺担心地问,"咱村的水是山泉水不假,关键能符合国家标准吗?"

赵丰年拍着他肩膀,说:"你担心的没有错,我刚才让丰源回家找水桶,就是取几处水到市卫生防疫和环境检测等部门进行化验。"他接着对张玉匣说:"张书记,一旦符合标准要求,咱们两头筹备,我负责上报公司立项,你负责村里用地、建厂等事项,我们要做就做大产业,做成像农夫山泉、娃哈哈那样的国际大品牌。"

听说要做国际大品牌,张玉匣动心了,握着赵丰年的手激动地说:"还是赵总有眼光,龙山村老少爷们以后就有希望了,祝我们合作成功!"严百顺立即上前凑合说:"赵总,张书记,到时候算我一个啊。"张玉匣不屑地说:"在赵总面前,你千八百万的还叫钱啊。"

严百顺朝着赵丰年说:"入不了大股,入小股也行啊,众人拾柴火焰高嘛。赵总你说对不?"赵丰年点头,看见赵丰源提着水桶来了,他亲自到水井、水库和山涧中取了三样水,当天下午就急匆匆回了城里。

次日,赵丰年带着水样来到质监站进行化验,在等待出结果的空隙,他去了水厂、超市,甚至路边的小卖部进行市场调研,还找到了那位代理纯净水的青年老板,他姓丁,并应允自己的三个代销点将全部代理销售。一组数据令他振奋不已,几乎所有经营水的企业或商店都盈利。没过几天,质量结果出来了,山泉水中富含钾、钙、镁、钠、偏硅酸等对人体有益的矿物质,各项理化标准都符合国家饮用水标准,pH值呈弱碱性,适合人长期饮用,有益于身体健康。

赵丰年大喜,立即给张玉匣打了电话,告诉他这个好消息,然后将市场调研结果、有关化验数据、市场开发前景以及实施步骤等材料给李梦好,让她草拟一份《关于开发龙山山泉水项目的可行性报告》。李梦好很用心，在他休完假上班的第一天将报告放在了他的办公桌上。

赵丰年阅读了一遍，完全符合自己的要求，他拿起报告来到王亚办公室："王总，我找到公司下一步多元化发展的路径了。"说着将报告放到了他的面前："你放我这几天假里，还真是收获多多，我亲自考察亲自取水去化验的，完全符合标准，请阅示。"

王亚翻阅了几页，笑着说："赵总，辛苦你了，非常好，非常好……这样吧，先放我这儿，我晚上再仔细看看，然后咱们再研究好吗？"赵丰年听了非常开心，说："好的王总，我希望你早些时间看看，我怕这个项目一旦被别人盯上，我们就……"没等他说完，王亚站起来说："好的赵总，会很快的，请放心。"

赵丰年回到办公室越想越不放心，想去找董事长汇报，又怕被王亚说越级汇报看不起他，只好耐心等待。不觉一周过去了，王亚没有提及报告的任何信息。赵丰年实在坐不住了，去王亚办公室询问，结果人不在，他立即拨通了王亚的手机号码："王总，报告看了没有啊？"

"赵总，实在抱歉，最近太忙了，公司新开了楼盘，销售环节非常重要。"

"我的事情难道不重要了？"

"我从没敢说你的事情不重要，你安排的事情头等重要。"

赵丰年听到这话，感觉王亚是在敷衍和嘲弄自己，特别窝火，刚要发泄出来，李梦好过来说："赵总，办公室有客人来访。"他这才强忍下去，心想再等两天吧。

第九章

连续几天,赵丰年接待众多亲朋好友来访,大都是咨询新开楼盘事宜,崔建设几乎命令他给留两个楼房号。

"这么火吗?"赵丰年决定去售楼处看看。

售楼处装饰豪华,高档大理石铺面,桌椅板凳全部新购置的,空调、电视、茶饮、咖啡等应有尽有,甚至还设立了孩童小型游乐场。

赵丰年刚从车上下来,一位男青年悄悄靠上前小声问:"先生,买房子的?"赵丰年打量了他一眼,没说是也没说不是,转身朝门口走去。男青年紧走几步追上来说:"先生,这个新开楼盘当天就售罄了,我因为要到外地上班,打算将自己的楼号转手。"赵丰年随便问了一句:"多少钱一平?"

男青年回答说:"一万六。"赵丰年立即道:"这里的房价不是一万三吗?"看到赵丰年惊异的眼神,他立即解释说:"那是起步价,你是知道的,这儿是绝版地段,又是'标王',恒发源开盘就贵,再贵也没有房号了,不信你进去看看。这是我的电话,你需要请联系……"赵丰年没有接他递过来的名片,大步进了售楼处。

"赵总来检查工作了,欢迎欢迎。"售楼处经理见到赵丰年忙将他迎到贵宾室,赵丰年迫切询问销售情况,经理说:"第一期放了五百个楼号,不到三天就售罄了,有个外地客户一下子认购了二十个楼号,而且是全款,就是有钱啊。对这样的VIP客户,我们还给予百分之五的优惠。"

"什么,还给予优惠?这不是典型的炒房嘛。"赵丰年不满道,"我在外面有人向我高价倒卖楼号了。"

销售经理说:"听说现在倒卖一个楼号能挣到三四十万元。赵总,你可别上当啊,我留了一个楼号,要是赵总需要……"赵丰年摆手说:"我不需要,我认为这种销售模式不可取,让有钱的人多买多赚,真正需求的人却买不到房子。"

"是这个道理,但我说了不算,还是领导……"销售经理忽然压低声音说,"赵总,我跟你透露点消息,王总手里还有十几个楼号,说是给领导留的,你需要可以去找他要。"最后销售经理还特别强调:"赵总,千万别说是我透露的消息啊。"

听了销售经理的话,赵丰年心情十分复杂,从售楼处出来,刚要上车,见几个人站在车头前争吵,好像是一家人,父母五十多岁年纪,穿戴打扮普通,一看就是从农村来的,儿子西装革履,光滑的头型好像猫舔了似的。他指着父母吼道:"早让你们来买,你们说没钱没钱,现在可倒好了,想买却没有楼号了。"

母亲叹气说:"听说房子是有,不过得从楼贩子手里转买。唉,又得多花几十万,从哪儿弄那么多钱啊。"父亲蹲在摩托车跟前低着头不作声。儿子更加懊恼,埋怨道:"你们就是无用,现在人家爸妈谁不给儿子买楼买车啊!我告诉你们,你们不给买楼买车,兰兰就跟我分手,你们看着办吧!"说完骑着共享单车就要走。

"你先别走!"赵丰年实在忍不住了,一把将青年拽住了,"你怎么对父母说话的?立即道歉!"青年吓了一跳,急忙回头生气问:"你是谁呀?敢管俺家的事!"两个人一打照面发现都认识,青年就是那个不让李昭顺卖菜的城管,他也认出对方是那个爱管闲事的人了。

青年父母看到有人要教训儿子,甭管对错,本能地去护着自己儿子,让他快走。赵丰年怒火未平,指着青年严厉教训道:"父母把你养大,供你上学、上班,已经尽到抚养义务和责任了,你都成人了,还靠父母养活,丢不丢人!"青年不敢再听下去了,骑上单车快速走了,他父亲急忙骑摩托车去追赶,被赵丰年喊停了:"老哥,你这是惯子杀子啊!"

青年父亲这才作罢,蹲下唉声叹气。青年母亲拉着赵丰年的手说:"谢谢你了大兄弟。"接着诉说了辛酸家事。早年,夫妻俩已经生下三个女儿,为了要一个儿子,躲计划生育跑到东北谋生,受尽了磨难,但也终于凤愿得偿。后来,

第九章

为了这个儿子，可以说捧在手里怕摔了，含在嘴里怕化了，供他上了学，还托人在城里给找了工作，可是他还不满意。她流着泪说："为了给他买楼交首付，我硬向三个女儿摊派，借了所有四邻亲朋，还向他爷爷、奶奶硬要了养老钱。大兄弟，你是不知道呀，现在农村种地不挣钱啊，我们……"她实在说不下去了。

"自家的孬事怎么好意思跟人家啰唆呀，也不嫌丢人。"青年父亲站起来发动摩托车喊着妻子上车，青年母亲抹了眼泪上了车，还朝赵丰年挥手道别："你是好人啊。"直到他们消失在川流不息的车辆行人中，赵丰年才回头朝售楼处望去，眼前却一片模糊。

突然，手机铃声响了。赵丰年看是张玉匣打来的，就上了车接听电话。张玉匣在电话中问："赵总，你的报告通过了没有啊，我已经向贾副镇长汇报了，他很感兴趣，说给予最大优惠政策，全力支持。"

"那很好呀，张书记，你办事效率很高嘛。请放心，我一定催促公司领导尽快通过。"

"贾副镇长的意思是，咱们这个项目要快，他还透露内部消息，城里有大老板向镇书记咨询开发龙山水资源的事情了。"

"好好，我知道了，请转告贾副镇长，谢谢他，让他多帮忙。"

"赵总，今年全镇招商引资任务很重，贾副镇长特别嘱咐，一定顶他的任务。"

"这个我不管，我只管投资。"

"哈哈，赵总，我只管传达……有件事我想跟你商量，我，我个人入股，你看……"

赵丰年听后，对他顿时失去了好印象，没有当场应允，说："这件事咱们以后再商量好吧。"

"好好，还请赵老弟拉老哥一把呀，以后不会忘记你，家里二老我会替你照顾好的，你尽管放心，哈哈！"张玉匣挂断了电话。

"事还没办，先想着自己，够自私的。"赵丰年回到办公室立即给王亚办公室去了电话。王亚刚拿起电话，他就急切问："王总，报告看了没有啊？"王亚马上说："赵总啊，实在抱歉啊，你是知道的，最近公司太忙了，我天天加班到次日凌晨。"

"故意找借口，推三阻四。"赵丰年不想听下去了，直接挂断了电话。李梦好进来说董事长找他有事。"我正想找董事长汇报。"赵丰年起身往外走，手机响了，一看不是熟悉的号码，他直接给挂了。刚走了几步，那人又打了过来，他只好接起："喂，你好，哪位？"手机里传来异常热情的声音："赵总你好呀，我是贾洲道啊，张玉匣都跟我汇报了，我代表山河镇政府欢迎赵总回乡投资啊，你这是造福乡亲的大善举，要流芳后世的。"

赵丰年这才明白是谁了，忙说："贾副镇长你好，谢谢镇领导的关心，我会尽力的，请放心。"

"这些年，我们镇招商形势大好啊，政府都给投资客商和回乡创业的名人给以最大优惠政策，你是咱镇走出去事业有成的优秀代表，你此举已经影响和带动许多城里企业家、大老板来咱们镇投资办厂了，也有投资办水厂的，我都给否了……"

贾洲道这一番话无疑像一把火烧到了赵丰年的屁股下，他拿起报告仿佛抱着炸药包冲进了董事长办公室，劈头就问："董事长，报告您看了吧。"徐大营抬起头怔怔地说："看你冒冒失失的，什么报告呀？"

赵丰年听出王亚还没有向董事长汇报，顿时心凉了半截，不禁气上心头，语气格外重："前几天我休假，考察了一个公司转型发展的项目，写了《关于开发龙山山泉水项目的可行性报告》，早报给王总了，他怎么如此不负责……"徐大营忙站起来替王亚辩护："王总最近比较忙，你拿给我看看吧。"

赵丰年刚要将手里的报告递给徐大营，一看是公司业务形势分析报告，急忙给李梦好打电话，让她去自己办公室拿开发山泉水的报告给董事长送来。接着，他想汇报公司给VIP客户优惠的事情，还没有张口，徐大营说："叫你来，是上午十点何军副市长要来公司调研，我已经让办公室主任下通知了，你马上到处转转，保安、卫生、会场布置等方面，千万别出问题。"

"董事长，我还……"

"一切事情等开完会送走何副市长再说，快去忙吧。"

赵丰年只好转身离去，先到会议室转了一圈，看见办公室主任正在布置会场，然后来到一楼大厅，见保安人员强行赶走正往里走的农民工，他们这几天一直在门前街道两旁护理、修剪花木。他心里顿觉不是滋味，急忙去质问保安怎

第九章

回事，保安说农民工想进大楼上厕所，因为今天有领导来，王总特别要求不准放进任何人，而且农民穿戴破旧，身上沾满泥土草屑，公司有规定：衣帽不整者不准入内。赵丰年对保安吼道："你几时不是农民啦！"然后朝农民工挥手："进去。"农民工还有所担忧，他强调说："没事，我分管行政，我说了算。"农民工这才敢进了大厅，清洁工赶紧拿出拖把，跟在农民工后面清除脚印。

何军副市长的专车驶进大院，王亚迅速跑上去给开车门，并弯腰问好。何军好像没有在意他，而是朝着走过来的徐大营握手，然后又跟后面赵丰年等人一一握手。

何军喜欢与群众面对面交流，这次会议就采用了圆桌会议形式。待何军等市领导坐定后，徐大营简单介绍了公司的基本情况，然后由王亚汇报公司的业务经营及发展情况。何军听得很仔细，不时插话询问有关感兴趣的问题，王亚一一回答。这样，本来一个小时的汇报就延时了。赵丰年暗暗着急，因为他急着去厕所。

前些日子公司体检，赵丰年看到体检表，各项指标都正常，只有前列腺增生。他怀疑自己性欲减弱跟前列腺增生有关，特地询问了专家。专家说肯定有关系，但不是全部。他又问如何治疗，专家说这种疾病是男人到了一定年龄后的常见病，从目前来说还没有根治的药物。为此，他特意托人找偏方治疗，还经常吃滋阴补阳的食物，可是治来补去，照样尿频，他干脆不当回事了。这件事他没有跟妻子说，而是将体检报告放在了办公室的柜子里。

赵丰年实在憋不住了，偷偷溜了出去直奔厕所。忽然发现农民工还站在里面，他一边撒尿一边好奇地问："你们上厕所时间挺长呀。"

其中一个说："哪里，保安不让我们出去。"

"什么?!"赵丰年忽然明白了，他束上腰带对他们说，"走，跟我一起走，我看看谁敢拦住你们。"他们刚出厕所门口，保安跑了过来，赵丰年冲着他生气道："你为什么不让他们出去？简直是欺负人！"

"是王总安排的。"

"你也不动动脑子，他这样安排合理合适吗？"赵丰年实在气极了，声音变得大了起来。正巧，何军也上厕所，走到大厅，见赵丰年正在批评保安，看到几个农民工也在场，似乎明白了什么，他并没有吱声直接去了厕所，吓得陪同一起去厕所的徐大营和王亚连连朝保安挤眼或挥手,意思是立即赶农民工离开。

回到会议室,赵丰年肚子还气得鼓鼓的。何军讲完话后,征求大家对市政府的意见和建议。徐大营说没有。王亚说何副市长一心为群众着想办事,是市民拥护、信赖的好市长。何军将目光投向赵丰年,似乎等着他发言。徐大营连连朝赵丰年使眼色,而赵丰年不紧不慢地发言道:"何副市长,我建议全市主要街道两旁的单位开放厕所,有时候市民外出,找个厕所非常困难。"这时,有人接着道:"是啊,许多人找不到厕所,就在小树林或墙角旮旯里解决,非常不文明。"

王亚不敢对赵丰年发火,而是朝着那个跟着发言的人不满道:"你提点好建议……"何军没有让他说下去,而是道:"这个建议很好。"然后记在本子上,说:"我回去,一定召集有关部门研究解决这个问题。"接着他讲话指出:"我市大力实行'旅游富市、信息化产业强市'战略,打造宜居、舒适、自然、充满活力的文明城市。恒发源公司作为房地产龙头企业,要将社会效益和经济效益统筹兼顾,说到底房子就是住的嘛,不能将老百姓的生活质量被虚高房价给制约了,市政府也一再强调,决不吃土地财政饭!"赵丰年带头鼓掌。

何军往后一仰,手搭在椅子扶手上接着说:"现在房地产行业形势一派大好啊,我今天来可能要给你们添加点清醒剂了,看一座城市的幸福指数,并不是看有多少栋高楼大厦,也不是看GDP增长有多少,而是看老百姓的生活质量和对政府的满意程度。房地产行业关系老百姓的切身利益,安居才能乐业。下一步市委、市政府要进行战略性调整,既要遵循市场发展规律,也要加大调控力度。提高经济效益和防范化解风险并不矛盾,只有积极而稳妥,才能推动房地产行业健康、快速、可持续发展……"全场热烈鼓掌,只有王亚简单应付了几下,脸上露出不易察觉的冷笑。

送走何军后,徐大营对王亚说:"何副市长来公司,并没有肯定我们的工作,我们是纳税大户,为全市的经济发展做出了巨大贡献,他应该……唉,好歹口头表扬几句也行啊。王总,我们是不是要及时调整经营方向了?"

王亚说:"董事长,您多虑了,何副市长能来就是对咱们公司的肯定了,他只能从宏观上讲讲而已,也就是做做样子,他说不吃土地财政饭,房价高还不是因为土地价格高嘛。现在新市区尤其是市政府周围挂牌拍卖的土地太稀缺了,市内外各个房地产公司都志在必得,我也觉着下一步政府必然要加大调控力度,我们就趁现在窗口期突击开发所有楼盘,将'地王'拿下来,错过机会或许以后就不会再有了。"

徐大营点头说:"嗯,业务方面你拿主意就行。"

王亚道:"只是,要想拿下'地王',市里分管领导及有关部门还需要公关。"

"你办就是了。"

"谢谢董事长信任。"

徐大营突然转头问:"哎,赵总那个开发山泉水项目报告,你看了没有?"

王亚急忙解释说:"我看了,赵总的报告很有可行性,也是公司下一步多元化发展的有效尝试,但我还是觉着当前压倒一切的,是发展我们的主业,只有公司实力雄厚了,才能为下一步转型打基础。"

徐大营对王亚的分析十分满意,点头说:"嗯,我同意你的意见,你跟赵总解释清楚吧。"

第十章

午饭，赵丰年除了外出一般都在公司食堂吃。

去食堂有两条路，从一楼大厅走后门过廊道，可直达后院的食堂。另一条路，出大门，顺着绿化带中的幽静小路，也能到食堂，只是路程稍远。赵丰年看到廊道里人多拥挤，独自出了大门顺着小路行走。忽然看见六七个农民工聚在树荫下吃饭，他们有男有女，大都六七十岁的年纪，女的围着头巾，男的戴着草帽，他们坐在土地上，啃着煎饼或凉馒头，没有热菜热汤，却吃得津津有味，有几个人在悄声议论。

"现在城里人总是看不起咱们乡下人，连茅房都不让进。"

"是啊，你看看，这些高楼大厦，哪一座不是咱们农村人来盖的？现在富丽堂皇了，又有哪一座让咱们进去坐坐？"

"哎，如果让你进去坐坐，你能进去坐吗？"一位老年妇女说，"我儿子就在金融大厦上班，我都不敢去他所在的大楼前干活，最怕被他看见了。"

"金融大厦是咱市最高的楼，他在里面干什么？"

"干经理。"

"这些年，当经理的工资都很高，你怎么还出来打工呀？"

"儿子不让我出来。可是他还要买楼，孙子上学还要花钱，学专业，一次课就好几千元，咱帮不上他们，也不能指望着他的，出来多少挣点，自己花着还宽裕……"

赵丰年听到这儿，看到老人常年风吹日晒布满皱纹的黝黑面庞，因缺少汤水而干裂的嘴唇，长年累月搬石头、栽树磨损变得粗糙的手指……想到了自己的母亲，瞬间触动了他内心深处的柔软，禁不住眼眶湿润了。

宽敞、明亮的餐厅能容纳二百多员工就餐，热菜、凉菜、冷饮、面点样样俱全，多达二十几个品种，每人每顿只交五元钱，就可以随便挑选自己心仪的饭菜。赵丰年喜欢吃芹菜炒肉拌米饭，然后要了半个猪蹄、四个油炸大虾，盛了一碗紫菜蛋花汤，端着往餐厅走。几个女同事看到他满满一大盘饭菜，而且都是鱼肉之类的高蛋白高脂肪食物，笑着说："赵总天天吃大鱼大肉也不胖。"

赵丰年看到她们盘子里要么是蔬菜水果，要么是半块玉米或地瓜，开玩笑说："你们天天吃蔬菜水果也照样胖。"看到她们不高兴了，又说："像我，坚持早晨、晚上跑步锻炼，想吃啥就吃啥，这么多的好饭，可不能亏着肚子。"

"是是，以后跟着赵总跑步锻炼、减肥……"

公司领导有专门就餐桌位，赵丰年不喜欢过去，而是看到哪儿有空位就坐下就餐，员工们也喜欢跟他交流。徐大营突然端着餐具过来，赵丰年身边的员工便纷纷让座。徐大营坐在了他对面，说："你那个报告，我略看了一遍，看得出你用心了，但从目前形势看，立即上马还有难度，到时候王总会跟你解释。"

"赵总，最近的伙食调得很好呀，看来你非常用心了。"王亚端着饭菜过来，还坐在赵丰年身边的座位上，赵丰年感觉是他不同意自己的计划报告，便没有搭腔。

"赵总真有人缘啊，都往这儿凑。"孙媛媛也端着饭菜过来，她今天穿着低胸镶金衬衫，细嫩的高脖佩戴珍珠项链，光芒四射更显盛气凌人。徐大营呵呵笑着说："我吃饱了，你们慢慢吃吧。"说完就起身走了。孙媛媛坐在他的座位上，用手往后捋开了快要遮住半个脸的头发，拿起一根黄瓜边嚼边说："赵总，也就你敢给何副市长提意见，我们都不敢，真佩服你。"她这么说，周围的同事们也都纷纷道："赵总向来抗上护下，要不有这么多员工拥护啊。哎，赵总，听说你要上山泉水项目，那真好呀，以后我们喝水就不用花钱了。""赵总一心想着公司，就是为员工办好事办实事。"

王亚已经吃饱了，但他还不想走，故意大声道："想为公司谋利益、为员工谋福利不假，那还得公司有钱啊，不切实际的空想只会误人误司啊。"

赵丰年觉着刺耳，将最后一口汤喝完起身刚要离开，忽然看见王亚端着半

盘子剩菜剩饭要倒垃圾桶里,有的食物整条整块都没有动一筷子,他好心劝道:"王总,你吃多少打多少,剩下一半饭菜,多浪费呀。"

当着众人面被人教训,王亚觉着没有面子,压住心中的怒火,强装笑脸说:"我实在吃不了了,你觉着浪费了,你吃吧。"说着将餐具伸到赵丰年面前。顿时,员工纷纷投来惊异的目光,大都认为赵丰年不会受辱,一场冲突即将发生,有人甚至站起来朝他们走来。

"哈哈,好。"赵丰年从剩饭菜里抓了一个完好无损的包子放进口里,边嚼着边用命令的口气大声道:"剩下的你给我全吃了!"

"我,我为什么吃?"王亚虽然被赵丰年的举动惊呆了,但还是不想吃。

赵丰年大喝道:"你要是不吃,信不信我让你吃不了兜着走?!"

整个大厅鸦雀无声,王亚看看员工们那些异样的目光,再看看摆着架势仿佛要跟自己决斗的赵丰年,他好汉不吃眼前亏,一屁股坐到餐桌前将剩菜剩饭吃完。

下午,上班时间到了,赵丰年觉着有必要再找董事长汇报开发矿泉水的情况,不能让王亚给蒙蔽或耽误了,这关系公司未来发展的战略方向。他拿着笔记本去了董事长办公室。敲门进去,见孙媛媛正在汇报工作,刚要退出来,她站起来极不自然地干笑了几声,道:"是赵总呀,我汇报完了,你汇报吧。"说完昂首挺胸从他面前走过,皮鞋踏地的咯咯声格外响亮。

"董事长。"赵丰年回过头来,见徐大营的脸色阴沉,仿佛一场雷暴雨即将来临,他强烈感觉刚才孙媛媛已将饭堂里自己跟王亚的场景绘声绘色描述过了。果然,徐大营指着他厉声道:"你到底想怎样?一而再再而三顶撞王总,跟王总过不去,你不想公司好吗?"

赵丰年顿时感觉头都大了,他赶紧解释:"董事长,我……"

"你不用解释,我都清楚了。"徐大营气得手都哆嗦了,他站起来依然怒气未消,"抗上护下,打抱不平。怎么着,我跟王亚都成了万恶的资本家、南霸天?我一再告诫你,低调低调,不要让人感觉我们是家族企业,可是你呢?目无领导,说话伤人,做事粗暴,公司就你坚持正义?你是老大?"

此时,赵丰年感觉已经没有争论的余地,更没有丝毫意义了。

徐大营发怒的声音几乎震动了整座大厦,董事长办公室外的人员都停下办公，侧耳听着从董事长办公室传来的声音："自以为了不起，瞧不起别人，为什么一个项目你半年开不了工，王总一夜办妥？王总为了公司废寝忘食，带领员工创造巨大效益，你却鸡蛋里挑骨头，吹毛求疵。唉，我真不知你怎么想的！"

话都说到这份儿上了，赵丰年感觉自己在董事长眼中分文不值了，他只觉熊熊烈火快将自己燃烧殆尽了，他挣扎着做出最后的抗争："既然你这么评价我，我再努力也枉然，我辞职好了。"

"好，我同意，你回去写辞职书吧。"徐大营一拍桌子更加恼怒。

"不用回去，我现在就写给你。"赵丰年从日记本上撕了一页纸，写了"辞职书"三个字，签上自己的名字扔到了桌子上，然后转身大步离开，只听到背后传来徐大营的声音："人事部，马上给他办离职手续！"

徐雯雯听到消息，急匆匆来到赵丰年办公室，埋怨他不该目无长辈跟父亲争吵，更不应该感情用事写辞职书。赵丰年刚才一直憋着火气，听到妻子不理解自己，将满腔怒火发泄了出来："你听见我跟爸爸争吵了吗？是他逼着我写辞职报告，他们现在巴不得我快点离开公司。"

"他们？还有谁？"

"难道你没有看出来吗？"赵丰年真想将岳父跟王亚、孙媛媛的关系说出来，但还是忍住了，"在王总眼里，我没有脑子，不懂经营不会公关，只知凭力气干活，我现在无论怎么做，在爸爸眼里已经分文不值了。那好呀，我走就是了，我要实现自己的价值给他们看看！"

"你怎么就不能改改你的直脾气？"

"他就不能想想当初我带领一帮子人拼死拼活如何为公司打天下的。"

"你也不能总躺在过去的功劳簿上过日子吧。"

"我是那样的人吗？我给公司提提意见就吹毛求疵了？我考察了一个为公司未来转型发展的项目就空想误司了？我告诉你，雯雯，在爸爸眼里，我已经不是以前那个为他推磨拉犁的女婿了，他现在只信任王总，只看眼前利益，钻钱眼里去了，根本不想未来了……唉，我现在有理由怀疑旧城改造项目有人背后捣鬼。"

徐雯雯虽然也生赵丰年的气，但毕竟是夫妻，她扭头就去了父亲办公室，见王亚也在，便没好气地对父亲说："爸爸，你不知道他是那个熊脾气呀。"

徐大营瞅着女儿道:"我怎么不知道?我今天生气是他越来越觉着自己老子天下第一了,好像别人都不如他。"

"他做的一切也都是为公司着想嘛。"

"我看他是在毁掉公司,真不知当初你是怎么选择的。"徐大营说着瞥了王亚一眼。徐雯雯听出爸爸怪罪自己当年没有选择王亚,内心忽然生父亲的气,将此事与自己的爱情挂钩,极力为丈夫辩解道:"爸爸,您说这话可是没有根据呀,我从没有后悔当初我对爱情的选择。"

王亚急忙自责道:"董事长,雯雯,都是我的错,是我的原因让你们家庭不睦。"

"你有什么错?"徐大营说,"是他自找的,怪不得别人,没有他地球照样转。"徐雯雯没有想到父亲会说出这样绝情的话,伤心地流出了眼泪。

王亚忙劝道:"你呀,别再给董事长添乱了,走走,到我办公室里坐坐。"说着硬拉着她去了自己的办公室。

"雯雯,你怎么没有看明白呢?"王亚给徐雯雯倒了一杯水,递到她的手里,安慰道,"赵总的报告我看了,确实很好。"

"既然好,你们为什么……"

"你听我说。"王亚将徐雯雯搀扶到沙发上坐下,自己回到座位上,然后接着找理由说,"主要是当前形势不允许我们偏离主业航道,不能不务正业。你想想看,要上山泉水项目很简单,但必须拿出更多的人力财力去建设厂房、开辟市场、打广告。从目前看,公司根本抽不出更多的闲人。"

徐雯雯不语了。王亚接着说:"咱们都了解赵总的脾气,但董事长的脾气咱更了解。无论怎么说,咱们都是晚辈,赵总真不应该……唉,多亏董事长念旧啊,要不……"

"我不相信爸爸会卸磨杀驴。"

"你还是不了解董事长。雯雯,我已经提醒你了,你怎么还不明白呢?是赵总自己要辞职的,他什么时候回来还不是董事长一句话嘛。"

徐雯雯这才听明白了,仔细想想确实这么回事,现在都在气头上,或许过几天就好了。她站起来对王亚说:"王总,谢谢啊。"

"看看,你这话见外了不是?"王亚说着要去拉徐雯雯的手,她急忙躲开了,他压抑着内心的激动接着说,"雯雯,谢谢董事长和你没有拿我当外人,你是知道的,要不是为了你和董事长,我不会忍辱负重这么卖力,或许我早离开公司了……"徐雯雯不想听下去了,转身默默离开了。

王亚拿起电话拨通了孙媛媛的手机号码,抑制不住内心的兴奋,悄声说:"哈哈,媛媛,他离开公司,结果只有一个,死!"

第十一章

赵丰年辞职后第一件事是给张玉匣打电话，他说一切办妥，交接完工作就回村一起干大事业。为了工作方便，他买了一辆皮卡车，行驶在回村的路上，心情并未因为找到了自己合适的道路而轻松，反而陡升压力，感慨良多。二十年前，自己开着拖拉机从村里往城里赶，而现在开着汽车却从城里往村里走，村里老少爷们会有什么看法呢？这几天战友、朋友、同事纷纷打电话或发信息劝他不要冲动，别自己找罪受找难看了。

徐雯雯第一个不同意，反复劝说："老赵，王总让我劝劝你，给爸爸道个歉，一切都解决了。"赵丰年立即说："我又没做错，道什么歉？"她气得哭了："你怎么这么拗！"

"雯雯，我告诉你，我要回村开办山泉水水厂。"赵丰年抱着妻子，接着诉说了自己的设想、方案，"目前，房地产虽然是暴利行业，但对普通老百姓来说，根本无法说有利，长远看，房地产必须回归理性发展。开发山泉水虽然微利，但对老百姓大大有利啊，随着生活水平的提高，老百姓对水质的要求就更高，需求就旺盛，孰轻孰重，我赵丰年有自己的选择。雯雯，我告诉你，我这么做也是为恒发源将来调整产业结构、实现多元化发展打前站啊。"

徐雯雯这才明白了丈夫的用心，动情地说："你知道吗？我选择你，是看中你虽然不太实际，但有着无限前程的梦想。"

"当年咱们认识的时候，我还是一个小小施工头，我曾向你保证一定要住上别墅，开个大公司，现在都实现了吧。"赵丰年突然叹气说，"唉，王总说我空想误司啊，好在我现在自由了，可以去实现自己的梦想了。"

第十一章

"我会跟爸爸和王总反映你的设想,让他们支持你。"

"算了吧,他不给使绊就不错了。"

"你吃醋了吧……"

赵丰年回想到此,抿嘴一笑,直接开车回了老家,他想先跟父母通报一声,让他们有思想准备。可是,事情并没有他想象得那么简单。

中午吃饭的时候,赵丰年将自己回村的打算说了,赵树店听了一半就生气了,将筷子重重拍到桌子上:"这么大的事情你不事先跟我商量?你做事怎么还像个小孩子啊,你……你想气死我呀。"

赵丰年急忙解释:"爸爸,我这是回乡创业啊,又不是回来玩的。"

"现在村里老的少的都往城里跑,偏偏你能啊?你回来做什么?龙山村还有什么可做的?你要是回来,我敲断你的狗腿!"

赵丰年忽然想起父亲拿棍打自己的梦,小时候自己做错了,父亲都爱用这句话骂自己。他想跟父亲解释:"爸爸……"

"我不是你爸爸!"赵树店猛地站起来气哄哄地走了,差点带翻桌子,溅起的菜汤洒了一地。王兰香拿起抹布擦拭着,又心痛儿子,劝道:"你爸爸就这急脾气,唉,他觉着脸上无光了,你在城里大小是个老总,这回来,人家会说闲话……"她说着说着将脸扭到一旁偷偷抹泪。

赵丰年忙安慰道:"妈,咱走咱的路,管别人说干吗?我知道爸爸暂时不会同意我回村创业,只要我将山泉水厂干起来了,打开销路,事业有成了,爸爸自然会高兴了。妈,您放心,别为我操心了,我也不是小孩子了。"

王兰香虽然理解儿子,也清楚儿子的能力,但毕竟辞去大好前程回家,她甚至怀疑儿子跟儿媳妇闹翻了,被亲家从公司里撵了出来。

赵丰年看到父母为自己担心的样子,心里非常不安,他立即给张玉匣打电话,想尽快把工作开展起来,或许父母心里就踏实了。他来到西屋,拨通了张玉匣的手机,开始没有接听,连打了三遍,才接通说在外面吃饭。赵丰年忙说下午找他商量开办水厂的事情,张玉匣却说要去镇上开会。赵丰年忽然有一丝不祥之感,急忙说:"张书记,下午我去村委办公室等你啊,喂喂……没说完怎么就挂了?这个张玉匣……"

张玉匣突然挂断了电话,让赵丰年的心猛然悬了起来,明知道下午他不在办公室,还是早早去等候了。李许正坐在办公椅子上跟村民李树善聊天,因为上次选举失败,一直再未举行,他还担任村主任。李树善是村里最年长的老人,身体健硕,脸颊红润,留着花白胡子,说话声音洪亮。他们是本家,正聊着家常话,赵丰年来了。

李许忙给赵丰年冲茶。赵丰年将开发山泉水的报告递给他说:"李主任,我这次回村建水厂,你还得多支持哟。"李许将报告接了过去,但没有看而是放到对面张玉匣的办公桌上,说:"我下届还不知能干不能干,再说了,村里大小事情都是书记说了算。"

李树善听说赵丰年要回来投资办厂,立即竖起大拇指夸奖说:"丰年,你是好孩子,富贵不忘穷乡亲。"赵丰年忙谦虚道:"谢谢李大爷,我觉着咱村的水有开发价值,跟村里合作,能闯出一条致富路。"

李树善说:"嗯,我告诉你,咱村有山有水,物产丰富,拿到山外草变宝。唉,缺少领头人啊。当年吃不上饭的时候,我跟你爹挑着松树枝到镇上换粮食……"赵丰年因为心里有事,两只耳朵听李树善诉说着往事,一双眼睛却望着门外,来来往往的村民不少,他盼望着张玉匣一下子出现在眼前。

冬天,山里不到四点就上黑影了,村民陆续回家了,李许勉强陪着赵丰年说话,挨到六点了,张玉匣醉醺醺回来了。赵丰年立即迎上前说:"张书记,你总算回来了,我等你一下午了。"

"哦,我今天喝多了,有事明天……"张玉匣说着就要转身离开,赵丰年忙拉着他,转身对李许说:"正好你们村两委都在,咱们现在抓紧研究研究方案。"

"还研究啥呀。"张玉匣朝着赵丰年摆手说。李许从他身后快速溜走了。赵丰年感觉事情不妙了,稳住神情问:"张书记,你啥意思?"

张玉匣坐到椅子上甚至不敢看赵丰年的眼睛,点上香烟抽了几口,说:"丰年,我跟你实话说了吧,咱们合作开发山泉水的事情黄了,上面没批。"

"哎,你……"赵丰年第一感觉被欺骗了,脑子嗡嗡作响,他强忍怒火,质问道,"张书记,咱们合作开发水项目,可是你同意的,而且还催促我快找公司领导审批……"

"你现在不是已经被……"张玉匣脱口而出,忽然觉着失言,忙改变自己的语意说，"是，我当时确实想跟你们大公司合作，但是计划不如变化快嘛，上级下文不允许在龙山建设企业，尤其要保护水资源。"

"什么文件，你拿给我看看。"

"你是当过兵的，没学过保密守则呀，不该看的不看！政府文件能让你一个普通村民看吗？"

此时，赵丰年根本不相信有什么文件，他猜想张玉匣可能听到自己辞职了，没有地位了，便终止与自己合作，甚至连称呼、说话的语气都变了。赵丰年一时气不过，拍着桌子大声道："你张玉匣也算是当过兵的人，怎么如此不讲信用，本来都谈好了，怎么说反悔就反悔？你还是全心全意为村民服务的村干部吗？"

"你新兵蛋子翻天了！竟敢教训起我来了。"张玉匣也发火了，拍着桌子道，"我们签合同了吗？没有吧！"这时，张传刚、张念等人进来，故意阴阳怪气道："现在已经不是老总了，怎么还好意思回村嚣张……"

此时，赵丰年真想一拳揍扁了张传刚等人，思考再三还是作罢。他冲出办公室来到院子就拨通了贾洲道的手机，对方传来勉强低沉的声音："喂，哪位？"

"贾镇长，我是赵丰年啊，上次咱们……"赵丰年忙介绍自己，贾洲道根本没让他说下去："哦，我想起来了，是赵总啊。"

"是我呀，贾镇长，你明天有时间吗？我找你汇报……"

"你是大忙人啊，我也忙，明天还有会，你有事跟张玉匣书记汇报吧。"贾洲道说完就挂了。

"这都是些什么人嘛。"赵丰年简直失望透顶，胸肺都要气炸了，回头看着灯火通明的办公室，传来张玉匣、张传刚等人在里面嘻嘻哈哈的声音。此刻，他感到了万分的无奈、无助和悲愤。

"丰年，回家吃饭啦。"手机里传来母亲那慈爱、柔软的声音，赵丰年顿时泪如雨下，委屈、痛苦交织在一起，不敢哭出声来，蹲在地上哽咽着。当年，从部队退伍回来，为了生计，他清早起来，从采石场装满一拖拉机石料拉到城里工地上赚取运输费，无论回来多晚，父母房间里都亮着灯，母亲从锅里端出热气腾腾的饭菜……唉，如今自己都是成年人了，还让父母担心，他心里更加内疚、不安，胸口剧烈的疼痛让他几乎站不起来了。

回到家里，赵丰年强装欢颜，尽量找父母爱听的话语。王兰香炒了八个丰盛的菜肴，赵树存摆放了两个酒杯，另一个显然是给儿子准备的。爷俩端起酒杯各自喝着闷酒，仿佛都有一肚子的话，却怎么也说不出来。王兰香忍不住问："丰年，下午还顺利吧？"

赵丰年见瞒不住父母了，便实话实说："我真没有想到张玉匣是不讲信用的人，明明说好了合作开办水厂，他却……唉！"

赵树存用筷子敲着饭桌说："我早知道他是这样的人。"

王兰香立即对丈夫不满道："你早知道，为什么不早告诉儿子？"

"他自从当上村书记，你见他给村民干点什么好事来？"赵树存越说越生气，"我看他只有给自己贴金抹粉，谋利益。"说着主动跟儿子碰杯。赵丰年很感动，一口干了。

赵树存接着教训起儿子来了："我告诉你，丰年，你这次等于吃亏换了教训，现在回头也不晚。"赵丰年任凭父亲数落，听赵树存继续说："我生气都是为你好啊，你抓紧回城跟亲家认个错，回公司上班，要是亲家不同意，我亲自出马去求他。"

"看把你能的。"王兰香瞅着丈夫说，"有甜甜妈，还用你瞎操心了。"

"嗯。"赵树存用筷子指着儿子说，"丰年，我可告诉你，只有爹娘、老婆孩子才跟你说实话，你千万别不撞南墙不回头，改改你的臭脾气啊。"此时此刻，赵丰年心里再不同意父亲的观点，也耐心听着点头答应，不敢再与父亲顶嘴了。

第十二章

赵丰年坐在椅子上一点也不想动,发呆了好长一段时间,他怎么也想不通为什么命运要如此捉弄人。眼前出现了两条路:退一步海阔天空,跟岳父道个歉,回公司上班。要么好马不吃回头草,继续留在村里寻找创业的路子。可是,最合适不过的开发山泉水的路子被堵死了。虽然李树善大爷说龙山村遍地是宝,具体到哪种产业,他还是陷入迷茫之中……

王兰香过来帮着收拾床铺,赵丰年过意不去,说:"妈,我自己收拾就行。"

王兰香说:"你也不要嫌你爸爸发脾气,这些年咱村谁不知道赵树存在城里有个当老总的儿子呀,唉!"赵丰年当然明白父母的心情,就怕回来失败了丢人呗。他急忙找话宽母亲的心:"妈,我是您的亲生儿子,您还不了解我的性格脾气嘛,我不是那种轻易认输的人,况且我在城里有房有车,还有存款,养活老婆孩子,给您和爸爸养老,都绰绰有余。这些年,城里人投资乡村逐渐成为热点,我也看好农村这个广阔的大市场,回自己村就是和熟悉的老少爷们,找个合适的门路赚心安理得的钱。"

"其实,你想怎么做,我跟你爸爸根本挡不住,你最后这句话我爱听,赚良心钱。"王兰香终于明白了儿子的心意,也体会到了儿子的感受,便岔开话题问,"你们不准备要二胎?计划生育那会儿,你们也符合再生条件,可是你们找理由一拖再拖,甜甜妈四十刚出头,再晚了就……"

赵丰年打断母亲的唠叨:"妈,您又来了,我知道了,等跟雯雯商量商量。"

"哼,一商量又不知到哪年哪月了。"王兰香嘟囔着又问,"她同意你回来吗?丰年,你跟妈妈说实话,你们是不是闹别扭了?甜甜妈总归是城里人,

人家从小娇生惯养，凡事你得让着她点。"

人都说婆媳难容。可是，王兰香就偏向徐雯雯，有时候夫妻俩闹矛盾了，赵丰年必然挨母亲一顿数落教训。每次回家，徐雯雯要么坐在院子里看手机，要么回西屋看书。赵丰年见母亲一个人在东屋忙里忙外，于心不忍，就给妻子脸色看。王兰香私下劝儿子："你别不知足了，你三婶家的儿媳妇从城里回家，都捎着筷子碗，宁愿到镇上住旅馆，也不在家里睡觉。"言外之意自己媳妇还是好样的，赵丰年简直无语了。看着逐年苍老的母亲还为自己操心，他心里很内疚不安，忙说自己回家创业是得到徐雯雯同意的，王兰香这才放心。

突然，手机铃声响了，赵丰年这才感觉到手机信号不稳，难怪一两个小时没来电话，他也没看是谁来的，按了接听键就传来女人带着哭腔的声音："你、你去哪儿啦，怎么关机不接电话啊？"

赵丰年听出是李梦好的声音，尽量压低声音："我回老家了，山里信号不好，有事吗？"李梦好忽然不说话了，里面有喊喊喳喳的声音，他犹豫了一下，刚要关机，李梦好又说话了："你走了，我、我担心死了，一天心神不定的……"他不敢听下去了，忙打断她的话，说："梦好，我告诉你，你要好好干啊，甭管我在不在，都要干好工作。好了，好了，你也知道，咱村信号不好，我先挂了，拜拜。"说完就挂断通话了。王兰香问谁的电话，赵丰年含糊说是同事的电话。王兰香似乎不放心又不好再问，拿着笤帚回东屋去了。

赵丰年泡了一壶红茶，边独饮着边思考下一步的计划，千万次的灵魂拷问，必须尽快平息情绪的波动，强烈的意念告诉他，决不能做菜板上的鱼，虽然还不知道张玉匣为什么突然变卦，但从他言词当中不难看出，他不希望自己回村创业……极大的压力和愤怒反而激发了他挑战困难、不畏权势的勇气，更加坚定了他敢打必胜的信心，开弓没有回头箭。

屋里没有生炉子更没有暖气，赵丰年盖上三床被子，身子倒是暖和了，但被压得连喘气都费力气，他伸出头，头皮发凉，干脆将保暖衣裹在头上只露两只眼睛，不一会儿就被捆裹得难受，辗转反侧久久无法入眠，脑海里一会儿与王亚辩论，一会儿又与张玉匣争吵，忽而岳父、父亲板着脸，忽而又浮现妻子恼怒的面容……反反复复、乱乱糟糟、迷迷糊糊中做了一个梦，梦见自己变成了一条鱼，池塘里的水快干涸了，趴在岸边逃命却怎么也上不去，一个人走过

第十二章

来伸出大手就要将自己抓走,意识到快要成为人家刀下的食物,使出浑身力气挣扎着怒吼着:"不要抓我,救命啊……"他一下子惊醒,发现出了一身汗,内衣、头发都湿透了。

"怎么会做这样的梦呢?"赵丰年顿觉浑身无力,心里特别空荡,甚至产生莫名的恐慌。他想起床,掀开被子觉着冰凉刺骨,便用枕头擦干了头发,在被子里换下湿透的内衣。这时候,忽然内急想去厕所,他不得不穿上干衣服下床,用毛巾蒙住头,出门到院子西南角的厕所夜解,越不愿意夜起,次数却比往常多,干脆懒得脱衣服了,半躺在床上直到隐隐约约听见窗外鸡叫。

赵丰年怕影响到东屋父母睡觉,开门关门声音都很轻,站在门口,四周还沉静在夜幕之中,一钩明月高高挂在西山顶上,房檐、屋脊上盖着一层霜,增添了寒冬的清冷。

赵丰年伸展着四肢小跑到前街,这里却是一番热闹景象,一束束光芒从山里由远及近,从他身边一轰而过,这些赶早的人骑着摩托车大都去城里打工或做小买卖。林芝秋的店已经开门了,她正在摊煎饼,上面放上蔬菜,或打上一个鸡蛋,或放上一根火腿肠,又热乎又可口,方便早起出行的人们。门前停放着三四辆大头车,亮着前大灯,有村民正往上爬。他看到一位上年纪的老妇人抓住挡板吃力往上攀爬,他箭步冲上去扶了一把,然后帮她上了车。她喘着气道:"年纪大了,不中用了。"

村民有的戴着帽子,有的蒙着头,他们带着一天的干粮,或坐或蹲或蜷缩在车厢角落里,看不清楚谁是谁,因为没有人说话,也听不出谁是谁,喘出的气形成了一股白雾。赵丰年问:"这么早,你们干什么去呀?"

其中一个说:"到城里干绿化。"有人认出了赵丰年,叹气中掺杂着羡慕:"没有你爸妈享福啊,有你这么出息的儿子。"

"都这么大年纪了……"赵丰年欲言又止,联想那天偷听到农民工谈话的情景,心底再掀波澜,压抑不住激烈的情感,便走到车头前,见包工头和司机坐在驾驶室里风打不着、寒冻不着,舒舒服服地聊天,不由得气上心头,大声道:"他们都这么大年纪了,你们也敢要?大冷的天,让他们坐在敞口车厢里,你们也安心?"

包工头摇下玻璃,探出头解释说:"他们还不到八十,能干活,在家闲着

也是闲着,出去多少能挣点,一大群人在一起还开心。"

"你们能保证他们的安全吗?你坐在驾驶室里也不去帮帮他们,他们都那么大年纪了,本来行动不便,要是碰着、摔着、磕着,你能负起责任吗?"赵丰年一顿严词之后,包工头这才慢腾腾下车,围着车转了一圈,跟车上的民工嘱咐了几句安全事项,又回到驾驶室里了。

"唉!"赵丰年刚要冲上去将包工头一把拽下来,一想还是作罢,帮了一时帮不了一世,有本事别让这些本该享受晚年的老人外出打工啊。许是内心深处的纠结,促使他跑得格外快,不觉十多里路了,四周依然看不清楚,身后的汽车、摩托车、电动车、自行车一辆辆从身后驶过。

前面出现行动迟缓的黑影,还没到近前就听见喘粗气的声音,显然到了上坡路了。走近了,赵丰年认出赶着电动车的李昭顺,忙去搭手往上推,随口问:"老李大哥,你又去城里卖菜吗?"

李昭顺认出是赵丰年,忙说:"唉,哪还敢呀,我这是到镇上批发芹菜。"赵丰年又问:"这么一车,一天能批发出去吗?"李昭顺解释说:"我为什么到你们村种菜呀,就是看中了水库下、龙河边肥沃的土地,这里种出的芹菜格外清脆、甘甜,炒肉肉香,拌菜菜鲜,送到镇上一会儿就卖了。"

"那为何还到城里卖呀?"

"只是想城里消费高,多赚点呗,唉!"

"李大哥你不用叹气了,咱们合作吧,你种菜,我给你卖。"这时,在赵丰年的帮助下,李昭顺顺利爬上山坡,听到突如其来的大好消息,他激动得嘴都哆嗦了:"那敢情好了,我种菜费力不愁,就愁销路,你这是救我命啊,谢谢谢谢。"

"李大哥,没你说得那么严重。其实,我也正在寻找合适的创业门路,你这是给我打开了一扇大门呀。"赵丰年看到前面快到九道拐了,便叮嘱道,"李大哥,前面九道拐了,你要多小心啊。快忙吧,等你回来咱们商量一下。"李昭顺愉快答应着上车走了。

"天无绝人之路啊。"赵丰年仿佛在黑屋中终于摸索到了一扇明亮的门,他浑身感到特别轻松,直到山垭口,他停下脚步,自由活动了一阵子,东方才露出一抹浅浅的红霞。大地开始放亮了,层层山峦格外分明,晨雾在山间弥漫

第十二章

缠绕。

"嗷——嗷——"赵丰年朝着山峦放开胸怀，扯着嗓子喊了几声，忽然感觉背后有人过来，他急转身，见一个头戴红色头盔、骑着一辆红色电动车的人急忙转过头去，加速离开了，当看到她瘦弱的背影和后座上那个黄色胶带缠绕的塑料箱时，他猜想又遇到那个做生意的女人了。

一辆摩托车急速驶进眼前，赵丰年本能往后退了几步，还没看清对方是谁，骑车人掀开脸罩道："赵大哥，锻炼啊。"赵丰年这才认出是张玉振，他老婆秦翠紧紧搂着他，后座上装满了粉刷墙体的工具。还没等赵丰年回话，张玉振就合上脸罩快速走了，后座上的木梯子差点刮到赵丰年，他迅速闪在一边。"哎哎……"赵丰年忽然想起有事找他，见他眨眼之间下了九道拐，丝毫没有刹车的样子，在崎岖山道上快速如飞。

"不愧是特种兵出身。"赵丰年想给他打电话，一摸口袋，没有带手机，只好作罢。望着被旭日染红的群山，回想这几天跌宕起伏的人生经历，还有昨晚那个令人难受的梦，很难用词语来形容。"应该将发生的变故告诉妻子，她能理解吗？会不会……"他在往回走的路上反复考虑如何对妻子说。

徐雯雯刚进办公室，座机响了，她拿起话筒一听是王亚打来的，说："你好，王总，什么事？"王亚说："给你电话还有什么事呀，先预约，晚上请你吃饭呗。"她心想自己正好有话对他说，就欣然同意了。

徐雯雯下班来到了约好的餐馆，王亚早到了。她见面第一句话就说："你也够大胆的，趁老赵不在家约我吃饭。"王亚起身弯腰伸手将她礼让到座位上，说："赵总没有你那么小心眼，再说了，他在家的时候，咱们还不是经常约着吃饭呀。"

"那倒是，他的度量就比你大。"

"看看，当着我的面夸奖他，我吃醋了啊。"

"我没说错吧。"

王亚笑笑，没有回答她的话，而是转变话题说："没找大饭店，这餐馆虽然小，但有你爱吃的东西。"

"你还记得啊。"

"怎能忘得了啊。"王亚转身招呼服务员，"饭菜抓紧上，再加一杯玉米汁和一瓶啤酒。"说完，王亚回过头对徐雯雯说："我还是自觉的，明知道你男人不在家，不让你喝酒啊。"

"怎么，怕我喝酒乱性啊。"

"哈哈……"王亚看着服务员端上油条和煎饼，亲手给她卷了一个，加上小葱、咸菜、虾皮等作料递到她手里。徐雯雯边吃边说："好长时间没吃了，还是那种味道，好吃。"

"现在全城也仅这儿有。"王亚举起杯与徐雯雯碰杯后，忽然没有了话说，看上去很难受的样子，说，"喝吧。"她瞥了他一眼，说："今天怎么不油嘴滑舌了？"他一声长叹，说："吃吧。"

徐雯雯吃到一半了，问："王总，老赵那个山泉水项目，我听他说过，还真不错，你跟爸爸说说呗，我看下一步可以考虑嘛。"

王亚用惊奇的眼光看着她："你不知道？"

"什么事？我不知道呀。"

"唉，赵总的山泉水项目黄了，村里根本不同意。"

徐雯雯一听着急了，忙说："这么大的事情，他怎么没有跟我说呢？"接着问王亚："你听谁说的，到底怎么回事？"

王亚故意装作惋惜的样子，说："我也是听说的，是赵总跟村书记拍桌子了，人家一气之下不合作了。赵总这个直脾气啊。雯雯，也只有在咱公司，董事长处处罩着他，换了地方、换了别人，看看，果然……唉，你是知道他脾气的。"

"不应该呀，他脾气直没错，不至于还没有合作就跟人家闹翻了吧。"

"你想想，他刚从公司副总经理位置上辞职，心里能好受嘛，肯定带着情绪。到了村里，还拿出大老总的架子，人家未必领受。"王亚看到徐雯雯情绪开始糟糕了，关心道，"雯雯，甭管你对我怎么看，我最不愿意看到你痛苦的样子，你开心我就欢乐，你忧愁我就难受，我建议还是劝说赵总回来吧，咱公司现在效益这么好，光绩效工资，副总每年都拿到几十万啊。"

"谢谢你，王总。"徐雯雯叹气说，"我要是能劝动他就好了，他认准的事情，九头牛都拉不回来。"

第十三章

赵丰年回乡在龙山村犹如平静的水塘里扔了一颗炸弹，掀起了冲天巨浪。

"我看赵丰年凭着大公司老总不干回家务农，是冲着村主任位子来的。"在龙山村两委办公室，李许最先发言，显得有些激动。张玉匣握着玻璃茶杯，低着头看着自己的脚尖，没有说话，心里犹如波涛翻滚。那天，张传刚突然传来九爷的话，说赵丰年被公司辞退了，还说龙山山泉水项目就是他一厢情愿，公司根本没有开发意向，最后一句戳疼了他敏感的神经，赵丰年这次回村，目的就是夺权……

排椅上坐满了本村的村民，他们顺着李许的思路展开了激烈的议论："他岳父开房地产公司，我看他回家是有目的的，肯定跑马圈地。"

李许按捺不住内心的激动，脱口道："龙山村，不是恒发源公司，不是他说了算。"说完将目光投向张玉匣，在讨好的同时似乎等着他表态，张玉匣紧闭嘴唇依然没有吭声。

忽然，李许如发现新大陆那般高兴，但他压制住内心的兴奋说："张书记，他这次回来，恐怕想跟你……啊……"虽然没有说出口，但张玉匣心里比谁都明白。

众人又开始了一番议论，虽然有人对赵丰年的举动产生了好奇，但大多数人提出了怀疑，并不肯定他的做法。这时候，一直蹲在门口的林多余终于说话了，他提着半瓶酒，将快要遮住大半个脸的草帽檐用酒瓶嘴往上戳了戳，露出格外突出的红眼圈，说："你们瞎叨叨啥？人家丰年在城里住洋房，开豪车，年薪几十万，给个县长都不一定去干，还稀罕山村旮旯里的村主任、书记，真……

真……真是笑话。"

"你懂什么？"张玉匣终于说话了。大家都朝着林多余发笑。林多余急忙又蹲下，抱着胳膊歪着头不敢瞪张玉匣，但显然对他刚才的话语不服，仰起脖子喝了一口酒，屋里顿时散发着一股难闻的酒糟气味。"林多余，你吃啥了，臭死了。"有人喊道。

林多余的名字就起得特别。他出生时，已经有四个哥哥了，父亲嫌他又是男孩，说了一句"多余"，就成了他的名字。从此后，他仿佛真成了家里的多余，任他自然生长，到三十多岁了也没有娶上媳妇。他听说能从云贵山区领个媳妇回家，于是半个月后他领回一个身高不足一米五的又瘦又弱的女人，传言花了五千彩礼钱。为此，派出所还专门来核查女人是不是拐卖来的。这个小女人不但能下地干活，还能生孩子，一连给林多余生了三个闺女，最后被镇计生委罚款三万元，他成了贫困户，天天缠着张玉匣要低保。

"张书记，你再不给我家办低保，我就带着全家人到你家吃饭。"林多余不敢瞅张玉匣，低着头说这番话。张玉匣非常反感地道："你说你一个大男人，还不如你家那个矮子能干，天天嚷嚷着低保低保，从早喝到晚，也不怕村民笑话。"他话音未落，李许接上数落林多余："林多余，你整天在个醉上，又懒，可称之为'双汉'，现在成村里的典型了。"张玉匣插了一句："醉汉懒汉，反面典型。"

李许接着说："今早，你父母又来村委反映，说你今年的养老钱一分都没有给，一粒米也没有拿过去，为你们家养老的事情，镇上、村委都给你们协调多次了，你怎么回事呀？"

林多余将脸扭到一边强词夺理："我都吃不上饭了，哪有钱粮养他们呀。再说，俺爹俺娘不是还有其他四个儿子嘛，我本来就是多余的。"他的话引起众人哄堂大笑。

李许生气道："你不养老，你四个哥哥跟着攀比，也不养老，我告诉你，多余，你要是再这样下去，你父母上法院告你们，你……"没等他说完，林多余猛地站起来，说："告就告，我怕什么，派出所抓去，还有地方吃饭了。"他的话立即引来大家一片指责声。

忽然，从外面进来一个五十多岁的瘦高个男人，他朝着林多余竖起大拇指，嘴里不停地"啊啊啊"叫着。有人嘲笑道："哑巴，你好坏不分啊。"

"哑巴是馋林多余有媳妇。"有个懂哑巴意思的人忙解释。

哑巴有名有姓，他叫魏三全，家住魏家楼村，每周都要下山到百货店给他老娘买猪头肉吃。魏三全朝着众人连连点头，又朝着张玉匣和李许比画着动作。张玉匣自然明白他的心思，魏三全每次见了都朝他要媳妇，令他很烦，开始他很强硬："你找媳妇跟我有什么关系，我又不能给你造一个。"后来看到哑巴态度反而比他还强硬，便多了心眼，每次都哄着应付："好好，哑巴，我知道了，你在家里安心等着吧。"魏三全听了咧开大嘴连连点头，朝着张玉匣伸出大拇指。

"哑巴，我给你找个媳妇吧。"张传刚一步闯进来，满屋的人都站了起来，"大老板来了。"李许忙给他让座，他一屁股坐了下来，几乎没有看李许一眼，随手从裤子口袋里掏出一盒中华牌香烟，大方分给在场的每一个人，剩下半盒扔在了张玉匣眼前的桌面上。魏三全当真了，急忙将手提袋里的猪头肉塞在张传刚的手里。张传刚没有去接，而是指着唯一没有站起来的林多余说："他大女儿十六了，长得像朵花儿，怎么样啊，哈哈。"

魏三全顿时羞红了脸，明知道张传刚在糊弄自己，但还是边摇头边感激地朝他伸出大拇指，众人一片哄笑声，受到羞辱的林多余站起来晃悠悠走了。

张传刚指着林多余的背后对魏三全道："你老丈人走了，还不追上去呀，他好口酒，三瓶酒准能搞定。"这时，魏三全感到他没有诚意，是在糊弄自己，立即气得朝着他额头点了三下，然后扭头气愤而去。众人又是一片哄笑，李许说："俗话说，哑巴愣，一般别惹他啊。"

"这么热闹啊。"赵丰源先伸头然后全身进屋，众人仿佛没有听见他说话，也没有感觉还进来一个人，照常说说笑笑。他也没有感觉尴尬，而是拿起一把暖瓶越过李许，先给张玉匣倒满水，再给张传刚倒水，最后给李许倒水。那些村民面前的水杯明显是空的，他也没有去倒水。看到桌子上的香烟，甭管是谁的，在众目睽睽下抽出一支，还自我圆场道："烟酒不分家。"

张传刚反感道："小鬼，你出门从不带烟。"赵丰源虽然知道村里人私底下给自己起了这么一个外号，但大多数人不好意思当面说出口，而这个张传刚……他心里虽然恨得咬牙切齿，但也不敢当面顶撞，嘿嘿了两声，没敢回嘴。

李许问赵丰源："哎，丰源，丰年放着老总不当，回来干什么？"

"开始说开发山泉水,谁知又要搞芹菜种植,真不知道他到底要搞什么。"赵丰源回答道。

"他现在啥也不会搞成,他已经被恒发源公司辞退了。"张传刚说到这儿,众人皆惊。有人说:"怪不得见他这几天在村里转悠,这么厉害的关系也下岗了啊。"

"说不定人家要回来竞选村主任或书记。"

李许不爱听了,起身出门了。张玉匣将杯子往桌子上重重一放,提醒大家少在此议论他。张传刚朝着张玉匣道:"张书记,龙河治理的钱不够了,你是不是再给拨点啊。"张玉匣觉着屋里人多,不是商量事情的地方,便道:"以后再说吧。"

张传刚似乎不怕人,声音仿佛更大了,在院子里都能听到:"张书记,中午蔡大哥在镇上贵宾楼宴请水利局的领导,你去陪陪吧,趁这个时候,多申请点资金。"

张玉匣点头,走到门口朝着站在院子里的李许说:"你也去陪陪吧。"李许点头,张玉匣又嘱咐道:"你叫上林芝柱会计,让他也去吧。"李许连连答应。

张传刚催促张玉匣、李许他们走,屋里的人都非常知趣,纷纷离去。林多余站在大门口,见张玉匣他们正在上张传刚的越野车,赶忙扔掉空酒瓶也要上车,说:"张……书记,我也要去喝……喝酒。"张传刚猛然拽了他一下,呵斥道:"双汉!满身酒气,也不尿泡尿照照自己,滚一边去!"说完,将车门砰的一声带上,启动汽车从林多余跟前驶过。林多余晃了三晃差点倒地,自嘲说:"双汉?哈哈,不叫我多余了,你们喝……喝公家的,我……我喝,喝自己的……"

"哎哎,那不是丰年吗,丰年、丰年……"林多余忽然看到赵丰年走在大街上,快步上前打招呼,"干吗去了?听说你下岗了?"

赵丰年与林多余从小一块长大,看到他喝不少,劝道:"多余,你少喝点吧,喝多了容易伤害身子。"林多余说:"自小你就比我学习好,结果还不一样?你这不是也回村了嘛。我告诉你,丰年,听说你在村里四处逛游,别想不开,人生就那么回事,今朝有酒今朝醉,你看看我,一天三顿酒,喝了啥不想也不愁,还没有毛病,你们城里人天天吃大鱼大肉又能怎样?还不是高血压、高血脂、糖尿病……"说完打了一个嗝，一股酒气随之喷出，赵丰年觉着难闻，但还想劝他几句："多余，咱是老同学了，我说话你别不爱听，全国人要是都你这种想法，社会还能进步了？"

林多余打小怕赵丰年教育他，今天他觉着老同学跟他一样回家务农了，便反过来开导他几句："丰年，虽然你比我有钱，我说话你也别不爱听，人怎么活都是一辈子，穷富一天三顿饭，别跟自己过不去，抽空到家里咱老同学喝一盅，打小是你教育我，现在我劝导劝导你。"

"好好，我抽空去找你，我有事先走了啊。"赵丰年答应着快步离开了。林多余认为他不爱听自己的话，便高声道："丰年、丰年，你别不爱听，听我说……"

其实，赵丰年刚才去了李昭顺的菜园，经过实地考察，认为田地是沙壤土，透水性好，湿润向阳，最适宜种植芹菜，两个人便达成了合作意向，他急着回家制定开发方案。

第十四章

赵丰年打开手提电脑，从种植、销售、加工、推广等方面，分步骤、分阶段制定了详细的《关于开发龙山芹菜的方案》，不觉三个小时过去了，他起身活动筋骨，忽然从院子里传来说话的声音。透过玻璃窗，他见母亲正与一个背着鼓囊囊背包的陌生人交谈。他急忙出去，那个人看到赵丰年，低下头匆匆而去。

赵丰年问母亲刚才这个人是谁。王兰香说："是倒卖古钱币的，说一个宋朝的铜板，现在翻三十倍，我说我不懂行，他很缠磨人。"赵丰年忙说："妈，您可不要相信这些陌生人啊，不定是些什么人。"王兰香接着说："没事，咱不占小便宜，他就骗不了我。"

赵丰年回了西屋，对方案进行修改，忽听院子里传来女人的咯咯笑声，透过门窗见一位胖乎乎的女子跟母亲聊天，看她们亲热的劲头，好像很熟悉。他想了半天也没有猜到是哪家的姑娘或媳妇。

"大姨，俗话说，好儿好女不如自己有个好身体。您女儿嫁到外村，儿子住在城里，再孝顺也总有不方便的时候，我家离您家不远，有啥事打声招呼几步就过来了，您把我当成您的亲女儿就行。"

赵丰年听到这番话，便知道她是保健品推销员，刚要出去看看，听母亲说："你大表哥回家了，不走了。"女子戛然而止，咯咯笑着走进西屋："表哥回来了，好多年没见了。"他还没有反应过来，女子提着两个保健品盒子进来："表哥，不认识我了？我是小玲呀。"

王兰香随后跟着进来介绍说："她就是你二姨家，你表大爷的小女儿。"

母亲这么说，赵丰年这才想起来，早年到二姨家走亲戚见过她，说："多年不见，你长高了。"

小玲也不接赵丰年的话，而是将礼品盒举到他的面前："大表哥，这是新上市的真能保健品，尤其像你这样成功的男人，更应该补，你喝了不但增强免疫力、提高精神活力，还滋阴补阳，嘿嘿。"因为是亲戚关系，他也不好意思拒绝，接过来反复观看。小玲回头看着王兰香道："这种保健品，老少皆宜，老人喝了延年益寿，小孩子喝了补钙健脑，女士喝了美容养颜，咱村百分之八十的老年人都喝……"王兰香怕儿子花钱给自己买，忙说："你大表哥，还有你大表姐可是没少给买营养品，家里还有没喝完的。"

小玲立即道："大姨，这是新上的产品，还有治病功能，对人体没有任何副作用，保质期两年，喝了有病的治病，没病的预防。也不贵，每盒六十多块，对大表哥这样的百万富翁，九牛一毛嘛。咱村都知道大表哥孝顺。"赵丰年被她巧言善辩的口才征服，觉着不买面子过不去了，当即买了两盒。

王兰香听说这种营养品还能治病，忙对儿子说："丰年，这两盒别给我了，给你二姨送去吧，她的身体不太好。"

赵丰年忙说："妈，这两盒是孝顺您的。"然后转头对小玲说："你回家给二姨送过去两盒，记我账。"小玲忽然叹气道："别提了，我那个二婶呀，唉！"赵丰年忙问："二姨身体咋样了？"王兰香也关心询问。小玲说："我二婶也不知信了什么教，我送去的真能营养品全部给退回来了，还说这种东西有毒，不能吃。不吃也就罢了，有病还不吃药，也不去医院，说生死都由神安排。"

王兰香吃惊问："该不是基督教吧，村里信的人不少。"

小玲忙说："不是，基督教是正宗教派，二婶信的教很奇怪，特别神秘，到了她家都不敢大声说话。唉，现在整天关着门，几乎不跟外人接触了。"王兰香一听更急了，拉着小玲去二妹家了。

傍晚时分，王兰香回来了。赵丰年将做好的饭菜端到桌子上，一家人开始吃饭。赵丰年关心二姨身体怎么样了，王兰香说："小玲真能咋呼，为了推销产品，死人都能说活了。"

"二姨没有病？"

王兰香说："你二姨有腰痛的老毛病，这种病哪个上年纪的妇女没有啊。"

赵树存插话说："都是以前干重活累下的。那个小玲，我看着就讨厌，简直就是一个媒婆，按说当媒人是积德的好事，可是她光给咱村的女人介绍，那么多光棍她不介绍。"

"说媒也得凑合适的，小玲不像过去的媒婆，她明码标价，说成了无论贫富贵贱，只要二百元钱和一双鞋。"王兰香看到丈夫生气了，忙将话题岔开："你二姨夫过去是脱产干部，退休后，说养生，鱼肉、鸡蛋、点心统统不吃，专吃野菜、菜根，还说现在国内的食品不安全，最好将孩子送到国外去。"

"那他怎么不把儿子、孙子送到国外去？"赵树存不满道。

赵丰年忙说："出国不是那么简单的，需要花钱，仅靠二姨夫那点退休工资根本办不了。"

"对了，你二姨夫让我劝你，应该送甜甜到外国读书。"王兰香对儿子说。

赵丰年嗯了一声。王兰香说："你二姨夫天天养生，脸上黑瘦，再看看你爸，就像得了馋痨，每顿离了肉不行，也没见胖多少，脸上油光。"

赵丰年忙说："还是妈伺候得好。"手机响了，一看是女儿打来的电话，他忙打开给母亲听，说："妈，甜甜的电话，快听听你孙女的声音。"王兰香听到孙女的声音就高兴了，甜甜嘴甜，一口一个奶奶。赵丰年又将手机屏贴近父亲的耳朵，对女儿说："跟你爷爷说几句。"甜甜一口一个爷爷叫着，乐得老两口趴在手机屏上争抢着跟孙女说话。

吃完晚饭，赵丰年来到西屋，拨通了女儿的手机，问："今天作业做完了吗？"甜甜噘着嘴说："爸爸，真扫兴，你第一句话还是问作业的事情，你怎么不问问，搞没搞男朋友呀，要劳逸结合呀。"

"甜甜，既然你说到搞对象，我是不赞成你高中期间……"

"好了好了，爸爸，又要上政治课了……爸爸，想没想我呀？"

"女儿是爸爸的心肝宝贝，你说想不想？"

赵甜咯咯笑了，说："那，你想妈妈了吗？"

赵丰年笑着故意说："不想她。"

赵甜俏皮地说："那好，我告诉妈妈，说你不想她。"还没等赵丰年反应过来，她接着咯咯笑了起来："爸爸，你不在家，妈妈就没法去逛街、唱歌、跳舞了。"说着回身看了一眼正在收拾碗筷的妈妈，压低声音说："爸爸，那个王亚叔叔约妈妈出去吃饭……"赵丰年听到这儿,故作镇静听女儿继续说:"妈妈竟然没有去,现在正在洗碗,看来要做贤妻良母了,嘿嘿。"

"吃完饭了,学习去,别没完没了。"手机里传来徐雯雯的声音。赵丰年乐了,刚要让女儿将手机给妻子,忽然见林芝秋气哄哄推门进来,他急忙跟女儿做了一个亲昵的动作,说:"好了好了,乖,拜拜。"接着挂断了电话。

"你娘的,你跟谁打电话?"林芝秋进门直接问。

"跟女儿呀。"

林芝秋要去夺赵丰年的手机:"我看看。"赵丰年哪能让她随便看自己的手机,急忙躲闪,说:"你干吗呀,你又不是检察院、公安局的,能随便看人家的手机吗?"

林芝秋盯着赵丰年问:"你刚才是不是跟梦好通电话?"

"不是。"赵丰年也没有多想,如实回答道,"她是来过电话。"

"你们!"林芝秋几乎蹦了起来,指着赵丰年的头皮发问,"你们到什么程度了?上床了没有?"最后这句话惊醒了赵丰年,他一拍茶几厉声道:"你胡说什么呀?神经病啊!"因为声音太大,惊动了王兰香。他忙说没事,王兰香看看儿子再看看林芝秋,猜想他们有事要谈,便回东屋了。

"我看你就是神经病。"赵丰年看见母亲走了,眼睛瞥着林芝秋将语气加重了。林芝秋从赵丰年的表情上确认自己判断错误,火气也减退了,但还是疑惑问:"梦好打电话跟我说要辞职回家,你说说,这不是想跟着你回来吗?死丫头,我快让她气死了,要是回来我敲断她的狗腿!"

赵丰年这才明白林芝秋发怒的原因。林芝秋没有发现女儿与赵丰年有不正常关系,聊了一会儿告辞走了。

赵丰年半躺在沙发上拨通了妻子的电话,憋住笑声,问:"在干吗呢?"徐雯雯躺在床上看美容健身方面的杂志,本来为他这么晚了不来电话而生气,可当听见他的声音,怒气霎时云消雾散了,柔柔地说:"你说,我还能干什么?"

"逛街?跳舞?跟情人喝咖啡吧,嘿嘿。"

"你少来,我问你,公司里有你多少相好的?"

"就你一个嘛。"

"哼!"徐雯雯坐直了身子,说,"你走之后,公司有好多女人哭了。赵

丰年啊赵丰年，这些年你背着我搞了多少女孩子啊，快说！"

赵丰年能想到公司会有容易动感情的女孩子，他明白妻子不会为这件事吃醋，她是在诈自己，赵丰年忙打了一个回马枪，说："你怎么不说，你过生日有那么多的男孩子给你送花啊。我敢断定，王亚约你吃饭了，而且你毫不犹豫赴约了。"

"两码事，你那个小女秘书哭着喊着要辞职，现在该到你身边了吧。"

"你别胡说啊，我跟她妈妈是同学，刚才还在一起商量事情。"

听到丈夫的解释，徐雯雯捂着嘴笑了，还故意刺激他："这如你愿了，以后娘俩伺候你。"

"你这个人怎么越说越离谱了呢，我倒是担心你经不住赖汉子缠啊。"

"确实，他约我吃饭了，还不是因为你。我听他说，你跟村书记吵翻了，怎么回事呀？"

"唉，一言难尽。"赵丰年禁不住问，"他怎么对我的事情了解得这么详细？"

"你别想多了，他劝我做你的思想工作，早点回公司。老赵，你……"

赵丰年哈哈笑了，故意打断她的话。赵甜听见爸爸来电话了，跑过来凑热闹，被徐雯雯撵走了。"有你安插在我身边的一双小眼睛盯着，烦死了。"徐雯雯有些困意了，说，"受不了别硬撑着，早点回来吧。"

"才刚刚开始，你就说泄气的话。雯雯，你等我的好消息吧。"

"嗯，我就知道撼山易，劝动你难。那好，等着你给我另一种生活……唉，困了，拜拜。"徐雯雯说完挂断了电话。

第十五章

俗话说，一个好汉三个帮。赵丰年深谙其道理，他招兵买马第一个想到的是张玉振。

张玉振从部队退伍后，曾经跟赵丰年干建筑，一度担任项目部经理，与孙海涛成为赵丰年的左膀右臂。后来，因为与王亚不和，一气之下辞职回家开合作社，不知为什么竟然没有开起来。赵丰年心想，一定找他谈谈，即便是不合作，也从他身上找出失败的原因，避免走他的老路。

赵丰年吃了早饭，打通了张玉振的手机，问清楚了他干活的地点，决定上午进城找他面谈。

出门是胡同，拐到大街需要穿过三四个小巷，熟悉的道路却寸步难走，原因是周边堆满了秸秆和柴草，有些人家将牲畜养在门外，屎尿当道，臭气熏天。所到之处，密密麻麻的苍蝇飞散开来，直往脸上猛扑。强烈的气味使他从心底涌起一股难以言状的滋味，令他差点呕吐出来。小时候他经常骑在牛背上，用牛粪跟小伙伴打仗玩耍，也没有觉着这么臭。难道是自己忘本了？关于这个话题，赵丰年经常提醒自己，尤其是每次回到老家都格外小心，尽量融入乡土习惯，但今天实在难以接受，他憋着气息，躲避着飞蝇，找干净的地方蹦跳着来到大街。

一位驼背满身泥土草屑的老太太从赵丰年身边走过，朝着他嘿嘿了几声，脸上的皱纹更密集了，露出了几颗乌黑泛黄的牙齿。她背着尼龙袋子，里面装满了塑料桶、啤酒瓶子等可回收物品。赵丰年认得她，是孤寡老人蔡大娘，以拾破烂为生。赵丰年想给她些零钱花，一摸口袋钱夹不在，他想起钱夹放在皮卡车里的皮包里，赶紧去村口停车的地方。赶到以后，他傻眼了，车轮胎没气了，

而且还不是一个。

"赵总,怎么啦,车轱辘没气了?"张念抱着胳膊站在路边抿着嘴问。

赵丰年看着他满头金黄的头发,想起他小时候的可爱样子,禁不住微笑着道:"念念,你基本没有小时候的样子了,还记得我当兵的时候给你子弹壳吗?怎么还将头发染成黄色了?"张念没有回答,围着车转了一圈。赵丰年说:"可能扎胎了,没事,你忙吧。"张念没有离开,而是走到他身边故意说:"赵总,你出去多年了,还不知道咱村道路不是那么好走的吧。"

"是是,确实难走,采石场一天不停,路一天不好走。"

张念感觉赵丰年还没有领会自己的意思,干脆说白了:"赵总,过去闯荡江湖,每到一地,那是要拜码头的。"赵丰年忽然明白了,拍着张念的肩膀,一语双关道:"你小子,知道的还不少呢,我今天算是领教了。"

"赵总,俗话说,强龙……"张念刚要说下去,一辆摩托车停在了他身边,骑车人摘下黄色头盔推了他一把道:"你啰唆什么呀,快帮我干活。"

赵丰年认出来人是本村村民张兴海,也是一位退伍军人,他跟张念是叔侄关系。张念刚要溜走,被他抓住了,说:"你爸妈在城里做生意多辛苦啊,你却到处闲悠,不像话!"说着走到摩托车旁,解开百宝箱,拿出千斤顶、钢钎、扳手等工具强行递到张念手里:"帮帮忙。"

张念不情愿,四处张望,气得张兴海道:"你磨蹭什么,快点!"张念只好配合他熟练做着每道工作。赵丰年也插不上手,忍不住道:"兴海,你'金头盔'名不虚传啊。"

"金头盔"是好人的代称。事情还得从一起严重车祸说起。三年前,在一起车祸中,一个戴着金黄色头盔的人,营救了车上三个人,然后不留姓名默默离去。后来,被救者通过媒体寻找戴着金头盔的好心人。一时间"金头盔"成了好人的代名词。这个戴着金色头盔的好人就是张兴海,当年被评为"龙海市好人"。

没用二十分钟,两个轮胎全补好了,张念不打招呼就快速跑了,赵丰年瞧见张传刚出现在村口,不过很快就走了。

张兴海收拾好工具,从车上竟然拿出打气筒,赵丰年好奇地问:"你到底干什么生意啊,天天做好事,还有时间做生意吗?"张兴海指着车上杂七杂八的东西说:"我呀,是一个杂货匠,也戗菜刀磨剪子,也补胎补锅,也收头发收铜铁废品,比好的不中比孬的还行,富不了也饿不着。"

赵丰年忽然想起一件事,忙问:"兴海,你退伍七八年了吧,你现在是龙海市的名人,成家了吗?"给汽车轮胎打气费时费力,张兴海已经挥汗如雨了,赵丰年想替他一会儿,张兴海没有同意,边打气边喘着气说:"正谈着。"赵丰年忽觉一下子放心了。

"好了。"张兴海打完气,还用脚踩了几下,感觉没有问题了,便拿起打气筒要走,赵丰年从车上拿出一百元现金,说:"不知够不够。"张兴海没有去接,连说道:"多了多了,有的话,十块钱就行,没有下次再说。"

"有有……"赵丰年忙从车上找,从提包里找到了十元钱,回身想赶快给张兴海,见他已经骑上车走了。走不多远,回头招手喊道:"赵总,你有事找我。"就这句"有事找我"让赵丰年这些日子凉凉的心,顿时有了温度。

忽然,小六出现在赵丰年身后,嘿嘿了两声,道:"我知道是谁扎的,我……我就是不说,嘿嘿。"眼睛却紧盯着赵丰年手里的十元钱。

赵丰年明白他的意思,其实也知道是谁干的坏事,他环视了四周没有看到蔡大娘的影子,便对小六说:"给你吧。"

小六几乎扑了过来,还没等赵丰年伸手递给他,一把夺了过来紧紧攥在手里,嘿嘿笑着说:"我知道,我知道,我……"赵丰年没有工夫听他说下去,也不想听,上车关了车门就开车走了。

这是高档高层住宅小区,每栋楼三十多层。赵丰年进了小区,就听到刺耳的切割、电钻声,他按照张玉振留下的地址,找到八号楼,进了电梯,按了二十三层。关上门后,电梯平稳上升,里面只有他一个人,狭窄、闭塞的空间让他觉着特别的恐惧,血液仿佛一下子蹿到了头顶,他开始晕眩、恶心,好在他意识清醒,迅速按下了临近楼层号码,电梯迅速停了下来,还未等电梯门全开就冲出电梯,奔向楼梯窗口张着大口干吐不止。

"这是怎么啦,以前乘电梯没有这种感觉呀,难道心脏出问题了?"赵丰年掏出手绢擦了擦额头的汗珠,按住火辣辣的胸口安慰自己:前不久查体,除了前列腺有炎症外,其他器官正常,应该没有问题。待神情渐渐安稳下来,他不敢再乘电梯了,顺着楼梯上了二十三层,见东户开着门,里面被浓浓的灰尘

笼罩,什么也看不见,刺鼻的味道散发出来,他用手绢捂着嘴鼻,朝里喊了几声:"玉振,玉振在吗?"

不一会儿,从里面跑出一个"白毛女",吓了赵丰年一跳,当看清楚是秦翠时,忙问:"是弟妹呀,玉振呢?"

"他不在,去区政府了。"

"哎,他……"明明说好了在这儿见面,他怎么不守承诺呢,赵丰年顿感不快。秦翠说:"赵大哥,他说了,你有事跟我说就行。"这么大的事情,她一个女人能做主吗?再说还有其他事情要谈,赵丰年只好说:"等见到玉振再说吧,他什么时候能回来?"

"不一定呢,有可能到天黑。"

"到区政府干什么还得一天的时间,开会?"赵丰年没有再问,而是关切地对秦翠说,"弟妹,这么浓密的灰尘,你怎么不戴口罩啊,久了容易得尘肺病。"

"习惯了,没事。"

两个人正说着话,从里面出来一个戴着头盔、身穿雨衣的人,他轻轻抖动身体,灰尘立时四处飞扬。正当赵丰年疑惑的时候,那个人掀起脸罩,拿下口罩,道:"赵总你好。"赵丰年仔细辨认才认出竟然是那个逼父母借钱给自己买楼的青年:"哎,你……"

秦翠介绍说:"这是小秦,以前干城管,觉着不挣钱,现在跟着我们刮泥子了。"赵丰年似乎明白了,听小秦自我介绍道:"赵总,还得感谢你那天把我训斥了一顿,一下子让我清醒了,我确实不该啃老了。"秦翠说:"他干城管,每月二千左右,连手机费都不够,跟着我们刮泥子,一天二三百块钱,还是现钱。"

此时,赵丰年觉着自己的那一番话管用了,成就之感让他欣慰地说:"小秦,你这么做就对了,年轻人就要自己闯天下,父母年纪大了不容易啊……"小秦听着不住地点头,赵丰年仿佛找到了听话的学生,继续训导:"你也不能刮一辈子泥子,在城里转悠,要学习城里人的思想观念,你看看……"他说着用手指着窗外的高楼大厦,接着说:"看看这些高楼大厦,境界格局一定要高……"

第十五章

秦翠看赵丰年说起来没完没了，严重影响了自己的工作进度，硬插话说："赵大哥，等你见了玉振再聊吧。"小秦心里也暗暗着急，抹不开面子只好硬听着，听秦翠这么说，便委婉地说："赵老师，等有时间，我请师傅和您喝酒，您一定给我上上课啊。"

"好好。"赵丰年忽然觉着自己讲话选错了地方，对秦翠不好意思地说："弟妹，打搅你们干活了，实在抱歉……我觉着小秦防护措施就很到位，你要注意防护才对。"说完告辞走了。

没见着张玉振，赵丰年总是感到些许遗憾，他回村后看时间还早，直接去了村两委办公室。张玉匣和李许都在，见了他似乎没有以前一口一个"赵总好"那般热情了，尤其是张玉匣显得极为不自然，眼睛躲躲闪闪甚至不敢直视他。赵丰年沉住气，主动打招呼："张书记，李主任，你们好呀。"这时，张玉匣才转过身机械地笑笑，道："是赵总啊，还、还在……"说着站起来与他握手。

赵丰年一语双关，道："我还在龙山村，不走了，扎根龙山村。"张玉匣的脸色立即变青紫，嘴里嘟嘟囔囔却说不出一句完整的话来。李许忙说："老赵，你回来好呀，我们村两委欢迎啊。最近张书记太忙了，我一天都见不上一面。"

张玉匣当然知道赵丰年此行目的，可是他有意识不道破，掏出香烟，递给赵丰年，赵丰年说不会，他就自己点上，坐在椅子上，抬起脚将小腿大腿并拢踏在椅子面上，一只胳膊搭在膝盖上，吸着烟不紧不慢道："唉，还不是为了咱龙山村嘛，龙河治理项目缺少资金，我们舍了身体去跟领导喝酒，唉！现在不喝酒办不了事啊。"李许赶紧跟着连说"是是"。

赵丰年反感他们一唱一和不谈正事，眼光投向那个"文明单位"奖牌。

"我们村是市级文明村，形势一派大好啊。"张玉匣吐出一缕青烟，得意的神态跃然脸上，"争创不容易啊，各项标准都得领先，我们村家称百万元以上的富裕户在全镇数第一，已经消除了贫困户。哦，还有那么一两户，不过，已经与市政府的领导结对子了，很快也不穷了……自我上任起，没有发生重大刑事案件，修路、扶贫、低保、治理河道等款项，都是我亲自托关系找门路要回来的。"

"吹牛吧，龙河治理项目，上面拨了十五万，张传刚还嫌不够，给我

五万,我保证弄得好好的。"村民李昭村进了门,他没等张玉匣反应过来,指着他和李许气愤道,"看看你们,还像个干部嘛,从日出喝到太阳落,还干不干正事了?"

赵丰年停住了凝视,起身与李昭村握手。张玉匣被他的话惹恼了,立即道:"李昭村,不要以为你天王老子第一,我告诉你,我们喝酒也是为了工作,也是为了咱村的老百姓。"

"算了吧,你要是为了咱村的老百姓,为什么报喜不报忧?还有那么多的贫困户,你瞒着不报?还有,为啥不通过招标,将大小工程都给了张传刚,你得了他多少好处?"李昭村越说越气,朝着赵丰年及进来办事的村民道,"张传刚小学都没有毕业,算术都没学好,看不懂图纸,懂啥施工啊,魏家楼村村通水泥路,还不到两个月就全起皮了,有的还塌陷了,坑坑洼洼的,根本没法走了。"

小六突然闯进来朝着张玉匣嘿嘿了两声,张玉匣推着他出去,说:"走走,这里没你的事。"然后对李昭村说:"你不要诬陷好人啊,那不是下了一场大雨冲坏了道路嘛。"

"龙河治理项目,五万就办成了,上边批了十五万,还嫌不够。"

"你懂什么,不懂少在这儿嚷嚷。"张玉匣怕李昭村给自己惹是生非,忙笑着走到赵丰年跟前,尽快转移话题,"赵总,你找我有什么事呀?你以前帮了咱村不少忙,现在你有事尽管说,我能办的一定给办。"

李许在一边附和说:"是啊,老赵回村要干大事业,我们村委全力支持。"

赵丰年心想,你们总算知道我要干什么了,便道:"我呀,想在咱村成立公司,开发芹菜种植、销售、加工产业。"

"好呀。"张玉匣看到赵丰年并没有因为停办水厂的事而记恨,也明白凭自己的能力挡不住他回村干事创业的大趋势,一拍大腿打着官腔道,"好呀好呀,怎么说老赵也是从咱村走出的能人,这次回来既能帮助村民脱贫致富,又给咱村引来资金,哈哈……"接着亲自给赵丰年冲茶倒水,顺着话题说出了自己想要表达的意思:"赵总,我给你介绍一位帮手吧。"

赵丰年忙笑着说:"我已经跟张玉振谈……"他刚说到这儿,整个屋子仿佛凝固了一般,李许坐回办公桌前假装办公。张玉匣端着水杯没有递给他,而

第十五章

是放回了桌子上。李昭村哼了一声,大步离开了。

"他们怎么都对张玉振如此敏感呢?"赵丰年一时没有想通。

赵丰年从村委出来,来到了林芝秋的小卖部,想找她了解张玉振近期的情况,在门口与提着酱油、食盐等日用品的老支部书记魏东相遇。

"魏爷爷下山买东西啊。"赵丰年主动上前打招呼。魏东认出了赵丰年,笑着答应着将他拉到路边关心地问:"听说你回来啦?"

"是啊,魏爷爷。"赵丰年说,"我正在招兵买马筹建公司,等忙过这阵子,我亲自登门向您请教。"

魏东听了高兴得不得了,忙说:"丰年,你这是为咱村老少爷们做好事呀,好好,我给你推荐一个人。"赵丰年忙问谁,他说:"张兴海,咱村第一大好人。"

赵丰年连连点头,上午还遇见他,当时怎么没有想到找他合伙呢?说:"兴海这个人真不错,他上午还帮助过我。"接着又问:"魏爷爷,张玉振呢?您了解他吧。"

魏东不假思索地说:"张玉振呢,我还是了解的,有优点,缺点也不少。你要是能找到这两个人当帮手,用好他们,你的事业就成了。"赵丰年听了顿时放心了,说:"谢谢魏爷爷,有您这句话,我放心大胆干了。"

赵丰年看到林芝秋正忙,觉着快到中午了,就没有进去。辞别魏东刚要回家,突然看见四爸赵树店低着头,两只手数着钱从里面往外走,忙问:"四爸,你弄这么多零钱干什么?"赵树店抬头见是侄儿,笑道:"打牌找零。"

赵丰年知道四爸喜欢打牌赌钱,虽然数目不大,但也是违法的事情,便道:"赌钱违法啊。"赵树店不以为然,道:"三元两块的,为了打发、消磨时间,数额也不大。"赵丰年不便与他在大街上争辩,怕他又去打牌,硬拉着四爸回家了。

王兰香见儿子带着小叔子来了,又加了几道菜。赵树存和赵树店老兄弟俩烫了一壶酒喝了起来,赵丰年觉着下午有事没有喝酒,接过母亲递过来的一碗米饭,刚吃了几口,手机响了,是张玉匣打来的:"赵总,我跟你说啊,张玉振这个人你决不能用,镇、区里的领导都知道他,现在敏感时期,我不说你也猜到了,我是为你好啊。"

赵丰年说:"张书记,我知道了。"

张玉匣又说:"我大侄儿在城里政府部门上班十几年,也想回村创业,到你公司给安排个事干呗,哈哈。"赵丰年明白了他的用意,便笑着说:"我们公司主要开发农产品,他要是不怕累不怕脏就来吧。"

"好好,我告诉他。"张玉匣最后反复嘱咐,"那个张玉振,你决不能用啊……"

赵丰年挂了电话,端起碗要吃饭,赵树店放下酒杯说:"丰年,你执意要回村创业,我知道拦不住你了,路还是靠你自己走……咱在家里私下说话,你四爸也不是外人,张玉振这个人呢,能力是有,但性子不稳,遇事急躁、偏执,你是直脾气,你们两个人在一起合不来。他自从跟三马虎打架后,那个合作社至今还闲着。"赵树店接着说:"听说他经常到上级政府部门上访,这样的人容易得罪人,往往成不了大事,张玉匣说的不是没有道理,你可是要考虑好啊。"

"嗯,我知道。"赵丰年答应着,心里乱糟糟的,自己最欣赏的一个人,怎么有那么多非议呢?至于具体原因,恐怕只有找到他面对面交流,才能揭开真相,才能知道他到底是不是自己要请的合伙人。

第十六章

当晚，赵丰年来到了张玉振家。

秦翠在厨房里做饭，张玉振从摩托车上卸工具，沾满涂料、灰尘的外罩还没来得及脱掉，见赵丰年提着礼物进来，忙接过礼物说："来就来吧，捎东西干吗？"赵丰年说给孩子买了小点心，跟着他进了堂屋，见他一对儿女正趴在饭桌上学习。

"你赵大爷来了，快回你们的屋。"张玉振说话声音很大，两个孩子站起来就要走。赵丰年笑着说："几年不见，都长这么大了，咱俩别影响孩子学习，出去说话。"说完拿着马扎走到院子里。

张玉振脱掉外罩随后走出来，叹气道："看看我这个穷家。"赵丰年环视了一圈，院子里空荡荡的，窗玻璃碎了几块，还用薄膜封着，石灰墙脱离殆尽，仿佛好久没有人住了。赵丰年心想，刮泥子的竟然没有修饰自家院墙。

"我这几年创惨了，都怪三马虎……"张玉振接着诉说了自己的遭遇。

原来，张玉振辞职后，租赁了老供销社大院，在村里成立了第一家农业合作社。在基建施工过程中，影响到了秦秀琴家的宅基地，双方引起了纠纷。一天，她拿着铁锹不让施工，他实在气不过上前夺下铁锹，在拉扯过程中，她滑到地沟里，哭着喊着说被他殴打了……为此，张玉振被派出所拘留了七天，还被村委下令不准施工了。张玉振觉着冤枉、不公，就到村、镇、区乃至市里有关部门上访，成了在某些人眼中有问题、见了快躲的人。

"这么说，你今天上午去区政府上访了？"赵丰年问。

张玉振愤愤不平地说："是，政府不处理好我的问题，我就一直上访下去。

咱当义务兵三年,是为国家做过贡献的人,我不信没有讲理的地方!赔了钱不说,还落下了污点,你说我冤不冤?"

赵丰年了解了张玉振的真实情况,不但没有回避他,还真诚地说:"玉振,我认为你先把过去的事情放一放,也别刮泥子了,咱们一起创业吧。"

张玉振叹气说:"谢谢你不嫌弃我,我,我怕给你带来不利的影响,你还是另请高明吧。"

秦翠听到外面有人说话,手里还攥着擀面杖就出来了,见了赵丰年忙问:"是赵大哥呀,你刚才说什么?"赵丰年说:"我想请玉振跟我一起干。"她立即道:"他要是跟着你干,一个月能给多少钱啊?"张玉振急忙将妻子拉到一边,埋怨道:"你怎么开口就讲钱呢?"

秦翠说:"我不讲钱能行吗?老人看病需要钱,孩子上学需要钱,我们两个一天平均划下来也挣个五六百块,你回家要是挣不着钱,还不如刮泥子。"赵丰年说:"弟妹说得不无道理。"

"赵大哥,你一辈子不干活都能生存,我们不行,我……"没等秦翠说完,张玉振将她推到屋里:"你娘们懂什么?炒俩菜,我好久没跟赵大哥喝杯了。"

赵丰年见状忙说:"玉振,你们干了一天的活,也很累了,改日一定来跟你喝两杯。"说完就告辞走了。张玉振送出大门外,赵丰年说:"玉振,我之所以找你,就不会怕这怕那,我相信你这个人。你考虑一下,三天以后答复我。"

张玉振感动得快要落泪了,忙点头道:"谢谢赵大哥,谢谢老战友。"

接下来,赵丰年又打听张兴海,很多人说见过,但是不知道他现在在哪儿。

张兴海早年丧母,与父亲相依为命,靠吃百家饭长大。初中毕业,村里为照顾他,让他参军入伍。从那时起,他就开始学雷锋做好事,还被部队评为"学雷锋积极分子"。退伍后,他依然保持部队本色,尽自己所能扶危救困,助人为乐。前年,他父亲病逝后搬到镇上租房居住了。赵丰年后悔那天没有留下他的联系方式。

连续几天,赵丰年逐街逐村寻找张兴海,可他仿佛就在身边却又不见人影。眼看太阳西沉赵丰年不免心急,猛然踩马力,皮卡车差点撞上南墙,惊出了一身冷汗,同时也让他计上心头。他将车开到山河镇南北大街显要位置,故意将车体倾斜在沟沿上,固定好轮胎后,便坐在驾驶室里等着奇迹出现。

第十六章

一个小时过去了，无人过问，太阳已经落山了，赵丰年打开双闪，透过玻璃窗望着路上人来车往。又一个小时过去了，还没见人来。路上已经人少车稀了。赵丰年忽然变得心烦意乱起来，双腿开始冒虚汗，他急忙下车给在医院当主治医生的堂弟赵丰益打电话，详细说了最近身体出现的异常症状，但没有将做的噩梦和被张玉匣欺骗的事情说出来。

赵丰益知道堂哥回家创业的事情，根据他所说的症状，觉着他可能是工作压力大、睡眠不足引起的，连说没有大事，平时注意休息就好了。

赵丰年想想也是，便返回车里拨通了家里的电话，女儿接听了电话，问他在哪儿，他没说在路上等人，也没敢说在老家，而是撒了一个谎，说正在开会。徐雯雯接过电话，说："撒谎也不会，有开会打电话的吗？"赵丰年忙说跟战友在饭店里吃饭，徐雯雯从话语里隐隐听出他内心的苦衷，便安慰道："你也别嘴硬了，这几天你应该尝到滋味了，不行的话就早点回城吧。"

"爸爸，你啥时候回来呀，别忘了给我带松蘑吃啊。"赵甜还要跟爸爸说话，徐雯雯将话筒夺过去，对女儿说："快学习吧，明年要高考了。"然后对着话筒说："好了，别说话时间长了，让你的战友们等急了，你那些战友都是酒鬼，你少喝点，年纪也不小了，拜拜。"

赵丰年听着妻子挂断了电话，"拜拜"含在嗓子眼里没吐出来。他刚想喘口粗气，手机响了，他一阵惊喜，认为是张兴海的，一看号码是母亲打来的，问怎么还不回家吃饭，他忙说在外面有事，今晚上不回家了，母亲最后也是嘱咐他少喝酒，他立即答应了。

坐在车里愈加心慌，赵丰年干脆下了车在路边上来回踱步，刺骨的北风吹来，浑身冰凉。他只好又回到车上，开着暖风耐心等待着。

"师傅，你的车怎么了？需要帮忙吗？"也不知过了多长时间了，赵丰年迷迷瞪瞪就要睡着了，恍然感觉有声音飘来，他忙放下玻璃，果然看到眼前是戴着黄色头盔的人。他激动地忙高声道："兴海，你知道我在等你吗？"张兴海听出赵丰年的声音，忙下车将摩托车停在路边，走过来关心地问："赵大哥，怎么不小心开沟子里了？人没事吧？"

"我没事。"赵丰年顾不得客套了，开门见山地说，"兴海，我等你，是请你回村，咱们一起创业。不知道你意下如何？你考虑三天给我答复。对了，

你有手机吗?以后咋跟你联系啊……"他打开手机想记录张兴海的电话号码,张兴海爽快道:"赵大哥,不用考虑了,我现在就答应跟你回村创业。"

"太好了……"赵丰年太激动了,紧紧拥抱着张兴海。

三天过去了,还没有张玉振的消息,赵丰年不免着急,给他打电话不接,到他家锁着门。这时候,林芝秋告诉赵丰年,张玉振来不了了,他们两口子为此吵架闹翻,秦翠死活不同意张玉振回来,还说:"过去跟着赵丰年干建筑没挣着钱,现在回村更别指望了。"

赵丰年能理解秦翠的想法,也能理解张玉振的处境,便通知张兴海、林芝秋、李昭顺和赵丰源晚上到他家开会,共谋成立公司大计。

"赵总,我辞职了,以后你到哪儿我跟到哪儿。"赵丰年准备好招待茶水,李梦好进来拥抱着他兴奋不已。这一切来得有点突然,在城里见面互相拥抱常见,毕竟在乡村,他略显尴尬,尤其是她母亲跟在后面。林芝秋说:"看看你这疯丫头,见了你赵叔没大没小的。"

赵丰年忙坐下给她们倒水,说:"反正你们娘俩折腾我那是一愣一愣的。"林芝秋和李梦好都咯咯笑了。李梦好夺过茶壶,说:"我来吧,干办公室别的没学会,给客人冲茶倒水还是一套一套的。"

"我就知道跟着你赵叔学不了啥好东西。"林芝秋说。刚进来的赵丰源接上话题说:"可别这么说,我这个哥哥呀,别的咱不知道,爱管闲事,好为人师可是出名的。"李昭顺跟在他后面,坐在一角不多言不多语,李梦好给他们一一倒上茶水。

王兰香送过来一张结婚请柬,赵丰年接过来,林芝秋就道:"肯定是村主任的,他女儿结婚,你面子大,还发请柬,连个电话都没有亲自打给我们,派人传的话。"赵丰源接着说:"他这是趁现在还当村主任,发一笔财。"

赵丰年从抽屉里拿出烟扔到茶几上,说:"都是老邻故居的,谁家还没有个红白事啊,大家互相帮忙捧场嘛。"赵丰源看到茶几上的烟,抽出一支给自己点上,说:"就是就是,要是没有捧场的,也不好看是不?"林芝秋知道他口袋里有烟,便嘲笑道:"为了一支烟,接着就溜上了。"大家都笑了。赵丰年抬起手腕看了看表,已经九点多了,张兴海还没有到,不免着急心慌起来,来回踱步不时地看手表:"他不会失言吧。"思虑再三便拨通了他的手机,里

第十六章

面传来"快了快了"急促的声音。

"好的,你路上慢点,我们等你。"赵丰年稍微放下心来,说完便挂断了电话。林芝秋说:"他破船乱载,无论谁找他也不拒,估计路上被人截住了。"正说着话,张玉振突然进来了。

赵丰年认为张玉振是来玩的,拿烟给他抽,又给他倒水,热情招待他。林芝秋和赵丰源都看不惯躲在一旁不搭理他。张玉振感觉气氛不对,便对赵丰年说:"赵总,对不起,我回话晚了,我……"

赵丰年忙说:"玉振,我能理解你的难处,你不要自责了,甭管你加入不加入,我们还是好朋友、老战友,公司的大门随时向你敞开。"此时,张玉振更加感动了,说:"赵总,我今晚来是告诉你,我要跟着你干。"大家都惊呆了,林芝秋忙问:"秦翠她能同意吗?"

"她一个娘们,头发长见识短。"张玉振刚说到这儿,李梦好立即反驳道:"张叔,你大男子主义、老封建了啊。"

赵丰年道:"哎,玉振,要是弟妹不同意,我可不接收你啊。咱们交情归交情,你们夫妻还是……"没等他说完,张玉振忙说:"赵总,你放心吧,我来是经过她同意的。"赵丰年这才放心。林芝秋说:"你们男人啊,最终还得听女人的。"大家都笑了。

大家说着话,不觉到了十点,可是张兴海还是没有来,张玉振让赵丰年催催,赵丰源干脆说不开会了。赵丰年说:"再等等,他肯定有事,要不然不会迟到。"

赵丰源不以为然,说:"我看让那个当护士的对象勾住了。"

"他有对象了?"林芝秋问。

张玉振说:"他一个大好人,还能没有小姑娘追嘛。"

直到十一点多了,张兴海才敲门进来,抱歉地说:"我来晚了,对不起。"林芝秋立即道:"你这个大好人怎么也迟到啊,是不是跟那个小护士鼓捣一阵才来呀。"

赵丰年指着李梦好对她说:"当着女儿的面,你的嘴可是要矜持点啊。"李梦好只是笑,她从小就听母亲插科打诨惯了,并没在意。

张兴海忽然叹气道:"唉,八字还没有一撇呢。"林芝秋拍着他的肩膀笑着说:"没事,实在憋不住了,嫂子我也能凑合。"

"你臭美吧，半老徐娘了，人家兴海弟怎么说还是童子身。要说，丰源兄还差不多。"张玉振刚说到这里，赵丰源立即道："我也是处男，我敢发誓。"他的话把全屋的人都逗乐了。

"你们这些人啊，说话没正经，梦好，捂着耳朵。"张兴海对李梦好说。接着他掏出一个本子，说："赵大哥，这是我近年来对咱村的摸底，你看看，有没有用？"赵丰年看了第一页立时惊呆了，转头对赵丰源说："看看，你与兴海的差距。"赵丰源立即伸头看，也不得不朝着张兴海点头佩服。

上面清楚记着龙山村的历史、风貌、总人口数，还有党员、退伍军人、大学生、在外打工人数，等等。赵丰年看着看着读出声音："五十岁以上的占比百分之六十二，全村四十岁以上的光棍六十八人，还不包括临时光棍（没统计）。"

"临时光棍？什么意思？"赵丰年问。还没等张兴海回答，林芝秋说："就是儿女在城里生孩子了，母亲去城里当保姆，剩下老头子孤单在家。"

"我家四爸呗。"赵丰年话音未落，林芝秋接上说："你现在也差不多了。"赵丰年尴尬咧嘴，赵丰源立即看着林芝秋，说："也包括像你男人不在家的女光棍。"林芝秋不想听别人说她光棍，忙打了一下赵丰源，给自己挽回面子："要是照你所说，咱村光棍得好几百人。"

赵丰年暗叹不已，继续看下去，越看越吐不出声音了："村西建造小洋楼的共计十五户，其中独门独院别墅两户。五保户（无儿无女）十四人。吃低保的八户（有三户是关系户），未彻底脱贫二百二十五户……"

"还有这么多的贫困户？"赵丰年腾地站起来，指着本子生气道，"可是，张书记说咱村已经消除贫困户了，形势一派大好，市级文明村，他……唉，兴海，这些贫困户有名单吗？"

张兴海说："你接着看。"

"魏三全、林多余……林芷芗……"

当"林芷芗"这个名字出现在赵丰年眼前时，他内心猛然颤抖了，压抑着将要爆发的情绪，道："原本我的想法很简单，回村创业，万万没有想到开发山泉水项目泡汤了，只好与李昭顺大哥搞芹菜种植、加工、销售一条龙公司经营模式，这也是一项挣钱的产业……刚才看了兴海的统计，没有想到咱们村还

第十六章

有这么多的贫困户，还有这么多刚刚解决温饱的村民，我觉着咱们的经营方向必须调整。成立公司，从目前环境、条件看尚不成熟。我们先从这些贫困户开始做起，以芹菜产业为主，实行多种经营。"他干脆将早拟好的方案计划扔到一边，针对目前村里的情况，重新设置了下一步的工作方案："第一步，成立农产品开发合作社，我们第一批入股，随后逐渐吸收新社员，我出五十万。"看到大家惊异的目光，他接着解释道："我入股五万，剩下的作为启动资金，到时候我们赚钱了，就退还给我，而且不收利息。"

张兴海忙说不合适，这样赵丰年太吃亏了，赵丰年刚要表态，忽然接到严百顺的电话，他开口就说入股一百万。张玉振立即道："他消息还挺灵通的啊，那样的话，我们还不是给他打工了？我不同意。"

赵丰源说："关键他这个人好色，跟原来的老婆离了婚，又找了一个比他小二十多岁的小姑娘，听说背地里跟李树善的儿媳妇打得火热，要是他入股，他还……"说着瞅着林芝秋。林芝秋明白他的意思，忙说："你说他看我干吗？"

赵丰源哈哈了几声，说："我怕这样的人给咱们招来坏名声。"

赵丰年并没有理会他们的议论，也没有立即拒绝严百顺，而是对大家说："这件事以后再商量，但这笔钱对我们来说太重要了。"

张兴海说："启动资金固然越多越好，但办合作社，一定要遵守我们的初衷，不能以挣钱为目的。"

赵丰年说："兴海说得对。昭顺大哥的菜地作为我们的蔬菜基地，当前我们首要任务是选好收购、加工、储藏、销售场地。"张玉振接着道："我原先租赁的供销社大院还闲着。"

林芝秋立即反对："即便是闲着，谁敢去啊。"赵丰源跟着说："是啊，咱要是去了，还不让三马虎吃得连骨头都不剩啊，那个地方不合适。玉振，你不是也没有干下去嘛。"

李梦好插话说："张叔打不了马虎，未必赵叔打不了母狼。"

林芝秋没有同意女儿的说法："玉振，你自己干不下去了，别把我们拖下水啊。"

张玉振立即不满道："芝秋嫂，你怎么说话的？我可是为合作社着想啊，

用不用是赵大哥的事,用不着你多嘴多舌。"

"咋,我是合作社的一分子,还不让人说话了?"

眼看两个人要吵起来,赵丰年忙阻止道:"好了,你们不要吵了。"转头问张玉振:"房屋租赁你跟市供销社签约了吗?"张玉振解释道:"自从供销社撤走后,土地及房屋所有权就归还咱村了,大前年我做生意就租下了,跟村委签订了三十年租赁合同。"

赵丰年大喜,说:"玉振,天助我们啊。"

"你就不怕?"林芝秋瞪着赵丰年。

赵丰年大手一挥,说:"怕啥呀。芝秋的小卖部改成农家旅馆,为下一步搞民俗旅游打基础。"林芝秋这才高兴,听他接着说:"玉振负责场地基建,包括下一步的业务、销售;昭顺大哥只管蔬菜种植;梦好回城里考察市场,印刷广告彩页分发宣传。"

赵丰源说:"梦好,把你的美照印上,一定吸引人眼球。"李梦好忙说:"我可不。"他们的话提醒了赵丰年,忙对梦好说:"梦好,你找个摄影家,给昭顺大哥多照几张,选一张沧桑感而且富有农民气息的照片印到画页上,配上芹菜特色照片和介绍,一定吸引人。"大家拍手叫好,李昭顺只是傻笑。他接着说:"兴海负责财务以及内部管理,现在马上制定各项管理制度,还有与股东的合同书,越细越好。"

赵丰源听见没有自己的事情,忙问:"我干什么呀?"赵丰年说:"你负责综合,配合兴海工作,哪里需要哪里去。"众人都笑了,林芝秋指着赵丰源说:"好嘛,这可真是符合你了,你以后就尽管耍鬼吧,哪里便宜哪里钻。"

"我是革命一块砖,哪里需要哪里搬。"赵丰源争辩道。

赵丰年继续说:"对所有贫困户,我们只与他们签订土地出让、流转协议,根据现在的价格,每年给予租金,他们可以到合作社上班领取工资。"

赵丰源忙说:"如此一来,他们岂不是挣两份钱嘛。"张兴海说:"这才是我们为之奋斗目的嘛。"赵丰源瞥着他说:"你学雷锋做好事,可别道德绑架我们啊。"赵丰年打断他的话,说:"还有,我们设立'学雷锋服务点',由兴海负责。"

"好好!"李梦好带头鼓掌。

张玉振和赵丰源抽烟,满屋子烟雾弥漫,呛得李梦好连连咳嗽。赵丰年去开门透透气,张兴海看见时间不早了,便说:"我们先回去吧。"赵丰年点头答应:"好,你们回去按照今天的会议议程抓紧办理吧。"李梦好还不想走,她想再跟赵丰年说说话,却被林芝秋硬拉走了。众人走后,赵丰年拿起张兴海留下的本子,紧紧盯着"林芷芗"这个名字,心里顿起波澜:"她怎么成贫困户了呢?"

第十七章

　　清早,赵丰年去了赵树店家,可是怎么敲门也不开,电话倒是打通了,却突然挂断了。他怕四爸一个人在家出事,翻过院墙,刚要推开堂屋门,忽然从里面出来一大串男人,有的认识有的不认识,刚要抬脚进去,从屋里冒出一股浓烟差点将他击倒,他不得不蹲下来大口呕吐。赵树店走过来关心问候,赵丰年也没答话,站起来捂着嘴进了被浓烟裹住的屋里,见满地烟头,炕上还有一个小桌子,他实在受不了,快步蹿出来,赵树店跟在后面再三解释:"闲着没事,跟他们打个小牌消磨时光。"

　　赵丰年深深吸了几口新鲜空气,嗓子感觉顺溜多了,便道:"四爸,你打牌我不反对,要是赌博……"赵树店忙推着侄儿将话题岔开:"我哪敢呀。"赵丰年相信了四爸的话,接着说:"你以后也别闲着没事了,到合作社帮衬着干点零工吧,也可以入股,钱多钱少不限。"

　　赵树店说:"我还得跟你四婶商量,动大钱了,我说了不算。"他又忽然压低声音说:"丰年,我怎么听人家说你选的地方风水不好啊,供销社撤了,张玉振的合作社垮了,你别走他的后尘啊。"

　　"四爸,听人家说,人家是谁呀?"

　　"牌友。"

　　赵丰年摇摇头说:"四爸,你别听见风就是雨,我心里有数。"说完直接去了合作社施工场地。

　　张玉振和张兴海带着众人正在拆除院墙、清除垃圾。赵丰年看到父亲拿着铁锨在清理路面上的杂草,见秦翠也来了,便笑着说:"弟妹也来了,谢谢你啊。"秦翠直起腰说："我拗不过老张，他不去刮泥子，我不会骑车也去不了。"赵丰年忽然想起小秦，说："你们不刮泥子了，小秦干什么去了？"

秦翠说："他还刮泥子，听说招收了一个徒弟。"

"哦，还挺有想法的。"赵丰年说着忽然又想起一件事，问，"没听说他那个对象成了没有？"

"早散了，不是政府部门的人了，人家就不跟了。"秦翠答道。

赵丰年忽然对张兴海说："兴海，等咱们合作社开办起来，让你对象来参观参观。"

张兴海神情黯然，说："我们也散了。"不用说，肯定女方不愿意来穷山村，赵丰年心里明白没有再问，而是拍了拍张兴海的肩膀说："我们栽上梧桐树，何愁引不来金凤凰。"

其实，那天晚上，张兴海之所以来晚了，就是因为准岳父岳母强烈反对他回村，他好说歹说也没有做通工作，便硬着头皮出来了。

女朋友董晓晓理解张兴海的做法，但董晓晓的母亲死活不同意，说："我们已经够穷了，整天在街上卖点蔬菜维持生活，就是想你找一门好人家。"

董晓晓忙替张兴海辩解："他就是好人啊，市里还给他发了奖杯。"

"一个破奖杯有啥用啊，能吃能喝吗？"董晓晓的母亲态度坚决、强硬，"晓晓，我明确告诉你，他要是执意回龙山村，你们就散了吧，不能跟着他回去受穷。你要是不听话，我就死给你看。"无论董晓晓怎么劝，母亲也不听。董晓晓只好回头劝张兴海，可是他也不听，最终董晓晓只能含泪跟张兴海分手了。

这些事，张兴海不愿多说，赵丰年自然就不知道。他们走进房间，里面柜台上摆满了各式各样的工具，门口还安放着保温水桶。赵丰年连连点头，张兴海从柜台后面拿出一个牌子，说："牌子我已经写好了，'学雷锋服务点'。赵大哥，哦，以后该称呼你赵经理或赵主任，哈哈。"张玉振接上说："对对，我们的合作社还没有名字呢，赵大哥给起一个吧。"

赵丰年笑着说："合作社和我们的职务随后再说，现在先干起来。"

"对对，先干起来。"张玉振说着靠近赵丰年，"张传刚捎信给我，合作社的基建必须他干，还有砂石、水泥都从他那儿买。当初，我是因为不听他的，被他搅和得没法干了，才去城里刮泥子。"

"听到兔子叫,还不敢种黄豆了?"赵丰年没有停下脚步。张玉振看到赵丰年坚定的步伐和强硬的口气,立即说:"有你这句话,我就不怕他们了,小黄毛来晃悠四五趟了,他再来捣乱,我一个一个收拾他们。"赵丰年听罢,便指着张兴海说:"有他在,一切你放心吧,尽管放开手脚干。"张玉振和张兴海相视一笑,几乎异口同声答道:"是,保证完成任务!"

赵丰年来到林芝秋门店,见她正在指挥工人装饰房间,便道:"你跟我去串个门吧。"林芝秋跟工人交代一番,然后问去哪家,赵丰年也没有回答,而是说:"从你店里捎上点东西。"林芝秋领着赵丰年进了货店,她说:"有你表妹那个'真能营养品',你吃了管用吗?"赵丰年故意克制表情,眼睛在货架上来回扫描。林芝秋拿出了两盒"真能营养品",说:"就这个吧,也不贵。"赵丰年答应了,然后指着货架上的黄桃罐头:"再来两个黄桃罐头吧。"

"原来你上她家啊。"

"不上她家,叫着你干吗呀。"

"哼。"林芝秋狠狠瞅了赵丰年,噘着嘴说,"她当年最爱吃黄桃罐头,你到现在还想着,看来你一直没有忘记她,我对你……"赵丰年忙打断她的话:"你呀,什么年纪了,还吃醋,快点吧。"说完掏出二百块钱扔到柜台上,然后出了门。

林芝秋提着礼品跟了上来:"不要你的钱,咱俩谁跟谁呀。"说着将钱硬塞进赵丰年的口袋里,他急忙闪身:"别,一码归一码,再说了,我是我,你是你,别烦人了,快走吧。"林芝秋跟了上来,小声说:"丰年,我怎么听来买货的人说,你选的地方不行,人也不中啊。"

赵丰年猜到她指的是张玉振,不想背后添乱,便答非所问:"芷芗以前不穷啊,我只知道他对象从粮所下岗了,怎么?"

"当年粮所多风光啊,唉。"林芝秋明白他不愿意给自己和张玉振制造矛盾,接着介绍了林芷芗的情况,"自从她男人下岗后,他们搬回到了老家居住,每天赶集贩卖粮食。一天,在九道拐连人带车翻沟里了,人保住了性命,但她男人从此失去了双腿。"赵丰年惋惜地哦了一声,她接着说:"人都说红颜薄命,她可真应对了。儿子上大学谈恋爱,女孩突然提出分手,他想不开,得了精神病……唉,这就是命啊。当年,她要是不听父母的话,不嫌贫爱富,跟了你……"

第十七章

"你不要说了。"赵丰年没让林芷芗说下去，脑海里浮现出与林芷芗谈恋爱的美好情景。忽然，又冒出她父母强烈反对的伤心画面……他不敢回忆下去了，感叹不已，连连摇头。

林芷芗的家是青瓦房，墙体是用水泥击打出的花纹图案造型，现在比起周围的红瓦房显得落伍了，但当年可是全村最时髦最豪华的房屋。赵丰年一直认为林芷芗是看中他们半脱产的家庭，才跟自己拜拜的。刚进院子，一辆红色电动车就引起他的注目，尤其后座上缠着黄色胶带的塑料箱子。他断定，近来在路上经常遇到的那个骑车女人准是林芷芗。

"是姜老师吗？"赵丰年还没有踏进门槛，屋里就传出男人的声音。林芝秋忙回答："不是，是我。"

"哦，是芝秋呀，快来。"

屋里空荡荡的，几乎没有一件现代化的家电产品，靠东墙处安放着一张床。赵丰年看见面庞浮肿的男人半躺在床上，他应该是林芷芗的男人了。林芝秋瞥着赵丰年，朝床上嘟嘟嘴，意思说：这就是你的情敌。赵丰年伸出手握着林芷芗的男人，说："我是赵丰年，上小学时，你比我高了两个年级。"

"啊,原来是赵总啊,怎么敢惊动你来看我啦。我经常在广播里听到你的新闻，你是咱市的大名人，咱村的光荣、骄傲啊。"

"我现在回家了。"

"怎么，你也下岗了？"

"不是，我回来成立合作社。"

林芷芗的男人忙指着腰下平展的被褥说："唉，能在外面混个鳖蛋也别回来。看看，我就是个例子。"接着，他诉说了自己的不幸。赵丰年没有打搅他，耐心地听着，反复地感受着这家人的坎坷命运，更加敬佩林芷芗的坚毅。林芝秋觉着时间不早了，便说："妹夫，赵总专门来看你的，看看，你啰啰唆唆说了一大堆。"赵丰年起身道："你们有什么困难可对我说。"

"人家姜老师经常来看我，还帮我们家建了塑料大棚。"

"姜老师是谁呀？"林芝秋问。

"他是城里大学老师，人家虽然不是大老板，但好心来帮助我们……"林芷芗的男人又仿佛打开了话匣子，林芝秋忙打断他的话，问："我妹妹去哪儿啦？"

"她今天搭车去城里送草莓了，估计快回来啦。看看，我也没有给你们倒水喝。"林芷芗的男人显得很过意不去。赵丰年忙说："你别客气了，我们这要走了，你多保重，有困难一定跟我说啊。"说着，心头一酸，眼眶湿润了，忙走出了屋子，里面还传出声音："赵总，你们慢走啊，常来啊，谢谢啊！"

赵丰年站在院子里仰望天空长长叹息，又俯视那辆红色电动车，不禁道："芷芗的日子真不容易啊。"林芝秋上前拉了他一把，说："走吧，你还想等她回来看一眼才放心？"

"小肚鸡肠。"赵丰年真是服了，林芝秋的醋意说来就来，他忍不住脱口而出。虽然含在嗓子里，林芝秋也能听到了，故意问："你说什么？"

"没……"赵丰年刚要回话，忽然听见西屋传来男人嗷嗷的叫喊声，接着一阵噼里啪啦乱响。他心里一惊，要过去看看，被林芝秋拉住了："别去看了，是张保又发神经病了。"

"唉，我多年没有见到他了，更应该去看看这个孩子。"赵丰年还想过去。林芝秋说："你进不去，芷芗每次外出，怕他出门惹事，都把他锁在屋里。"走近西屋，果然见一把锁将双扇门牢牢关住了。正在犹豫间，手机铃响了，是母亲来的，说二姨来了，他朝着林芝秋摆摆手示意走，边走边接听电话，与林芝秋并肩走出了院子。这一切，恰好让走到院墙外的林芷芗听到看到了，眼看他们并肩朝前走去，两行热泪顿时倾泻而下，再没有勇气开口喊他们了。

第十八章

半路上，忽然听到秦秀琴刺耳、难听的叫骂声："他娘的，有什么了不起的，有两个臭钱就能欺负人了?!"

"他这是骂谁？"赵丰年问。

林芝秋回答："肯定骂你了。"

"你俩骂人可以一比，我又没有招惹她。"

"你的意思是我跟她鼠蛇一窝了？"

"哈哈，不不不，我的意思要学着文明说话，她怎么能当街骂人呢，我去找她评评理……"赵丰年说着就往前跑。林芝秋拉住他："你呀，才去了城里几天啊。我告诉你，你去只会惹毛了她。"林芝秋说完往前跑去，赵丰年紧赶慢赶到了合作社，见秦秀琴掐着腰站在施工场地中央，双手比画着，口里不停地骂着，周围聚集着很多人看热闹。

"你这个浪女人，在这儿耍什么威风？这是你家的地方？你再不走，信不信我把你撕烂了。"林芝秋直接冲到了秦秀琴面前，两个人对骂了起来。

秦秀琴没有想到还有人不怕自己，指着林芝秋道："你才浪呢，你男人不在家，你开小卖部养汉，现在名义上开合作社，实际是开妓院。"说着伸手朝着合作社比画着。林芝秋不但没有生气，还大声说："放你娘的狗屁！我告诉你秦秀琴，养汉也不犯法，说明我有魅力，我现在就去找蔡白露……"说着就往秦秀琴家走去，当场吓得秦秀琴不敢再骂了，赶忙跑回家关上门，众人一哄而散。

一场风波被林芝秋化解了。张玉振走到她面前说："芝秋嫂，也只有你能把她降住。"林芝秋对赵丰年说:"看到了吧,对付这样的人,用你所谓的文明话,能将她彻底赶跑?"

赵丰年一时无语,看着头发散乱、面红耳赤的林芝秋,十分心疼地说:"芝秋,辛苦你了。"

林芝秋说:"丰年,像她这样的人,你不能跟她客气,更不能讲道理,只有以牙还牙,我这样的人能对付她。"

张玉振开玩笑说:"狗咬马虎两头怕。"

"你意思我是狗了?"林芝秋不满道。

"我开玩笑嘛……"张玉振急忙解释,上前拍着林芝秋的臂膀笑着道。"好了,你回家做饭吧。"赵丰年朝着林芝秋点点头,然后对张玉振说,"你下午召集他们开个会。"说完就回家了。

王兰香小声对进门的儿子说:"你二姨不知信了什么教,感冒了不吃药不打针,多亏我今天去她家,把她领到咱家里,现在睡着了。你说,该怎么办呀?"

赵丰年安慰母亲道:"妈,您别着急,我给丰益打个电话,让他来给二姨看看,不会有事的。"

赵丰年到西屋给赵丰益打了电话,说明病情。赵丰益说晚上下班后回家给她看病。赵丰年忙跟母亲说了,王兰香这才放心。

赵丰年吃过午饭赶紧来到合作社。见秦秀琴站在她家房后指桑骂槐,却不敢再进合作社半步,原来林芝秋正掐着腰站在施工现场。

在赵丰年办公室,张玉振简单介绍了最近发生的事情,他担心道:"一百个痞子前来闹事我不怕,就怕三马虎站街骂。在咱村里,论起来都牵连着亲戚关系,她要是撒泼堵路,你能去报警?说句不好听的,她要是耍赖往地上一躺或把裤子脱了,你还敢……"林芝秋接上话说:"不是有我嘛,我拿棍插她腚沟。"

"你说着说着就下线了,听玉振分析。"赵丰年朝林芝秋摆手。

张玉振继续说:"早上,张合大爷放着宽敞的大街不走,偏偏拐弯走咱工地,多亏兴海眼明手快将快要倒下的他背到了村两委大院门口。还有小黄毛,来回在工地上转悠,好在他见了兴海就撒腿跑了……种种迹象表明,我感觉不只是三马虎一个人在跟咱们作对。"

第十八章

赵丰年听了,隐隐感觉有无数只黑手朝自己伸来,他觉得越在这时候自己越要乐观坚忍,否则会让张玉振、林芝秋他们失去信心。

赵丰源进来说:"东胡同本来就窄,刚才被三马虎推了三车猪粪堵上了,臭气熏天,现在根本过不去人了。"林芝秋听罢腾地就站起来大骂:"她娘的,我去……"赵丰年立即变脸打断她的话:"你怎么张口就骂人呀?!我跟你说多少次了,就是不改!坐下坐下,不跟她一般见识。"林芝秋坐下来捂着嘴说:"说顺口了。"

"你以后要改改不文明习惯。"赵丰年说。

张玉振笑着说:"咱农村的口头语,不大好改。"

赵丰年不想现在在这件事上费口舌,对张玉振说:"你接着说。"张玉振吞吞吐吐让赵丰年找找蔡三九。赵丰年问:"咱办的是公事,找他个人干什么?遇到问题找村两委、找政府啊。"

张玉振将三马虎为什么三番五次找事以及老蔡家与村里的关系、与供销社的复杂渊源说了一遍,然后说:"我找过李许,他说自己说了不算,我又找张玉匣,他一听就烦了,让我们有本事去找镇领导解决……你跟蔡三九都是城里场面上人,你找到他头上,他应该给面子。他说句话,三马虎也不敢再闹了。"

赵丰年说:"我知道当年建供销社时,用了老蔡家的老宅,可是后来村里都重新给他们划拨新的宅基地了。"

张玉振说:"自从供销社撤走后,房屋和场地就归了村委。三马虎趁村两委管理涣散,能多占点就多占点呗。"林芝秋接着说:"是,听说咱村以前所有承包采石场、山场的,现在都大发了,却没有一个上缴承包费,严百顺家趁百万元,给村支书、村主任送几万,就一分不用缴了,他娘个……"说到这儿,看到赵丰年瞪着自己,急忙捂着嘴不说了。

"腐败啊!"张兴海叹气道。

赵丰年朝着林芝秋说:"你没有证据,这种话可不能乱说啊。"林芝秋立即争辩道:"李昭村发誓要查村里这几年的账,你不信等着看,早晚他们怎么吞进去的就怎么吐出来。"

赵丰年朝林芝秋示意道:"村里的事情,咱们不在其位,不谋其职。目前,我们首先干好自己的事情,让广大村民看得见摸得着,确实受到实惠,有些问

题就迎刃而解了。"

张兴海说:"赵大哥说得对,当前我们先干好自己的事情,否则村民不服。眼前的这点困难不算什么。"

"对,赵大哥,你下命令吧!"张玉振说。

赵丰年满意地点点头,有条有理地安排工作:"兴海抓紧联络股东,一定要打出我们的品牌,玉振加强场地和蔬菜基地的管理,都要用心,大家放开手脚干,千万别跟秦秀琴正面冲突。村两委官僚,有时间我去找找镇领导,咱们公事公办,不跟个人打交道,相信一切会解决的。芝秋你赶快装饰住宿和用餐单间,等开业的时候,我给你提供咱们的招牌菜。"林芝秋连说好。

突然,赵丰年手机屏显示来了一条信息,市电视台记者康肇平要求采访。他现在是"社会新闻"栏目主任,因节目聚焦社会热点和老百姓关心的话题,成了全市名记。赵丰年给他回了信息,大意是自己刚回到乡村,一切刚刚开始,还没有成绩。康肇平接着回复了信息,意思是国家正在实施"以工补农、以城带乡"战略,还说"大水漫灌"和"输血式扶贫"已经不适合当前农村脱贫奔小康了,赵丰年的做法正是探索一条扶贫的新路子,很有现实意义和宣传需要。赵丰年觉着时机还不成熟,马上回复信息婉言谢绝了。

晚上,赵丰益给王兰花看了病,她得了重感冒,必须打吊针。可是,她不配合,还说赵丰益要害她。王兰香哭着哀求妹妹快醒悟过来。最后,赵丰年抱着二姨,强行灌进去退烧药和安定片,王兰花才安定下来睡了。

折腾到半夜,赵丰年拖着疲惫的身躯来到西屋,一头倒在床上,望着黑洞洞的空屋,莫名地就心慌起来,急忙打开灯,拉上窗帘,抓起手机想给妻子打电话,又觉着太晚了,便放下了手机,心想,她现在忙什么呢?

此时,徐雯雯正半躺在床头上,虽然捧着一本美容杂志,但眼角不时地扫着床头柜上的手机,心里恨道:"怎么也不打个电话呢?"

下午,在市政府开完有关房地产的会议时,全城已经灯火辉煌了。王亚说约了大客户谈业务,邀请徐雯雯一起去。她没有犹豫就同意了,同时给女儿发了不回家吃饭的信息。当进了布置雅致、豪华的房间,柔和的灯光散发着浪漫的气氛,她才明白了他的意图。

王亚似乎意料到了,微微一笑,朝座位示意道:"请吧。"此时,徐雯雯

第十八章

看着殷勤的王亚,又不忍心离去,问:"今天怎么安排如此雅致、高档的地方呀?"说着将手提包扔到沙发上,坐在了桌前。王亚含笑道:"赵总不在家,替补一下嘛,省得你寂寞。"

徐雯雯说:"他呀,这么些年从没有带我来这高雅、浪漫的地方,他吃饭快,有时候我们娘俩刚动筷子,他已经吃完去沙发上看电视了。"

"看看,还是我懂得浪漫啊,可还是……"王亚说到这儿突然停下来,招呼服务员抓紧上菜。徐雯雯打开手机玩,脑子里一遍一遍搜索着如何应对王亚将要提出的难题或非分之想。菜上齐了,全是徐雯雯喜欢吃的。"浪漫虽然美好,但也得回归现实,对吧?"王亚端起高脚红酒杯与徐雯雯碰了一下,徐雯雯说:"你的意思是要将我忘了呗。"

"我可没那么说啊,我是替你说的。"王亚用公筷给徐雯雯夹了菜,将话题转到下午的会议和下一步贯彻落实情况,当谈到公司未来发展时,徐雯雯不免感慨,丈夫辞职后,父亲也只能依靠王亚了。想到此,她又拿起手机看了一眼。

"你有事吗?"王亚问。徐雯雯忙回答说:"没有。"王亚说:"我们早点结束吧。"然后转身对身边的服务员说:"服务员,买单。"他将酒店专用消费卡递给她,服务员接过卡答应着出去了。不一会儿,服务员拿着卡和消费明细递给了王亚,并提着一个饭盒。王亚对徐雯雯说:"给甜甜炸了一份脆皮虾仁,她学习用脑,该补补。"徐雯雯说了声谢谢,然后坐着他的车回家。直到在自己家小区门口下车,她看了手表,连吃饭带路程不过一个小时。

徐雯雯进了房间,边脱鞋边高声对女儿喊:"甜甜,你爸来电话了没?"赵甜在屋里学习没有听见,她提着虾仁进了女儿的房间,重复刚才的话:"你爸来电话了没有呀?"赵甜没有抬头,说:"没有。"徐雯雯听了似有不快,将虾仁放到桌子上,说:"给你捎来的,趁热吃吧。"

"谢谢妈妈,我吃了蛋炒饭,不饿了,放冰箱里吧。"赵甜朝妈妈笑着说。徐雯雯提着虾仁刚转身,忍不住回头又问:"你爸真没来电话?"赵甜先回答说没有,接着又说:"不过,我曾想告诉爸爸,说你开会去了,结果又忘了。"徐雯雯听罢更加生气,将虾仁扔到了饭桌上。直到洗完澡,上床贴上面膜,干了揭下来,也没有听见丈夫的来电或短信。她实在等不及了,拿起手机拨通了丈夫手机号码，竟然无法接通，忽然气升心田，将手机扔到了床上："干吗去了？"

其实，赵丰年正给她打电话，谁知两个人同时按键"撞车"了。脱了衣服钻进被窝后，冰凉与压抑使他怎么也睡不着，拿起手机接通妻子的手机时，里面传出占线的声音，他忽然想，这时候打电话，岂不让她的朋友笑话自己太没有肚量了，不能剥夺她的自由啊。直到凌晨两点了，赵丰年忍不住又一次拨通了妻子的电话，里面传出一句不耐烦的话："睡了！"他才关了手机躺下睡着了。

第十九章

龙山村有史以来第一次开进了三辆豪华大客车。大喇叭传出赵丰源不厌其烦的声音："各位村民们，中午参加李主任女儿婚礼的，请到村委大院门口集合，统一乘坐豪华大客车赴席。村民注意了……"林芝秋站在门口骂了一句："真能溜沟子。"张玉振骑着摩托车路过，她喊道："丰年去不去？"他回答说："赵大哥有事去不了，让我捎着贺喜钱。"她便道："那我坐你车。"他朝远处的大客车指了指："坐豪华大客车多舒服呀。"她也没有搭话，骑上后座，搂着他说："我不爱跟他们掺和一起，走吧。"

小六跑过来就要上车，张念连推带踹，骂咧咧道："滚滚滚，大傻子，这种场合你能参加吗？"小六不死心，围着车转圈找上车的门。

张合颤颤巍巍跟着人流上车，走到门口被张念拦下了："大爷爷，你带红包了吗？"其实张合听明白了，他装作听不见，用手招着耳朵问："你说啥？"张念只好趴在他的耳朵上大声说："是礼钱，喝喜酒要拿礼钱的。"

张合看到周围的人都朝向自己，再不好意思说听不见了，含含糊糊道："我……我，没……"说着要上车，被张念硬拉了下来，不耐烦地对他说："大爷爷，您没钱喝啥喜酒呀，在家老实待着吧。"

张合觉着自己太没有面子了，刚要转身离去，忽然看到墙根下晒太阳的李树善、郭何氏等一般年纪的人正朝着自己笑，那神态分明嘲笑自己白活了这么多年。他实在气不过了，走到客车前"扑通"坐了下来。好多人都围上来看热闹，现场指挥赵丰源急了，赶紧上前劝说，张合不但不起来，反而躺在了地上。这时候，车里车外村民七嘴八舌，议论纷纷。赵丰源急忙给张合的儿子打电话求助，

对方说管不了。眼看时间差不多了,车辆再不走就耽误大事了,他只好给李许打电话。正在城里大酒店忙着接待客人的李许不耐烦道:"他越老越糊涂了,给他盒烟打发了。"赵丰源照做了,张合却将烟扔了。

"你这么大年纪了,还无理取闹。"赵丰源又给李许打电话,却被他训斥了一顿:"你真无能,连这么件小事都办不好!你给他一个红包就打发了。"

"红包,红包,哪来的红包?"赵丰源之所以热心帮场,就是为了省下自己的份子钱,他急忙向张念要红包,张念说没有。他只好上车厚着脸皮问:"各位村民,谁有红包,借一下用用,救急。"车里所有人没有一个响应的,明明他们口袋里都装着红包。这时候,李许在电话里催促他快点走,然而张合就是不起来,司机也不敢直接开车。

"我怎么这么倒霉呀。"正当赵丰源焦头烂额的时候,张兴海走了过来,扒开人群弯腰将张合扶起来:"大爷,过去皇帝的仪仗队遇到结婚花轿都要避开先让其行,您老别跟他们一般见识了。"说着将张合轻轻抱起来,送到老人群中间。郭何氏嘲笑道:"都这么大年纪了,也不觉着丢人。"李树善接着说:"你不蒸馍馍争口气啊,我告诉你,咽下你这口气吧,按说我是老李家最长辈吧,到现在也没有见到李许这个王八羔子一块喜糖!"一位村民接着说:"他这个人啊,用得着的时候装孙子,用不着的时候,别说你是他一竿子够不着的爷爷,即便是他亲爹亲娘也白搭。"

张合这才开口说出了内心的愤懑:"虽然我们不是一个姓,但是一条胡同里的邻居,李许刚生下来就没娘了,是吃我那口子的奶活命的。唉,小时候还算懂事,自从当上村干部,将我们两口子忘了,现在连碗喜饭都不给吃了。"说着流出了伤心的眼泪。张兴海本来也想去喝喜酒,听了几位老人的话,尤其是看到众多老人们对此非常不满,指指点点,眼看着大客车徐徐离开远去了。小六抬脚朝着远去的汽车吐了几口:"啊呸!呸!"

赵丰年本来不想去喝喜酒,母亲却反复嘱咐一定要去,他结婚的时候,李许来喝过喜酒,他只好将贺礼托付张玉振捎着了。

赵丰年不喜欢在领导面前弯腰点头说违心话,但为了合作社早日开业,他还是硬着头皮来到山河镇。

镇政府办公的地方是二十世纪六十年代盖的平房,大门口两个水泥柱子,顶头各有一个圆形灯罩。赵丰年来到值班室，说找镇领导汇报工作。值班人员问他哪个单位的，他说龙山村。值班人员说："贾副镇长分管你们村，我带你去他办公室。"

赵丰年忽然想起与贾副镇长的通话，立即说："他不给老百姓办事，我不找他，我找镇长。"值班人员忙说镇长去党校学习去了。正为难之际，任政路过此处，赵丰年一眼认出他，惊喜道："老战友，你啥时候调来的？我怎么不知道呀，哈哈，你具体干什么工作，干书记？还是……"

任政根本插不上嘴了，两人紧紧握手。"哎呀，你这个家伙，说话像放炮，你赵大炮的外号一点不假，你来这儿有什么事情？"任政笑着问道。赵丰年说合作社遇到问题了，需要镇领导帮忙解决。任政将他带到镇书记办公室，笑着介绍："这是辛书记。"

"我姓辛，叫辛瑞民。"辛瑞民与赵丰年握手，主动介绍自己，然后拉着赵丰年坐在沙发上，"听姜老师说过你的情况，也早想去拜访你，可是近来镇里工作太多，我刚刚来，一切还不熟悉。镇长去党校学习，任副书记也刚来。"听到这儿，赵丰年清楚了，但他不太理解任政为什么放着副处的工作不干，而来到镇里干副科的工作。"任副局长，你怎么……"任政看出他的疑惑，刚要解释，辛瑞民抢先说："任副局长主动提出来镇上干扶贫办主任，因为暂时没有合适的岗位，挂职镇党委副书记，职务虽然下调，但工资待遇享受副处级，有点委屈了。"

"干工作只有岗位不同，不分官职大小。"任政指着赵丰年说，"你遇到什么困难了，直接向书记汇报，他会妥善给你解决。"

赵丰年愤愤不平地说："原本我想回村开发山泉水，可是村书记不讲信用，我找贾副镇长反映情况，他却敷衍了事，典型的官僚主义……"

任政忙提醒他："赵总，你有问题反映问题，不要偏了主题。"

赵丰年马上意识到自己实在过于直白了，忙说："辛书记，我这个人说话直，不应该第一次见面就给领导提意见，但我实在忍不住，哈哈。"

任政笑着说："要不战友怎么给你起了赵大炮的外号呀。"

辛瑞民忙说："赵总，你提的意见很好呀。"说着转身对任政说："我们应该多听听群众的不同意见，虚心接受群众的批评。"任政点头称是。接着，

赵丰年汇报了遇到的困难。辛瑞民都记在本子上，然后深有感触道："这么简单的一件小事，村书记却将问题推到上边来解决，我实在看不惯他这种推卸责任的作风，作为父母官，一心一意为老百姓服务的意识去哪儿啦？"

赵丰年说："其实，我的想法很简单，是想让农村的老百姓过上跟城里人一样的生活。"任政忽然想起一件事，说，"对了，你那天早晨提的意见，我当天就上报市政府了。据了解，为解决市民的'菜篮子'问题，在市民集中居住小区建造农贸市场，写进了今年市政府报告，明年就可以解决。"

"太好了。"赵丰年激动地说，"我平时观察，城里的老人们喜欢逛逛集市，蔬菜便宜还新鲜。我们以开发芹菜种植、加工、销售为主业，然后实行多种经营，农村大都有菜地，旺季又吃不了。想到城里卖，路途远不说，还会遇到多种阻挠和不便，我办合作社……哦，这是我的方案。"他从皮包里拿出方案递给辛瑞民："还请领导多指导、关照。"

辛瑞民翻了几张，起身将方案放到办公桌上，说："等晚上我仔细认真学习。"然后坐回沙发上，对着赵丰年表现出真挚而又敬佩的目光："谢谢赵总，你带了好头。"

赵丰年真诚地说："我是一名党员，还是一名退伍军人，又是改革开放的受益者，有责任和义务带领尚不富裕的村民一起致富奔小康。"

"你说得太好了。"辛瑞民转身对任政说，"改革开放之初，鼓励让一部分人先富起来，然后先富带后富，最终达到共同富裕。赵总就是一位践行者，他自己在城里富足了，不忘尚未脱贫的乡村父老……哎，老任，赵总的好做法好经验，我们下一步可以在全镇推广嘛。"

任政点头，说："从目前看，我市扶贫工作只剩下龙山地区这块硬骨头了。国家正在大力实施以工补农、以城带乡战略，采取一系列效果显著的惠农利民措施，但在具体实际当中，一些偏远的基层也确实存在分配不公平的问题，难免流于形式。这些年，市委、市政府出台一系列扶贫政策，号召机关广大干部及各大单位与贫困户、贫困村一对一、点对点帮扶，这种输血式扶贫起到了良好的作用，短期效应尤其明显。但从长远和整体来看，无法实现全部贫困户脱贫奔小康的实际……所以说，丰年的做法正是探索一条城乡结合、齐力扶贫的新路子，对我们打好脱贫攻坚战，也是很好的学习和借鉴。"

第十九章

赵丰年连连摆手:"别别,我刚刚开始,成败未知……"不等他说完,任政说:"仅凭你年薪数十万的老总不干,回乡带领贫困户创业这份勇气和担当,就应该值得肯定和表扬。"

辛瑞民说:"是是,赵总,我表态,镇党委和政府全力支持你,有什么困难请尽管来找我。"

"谢谢,有镇领导这句话,我就放心了。"赵丰年说完,怕耽误镇领导们工作就告辞了。辛瑞民和任政亲自送他下楼。走出大门,见外面下起了小雨,赵丰年让他们留步,而辛瑞民和任政执意送到停车场,并再三叮嘱他放开手脚大胆干。看到雨中的辛瑞民和任政,赵丰年非常感动,暗自道:"总算遇到务实的领导了。"

小雨打在车玻璃上,赵丰年打开了刮雨器,心情格外舒畅,回想与镇领导汇报工作的过程,一扫回乡后的心里阴霾,禁不住哼起了小曲。路过集市,他想买些新鲜草莓给妻女吃。集市上人不多,三三两两摆着水果、蔬菜摊位,有条件的支撑着遮雨伞。他走到卖草莓的摊位,问:"多少钱一斤?"

"六块钱一斤,全要了五块……"林芷芗说着抬起头,忽然见站在眼前的竟然是赵丰年,她急忙低下头,慌乱道,"不卖……啊,你……"这时,赵丰年也认出了她,心头仿佛被人抓了一把,火辣辣般难受。雨水已经打湿了她的头巾,额头上头发梢挂着雨珠,嘴唇已经冻得青紫了。他不忍心再看下去了,道:"都给我吧。"说着弯腰将筐里的草莓全部搬到车上,然后打开车后挡板,将电动车也搬到上面。一直站在原地不动的林芷芗忽然明白了,上前要将电动车扯下来,他抓住她冰凉的手,说:"上车吧,我送你回家。"

"不麻烦你了,那些草莓是牛奶草莓,没有打药,无污染绿色食品,你拿回家吃吧,不要钱了。"林芷芗没敢看赵丰年的脸,想爬上车将电动车搬下来。赵丰年耐心地说:"芷芗,上车再说好吗?"说罢,敞开车门,几乎是将她推上了车后座,关上门,然后上了驾驶室发动马达启程。他们一路上没有说话,直到驶过了九道拐,赵丰年找了平阔地停了下来,回头说:"你为什么不告诉我?"

林芷芗"哇"地哭了,哭得很伤心,这一刻,几年来的委屈、伤痛仿佛一下子发泄出来。赵丰年没有去安慰她,而是让她哭个够,脑海里浮现那些忽明忽暗的往事。不知过了多久，外面的山峦开始清晰了，刮雨器还在不停地摇摆着。他从繁杂的回忆中回到现实，抽出几张纸递给她。她说："谢谢，刚才不好意思，让你见笑了，对不起。"

赵丰年感叹说："说对不起的应该是我，这么些年，我……"他说不下去了，掏出二百元钱递给她。林芷芗怎么也不要："我说不要就不要了，你上次拿去那么些东西，我还没来得及回谢呢。"

"一码归一码。"赵丰年将钱扔给林芷芗，她将钱扔到前座上。赵丰年知道她不会要钱了，没有再给她，压抑着内心的激动和情感，说："我这次回来就是想跟村里的老少爷们一起脱贫致富，你明天找兴海报到，咱们一起干，好吗？"

"嗯嗯，谢谢你。"林芷芗含泪答应了。她心里说："终于等到他了，我们以后的日子就有盼头了。"

赵丰年将林芷芗拉到村口就回家了，其间两个人没有再说话。他将草莓洗净给二姨吃。这时候王兰花精神好多了，左右邻居来了不少串门的人，大家有说有笑，让她根本插不上话，有时候刚要闭上眼睛做功课，王兰香就急忙拉她一把："别做了，跟大伙儿说说话。"

赵树店说："是啊，二姐，我可是专门来陪你聊天的，要不……"赵树存瞪他一眼，说："你还想去打牌？"赵树店半开玩笑地回答："我没你有福气，有大嫂陪伴，我不打牌还不闷死了。"王兰香说："以后呀，让你大哥去陪你。"赵树店急了，连连摆手说："别别，我可受不了他打呼噜，震天响。"大伙笑成一团。

王兰香看到草莓大而香甜，特意留出大半，嘱咐儿子送给孙女吃。赵丰年正想去城里办理有关手续，便爽快答应了。他回到西屋拿起手机拍了几张草莓照片给女儿发过去，忽然见林多余一身酒气走了进来，蹲在门口一句话也不说。赵丰年问有啥事，他才说女儿上学没有钱了。

赵丰年明白他是来借钱的，说："多余，你想借多少？"

林多余反问道："你有多少？"

"我多少有点，多余，来这里坐。"赵丰年知道林多余的底细，请他到椅子上坐下，然后开导他，"多余，我知道你家人口多，你是大男人，是家里的顶梁柱，可不能懒，也不能整天喝酒，现在干点啥都挣钱，只要肯出力。"林多余听了很不舒服，觉着他在教训自己，但为了能借到钱，还是忍住了。

赵丰年给他倒上茶水，接着开导："贫穷不可怕，怕的是人穷志短。我这次回来，就是想帮助你们这些比较穷的家庭，你可以入股，如果没有钱入股，可以到合作社上班，还可以将土地流转，我保证每天都有收入……"林多余听到这儿实在听不下去了，忍不住道："丰年，我们从小就在一起耍，你现在富了，我是穷了，也没什么志向，我向你借俩钱，看看你说了一大堆，还讲条件啊。"

"多余，你误会了。"赵丰年忙解释道，"我是给你讲道理。"看到林多余不耐烦了，他只好问："你借多少？三千元够吗？不过，我可把话说在前头，好借好还，你打算什么时候还？"他这么说是想给林多余点压力。

"够了，我……我……我有了就还呗。"林多余憋了半天才吐出一句话。

赵丰年从皮夹里点出三千元递给了林多余，他拿着钱就要走，赵丰年忙让他写个收据，他有些不情愿："邻里乡亲的，还用得着嘛。"赵丰年忙说："账目清好弟兄。履行个小手续，将来对你对我都好，哈哈。"林多余只好用颤抖的手写了字据，转身手指蘸着唾液数着钱往外走。赵丰年不放心，追到院子里，嘱咐道："多余，别拿着钱去买酒喝了啊。"林多余没有回头，扶着墙走了。

次日，赵丰年吃完早饭，抱着半箱子草莓刚要出门，张玉振急匆匆跑来说三马虎将路堵住了，送水泥的车进不了工地。赵丰年听罢大惊，回头将草莓放下夺门而出，背后传来母亲的叫喊："丰年，别跟她这种人计较啊。"

第二十章

　　林芝秋与秦秀琴站在街道上对骂，周围聚集着许多看热闹的老人和孩子，小六在人群中钻来钻去，蔡大娘拖着编织袋围着装满水泥的大货车寻找值钱的东西，通向工地的道路已经被挖成了沟渠。张兴海、赵丰源、秦翠等人也在场，可是他们没有人敢上前跟秦秀琴争辩。"遇到这家人，恐怕啥事也干不成了。""赵丰年怎么偏偏选中这个地方呢？"人群中有人在悄声议论。

　　赵丰年冲到林芝秋面前，拉着她离开此地："走，别跟她计较。"

　　秦秀琴见到赵丰年突然出现自己面前，认为他是来打架的，立刻蹦了起来，指着他骂道："你说谁呀？你骂谁呀？你个缩头乌龟终于露头了。"说着还要上前去抓他，被张玉振用手臂挡住了。秦秀琴更凶了，哭喊着："你们仗着人多欺负人，我不怕你们！"蔡大娘看到她脚底下有一根铁丝，伸手去捡拾，猛一抽让秦秀琴打了个趔趄差点摔倒，她气得大骂："滚滚，臭老嫲子。"蔡大娘朝她嘿嘿了两声，又去别的地方捡破烂了，不时回头看着那根还没有到手的铁丝。

　　"谁欺负你了？是你扒了路不让我们拉货的车进来，你简直无法无天了，三马虎！"林芝秋还要上前去理论，被赵丰年拉了回来，他说："走走，咱们先离开这儿。"赵丰源说："我们也不能就这么便宜她了，拉货的车进不了啊。"张兴海劝说："咱们听大哥的，先回屋商量商量。"说着连推带拉与赵丰年他们往屋里走。

　　秦秀琴看到他们要离开，感到自己的戏演不成了，指着他们的背后骂道："你们去搞破鞋吧。"张玉振、林芝秋和秦翠接受不了了，回身要去打她，被

第二十章

赵丰年强行拉住了。秦秀琴看到这一招没管用，拿起铁锨要跟上去，被赶过来的林芷芗抱住了，连劝带拉往回拖。林芝秋看到林芷芗跟秦秀琴在一起，不禁生气道："她们怎么好在一起了？简直狼狈为奸。"赵丰年看明白了，林芷芗在帮助自己，便道："芷芗是在帮我们。"林芝秋不服气，张兴海接着说："我看出来了，芷芗姐是在帮我们灭火。"林芝秋哼了一声，气呼呼进了屋。

赵丰源说："我看咱们还是搬走吧，惹不起还躲不起嘛。"张兴海说："我们已经投入很多钱拆墙、铺地面、打地基了，再说，另找这样的场地也不容易啊。"秦翠不无担心道："我们惹不起她，才不干了，唉！"她的话立即让大家的心情沉了下来。赵树存和赵树店进来，蹲在地上一支接着一支抽烟，一时也没有更好的办法。赵树店埋怨道："我说过，这个地方不行，你偏不听，现在好了……唉，现在谁不往城里奔啊，你却逆行逞能，你这不是找死嘛。"

"四叔，你这时候可不能说泄气话啊。"林芷芗进来说。

林芝秋挖苦道："你想两头赚好人啊。"林芷芗没有生气，而是上前挽着她的手说："你这个直脾气，怎么谁好谁孬都不分了呢。"然后对大伙说："这件事还得找村委。"

张玉振没好气地说："我以前都不知找过多少回了，上镇、区政府找都不管用，他们根本不敢管三马虎。"忽然问赵丰年："你说去找镇领导反映问题，现在什么情况了？我看也白搭。"

赵丰年很难为情，从目前发生的情况看，辛瑞民并没有解决实质问题，转念一想，或许安排村委干部了，对大家说："大家都不要灰心，这点困难不算什么，或许镇领导安排村干部了，我现在就去村委问问。"说着他来到村两委，张玉匣和李许都在。可是还没等他开口，张玉匣就板着脸道："丰年，怎么说你也是在外面闯荡的人，怎么回家合伙欺负老实巴交的妇女呢？"赵丰年感到心肺都要气炸了，他强忍着内心的怒火，道："张书记，你亲眼看到我们合伙欺负她了吗？"

"是村民说的。"张玉匣说。

赵丰年大声吼道："是哪个村民说的？你让他来，咱们当面对证！"

李许看到赵丰年真生气了，忙将他扶到排椅上坐下来，劝道："我们也是

听说的,再说了,三马虎就这么个脾气,你不是不知道,别跟她一般见识。"赵丰年没有理会他,而是走到张玉匣面前,两眼紧盯着他,将声音压低了一些,但语气依然带着愤怒:"我们成立合作社是经过村、镇各级有关部门,严格按照程序审批通过的,所使用的场地也符合国家的法律、法规和政策……我们现在面临着道路被扒、猪大粪堵路、货物运不进来等问题,眼看着要停工停活,你作为村里的父母官,你管不管?"他竟然将询问的主题给忘记了。

张玉匣并不知道赵丰年去找过镇领导,脸上的肌肉一跳一跳的,摇着头显然不服气,掏出烟点上,手都有点颤抖了,他忽然站起来朝着李许道:"我有点事,先走了。"赵丰年眼看着他从眼皮底下走过,刚要上去截住他,被李许拦了下来,他装出关心的样子说:"老赵,怎么也是老邻居了,我知道这些年你对我的好。我实话告诉你吧,咱村甭管村民和村两委干部,没人敢去招惹三马虎。还有,你不该用张玉振,他是什么样的人,难道你不清楚吗?"

"他违法犯罪了吗?"然后,赵丰年郑重道,"我正因为清楚他的为人才用他,难道你不清楚吗?"李许看到赵丰年生气的样子,叹气道:"咱村没有获得省级文明村,就因为张玉振上访。"赵丰年顿时更加生气,质问道:"你觉着咱村配文明村吗?"

李许说:"老赵,张玉振咱就先不说了,配不配,文明村的牌子挂在咱村委办公室的墙上,可货真价实啊。我也不跟你犟,我觉着你总归是城里人,劝你去找找她男人蔡白露吧,或许能给你点面子。"

赵丰年见张玉匣走了,李许又管不了事情,只能如此。他来到蔡白露家,大门紧闭着,门口停着一辆白色小汽车,许是好久没有开动的缘故,上面落着一层厚厚的灰尘。他敲了几下门,里面顿时传来狼狗的吼叫声。他喊道:"白露兄弟,我是丰年啊,有事找你商量。"他越喊狼狗的吼叫声越大,仿佛冲到门前了。小六跑过来嘿嘿笑着说:"我知道他在哪儿。"说着伸出手,摆出要钱的姿势,赵丰年正要问他,见大门猛地开了,原以为蔡白露出来了,忽然跑出来一条狼狗,小六吓得一溜烟跑了。赵丰年急忙倒退了两步躲避狼狗,秦秀琴跟在后面伸出双手连哭带喊,泼妇一般冲向赵丰年:"怎么着?还打到家门口了,打呀,我让你打呀!"

第二十章

"弟妹，你听我说，我是来找……"赵丰年急忙用胳膊遮脸，迅速后退，尽量不触碰她的身体。可是，秦秀琴紧咬不放，口里还不停地辱骂着。正巧，李树善走到这儿，看见赵丰年被一个小女人追赶的狼狈样子，实在气不过，说："孙媳妇，都是邻里邻居的，算了……"没等他说完，秦秀琴朝他扑来，指着他骂道："你快进棺材的人了，少管闲事。"李树善气得脸都铁青了，手指都颤抖了："你……你……我怎么说也是你的长辈，你不能骂人呀。"

"是你自找的，要不是看你活不几天了，我还想揍你呢。"秦秀琴的话差点气死李树善，他扭头要走，忽然见张合坐在土堆上呻吟着，立即道："你怎么摔倒了？没事吧？"张合不作答，依然低着头哼哼着。秦秀莲刚要退却，忽然想，不对，他想诬赖我，我要更凶狠。"死汉子、赖汉子，你别讹人啊，快滚，再不滚，我可要报警了。"

李树善哈哈大笑："一物降一物，哈哈，你快报警啊。"周围的人都哈哈大笑，他急忙吆喝道："你们谁有手机，赶快报警啊。"秦秀琴见大势不妙，干脆坐在地上号啕大哭，抓了泥土往自己脸上抹："老不死的，打人了，赖人了……"她的哭声引来张兴海等人。张兴海二话没说，弯腰将张合背走了，路上不时回头关心询问："大爷，你没事吧，要不要去医院看看？"张合在背上开口了："不用去，死不了，你这个孩子啊！"张兴海放心了。

秦秀琴看到危险去除了，立即又来了精神，爬起来高声骂开了："我早知道你们合起伙来欺负我一个女人，你们不得好死……"

赵丰源没好气地说："兴海也是闲的，好心赚了个驴肝肺。"

"我实在忍受不了，去揍死她。"张玉振挽起袖子要去打秦秀琴。

赵丰年大喝道："玉振，你给我站住！还不吸取教训啊！"

"我们大老爷们不能让一个小女人骑在头上拉屎啊，你能忍，我忍不了。"张玉振说着又要往外冲，被张兴海牢牢抱住了，说："听大哥的，你别冲动。"张玉振一拳打在门框上，满屋都为之震颤，鲜血从他的指缝中流了出来。秦翠心疼他，急忙给他包扎，他推了一边，说："滚开，没你事。"秦翠受了委屈，躲在角落哭了，林芷芗忙上去安慰。林芝秋冲着张玉振道："你一个大老爷们欺负一个女人算什么本事?！有本事你去……"没等她说完，赵丰年瞪着她道："你少将他军。"

林芝秋不说了。林芷芗问赵丰年:"你不是去村两委了嘛,怎么又惹上她了啊,这下可好了,她不骂你三天三夜,是不肯罢休的。"赵丰年将刚才的经过说了,见秦秀琴站在大街上骂个不停,刚才散去的村民又围拢了上来,叹气道:"还真难缠!"

"我也忍受不了了,不能让她胡说八道,我也是女人……"林芝秋攥紧拳头要冲了出去。林芷芗拉住她说:"这个时候,你更不能出去。"然后对秦翠说:"秦翠,她是你表姑,你去劝劝吧。"秦翠也怵她,虽然跟她是远房亲戚,但几次打交道,都被她骂了个狗血喷头。秦翠硬着头皮走到秦秀琴面前,还没开口就被骂上了:"怎么,你们搞破鞋搞完了,姓赵的给你多少钱呀……"没等她骂完,秦翠捂着脸哭着跑回家了。

林芷芗只好自己上,她还没有走到秦秀琴身边,就听见她骂道:"浪婊子,还想两头装好人啊,啊呸!"林芷芗没有退却,而是迎着宛如子弹的骂声走了上去,说:"弟妹,我做的再不对,你也不能骂人呀。"秦秀琴边用手臂阻挡着不让林芷芗靠近,边骂着:"我就骂你两面派,我就骂你、骂你。"

赵丰年看到林芷芗反复劝说已近疯狂的秦秀琴,心里非常难受,盼望着辛瑞民快来解决问题。到了次日上午,秦秀琴闹得更凶了。赵丰源催促赵丰年给蔡三九打电话,求他说和。赵丰年说:"等等吧,我相信辛书记不会不管。"

赵丰源说:"差不多一件事,玉振都找到市政府了,不是到现在还没有解决吗?我看,咱们还是别通过公家了,程序烦琐,推诿扯皮,他们根本不把老百姓放在心上。"赵丰年立即冲他说:"你少说几句吧。"

"丰源也不是瞎说,我是感受到了。"张玉振说,"赵大哥,我建议你亲自给蔡三九打电话吧,他不给我面子,一定会给你面子。"说着拨通了蔡三九的手机,可是手机通了却没有人接,连续几遍都没人接。张兴海说:"不必给他打了,他不会接的。"

赵丰年说:"打通了我也不会跟他通话,我已经说过了,咱们是公事,就得公办,有问题找政府呀,他们不办或缓办,这是他们的态度和能力问题。以后你们一定要记住,我们不走歪门邪道。"

"你还认为在城里啊,别忘了,这是在农村,人情大于天。"

"丰年,我看你还是认账吧,别硬撑了。你看到了也感受到了吧,别看你在外面经过大风大浪,但咱村的一条小阴沟,不一定让你顺利过去!你信不信?"赵树店这句话,让在场的所有人都身凉半截,所有人的眼睛都投向了赵丰年。

　　"四爸,您……"赵丰年刚要说话,突然手机铃声响了,他看号码是辛瑞民打来的,立即欣喜道,"有办法了……"

第二十一章

辛瑞民专程来龙山村给赵丰年解决问题。

赵丰年立即出门迎接，还没走到大街上，辛瑞民已经下小轿车了。两个人握手，赵丰年说："辛书记，终于把你盼来了。"辛瑞民听出他心存意见，忙解释道："最近会议多，今天上午开完会就来这里了，对不起啊，来晚了。"看着脚下脏乱难行的路，辛瑞民指着路中间一条深沟说："你们这是要挖下水管道啊。"还没等赵丰年答话，赶过来的林芝秋说："这是三马虎故意挖沟子，搞破坏，刚才摔倒了一位上年纪的老人，差点摔死！"

秦秀琴见来了许多人，尤其是听到林芝秋在背后说自己坏话，跑过来发疯似的指着林芝秋骂："你说谁呀，你说谁搞破坏啊？都怪你们搞什么破合作社……"

林芝秋毫不相让："你不搞破坏，你挖了沟子不让运货的车进啊。你不搞破坏，你推了猪大粪堵路啊。你不搞破坏，张合大爷能摔倒吗？要不是兴海背走了，我看你吃不了兜着走！"

辛瑞民听明白了，也看出了问题症结所在，便朝秦秀琴走了几步，微笑着道："你好，我问一下……"话没有说完，秦秀琴立即将矛头对准了他："你是谁呀，你凭什么问我？"

"哦，我没有别的意思，只是……"

"一看你就不是好东西，你们当官的就知道欺负老百姓。"秦秀琴说着就朝辛瑞民抓来，眼明手快的张玉振冲到中间，虽然挡住了秦秀琴，但还是被她抓破了脸。张玉振气得眼珠子都要瞪出来了，几次要去揍她，被赵丰年硬拉住了。周围群众纷纷指责秦秀琴。辛瑞民生气了，立即打电话让欧所长来处理此事。

第二十一章

这时候,张玉匣和李许闻听辛书记来了,急匆匆赶来。

辛瑞民指着深沟质问张玉匣:"好好的道路挖了沟子,你知道不知道?"

"啊啊,辛书记,我……"张玉匣吞吞吐吐不敢说实话。

"你只要回答,知道还是不知道?"

"啊,我真的不……啊,知道。"

"还有,用猪大粪堵路,你知道不知道?"

"我,不……知道。"

"到底知道还是不知道?"

"知道。"

"知道,你为什么不管?"

"我……"张玉匣的汗都冒出来了,怕辛瑞民问出对自己更加不利的问题,他急忙说,"辛书记,这里又脏又臭,还是到村委喝茶吧。"辛瑞民没有理会他。这时有人指着秦秀琴的房子说:"斜插大街的房子就是三马虎的,当道堵路,村民出入很不方便,好几年了,没有人管。"

"没人敢管。"有人高喊。

辛瑞民掏出记事本,刚要记录,张传刚站出来道:"当官的也不能仗势欺人啊。"辛瑞民立即抬起头望着他。张玉匣对张传刚说:"你怎么说话的,这是镇党委辛书记。"张传刚不但不理,还将头仰起道:"即便是区委书记、市委书记也要讲理啊,可要将老百姓的利益放在首位啊。"张玉匣的心立刻揪紧了。

辛瑞民对着张传刚道:"你是?""你甭管我是谁,反正当官的要一碗水端平,不能欺负老实人,人家的老宅就在这里。"张传刚说到这里,周围的人都愤愤不平。辛瑞民问:"我看她家的房宅不在规划线上,当时村规划,没有重新给她家划新的宅基地?"李许忙说划了。张兴海指着前面一块空地说:"那地方,现在都荒芜长草了。"

"既然重新分配了,为什么……"

赵丰源抢先说:"多吃多占呗。"

辛瑞民彻底明白了,刚要跟张传刚聊聊,却不见他的踪影了。这时,老百姓都围了上来,有的投诉,有的反映村里的问题。张玉匣怕群众闹事,逼着李许快点赶人。欧所长开着警车赶到,迅速驱赶开人群:"你们想干什么?都快

离开,不许闹事,否则拘留。"

"你刚才说什么?你想拘留谁?"辛瑞民指着他气愤道,"真正违法犯罪的你不去抓,却来这里恐吓群众,简直胡闹!"林芝秋对欧所长说:"刚才是那个三马虎撒泼,骂人打人,将玉振的脸都抓破了。"欧所长看见张玉振的脸还在流血,心想,事情还真闹大了。辛瑞民看到他还没有行动,补充道:"还有故意破坏交通、堵塞街道等问题都给查清楚了,严格按照国家的法规法律办!"

欧所长只好硬着头皮去了。他刚走,群众雀跃欢呼。辛瑞民觉着正是了解民意的好时候,干脆坐到路旁的石磨上,将群众反映的问题都记下来。忽然,人群闪开了一条小路,他抬头见贾洲道来了,说:"哎,老贾,你怎么也来了?"

贾洲道说:"辛书记,王副区长来咱镇视察工作,请你马上回去。"辛瑞民合上记事本,说:"老领导来了,你打个电话不就得了,还亲自跑……"说到这儿,他郑重对贾洲道说:"老贾,你来得正好,我现在回去汇报工作,你留在这里,一定将今天发生的事情处理好。还有,你代表我去看望摔倒的老人,受伤了快去住院,要是人为问题,不管是谁,要严肃处理!"说完与赵丰年等人一一握手后上车走了。

回去的路上,辛瑞民的心情格外沉重,他明白今天所发生的事情不是偶然,一位农村妇女嚣张跋扈、神秘人帮腔作势、欧所长敷衍了事、贾洲道亲自跑来,尤其是王副区长不早不晚偏偏这时候来调研……一连串的疑问让他拿起手机想给任政打电话嘱咐几项事情,手机却无法接通。哦,他想起来了,任政去的村子是最偏僻的地方,信号应该不稳定。

辛瑞民回到办公室,王副区长已经坐在沙发上喝着秘书冲上的茶水。辛瑞民忙说下乡村调研工作了,王副区长哈哈笑着说:"我呢,一是来调研你们冬季防火工作,我分管这项工作,你们可别给我出差错啊。"辛瑞民连说没问题,请领导放心,王副区长继续说:"二呢,主要是来看看你,怎么样?还习惯吗?我深有体会,在基层苦啊。"

辛瑞民忙回答说:"不苦,以后还请领导多指导多纠正。"王副区长笑着说:"你是我一手提拔的,我肯定要多关心你了……"两个人正聊着,贾洲道和欧所长同时回来了,贾洲道说一切都办好了,辛瑞民特意问道路通了没有,贾洲道说通了，还特意说那位摔倒的老年人叫张合，他经常以这种方式讹人。辛瑞民立即朝着欧所长道："既然他是故意的，应该接受法律惩罚呀。"

"唉，农村的那些破事儿啊，麻烦得很，他八九十岁了，抓来关哪儿？怎么审？他要是躺在地上装死，那可麻烦大了……"接着，欧所长汇报了调查的情况，"三马虎是龙山村的村妇，真名我也不知道叫什么，反正村民都这么叫，她跟赵丰年因宅基地起了冲突，前几年也跟张玉振闹得不可开交……"

王副区长插话说："我知道，龙山村那个张玉振很让人头疼，经常上访。"

"上访肯定为事。"辛瑞民接着问欧所长，"你了解情况吗？要是都因为你所说的那个三马虎，单从今天我亲眼看到的，主要是她的问题。"

欧所长忙说："我们想拘留她，可是群众反映她是神经病，正常人哪能站在街上随便骂人呀。"

王副区长没等辛瑞民说话，抢先道："农村村民相对素质较低，正如欧所长所说麻烦得很，你要是事事处处较真，那没法干，哈哈……这个赵丰年我也熟悉，打过几次交道，前几年还不错，不过，这几年并不怎么好，跟他岳父没弄好，回村搞合作社，可能没事找点事干，也好给自己挽回点脸面吧。"贾洲道接着说："他这个人，我也认识，好高骛远，开始说开发山泉水，不知为何没有搞起来，现在又搞什么合作社。唉，我看是瞎折腾。"

王副区长说："不管怎么样，他当年也是响当当的人物，他这次回乡甭管出于什么目的，你们都要特别照顾啊，哈哈。"显然，这个"特别"他用了点力，辛瑞民等人理解不同，但都连连答应了。

此后多日，秦秀琴没来闹事，张念也没有来转悠，合作社基建顺利进行，一排整齐的房子，分别设置理事长、经理、财务部等，门前用水泥铺成开放式广场，上面建造钢架遮雨棚，下面是三排台面，靠近大街设立值班室和学雷锋服务站。林芷芗想把自己家的塑料大棚无偿加入合作社，赵丰年没有同意，让她卖了这茬草莓再加入。

这天，赵丰年在办公室召开会议，孙海涛突然来访，他便迅速结束会议，叫上张玉振，在家里招待他。

孙海涛靠在沙发上叹气道："赵总，自你走后，公司已经成了孙媛媛和王亚的天下了。"

"我能想象到。"然后,赵丰年又说,"你沉住气,干好你的工作,会有发展前景的。"

孙海涛说:"你想想,王亚一直把我当成你的人,他能提拔我吗?不踩我两脚就不错了。"张玉振接话说:"是,我可领教王亚的人品了,他两面三刀,表面一套,背后一套。"赵丰年说:"你们俩也好久没有见面了,先聊着,我去弄几个小菜,咱们喝一杯。"说完自己出去了。

孙海涛与张玉振以前是好朋友,见面自然无话不说,聊到尽情处,张玉振突然问:"海涛兄,我问一件事,你没发现董事长跟孙媛媛有那个……"

孙海涛说:"嗨,现在公司员工都私下议论,这次提拔她为副总,就是有力的说明。"

"是不是跟赵总说说呀,让他有思想准备。"

"可别啊,要是让雯雯嫂知道了,还不闹翻天?我看还是别说了。再说了,哪个大老板没有一个两个呀。"

他们的谈话内容正被端着菜肴的赵丰年隔着门窗听到了,他故意咳嗽了几声,然后推门进来,说:"海涛,现在条件有限,只好在家里招待你啊。"张玉振接上说:"现在,能享受到家庭招待,那可不是一般客人啊。"

孙海涛忙说:"当年咱们仨在公司那是铁三角啊,跟赵总亲如兄弟,在家里吃更觉着亲热。"吃饭期间,孙海涛和张玉振没有再提徐大营跟孙媛媛的事情,赵丰年装作不知,也没有问。三个人开怀畅饮到太阳西沉,孙海涛才恋恋不舍告辞回了城里。

对于恒发源公司所发生的变化,赵丰年从妻子的口中也听到了一二。对于岳父与孙媛媛的情人关系,以前听崔建设说过。有一次他在岳父的办公桌抽屉里发现了一包伟哥,还侧面劝妻子别阻止父亲另娶,结果被徐雯雯一顿呛,从此再没有过问此事。现在看,岳父和孙媛媛的关系在公司里已经不是秘密了,有必要跟妻子透露点风声,也让她有思想准备。这种事情在电话里说不清楚,他想回家当面说,可是接下来合作社工作太多了,他一时半会回不了家。

看到热火朝天的施工场面,张传刚受不了了,坐在不远处的越野车里点上烟,眼前忽然闪过一位穿着校服的女孩子,看到她含着泪珠,就联想到春天嫩草尖上的露珠。"这不是林多余的大女儿林小娇嘛。"他像得了馋痨病,开车慢慢跟了上去。

第二十二章

这些天，张传刚几乎每天都要到赵丰年的合作社看看，当然他一直坐在车里。看着难受，钢材、水泥、沙石以及人工都没有自己的份。想着不服，九爷特别交代，镇上新来的正副书记都还不摸路子，尤其副书记还是赵丰年的战友，所以要静观其变。

"这不是小娇嘛，去哪儿呀？"张传刚放下车窗玻璃，伸出头朝林小娇嬉笑道。正匆忙走着的林小娇忽然听见有人喊她，抬头见一辆小轿车停在自己身边，擦了眼泪看清楚了张传刚的面孔，便道："还能去哪儿，上学呗。"张传刚忙说自己正要去镇上，正好顺路捎着她。林小娇回头朝村里望去，见父亲赶着自行车东倒西歪正往这儿走，张传刚明白了，忙说："看看你爸爸这个酒鬼，山路崎岖，你敢坐他的车吗？再说了，你坐着破自行车多没有面子啊，上我的小轿车，让你的同学看看。"林小娇朝父亲挥挥手就上了车。林多余看到女儿上了一辆轿车，认为女儿遇到熟人了，没有怀疑调转车头回家了。

张传刚边开车边用眼角斜视着林小娇，一张娇嫩的面庞越看越有感觉，仿佛一只小嫩手挠着自己的心房痛痒难忍，他故意问："小娇，你怎么不高兴啦？是不是你爸爸没有钱给你？"他的话直接戳痛了她的心，捂着脸哭了。张传刚趁机抓住她小手安慰道："我虽然是你表叔，但我跟你爸爸亲如兄弟，以后呀，你的事就是我的事，没钱找我，我供你上大学，将来留洋，我也供你。"一番话还真把林小娇说动了，她当然知道他的财力和势力，忙破涕为笑道："谢谢表叔。"

"谢啥呀。"张传刚忽然来了电话，他拿起触屏手机轻轻一点说话了，这

让林小娇大开眼界，眼睛直勾勾地盯着他。张传刚自然感觉到了，打完电话扔到她的怀里道："你玩玩，新出的触屏手机。"林小娇还不会用，张传刚将车停在路边，手把手教她使用，还打开一款时下流行的游戏让她玩。林小娇高兴得几乎要跳起来，连说："会了会了……"

一路上，林小娇整个身心沉浸在游戏之中，当她抬起头时，眼前出现的不是学校大门，而是装饰豪华的皇冠娱乐城，老板于伟正笑哈哈地与张传刚握手说话。正在诧异间，于伟亲自过来开车门，说："小美女，请下车吧。"林小娇忽然心头一紧，忙问张传刚："大叔，这是哪儿啊，我要回学校，回去晚了，班主任要批评我的。"张传刚笑着说："小娇，放心吧，你学校的校长是我的铁哥们，我给他打一个电话就摆平了。"看到林小娇还在犹豫，他干脆拉着她的手用力拽着道："我看你心情不好，带你出来唱唱歌，放松放松。"于伟也在一旁怂恿着，林小娇身不由己地晕乎乎地进了娱乐城。

娱乐城里的灯光散发着醉人迷离的光彩，房间里传来刺激神经、敲人心肺的音乐声音。于伟安排服务员送来水果、饮料、啤酒等物品，然后朝着张传刚说："刚哥，你就尽情开心地玩吧，有事叫我。"说完出去了。林小娇有些紧张，也有些担心，更感到陌生，怯怯道："大叔，我们还是走吧。"张传刚倒满了两杯啤酒，说："小娇，我告诉你，最近市里来了一个影视组，正在招收影视演员，我看你长得漂亮，就不知唱歌怎么样，来试试，要是唱得好，我推荐你去当演员。"这番话可是说到她的心坎上了，林小娇的脑海里立即浮现电影、电视里那些穿戴华美、光鲜靓丽的镜头，自己仿佛成了镁光灯下的耀眼明星。

林小娇唱了几首歌，张传刚摇着铃铛，拍着手连说好，比歌唱演员还唱得好。林小娇喝了几杯啤酒，心情也放开了，他说喝酒她就陪着喝酒，他说跳舞她就陪着跳舞，直到躺在沙发上不省人事。

林小娇醒来时发现自己裸身躺在宽大的床上，看到身边打着呼噜的张传刚，她如梦方醒，赶紧穿好衣服后捂着脸哭了。张传刚被惊醒，他光着身子又要去搂林小娇，她急忙躲开，还说要去告诉父亲。张传刚将手机扔给她道："拿去玩吧。"她还真拿着手机不再哭啼了。

张传刚暗自偷喜，上前搂着林小娇哄着道："小娇，我告诉你，你需要的一切，只有我能给你，你那个无用的爸爸白搭。"她没有言语，攥着手机玩弄着。

他又说："以后啊，你要是缺钱了，尽管找我……"说着从裤兜里掏出一叠钱塞到她的手里："这些钱先用着，一旦你被影视公司选中了，总得买几身像样的衣服。这个手机只有我跟你联系，知道了吗？"林小娇一直听着，没有点头但也没有摇头。

从此以后，张传刚需要林小娇了，一个电话就能约出来。物质的巨大满足，使得林小娇无法正常上学，她干脆辍学了。这样更方便和满足了张传刚的欲望和需求。一次，张念看到张传刚的车停在路边，他不假思索开了车门，刚要张口喊刚哥，忽然见林小娇坐在车里玩手机，他忙改口道："小娇，原来你就是刚哥新找的情人呀。"

"你胡说什么呀！"林小娇顿时不满道。他们俩差不多年龄，从小熟悉，张念并没有因为她的反感而难堪，而是上了车套近乎："哎，小娇，你以后不上学了吗？"

"你不是连小学都没上完吗？"林小娇反问了一句，张念无话可说了。看到她拿着新款手机玩得高兴，张念心里禁不住也痒痒了起来，问："刚哥给你的？"

"关你屁事。"林小娇继续玩手机。张念伸进口袋里想掏手机，忽然间觉着自己是翻盖手机，不好意思拿出来，嬉笑着道："小娇，记住我的手机号，有事找我。"说了自己的手机号码后，林小娇没有吱声，他又说了一遍，她不耐烦道："记着啦，别烦我了。"

"你脑子还真好使，咱们加个QQ呗。"张念刚要说出号码，张传刚突然敞开车门恼怒道："你小子干什么？加什么QQ，滚下去！"说着还扇了张念一巴掌，接着问林小娇："加了他没有？"她忙说没有，张传刚鼻子哼了一声开车走了。

张念挨了打，心里怨恨但也不敢对张传刚怎样，他最羡慕还是林小娇玩的那款手机，越想心里越上瘾。他来到城里菜市场，父母在这里经营着活鸡摊点，见面第一句话："给俩钱买个手机。"张念爸爸拿着刀杀鸡，没有吱声。张念妈妈在转轮里脱鸡毛，说："你来就要钱，当咱家是银行呀？看看你弟弟，比你小，都能挣钱了。"弟弟张书抓着鸡爪，拿着镊子仔细寻找还没有拔掉的鸡毛。

"不给，我自己拿。"张念说着进了简易的窝棚子里，气得张念爸爸扔下

还没有杀死的鸡,举着刀就进来了,怒骂着:"我杀死你这个没出息的东西,整天吊儿郎当,不务正业,要钱要钱,我看你想要我们的命,还不如先杀了你。"张念母亲急忙上前夺刀,口里不停地喊着:"还不快走啊!"吓得张念躲着父亲从母亲背后跑了。

"老张大哥,这是咋啦?"赵丰年走了过来,那只没有杀死的鸡四处乱窜,溅了他一身鸡血。张念爸指着窝棚里狭窄的空间,不住地叹气道:"是丰年啊,屋里坐不下人,外面说话吧。唉!快让张念这个混账东西逼死了。唉,怎么养了这么个畜生呢?"张念妈顾不得跟丰年搭话了,想去抓鸡,可是半死不活的鸡跑得更加快,吓得周围的人快速躲闪。

赵丰年只好站着说明来意,他今天请张念爸回村干饭店厨师长。之前,他邀请村里一位在大酒店干厨师的村民,可是人家现在年收入十多万元,已经在城里买楼了,根本没有回村的念头,他只好找到张念爸。张念爸曾在部队干过炊事班,退伍后还在大食堂干过。

张念爸听完赵丰年的来意,摇头说:"丰年,我知道你的为人,明白你的能力,可是我现在家庭状况不行啊,两个儿子,在城里需要买两处楼,好几百万呀,所以我们拼死拼活挣钱……可是张念这个混账东西不争气,唉!"赵丰年见他也没有回村的意思,不免失落。忽然看到张书插空回屋趴在床板上看课本,不禁问:"张书这么小,你们怎么不让他上学了呢?"

张念妈终于将那只鸡抓住了,不管它死活就扔进滚开的热水里,鸡还在里面扑通着翅膀。赵丰年不忍目睹了。张念妈边干着活边说:"我们一没有城市户口,二没有买楼房,城里的学校进不去,老家的学校又太远。唉,过一天算一天吧。"

赵丰年实在不忍心看着张书小小年纪就辍学,他忽然想起孙海涛的妻子在附近的学校当校长,忙给孙海涛打了电话,说明张书的情况,请他务必帮帮忙。孙海涛一口答应,还说赵总的事就是他的事,一切包在他身上。赵丰年挂了电话,对张念爸说了孙海涛的电话,让他联系。张念父母连声说谢谢,张书听到自己终于有学可上了,抱起书本就认真学习了起来。

虽然没有请到厨师,但成全了一位爱读书的孩子,赵丰年觉着这趟也值得。他回到村里,车刚刚停稳,李树善急匆匆过来,拍着车窗玻璃急切地说:"丰

第二十二章

年,求求你,帮帮你大哥吧。"赵丰年忙下车问怎么回事,原来李树善的儿子住院急着动手术,可钱不够,四邻亲朋都借了,还差一万元。

赵丰年忙说:"李大爷,你跟我去镇上银行取钱。"李树善刚要上车,忽然觉着自己年纪大了不方便,让儿媳妇跟着去拿钱,还提醒儿媳妇道:"别忘了跟丰年打借条啊。"到了镇上银行取了钱,赵丰年给了李树善儿媳妇,她还要写借条,他忙说:"你的事急,借条的事以后再补,快去医院吧,别耽误了手术。"李树善儿媳妇含着眼泪千恩万谢急匆匆走了。

赵丰年再次回到村里,已经是中午了,他不忍心母亲忙乎做饭,便来到了林芝秋家。"芝秋,我还没有吃饭,擀面条吃呗。"李梦好从屋里出来,眼睛里还挂着泪花,他忙问:"梦好,你回来了,你妈呢?"李梦好说:"在屋里。"赵丰年见她情绪不好,而且林芝秋没有出来迎接。往日,她听到自己的声音早该出来了。他急忙进屋,见林芝秋躺在床上闭着眼,眼泪直往外流。

"芝秋,怎么回事?"赵丰年关心问。林芝秋干脆将后背给了他,抽泣了起来。李梦好拿着一张法院传票给他看,说:"我爸的。"

赵丰年接过传票看,忙问李梦好:"你爸这是怎么啦?好好的,离什么婚?"接着,李梦好将知道的、听到的一一说了。原来,林芝秋男人已经在外面同另一个女人同居了。"这这……竟有这种事,他……按说……"赵丰年一时也不知如何劝慰林芝秋了。

"没有他我照样能活,以后我要活得有滋有味。"林芝秋忽地爬起来,对赵丰年说,"我给你擀面条。"赵丰年见她情绪不对,便按住她,对李梦好说:"梦好,咱俩去做饭,让你妈休息休息。"说完与李梦好去做饭了。不一会儿,一碗宽心面端到了林芝秋面前,她哇的一声哭了:"他娘的,为了他,我守了多少年的活寡,不值啊!早知他这样,我也找啊!"

赵丰年一时不知如何劝说,忽然听到外面大街上传来急促的争吵声音,李梦好出去不一会儿就回来说:"李树善的儿子拿着尖刀要去杀严百顺全家。"他一听急了,刚要冲出去,李梦好忙说:"已经被李树善爷爷硬拉回家了,满大街看热闹的人,说啥的都有……"

赵丰年忙说:"哎,不对呀,上午李大爷还向我借钱给他儿子看病,怎么会……"李梦好解释说:"听郭奶奶说,他儿子是从医院里偷偷跑出来的,嚷

嚷着要杀了严百顺全家，多亏被村民发现及时阻止了。"

"李大爷的儿子在村里是出名的老实人，胆小如鼠，他怎么回事啊？"林芝秋忽然像打了鸡血来了精神，坐起来说："是严百顺搞了他老婆呗。唉，村里乱套了，有钱的胡搞，没钱的乱贴，两个狗男女大白天的在屋里痛快，被她男人突然回家撞到了……他严百顺也真不是个东西，搞了人家女人不说，还打了人家，再老实的男人能咽下这口气嘛。"

赵丰年脑海里立即浮现出那个含着眼泪的女人，李梦好听到的似乎跟母亲说的不一样，忙说："妈，我听说是严百顺欠了李爷爷儿子的工钱，多次上门讨要无果，还被严百顺打了，他住院动手术没钱，才去报复。"

"啥手术呀？还能从医院里偷跑出来。"赵丰年不免疑惑。

"你不在家，你不知道村里的情况，村里搞破鞋的多的是。"林芝秋并没有解释赵丰年提出的问题，还要讲述村里的丑闻被赵丰年制止了："现在管好你自己吧，该找律师找律师，维护好自己的合法权益。"林芝秋这才点头不说了。

第二十三章

开庭那天，赵丰年特意安排张玉振开着车陪同林芝秋母女去法院，还一再嘱咐，该是自己的一定要争取。他在张兴海和李昭顺的陪同下走访贫困户，已经有一半的贫困户入股了。

轿顶子是龙山村最高的自然村，过去是一个生产队，现在只有四五户人家了，而且年龄都在六十岁以上。据说，生产队那会儿，一只狼追赶山羊，摔下悬崖死了。

路上，张兴海电话不断，有时信号不好，他只好跑到高处接，但说不了几句就没信号了。赵丰年看到他有心事，忙问："兴海，有事你先去办吧。"张兴海忙说没事，三个人继续走。路上有落石，张兴海就弯身将石头搬到路边，将道路清理干净。越走林越疏，路边开始变得只有低矮灌木和茅草了，道路也变得崎岖难行，走到天梯下，三个人已经累得不行了，李昭顺扶着路边突兀的石头直喘气。天梯是通向轿顶子唯一的通道。

赵丰年抬头张望，鼓劲道："加油，冲上去！"他们抓住两旁的铁链子几乎是趴着往前行，不敢看四周，爬一会儿歇歇喘口气，千米的天梯，他们用了将近一个小时才爬上去。

顶上是缓坡，住户也不集中，点缀在山梁、山坳之中。家家户户敞开大门，却没有人在家。这时，张兴海的手机铃声又响了，看来有信号了，他急忙接听："……晓晓，我知道，我也想你……我不是不为你着想，回村创业是我多年的梦想，但我条件能力有限，现在正好赵大哥回来了，我不想错过机会……"

直到他挂断电话，赵丰年才问："你对象打来的？"

"嗯。"

"你们不是散了吗？"

"唉，她……"

赵丰年心里有数了，笑着拍着他的肩膀说："我感觉你们不会散的，她是好姑娘，你要珍惜，多沟通，让她再等几年，我们一定会成功的。"张兴海忙点头答应。李昭顺接着说："哪位姑娘找到兴海，是她的福气啊。"

穿过一片杏树林，眼前出现乌黑巨大的状如轿顶的山石，这便是轿顶子村名的来历。一群人坐在上面，他们走了过去，见老赤脚医生正跟村民聊天。张兴海道："刘医生也在啊，我们总算找到你们了。"接着介绍了赵丰年和李昭顺。

赵丰年说明来意，大家七嘴八舌，有的说养羊，有的说种玉米。刘医生插话说："依我多年的经验，这儿最适合种草药。"他的话引起了赵丰年的兴趣，掏出记事本听他说。"这儿山高路滑，可以说上不来下不去，植被茂密，养羊显然破坏生态，种玉米运不下去，最适合种植中草药。"刘医生说着指着身后的山谷，脸上露出了欣慰的笑容："我经过几十年的考察，发现这条山谷有上千种中草药，丹参、山铃铛、地槐、黄芩、山药等遍地是，仅杜仲就有几十亩，有的树龄超过百年。"

一个村民说："这几年有人来偷割杜仲树皮，都被刘医生堵住了。"

"可以说，哪儿有草药我都记住了，还进行了标识。这么好的天然中草药库，不能人为破坏了啊。"刘医生感叹道。

李昭顺也建议轿顶子村发展中草药，还说像山铃铛、山药、丹参、姜不辣等既能当药材，也能当食材。金银花、山菊花、丹参还可以制成保健茶，村民们意见几乎一致："我们都相信张兴海。"

赵丰年大喜，当场拍板，让张兴海与五户入股村民签订协议，主营山铃铛、金银花、丹参、野菊花四种药材，还请刘医生根据龙山村的特产给饭店搭配几道营养大菜，刘医生当场应允。

是日，天朗气清，坐在这里眼界开阔，重峦叠嶂，海天一线，偌大的城区隐约可见。刘医生指着一个草棚子说："那儿有一架望远镜，城里的一切清晰可见。"正当赵丰年等人疑惑的时候，他解释道："这儿的村民闲暇没事，通过望远镜观景,了解城里的繁华世界。"

赵丰年大喜,跑到望远镜前,调好角度和光圈,整个龙海市一目了然,高楼大厦、街道商场看得清清楚楚,当移到最高最亮的大楼时,依稀能看到"恒发源地产"五个大字,心里念叨:"雯雯,你知道我在看你吗?"

"徐总,你吃到又大又甜又香的草莓了吗?"王亚进了徐雯雯的办公室。徐雯雯正在看财务报表,抬起头,还没有回话,他继续说:"咱公司好多人去赵总的合作社采摘草莓呢,他没有给甜甜带几个回来吃?"

"哦,没有。"徐雯雯实话实说。

王亚挖空心思赢得她的好感,说:"徐总,我还听说那个种植草莓的是赵总的高中同学,他们还相爱过……"没等他说完,徐雯雯烦了,立即道:"你想怎样?"看到她不高兴了,他窃喜,立即摆手说:"我还能怎样啊,只是不想让你受委屈呗。"徐雯雯挥挥手让他出去了,也没有心思看报表了,不由得怨恨起丈夫来,有那么好吃的草莓,怎么也应该给女儿捎回几个吃呀。

王亚来到徐大营办公室,进门就笑道:"董事长,今年春节还去海南度假吧。"徐大营答应着示意他坐下:"海南有个不错的项目,我们去实地考察,你安排一下。"

"还让孙总跟着吗?"

"嗯,她分管财务,最好让她去。"徐大营说完转身看电脑。王亚明白董事长下逐客令了,但他不甘心,说:"赵总虽然走了,但他的威望好像依然在,公司里许多人都去看望他,还去采摘草莓。"徐大营心里清楚女婿的为人,也明白王亚有意挑拨离间,没有吱声,但也没有阻止。王亚进一步道:"董事长,公司有个现象不好,过去好多人背后议论公司离了赵总不行,现在他走了,还不是照常运转?这是董事长领导有方啊。可总有人离心离德,还扬言辞职不干了。"

"谁呀?"徐大营不得不问。

"还能有谁,一分公司孙经理呗。"

徐大营顿时明白了,说:"哦,你是总经理,找他谈谈心,让他放开手脚大胆干,公司不会亏待、埋没有能力的人,做思想工作你的确比丰年差点。"王亚听了非常难受,更加憎恨赵丰年,但也探到了徐大营的底细,由于一直琢磨着下一步如何行动，出门差点跟孙媛媛撞怀。

"王总，你吓死我了，怎么心不在焉的？"孙媛媛抱着文件夹说。

王亚忙赔笑道："对不起，孙总，我正有事找你。"接着他将董事长要去海南考察项目的事情说了："你多准备点钱，到那儿用得着。"孙媛媛应了一声就进董事长办公室了。

接下来，王亚并没有按照徐大营的要求跟孙海涛谈心，而是处处给他设绊，还将本属于一分公司的业务转给了三分公司，这让孙海涛非常恼火。一次，王亚到一分公司调研，当场批评业务进度缓慢，给总公司拖了后腿。孙海涛实在忍受不了不公平待遇，提出辞职。王亚不但不压，反而当场宣布同意。这时，一分公司全体员工都提出辞职，王亚吓坏了，立即打电话给赵丰年，求他出面摆平。

赵丰年也没有出面，而是给孙海涛打了电话，嘱咐他要忍辱负重，顾全大局。孙海涛立即表态："赵总，看你的面子，我不辞职了。"一分公司辞职风波就这样平息了。但王亚向徐大营汇报时，完全改变了性质，说赵丰年从中唆使，是自己为了公司利益出面摆平的。这时候，徐大营不信也得信了，他拿起电话给赵丰年打了过去："一分公司全体员工要辞职，你知道吗？"

赵丰年忙道："爸，我知道，我……"还没等他解释清楚，徐大营说了一句"你真是让我失望"，接着把电话挂了。赵丰年急忙打了过去，徐大营不接，连着拨通了几次，他一概不接。赵丰年忙给妻子打电话，说明事情的经过。徐雯雯没好气地说："这事你跟爸解释清楚吧。"接着将电话挂了。

赵丰年觉着有必要亲自去跟岳父解释清楚，他刚要上车，忽然接到林芝秋的电话，让他去喝庆功酒。她跟丈夫离婚了，法院判房产、财务、存款都归她所有，女儿也跟着她，等于她的男人净身出户。虽然赢了官司，但离婚总是人生的失败呀，喝啥庆功酒啊。赵丰年说有事，没想到林芝秋将话说绝了："你要是不来喝酒，我们娘俩就退出合作社，饭店也不开了，你看着办！"说完挂断了电话。

"都是怎么啦？"赵丰年心里好烦恼，只好先去了林芝秋家，见张玉振、张兴海、赵丰源、林芷芎、李昭顺等人都来了，每个人脸上都不一样的表情，只有赵丰源有说有笑，还特别献殷勤，仿佛成了主角。

李梦好将赵丰年请到主位上，他也想趁此机会活跃气氛，刚端起酒杯，林芝秋就先干了一杯，说："我终于解放了，他娘的，这些年为了一个活牌位憋死了，以后就可以爱找谁找谁。来来，大家都为我干，干！"赵丰年只好跟大家一起干了。赵丰源主动当起了服务员，边给林芝秋倒酒边半开玩笑说："你看我合适不？哈哈。"

"你不行。"林芝秋接着端起酒杯跟张兴海碰了一下，说，"咱俩亲亲。"说完先干了。赵丰源也端起酒杯跟她碰杯，说："咱俩也亲亲。"林芝秋根本不屑他，朝着张兴海道："兴海，我家的大门可是给你敞开……"她这话可把张兴海弄慌张了，他忙道："芝秋嫂，你是不是喝醉了？"接着对李梦好说："梦好，别让你妈喝了。"

"看看，现在开始心疼我吧。喝，咱们一醉方休。"林芝秋越往上靠，张兴海越往后退。

赵丰年算是看明白了，忙说："芝秋，你干吗呀？人家兴海有对象。"

"他们不是散了吗？"

"没有，人家女孩子一直爱着他。"赵丰年说出了真相。

林芷芗接着说："我说嘛，像兴海这样的人，不可能没有女孩子追求。"

"完了完了。"林芝秋像泄气的皮球，一屁股坐在凳子上。赵丰源过来献殷勤，她不耐烦道："你烦不烦啊，不喝酒你就滚吧。"当场弄了赵丰源一个大花脸，他不但不生气，反而赔笑道："喝喝，今天为芝秋打赢官司，我们干杯！"气得李梦好在一边说："丰源叔，你不会说话就别说了。"

"好好，我不说了。"赵丰源不敢再说了。

林芷芗端起酒杯说："我借花献佛，敬大家一杯。"大家都端起了酒杯，她接着说："在我最困难的时候，感谢大家帮了我们一家，使我对未来有了盼头，我先干为敬。"说完一口干了，接着跑出去呕吐了起来。林芝秋过来给她捶背说："你没有酒量，逞啥能啊。"林芷芗忙说没事，林芝秋接着说："哎，我问你，你男人还能办事吧？"

林芷芗一下子没有明白她所谓办事的意思，忙说："他都那个样子了，还能办啥事呀。"

"唉，你说，咱俩的命咋就这么苦啊。"林芝秋看着镜子里的自己，左右上下摆弄了几个姿势，然后拍拍脸颊说："芷芗，我告诉你，你千万别学我，

这些年我可亏大了,他们男人可以在外面随便找女人,我们女人为什么硬憋着、煎熬着,不敢……"她说到这儿,林芷芗听明白了,忙起来道:"好了,我没事了,回去吧,别让他们等急了。"

这场庆功酒让赵丰年也是五味杂陈,当天喝了酒没法去城里,次日他又给岳父打电话,这次徐大营倒是接了,但说马上要去上海开房博会,显然还是不愿意见他,赵丰年只好作罢。

第二十四章

赵丰年给张兴海和李昭顺打电话,继续走访贫困户,今天他们要去魏家楼村。路过东岭,周边出现许多撂荒的田地。赵丰年想起回家时看到的情景,禁不住道:"可惜这些土地了,怎么就荒着不种庄稼呢?"李昭顺扳着指头给他算了一笔账:"种一亩麦子,像镇前的平原高产也就千八百斤,咱这山岭地顶多五百多斤,光耕地、麦种、化肥、农药、收割等就将近五百元,按高价一斤一块二算,你算算一亩地还能挣多少钱?这还不加人工费。"

一串数字在赵丰年脑海里过了一遍,他惊讶道:"确实挣不了多少钱啊。"李昭顺接着说:"遇到年景不好,不赔本就不错了。所以,现在的农民宁愿到城里打工,每月一二千元,也不愿意种地了。像我喜欢种地的人,却没有了土地。"

赵丰年听到此,禁不住四处张望,看到枯草满地的层层农田,他真感到有些心痛。又走了一段路,路旁多了果园。正在修剪果树的李许主动与他们打招呼。李昭顺指着满岭的果树说:"这片土地适合栽种果木。"赵丰年急忙掏出记事本记了下来。

李许走了过来说:"我要不是还在村委,也真想入你们的股份。"赵丰年笑着说:"我们合作社又不分层级,谁都可以入股。"

三个人告别李许,继续向山中走去,由于坡陡,村民推着有机肥显得很吃力,张兴海主动上前帮着拉车。赵丰年心有感触,对李昭顺说:"做好事不一定非得轰轰烈烈,点点滴滴更显真实。"李昭顺点头。

拐了一个弯,路就延伸到山前半腰了,路旁的松树遮天蔽日,约莫走了半

个小时,路突然变窄,路旁有个停车场,停着三四辆越野车,这儿便是著名的鹞鹰窝了。

鹞鹰窝其实是一道山梁,是到魏家楼必经之地。赵丰年驻足抬头仰望,石壁上依然刻着"抗战到底"四个大字,鲜红的油漆显然是最近有关部门刷上去的。这里当年是抗日根据地,龙海县委、滨海军区老六团就驻扎在魏家楼村。当时,龙山村还驻扎过军区的野战医院。

一次,村里姓林的汉奸告密,带着日军和伪军前来龙山村扫荡。县大队和老六团一营二连就是在鹞鹰窝阻击了敌人进攻,确保县委和伤病员、医护人员安全转移。在这次战斗中,牺牲了十几位八路军战士和游击队员。李昭顺对赵丰年说:"你姑爷爷就是在这场战斗中牺牲的,他当时是龙山游击队队长。当日,你大爷爷被日寇抓到县城,后来被枪杀了。"

祖辈有两位烈士,赵丰年最早还是听父亲说的。在县抗日纪念馆看到姑爷爷扛枪的照片,也有大爷爷在狱中同敌人做斗争的事迹,他当时是龙山村第三任党支部书记。后来才弄明白,自己的亲爷爷与大爷爷是亲兄弟。大爷爷牺牲后,留下孤儿寡母,亲爷爷为帮助嫂子拉扯三个孩子,叔嫂合在一起过日子,后来又生了父亲和四爸。

爬上山梁,山头上矗立一座烈士亭,亭子里立着一块石碑,正面写着阻击战的事迹,背面刻着牺牲烈士的名字。每次路过此地,他都要看看姑爷爷的名字。

下了山梁,又走了一段路程,忽然前面开阔起来,在对面状如高楼的山崖间出现一座全部用石头砌成的山村,一直延伸到山口,这便是魏家楼村。路边有几位画家对着风景画画。下到沟底,跨过石桥,接着就是古栗子树林,粗的栗子树,三个成年人都搂不过来。走出树林,又爬了一段山路便来到了魏家楼村。

村口立着一块石碑,上面写着"龙海县委旧址"。墙壁上依然能看到褪了色的当年的标语口号。街巷是用石板铺成的,院墙是用石块砌成的,有的人家还特别讲究,将石头的颜色、纹理组成若干图案,石磨、石井、石桥点缀在街头巷尾,房前屋后生长着挂满枝头的柿子、红枣,有的从院子里伸出了墙外。

"难得还保留了这么一个古村落。"赵丰年感叹道。

街头上三三两两坐着上了年纪的老人,他们对赵丰年都很热情,有的很远

第二十四章

就打招呼。他们先来到魏三全家。门前、院子里摆满了造型独特的盆景。魏三全母亲正与一位中年男人说话,开始赵丰年认为他又是那些推销人员,走近了认出来是蔡五月,他与蔡三九、蔡白露是亲兄弟,他排行老二,在城里开公司,喜欢收集旧物件。

赵丰年跟蔡五月聊天,才知道他为了魏三全母亲一对清朝的榆木箱子,来过几次了,至今还没有到手。张兴海问魏三全母亲为啥不卖,她说是父母给自己的陪嫁,舍不得卖。张兴海又问魏三全去哪儿了,她指着屋后说:"他跟刘医生看山药豆去了。"

赵丰年他们来到屋后的田地里,见魏三全与刘医生比画着交流。赵丰年笑着说:"刘医生,我们又在这儿见面了。"刘医生说:"你要我搭配几道营养大餐嘛,已经有了。"接着,他指着满山的山药说:"以前啊,我们并不知道山药的食用价值,只采摘山药豆吃,现在怀山药出名了,人们也认识到它的营养价值了。我想,我们龙山药很多,也应该开发出来。"

魏三全用哑语说着,用手从地里扒出山药根朝着赵丰年他们竖起大拇指直点头,张兴海笑着说:"三全哥,你这里的山药我们全要了。"魏三全脸上笑开了花。刘医生说:"龙山药炖龙山羊,配上一小盘姜不辣咸菜,啃大饼,那可是绝配啊。"赵丰年连说好,问李昭顺怎么样,李昭顺说:"魏家楼村后山土地松软深厚,非常适合种植山药。"

张兴海接着说:"魏家楼村目前已经有十七户入股,还不算多。"赵丰年大手一挥道:"有多少算多少,全部种植龙山药,吃不了可以销售到城里的超市嘛。"魏三全听懂了赵丰年的话语,直朝他伸大拇指。

赵丰年对盆景爱不释手,反复观摩。张兴海介绍说:"三全哥是嫁接植物能手,这些盆景都是他从山里挖到的树根,然后嫁接各种花果,要啥品种有啥品种。"赵丰年听罢,朝着魏三全伸出大拇指。

他们第二家到老支书魏东家里走访。魏东曾经是龙山游击队队员,参加过抗日战争、解放战争和抗美援朝。转业后按照他的功劳应该安排在大城市工作,可是他坚决要求回到家乡务农,曾干过两届村支部书记。

石头垒墙,柴门栅篱,还没有进院,就见一位中年人正给魏东和坐在轮椅上的老伴照相。照完相后,大家坐着马扎围在一起聊天。魏东介绍照相的中年

人叫姜山。赵丰年惊喜道:"你就是姜山老师啊,久闻大名啊。"

姜山似乎认识赵丰年,说:"赵丰年的大名也如雷贯耳啊,你这次回乡创业,不简单,勇气可嘉。"

魏东老伴紧紧拉着张兴海的手,魏东说这个轮椅是张兴海给买的。张兴海介绍说:"老支书太革命了,家里再困难也不向组织伸手,大娘一直身体不好,也没有向村里提出任何要求,过去还能下地干活挣几个钱,现在年纪大了,儿女都过得不富裕,仅有老年和新中国成立前入党等补助,一直过着清贫的生活。"

魏东说:"现在有吃有喝,比过去强多了,还有啥要求,哈哈。"

姜山感慨道:"咱龙山地区还有新中国成立前老党员五百多人,我想把他们的影像记录下来,再晚了就来不及了,每年都有去世的老党员。"魏东接着说:"有啥好记录的,当年鹞鹰窝阻击战就是魏全亮亲自指挥的……"又指着赵丰年说:"他姑爷爷是大队长,我是勤务兵,在最危急关头,他对我说'魏东,你通知同志们快撤,我掩护'。"

姜山接着道:"我经过多年采访了解,每一位老党员都有不同的革命经历,非常感人,我想给他们建立展览馆,让后代人永远记住他们不怕牺牲、无私奉献的精神。"这时,蔡五月进来道:"姜老师,给我这个机会吧,我在龙山民俗馆三楼,设立了龙山地区各个时期的革命史料展,这些老党员的事迹正符合主题内容。"

"太好了,正合我意,谢谢你。"姜山紧紧握着蔡五月的手。蔡五月说:"正巧赵总也在,不如到民俗馆看看?"赵丰年连说好,还对李昭顺和张兴海说:"你们也去看看,听说蔡老板的收藏很丰富,尤其是收集了龙山村历代的老物件和民俗,对我们下一步开展工作有帮助。"

突然,李昭顺的手机响了,他拿起接听,脸色突变,忙说:"丰年,我去不了了,蔬菜基地出事了,我赶紧回去看看。"赵丰年让张兴海跟他一起回去,他说不用了,然后站起来撒腿就往外跑去。

赵丰年跟姜山、蔡五月他们去了龙山民俗馆参观。民俗馆坐落在小龙山脚下,整座山造型恰似一条腾空的飞龙,龙山因这儿得名,村里人习惯称呼这座山为小龙山。

第二十四章

城里有权有钱的人看中了这片风水宝地，纷纷建造别墅楼台，导致山顶上的凌霄宫只能看到阁楼顶端，半山腰上的龙王庙已经完全看不着了。龙王庙原来建在山脚下，修水库的时候，被整体迁移到山腰处，与凌霄宫合为一体。

民俗馆距离龙王庙不足百米，三层古色古香的建筑，掩映在绿树林中。门口站着两个男人聊天，赵丰年认识，年长者是自己上小学的老校长，还是当年村里最有学问的人。另一位年轻者叫张然，手里抱着几本书。他平时喜欢舞文弄墨，在报刊上发表过诗歌，被称为农民诗人。

"魏校长，您好呀。"赵丰年快步上前握着魏校长的手。蔡五月介绍说："魏校长退休后，专门请他来帮助我搞展览，他最了解龙山地区的风土人情和历史变革，所有介绍、说明等文字材料都是魏校长搞的。"魏校长指着张然介绍说："咱村的农民诗人，他最近发表了两首诗歌，特意让我欣赏。"

张然忙说："这是咱市作协出版的诗歌作品集，有我两首，特意请魏校长指正来了。"说着递给赵丰年、姜山和蔡五月每人一本："请指正。"

姜山拿着书翻了几页，并说："龙山村文化底蕴深厚，出了大诗人，我一定拜读学习。"赵丰年也客套了几句，将书直接放进提包里了。蔡五月将书递给魏校长："你先给保管着。"说着，领着众人从一楼参观到三楼革命历史展区。

"咱龙山村的革命史在整个龙海市占有重要地位，第一个农村党支部就是在咱们村建立的，第一到第三任党支部书记都牺牲了。对了，第三任支部书记就是丰年的大爷爷。"魏校长讲解着。

赵丰年仔细看着每一件实物，在玻璃展柜里陈列着一个断裂的旱烟袋，标签上清楚写着"魏全亮烈士用过的旱烟袋"，他禁不住问："这个旱烟袋是姑爷爷的？"蔡五月忙介绍说："是的，我偶然一次在魏家楼村收集到的，还请老支书鉴定过，他清楚记得魏全亮大队长用过。"

魏校长接着讲解："龙山村在各个革命历史时期都是模范区，抗日战争打游击，解放战争拥军支前。"他转身对赵丰年说："对了，当年咱村支前队长就是你爷爷。"赵丰年说："我听父亲说过，爷爷是担架队队长。"

姜山笑着说："丰年，你可是革命家庭啊。"张兴海介绍说："大爷在村里曾经干过十年大队长。"姜山有些不明白，赵丰年忙解释道："我父亲。"姜山这才点点头懂了。

从三楼往下走，赵丰年忽然想起一件事，掏出手机给张玉振打电话，让他去李昭顺菜园里看看，到底发生什么事情了，然后紧走几步跟上众人。

蔡五月介绍说："我老家庙前，现在整个村庄淹没在水库底下了。前些日子市里普查古村落，还请潜水员进行水下考察，据说整个古村落保存完整。"姜山插话问："当时村里的人都搬迁到哪儿啦？"蔡五月说："有的被安排到镇上，有的被安排到县里，大多数人就近安排。我以前收集古董确实赚了大钱，可是这些年，为了捣鼓旧物件，尤其开办了这个民俗馆，光装饰展台、布景、影像等就花了二百多万，现在债台高筑了。"

"哎，蔡老板，你办土地和建设手续了吗？"姜山突然问。蔡五月没有急着回答，而是带着他们来到接待室，冲上茶水，说："不瞒你们说，开始我想在这儿开办会所，朋友、客户节假日来这儿放松休闲一下，可是后来收藏多了，城里房子盛不了了就搬到这儿来。当接触革命历史物件时，忽然觉着自己应该做件有意义的事情，办了这么个馆。哈哈，还是自己喜欢。"

赵丰年问："蔡老板，你还没有回答姜老师呢。"

蔡五月给每人倒了一轮茶水，说："当时村、镇领导都同意才敢建。"姜山接着道："也就是说，土地证和房产证都没有办。"蔡五月点头笑着说："正在办，哈哈，像我这种情况，在龙山地区很多。"姜山跟赵丰年交换了眼色，接着道："蔡老板，关于老党员事迹展这件事，我还没有收集、整理完成。"蔡五月心领神会，忙说："姜老师，这件事不着急，我赶快办证，您一定给我这个机会。"

"蔡老板也是一番好意啊。"赵丰年说到这儿，蔡五月心里也觉着舒服，不免道："丰年在龙山村的威信还是蛮高的，对了，听说最近又要竞选村主任了，我看你有能力，你要是参加竞选，一定没有别人的事。"

赵丰年忙谦逊道："我没有那个想法，只想为村民做点实事。"姜山笑着说："我建议你试试，有道是：心有多大，事业就多大。换句话说，有了更加合适的平台，为老百姓做的实事就更大。"

"谢谢你们给我鼓励，我真没有……"赵丰年还想解释，张玉振打来电话，让他快回去，蔬菜基地出大事了。

第二十五章

赵丰年告别姜山他们，与张兴海急匆匆赶到蔬菜基地，只见李昭顺蹲在地头叹气，他老婆呼天号地，蔬菜大棚一片狼藉。张玉振指着被踩压进泥土里的蔬菜说："被村民疯抢了。"

李昭顺猛地站起来将一张纸扔给他，恼怒道："丰年，用得着这么做吗？"

赵丰年没有接住，纸落到地上，他弯腰拾起来，上面写着："李昭顺蔬菜大棚要改造成现代化农业产业园，请各位村民帮帮忙，所有蔬菜谁挖归谁，不要钱。"下面落款"合作社"。他立即给张玉振和张兴海看，他们摇头说不知，他又给赵丰源打电话询问情况，赵丰源说村里贴着好多这样的告示。这时，张玉振愤怒地说："肯定是张传刚干的，我找他去！"

"调查清楚再说。"赵丰年阻止了张玉振，然后对李昭顺说，"昭顺大哥，你相信是我们干的？"

"我也不相信，可……唉！"

赵丰年对张兴海说："你马上报警。"然后对李昭顺说："昭顺大哥，你已经加入合作社了，所有损失都由合作社承担，请你放心。"李昭顺干脆蹲下来抱着头不说话了。

"昭顺大哥，你感觉是谁干的？"赵丰年试探问。李昭顺忽然站起来对他说："丰年啊，我知道你是好人，也想帮我一把……可，唉，这件事就这样吧，合作社我退出来吧，菜地我也不种了，看来我这辈子再也种不了地了，我，我对不住你。"说完拉着他老婆走了。张兴海追上去拉住了他，说："昭顺大哥，你现在是合作社的人了，有困难大家一起承担，有我们撑腰你怕谁呀，过会儿

派出所的民警就来调查了。"

"你们村欺生排外,我不想第二次进派出所了。"李昭顺说完,头也不回走了。

此时,赵丰年脑子里一片空白,仿佛一下子掉进冰窟窿里,四周见不到光明,寒冷裹挟着他的躯体,令他浑身战栗。一辆警车闪着警灯来了,下来两名警察察看现场,拍了照片,问了许多情况,拿着告示询问:"下面落款合作社,你们……"张玉振没让他说完,说:"合作社多着啦,问我们干啥?"

"你们村还有其他合作社?这不是你们的蔬菜基地吗?"民警生气道。

张兴海怕事情闹大不好收拾,忙说:"警察同志,你们按程序调查,我们全力配合,听说上百人来采挖蔬菜,村里张贴了好多这样的告示,请你们去找村民问问,准能调查清楚。"民警瞅了张玉振一眼,上车走了。

"我看这些警察白搭。"张玉振说。

张兴海问赵丰年下一步该怎么办,赵丰年有气无力地摆摆手,说:"今天就这样吧,大家都回去想想。"说完就独自先走了。张玉振还想追上去询问,被张兴海拉住了:"还是让他先静静吧。"

赵丰年回到家草草吃了几口饭就回到西屋,打开电脑想记录今天所发生的事情,却一个字也写不下去,所有的事情如一团乱麻缠绕心头。他双手抱着头颅反复追问自己:"难道自己选择错了吗?还是命运故意捉弄自己?"

张玉振来电话问合作社还能不能干下去,赵丰年说了自己都不相信的话:"能,一定能!"张玉振又问没有了主业,还能干什么,他顿时升起一股怒火:"咱龙山村任何东西,弄到山外就能草变宝!"说完强行先挂断了,将手机扔到沙发上,恍惚进了真空地带,四周什么也没有了。

忽然手机铃声响了,如晴空霹雳,震得赵丰年心惊肉跳,他害怕是张兴海或者林芷芗等人打来的,要是他们也提出疑问或者不干了,那自己岂不是要竹篮打水一场空吗?他看号码是一个多年不见的老战友,稍加宽心,简单聊了几句就挂了,顺手拨通了张兴海的手机,言外之意就是让他相信自己,人家张兴海根本没有离去的想法。他接着给林芷芗、林芝秋、赵丰源等人一一打电话,说是安慰、鼓励他们,其实就是哀求人家千万别离开自己。虽然已经打完电话了,但是赵丰年还抱着手机不放,既盼望着有人来电话又害怕铃声响,他干脆把手机扔到沙发上，但眼睛还不时地朝手机望去。

"赵叔！"突然，李梦好进来，将一叠彩页扔到茶几上，气愤道，"他走了，我们这些彩页岂不是白印刷了？一万块钱打水漂了。"

赵丰年压抑着内心的剧烈跳动，拿起一张彩页看，上面有李昭顺拿着一捆芹菜的特写照片，布满皱纹的脸上露出开心的笑容，感慨道："喜欢土地的人却没有土地了，岂不悲哀。"

"赵叔，我给你买了一件羽绒衣，你穿穿看看合适不？"李梦好打开包装取出羽绒衣，由不得他不同意，强行给他穿上，"合适，正合适，你这屋冷就别脱了。"赵丰年没有听她的话还是脱了拿到里间去了。出来闻到一股鲜香弥漫整个房间，见李梦好正从提兜里往外拿食品，她笑嘻嘻地说："我给你带了你爱吃的油炸咸鲅鱼和麻辣鸭头。"

"好好，这可是好东西。"赵丰年说着就拿了一块咸鲅鱼放在嘴里咀嚼着，"就是这个味道，绝了。"他起身从酒柜里拿出两瓶易拉罐啤酒，扔给李梦好一个，说："喝啤酒吃咸鱼简直绝配。"

李梦好打开啤酒跟赵丰年说："来，赵叔，敬你一杯，喝。"两个人边吃边喝边聊。李梦好说出了心里话："赵叔，我看你回来挺累的，不如你回城里吧，要是不愿意回公司，可以成立公司呀，我敢保证恒发源会有一半的员工辞职跟着你干。你是不知道啊，你走了以后，公司好多好多员工都想你，你威信可高啦。"说着将茶水递到他的手里。

"哦，你们吃什么呢？这么香啊。"林芷芗突然进来，吓了李梦好一跳，忙问："是姨呀，你怎么来了？"林芷芗并没有答话，而是拿起彩页看了起来。赵丰年给她开了一罐啤酒，说："梦好从城里捎来的小咸鱼和麻辣鸭头，我的最爱，你也尝尝。"林芷芗只好拿了一个鸭头放在口里吸吮着特有的麻辣味道，然后捂着嘴："太麻太辣了，受不了。"李梦好赶快给她冲水："姨，喝口水漱漱口。"看到李梦好机灵、勤快的样子，林芷芗朝着赵丰年笑着说："梦好就是有心啊。"

赵丰年嘴里也不闲着，说："这个丫头还行，看来我没有白疼她，知道我爱吃这些东西。"

李梦好有些不好意思了，有意岔开话题，问："姨，张保哥现在怎么样了？"林芷芗将彩页放下叹气道："还是老样子，都让他愁死了。"赵丰年知道她家

的家庭情况,没有再增添她内心的痛苦,而是问:"芷芗,你有事?"

林芷芗说:"哦,没事,听说蔬菜基地出事了,昭顺大哥也退股了,怕你着急上火,就过来看看。"李梦好马上接话说:"是啊是啊,我妈也惦记着。赵叔,你别想不开啊,条条道路通罗马,车到山前必有路。"

赵丰年顿时心安不少,一时感动得差点落泪,但他强装笑脸,故意大笑道:"你还一套一套的,我是那种心胸狭窄的人吗?"然后用抽纸擦干净了双手道:"谢谢你们啊,倒退不是我的性格。"

李梦好接着说:"赵叔是那种愈挫愈勇的人,我喜欢。"她身上所散发的青春和活力,要说没有感染到赵丰年是不切合实际的,他今晚特别开心,仿佛烦恼、郁闷、忧愁全部消散,他真想拉着她的手说声谢谢!但他并没有那么做,他心里明白,尤其是当着林芷芗的面,一定要克制自己,保持稳重自然。

"赵叔,你知道吗?公司里有好多女孩子喜欢你,每次开联欢会,你一首《咱当兵的人》就能镇住全场。"

"我哪是唱歌呀,就是扯着嗓子喊呗。"赵丰年说。

"你喊出的声音有气势有力量。"李梦好忽然问,"赵叔,公司有那么多女孩子邀请你跳舞,你为什么总是谢绝,难道怕徐姨吃醋?"

"哈哈,她吃啥醋呀,她自己最爱跳舞了,我确实不会跳舞,免得出洋相。"赵丰年说。

李梦好说:"嗯,公司里的人都说,徐姨跟王总跳舞最协调最般配,往往惊艳全场,你也得学学,要不抽时间我教你呗。"赵丰年急忙摆手,说:"主要是我不爱好。对了,你芷芗姨会跳呀,她上学的时候,在全校就是跳舞尖子……"他虽然将话题转给了林芷芗,但这更让林芷芗感觉出赵丰年与李梦好的微妙关系。她便首先提出离开,赵丰年对李梦好说:"跟你姨一起走吧,等于替我送送你姨了。"李梦好只好同意了,临出门的那一刻,忍不住深情地看了他一眼。

这一眼令赵丰年的心跳了好长时间,随着她们离去,也带走了屋里的温馨与快乐,他顿觉特别的空虚和寒冷,走进里屋穿上羽绒服,浑身温暖了起来,脑海里浮现出李梦好的面容,甚至后悔没有留下她多聊会儿。正在这时,手机突然响了,当看到是李梦好的号码时,他的心都快要跳出来了,拿起手机的手都有些颤抖了,接听后,立即传来她那轻柔、悦耳的美妙声音:"赵叔,你屋里太冷了，穿上羽绒衣暖和，嘻嘻。"

"谢谢丫头，我正穿着呢……"赵丰年尽力克制自己的激动情绪，也尽量去说工作的事情，李梦好一直在电话里听着、应答着、附和着，还不时地提出关于合作社的建议等问题，这让他仿佛站在讲台上演讲，越说越有劲头，"你的建议很好，梦好，将来天下就是你们的了……一个人在城里，自己要照顾好自己……"

"嗯，谢谢你，每当我遇到心烦事，你就像一副疗伤的汤药，想到你立即好了。"李梦好说。正当赵丰年无法接话的时候，忽然听到窗外鸡叫了，他看看手表已经凌晨四点多了，忙说："梦好，谢谢你今夜跟我聊这么长时间，安慰了我寂寥受伤的心，我心情好了许多，时间也不早了，天明你还要回城里，记住我的话啊，早点休息吧，晚安。"说完挂断了电话，赵丰年盯着手机看了一会儿，见李梦好没有再来电话，想躺下眯一会儿，可是怎么也睡不着了，满脑子是李梦好，他不得不下床打开电脑梳理今天的工作安排。

吃过早饭，赵丰年刚到合作社场地，赵树店急匆匆迎上来说："丰年，仓库被人撬开了。"

"丢东西了没有？"赵丰年快步冲到仓库。赵丰源指着破碎的水泥说："少不少先不说，气人的是，这个小偷用刀子在水泥袋上戳了大窟窿，还撒上尿，现在全完了。"赵树店说："我查过了，少了三袋水泥和一捆铁丝，应该是昨天晚上偷的。"

"昨天晚上不是你值班吗？"本来就焦虑的赵丰年看到倒霉事接踵而来，一下子将火气泄到四爸身上，"我问你，昨晚你干什么去了？是睡觉了还是又去打牌了？"赵树店不敢答话了，昨晚他确实手痒又去打牌了。

张兴海忙上前安慰，赵丰年还是怒火难消："我用不起你，你也不要来干了，你去打牌吧，你去丢我们这些做儿女的脸吧……"张兴海忙把赵树店拉到值班室，张玉振则将赵丰年推到办公室。

赵丰源进来说："我看就是张传刚他们干的，赶快报警吧。"

"报啥警呀！你动动脑子，这么点事情，值得大动干戈吗？"赵丰年朝着赵丰源吼叫了起来。赵丰源还不理解他此时的心情，道："这叫杀不死人气死人！"张兴海进来说："丰源，大哥本来心情就不好，你少说几句吧。"说着倒了一杯水递给赵丰年安慰道:"事情都凑到一块了,别心焦,有问题解决问题,没有什么大不了的。"

赵丰年喝了几口水,心情渐渐安稳了下来,对张兴海说:"通过实地考察和贫困户走访,我感觉收获非常大,后续工作你跟上。对了,我给严百顺打个电话,他投资的一百万元,对我们现在非常重要。"

"我可不给他打工,他这个人在村里乱搞女人,臭透气了。"赵丰源说。

赵丰年没有理会他,拨通了严百顺的电话,电话里的声音却近在咫尺:"丰年,我到你门口了,哈哈,见面说。"赵丰年放下手机,严百顺就满面春风地进来了。张兴海忙给他倒茶水,他摆手说:"别忙乎了,我跟丰年说几句话就走。"

赵丰年忙说:"啥事这么着急?喝杯水,我还有事找你商量。"严百顺没有坐下,接着说:"丰年,我有件事跟你说,上次想投资合作社一百万……"赵丰年听到这儿,热血都沸腾了,亟待听到好结果了。"我,我实话对你说了吧,我最近在城里买了一套别墅四百多万元,现在全家都要搬过去住,村里的房子都卖了,老严家要在龙山村拔根了……"后面严百顺说了些什么,赵丰年几乎一句也没有听进去,直觉当头一瓢凉水。

"丰年啊,我要走了,老母亲也搬到城里,她一个人在家我不放心。"严百顺说着伸出手要同赵丰年告别,赵丰年这才回过神来,忽然想起李梦好曾经说他欠李树善儿子工钱的事情,忙问:"老严,有件事我想问你,你还欠人家钱吧?"

严百顺顿时露出不悦之色,没说有也没说没有,似乎想快些转身离开。赵丰年抓着他的衣袖劝说:"老严,俗话说,人过留名,雁过留声。欠人家钱早晚要还,千万别因小失大。"

严百顺立即朝着他道:"你这个人还真能管闲事,我倒劝你先管好你自己这一摊吧。"说完,头也不回地快步走了。

赵丰年追了出来:"老严,我是为你好,你现在又不差钱,人活着要讲信誉……"严百顺只好回头说:"丰年,你为我好,那我也为你好,我劝你以后不要多管闲事,容易得罪人。反正,我经过这些年得出一个结论,有了钱不能待在农村,更不能轻易投资乡村,无底洞!费力不讨好不说,往往好心赚了个驴肝肺,弄不好还会家破人亡。穷人仇富啊,素质也差,我家的门窗玻璃经常被人投掷石块砸碎了,背后议论我的也不少,欠钱不假,但都欠啊!啊,不说了,再见,到城里找我。"说完头也不回上了奔驰轿车走了。

"什么啊,说了些什么话啊。"张兴海反感道。

"哼,他被李树善儿子一闹,没脸在龙山村住了。"赵丰源生气道。

赵丰年根本没有心情听他们俩说些什么,反倒被严百顺一番话理清了不少思路,更坚定了干好合作社的信心。他说:"每个人的活法不同,咱不去管他了。丰源,你下通知,让他们都到我办公室开会。兴海,哎,玉振呢?刚才他不是还在吗?他去哪儿啦?"

"我给他打电话。"赵丰源刚要给张玉振打电话,忽然一位村民跑过来说:"丰年,你快去看看,玉振跟传刚打起来了。"

张玉振早就看张传刚不顺眼了,多年积攒的矛盾终于爆发,他趁赵丰年不备,提着木棍怒气冲冲来到张传刚的厂房。张传刚不在,他又找到工地上,还是不在,他又到村里四处寻找,忽然见张传刚开着车从村外驶来,他就挡在了路中间。张传刚来了个急刹车,放下车窗,伸出头朝着他吼道:"你想找死啊!"张玉振也不答话,冲上去将他从车上拽了下来,一顿猛揍。

"你竟敢打我,你不想活了。"张传刚越恐吓,张玉振打得越凶,直到张传刚被打得受不了,挣扎着爬起来,从车上拿出一支猎枪对准了张玉振:"我开枪打死你。"张玉振丝毫不惧怕,不等他开动扳机,一个箭步冲过去,夺过猎枪对准了他,吓得张传刚抱头鼠窜:"你等着,我找人来杀死你。"

"跑了和尚跑不了庙。"张玉振举起猎枪就朝着张传刚的轿车猛砸,前挡玻璃全碎了,车门、前盖都被打得凹凸不平,惨不忍睹。

"住手,快住手……"赵丰年和张兴海跑来阻止了他继续施暴,张兴海紧紧抱住他。"我今天非出口恶气不行,我要揍死他!"张玉振依旧愤恨不已。

这时,秦翠、林芝秋、林芷芎等人闻听而来,连拉带推将张玉振带回合作社,赵丰年忍不住批评张玉振冲动、冒失,说:"我跟你说过多次了,你总是不听,你太冲动了!"

此时,张玉振谁的话也听不进去了,吼道:"你能忍,连一个小女人都不敢得罪,让她站在门前辱骂……我实在忍够了,我要揍死他,是可忍孰不可忍,大不了去坐牢。"

"小不忍则乱大谋……"赵丰年还想劝张玉振，反而更激起了张玉振内心的巨大愤懑："我们是来挣钱的，不是跟着你来受气的！"

"玉振，你这是什么话，你觉着挣不到钱，你可以走啊！"

"好，这是你说的，我走！"张玉振扭头就要走。张兴海急忙上前拉住他，说："你干吗呀，赵大哥只是随口说说嘛。"张玉振根本不听，挣扎着要往外走。赵树存进来照着儿子就是一耳光："你自找的！"顿时，在场的所有人都惊呆了。赵树店急忙抱着三哥的手臂哀求道："三哥，是我错了，这一切都是由我引起的，你打我吧，丰年没有错，是我错了。"他哭出声来。

"你越老越不自尊，你不嫌丢人！"赵树存甩袖而走，赵树店急忙跟了上去。这时，众人都纷纷劝慰赵丰年和张玉振，林芷芗拉着赵丰年的手说："丰年，玉振也是为合作社好呀，三叔打你，也是为你好，你消消气，先跟玉振道个歉。"

"对对，刚才是我太冲动了，玉振……"这会儿，赵丰年意识到自己欠考虑了，马上转变态度。还没有走到张玉振身边，张玉振猛地抱住他道："赵大哥，今天是我不好，我不应该冲动，忘记你的忠告，我向你道歉……我这些年实在忍够了，我苦啊。"说着，他放声大哭起来，在场的人心情都格外沉重。

一场风波就这样化解了。众人还担心张玉振殴打他人，损坏他人财物，张传刚肯定报警。赵丰年分析道："张传刚私藏猎枪，这是非法的，他不敢报警。"果然，张传刚给九爷打电话，让他派人收拾张玉振，被九爷骂了一通："你想自己进去啊！"吓得他没敢报警，好比哑巴吃黄连，自认倒霉了。

第二十六章

没有严百顺一百万元的投入，赵丰年感到了经济的压力。从家里已经拿出一百五十多万投入基建、办证、购置机械等事项了，投入蔬菜基地的几万块钱等于打了水漂，家里也不是没有存款，但都被妻子掌管，而且存了定期还不到期，从目前形势看，也不好再回家顺手拿钱了。年前合作社要开业，饭店要开张，要购买农具、运输车辆，还要购买苗木和种子，最关键是要给前来干活的村民结算工钱，他决定贷款度过危机。

赵丰年开车来到李昭钰所在的银行大楼门前，给他打电话："昭钰，在办公室吗？我到你楼下了。"手机里传来李昭钰埋怨的声音："你怎么不早给个电话，真是不凑巧，我到金融办开会了。"赵丰年忙问他什么时候回来，他说开完会就回来，还问有什么事。赵丰年将贷款的事情说了，还说急着用，老同学一定要帮帮忙。李昭钰简单说了一句："回去再说啊。"随即挂断了电话。因为没有听到他回绝的话语，赵丰年耐心坐在车里等着他回来。

一等不来二等也没见踪影，赵丰年眼睛都睁痛了，不觉两个小时过去了，还是没有见李昭钰的专车驶进大门。一股心慌、难受的滋味袭来，浑身开始酸痛无力出冷汗，他赶忙下车走动，不一会儿他感觉好多了。再次上车后他不敢静坐，而是找事情干，打开提包，想找出贷款的资料看看，忽然看到张然给的诗集还在包里，但也没有在意。反复审阅材料后，他觉着没有问题就放回包里，将车座靠背后放，半躺在上面耐心等着李昭钰。看到大门进进出出忙碌的人们，他愈加心烦意乱，想催李昭钰，又怕给人家添乱，拿起手机又放下。

赵丰年将车座调正，拿出张然的诗集打发难熬的时间，翻到了张然写的两

首诗,第一首《趴在岸边上的鱼》:

一群趴在岸边上的鱼\张着大口\喘息着\挣扎着\上岸死路一条\回头家已没了

写的什么意思呢?忽然记起小时候看到的情景,干涸的池塘边,一群小鱼儿挤在一起张着大口。忽然又联想起做的梦,难道自己真成了岸边上的鱼……他不敢继续想象下去了,只觉心头灼痛,天地旋转,干脆拿着诗集下了车,站在车旁阅读第二首《我不走》:

有钱的老张全家搬走了\没钱的小李也走了\他宁愿在城里租房住\也不愿意回老家\我老婆也走了\头都没有回一回\她不是嫌我没用\而是说山外的世界太精彩\你们都走吧\我不走\为什么我不走\因为我舍不下生我养我的丑娘

"这倒是实话。"赵丰年合上诗集,忽然对张然有了好奇之感,尤其是最后一句,不就是子不嫌母丑吗?

赵丰年觉着再等下去自己要发疯,开车出去找了一个停车场,逐一给熟悉的银行行长或信贷部经理打电话,人家听说贷款,不是说年底截止了就说今年没有指标,好在有一位还不是太熟悉的行长说可以,但必须找担保人。他第一个想到了老战友崔建设,忙给他打电话,刚拨通还没有说话,听见他说:"老战友,我正想找你呢,老地方见。"两个人在渔村见面,崔建设拿着鱼竿说:"赵三快,今天我们俩只钓鱼、喝茶,不谈业务。"赵丰年坐了下来,崔建设的女秘书端上他们喜欢喝的大红袍。崔建设问:"哎,今天怎么没带李秘书啊?"

"都回家种地了,带着秘书成啥了?"赵丰年接着道,"不谈业务,我跟你还能谈啥?建设,老战友,我有话直……"崔建设不让他说下去,指着栏杆上两个钓鱼竿,说:"来吧,今天咱们比赛一下。"

赵丰年顿时来了精神,以前都是自己钓得多。"要是我赢了,你能给我担保?"崔建设没有回答,将鱼饵扔到海里,然后关了手机闭着眼睛半躺在椅上,

第二十六章

女秘书给他盖上了一条毛毯。

赵丰年将鱼饵扔进大海，他没有心情躺下，而是迎着海风，两眼紧盯着鱼线。今天的大海平静如镜，海鸥似乎寻找不到浪花追逐，立在锚链上一动也不动，远处不时传来轮船沉闷、悠长的汽笛声。李昭钰来电话了，说今年没有放贷指标了，看看明年再说。赵丰年说了一句"那谢谢你了，明年找你"，便挂断了电话，转头瞧见崔建设，他仿佛睡着了。

此刻，赵丰年的心情特别烦躁，不时拿起鱼竿试试钓着鱼了没有，几次收线，只见光滑的鱼钩，不见鱼上来。电话又响了，是林芝秋打来的，问厨师找到了没有，赵丰年说没有，她又问什么时候开业，赵丰年实在不耐烦了，说："没钱开什么业，等着吧。"说完就挂了电话，瞥了崔建设一眼，见他拉了毛毯连自己的脸都盖上了。

"崔总，鱼上钩了。"女秘书看到鱼竿在动，大声喊崔建设，他依旧没有动。她快速收起鱼线，一条黄狗鱼在水面上活蹦乱跳，然后她将鱼从鱼钩上撕了下来，放进水桶里，说："崔总，好大一条鱼呀。"崔建设照样蒙着脸没有反应，女秘书只好放上鱼饵，又把鱼钩扔进大海里。

"赵总，你怎么样啊？"女秘书走到赵丰年身边问。赵丰年笑笑没有应答，两眼紧盯着海面，盼望着鱼儿快快上钩。谁知，手机又响了，是张玉振打来的，赵丰年没有给他说话的机会，直接挂断了电话。女秘书安慰道："赵总，你小学没有读过《小猫钓鱼》吗？关了手机吧，钓鱼必须心静下来，沉住气。"

赵丰年没有听她的话，也没有关手机，而是拨回了张玉振的手机，问什么事。张玉振说侄儿在省城学厨师，今天刚结业。赵丰年当即拍板，高薪聘请。

"崔总，你的鱼竿又动了，准是又钓着了。"女秘书边喊边收线，提上来还是一条黄狗鱼，"崔总，今晚上有鲜鱼做鱼汤了。"这时，崔建设掀开毛毯坐了起来，说："今晚上为给赵总饯行，你安排吧，一定把我钓的鱼炖上，注意不能杀生。"

赵丰年站了起来说："老崔，今晚上我有事，不麻烦你了。"

崔建设看着水桶里的鱼说："哦，有两条鱼呢。"转身问女秘书："哪条是赵总钓的？"

"今天我时运不佳，来日方长，告辞了。"赵丰年转身就要走，崔建设也

没有挽留,说:"丰年,老战友的情谊是不会忘了的,我奉劝你一句啊,欲速则不达。"赵丰年没有回头,说:"放心,我即便是要饭,也不会上你的门。"

"哈哈,从农村出来的兵就是拗犟,好像有骨气,其实怕别人瞧不起,哈哈。"崔建设见赵丰年走了,对女秘书说:"你今天安排得不错,谢谢。"女秘书朝海面上望去,一个背着氧气罐的蛙人浮了上来。

回龙山村的路上,赵丰年反复回味着崔建设的奉劝,难道自己真的急躁了?可是这么多事不急行吗?他暗下决心,决不能让王亚、张玉匣、贾洲道等人看自己的笑话,决不能让岳父、父亲、妻子等亲人们失望,决不能让村民受穷贫困下去……想到这儿,他立即给孙海涛打电话请求帮忙。孙海涛一口应允,还说要不是刚把存款买了房子,一定先给他使用,这让赵丰年欣慰不少。有了孙海涛的帮助,贷款很快到账,赵丰年决定先将饭店开业,起名:龙山饭庄。

开业那天,在门口放了两挂鞭炮,围观的人不少,可就是进来的人不多。直到快中午了,也没见有客人来吃饭。林芝秋开始着急了,蹿到赵丰年办公室嚷嚷道:"我看出师不利啊,快到中午了也没见一个人来吃饭,真他娘的焦急,看看,我嘴唇都冒泡了。"

张玉振笑着说:"是你嘴巴天天骂人的结果。"大家都笑了起来。赵丰源说:"我看在咱这么穷的山村办饭店就是失误,村里人吃不起,外面有钱人进山都找环境优美的会所。"林芝秋立即朝着他生气道:"我就不爱听你说话,你来点正能量的话好不好。"

"我要是说好话能引来客人,那我天天坐在饭庄门口……"赵丰源刚说到这儿,赵丰年的手机响了,是蔡三九打来的,说中午要给张玉振和张传刚办场和解酒,而且就安排在龙山饭庄,也算是前来祝贺。赵丰年忙说自己请,蔡三九说:"丰年,我特意给你捧场的,中午你也来,咱们好久没有坐下聊聊了。"赵丰年挂断电话,张玉振直摇头说不去。林芷芗担心道:"会不会是鸿门宴啊?"

林芝秋立即笑开颜,道:"管他什么人,来人就是客,有客就挣钱。"

"不是那么简单啊。"赵丰年深深吸了一口气,然后对林芝秋说,"你回去等着吧,咱们有什么就让他们点什么,不另安排花样。"然后对张玉振说:"我们必须去,管他什么鸿门宴、黄门宴的。"赵丰源跟着说:"我也去。"张玉振反感道:"你跟着啥用啊。"赵丰源指着林芝秋忙说:"我给她当下手嘛。"

大家这才明白，林芝秋也没有理会他，转身就走了，他急忙跟了上去。

中午十二点整，蔡三九带着张传刚、张念等人大摇大摆进了饭庄，赵丰源看到张传刚另换了更高级的越野车，羡慕道："传刚真有钱啊。"

蔡三九坐主陪，赵丰年坐主宾，菜肴是张传刚点的，什么贵点什么，进屋还故意道："唉，就是小地方，没啥好点的，点来点去也不过五六百元。"蔡三九指着副陪的座位说："你少在老少爷们面前逞能，坐下吧。"张传刚乖乖坐下了。

赵丰年主动介绍说："蔡大哥，我们饭庄主打本地养生菜，像山药羊肉汤、土鸡炖松蘑、地瓜粥、肉炒桔梗、鸡蛋炒地皮等，都是山里的，是特意请刘医生给搭配的。"林芝秋站在一边说："这些东西都是壮阳菜，在城里吃不到，蔡大哥，你多介绍城里的朋友来啊。"蔡三九笑着对她说："话到你嘴里，就是不一样的味道，哈哈。"接着拍拍赵丰年的大腿说："丰年，你有芝秋帮你，何愁生意不红火啊。"

张传刚接话说："是啊，左邻右舍谁不知道林芝秋的大名啊，上下两张嘴，赔本买卖不做，软硬兼吃，能不红火嘛，哈哈。"林芝秋虽然爱开玩笑，但今天她听出张传刚在羞辱自己，她忍不住回击道："是啊，四邻八乡谁不知道你张传刚的臭名声啊，横竖一条棍，里外通吃，手爪子长得要命，专挑咱村漂亮的小姑娘，你不觉着伤天害理吗？"没等她说完，张传刚连口否认："你可不能给我造谣！"林芝秋丝毫不让："天天坐你车里的女孩，是不是林多余的大女儿小娇？"

"哈哈，你真是井底之蛙，现在哪个老板不配女秘书啊，怎么啦，你管得着吗？你还好意思说我，谁不知道你男人不在家，围着一群光棍子啊。"张传刚的话戳痛了林芝秋的心。她立即反驳道："他们都是来买东西的，平时开个玩笑不犯法又不丢人，不像你坑蒙拐骗，无恶不作，丢尽了全村的人。"

"哈哈，谁信呀，男人不在家……"张传刚还要说下去，张玉振腾地站起来，指着他的头皮道："你就是个无赖，也配秘书？真他妈的伤天害理，自己村的你也好意思下手，信不信，我现在揍死你！"张传刚被激怒了，腾地也站起来，相互指责叫骂又要动手。蔡三九忙伸出双手示意道："好了，今天我跟丰年在场，哪轮得到你们唱主角？！"这时，坐在一边冷静观察的赵丰年示意张玉振坐下，

然后给林芝秋使眼色:"芝秋,你上菜吧。"林芝秋狠狠瞪了张传刚一眼出去了。

蔡三九缓和了口气说:"今天我跟丰年就是给你们俩和解的,怎么说着说着又要动手呢?都是本村的人,抬头不见低头见,用得着见面就打,张口就骂吗?"张玉振指着张传刚依然不解气,道:"蔡大哥你有所不知,他在村里没干什么好事。"

"那我问你,你给村里干过丁点好事吗?天天上访,哪个村、镇干部不躲着你啊,你知道吗?你丢尽龙山村的脸啦。"张传刚毫不相让。

张玉振立即说:"我搞农业合作社就是为咱们村民办好事,都让你搅黄了。"

"哈哈,谁信,不图三分利谁起早五更,对你来说不图十分利……"

"你们俩闹够了没有?!"蔡三九猛拍桌子,张传刚这才住嘴。酒菜已经上桌了,蔡三九端起酒杯说了开场词,然后领着大家连干三杯。按本地习俗应该副陪张传刚敬酒,赵丰年主动端起酒杯,先说了一番感谢的话,接着道:"蔡大哥,传刚,刚才玉振多有冒犯,我替他向你们道歉。"说完,跟张玉振一起先干了。他这么说,蔡三九和张传刚都不好意思了,也跟着干了。

赵丰年主动提及与秦秀琴的误会,说:"蔡大哥,以前跟白露家的弟妹多有误会,对不起啊。"蔡三九脸色骤变,还是强装笑脸大度说:"都是一个村的,哈哈。"接着话锋一转:"不过,我们老蔡家自古不受人家欺负。哈哈,我这个人也是,眼里揉不进沙子。"

"说到眼睛,那我不是吹牛,还真比蔡大哥强。"赵丰年说,"我是炮兵,外号赵大炮,再狡猾再隐蔽的敌人也逃不过我的眼睛。"说着两只手比画了碗口般大的圆圈,说:"轰的一声,再强硬的堡垒也被摧毁!"蔡三九脑海里忽然出现了榴弹炮的炮口,不禁打了一个寒战,忙拿起筷子夹菜,说:"这么好吃的菜肴,比大酒店里的有味道。"赵丰年接话说:"蔡大哥,好吃就多吃点。"

张传刚端起酒杯对张玉振说:"玉振,怎么说咱姓张的是一家人,过去多有冒犯,你大人大量,以后我们还要合作发财啊,哈哈。"张玉振刹那间对他的反感消散得无影无踪,两个人频频敬酒,好似久违的兄弟相聚。

"丰年,你看到了吧,在咱们龙山村,要说场面人物,还是你我,哈哈,他严百顺虽然有钱,但只知道搞女人,在村里名声不好。张玉匣虽然是父母官,

第二十六章

做人做事都白搭！今晚，你安排这桌菜太丰盛了，太好吃了……"说着打了一个嗝，抽了个牙签剔着牙缝里的饭渣道："看看，连牙签都配套，说明龙山饭庄很齐全嘛。"

忽然，张念从盘子里揪出一根弯曲的毛发一惊一乍道："啊呀，阴毛。"顿时，整个酒场冷却下来，张传刚将筷子往桌子上猛拍道："这饭还怎么吃？恶心死了！"蔡三九将牙签扔到了桌子上，严冷的目光投向了赵丰年。赵丰年不紧不慌站起来，走到张念身边，猛然抓住张念的手，说："你这个臭小子，从小就作，怎么，你今天是来扫大家的兴啊。"

"你们饭店不卫生，我们不吃了，走！"张传刚对蔡三九说："蔡大哥，咱们走，不在这儿吃了，以后也不来了，这顿饭也不……"他说到这儿，赵丰年镇静说："传刚，你仔细看看张念手里是什么东西？不就是一根豌豆芽嘛，有什么大惊小怪的。"大家都朝着张念的手指望去，果然是一根弯曲的豌豆芽，张念的手腕依旧被赵丰年牢牢抓着。

张念的脸憋得通红，盯着张传刚支支吾吾说不清楚。赵丰年将他的手指朝向了蔡三九，说："蔡大哥，你看看，看清楚了。"此时，蔡三九根本没有再看，而是朝着张传刚生气道："你不知道张念这个臭小子从小就作吗？他的话你也信？"接着，张传刚朝着张念骂道："滚出去，别在这里丢人现眼了。"张念羞愧而走。

正巧，林芝秋端上一盘油炸蚂蚱，张玉振拿起筷子连声道："来来，上来一盘害人虫，我们把它消灭掉！"蔡三九和张传刚明知道他指桑骂槐，却再也没有任何动作。吃完饭，赵丰年陪着蔡三九先出去了，张传刚走到前台要签字，林芝秋说小本买卖不签字。张传刚晃动着啤酒肚咋呼道："不签字，谁还来吃饭呀，我城里朋友多的是。"张玉振马上道："我们根本不欢迎你的狐朋狗友，没钱别来装大款。"

蔡三九转身要去前台亲自结账，赵丰年并没有阻止。张传刚见状故意掏出一张银行卡扔到柜台上："刷卡！"林芝秋说不能刷卡，最好付现金。

"什么破饭店。"张传刚嘴里嘟嚷着只好付了现金完事。事后，他狠狠骂了张念一顿："成事不足败事有余。"张念委屈道："我也不知他怎么将一根豌豆芽放在我手里的。"

第二十七章

一场危机被赵丰年不动声色神奇般化解了。当然,他清楚是张传刚等人所为,但他没有深究下去,而是举一反三,要求林芝秋抓好饭店卫生工作。

赵丰年与张兴海去了崖棚、羊窝子等村继续考察,因为涧底村不在龙河水系,又紧靠着国道,最适合搞养殖业,又叫上张玉振一起去考察厂址。没有想到,大多数村民并不配合,入股农户还不到百分之十。签完最后一份协议太阳就下山了,翻过大山走到村口,赵丰年看了看手表,已经九点多了,说:"这么晚了,玉振别回家让弟妹忙乎了,反正兴海一个人,不如我请你们俩到饭庄简单吃点吧。"

张玉振忙说:"好呀,我们跟着你回村快一年了,你还没有请我们撮一顿,也够抠门的,快赶上丰源了。"大家都笑了。张兴海说:"赵大哥主要是忙嘛。"

"赵大哥,你不拿茅台酒,我们不喝。"张玉振开玩笑说。赵丰年忙说:"我家里还真有两瓶,那是前些年我去贵州出差,特意给老父亲过八十大寿买的,父亲不喜欢喝,我回家拿,咱哥仨喝。"说完要回家拿茅台,却被张兴海拉住了,说:"玉振就是说说,还当真了。"三个人来到饭庄,见小六坐在门前,朝着他们嘿嘿笑。

赵丰年和张玉振没有理会他,径直走了进去。张兴海问:"小六,你吃饭了?"小六连连摇头,张兴海对他说:"你进来吧,我请你喝羊肉汤。"

"嗯嗯……"小六爬起来跟着张兴海进来了。赵丰源见小六进来,忙往外撵:"出去出去,你别来捣乱。"张兴海对赵丰源说:"我让他进来的,你给他一碗羊肉汤,一块大饼。"说完,掏出十元钱递给赵丰源。

第二十七章

赵丰源接过钱,也有些烦,说:"这种人多的是,你请得过来吗?"张玉振在一边说:"人家请客,又不是你请客,你照着做就行了。"赵丰源只好去办理了。小六找了座位坐了下来,眼盯着热气腾腾的羊肉汤端了上来,一口下去,烫得他啊了几声。"小六,慢点喝。"无论张兴海说什么,他也听不见。

李昭村坐在大厅喝羊肉汤,啃着大饼,不时夹一块姜不辣咸菜吃得有滋有味,林芷芎坐在他对面聊天。小玲笑呵呵进来,林芝秋迎上去招呼,小玲一把抓住她的手腕,拉到柜台后面说明来意,原来她要给林芝秋介绍对象。

赵丰源听到了她们谈话的内容,过来赶小玲走:"你快走吧,这里不欢迎你。"小玲忙起身赔笑,张玉振看不惯了,朝赵丰源发火道:"丰源你干什么?来的都是客,你怎么撵人走呢?"赵丰源憋得说不出话来,林芝秋笑着解释:"小玲给我介绍对象。"她这么说大家都明白了,赵丰源更加不好意思了,急忙躲到厨房去了。

"小玲,你给芝秋介绍什么人啊?"张玉振问。小玲笑着回答:"我大表舅家的大表哥,人家是国家干部,吃退休有劳保,女儿在美国读书,在城里有一百二十平方米的大房子……"没等她说完,张玉振上前推着她走:"是该撵你走,走走。"大家哈哈大笑,小玲仍然不知他们笑什么:"人家的条件可比林姐高多了。"林芷芎急忙将她拉到一边悄悄说:"你不知道咱村光棍多嘛。"这时,小玲有所醒悟,叹气道:"我倒是想介绍,可是人家姑娘不愿意来呀。"

林芝秋对小玲说:"你回去吧,我现在还没有那个想法。"小玲只好告辞了,临走还再三叮嘱林芝秋:"你好好考虑考虑,错过这个村,就没这个店了。"

"小玲也真能抓时机。"张兴海从小玲的背影撤回目光,跟吃饭的李昭村打招呼,"昭村,别吃了,一块来两杯吧,我们还没吃。"

"不了,我干活晚了,来喝碗羊肉汤,确实正宗。"李昭村嘴里嚼着大饼说。张玉振不由他分说,拉着他就走:"你这个人,撵着不走打着倒退,客气干吗呀,走走。"李昭村还是不肯,张玉振有点生气了:"你不当官不当将的,怕什么呀!"林芷芎劝道:"是啊,昭村,丰年他们也不当官不当将,一个村的兄弟爷们,别客气。"李昭村这才端着碗跟了上去,张玉振接着对林芷芎说:"一块吧。"林芷芎忙解释说:"今天来了大客户,摘完草莓七八点了,来不及给

他们爷俩做饭了,炒几个菜回家吃现成。"

正巧,王兰花将做好的饭菜端了过来,赵丰年主动上前打招呼:"二姨,辛苦您了。"王兰花笑着说:"看你说的,二姨还得好好感谢你呢,要不是你让我来饭庄干活,我还不知咋样了呢。"赵丰年又问:"这么晚了,二姨夫吃饭咋办?"

王兰花边与林芷芩将饭菜打包,边说:"他呀,现在什么也吃了,也不说这不卫生那不干净了。"赵丰年哈哈大笑:"人就怕逼。"说完进了雅间。张兴海问提着饭菜正要离开的林芷芩:"还需要喂他们吗?"林芷芩说不用,他接着说:"那送回家,你过来吧。"林芷芩点头同意。

不一会儿,赵丰源端着一盆山药羊肉汤上来了,说:"你们也够拼命的,都顾不得吃饭了,先喝碗羊肉汤垫垫底。"张兴海对他说:"丰源,别忙乎了,坐下一起吧。"赵丰源说:"我正忙着,你们先开始。"说完转身快速离开了。张玉振说:"现在八头大牛也拉不走他。"李昭村忙问怎么回事,赵丰年笑着解释说:"你没看到他紧跟在芝秋后面屁颠屁颠的吗?"大家一听都哈哈大笑。

正巧,林芷芩进来,问:"你们笑什么?"

张玉振说:"我们正在说丰源跟芝秋嫂呢,我看他们俩还有点景,关键是丰源跟得紧。"林芷芩坐下说:"别看芝秋平时大大咧咧的,其实她眼眶子高着呢。"林芝秋端着一盘松蘑炒肉刚好进来,大家都朝着她笑。林芝秋感觉出他们背后议论自己,故意板着脸说:"你们别背后嚼我舌啊,会牙疼的。"大家又笑了起来。

酒菜齐了,除了李昭村都是本社员工,赵丰年也没有按程序来说敬酒词,与大家边喝边吃边聊。张玉振喜欢喝急酒,其他人一杯还没喝上,他已经倒上第四杯白酒了,接着要给李昭村倒酒,李昭村忙用手遮住酒杯,他强行抓住李昭村的手臂,说:"昭村,我告诉你,我给谁倒酒那是看得起谁,上次蔡三九请客,我都没给他倒一杯酒。"张玉振这么一说,挑起了李昭村的兴趣,他朝着赵丰年说:"赵哥,听说那场酒,张传刚想找碴不结账,你果真厉害。"

张玉振借着酒兴道:"赵大哥,以后你用不着让着他们,有我,你怕什么?!"说着端起酒杯拍着胸脯说:"赵大哥,我敬你一杯。"赵丰年端起酒杯抿了一下,说:"我不是怕他们,也不是让着他们,你们也知道,我这次回家就是想为村民干点实事……当然，万事开头难，我们每天面对左邻右舍，说起来，家家都是亲戚，砸断骨头连着筋，凡事忍让着点，总是有益无害。"

张兴海说："我同意赵大哥的观点。"

张玉振立即反驳道："不对，我这几年总结一句话，人善被人欺，马善被人骑。要不然，我前年就搞起合作社了，唉。"李昭村深有同感，道："唉，咱村照这样下去，有钱的有志向的都走净了。"

赵丰年忽然想起张然那两首诗，带着感情背诵了第一首：

一群趴在岸边上的鱼\张着大口\喘息着\挣扎着\上岸死路一条\回头家已没了

正巧赵丰源端着一盘菜进来，他听到这首诗后，道："我看写的就是咱们穷山村嘛，城里去不了，在家也难过。"

张玉振心直口快："你真是小鬼，联想够丰富的，还上纲上线。"赵丰年继续读了第二首，众人皆沉默，只有林芷芗拍手称好。张玉振些许反感道："啥好诗啊，什么丑娘俊娘的，我听不懂。"林芷芗接着说："你不应该不懂，你没有听出来这首诗是咱们村的写照？丑娘指的是咱们的穷山村。"

"我告诉你们，这诗是张然写的。"赵丰年从皮包里拿出诗集，递给林芷芗，"用你的标准口音，给大家再读一遍。"赵丰源听到张然这个名字反应强烈："他呀，看他穷酸样，能写出好诗嘛，听着就讨厌。"说完，他出去了。

林芷芗朗读道："有钱的老张全家搬走了……我不走\为什么我不走\因为我舍不下生我养我的丑娘。"声音刚落，全场鼓掌。张玉振说："还是芷芗嫂朗读得感人，有力度，诗不怎么样，但我爱听。"

"你是爱听芷芗嫂美妙的声音啊。"张兴海笑着说。赵丰年接着说："芷芗当年可是全校播音员和主持人，差一点就考上北京广播学院了。"林芷芗连连摆手，赵丰年继续说："从这首诗我们不难看到，不光是我们深爱着家乡，还有很多很多的人也不嫌母丑。"说完对林芷芗说："对了，问一下张然在不在村里，让他过来一起聊聊。"林芷芗急忙拨通了张然的手机，问："张然，你在村里吗？"张然说在市里开作协年会。赵丰年灵机一动，从林芷芗手里接过手机亲自道:"张然,咱们村开办了龙山饭庄,你应该知道吧。"张然说知道,他继续说:"跟你们作协领导汇报一下,我们这儿环境优美,有吃有住,有三十人以下的接待能力,如有采风、笔会、沙龙等活动,可以……对对,价格优惠,包吃包住一天三十元……"

"看看,赵总就是生意人,不放过任何一个机会。"李昭村说。

赵丰年挂断电话,说:"我们需要宣传,下一步还要通过多种渠道宣传,包括电台、报纸等媒体。"说到这儿,他想起了康肇平,说:"等合作社开业,我请电视台记者来现场报道。"

张玉振说:"我听说咱村不喜欢记者来采访啊。"李昭村立即道:"还不是怕小龙山上的别墅给曝光了?"他重重叹了一口气,接着说:"其实,也不光有人捣乱,说到底是咱村领导干部不作为,村里好多问题得不到解决,驴屎头子外面光,村民怨声载道。就那个小六,人人都知道他傻乎乎的,其实手脚不老实,一辈子爱女人却至今没沾女人的边,一次我看到他拿着一张美人头像,嘴都让他亲出一个大窟窿,我好心劝了几句,他深更半夜扔进我家两块石头,砸碎了一扇玻璃窗。"

"哎,他神经不太正常嘛,有时候碰着他,傻乎乎地朝我笑。"赵丰年知道这个人。

张玉振说:"他呀,可不傻。警察找上门了,他装疯卖傻。没人的时候,他啥都敢做,有人看见他爬墙头看女人上茅房。"

林芷芎接着说:"他经常到我大棚里要草莓吃,开始我觉着本村邻居,就给几个吃,次数多了,我也是做着买卖,没有给他,他就用石头把大棚砸了一个大窟窿,向村干部反映,他们说派出所都拿他没办法,最终不了了之。"他们的谈话,引起了赵丰年的猜测:"合作社水泥被人故意破坏,应该就是他。"

"按说……"张玉振想说话,忽然憋了回去,这是因为他怀疑是张传刚所为。林芷芎感慨道:"村干部不作为也是大问题。"

李昭村脱口道:"要是我干上了,先为村民办事,一定会大力支持像你们这样回村创业的大老板。"

林芷芎接着他的话说:"我听说有人开始拉选票了。昭村,这次选举,你要是参选应该差不多。"李昭村更来劲头了,主动给每个人倒上酒说:"我首先说，今天不是拉选票啊，我已经报名参加这次村主任选举了，大家要是觉着我能胜任就投给我宝贵的一票。一旦我选上，我首先……"张玉振突然插话道："哎，我怎么觉着赵大哥也可以参选啊，来，赵大哥，你要是参选，我们都选你，干一杯。"说完仰头把酒喝了，他没有想到这句话让整个场面变得尴尬起来，李昭村手里的酒杯一时不知如何是好，赵丰年瞅着张玉振心里别说多生气了。

林芷芗主动与李昭村碰杯，说："昭村，你在村里为人处世，我们都看在眼里。"经她这么说，李昭村顿时有了台阶下，他干笑了几声。赵丰年说："我实话告诉你们吧，我对村干部选举根本不感兴趣，只要对村民有利，干什么不一样嘛，昭村，你说对吧。"

听到赵丰年表态了，李昭村浑身轻松了许多，说："是啊，像赵总这样的百万富翁，给个县长都不一定干，是吧，哈哈。"大家都跟着哈哈了几声，气氛总算是恢复了。但李昭村愈加感到自己是外人，有意说了几句客套话就先行离场。赵丰年这才严肃地对张玉振说："你这个人说话怎么不分场合嘛。"

"怎么，我说错了吗？"张玉振还振振有词。林芷芗已经察觉出李昭村的心情了，对张玉振说："你刚才的话惊着他了。"

"那怕什么，他有本事他竞选，我有本事我也可以参选啊，只要是龙山村的人都可以竞选。"张玉振越说越来劲，甚至站起来指着赵丰年道："赵大哥，没有什么可怕的，唯唯诺诺、小小心心，能干大事吗？"

"你看我怕谁了？！"赵丰年将桌子一拍盯着张玉振问。张兴海看到赵丰年心烦了，忙起来打圆场："玉振，坐下，你喝多了。"林芷芗也上前劝赵丰年："丰年，玉振性格直率，你别当回事。"张玉振还挥动着手臂说自己没醉，谁也不怕。赵丰年对林芷芗说："我的性格更直，你是知道的。"

林芷芗看到赵丰年也带酒了，忙左右劝和，说："你们俩啊，一个直肠子，一个直性子，哈哈，在一起能够配合默契，也挺不容易的，是缘分啊。"

赵丰年明白她怕自己跟张玉振争吵，便说："芷芗，我们没事，你放心吧，我们当过兵的人就这样吵吵闹闹，没事没事。时间也不早了，你先回家吧，我们仨再坐会儿。"林芷芗还有些担心，张兴海说："芷芗嫂，有我呢，你家里还有人需要照顾，先走吧。"林芷芗朝赵丰年点点头然后离去。

赵丰年站起来，从柜子里拿出九个酒杯，分别倒满了高度白酒，然后大声道："每人三杯，哥仁好！"说完先端起一杯一饮而尽。张兴海刚要劝，赵丰年已经端起第二杯了，说："不喝不算好兄弟，倒下不算男人，喝！"接着又干了一杯。这时候，一直嚷嚷的张玉振也蒙了，瞪着大眼看着赵丰年将三杯喝完。

"喝，谁不喝谁不是好兄弟。"张玉振虽然端起了酒杯，但显然脚底不稳了，抖动的手晃晃悠悠地将酒杯送到嘴边，酒洒了一半。张兴海经不住他们俩话语刺激也端起酒喝了。张玉振最后那杯几乎都倒进脖子里了。赵丰年没有去计较，而是指着九个空酒杯道："兴海，全倒满！"

张玉振趴在桌子上，还挥动着手臂，"喝，我……我没……醉……决不倒下……"张兴海看他们俩要杠上了，忙劝道："赵大哥，不喝不喝了，玉振也不行了。"接着将玉振扶起来道："玉振，快给大哥表个态，行了行了，不能再喝了。"此时，张玉振虽然身体撑不住了，但脑子还算清醒，抱拳朝赵丰年道："赵哥，赵大炮，老战友！我……喝，服了……"嘴里嘟囔着又趴在桌子上了。

赵丰年重新坐回椅子上，看着眼前这两位与自己共创业同甘苦的兄弟，虽然有好多的心里话要说，想三个人谈谈心、聊聊天，但从目前的状况看已经不行了。他郑重道："我们都当过兵，你们说，我们什么苦没吃过，什么险没经过，什么人我们怕过！"张玉振突然大哭了起来，捶打着桌面："我、我也算经过大风大浪的人，没有想到回家这么难，难啊！要不是赵大哥看得起我，没有人理解我的苦衷啊。"

张兴海要去安慰张玉振，被赵丰年制止了："让他发泄一下吧。"张兴海没有听他的话，而是拉起了张玉振，道："还是男子汉呢，丢人吧，说哭就哭了，娘娘们们的，起来，我们跟着赵大哥一起干事业。"

"对，跟着大炮打天下！喝！"张玉振又要去摸酒杯，被张兴海阻止了："坐下坐下，听大哥给咱俩鼓鼓劲。"张玉振这才趴着不动了。

赵丰年见张玉振安稳了不少，便道："你们听说九爷了吧，他号称龙海市老大。一次，几十个小混混打着他的旗号，拿着棍棒跑到我的工地要活干，我就是不给。结果怎么样？还不是啥事也没有发生，风平浪静！而龙山村不一样，千八百户人家，砸断骨头连着筋。我们之所以放弃优越条件回乡创业，那是因为我们的根在这儿，还有'丑娘'在家里。举个例子吧，林多余是贫困户，给他十万八万的就能让他彻底脱贫，我也能给得起，然后呢？"

张兴海豁然开朗，向赵丰年投去赞许的目光，说："赵大哥，我理解你了。现在的龙山村对你来说，达到共同富裕不是问题，你要做的是转变村民的思想观念，也就是扶贫先扶志。"说完朝赵丰年抱拳拜服。张玉振爬不起来了，也说不出话来了，只简单抱拳朝赵丰年表示了一下。

"所以说，我们一步一步走，脚踏实地，必须让全体村民都认可、信赖我们……"赵丰年语重心长地说，"困难是暂时的，只要我们兄弟仨团结一心，握成一个拳头。"说着他伸出了右手，张兴海将手放在了上面，张玉振也伸出手叠放在上面，三个人齐声道："就没有克服不了的困难！"

张玉振高声道："好好，爽快！"

"玉振，还喝不？"赵丰年故意问。张兴海和张玉振连声说："不喝了，不喝了，服了！"

赵丰年道："那好，今晚就到此为止吧。"说完往外走，张玉振猛地站起来往外跑："今晚我结账，谁结我跟谁急。"张兴海也要去结账，赵丰年拉住他们道："说好我请客，谁也别跟我抢。"走到总台，林芝秋说林芷芎已经结账了，赵丰年问多少钱，林芝秋拿着菜单让他看，总计一百二十三元，他从皮夹里找出一百二十三元整递给林芝秋："明天还给她，让她结账算什么事。"

赵丰源在一边说："谁结账还不一样啊。"林芝秋瞅他一眼："那你怎么不结账？光说好听的废话！"赵丰源光嘿嘿不敢顶撞，人都走了，厨师也下班了，可是他还不想走，林芝秋对他说："客人都走了，我要关门了，你走吧。"

"我，嘿嘿，我们再聊会嘛，漫长难熬的冬夜，反正你闲着也是闲着。"赵丰源尽量找话说。林芝秋领会他的意思，但心里实在打不起精神，打着哈欠说："我干一天活累了困了，走走。"说着撵着赵丰源走了。此后，她见到赵丰源就说困了累了，让他十分懊恼，说："你怎么见了我就困了累了？"

第二十八章

有一个人能让林芝秋提起精神来,他不是别人,正是张然。他每次来到饭庄,林芝秋给他沏茶倒水,还爱坐在他身边聊天,赵丰源看到了,嘴都气歪了。

"怎么说我还是处男,难道比不了二茬货?"赵丰源当场质问林芝秋。林芝秋不但不生气,还笑哈哈地说:"我告诉你丰源,你们俩就不在一个层次上。"

赵丰源立即道:"我天天都来帮你干活,你说,他能给你干什么?"林芝秋忽然想起一件事,忙说:"我不跟你瞎扯了,我有正事要做。"说完带领饭庄员工清扫客房卫生,让厨师多备五天的货物。原来,市作协二十二人的笔会安排在饭庄,这桩大生意就是张然介绍的。

张然自从接到赵丰年的电话后,还真当回事,市作协正巧要开读书笔会,张然推荐了龙山饭庄。

一辆大巴车停在了饭庄门前,作家们陆续下了车,好多人都惊呆了。"怎么到了兔子不拉屎的地方啊。"有的嚷嚷着要回城里。张然忙招呼大家:"哎哎,各位大作家们,这里是龙山村,就是我诗里的'丑娘',请大家别着急走,先住下,尝尝这儿散发着乡土气息的特色饭菜,体会炊烟袅袅、云雾缭绕和月上东山的宁静,欣赏山里的美景……"经他别具风采的吆喝,大多数作家提着行李进了舒适温暖的房间。有的说:"既来之则安之,体验一下农村的艰苦生活吧。"

张然特意让林芝秋在会议室设置了铁皮拐桶炉子。林芝秋怕不开空调,客人会不满意。张然说:"你别管了,多准备些松塔,还有,切几盘地瓜和土豆拿来。"林芝秋半信半疑去准备了。

笔会刚开始,外面竟然飘起了大雪。有人看没有开空调又不乐意了,抱怨

第二十八章

道:"大雪天不开空调,还不冻死了,饭庄老板为了省钱也够心狠的。"张然往炉子里加了几个松塔,炉子里的火更旺盛了起来,甚至拐桶都烧红了,问:"你觉着还冷吗?"那个人不吱声了。

此情此景,主持会议的作协副主席忽然想起儿时读书的岁月,他忽然改变主题,问:"各位作家们,你们闻到什么味道?"有人说松香味道,还有人说太脏太土。他接着向窗外一指:"你们看窗外。"

"啊,竟然下雪了。"好多作家跑到窗台前望着窗外惊喜道,"山里的雪景太美了,太浪漫了。"有的要跑出去看雪景。副主席忙道:"大家先别急,我们先开会,听我继续说……"接着,他回忆了小时候上学的情景,一间教室,一个拐桶炉子,烧的是秋天同学们上山采集的松塔,有的同学从家里带来地瓜、土豆,切成片放在炉桶上烤着吃。他说到这儿,张然已经将地瓜片和土豆片贴在炉桶子上了。顿时,浓香的味道弥漫开来,使得整个房间散发着浓郁的乡土烟火气息。

"我坐在炉火前,窗外飘起了大雪,回忆着儿时的味道……"有诗人开始抒发情感了,接着好多作家抒怀畅谈。副主席兴奋地说:"好好,大家安静,现在开会……"

会议在轻松、欢快的气氛下进行了三个小时,刚结束,大家都冲出门外,或在雪地里奔跑,或打雪仗,或吟咏抒怀……这时,再没有人抱怨叫屈了,还说:"来对了,龙山村太美了、太安静了,太有诗意了。"

每到下雪,因为九道拐路滑,外面的人进不来,村里的人出不去。赵丰年正在办公室烤着炉火与张玉振、张兴海聊天,忽然李树善跌跌撞撞进来,张兴海忙上前扶着他:"李大爷,下这么大的雪,你出来干啥呀,有事打电话不就行了嘛。"李树善对赵丰年说:"丰年,有件事请你帮忙。"赵丰年点头。李树善说:"严百顺他娘去世了,我儿子要去拆了人家的灵棚。唉,我这么大年纪了,管不了了。"

赵丰年和张玉振他们都一愣,听李树善继续说:"严百顺在村里上无片瓦,下无立锥之地,只好在村西头的路边上搭了玉米秸窝棚,这大雪天……唉,他以前再不好,但毕竟现在是遭难了……"

赵丰年心里顿时明白了,向李树善投去敬佩的目光,甭管以前两家发生什

么恩怨情仇,现在严百顺遇到困难了,李树善还是以宽厚的胸怀容纳了他。

张玉振问:"严百顺怎么不去找村干部呢?"

李树善说:"听他姐夫说,他们找了,但村干部说他的户口都迁走了,不属于村里人就没法管了,他这些年没在村里留下好名声,村里人没有去帮忙的。"

张玉振还想问,赵丰年忙说:"李大爷,这件事交给我们办好了,我让兴海去劝劝你儿子,没有大不了的事儿,我与玉振去看看严百顺。"说完,他安排张兴海去李树善儿子家,又反复嘱咐道:"兴海,一定劝说他别冲动别违法,有事逐级反映或打官司,走正规渠道。"然后与张玉振去了村西头,见窝棚在风雪中显得格外孤单、凄凉。

"活该,有钱的时候,瞧不起这个,看不起那个,结交的都是酒肉朋友,现在看到了吧,村里一个人也没有来帮忙。"严百顺大姐夫正与他大姐争吵,严百顺跪在他母亲的骨灰盒前哭诉着自己不孝,是自己害死了母亲。五婶进来在灵前磕了四个头,道:"老姐姐,你上天堂了,一路走好。"然后对严百顺说:"百顺啊,你不能哭,老姐姐生前信教,死了就死了,有啥好哭的,她上天堂了,不受罪了。"说着将灵前的烧纸熄灭,说:"也不能烧纸,这都是骗人的。"

严百顺知道母亲生前信教,不敢去阻止五婶的行为,他大姐夫不愿意了,立即将五婶推到一边生气道:"这是我们给母亲的钱,她到那边好花的,你不让烧,留着抱你家去啊!"这句话听起来像诅咒她,但五婶没有生气,说:"你这个孩子,有话就不能好好说呀,你娘活着的时候好好孝顺就行,等死了给纸钱,烧得再多有啥用啊。"

"你怎么知道没有用的……"严百顺大姐夫没有跟五婶计较,蹲下又将烧纸点燃了。五婶还想去劝说,见赵丰年与张玉振进来,便起身离去了。

赵丰年在灵前磕完头,问严百顺怎么回事。严百顺低着头长吁短叹,他大姐夫憋不住道出了原委。原来,严百顺自从搬到市里后,自觉有钱去外国赌钱,结果输了个精光,而且连新买的楼房也搭进去了。新娶的媳妇一气之下离他而去,老母亲看到新房不能住了,老家又回不去,伤心过度气绝身亡。

赵丰年与张玉振等人拉来钢管、帆布等,临时搭建了稍微宽敞且背风温暖的灵棚。接着,赵丰年又找到四爸等人帮忙,将严百顺母亲与他父亲合葬了。

第二十八章

王兰香想起赵丰年爷爷去世时,是严百顺父亲代客。代客是农村风俗,代人家请客。这样,赵丰年就将给严百顺家帮忙的人请到自己家里吃饭,等于还上了那份"欠账"。

晚上,赵丰年独自坐在茶几前,思考着回家后所经历的人和事,为什么文明村还有那么多的贫困户,为什么有人富了就奢侈无度,为什么基层党组织薄弱涣散……若干为什么,愈加让他清醒地认识到,致富并不是最难的事,如何建设新农村,应该还有很多的事情要做,有很长的路要走,要想改变现状,就必须将问题全部揭开,发现问题才能解决问题……想罢,赵丰年在记事本上列出了十几项问题,每项都有解决的建议和办法,然后找张玉匣汇报。可是,去了几次村委办公室,张玉匣都不在。

这天清早,赵丰年听到喇叭里传出张玉匣的声音,立即赶往村委办公室,将正要出门的张玉匣堵了回去。

"张书记,我找你好几次了。"赵丰年说。

张玉匣忙说:"合作社不是都给办好了吗?丰年,我可是对你格外支持啊。"赵丰年忙说谢谢,然后直奔主题:"张书记,我今早找你,是跟组织汇报村里的一些问题……"没等他说完,张玉匣觉得他受了张玉振的影响,是要来上访的,立即警觉了起来,忙道:"我们是文明村,还能有什么问题?"他不管赵丰年的感受,继续说:"当然,咱村总是有几个不老实的上访户。丰年,你可别跟他们掺和啊。"

赵丰年忙拿出记事本,翻出记录的页面对张玉匣道:"张书记,这是我自己发现的问题,都记录在上面,你看看。"张玉匣用眼角扫了一下,立刻变脸怒吼:"丰年,你想干什么?我就知道你回村不怀好意!"

赵丰年耐心地说:"我作为一名普通党员,有权利和义务向组织汇报思想和提出建议,难道不对吗?"

"村里有这么多问题吗?"

"有没有问题,我向你汇报,你一会儿就知道了嘛。"赵丰年耐心道。

"咋,有杀人放火啦?"张玉匣反问了一句。赵丰年看到张玉匣不耐烦了,怕他拒听自己的汇报,硬着头皮直奔主题:"张书记,第一个问题就是关于杀人问题,你是知道的,前些日子,李树善的儿子嚷嚷着要去杀了严百顺全家……"

没等他说完,张玉匣又反问道:"他杀了吗?"

"就因为没有最终实施,我们才要通过现象看本质,要看到深层次的问题,要防微杜渐……"

"我告诉你丰年,你不要鸡蛋里挑骨头,这么大一个村,能没有鸡毛蒜皮的小事吗?"

"这件事还小吗?还有打牌、打麻将甚至赌博……"

"农村兄弟爷们晚上、下雨天,闲着没事坐在一起打个小牌消遣一下怎么就成赌博了?你也太小题大做了吧。"

"要是小问题不及时解决就会演变成大事件!"赵丰年接着说,"还有,迷信、恶习、陋习等现象在村里有没有?你应该比我清楚!据我了解,有村民打着信教的幌子……"张玉匣又打断他的话:"你又上纲上线了。咱们农民没有那么高的思想觉悟,平时有解不开的事情算个卦,上庙许个愿也很正常嘛,没听说犯法呀。再说了……"赵丰年也打断了他的话,说:"有人打着信教自由的幌子,用洗脑、恐吓、小恩小惠等手段,企图迷惑、愚昧、控制信众,达到不可告人的目的。"

"你这么说,我倒是想起来了,你二姨就信奉什么教,这个教恐怕不是正规的教。"张玉匣说到这儿,赵丰年立即说:"是邪教!但是,我告诉你,我二姨已经明白过来了,脱离那个邪教的控制了,现在在龙山饭庄上班了。张书记,我的意思是你们村干部要有所作为,要管一管,要开个会议,要宣传……"

张玉匣听到这儿显然十分生气了,道:"都是一个村的,你们学学人家蔡三九,光为村民办事。张玉振上访在全区都挂号了,还有他、他,张然,没上几天学,写几句顺口溜,就成诗人了?我看就是一坨屎,净瞎写乱七八糟的东西,给咱村抹黑。"

赵丰年感觉张玉匣是在指桑骂槐,不想与他抬杠,而是摆道理、讲问题:"张书记,我不是来跟你抬杠的,我也不是爱管闲事,我是觉着有问题不可怕,关键我们如何去解决。你给我半个小时,我跟你详细汇报。"张玉匣根本不听他的,恼怒道:"我没空。"说完扔下赵丰年快步出门。赵丰年追了出去,张玉匣回头厉声道:"我明着告诉你,你想在龙山村长久住下去,就别管闲事、别逞能!"说完扬长而去。

第二十八章

"唉，怎么会这样呢？"赵丰年对张玉匣的举动百思不解。李许走了过来，说："丰年，我劝你没有必要认真，农村的事，拥着扶着就那么回事，只要不出现杀人放火的事情就过去了，农村干部不好干呀。"

"你们怎么……"赵丰年刚要朝李许发火，又心想不能冲动，觉着向他汇报也能行，"李主任，我有几件事情向你汇报，你能……"李许似乎也不爱听他说话，急忙打断他的话："唉，我只是干活的，都是人家说了算，你有事还是向张书记汇报吧，我……"还没有说完，李许看到有村民来了，招呼也不打转身就走了。

村民当中有林多余，他看到赵丰年扭头就往回走了。其他村民也是来找村干部的，见他们都不在也都各自回家了。赵丰年只好往家走，路上看见五六个有男有女、有老有少的陌生人，他们说说笑笑，还有的拿出手机拍照。赵丰年猜想是那些来饭庄开会的作家，他一直盯着他们进街巷里游览去了，忽然一个念头袭来：何不去竞选村主任？！

第二十九章

　　龙山村竞聘村主任工作又开始了。赵丰年自从报名后，一再叮嘱家里人和合作社的员工，不准帮着拉选票，不准请客送礼，还特意告诫张玉振、林芝秋和赵丰源在选举大会上不准擅自发言。

　　这次选举大会，镇领导非常重视，特意安排派出所的干警前来维持秩序。候选人有李昭村、赵丰年、李许等人。张传刚也被张玉匣报上去了，因接到村民举报材料，村选举委员会取消了他的候选人资格。

　　在候选人陈述环节，赵丰年首先提出了龙山村存在的十大问题，顿时会场炸开了锅，村民议论纷纷，赞同有之，反对也有，张玉匣和李许等村干部恨不得上前去掐死他。接着他将精心制作的龙山村发展规划展现给大家，对自己竞选村主任的优势和龙山村未来进行了演说。其间，秦秀琴站起来叫板："没人会相信你，说白了，你就是想回村争官圈地，愚弄村民，谋求私利，现在狐狸尾巴终于露出来了。"林芝秋、张玉振要不是因赵丰年有言在先，几次想起来与她争论。

　　张传刚偷偷塞给小六一块酥饼，说："说不信，说错了，我就砸死你。"小六接过酥饼就往口里塞，没有嚼碎就往肚子里咽，由于酥饼太干没有咽进去，堵在嗓子眼里进不去出不来，只好弯下腰干咳，见张传刚正用眼瞪着自己，紧张地差点没有站起来，喷着酥饼渣子说："说……说，咳，说不信！"说完还朝着张传刚得意地笑着，意思是我没说错吧。众人哈哈大笑。

　　张传刚刚要去揍小六，看到众人都朝这边看，执勤警察也往这边走，他忙低下头不敢有所行动了。

第二十九章

赵丰年并没有受到他们的影响，继续将自己的设想与打算分条有理地进行了演讲，最后道："有问题不可怕，可怕的是有问题遮遮掩掩，不承认还不解决……我就是想让龙山村的村民过上跟城里人一样的日子。"

秦秀琴又道："谁信呀！"张传刚等人跟着附和，场面一度出现了混乱。林芝秋担心说："他首先揭了村干部的疮疤，等于把自己也搭进去了。"

林芷芗说："公道自在人心，他是为村民好。"

张玉振说："唉，弄好了一半对一半，我看这次悬了……"

"我没有什么长远规划，也没有那么多钱，我就是想为咱村村民办点真事实事。"这是李昭村发言的第一句话，显然他有所指，赵丰年等人也听了出来，都没有跟他计较。但是他朴实无华的话语，获得了反对赵丰年阵营村民的普遍好感，纷纷向他点头示意。经过一番竞选，最终结果出来了，赵丰年以一票之差输给了李昭村，李昭村当选龙山村新一届村主任。

赵丰年回到合作社，众人都围了上来，纷纷表示不平，有的也埋怨他多管闲事："你讲了十大问题，等于将村干部的亲属、亲戚也都得罪了。"

"是啊，亲戚连亲戚，一半的村民没有支持你，你这不是自找的嘛。"赵丰源说。

张玉振气愤地说："我看李昭村踩着赵大哥的肩膀上去的，要不是赵大哥有言在先，我真想跟他说道说道。"赵丰源接着说："依我看，都是三马虎造成的，要不是她捣乱，票数肯定超过李昭村。"

林芝秋当即点着人数问："哎哎，咱们当中是谁没有投赵大哥的票啊。"大家都说投了，林芝秋将怀疑的目光投向了赵丰源，他发誓说自己投了。赵丰年有些生气道："芝秋，你干吗呀，选谁不选谁是投票人的权利，你别无故制造隔阂和矛盾。你们别瞎猜了，都干活去吧。"

"我们都是为你着想啊。"林芝秋还想争辩。一直坐在后面的赵树存说："是我没有投丰年的票，我觉着他没有李昭村接地气。"众人皆惊，只有赵丰年心中有数，他坦然说："好了，大家不要为这件事操心了，我们最近还有很多事要做，我想年前将合作社开业……"他刚说到这儿，手机铃声响了，是辛瑞民打来的："丰年啊，龙山村的选举结果我知道了，千万不要气馁啊，之所以事前没有给你打电话，主要是避嫌啊。"

赵丰年忙说:"谢谢辛书记关心,我没事,我会一如既往为村民办事。"两个人交流了一番,然后他说:"辛书记,我想合作社在春节前开业,请你给取个名字啊。"辛瑞民爽快答应:"好啊,我仔细考虑一下啊,等你开业那天,我亲自去现场道贺。"众人听到这儿都高兴极了,林芷芗带头鼓起了掌。

当天晚上,辛瑞民给赵丰年打电话,说了合作社的名字:龙海市龙山振兴农业合作社。接着,合作社进行了人员调整和工作安排。赵丰年担任理事长,张玉振担任业务经理,由于张兴海担任监事长和服务中心主任,财务科长由林芷芗担任。

合作社门前广场上摆放着整齐的机械、车辆等农作工具,全体人员聚集在广场上。辛瑞民、任政、张玉匣等镇、村领导到场祝贺,辛瑞民即兴讲了话,赵丰年做了发展规划发言,以种植稻谷、蔬菜为龙头,然后带动农副产品齐发展。大洼作为稻谷、蔬菜种植基地,南岭重点建设千亩果园,轿顶子村和魏家楼村主抓中草药栽培加工,崖棚村和羊窝子村开发特色农产品,涧底村重点开办养殖加工基地……他话音刚落,众人欢呼,鞭炮齐鸣,震得周围的山峦都跟着作响。

当晚,林芷芗在门前的宽阔场地上跳起了广场舞,尽管音响开得震天响,但参加跳舞的村民不多。小六不会跳,站在林芷芗背后学着动作,由于动作笨拙呆板,逗得好多老人小孩哈哈大笑。郭何氏眼馋,自觉身子不行,没敢上去,跟着音乐扭动了几下。林多余嘲笑道:"郭奶奶,别扭着你的老腰啊,到时候可没有人伺候你。"郭何氏立即回敬他:"哼,别笑话我啊,我那两个儿子总算还通点人性,每年每月分文不少如数将养老钱递到我手里。"林多余自觉羞愧不敢再吱声了。这时人群中传来秦秀琴尖刻的声音:"大姑娘、老娘们扭来扭去,吃饱了浪得不行了,也不嫌丢人。"虽然她这样说,但自己的屁股也在晃动。有人跟着说:"想学城里人,可是咱穷山村条件达不到啊,刚开业还不知挣钱不挣钱就穷乐呵,瞎折腾。"

跳广场舞可不是瞎折腾,这是赵丰年特意安排林芷芗带动村民转变思想观念的重要途径。对内,他采取了规范的管理制度,每周组织全体人员学习培训。邀请姜山学习政府针对农村农业所制定的政策和采取的措施,聘请镇农技站专家系统讲解果树的栽培、选种育苗、田间管理、农药灭虫等农业知识。赵丰年在开班仪式上讲:"别看我们生长在农村,其实,好多人包括我,已经好多年没有跟农业打交道了,我们想在农村大干一番事业,就必须了解农村,懂得农业知识。"

这天,张玉振到赵丰年办公室请示购买一台拖拉机,说要对闲茬地进行深耕,为来年开春播种做准备。冬耕是农活的一项重要内容。赵丰年将林芷芗叫来,问账上还有多少钱。林芷芗汇报说还有十万三千五百元,眼下要支付社员及村民干活的工钱就接近十万元,已经没有余款了。张玉振一听急了:"赵主任,你知道的,农活不能等,依我意见,先欠着村民的工钱。"不等他说完,张兴海进来说:"现在国家强制企业不能拖欠农民工的工钱,我们是一个村的,更不能拖欠村民一分钱,要想合作社发展,首先要取信于民。"

张玉振说:"说好听的谁也会说,现在我们不是遇到资金困难了吗?"张兴海接着说:"无论遇到多大困难,我们宁愿停工停产也不能拖欠村民的工钱。"张玉振不服气道:"你不管业务,自然不知道农活的重要性。依我说,你那个服务中心不要也罢,整天光为村民干活了,搭上材料成本不说,工时就没法算了。"

张兴海刚要争辩,赵丰年忙道:"我不同意张经理的意见。是,服务中心没有收益,甚至还倒贴,但是从社会效益和合作社整个发展大局看,起到的作用是任何工作都不可代替的。"张玉振不服,争辩道:"我们不就是小山村的合作社嘛,现在挣钱有收益是头等大事,说别的再天花乱坠都没有用。"赵丰年耐心引导:"张经理,我能理解你的心情,你急我比你还急。但是,你应该明白,我们回乡不是为自己发点小财,正如辛书记给合作社起的名字,'振兴',我们的目标就是振兴乡村。"

"对,这正是我为之奋斗一生的目标。"张兴海攥起拳头说。林芷芗也附和着说:"我也是。"

"你们都高尚、长眼光,我小心眼行了吧。"张玉振服软。大家都笑了。赵丰年安慰道:"服务中心是咱们振兴合作社的金字招牌,你也看到了,之所以有很多股东加入进来,他们很多人相信张监事长的人品和威信。"说到这儿,张玉振彻底服气,朝着张兴海点点头。接着,赵丰年说:"这样吧,我的工资先不发了。"他这么高姿态,其他人也跟着表态说先不要工资了。赵丰年对张玉振和林芷芗说:"你们两个人的家庭情况不行,不能不发工资,玉振跟弟妹都在合作社工作,都不发工资,孩子上学怎么办?所以……"没等他说完,张玉振说:"我说了,你赵主任不发,我们都不发,先给村民发,我没有意见。"他这么说,大家又都笑了起来。

张兴海说:"今年的困难我们能挺过去,我担心明年开春,种子、化肥、收购农产品等,都需要花钱,我们要未雨绸缪啊。"

赵丰年说:"大家尽管放心,困难是有的,不是有那么句话嘛:面包会有的,一切都会有的。现在贷款太麻烦太困难了,我回家再拿点。"林芷芗说:"你已经拿出一百五十万了。"赵丰年仔细算了一遍,还真差不多。他对林芷芗说:"你计划一下,先支付村民的工钱,要不咱们会失信村民,剩余的购置拖拉机,今年的事情今年办完,不留给明年。"林芷芗点头说:"放心吧,我马上去落实这件事。"张玉振也放心了。

俗话说,说着容易做着难。真要回家拿钱了,赵丰年心里也打鼓,毕竟家里不是提款机。

第三十章

赵丰年先到超市买了妻女爱吃的食物,回家精心做了一桌丰盛的饭菜。他还在做着饭,徐雯雯回家了,看到满满一桌子菜肴,她心里高兴,嘴上却说:"你还知道回家啊。"

赵丰年听见妻子回来了,关掉燃气灶,从厨房出来解开围裙,上前就将还没有脱外套的妻子紧紧搂在怀里,徐雯雯忽地浑身躁动起来,喘气开始急促。他将妻子的外套脱了下来,抱起她就往卧室走去。徐雯雯明知道丈夫要做什么,却故意说:"甜甜放学要回家了。"他忙说:"还不到时间。"她又说:"你还没有洗澡……"他不再回话,将妻子放在床上一阵乱吻,接着解开了她的衣衫……

"妈,做的什么饭?"久违的味道,让赵甜开门进来直喊。徐雯雯从卧室出来,整理着散乱的头发说:"你爸回来了,正在厨房给咱娘俩做饭。"

"爸爸回来啦。"赵甜放下书包跑到厨房要拥抱爸爸。赵丰年正端着炒锅,忙说:"别烫着,远一点。"赵甜看到锅里是红烧黄花鱼,笑着说:"还是爸爸做饭好吃,闻起来就香。"徐雯雯在饭厅里摆放着高脚酒杯,说:"那好啊,让你爸爸天天在家给你做饭好了。"赵甜立即说:"还别说,我们毕业班大部分学生家长在学校周围租了房子陪读,有的连班都不上了。"

"陪读,一是说明家长对孩子缺乏必胜的信心。二是说明学生的自理自立能力太差了。"赵丰年将最后一盘菜端到桌子上,边解围裙边说,"咱家的甜甜可与众不同,打小就养成了较强的自理和自立能力。"赵甜顾不得说话了,拿起筷子夹着鱼肉吃了起来。徐雯雯端起红酒杯跟丈夫碰了一下,说:"甜甜

有好吃的,什么都不顾了。"赵甜这才端起饮料简单表示:"爸妈你们喝,我吃。"说完又吃开了。

赵甜吃完饭去学习了,赵丰年与妻子还没有喝完,两个人仿佛初恋情人有说不完的话语。从公司说到合作社,从同事说到村民,当说到创业艰难时,他举杯对妻子说:"雯雯,谢谢你的理解,大半年了没往家拿一分钱,还拿出一百多万开办合作社。"这时候的徐雯雯有些微醺,含情脉脉地对丈夫说:"你看看,说两家话了吧,来,喝,我支持你创业,咱家不差钱,只要你高兴,回家拿就是了。"赵丰年听了又高兴又激动又放心,连连与妻子交杯把盏,不觉已到深夜,说:"雯雯,今年我想跟爸爸一起过年。"

徐雯雯放下酒杯,叹气说:"爸爸说今年还去海南度假。"赵丰年忽然想起孙海涛跟张玉振的对话,试探问:"今年孙总还去吗?"徐雯雯点头,他又问:"王总也去吗?"徐雯雯顿时不满道:"他们跟着去海南谈项目,然后孙总回她自己家过年。"赵丰年没有再问下去,因为连续六年,他们三个人都是在春节前去海南,怎么那么巧每到春节就去海南谈项目呢?至今也没有见到任何开工项目啊。这只是他的猜测,怀疑归怀疑,他没有当面跟妻子说出来,而是委婉地说:"其实爸爸也不容易,一个人……"

徐雯雯猜到他要说什么,立即打住道:"你别装好人啊,公司是爸爸跟妈妈打下的天下,爸爸发誓说这辈子不负妈妈。"

赵丰年将身子伸到妻子面前,小声说:"我曾看见爸爸抽屉里有伟哥。"

"你说什么?"由于丈夫声音太小,徐雯雯没有听清楚。赵丰年刚要再说一遍,见女儿出来了,只得闭嘴。

"哎呀,你们俩还在喝呀。"赵甜出来上卫生间,见爸妈还在喝酒聊天,揉着疲惫的眼睛,打着哈欠说:"就好像在谈情说爱。"赵丰年跟妻子相视一笑,赵丰年忙站起来收拾碗筷,徐雯雯站起来直接进了化妆间。他收拾完家务,她也洗漱化妆完毕,两个人上床又酣畅淋漓了一番,徐雯雯趴在丈夫的脸上惬意地说:"你这些日子攒多了……"赵丰年已经传出鼾声了。

赵丰年几乎空手而归,问题在于家里存款还没有到期,现在取出来损失很大,他合计不划算,决定来年到期再取。刚到家,李树善带着儿子就进来了,他们是来还钱的,还带着两瓶酒。赵丰年收下钱,但怎么也不要礼物,李树善都发

第三十章

火了:"我借你的钱,都没有利息,这点酒算什么呀。"赵树存从东屋过来说:"邻里邻居谁还不帮帮忙啊,你就别客气了。"李树善还是不听,非要将酒留下,最后还是赵树存对儿子说:"我屋里有两瓶泸州老窖,跟你李大爷换换吧。"

赵丰年拿出泸州老窖硬给了李树善,这让李树善更加不好意思了,对赵树存说:"你看看,你的酒比我的酒还好。"赵树存忙说:"孩子孝敬是应该的。"

赵丰年忽然想起一件事,问李树善儿子:"严百顺还你钱了吗?"李树善抢先替儿子回话:"不提了不提了。"说完就拉着儿子告辞走了。这让赵丰年一头雾水,还没有进屋,村里大喇叭响了,是李昭村的声音:"下个通知啊,凡是欠村里钱的,年前必须还上。凡是村里欠村民的,年前抓紧到村委对账啊,别忘了带着收据或欠条什么的……"

赵树存说:"看看,他李昭村要烧三把火了。"

其实,李昭村第一把火还真不容易烧。上任第一天,办公室里来了认识或不认识的人,他们几乎一个目的,要钱。内容五花八门,有招待费、车辆使用费,有的村民拿着一张欠条,上面竟然是村里使用的二十斤松蘑。他请求张玉匣付给他们欠款,张玉匣说村里没有钱了。李昭村想起村民一直关心的事情,忙说:"有些承包户从来没有往村里上缴承包费,向他们清缴不就有了嘛。"

张玉匣说:"好多都是历史遗留问题,怎么收?他们就是不上缴,我也没有办法。"李昭村立即道:"好,这是你说的,你没有办法,我有办法,这件事我去做。"张玉匣被激怒了:"你想干什么?你才干了还不到一天,你就想撇开党支部闹独立?"李昭村丝毫不让:"我已经请示你了,是你说没有办法,好呀,那我有办法,我来办。还有,我要查账,查查这些年村里到底有多少外欠!"

李昭村说到查账,彻底将张玉匣推到了对立面,他发疯一般指着李昭村道:"你别忘了,我才是一村之长,没有我允许,谁也不能查账。"李昭村也不示弱:"你也别忘了,上级有要求,所有村里的花费都要公开透明,你公开了吗?还有,我作为村民推选的村主任,我要为全体村民负责,我有权查账!"

"你……你敢!"张玉匣气得手都颤抖了,他自知争论不过李昭村,扭头去了财会室,告诉林芝柱没有他的允许,任何人不许查账。他怕李昭村利用广播喇叭做文章,干脆将广播室换上新锁,钥匙牢牢拴在自己的腰带上。自此,

两个人的矛盾升级并公开,一个办公室,桌对桌,可是谁也不跟谁说话,甚至都互不正眼相看。

这天,李昭村自己坐在办公室里,张传刚进来笑哈哈道:"李主任,祝贺你高升呀,今天中午在全市最豪华的大酒店给你庆贺庆贺……"不等他说完,李昭村勉强微笑道:"我中午有事去不了了。"张传刚刚要动怒,忽然又赔笑道:"哈哈,我是请不动你,是蔡大哥请你。"

李昭村当然知道这个蔡大哥是谁,还是一口回绝:"就是蔡大爷请客,我也不去。"

"你,好,你有种!"张传刚说完扭头走了。

不一会儿,李昭村的手机响了,他看是陌生号码,便问:"喂,哪位?"

"哈哈,我是你蔡大哥蔡三九呀,昭村,当上村主任,不会连我的声音也听不出来了吧。"这时,李昭村才听出是蔡三九的声音,忙客套了几句。蔡三九说:"昭村,我中午在城里专为你摆了一桌。"李昭村急忙解释道:"谢谢蔡大哥了,我中午确实有事,老丈人过生日,不能不去……"没等他说完,蔡三九已经将电话挂了。

晚上,村里承包户林大奎抱着一箱酒进来,说过年了,表示一下心意。李昭村怎么也不收,林大奎放下就跑了。次日一早,李昭村将酒抱到村委,想打开广播室,问张玉匣要钥匙,结果他不给还起身走了。李昭村找了一把斧子,将锁砸开,进了广播室,对着话筒道:"下个通知啊,林大奎、林大奎、林大奎,你听到了马上到村委将你的一箱酒抱走,要不然将会充公。"连续播报了三遍,全村人几乎都听到了,这件事顿时成了各家各户的议论主题。赵树存一家正在吃饭,他对赵丰年说:"他李昭村仅不收礼这一项,就是好干部。"

赵丰年没有答话,心里暗暗为李昭村担心。

果然,张玉匣到贾洲道那里打了李昭村的小报告。贾洲道问:"他为什么要砸锁?"张玉匣没敢说自己不给他钥匙,撒谎说李昭村就是暴躁脾气,无理要求,损坏公共财物,自己没法管了,并请求镇政府免了他的村主任职务。

贾洲道说:"你是真不知道还是假不知道,村民选举的干部,上级能随便免吗?你呀,不是我说你,总是沉不住气,不就是个小小的村主任嘛,成不了气候,慢慢地会有办法治他。"

第三十章

有了领导的指点和指示，张玉匣放心多了，那就暂时忍让李昭村。李昭村利用广播喇叭，不经过张玉匣同意，随意播发告示或通知。他要求村民到村委对账的消息播发后，村委几乎被挤破了，都是前来对账要钱的，却不见一个人前来上缴欠款。尤其是到了年关，许多人家就等着这些钱过年，村里却没有钱支付，这时有人对李昭村的信任打折扣了。

"大家排好队，每个人都能领到工钱。"在振兴合作社财务办公室，林芷芗正在积极给村民发放工资。赵丰源找到赵丰年，说："他们干活的都能领到工资，为什么不给我们？"赵丰年说了合作社目前的财务状况，还说管理人员都高姿态，先给村民发放。赵丰源表面上没有反对，心头很不乐意，出来叹气道："唉，大半年算是白干了。"声音虽小，赵丰年也能听到，却没有理会他。

"大表哥，过年了，不发点福利？"小玲突然提着两盒真能保健品进来，说，"这是新上的产品，尤其适合你们这些整日操心劳累的成功男人……"接着一通灌输，碍着情面赵丰年没有撵她走，刚要说现在没钱，忽然想到李树善还来一万元钱，当即决定拿出五千元给社员发福利。"小玲，真能保健品我们不买了。这样吧，你到海边冷库批发些鲅鱼和刀鱼，别超过五千元，好吗？"

小玲笑着说："原本我不搞海货生意，大表哥您这么说，我跑一趟，不赚你的钱，也为保住你这个大客户呗。"赵丰年说："你做生意，也不能让你赔本，少赚点。"

发福利那天，整箱的刀鱼、鲅鱼堆积在合作社门前的广场上，足有一人多高。张玉振推着小车去领年货。周围的大人小孩都被吸引过去，有的人惊叹道："振兴合作社已经挣钱了，不欠村民的钱，内部还发福利，明年我也要去。"一传十，十传百，龙山村的村民都知道合作社挣大钱了。这话传到赵丰源耳朵里，他没好气道："驴屎头子外面光。"

第三十一章

  除夕一早,徐雯雯带着女儿来到龙山村过年。家家户户贴对联,打扫卫生,有儿童在街道上玩耍放鞭炮,周围山峦传出浑厚而悠远的回响。年味愈浓,人畜正欢。赵甜见到爷爷奶奶又亲又跳,王兰香端出一盘草莓送到西屋里,说:"这是早晨我去买的,很新鲜,快尝尝。"徐雯雯在内间里更换衣物,只答应没有行动。赵甜拿着草莓放进嘴里,连说:"又香又甜,奶奶,是咱当地产的吗?"王兰香回答:"是你林阿姨种植的,她家大棚就在村东,不远,吃完饭让你爸爸带你去采摘。"赵甜迫不及待现在就去,徐雯雯忙说:"你奶奶已经做好饭了,吃了再去。"赵甜只好作罢。

  吃过午饭,赵丰年带着妻女来到合作社参观,看到合作社已初具规模,徐雯雯抚摸着播种机、收割机等机械不住点头,暗暗为丈夫点赞。她问:"人呢?"赵丰年说:"都回家过年了。对了,我领你们去采摘草莓。"赵甜连说好,赵丰年接着给林芷芛打电话。正巧,她说在大棚里,他带着妻女来到大棚。

  林芷芛早早站在门口迎候,手里还拿着三个小篮子。赵丰年给她们引见,林芷芛很有礼貌地问好,然后递给赵甜一个小篮子。"你女儿长得真漂亮呀,叫什么名字?"赵甜接过篮子说:"我叫赵甜。"徐雯雯似乎没有林芷芛那般热情,上下打量了一番,暗道:"这就是他那位老同学?虽经风霜但风韵犹存。"

  "怎么称呼您好呢?"林芷芛也递给徐雯雯一个篮子,徐雯雯这才回过神来,甚至没有听清楚她刚才说什么。赵丰年忙说:"我比你大,你当然叫嫂子了。"林芷芛咯咯笑了起来,说:"嫂子年轻漂亮,很早以前,就听说赵大哥在城里找了一位漂亮的姑娘,今日头次见面,真是开眼了……"徐雯雯并没有被她的

第三十一章

美言所感染,内心深处似乎有一种别样的滋味在上升,令她无法开心起来,勉强一笑就进大棚了。林芷芗紧跟进去。赵丰年随后跟了进去,观察出妻子的微妙变化,当着外人的面不好说什么。

"我们家种植的草莓不打农药,不施化肥,纯天然无公害。"林芷芗边走边讲着,指着深处一块草莓密集区域说,"今年多亏赵主任给介绍了许多客户,特别好卖,还剩下那小块了,本想着留着自己吃,你们来了,去采摘吧。"赵丰年忙道谢,徐雯雯白了丈夫一眼,没有说话,跟女儿来到采摘区蹲下挑选了起来。赵甜拿着一个放在嘴边回头问林芷芗:"阿姨,不洗能吃吗?"林芷芗忙说:"能吃,这里的草莓无污染,纯天然,可以边采边吃。"赵甜顾不得放进篮子里了,采摘了就放进嘴里了。

正当大家采摘的时候,从侧间屋子里传来嘶哑的呼叫声,吓了徐雯雯和赵甜一大跳。赵甜忙站起来四处张望,问:"妈,什么声音?"林芷芗连忙摆手说:"没事没事,你们尽管采摘吧。"说完朝小屋子走去,刚走了一半,一个蓬头散发的青年冲了过来,他挣脱林芷芗的怀抱,直奔赵甜而来,嘴里不停地狂喊着:"娇娇,你终于来了,终于见到你了。"

"妈——"赵甜顿时吓得扑到母亲身边,徐雯雯扔掉篮子护着女儿,惊恐地看着张牙舞爪的青年。赵丰年认得他,是林芷芗的儿子张保,他忙将张保拉住,林芷芗跑了过来,对着儿子又打又骂。赵丰年对赵甜说:"甜甜,不要怕,他是你林阿姨的儿子,神经有点不正常,你应该叫他可……"没等他说完,徐雯雯扔掉篮子,草莓散乱一地,对着丈夫愤恨道:"你在这儿叫吧!"说完,拉着女儿就往外跑。这时候,赵甜似乎不那么害怕了,还不停地回头望着在母亲怀里哭闹挣扎的那个人。

"哎哎,你们……"赵丰年想追上妻女,看见林芷芗一个人根本治不服发病的儿子,他只好转身回来将张保紧紧抱住了。林芷芗流着泪打着儿子:"你这个不懂事的孩子啊,你可作大业了,怎么去吓唬人家小女孩啊。"

赵丰年将张保连拖带拽到小屋子里的床上,林芷芗又要去打儿子,被赵丰年制止住了。她连忙道歉:"赵大哥,真对不起,吓着嫂子和孩子了,本来我不放心他在家里,就带着他出来,没想到……"她说不下去了,蹲下抽泣了起来。赵丰年安慰道:"孩子这么小,不能这样下去,你应该带着他去大医院

187

治疗，要是钱不够的话，我有。"

林芷芗擦了眼泪说："以前经济条件不好，没有给他治病，今年大棚挣钱了，想着过了年送他去省城大医院看看，唉！"说着又流泪了。赵丰年忙说："你不要犯难，过了年，让兴海开着我的车送你们去。"林芷芗说了一句："又麻烦你了。"她捂着脸蹲在地上再也说不下去了。

赵丰年急匆匆回到家，赵甜正跟奶奶、爷爷在东屋里说话，他没见妻子在场，便去了西屋。徐雯雯正坐在沙发上玩手机，明知他进屋也没有任何表情和动作。赵丰年心里明白她为什么生气了，没有跟她一般见识，反而笑着说："你们娘俩跑得够快，我追了半天也没有追上。"徐雯雯扔下手机刚要起身朝着他发火，忽然想，大过年的吵啥呀，算了吧！将到口的话硬是咽回肚子里了，又拿起了手机，不再理会丈夫。

"我去帮着妈做饭，你一会儿过来吃啊。"赵丰年说完去了东屋，帮着母亲做饭。赵甜问赵丰年："爸爸，那个神经病哥哥怎么回事啊？现在好了吗？"王兰香便将张保的情况一五一十说给了赵甜听。赵甜听完感叹道："原来他是为了爱情才得病的。唉，好感动好可怜呀。"

年夜饭做好了，赵丰年让女儿去西屋叫妻子过来吃团圆饭。不一会儿，赵甜独自回来了，说妈妈正在打电话，一会儿就过来。赵丰年有些生气，王兰香将他拉到一边悄声说："甜甜妈能来家过年已经很好了，你四爸家的弟弟今年就没有回老家过年，去他丈人家过了，还有你三婶家的儿媳妇也没有来，她儿子独自回来了，你说大过年的一家人分开……"说着自己去了西屋将徐雯雯叫了过来。

徐雯雯在餐桌前坐下，全家人就热闹了起来。王兰香拿出新筷子新碗，赵树存拿出窖藏二十年的龙山大曲，赵丰年特别卖力，给妻子倒上干红，还故意朝着女儿说："你妈最辛苦，过年了，多喝点。"赵甜嘴快，说："奶奶最辛苦，这一大桌子菜都是奶奶做的，是吧，爷爷。"说着朝着爷爷嘿嘿笑着，赵树存抿着嘴连连答应。王兰香笑着说："一家人，也就孙女跟她爷爷说我好。"大家都笑了。

吃完年夜饭，一家人坐在炕上看春节晚会，徐雯雯坐了一会儿就回西屋卧室了，王兰香不放心，盛了一盘水果和干果端到西屋。赵丰年有些看不下去了，

第三十一章

说:"妈,别管她。"王兰香说:"你们男人就是粗心,过年了咱们一家团圆,甜甜姥姥不在了,甜甜姥爷又去了海南,甜甜妈心里能好受嘛,你早点过去陪陪甜甜妈吧。"母亲越这么说,赵丰年反而更不好意思过去了。

确实,徐雯雯每到过年就容易思念早早去世的母亲,今年尤其强烈,这还与王亚有关。

下午,受到惊吓的徐雯雯拉着女儿快步往家走,她想丈夫能及时跟上来保护她俩,可是到了家也没见他来,顿时又气又伤心。这时,赵甜甜已经将刚才的恐惧忘得一干二净了,跑到奶奶屋里,徐雯雯回到西屋则越想越生气。正在这时候,手机响了,王亚发来父亲坐在阳台上看着落日的照片,夕阳下父亲孤单的背影更加使她思念逝去的母亲,更加想念远在天涯海角的孤独父亲,不禁泪眼蒙眬。

接着,王亚发来一段视频,偌大的餐厅,一桌丰盛的菜肴,里面传出他的画外音:"雯雯,过年好。看看,这是我们的年夜饭,多丰盛啊,唉,只有我跟董事长两个人……"看到这儿,徐雯雯实在控制不住自己了,鼻子一酸抽泣了起来:"王亚,谢谢你。"脑海浮现出了他对自己那些好。

王亚继续说:"雯雯,请你放心,有我在,董事长很开心很……"忽然传出一个男孩的声音:"爸爸,吃饭了。"紧接着画面停止了。正当徐雯雯纳闷而焦急的时候,手机响了,是王亚打来的:"雯雯,刚才邻居家的孩子过来玩,他们一家五口人,有姥爷姥姥,有父母,还有一个六七岁的小男孩,董事长可喜欢他了……雯雯,看到人家天伦之乐,我真是……唉……"他说不下去了,徐雯雯失控地说:"王亚,谢谢你……你一直照顾爸,对不起……"

"好了,不打搅你了,给你和你的家人拜年了。"王亚说完挂断了电话,徐雯雯觉着他还有话说,刚要打过去,赵丰年回家了,要不是大过年的,她肯定跟他没完。

正月初一,吃过早饭,徐雯雯说女儿今年要高考了,需要回家抓紧复习。王兰香拾掇上满满几箱子年货,她带着女儿回城里了。

龙山村风俗初一到十五给长辈拜年,俗称磕头。到凌霄宫、龙王庙、龙山寺上香许愿,逛庙会,看花灯,看舞龙,是一年最快乐、最团圆、最放松的时光。

赵丰年忙着给亲朋好友回贺春信息或打电话拜年。崔建设打来电话拜年,他忘记了此前的不愉快，忙说："老战友过年好啊，给你拜年了。"崔建设提及战友迎春联欢会的事情，他忙说："今年我不参加了，你们搞吧，我都给战友发信息拜年了。"

崔建设哈哈笑着说："你不会没钱入份子了吧，今年不让你主办了，我来办，我承担全部费用。"

赵丰年说："你放心，即便是我没有钱了，也不会找你借。我是觉着战友聚会，一年春节、八一两次太勤了，没有必要嘛，也用不着一年一搞，或五年或十年聚聚会，纪念一下就行了，平时发个信息问候比什么都有意义。"

"哈哈，老战友，我明白了。"崔建设忽然话题转移，"哎，你村有个好人张兴海？"

"哦，是咱们的小战友。"赵丰年说。

"你有他的电话吗？"

"有有，我这就发给你。"赵丰年认为崔建设要给张兴海拜年，不假思索将张兴海的电话号码发给了他。

王兰香提着一篮子枣饽饽过来说："丰年，到你大姐家，捎几个饽饽给她吃。"按说，现在条件好了，过年送礼用不着带面点、蔬菜了，但她是用老面发面、大锅蒸的饽饽特别柔软香甜，赵丰年和姐姐无论到何时何地，也最爱吃妈妈的味道。

赵丰年刚出村遇见林芷芎骑着电动车往外走，问她去哪儿，她说去镇上办事，没说两句话她先走了。

林芷芎这是要去龙山寺上香许愿，走到寺庙大门口遇见郭何氏，她问："芷芎，你这是求求菩萨保佑你男人和儿子快好起来呀。"林芷芎嗯了一声没有做任何回答。她又问："芷芎，你常来上香许愿吗？"林芷芎只说了一句："不常来。"进了寺院，走到请香处买了最便宜的三炷香。张传刚从她背后走了过来，说："张大嫂，你给老张和你儿子许愿，就得烧最高的香才能算心诚。"林芷芎没有答话，付了钱进了大雄宝殿。

张传刚声音特别大："烧高香才能发大财，我买最贵最高的香。"说着掏出一叠百元钞票对服务员说："买最贵最高的香，剩下的不用找了，算我捐的香火钱。"服务员给他拿了三炷手腕粗一人高的香，又找给他钱，他也没有不要，接着将钱揣进裤兜里,抱着三炷香走到香炉点上,然后走到住持面前说:"老和尚,我烧了高香,今年保佑我发大财啊。"

"阿弥陀佛。"住持双手合十,说,"施主,活佛在家里啊。"

"俺家哪有什么活佛呀。"张传刚似乎不解。

林芷芗过来说:"你真是傻蛋,活佛就是你娘啊。"

"俺娘?"张传刚哈哈大笑,连连摆手,"俺娘那个穷酸样,哪能成佛了。"说着大大咧咧出了庙门。正巧,郭何氏走了过来,指着他晃晃悠悠的背影说:"就凭着他不孝顺,佛祖就不能让这样的人发财。"林芷芗笑了笑没说什么走出了寺庙大门,然后骑着电动车直接来到了塑料大棚,摘了一篮子最大个儿的草莓来到了赵丰年家,想给他女儿压压惊,也想表达一份歉意。赵丰年走亲戚还没有回来,王兰香怎么也不收,还说孙女回城里了。

傍晚,赵丰年回家。张兴海过来拜年,拿出二百元钱对他说:"请退给你那位姓崔的战友吧,谁家还没有遇到困难的时候啊,帮点小忙用不着收钱。"原来,崔建设找张兴海是因为自家的坐便器堵塞了,物业的值班人员说都回家过年了,找遍全市也没有找到通下水道的农民工,他这才想到了好人张兴海。

赵丰年得知原委后,非常生气,立即拨通了崔建设的电话:"哎哎,你吃喝都用外国的,怎么通下水道不找外国人呀?!"

崔建设哈哈大笑:"老战友,俗话说,打人不抓脸,骂人不揭短。你堂堂的大主任,怎么心胸如此狭小啊,我都给他劳务费了。"

"你只给了二百元,大过年的,你好意思吗?现在国家都规定节假日加班加薪,你觉着给二百元就多了吗?"

"那你说给多少?"

"至少给三倍,六百元。"

"你敲诈啊,也太高了吧,一个农民工,一天还能挣多少啊?再说了,战友之间谁还不帮忙啊。"

"你帮了吗?"

崔建设一阵沉默,张兴海急忙劝阻不要钱了。赵丰年坚持道:"为什么不要?好人也不能总吃亏。"接着对崔建设说:"我告诉你崔建设,像你这样又脏又累的活,给你一天一千一万,你能干吗?我给你发过去银行卡号码,再打四百

元,我转给张兴海。"说完就挂断了电话,将自己的银行卡号码发给了崔建设。不一会儿,短信提示,四百元到账。赵丰年从钱夹里拿出四百元递给张兴海,说:"事归事,情归情,两码事,道理还是要讲的。"

张兴海没有伸手去接,反而抱歉道:"赵大哥,我看你战友要生气了,也太多了,我不能要,给他退回去吧。"

赵丰年硬塞进他的手里,说:"这件事你甭管了,他的脾气我知道,我就是让他明白,不是有钱什么事情都能办到的,也让他懂得去尊重每一个人的劳动!"

晚上吃饭的时候,王兰香对赵丰年说:"安阳在北京买了一套房子,得五六百万,你姐不好意思跟你说借钱,就委托我跟你说。"赵丰年没有说话,听母亲继续说:"你姐就是砸锅卖铁也凑不到五六百万呀,跟你姐夫到处借,我跟你爸也赞助十万,总计也不过一百万,还差得远呢,唉!"

赵丰年听明白了,忙安慰母亲说:"妈,这件事您不要操心了,我来办。"

"你能借给多少?人家都说你有钱,岳父开着大公司,你投资几百万开办合作社,你能借给一二百……"赵丰年听到母亲所说的话,一定是听姐姐说的,他忙打断母亲的话,说:"妈,甜甜姥爷开大公司不假,那是人家的,我有钱不假,几乎都投资合作社了。再说了,现在的年轻人,你就是给他买了房子,他不努力工作挣钱也白搭,一定得给他压力。"看到母亲些许失望的眼神,他忙说:"妈,这件事我跟大姐说,您跟爸一辈子积攒的那点钱是不能动的,您留着花吧。"

"我跟你爸都土埋脖子了,还留着钱干什么?"王兰香说着神秘兮兮地压低了声音,"我告诉你实底吧,我们还有十万,那是准备给甜甜的,我就他们俩一个亲孙女一个亲外甥,不能偏向哪一个。"

"哪一个都不用您跟爸爸操心。"为了让母亲放心,赵丰年说,"妈妈,我家里有一百万存款到期了,合作社开春还需要大量的钱,这样吧,我帮着安阳交个首付,剩下的还要让他贷款。大姐托您找我借钱,想借一二百万,有点不太现实,即便是我同意,甜甜妈也未必同意。"为了让母亲彻底放心,他补充说,"我借给他的钱就算是我赞助他的,不让他还了,也作为当舅舅的一份心意。"王兰香听到这话,真的放心了。

第三十一章

赵丰年敢大包大揽，是他心中有底，年前妻子承诺了用钱从家里拿，还说不差钱，他也问过安阳还需要二十万就够首付了。他想提出到期的一百万存款，拿出二十万给安阳，八十万用于合作社春播、采购、扩大业务范围等事项。回到城里的家，女儿在屋里学习。他进卧室打开保险柜，发现一百万的存折不见了。他脑子嗡的一声，再看其他存折也不在了，他第一反应家里来贼了，然后想不对，里面存放的珠宝金银首饰等贵重东西一样也没少，他坐在床沿上仔细想，一定是妻子拿走了。霎时，他感到事态不妙，从家里拿钱难了。

"甜甜，你妈呢？"赵丰年问女儿。赵甜放下钢笔抬起头回答："妈妈天天不在家，很晚才回来，还喝得酩酊大醉。"赵丰年更加不快，这哪是陪着女儿回城里学习？明摆着是回城玩。他没有在女儿面前表露出不满情绪，而是走到厨房做饭。厨房里乱糟糟的，剩菜剩饭几乎堆满了灶台，垃圾扔得满地皆是，几乎插不进脚。他先打扫卫生，然后做饭，做到八九成了对女儿喊："打电话让你妈回家吃饭。"赵甜走了过来说："爸爸，我忘了跟你说，妈说今晚不回家吃饭了。"

"她不回来，我要是不回来，你今晚不就挨饿了嘛！"赵丰年说完将勺子扔到了灶台上。赵甜忙笑着说："爸爸，我有办法，饿不着。"赵丰年没好气地说："吃饭！"赵甜吃着饭说："还是爸爸做的饭好吃。"说得赵丰年心里酸酸的。

爷俩吃完饭，赵甜学习去了，他将厨房彻底清扫了，提着垃圾下了楼，刚出电梯，迎面遇见王亚扶着妻子。王亚急忙松开手，徐雯雯顿时脚底不稳，展开双手喊道："你，你干吗，不扶我。"赵丰年将垃圾扔给了王亚，说："请帮忙扔到垃圾箱里，谢谢。"接着转身扶稳了妻子，这时徐雯雯才抬头看清楚是丈夫，她立即甩手想自己走，可是没走几步差点摔倒，赵丰年只好搂住她的腰进了电梯，王亚这才转身，看着手中的垃圾袋，气得随手扔在了道路旁。

"你还回来干吗？这个家没有你了……"徐雯雯被丈夫扶着上了床，嘴里依然胡言乱语，赵丰年只当她喝醉了，也没有在乎她说些什么。倒了一杯蜂蜜水给她喝了后，徐雯雯这才睡了过去。看着熟睡的妻子，他也睡了。

次日一早，徐雯雯匆匆忙忙起床、洗漱、吃早饭，然后拎起拎包要出门。赵丰年忙将她拉到卧室，关上门问："雯雯，到期的存折是不是你拿走了？"

徐雯雯头一歪，仰着脸道："是又怎么样？"口气显然很重，赵丰年感觉出妻子的情绪不对头，也没有去质问怎么回事，而是温和地笑着想搂住妻子，没有想到徐雯雯猛地躲开了，这让他格外失望和心凉。他还是没有发脾气，依然笑着说："雯雯，合作社开业不久，发展形势一片大好。这不，开春了，各项工作都需要钱……"没等他说完，徐雯雯立即回敬道："你当咱家是提款机了！"

赵丰年没有想到年前年后妻子变化如此之大，这令他措手不及，忙解释："雯雯，你听我说。"

"我不听，不听！"徐雯雯说着就要往外冲。赵丰年硬是拦住了她："雯雯，你怎么了？过了年到底发生什么事情了？"

"发生什么事情你不知道吗？"徐雯雯质问道，"你说，去年你往家里拿回几分钱？你从家里往外拿出多少钱？现在谁不顾老婆孩子啊，谁不将孩子送到外国去留学啊，而你呢？一百五十多万元你投了山村无底洞，那一帮穷人能给你带来什么？"

"正因为他们穷，我才去帮助他们呀。"

"有党有政府，你算老几？就你有钱吗？比你有钱的人多的是，就你能吗？就你伟大吗？"

"雯雯，咱是当过兵的人嘛。今天，咱们不争论好不好？"赵丰年耐下心劝慰道，"我们现在条件总是比农村优越很多，这是得益于国家改革开放政策，但不可否认的是，偏远的农村还不富裕，有的还相当贫困，他们辛辛苦苦一年的收入，甚至还不如你一天的消费……"徐雯雯立即打断他的话："我挣钱是不少，没有上缴国家个人所得税吗？我消费多少，违法还是违规？"

"我没有反对你消费，但我也有责任……"

"你少在家里讲大道理！我不听！"徐雯雯说完夺门而走。

赵丰年没有去追赶，而是坐在床沿上陷入巨大的苦闷和烦恼当中，他强烈感到妻子这几天遇到了"高人"点拨，要不她不会讲出那些所谓的"大实话"。

第三十二章

　　赵丰年猜测得没有错。徐雯雯从老家赶回城里，并没有陪着女儿学习，而是与叶彤、菲菲忙于应酬。这时，王亚从海南回来了，几个好友在舞厅狂欢之后坐在包厢里消遣。徐雯雯看时间不早了要回家给女儿做饭，叶彤立即道："你真是的，出来还没尽兴，干吗呀？"

　　徐雯雯叹气道："他爸爸不在家，只好劳累我一个人了，当爸当妈又当保姆。"叶彤接着说："你们也真是的，放着好日子不过，现在谁不替自己着想啊，怎么舒服怎么过，怎么享受怎么来，赵哥干吗去当苦行僧？"菲菲替赵丰年说话："人家赵哥这才叫干大事业，自己富了不忘穷乡亲。"

　　王亚端起酒杯，后仰沙发靠背上不紧不慢道："赵总有钱，赵总伟大啊。"

　　"他有屁钱，全从家里拿的。"徐雯雯没好气道。

　　叶彤立即道："你家是提款机啊，他傻你也傻？雯雯，咱是闺蜜我才对你说真心话，别让赵哥拿着钱打水漂了，挣钱容易嘛。"

　　菲菲说："叶彤你干吗这么说？赵哥不是傻，是有同情心、责任感。"

　　"菲菲，你意思是我们都没有责任感了？"王亚立即反驳道，"我们合法经营合法挣钱，一分不少上缴国家税金，难道我们没有尽公民的责任？我告诉你们，我们现在消费，也是为国家做贡献……"他指着手里的酒杯："我喝这一杯干红，你们知道给国家带来多少利润？要给企业带来多少效益？能养活多少工人、农民……好了，大道理都会说，呵呵，我可说的都是大实话。"

　　"烦死了，你们都不要说了，走，蹦迪去。"徐雯雯起身进了舞池狂欢起来。菲菲和王亚也要过去蹦迪，叶彤拉住了他，菲菲只好自己过去了。徐雯雯问：

"他们怎么没有来?"菲菲说:"你没看出来叶彤在追求王亚嘛。"徐雯雯立刻不跳了,菲菲拉住了她,说:"你干吗,吃醋了?"徐雯雯没有搭话,气哄哄走到包间,拉着王亚进了舞厅,叶彤连连喊:"哎哎,雯雯,你干吗跟我抢啊?"

事后,菲菲私下问徐雯雯:"那天你干吗呀,你是有男人有孩子的人了,干吗吃醋呀,难道对王总动心了?"徐雯雯叹气道:"动心还说不上,反正最近总觉着欠他太多了。"

徐雯雯的转变让赵丰年猝不及防,他想到了岳父。刚好徐大营从海南回家了,整个人显得很疲惫的样子,靠在沙发后背上一支烟接着一支烟抽。赵丰年给他沏上茶水,说:"爸,年前跟雯雯商量跟您一起过年,听她说您又要去海南度假,怎么样?还好吧。"

"凑合着吧。"徐大营说着,他勉强直起腰端起茶水抿了一小口,又将杯子放下。赵丰年看到岳父冷漠的样子,只好找话说:"爸爸,看您憔悴的样子,还得多保重身体啊。"徐大营嗯了一声。就这样,赵丰年说一句,徐大营简单再简单地应付一句。赵丰年将自己的想法告诉了岳父。徐大营说:"按说你们事情我不该过问,既然你这么说,我只想问你一句话,雯雯拖你后腿了吗?"赵丰年忙说没有,还称赞了妻子一番。接着徐大营又道:"丰年,我实话告诉你,像你这么任性的人,我还真没有见过,全市找不出第二个。听雯雯说,你已经从家里拿走一百五十多万元了。"

"爸爸,我这也是投资嘛。"赵丰年忙解释。

徐大营摆手道:"咱们是做企业的,投资讲效益。快一年了,你投入那么多,有一分钱的效益吗?以前,我曾建议你投入房产或土地,现在房地产是热门,拿着钱投进去就可以坐享其成,可是你偏偏去搞什么农业合作社,这不是拿着钱往水里扔嘛。"赵丰年想要解释,徐大营不让他讲话:"丰年,我一直欣赏和信任你,我奉劝你,别折腾了,投入的那些即使赔本对咱们也无所谓,你早点醒悟回来吧,公司真的需要你。"

赵丰年说:"爸爸,我认准的事不会轻易回头,合作社刚刚起步,我不能扔下他们不管。"

徐大营叹气,说:"那好,权当我什么也没说,你好自为之吧。"

第三十二章

　　岳父这边无功而返，赵丰年思考半天，还得做通妻子的思想工作。这天正巧是周末，他买了妻子最爱吃的食物，将家里收拾得干干净净，将卧室的灯光调得温馨而又浪漫，可就在这时候电话响了，是赵丰源打来的，说要辞职。赵丰年忙问他辞职的原因，赵丰源说在城里找了坐办公室的工作，每月三四千元。赵丰年听他主意已决，只好同意了。

　　徐雯雯昨天晚上几乎玩了通宵，现在快十一点了，还在床上睡觉。赵丰年不忍心喊她起来，在客厅站了一会儿，觉着赵丰源辞职太突然了，但此时也没有更好的解决办法，他转身到厨房里做饭。打开煤气灶，手机又响了，是张兴海打来的电话，让他马上回村，说赵丰源要退股份，还说秦翠也要辞职，张玉振两口子打架了。他感觉事态不妙，将做好的饭菜放到餐桌上，怕凉了用盖子保温，跟妻子说要回村处理要紧事情，让她起来自己吃。徐雯雯蒙着头没有吱声，他顾不得那么多了，急匆匆回到合作社。

　　林芝秋正在骂赵丰源："你他娘的真不是个东西，你辞职就辞吧，这时候撤股份，你这不是故意拆台嘛！"

　　"还不是因为你！"赵丰源刚要说出心里话，忽然觉着当着这么多人说不合适，改变本意道，"我在城里好不容易找到挣钱的工作，我想在城里买楼房嘛。"

　　"拉倒吧，我还不知你那点小鬼心眼子。"林芝秋看穿了赵丰源的心思，他这才说出想要说的话："他有什么好，简直就是神经病，写几句歪诗，还映射咱村村民是趴在岸边上的鱼，这不是给咱村抹黑嘛，他还是龙山村的人吗？"

　　"你不懂诗别乱扣帽子啊。"林芷芗说。

　　"要说咱村严百顺倒是像这样的鱼。"

　　"他已经不是咱村的人了。"

　　"所以嘛，他就是那条上不去回不来的大口喘息等待救命的鱼。"

　　"你们懂什么，张然这首诗就是嘲讽咱村村民的，不是我一个人说，村支书就对他非常不满意，还要找他好好谈谈。"

　　"你听见风就是雨。"赵丰年进来，大家都不吭声了。赵丰源刚要说话，被赵丰年摆手阻止了，走到张玉振面前问："怎么回事？还打老婆，你真能了啊！"

张玉振解释道:"她说不来合作社干了,我气不过跟她争吵了起来,就……"林芷芎和林芝秋都数落他做得不对,千错万错也不应该打老婆。张玉振还想解释:"是她先动手……"赵丰年实在气不过,朝着他厉声道:"你住嘴吧,一个大男人动手打老婆,还有理了,也不嫌丢人!"接着给秦翠打过去电话,秦翠在电话里委屈地哭诉着:"赵主任,不是我不想去合作社干活,您是知道的,我们上有老下有小,两个孩子上学需要钱,我们去年几乎没有挣着钱,我的想法让他在合作社干他的事业,我去刮泥子,至少每月还能挣几千元,日子不能不过啊,可是他……"她哽咽着说不下去了。

赵丰年的眼泪快要下来了,他转过脸去,说:"弟妹,我对不起你,你没有错,是玉振太不应该了,我批评他,你消消气,你去刮泥子注意安全啊,一定戴着防尘口罩啊……"无论他说什么,秦翠只是哭泣没有回答。

赵丰年挂了电话,指着张玉振狠狠批评他:"弟妹多通情达理啊,你们家庭特殊,年前不应该不发给你们工资,是我失误了,对不起啊,好兄弟,回家替我向弟妹道歉。"张玉振还不服气:"向她道什么歉啊,娘们就是头发长见识短,她根本不理解我。"

"我也是娘们啊,就是你不对。"林芝秋指着张玉振骂。张兴海、林芷芎也劝张玉振回家跟妻子道歉。赵丰源实在等不及了,说:"哎哎,我的事情呢?我还要急着去城里,急着用钱呢。"张兴海劝道:"丰源,你再好好想想,我们振兴合作社已经有了起色,熬过去这阵子就会好的,赵主任不是说过了嘛,一切都会有的。"

张玉振开玩笑说:"是啊,丰源,你舍得离开芝秋嘛。"他的话使得沉闷的气氛活跃了不少,赵丰源瞥了林芝秋道:"她呀,现在心里只有那个穷酸秀才吧。"林芝秋立即回他道:"丰源,我问你,你富吗?别直眼说斜眼。"

"哼,我到城里上班就是工人了,谁还稀罕农村……"赵丰源说到这儿,忽然觉着说过了,忙对着赵丰年不耐烦道,"你说过进出自由嘛,好聚好散,我确实需要钱。"

"丰源,我现在确实没有钱。"赵丰年说了实话。赵丰源立即不满道:"大哥,你说没钱谁信呀,从你指缝里漏也漏出来了。"此时,赵丰年真不知道如何对他说清楚,当着大家的面,也不能将实情说出来,只好婉转说:"丰源,这样吧,十天之内一定退还给你。"赵丰源还想争辩,赵丰年厉声道:"你有完没完了?!"赵丰源看到赵丰年真的发火了,自知有愧独自出去了。

林芝秋指着他的背后,说:"立场不坚定的东西,我不跟他一样。"赵丰年听她话里有话,问:"你又怎么啦?"

林芝秋气愤说:"前天晚上,张传刚老婆到饭庄里说三道四的,劝我别跟着你们瞎胡闹了,合伙的生意不好干,还建议我自己搞民俗旅游,一定能挣大钱。"

"你可别上他们的当啊。"林芷芗从裤兜里掏出一张纸递给赵丰年,说,"这是昨天一个陌生人给他爹的。"

赵丰年接过来搭上一眼就顿时失色。原来是一张匿名信,上面写着林芷芗跟赵丰年以前是恋人,现在旧情复发,他回家干合作社就是为了她……后面写得不堪入目,甚至将两个人约会的地点也写得有鼻子有眼的。

林芝秋从赵丰年手里夺过信看,疑惑地盯着林芷芗和赵丰年:"你们……"

林芷芗不慌不忙说:"这分明是离间计嘛。"

林芝秋说:"就怕你不信,我不信,你男人准信了。"

林芷芗顿时一股委屈涌上心头,将含着热泪的脸庞转向窗外,为这封信,昨晚两个人争吵翻脸,她怎么解释,他都不信,躺在床上哭叫着要自杀,最后她跪在他面前赌咒发誓没有这回事,他才安稳下来。

张兴海安慰说:"芷芗嫂,你别难过了,理解他的心情。"刚说到这儿,林芷芗蹲下捂着脸大声哭了起来:"我真的好难啊!"

张玉振和张兴海急忙安抚她,林芝秋将她扶起来生气地说:"他再无理取闹,跟他离婚算了,气出毛病,谁管张保啊。"

"要不是为了张保,我早不想活了。"林芷芗又伤心地哭了起来。张玉振对林芝秋说:"你净说些无用的,他们要是离婚了,张大哥一天也活不了。"

"那也不能让他整天疑神疑鬼的,芷芗白天累了一天,晚上回家还要受气。"林芝秋说着捋平了林芷芗散乱的头发,"也就是你能忍。"

"我要是不忍着,日子咋过啊。"林芷芗叹气道。

一直没有发言的赵丰年朝大伙摆摆手说:"你们都去忙吧,今天先到这儿,

天塌不下来!"张玉振接着说:"天塌下来由我们男人顶着。"然后朝林芝秋她们摆手,意思我们先走吧,赵丰年要冷静思考。林芝秋扶着林芷芗往外走,林芷芗走到门口忍不住回头对赵丰年说:"对不起,给你添麻烦了。"

林芝秋拉着她说:"那么客气干吗?都是自己人,走走,别放在心上。"

张玉振走到门口,赵丰年喊道:"玉振,有话一定跟家属说清楚,别总是那么冲动,改改你的急躁脾气,别忘了替我道歉啊。"张玉振答应着走了。

张兴海没有走,他对赵丰年说:"最近发生一连串的事情,我琢磨着其中必有因由,很可能与张传刚有关。"赵丰年深深吸了一口气,道:"没那么简单。"接着张兴海问:"你的意思背后有人指使?"

赵丰年点点头,说:"这个人深藏不露,仿佛就在眼前,很明显要将合作社扼杀在摇篮里,而且我已经猜到他是谁了。"

"蔡三九?"

赵丰年站起来拍拍张兴海的肩膀,说:"我只是猜测啊,他这个人……"他忽然将话锋一转,说:"你抓紧将张念招进来,先跟着你干。"张兴海似乎明白了,说:"你的意思我们跟他们针尖对麦芒,以牙还牙?"赵丰年说:"我哪有那闲心与他们斗啊。对了,你最近也联系小六,我想让他来合作社干活。"

张兴海忙说:"他被派出所拘留了,你不知道?"

"怎么回事?"

张兴海说:"村里人都说他一点不傻,前几天在坡里看见林多余老婆独自一人干活,他就抱着人家脱裤子,多亏路人看见,将他扭送到派出所,无论村民怎么打他,民警怎么审问,他只是傻乎乎地笑,啥也不说。"

赵丰年叹气道:"我们也不能落下这样的人,等放出来,你去找他吧。"张兴海点头答应。两个人正说着话,严百顺耷拉着脑袋进来,对赵丰年说:"丰年,我没地方去了,你收留我吧,每天给我口饭活命就行。"赵丰年想起他以前的所作所为甚是反感,并没有急于表态。张兴海却主动说:"让百顺大哥跟着我干吧。"赵丰年便对严百顺说:"既然兴海表态了,我只好同意了。不过,老严,你必须答应我一个条件。"

严百顺忙说:"好好,你说。"

赵丰年说:"你欠李树善大爷儿子的钱还了没有?要是没有还,我们从你

第三十二章

工资里扣下替你先还账,一个月不够,两个月、三个月,直到还清为止。"

严百顺听罢叹气说:"其实,他给我干的活,我都付清工钱了,只是……没有给他本人,而是给他老婆了。"

"那还不一样嘛,反正他们是一家人。"张兴海说。

"问题就来了。"严百顺将发生的情况一五一十说了,"多亏李大爷明事理,知道她将工钱借给她娘家兄弟使用了,就没有再纠缠我。唉,好人难为呀。"难怪村里人说严百顺与李树善的儿媳不清不楚,赵丰年不想在这方面纠缠不休,而是问:"这么说,你的债主另有其人?"

"村里人我谁也不欠,只欠村委的承包费。"

"多少?"

"一二百万吧。"

"这么多呀,你为什么不还?"

"别人都不还,我为什么还呀,现在想还浑身没有一分钱了……"

赵丰年简直无语了,他安顿了严百顺后,拖着疲惫的双腿回到家里。王兰香过来说:"丰年啊,听你二婶说,丰源对你有意见。"其实,赵丰年早就猜到了赵丰源辞职的原因了,忙解释说:"他没有玉振和兴海有能力。"王兰香说:"他是小心眼,但总归是自家没出五服的兄弟……"不等母亲说完,赵丰年没好气地说:"他还当我是自家兄弟,就不会这时候辞职、撤股。"说完,他有些后悔了,看到母亲愕然的样子,忙解释说:"他呀,妈,您等着看,用不了多少日子就会回来求我的。"

"到时候你可不能不收下啊,总归是自家兄弟。"王兰香再三叮嘱,赵丰年答应了。母亲虽然没有提及外甥借钱的事情,但言语中赵丰年也听出要多照顾家里人的意思,他决定还得去找妻子做思想工作。为此,他在腹中打了草稿,还将岳父创业的家史梳理了一遍。

徐大营早年跟着父亲赶驴车拉石头,生活非常贫困,三十多了还没有娶到媳妇。一位泥瓦匠觉着他肯吃力就收他为徒,走村串户给人家垒墙盖屋。那年,正赶上龙海县撤县建市,大规模建设,徐大营凭着学到的手艺,拉一帮人到市里跟着建筑队盖楼,没有几年就当上了包工头,后来贷款改制了濒临倒闭的城建公司,开始有了自己的事业和家庭……赵丰年觉着将这些故事说给妻子听,

或许能打动她、感染她。

"雯雯，咱们不要争吵，先聊聊。"赵丰年趁女儿不在家，对正在搽脂抹粉的妻子说，"其实，每个成功的人都必然遭受很多苦难和挫折，比如咱爸，他年轻的时候就跟着爷爷赶驴车拉石头……"徐雯雯知道他要说什么，立即打断道："我告诉你，不要在家里讲大道理行吗？别说些无用的了，我今儿明确告诉你，往后别想从家里拿走一分钱。"

"雯雯，你知道，现在贷款、借钱都很难，我现在急需一百万。"赵丰年近似哀求道。徐雯雯将口红扔到梳妆台上，起身朝着他吼道："一百万能让孩子在美国读书，你怎么不想想女儿？我看你太自私了，你心里根本没有这个家！"

"雯雯，你言重了，咱家又不是仅这一百万，甜甜留学绰绰有余，她再三强调不出国留学嘛。"

"她上学不用，那也得留着给她买房子。"

"买房子的钱也够了，再说我们还挣嘛。"

"现在一栋别墅一千万你有吗？你一分钱都没有拿回来，挣个屁！"

"你——"赵丰年简直无语了，强忍心中的怒火和委屈，道，"儿孙自有儿孙福……"此时，徐雯雯根本不让他说完，咆哮道："这难道就是你给我的生活吗？赵丰年，我告诉你，我实在受够了这种日子了，你要是坚持从家里拿钱，只有一个办法，离婚！"说完进了卧室，砰的一声将门闭上了。

"你——"赵丰年听到"离婚"二字，犹如晴天霹雳，他没有想到结婚二十年了，妻子竟然说出这句话，看着快要发疯的妻子，他没有再去跟她理论长短，而是无力地倒在沙发上揉搓着快要爆炸的头颅。"这是最后通牒吗？还是有了新欢？不是，应该是气话。"想罢，他站起来推门走进卧室，见妻子坐在床沿上低着头生闷气。他强装笑颜，伸出手想去抚摸妻子，道："怎么？想离婚？是不是跟那位王总好上了？"

"现在没有，将来不敢说。"徐雯雯故意躲闪一旁没有理他。

"哈哈，看来我们得好好聊聊……"赵丰年刚说到这儿，手机响了，是张兴海打来的电话："赵主任，请你马上回合作社，玉振被派出所带走了。"赵丰年顾不得妻子了，挂断电话就赶回合作社，一路上心头仿佛被烧焦了，火辣辣地痛，心想，这个玉振，又是冲动惹的祸！

第三十三章

赵丰年急急火火赶回振兴合作社，没有见到张玉振，村民、社员聚集在广场上七嘴八舌，有的说张玉振见义勇为，也有的说管闲事管出事来了。小六围着广场跑着唱着喊着："该出手呀就出手……"他刚刚从派出所放了出来，好多妇女、姑娘见了他纷纷躲开："唉，这种人怎么不抓去坐牢啊，让他坐一辈子才好呢。"

张兴海、林芷芗向赵丰年诉说了事情经过。

一年一度的龙山庙会，今年照常在龙庙前广场举行。来自全国各地的耍手艺、做买卖的人络绎不绝来到龙山村。今年与往年不同，李昭村采取了两项措施，一是村里不主办，不做龙灯。二是取消摊位费、门票费。这样今年来的客商、游客、观众就特别多。张传刚挣不到钱了，召集张念等人在村西的桥头上强行收过路费。

李昭村坐在办公室里，正与村委会成员商量下一步的事情，村民张山慌慌张张跑进来，冲着李昭村喊道："主任，不好了，我爹被城里的汽车撞了。"

"怎么，大爷又被汽车撞了。"李昭村似乎并不着急，"唉,这次真的假的？"张山听了很不高兴，道："什么真的假的，谁好好的愿意往汽车底下钻啊，找死啊！"

"哈哈，我最了解大爷了。"李昭村说着拍拍张山的肩膀，带着教训的口吻说，"张山弟啊，不是我说你，大爷都那么大年纪了，要是真被撞了，你……"还没等他说完，秦翠未进大门就高声吆喝："书记、主任。"李昭村笑呵呵从办公室出来，问："哈哈，秦翠，什么事这么急？"

"痞子打人了，派出所的人要将他爸抓走，你快看看吧。"

"在哪儿？"

"龙水桥。"

"唉，又是龙水桥。"李昭村很清楚，龙水桥经常堵塞，尤其到了周末，村里的人骑着摩托或赶着马车外出务工，城里的人开着汽车进山度假或游玩，仅能通过一辆车的桥面常常拥堵，今天是庙会焉能不堵？他后悔没有派人去执勤。

李昭村赶到桥头，见村民正与派出所的民警争论，要求放人。张玉振被警察押着往警车上走。李昭村上前问怎么回事。警察说张玉振带头闹事，还要掀翻汽车，要将嫌疑人带回派出所审问。

张玉振见到李昭村仿佛见到救星，忙替自己辩护："李主任，我冤枉，我打抱不平，是开奔驰的人招来地痞流氓恐吓、殴打村民，我看不惯就出手了……"围观的群众也纷纷替张玉振抱不平，李昭村心里已经有个大概了，忙拉住警察替他求情。警察板着脸说："李主任，管好你自己的事情吧。"不由张玉振等人分说就押上警车，可是警车被围观的群众牢牢堵住了，无论怎么鸣警笛也不管用，有人高喊："该出手呀就出手，砸死臭流氓……"

秦翠和众人拉着李昭村哭诉，哀求他在警察面前说句公道话，警察逼着李昭村快疏通道路。李昭村挤到桥中心位置，见张合躺在桥面上痛苦呻吟，于伟站在奔驰轿车旁不住地辱骂着："刁民，穷山恶水出刁民……"一个村民立即冲着他道："既然我们村是穷山恶水，你怎么还来建别墅啊！"另一个村民也指着他斥责道："你不但不感恩我们村，反而招来地痞流氓打我们村的人，你活够了，不想在我们村住下去了？"这时，众人都开始起哄责骂他。

于伟感觉事态不妙，边用手巾擦着汗边朝警察喊："警察同志，快来救我呀，他们要打我呀。"

"没你说得那么严重！"李昭村将于伟挡在身后，然后弯腰将张合抱在怀里，"大爷你也真能装啊。"说着朝着于伟喊道："快走，快走……"于伟立即醒悟过来，上车发动马达就要走，张山扑到轿车头上喊着："不行，不能走，交警还没有来处理……"不等他说完，李昭村腾出一只手将张山薅起来，生气道："你也想进去蹲几天啊。"

于伟趁机在众村民的怒视下把车开走了，后面的汽车也陆续跟了上去，道路总算畅通了，但事后接踵而来的麻烦事却让李昭村内心无法畅通了。

第三十三章

张山带着爹到市人民医院检查,盆骨粉碎性损伤,右小腿骨折,必须立即住院治疗。张山没有钱给父亲治病,他找到于伟索赔,于伟牵着狼狗站在大门外说张山讹诈,他爹是碰瓷,要不是看他爹八九十岁了,就到公安局告他。张山经不住恐吓,又找到李昭村说理,要不是他抱走了父亲,破坏了现场,于伟也不敢如此嚣张,要求他赔偿父亲住院的医疗费、误工费、精神损失费等。

李昭村埋怨张山父子不干正事。张山将父亲的片子拿给李昭村看,并说:"李主任,片子清清楚楚显示骨折了,你要是觉着我爹不是被轿车司机撞伤的,难道是你摔的?要真是那样,你不但要赔钱,还要坐牢。"

"胡说,我怎么能忍心摔大爷呢?"此时,李昭村感觉百口难辩了。

这天,张山接到一个陌生电话,暗示他带着父亲去山河镇上访,要求政府为老百姓做主。张山真推着父亲来到了镇政府门前,打出一条白色横幅,上面写着:请镇政府为村民做主!

在镇党委办公会议上,贾洲道着重谈了对李昭村的看法,列举了自从他干上村主任后,村里出现的问题,建议召开村民大会罢免他的村主任职务,还说:"我看张山推着他父亲上访,一定跟张玉振有关,肯定是他蛊惑的,龙山村的家族黑恶势力非常严重。"

"贾副镇长,你要了解情况再说啊,你所说的那个张玉振正在拘留所里,他如何蛊惑啊?"分管信访的任政说。

贾洲道辩解道:"他是老上访户,村民肯定受他影响。"

任政说:"我梳理了一下,大都举报村支部书记贪污腐化的问题。最近发生的这起交通肇事案,肇事司机明明将村民撞了,还指使地痞流氓打人,张玉振看不服出手相助,结果被派出所拘留了。被害人没有钱住院治疗,肇事者又不管,被害人家属只好跑到镇政府门前上访了……我建议镇政府成立调查小组,调查清楚了再按照有关规定处理。"他话音刚落,贾洲道立即说:"龙山村我比较熟,我去处理吧。"辛瑞民不假思索同意了。

第二天,于伟给了张山五万元,让他马上带着父亲去住院,还说钱不够尽管说。还有,张玉振被释放了,也没有说明原因和处理结果。赵丰年亲自开车将他从拘留所接回合作社,路上他歉疚地说:"赵主任,对不起,又给你添麻烦了。"赵丰年半天才道:"这次对你也是一个教训!"

"是是,我以后一定改正冲动的毛病。"张玉振郑重道。

刚回到合作社门口,赵丰年还没有下车,林芷芗急匆匆过来敲开车门道:"走走,去医院。"赵丰年还认为她儿子又犯病了,忙问:"你儿子……"林芷芗上了车说:"兴海对象吃安眠药自杀了。"

赵丰年感觉脑子"嗡"地响了,浑身大汗淋漓,连拍三下方向盘道:"怎么回事,这都是怎么了啊!"林芷芗看到他情绪不稳定,对张玉振说:"玉振,你开车吧。"张玉振忙替下赵丰年,开车来到了市立医院。

在走廊里,张兴海焦急地来回踱步,不时朝急救室望去。董晓晓母亲抹着泪哭诉道:"晓晓,你快好了吧,我们不再逼你了,你喜欢谁就跟谁……"赵丰年急切地问:"你对象怎么样了?"张兴海道:"还在抢救。"林芷芗安慰说:"没事的,你心好,你对象也心好,好人有好报,一定没事的。"赵丰年安慰张兴海说:"兴海,没事的,丰益是主治大夫,他的治疗水平我是知道的。"

张兴海点着头将赵丰年拉到一边悄声说:"赵主任,我想把股份撤了,现在急需用钱。"赵丰年理解他的心情,说:"救人要紧,你的股份不撤,我给你想办法。"林芷芗听到他们谈话,走过来说:"我家还有三万元存款,先不给张保治病了,救急要紧。"张兴海连连摆手说不行。赵丰年说:"钱的事,你们不要操心了,治病是头等大事,我想办法。"张玉振走了过来,赵丰年对林芷芗说:"我往合作社账上打一万元,你支付秦翠的工资,他们夫妻俩都在合作社干活,不能都发扬风格,也怪我疏忽了。"

张玉振高兴地说:"也好,我正四处借钱给孩子上学用呢,这样就不愁了。"

赵丰年对张兴海说:"你将银行卡号发给我,我给你打两万。"张兴海还要推辞,赵丰年说:"这是我借给你的,当务之急给晓晓治病。"说完正要离开,忽然转身对林芷芗和张玉振说:"你们在这儿陪着兴海,我去弄钱,一有好消息马上告诉我。"走了几步又转身回来说:"皮卡车留着兴海用吧。"

"你怎么走?"张兴海问。

赵丰年说:"你甭管了,我有办法。"

"好的,你去忙吧,这儿有我们,你路上慢点啊。"林芷芗看着赵丰年上了电梯。

赵丰年回到城里的家,登录二手车网站,将奥迪轿车挂上,标价四十万元。

第三十三章

然后来到车库,看着依然崭新的心爱座驾,伸出手抚摸着温润、光滑的车体转了一圈,然后上车自语道:"有舍就有得。"

赵丰年开车回到龙山村老家,向父母提出借五万元钱急用。王兰香听罢急了,"丰年,是甜甜妈不肯借钱吧。"赵丰年不想让母亲担心,忙说:"不是,妈,是张兴海对象住院了,急需用钱,我现在手头没有现钱,就……唉,对不起啊,爸、妈,跟您……"赵丰年说不下去了,低着头不敢看父母。

赵树存看出儿子心事重重的样子了,通过最近私下端详儿子的表现,他明白了儿子是想为村民干事的人。他将饭碗重重放在桌子上,道:"丰年,再大的困难咱也不怕!你大爷爷被日本鬼子杀害后,你爷爷将一家八九口子人的重担挑了起来,照样带领全村支前民工打老蒋,跟魏东搭班子当村干部时期,咱村那可是名副其实的先进村……唉,可惜,当年的那些奖状都看不到了。"

赵丰年忽然想起在蔡五月民俗馆看到的情景,说:"爸爸,蔡五月搞的民俗馆,我看到了大爷爷和爷爷的事迹和照片,他那儿应该有收藏,这几年,他捣鼓这些东西。"

赵树存没有回答儿子的话,而是继续按照自己的意思说:"丰年,人这一辈子不容易啊,哪能全是平坦大路?我想告诉你,只要时刻听党话,依靠政府,时刻想着老百姓,再曲折的路也不怕,你就大胆走吧!我支持你!"说完将一杯酒一口干了。

王兰杏心疼丈夫:"你慢点喝,跟儿子说话,也用不着激动啊。"

赵丰年没有想到一向沉默寡言的父亲能讲出这番大道理,还讲述了光荣的家史,他感到这不仅是老父亲教儿子怎么做人,还是一位老党员的期望和嘱托,他含着热泪用力点点头:"爸爸,我记住您的话了,我不会辜负您的期望。"

赵树存满意地嗯了一声,然后道:"这样吧,你不到万不得已,不会张口借钱,我跟你妈还有二十万,你都拿去用吧。"

"不不,五万就够了。"赵丰年忙摆手说。

王兰香接着说:"你实在困难,先不借给安阳,让他自己想想办法,再说,我们积攒的钱,大多数也是你每年孝敬的。"

"是孩儿不孝。"赵丰年强忍着快要奔涌的泪水,笑着说,"爸妈,等我有了……"刚说到这儿,林芷芗打来电话说董晓晓抢救过来了,已经苏醒认识

人了。赵丰年放下心来,急忙将两万打到张兴海的银行卡上,给合作社账户打了一万元,自己留两万作为准备金。一切办妥后,他拨通林芷芗的手机:"芷芗,你这几天准备一下,送张保去省医院治病,我有一个战友转业在医院当医生,我已经跟他打好招呼了。"

"谢谢,只是最近这么忙,是不是再往后拖拖?"林芷芗说。

赵丰年说:"不能再拖了,开春,收购蔬菜就没有时间了,你抓紧准备吧,看来兴海不能去送你们了,我让玉振去送你们。"

"好吧,谢谢。"林芷芗答应了。

因为没有事先告诉张玉振,送张保去省城医院那天,正巧张玉振要去学校给孩子缴学费,赵丰年只好亲自开车送张保去医院。怕张保不老实,赵丰年将车门锁死,林芷芗紧紧抱着儿子。张保忽而傻笑忽而喊娇娇,赵丰年主动跟他交流说话,到了服务区,亲自扶着他去卫生间,一路照顾得无微不至,这一切林芷芗都看在眼里,记在心头。到了精神病医院,赵丰年找到了战友于医生,帮着办完手续,张保住上院已经傍晚了。

于医生说:"丰年,我看天快黑了,别走夜路了,你开车来回既累又危险,住下休息一晚上明天再走吧。"赵丰年望了林芷芗一眼说:"我开车慢点,没事,有她陪着说话,不困,累不着。"于医生见他态度坚决,反复叮嘱说:"我跟你说的那些事,你别不当回事啊,身体是革命的本钱,凡事得想开,劳逸结合,注意休息。"

"谢谢老战友,我记着啦。"赵丰年与于医生告别。上车后,他对林芷芗说:"我们这就往回走吧,不在省城请你吃饭了,走到服务区简单吃点。"林芷芗点头同意,当汽车发动时,林芷芗忽然哇的一声哭了起来,不住地透过车窗回头望。赵丰年没有去劝慰她,心想,让她哭个够吧。不知过了多久,林芷芗的眼泪还在往下流,赵丰年抽了湿巾递给她,林芷芗擦干眼泪说:"谢谢,对不起,让你跟着操心了。"

"说哪里话,希望张保这次能治好,你以后的日子就好了。"赵丰年说。林芷芗看到赵丰年疲劳的样子,剥了橘子皮,掰了一瓣送到他的嘴边。赵丰年心头猛然一热,自然地张开嘴唇让她送了进去……这一刻,他想起了上高中的时候,两个人一起玩,她将一颗花生放到自己嘴里,还问:"香不香?"他高兴地说:"香香。"

此时,林芷芎没有问甜不甜,而是不停地将水果放到赵丰年的嘴里,他不敢想象下去了,说了一句:"好了。"然后将目光转向窗外,窗外黑乎乎的,什么也看不到了。

播音器里响起了歌曲《把悲伤留给自己》,赵丰年没有关掉或换曲目,他平时不喜欢软绵绵的歌曲,听的都是铿锵有力的部队歌曲或民歌。林芷芎看到他的右手一直放在车挡上,忽然一阵久远的滋味涌遍全身,她伸出手想放在他的手背上,却看到他的目光专注前方。林芷芎的手没有落下来,而是将曲目换成了《说句心里话》。其实,赵丰年怎能没有思绪飞扬呢?但是,他克制住了,他已经将她或者说那段懵懂的甜蜜的情感埋藏心底了。"家中的老妈妈已是满头白发……"他跟着音乐大声唱了起来,仿佛车里就他一个人。

突然,手机响了,因为他调在免提上,那个人声音很清晰:"是你的奥迪轿车要卖吗?"赵丰年说是,林芷芎吃惊地望着他:"你要卖车?"手机里传出那人的声音:"你要的价格太高了,三十万卖不卖?"赵丰年说:"我买了还不到一年,没开几回。"那人继续说:"现在车行情就是这样,一出4S店甭管你开不开就对半折,我还是……"没等他说完,赵丰年按断了通话键。

"你为啥要卖车?"林芷芎似乎猜到了赵丰年的心思,但还是要问。赵丰年说:"我答应母亲给外甥二十万付房子首付。"林芷芎感觉出他没有完全说实话,但也不好继续追问了。

高速路限速,赵丰年开得很慢,再慢也不能超过低速标准,连续数天的劳累,他确实困了,头重脚轻,眨眼就要睡了的感觉,用力扭大腿、掐手指也不管用,他急忙驶进服务区,停稳车熄火后,他对林芷芎说:"对不起,我眯一会儿。"说完就仰在靠背上闭上了眼睛。

"他这么累都是因为我呀,要不是怕张保爸爸疑心,今晚该在省城住下啊……"林芷芎想到这儿,轻轻下车,打了一壶开水,到超市给丈夫买了当地特产酥油饼,冲了一杯绿茶,然后上车坐在副驾驶座位上盯着赵丰年那张几度梦回的脸庞,心中顿起波澜。自从分手后,从来没有与他近距离相处过啊……忽然,林芷芎见他张开手臂乱抓东西,嘴里不停地呼喊着:"梦好、梦好……"明知道他说的是梦话,但她还是心惊、尴尬,浑身战栗惶恐,想去握住他的手,

又怕他醒来产生误会，一时不知如何是好。

"抓，啊……抓……"赵丰年越发疯狂了起来，脸上露出痛苦的表情，额头上冒出豆大的汗珠，手继续在空中挣扎着挥舞着。林芷芎再也忍不住了，叫了一声"丰年"，猛地抓住他的手靠在自己的脸颊上哭了。这一下子使他惊醒，看到自己的手被她抓住，本能地想缩回手却被她紧紧抓着不放，他不再往回缩了，而是借着心底的那份期盼或者生理的需要用力地抓住她的手。

"丰年，你怎么啦？"林芷芎用手绢给赵丰年擦干额头上的汗珠。赵丰年觉着好多了，松开手说："好多了，刚才做了一个吊在半空中的梦，上不去下不来，难受得要命，吓着你了吧。"

林芷芎明白了，递给他茶水说："喝口绿茶吧，醒醒就好了。"赵丰年喝了一半，浑身顿觉轻松了，说："走吧，我们抓紧赶路。"说着就要发动汽车，她按住了他的手背，真诚地说："丰年，再休息一会儿，说说话，我虽然不知道于医生跟你说了些什么，但我觉着你最近精神状况不好，能跟我说说吗？"

赵丰年只好说："他说我得了焦虑症。"

林芷芎听罢大吃一惊，急忙问："什么？弄药了没？需不需要住院呀？"

"目前还不需要，一旦药物治疗就怕有依赖症，那问题就严重了。"

"我知道你的心事很重。"

"我最近经常做上不去下不来的梦，心烦就出虚汗，而且经常心悸恐慌……我向于医生咨询过了，他说我得了焦虑症，是工作压力大引起的。"赵丰年又喝了几口茶水，说，"他还说要不尽快调养，很可能发展成抑郁或精神病，怎么可能呢？哈哈，我这种性格还能抑郁？没事，你放心。"

"于医生说得有道理，听医生的，你别不当回事。其实，越表面坚强的人，内心越脆弱，只是你自己感觉不到罢了。"林芷芎给赵丰年倒满水，接着开导说，"我知道你回村创业是为了一口气，总想证明给他们看，后来所遇到的挫折和困难，不但没有击倒你、打垮你，反而令你愈挫愈勇，这样一来，事业上怕失败，生活中怕非言，情感上克制自己，无形中加重了你的心理负担，再加上熬夜失眠，憋着的那口气始终无法释放出来，必然累积成疾。丰年，我给你总结了三个字，大、快、全。"

赵丰年点点头并没有说话，听她继续说："咱农村有句俗话，心急吃不了热豆腐。你没有沉下心想想,要因地制宜才是。从咱村目前的形势和经济状况看,不是说你投入多少就能立即见效多少,也不能做到一人尽称百人心。从你目前的计划看,接着就要上恒温库、加工车间、养殖场、药材基地、购置大型机械作业,你没有计算需要多少资金?"

赵丰年摇摇头。林芷苈说:"我给你简单算了一下,至少还得五百万。"赵丰年暗暗吃惊,听她继续说:"咱村大多是山岭地,并不适合大型机械作业,而且种植稻谷并不是我们村的优势,药材也不是见效益快的作物。我的意见是,收缩战线,精准发力,重点发展蔬菜和果品的生产和销售,其次发展餐饮、农产品开发,挣钱了再发展其他产业,像滚雪球似的,将合作社事业越发展越大。这样,村民脱贫才能有保障,致富才能持久。"

林芷苈这一番话无疑像一针清醒剂让赵丰年安静下来,也更像一副苦口良药,使得赵丰年知道了自己"病根"在哪里,回家这么久,还没有人这么掏心窝子地指出自己的短处,他感激地朝她望去,她正微笑着看着自己,当两个人的目光触碰的刹那,彼此之间依然怦然心动,但又都快速转回头去。

"丰年哥,遇到烦心事不要憋在肚子里,我们都是你的倾诉对象。哎,对了,梦好不是要教你跳舞吗?你郁闷或劳累的时候,跳跳舞唱唱歌,也是放松精神的好方法,对身体也好。"林芷苈认真地与赵丰年交流着,使得他心情渐渐舒展起来。他发动汽车驶进高速路,说:"于医生也这么叮嘱我,要调整好心态,多旅游、唱歌、倾诉,今晚听你一席话,我心情顿觉好多了,也精神了,谢谢你,芷苈。"

"见外了不是?"

"你回家一定跟老张解释清楚,我因为太困了,在服务区休息了一会儿。"

"你呀,总是替人考虑,我刚才已经劝你了,放开心情吧。"

"是是……"两个人从过去说到现在,从农村聊到城里,不觉驶入城市的高架桥了,路灯、指示灯、霓虹灯交织在一起,辉煌灿烂,绚彩夺目,照亮了整个夜空。

赵丰年说:"到家了。"

林芷苈忽地想到了丈夫,拿起酥油饼放在腿上,看到车上电子表显示凌晨一点十分,心想,下了高速赶回龙山村,还得一两个小时,这么晚了,他应该睡觉了,要是没有睡觉,肯定疑神疑鬼盘问不休……唉!真不想回那个令人窒息、无限烦忧的家啊。

第三十四章

赵丰年在村口停下车,此时整个龙山村被黑夜笼罩着,村民还在睡梦当中,鸡不叫狗不吠,显得异常沉静。他不放心林芷芗独自走黑路,亲自送她到胡同口,看着她进了自家院门才转身回到车旁,还没有上车,林芷芗就来电话了,他说:"到……"开口一个字还没有说完,里面就传出她撕心裂肺的哭喊声:"你快来,他喝药自杀了,快救命啊……"

赵丰年拔腿就往林芷芗家跑,路上接连打电话给张玉振、林芝秋和张兴海等人,让他们赶紧来林芷芗家。没用五分钟,他就赶到了林芷芗家,见她蹲在地上捂着脸哭,她男人趴在门槛上一动不动,嘴里吐出一大摊白沫和污物,地上散落着酥油饼,他忙问:"到底怎么回事呀?"

林芷芗只是哭,啥也说不出来,他试图扶起林芷芗男人,但他的身子已经僵硬了,摸了心脏及脖颈动脉已经没有任何跳动了,看来去世多时了。这时,张玉振等人赶了过来,赵丰年立即安排张玉振报警,并给村书记和村主任打电话汇报,安排张兴海和林芝秋等人帮助林芷芗处理她男人的后事。

天刚亮,派出所的警察来了,勘察了现场,在床上发现了一张纸条,上面写着:恨!恨!恨!在锅台前发现了一个小塑料纸袋子,警察都作为物证保管起来。警察问询了林芷芗若干问题,特别询问了毒鼠强的来历,林芷芗回答说家里招了耗子,从集市上买回来灭耗子药,因为丈夫瘫痪在床就没有特别收藏,最近他身体好转,能拄着拐杖下床了,没承想他趁自己不在家偷吃了,说着又哭了起来。因为当夜赵丰年和林芷芗在一起,他也被叫到村委,当着张玉匣等人的面,如实回答了警察的询问,并签上字。

不久，派出所来人宣布案件已结，从塑料纸袋子残留粉末里检查出了毒鼠强成分，与解剖林芷芎男人胃里的致命药物相一致，说明他是吃了毒鼠强死亡的。通过调查走访和人证物证，林芷芎男人是自杀身亡。大多数村民认为，他残疾很多年，加上儿子得了精神病，身心痛苦导致他失去了活下去的信心，自杀也在情理之中。甚至有人说他早死早解脱，没过多久村民就将这件事淡忘了。

然而，赵丰年心头仿佛被压上了另一座大山，常常喘不过气来，总是觉着林芷芎男人之死多少与自己有关，那天晚上如果不在服务区休息，或者那天不去省城，或许就不会发生悲惨的事情。同时，他隐隐感觉这件事没有完，自己到底牵扯其中多少关系、何时爆发，他不知道，所知道的是自己的病情因为这件事更加严重了。

赵丰年卖车的事情很快在龙海市朋友圈传开，有人担忧有人笑。徐雯雯知道后，不但没有被感化，反而更加生气，干脆连他的电话也不接了。

崔建设知道情况后，主动打电话与赵丰年联系："丰年，你要卖车？"赵丰年只是嗯了声，崔建设继续说："我正想买部车，你不会不卖给我吧。"

赵丰年说："只要是买主，我不在乎是谁。不过，你要买的话，原价不折价。"

"你……"崔建设大声叫屈，"老战友，你也太过分了吧。"

"我没有求你。"

"好好，原价就原价，我这么做，等于支持你们的事业了。"

"你们？"赵丰年一时没有明白崔建设这个"你们"指的还有谁，反正有人买车了，还是原价，他立即办理了过户手续。事后才知，张兴海将六百元全部退还给了崔建设，他崔建设是感激这份情谊。

赵丰年将二十万打给安阳，将五万如数还给父母，剩下的全部投入合作社，开春开工需要钱的地方太多了。

刚出正月，乍暖还寒，大多植物还在沉睡之中。然而，小葱、香菜、韭菜、香椿等农作物，都长出嫩绿带紫的芽，这些蔬菜在山村中，每家每户的菜园里、房前屋后都生长着，纯天然无污染，在经过风雪冰冻的磨炼后，在春风的吹拂下，味道愈加香甜纯正。

振兴合作社提前贴出告示，招收五十名社员，每天早晨五点开始收购村民的新鲜蔬菜和农副产品。前来报名的村民络绎不绝，有人还找到赵树店或王兰香走后门，他们说："你们只管去报名，都有活干，都有钱挣。"

村民将菜园的小葱、香菜采挖后送到合作社，也有的将窖藏的大白菜、地瓜、芋头等农产品拿来，魏三全挑着两筐山药送来，郭何氏挎着一篮子鸡蛋问收不收，负责收购的林芝秋不耐烦道："郭奶奶，您没看到我们收的是蔬菜嘛，不收鸡蛋。"郭何氏不死心，央求张玉振收下，他也说不收，正巧赵丰年走了过来，他指示张玉振全部收下。

张玉振指着杂乱的货物有些心烦，说："赵主任，我们什么东西都收，太乱了，鸡蛋不好运输，而且形成不了产量，三斤五斤的，人家超市能收嘛，别费劲了。"

赵丰年说："今天是开业第一次收购，我们一是不让村民失望，二是检验哪种货物容易销售。再说了，郭奶奶送来几斤鸡蛋，大不了咱买下吃了嘛，多大点事，别嫌麻烦啊。"张玉振只好收下了郭何氏的六斤鸡蛋。赵丰年还亲自领着郭何氏到林芝芩办公点现场支款，乐得她逢人便说："丰年这孩子，我看着他长大的。"

张兴海走到赵丰年身边，指着远处的李昭顺说："赵主任，昭顺大哥也来了，站在远处不好意思进来。"赵丰年顺着手指望去，见李昭顺蹲在人群外羡慕地看着眼前忙碌的场景，赵丰年理解他的心情，这个场景不正是他所期盼、需要的吗？

张兴海说："听说他到龙河村承包了几亩土地种蔬菜，我跟他谈谈，最好继续合作，种植蔬菜他是好手。"赵丰年点头说："嗯，让他别顾虑太多，随时欢迎他加入合作社。"

上午七点收购结束，厢式货车全部装满，赵丰年和张玉振、李梦好立即驱车赶往城里合作的超市。然而，超市王经理看后却连连摇头，随手拿起一捆菠菜扒开内心仔细查看，里面竟然有枯黄菜叶和干草，又拿起一根山药，满手是泥土，而且粗细不均，他连连叹气道："你们这车蔬菜我们无法收下。"李梦好忙说是今早刚收购的，非常新鲜，有的还带着露珠。王经理对赵丰年说："不是蔬菜不新鲜，也不是山药有问题，而是……唉，你们上前看看。"赵丰年走近看，见蔬菜聚集在一起，杂乱无章，有的用稻草捆绑，有的用塑料袋装着，

第三十四章

还有的蔬菜外面光鲜肥大,里面却夹杂着次品,甚至带着草屑、泥土。

赵丰年立即扔给张玉振,说:"你看看,这样的包装和品质,能上超市吗?"张玉振立即给林芝秋打电话,她是负责收购的:"你们怎么严把质量关的?人家不收,全报废了,第一次就失败了!"林芝秋不听他责备,立即反驳道:"你怎么将责任推给我呢?我一天累死累活的,晚上到半夜,早晨还得早起,我容易吗?"

张玉振说:"你负责收购,当然得你负责。"

林芝秋毫不相让:"你还是业务经理,应该你负责。"

两个人在电话里吵了起来。张玉振气不过,走到赵丰年跟前说:"我管不了她了。"李梦好觉着他对母亲有成见,刚要替母亲说话,被赵丰年阻止了:"你拿出草莓让王经理看看。"李梦好钻进车厢里,翻出保温塑料箱打开,拿出小篮子草莓,上面用保鲜膜封得严丝合缝,草莓鲜艳欲滴。经理不放心,揭开保鲜膜,翻到最底层,发现里外上下一般大小,他立即说:"草莓收下,有多少要多少。"

李梦好又拿出鸡蛋,说:"经理,这是我们村的土鸡蛋,城里人最喜欢。"王经理为难说:"从品相上看是土鸡蛋,但是就这么点,我们怎么收?而且像鸡、鱼、肉、蛋等农副产品,我们这样的大超市是需要有关部门产品认证的。"

张玉振对赵丰年说:"看到了吧,我就说一星半点的不要收,多麻烦呀。"还没等赵丰年回话,他立即给林芷芗打电话,让她组织人力全部去采摘草莓送来,还说一定保证质量,而且包装一定要漂亮。打完电话,他长舒了一口气,说:"有毛不算秃。"然后问赵丰年:"剩下的这些咋办呀?还能退给村民吗?"

"一堆烂菜,扔了算了。"李梦好说。

张玉振说:"你说得简单,那不折本了?"

"质量不过关,那有什么办法。"

"你怎么跟你妈似的。"

"我妈怎么你了……"

眼看两个人要争吵起来,赵丰年立即道:"都闭嘴,上车。"张玉振和李梦好都问去哪儿,他道:"农贸市场。"

路上,赵丰年给张兴海打电话,让他明天负责蔬菜质量把关,又给林芷芗

打电话,让她负责蔬菜收购,还特别嘱咐,一定要分出等级。然后他对张玉振说:"今天虽然我们没有达到预期,但也摸清了行情。你下一步要重点开发土鸡蛋产品,先定好养殖农户,保证产量,然后到市有关部门进行产品认证。"

"找哪个部门呀……"没等张玉振说完,赵丰年生气道:"口下是大路,你不能到镇上咨询呀?"看到张玉振不吱声了,赵丰年对李梦好说:"认证的事情你去办吧。"

李梦好在嗓子里嗯了一声,声音不大,她感觉母亲被边缘化了,刚才又跟张玉振拌嘴,心里烦烦的。赵丰年看出她的情绪变化,对她解释说:"你妈光饭庄忙不过来了,晚上要等客人走了以后她才关门,要是五点起来收购蔬菜的话,她根本没有睡觉的时间,长久了肯定影响身体,要是没有好身体,将来怎么给你看孩子啊。"李梦好听着心里就舒服多了,越发敬佩赵丰年的做人做事。

赵丰年找到张念爸,让他带领找到市场管理负责人说明遇到的困境,负责人开始为难说没有摊位了,张念爸说将自己的摊位让出来,负责人这才同意了。赵丰年感谢张念爸的帮助和支持,张念爸说:"丰年,我得好好感谢你呀,要不是你,张书至今还跟我杀鸡啊。"赵丰年又问起张念的情况:"这个孩子本质不坏,只是跟错了人,我想让他跟着兴海干,眼看成人了,不能就这么混下去。"

张念爸握着赵丰年的手说:"这个熊孩子好长时间不回家了,唉,真怕他学坏了啊……你真是我们家的大恩人啊。以后,你有需要尽管找我,我宁愿不杀鸡了,也给你干。"

因为摊位小,不能将一车的蔬菜全部摆开,张玉振每样菜拿了样品过来,赵丰年还特别交代,别忘了将鸡蛋拿过来。张念爸还拿来电子秤和塑料袋。可是,市场上人来人往,却很少有人光顾,过来的人瞅一眼就转身离去。赵丰年、张玉振和李梦好站在后面你瞧瞧我,我看看你,也不知怎么说,更不知怎么办。张玉振感叹道:"赵主任,你说咱们什么枪炮没见过,什么风浪没经过,咱们怕过吗?没有!可是现在……唉,还真张不开口吆喝。"然后他对李梦好说:"梦好,你是女孩子,你灵活,你得吆喝呀。"

"你大老爷们更不应该害羞,你吆喝。"李梦好说。

赵丰年感觉过来的人不是看菜买菜,而是盯着看自己,他心里慌慌的,将

第三十四章

自己的头尽量压低。"哎,多少钱一斤啊?"终于有一位中年女士过来问价,她随手翻腾着菠菜,嘴里发出啧啧的不屑声音,"怎么这么脏啊,还加水了,怎么能这么做呢,真没良心……"李梦好急忙解释说:"这是露水,我们一早从村民手中收购来的,无污染。"

"多少钱一斤?"中年女士相信了,问蔬菜价格。张玉振说五毛,李梦好说一元,中年女士有点蒙,赵丰年说:"第一次来,行情不熟,你看着给吧。"

"哎,你们……"中年女士抬起头看赵丰年,忽然她惊喜道,"哎,你怎么跟恒发源公司的赵总长得一模一样啊。"赵丰年忙说:"不是长得一模一样,我就是赵丰年。"中年女士哈哈大笑:"你不认识我了?我是家具城卖办公桌椅的……"她看到了李梦好,仿佛发现了新大陆,愈加感兴趣了:"这不是李秘书嘛,你们哈哈……"

赵丰年只得解释:"我辞职了,回乡办起了振兴合作社,主要销售蔬菜、农副产品。"

"嘻嘻,我说呢。"中年女人瞅瞅赵丰年,再瞧瞧李梦好,忽然醒悟似的一拍脑门道,"好呀,真好呀,怎么着我也得支持支持你们呀。"说完扔下两个钢镚拿着两捆菠菜走了,还不时地回头看看,捂着嘴窃喜。

"总算见钱了。"张玉振捡起钢镚看,是两个一角的钱,他顿时生气道,"城里人也够小气的。"李梦好猜想她是故意羞辱赵丰年,说:"你没看她好奇的样子,两毛钱已经给赵主任大面子了。"

"啥面子啊?"林芷芗忽然来了,她走到货台前分类整理蔬菜,将品相好的放在显眼位置。

林芷芗自从男人去世后,恍如解脱了,全身心投入合作社的工作当中。看到赵丰年与自己始终保持距离,她在没人的时候安慰赵丰年道:"不碍你的事,是他命短,你帮了我们那么多,要是因为这件事加重你的心理负担,那是我们全家的罪过了,我会终生不安。"赵丰年听了心里好受许多,平时尽量去照顾她关心她。

今天看到她突然来了,打心眼里高兴,问她怎么来了,她说:"我刚给王经理送去了二百斤草莓,他说要长期合作,需要签合同,我就找你们来了。"赵丰年对李梦好说:"梦好,你去签吧。还有,将蔬菜、鸡蛋也签份意向书,你跟他说,我们下次严格按照超市的要求保质保量。"终于不在这儿活受罪了,李梦好答应着拎起包跑了。

"买菜咯,新鲜的蔬菜,还带着露珠,山药刚从地里采挖的,纯天然、无污染,快来买啦……"林芷芗见人就吆喝,果然有路过的市民驻足观望,很快就围上来一大群人。一个肥头大耳的男人拿起香菜闻了又闻,说:"好久没有闻到如此纯正天然的芫荽味了,多少钱一斤?"张玉振和赵丰年都不敢喊价了,林芷芗说:"六块钱一斤,全要下的话,五元一斤。"他当即说:"我全要了,以后每天都需要。"他的话可把赵丰年高兴坏了,张玉振急忙将车上的香菜全部拿来卖给了他。他临走解释说:"我是开羊肉锅子的,大棚里的芫荽虽然好看,但没有这种浓厚的香气。"

又有顾客问鸡蛋多少钱一斤,林芷芗说一元钱一个,不一会儿就被四个顾客抢购了。小葱也被顾客全部买走了,开豆腐铺子的顾客说,小葱拌豆腐,小葱蘸酱卷煎饼是他店的招牌菜。不到半天工夫,品相好的蔬菜全部卖完,扣去成本还有五百多元的收益。赵丰年说:"剩下的都贱卖了吧。"张玉振和林芷芗都表示同意。林芷芗高声吆喝道:"新鲜蔬菜贱卖咯,大爷大娘过来看看吧,都是自己家产的,便宜……"

"哎哟,我肚子不好受,去趟卫生间。"张玉振捂着肚子跑去了卫生间。赵丰年笑着对林芷芗说:"他是着急上火,多亏你来,谢谢啊。"

林芷芗说:"都是合作社的人,客气啥啊。什么人干什么活,确实也难为你们了……"她说到这儿,猛然听见对面一声"哼",抬头竟然发现徐雯雯站在眼前,忙笑着喊:"嫂子,你来……"徐雯雯不等她说完,抓起一把韭菜扔向了赵丰年,旋风一般转身离去。

第三十五章

"赵主任,快去追呀。"林芷芗的话惊醒了赵丰年,他急忙追了上去,说:"雯雯,你这是干吗?"徐雯雯没有理会他,继续往前走。

最早,是王亚听到赵丰年跟李梦好在农贸市场贩卖蔬菜。他眼珠子一转计上心来。他不直接告诉徐雯雯,而是给叶彤打电话:"彤彤,你说这人啊,为了所谓的爱情,什么也不顾了。"叶彤说:"王亚哥,你知道吗,我为了你……"王亚急忙说:"哎哎,彤彤,今天不说咱们,我告诉你一条特大新闻,赵丰年跟李梦好竟然到农贸市场贩卖蔬菜去了,你知道李梦好是谁吗?"

"我知道,你们公司原来的女秘书嘛,他们怎么走到一起了?我听你说赵总跟村里的老同学相好嘛。"

"哈哈,你认为赵丰年就一个吗?你们呀,太单纯了。"

"雯雯知道不知道?"

"这种事我能告诉她嘛,你呀。"

"她知道肯定会伤心死了,也会心疼死你了。"

"彤彤,你还不了解我呀,我对你……唉,不说了,你看着办吧。"王亚说完挂断了电话。叶彤似乎明白了王亚打电话的意图,转身拨通了徐雯雯的手机:"雯雯,我偶然得到一个关于赵总的消息,不说吧,觉着咱们是好姐妹,不应该不告诉你,说了,又怕你生气、伤心。"

正在办公的徐雯雯第一感觉是丈夫有外遇了,她故意镇静道:"你说吧,我能挺得住。"接着,叶彤添油加醋地将赵丰年和李梦好在黄海农贸市场贩卖蔬菜的事情说了。最后,她还说:"现在全市都传遍了,你说他们俩……唉,

你当时就没有发现?"徐雯雯没有继续听下去叶彤说些什么,挂断电话开车赶往农贸市场。当徐雯雯看到眼前的一幕时,没有想到跟丈夫在一起的不是李梦好,而正是这个令她非常讨厌的林芷苈,她怒不可遏,抓起蔬菜就朝丈夫扔了过去……

此时,赵丰年顾不得周围的人看热闹了,他追上去拉住妻子,说:"雯雯,你听我解释。"

"还解释什么?现在全市都知道你们啦,也不嫌丢人!"

"我们堂堂正正地卖菜怎么啦?"

"很好,你们卖吧,爱做什么就做什么吧,你们正好再续前缘,我祝福你们。"说完就上车走了。

赵丰年垂头丧气地回到摊前,这时张玉振已经回来了,忙问:"赵主任,怎么回事呀,听芷苈说……"赵丰年简直无语了,朝着他苦笑而又无奈道:"你这个卫生间上得也太不是时候了。"林芷苈关心问:"大嫂怎么啦?没事吧?"

"没事,忙吧。"赵丰年嘴上这么说,其实也担心妻子。

徐雯雯半路上给叶彤、菲菲打电话,约她们去KTV唱歌,还说今天谁不去,从此断绝姐妹关系。菲菲和叶彤都以最快的速度赶过去,徐雯雯已经喝了两瓶啤酒了,要求她们俩一起喝:"喝,今天不醉不准离开。"菲菲不知道内情问到底发生什么事情了,徐雯雯不说只是喝酒,叶彤当然知道内情,就将赵丰年跟李梦好之间的关系说了:"你们说,赵总怎么会为了一个乡下丫头,宁愿辞职去贩卖蔬菜呢?太不可思议了。"

"你懂什么,这才叫爱情,他们为了真爱……"王亚突然出现,徐雯雯冲着他吼道:"狗屁爱情,你懂什么?!陪我喝酒!"王亚接过酒坐在徐雯雯身边,装作关心的样子说:"他们俩隐藏得也够深的,连你我都没有发现。雯雯,别伤心了啊。"说着一只胳膊要搭在她的肩膀上,被看不惯的菲菲强行拿了下来:"你别趁火打劫啊。"

王亚干笑了几声,说:"我看着雯雯伤心的样子,心里很难过。"菲菲立即说:"王亚,你说这话可别让某人吃醋了啊。"说着瞟了叶彤一眼,然后又问:"你怎么知道雯雯伤心的?你怎么知道我们在这儿喝酒?是彤彤告诉你的吧。"

第三十五章

叶彤忙解释:"我看到雯雯伤心的样子,才、才告诉了王总,他……"徐雯雯接着说:"来就来了,怕什么?他们能在一起,我们凭什么不能在一起?"

菲菲看到徐雯雯情绪过于激动了,但她不相信赵丰年为了一个女孩子放着大好前程不要去做小买卖:"我不相信赵大哥跟李梦好有什么,你肯定误会了。"这时,徐雯雯才说出实话:"是跟他那个初恋情人。"

"初恋情人?"大家都蒙了,菲菲简直听迷糊了。王亚醒悟过来,按捺不住内心的喜悦,说:"我就说嘛,赵总这次所谓的回乡创业,肯定是幌子,他一定是为了那个女人。唉,当然,他们这也叫爱情。"

"对对,雯雯,当时我听错了,赵大哥就是跟那个叫……叫……"叶彤为了挽回自己的失误,尽力讨好徐雯雯,但并不认识林芷芗,支支吾吾说不下去了。王亚给她挽回面子:"我听说那个女人叫林芷芗,长相还不错。"

"你要死啊,在我面前提那个女人的名字干什么?恶心死了。"徐雯雯骂王亚。这时候,菲菲似乎明白了,劝徐雯雯:"雯雯,我觉着你误会赵大哥了,他回乡搞合作社是正事,人家宁愿放下架子去贩卖蔬菜,说明什么?说明他不怕吃苦。"叶彤立即打断她的话,说:"菲菲,你别在咱们之间讲什么大道理了,谁爱听啊,对悲伤欲绝的雯雯来说有意义吗?"

王亚接着说:"他赵总有千理由万理由,没有一条理由抛弃雯雯不顾,而去帮助那些毫不相干的人!其实,还有一件特别那个的事,不知你们知道不知道?"他的话立即引起徐雯雯的警觉,同时也引起了叶彤和菲菲的好奇心:"什么事啊?"

王亚指着徐雯雯说:"你应该知道。"

"什么事情,你说呀!"徐雯雯隔着叶彤推了王亚一把。

王亚这才支支吾吾说:"林芷芗男人自杀了,听说自杀的那天晚上,赵总啊,与林芷芗一起去的省城。哈哈,不说了,也太巧了,传闻太多了。"

"肯定在家里不方便,去省城开房呗。"叶彤添油加醋地说。关系到丈夫的声誉甚至利益了,徐雯雯也不傻,没有给自家找麻烦,强忍着愤怒,装出无所谓的样子说:"这件事我都不知道,一定是瞎传,你们以后不要再传播了。再说了,现在开放得很,想找就找呗。"

叶彤搂着徐雯雯的胳膊说:"雯雯,我为你抱不平。"

"我不跟你们这些人理论对错长短了。"菲菲拎起挎包走了。路上她越想越觉着不对劲,给赵丰年打过去电话,问他在哪儿,赵丰年回答说在家里,她顿时生气道:"你老婆都让人勾引跑了,你还有心待在家里?"

"菲菲,没你说得那么严重吧,我相信雯雯。"

"好女搁不住赖汉子缠。王亚是什么人,你应该最清楚。好了,他们还在皇冠娱乐城喝酒,去不去随你便,反正我告诉你了。"菲菲说完挂断了电话,自语道:"这个赵丰年,心够大的。"

赵丰年眼看着剩下的残损蔬菜卖不出去了,让张玉振拉到养鸡场贱卖了,还说要是人家不买就白送给他们,这些东西在城里都没有地方倾倒。林芷芗劝他回家好好跟妻子道歉、解释,赵丰年没有跟他们回村,而是回了城里的家。

"爸爸,加个微信,以后就可以随时视频聊天了。"赵丰年刚进家门,还没有换上拖鞋,赵甜拿着手机过来跟父亲加微信,赵丰年提着四五个塑料袋,根本没法掏手机,说:"什么微信呀,有事打电话或发信息不就行了,发视频上QQ嘛。"

赵甜说:"爸爸,你回村这些日子落伍了,微信是刚时兴的通讯方式,非常方便。"赵丰年到厨房放下购买的蔬菜,赵甜跟上来从他口袋里掏出手机:"爸爸,你想起个啥昵称呀?"赵丰年说:"怎么还必须昵称吗?那我不加了。"

"用真名也行。"赵甜先给父亲开通了微信账号,接着父女俩加上了微信好友。赵丰年小心翼翼地问:"你妈没有回来?"赵甜没有回答,而是跑到自己的卧室,赵丰年追过去问,她说:"看手机。"

"独行者是你呀。"赵丰年看到微信上发来的信息,正是女儿要回答的话,他觉着太麻烦了并没有回过去,说:"我要做饭了,你别玩了。"

"现在玩微信是时尚。"赵甜看到父亲正忙便没有再打搅他。饭做好了,妻子还没有回来,赵甜要先开饭。赵丰年说:"再等等你妈。"赵甜说:"爸爸,我怎么看到你们最近是……是不是有点那个啦。"

"哪个啦?"

"就是感情上有点裂痕,或者……"

"你小孩子懂什么。"

"爸爸,我事先告诉你啊,你们要是想离婚,千万别顾及我的感受啊,我无所谓啦,反正以后我不会与你们一起生活。"

"你这个孩子,还没长大就翅膀硬了,不用我们啦,白疼你了。"

赵甜笑着说:"爸爸,你们结婚二十多年了吧,我常常想,你们是怎么熬过来的呀,难道你对妈就没有一点审美疲劳吗?"

"去你娘的。"

赵丰年刚出口,赵甜马上指着他说:"爸爸,你回乡收获还不小呢,学会骂人啦。"

赵丰年立即改口说:"对不起,我不应该骂人……"正想要教训女儿,手机响了,是菲菲打来的电话,这时他才知道妻子跟王亚在一起。

赵丰年先给女儿收拾好饭菜让她吃着,临走还特别嘱咐她吃完了抓紧学习。他下到停车场,原来停放奥迪车的位置现在换成了皮卡车,他驻足犹豫了片刻,然后开车直接来到皇冠娱乐城。刚要进去找人,王亚和叶彤正扶着徐雯雯从里面出来往王亚的豪车走去,赵丰年箭步跑上去,推开王亚扶着妻子。

徐雯雯看清了赵丰年,想拽开他:"你是谁呀,找她去吧。"说着倒在王亚的怀里,说:"走,你带我走,上你的车。"

王亚看到赵丰年怒气冲冲的样子,也不敢惹他,而是对徐雯雯说:"雯雯,你的好男人来了,我的任务应该完成了,走吧,彤彤。"叶彤顺手挽住了他的臂膀,徐雯雯顿时指着他骂道:"王亚,你想找死呀……"说着就要往前冲,被赵丰年一把拉了回来,不容她分说连拉带拖到皮卡车前。徐雯雯看到低档车更不想上去了,挣扎着吼叫着想离开。

王亚挽着叶彤走了过来,故意嘲讽道:"哎呀,赵总,你开着这种车,后面是想装火箭炮啊,哈哈。"赵丰年强忍心中的怒火,一语双关:"我是炮兵出身嘛,任何坏蛋想逃脱我眼睛是没门的!"说完硬将妻子塞进车里,发动马达故意加大油门,轰的一声,吓得王亚扔掉尖叫的叶彤跑了。

徐雯雯几乎是被赵丰年架着进屋的,她进屋迅速跑进卧室,随手将门反锁死了,赵丰年试了几下都开不了,想抬起脚踹门又怕影响到女儿学习。赵甜突然从背后过来说:"爸爸,你将妈妈抓回来啦?"

"去你……"赵丰年差点口头语又带出来,忙改口说,"去你卧室学习吧。"赵甜调皮地伸伸舌头:"爸爸差点又骂人了,还好,思维转变得快。"回到

自己的卧室,她扶着门框探出头,朝着爸爸嬉笑道:"爸爸,看来你遇到大危机了。"

赵丰年瞪着女儿道:"小孩子懂什么?还不快学习!"赵甜转过身子,忽然又回头朝爸爸做了鬼脸道:"爸爸,机遇与挑战并存哟。"气得赵丰年抬起手臂道:"再胡说八道,我揍你。"吓得赵甜忙将门关上了。

赵丰年倒了一杯蜂蜜水,敲着卧室门说:"雯雯,你开门,我给你倒了蜂蜜水。"可是无论他怎么喊,徐雯雯就是不开门,他只好将蜂蜜水放在茶几上,说:"雯雯,我将蜂蜜水放在茶几上,你过会儿起来喝了啊。"然后去了书房,一头倒在床上,他怎么也想不通妻子为啥转变这么快。因为担心妻子,赵丰年一直没有睡着,直到半夜时分听见卧室传来马桶的冲水声,他才安心睡着了。

次日,赵丰年照常早早起来,从海边跑步回来后,路过新建的大型农贸市场,里面货物齐全,想要啥就有啥,他想起了任政的话,心想,这个老战友还真为民办事。刚买好妻女所需食物,李梦好打来电话,说张玉振跟张兴海吵起来了,让他抓紧回合作社处理。

"这个玉振,唉!"赵丰年第一感觉又是张玉振冲动惹的麻烦。

第三十六章

　　合作社门前人头攒动,有的挎着篮子,有的推着车,还有人排队领钱。张玉振指挥严百顺、赵树店等人往车上搬运蔬菜,张兴海认真检查质量,看上去一切正常。可是,当张玉振和张兴海见到赵丰年快步过来时,都放下各自的工作跑上前诉说原委。赵丰年没有让他们继续诉说,而是跳上车翻开蔬菜查验,每种菜都归类整齐,品质也进行了分类,大小均等,干净鲜亮。他心中大喜,下车对张玉振说:"好,干得不错,今天的蔬菜,超市王经理肯定会收下。"张兴海到口的话又咽回肚子里了。

　　张玉振指着装满货车的蔬菜说:"这车是送往黄海农贸市场的,都是原始的蔬菜,咱们不能辜负饭店的那些老板。"赵丰年连连点头。张玉振得意地说:"我们马上去送货了,我跟梦好去大超市送货,农贸市场我建议还得芷芎姐去。"

　　赵丰年说:"超市让梦好自己去就行了,农贸市场让司机送给张念爸就行,他答应帮助我们卖菜了,然后挑选两名善于做买卖的村民跟着。"张玉振有些愕然。赵丰年说:"过会儿,你和兴海,还有芷芎都到我办公室,我们有些事商量一下哈。"说完自己先回办公室了。

　　其实,赵丰年已经看出张玉振跟张兴海的矛盾冲突了,只是没有当场揭穿。本来他想在周末学习会议上解决此事,但又觉着事业刚刚开始,不能让这种苗头存在下去,存在一天就会加重发酵的危险,不如发现问题及时解决问题。不一会儿,张玉振、张兴海和林芷芎陆续进了赵丰年的办公室。

　　"都忙完了?"赵丰年问,三个人点头。还没等赵丰年再问,张玉振憋不住了,先开了腔:"我就说嘛,不懂业务不要瞎指挥,今天要不是严把质量关,

又是昨天的结果。"张兴海立即反驳："张经理，你说话可要实事求是啊，我什么时候反对你严把质量关了？我的意思……"张玉振立即打断他的话："你的意思我明白，就是甭管孬好，只要村民送来的东西，我们统统收下。张监事长，你别忘了，只有振兴合作社发展起来了，才有能力去帮助更多的人。我也不是小瞧你，要不是你加入合作社，你就是整天忙死累死也帮不了几个人，还有什么价值啊。"

"帮助他人并不是能力大小的问题，我就是给人家修修补补轮胎，也心安理得。"

"我们是经营单位，不是慈善机构。而且，我明说吧，你这样下去无法给合作社带来效益。"

"那我们也要讲究社会效益，不能只为发财而发财。"

"没有经济效益哪来的社会效益？你不为了发财到合作社干什么？"

"我是为了赵主任，要是为了你，我不会来的。"

"这么说，你看不起我咯，好。"

张玉振接着对赵丰年说："赵主任，你觉着我不称职，现在就免了我的经理职务。"

眼看张玉振将矛盾焦点对准了自己，赵丰年刚要表态，林芷芠笑哈哈拍着张玉振和张兴海的肩膀说："你们这两个人啊，怎么说着说着就翻脸了呢。"她朝着赵丰年笑笑说："要我说呀，今天他们俩的主观愿望都是好的，但是……"

张玉振和张兴海都盯着林芷芠，等着她做出判断。林芷芠接着说："我是你们俩的嫂子，说的话无论对错，请你们原谅。其实，今天你们争吵，是因为李树善大爷送来的一车大白菜。"张玉振抢话说："就是，芷芠姐，你是知道的,昨天超市为什么不收，就是因为咱们质量不过关嘛。李树善大爷是年纪大了，但也不是照顾的理由啊，一大车白菜不假，外面全都腐烂了。"

林芷芠说："玉振，你先让我把话讲完。"张玉振不吱声了，她接着说："是，我看了，李树善大爷的大白菜外面确实腐烂了，只要扒掉外面的留着里面新鲜的就行。"

"我也是这个意思，可是兴海却全部要……"张玉振感觉自己有理，得理

第三十六章

不饶人。赵丰年只好插言道:"玉振,你让芷芗把话说完,天塌不下来。"张玉振这才不吭声了。

林芷芗接着说:"今天的事情,我个人认为玉振做得对。"她说到这儿,其他人都有些震动,尤其是张玉振简直不敢相信,仿佛自己的耳朵听错了,听她继续说:"通过昨天往超市里送货和农贸市场上摆摊,我真的感觉我们首先要保证货物的质量。当然,兴海的初衷是好的,要照顾到村民的方方面面,这不是不对,但话又说回来了,我们如果不严把质量关,就会让村民觉得我们什么东西都收,有些人就会将自己都不吃的蔬菜送来,到最后我们怎么办?只有扔掉亏本,很可能我们刚刚建立起来的事业就会垮掉。"

这时,屋子里沉静下来,只有林芷芗的声音:"那天,赵主任送张保治病回来的路上,他说的话我很受触动,他的志向是让全村的村民都富裕起来,才投入大量资金成立振兴合作社,要是单为了发财,他也不会舍弃优越待遇和条件回乡艰苦创业,而且他……"赵丰年知道她要说什么了,忙打断她发言:"好了,芷芗,你说正事不要说我。"张玉振和张兴海仿佛都明白了,都站起来对赵丰年说:"赵主任,我们对不住了,是我错了。"

林芷芗继续说:"从目前看,我们要想面面俱到也不现实,玉振那句话是对的,必须先把合作社发展起来、壮大起来,才有能力去帮助更多的人。在这儿,我也得说玉振几句,说话太冲,容易伤感情。"

赵丰年松了一口气,哈哈大笑:"玉振跟我一个熊样,以后说话要注意方式方法。"

"是是。"张玉振忙对张兴海说,"我们是好兄弟,百炼成钢,是吧,兴海。"张兴海忙笑着点头说:"日久见人心。"林芷芗转向张兴海:"仅从这两天看,村民直接或间接已经享受到合作社提供的帮助了,家里吃不了的蔬菜、农产品都可以换钱了。还有,许多上年纪的村民用不着去城里辛苦打工挣钱了,在家门口就可以挣钱。"

张玉振插话说:"那些包工头几乎空车走了。"

"这就说明,村民是愿意在合作社干活的。"林芷芗说,"我们最终目的就是你所期望的那样,也是赵主任所做的事业,让每个人都有活干,每个家庭都富裕起来。"

　　林芷芗的这一番话就等于赵丰年要表达的心意,他说:"话不说不明,理不辩不清。刚才芷芗说的话,就是我要说的,我补充一句,我们的目光还要放长远,一定将事业做到村外山外去……"接着他安排了工作,与张玉振分头到村民家中走访、调研鸡蛋的收购工作。

　　林芝秋急急火火走了进来,看到大家安然无事,说:"我还担心玉振跟兴海打起来了呢。"林芷芗说:"人家是好战友,又是好兄弟,怎么会打起来呢。"林芝秋问他们吃饭了没有,赵丰年说:"还没有,芝秋,我们去饭庄喝碗粥,我请客。"林芝秋说:"这么顿饭还用你请了嘛,走吧,有油条有油饼,今早算我请你们了。"林芷芗说:"我就不去了,还得回家拾掇拾掇,抽空去看望张保。"大家都知道她家的情况,也没有勉强。

　　赵丰年说:"你没文化就别背后叨叨人家了。"林芝秋狠狠扭了他的胳膊大声道:"我吃醋了!"张玉振他们都哈哈大笑起来。

　　张兴海说也不去吃饭了。张玉振说:"你光棍子谁给你做饭呀。"张兴海笑着说:"已经有人做饭了。"赵丰年忽然明白了,笑着道:"晓晓出院了?最近太忙了,也没有再去看看。"张兴海说:"已经很感谢你了,我们现在住在一起了。"林芝秋开玩笑说:"兴海,我说最近你精力旺盛,干活起劲,那种事办了没有啊?"张玉振道:"你是三句不离本行。"张兴海忙说:"我们都领证了,合法合规。"

　　赵丰年说:"好好,选个吉日,合作社给你们操办婚礼,热热闹闹将新娘子迎进门。"张兴海接着说:"谢谢赵主任,我跟晓晓商量好了,不准备大操大办,改天不忙了,在饭庄请几桌亲朋好友就行了。"赵丰年理解他的性情,点头道:"喜事咋办咋好。"

　　路过值班室,赵丰年忽然想起严百顺没有吃饭的地方,想约他一起去。推开门见他正与五婶说话聊天,五婶是新招聘进的帮工,看样子散工后还没有回家。赵丰年说明来意,严百顺指着还剩下的一根油条说刚吃过了,赵丰年便退了出来。张玉振从窗子里瞥见五婶也在里面,说:"听说五婶在合作社传教,我看这样下去会影响工作,干脆辞掉算了。"

　　赵丰年说:"那怎么能行呢,咱们国家不限制民众信教,她传教,一没有让人信邪教犯法;二没有影响其他人工作嘛。"林芝秋接着说:"据我所知,

228

咱村听从她信教的有，但并不多。"赵丰年点头说："嗯，这件事顺其自然，千万不能节外生枝。"张玉振只好作罢。

三个人刚进饭庄大厅，见小玲站在柜台前，她上前拉着林芝秋的手说："芝秋姐，上次跟你说的那件事，你考虑好了没有啊？"还没等林芝秋回答，张玉振说："小玲，真服你了，为了挣双鞋，你可是没少往这里跑啊。"小玲笑着说："我这是成人之美嘛。"

张玉振说："你就不怕丰源敲断你的腿？"

"他呀。"小玲说，"他还真配不上芝秋姐。"她接着说道："上次，他跟我吹嘘自己在城里坐办公室，月工资五六千，还要在城里买房买车，我觉着条件确实不错，就给他介绍了年龄稍大的姑娘，可是人家一打听，直接拜拜了。"

"咋回事？"林芝秋迫切地问。

小玲说："他真是鬼到家了，明明干仓库保卫，月挣一千来块，人家一听就拜拜了。"

"在门卫值班，倒也是坐办公室，日晒不着，雨淋不着。"张玉振朝着林芝秋道，"芝秋姐，快点上饭，我跟赵主任吃了还有事。"林芝秋答应着去办了。他对赵丰年说："这个丰源，跟我一样，本性难移。"赵丰年没说话，心里总是有些许难受。

第三十七章

赵丰年与张玉振分头行动,赵丰年先去了蔡大娘家。

蔡大娘住在村后的山梁上,一棵高大茂密的楷树生长在她房后的砾石间。据说这棵树有千年历史,已经列入全市古树保护名录。周围散落数处破旧的房屋,从断壁残垣和院中生长的灌木杂草看,这些房子好久没有人住了。

赵丰年隔着矮墙喊了几声,里面没有动静,正当他要离开的时候,蔡大娘背着鼓鼓的尼龙袋子走来,他急忙上前将东西接了下来,说:"蔡大娘,您又去捡破烂啦。"蔡大娘答应着开了柴门,满院子都是塑料瓶子、塑料薄膜等可回收垃圾。他拿了马扎坐下来与她聊天,他问一句,她回答一句。他掏出二百元钱递给她说:"蔡大娘,上次就想给您,结果忘在车里。"蔡大娘没有去接钱,而是站起来回到屋里,拿着黝黑的破包袱出来,从里面拿出一沓钱递给赵丰年:"你拿去。"

赵丰年愣住了,听蔡大娘说:"你拿去,给没钱上学的孩子用,你从小就实诚。"原来蔡大娘是想通过自己将钱捐给困难的学生。顿时,他热血沸腾,同时感到十分愧疚,忙摆手说:"蔡大娘,这钱您留着自己用吧,您放心,我以您的名义捐款。"

蔡大娘态度坚决:"不用你的,你数数。"赵丰年接过来数了数,共计三千元整,说:"蔡大娘,总计三千元整,这个钱您自己留着吧,您已经让我感动了,我替那些孩子谢谢您了。"

"你拿着,要不我不高兴了。"蔡大娘说到这儿,赵丰年觉着没有拒收的理由了,只好收下,说:"蔡大娘,我一定给您老办好。"临走时,蔡大娘将

第三十七章

赵丰年送到门口，说："别说钱是我的。"赵丰年的眼泪都要流下来了，只好点头同意，走了几步猛然回头，蔡大娘已经进屋了，一丛丛迎春花开满在石头砌成的墙头上。

下一家，赵丰年准备去林多余家。他家位于村最东边且最高处，站在门前能看见龙山峡谷和龙山水库，景色壮观，但通往他家的道路却十分难行。走不多远，从山谷飞来一阵阵云雾，很快遮住了视线。赵丰年好在记得路，继续往前走。路过石头院墙，忽然听到狗狂吠，接着传来女主人的声音："再叫敲断你的狗腿。"拐过墙角，见林多余父母坐在门前的石头墩子上，见了他道："是丰年啊，你这是要去哪儿啊？"

"大爷大娘，我去多余小哥家，看您老身体都还健实啊。"赵丰年说着蹲了下来，抚摸着狗的脖子。小黑狗朝着他摇摇尾巴，头硬往他身上钻。林多余母亲说："唉，凑合着吧，没有你爹娘享福啊。俺家多余兄弟四五个，不顶你一个。"林多余父亲接着说："你净说瞎话，就是咱村全部加起来，也不顶丰年一个人啊。"

赵丰年忙说："大爷大娘高抬我了，我没有那么厉害，我找多余小哥就是想让他好好干，让您二老都享福。"

林多余母亲再三叮嘱说："好呀好呀，你快找他吧，一定帮帮他啊，他都快懒死了，一天一个醉，我们也都快愁死了。"赵丰年连连答应告别了两位老人。

走到林多余家门外，赵丰年热出了一身汗，他四面看了一圈，只有一处孤零零的老旧房子时隐时现在浓雾中。忽然，一阵大粪臭味扑鼻而来，赵丰年出于本能憋着气硬是进了院子，见林多余一手攥着酒瓶子一手捏着鼻子指挥小六在厕所里淘大粪。林多余见他进来，急忙朝小六摆手："快挑走，快挑走。"小六答应着，边朝赵丰年嘿嘿笑着，边挑着大粪出门走了。

林多余将赵丰年请到屋里去，喝了一口酒喷了出来，臭味基本闻不到了。林多余这才拿掉手指："臭死了。"然后又喝了一口酒咽进肚子里，说："好多了。"赵丰年说："你自己拉的还嫌臭啊。生产队那会儿，大粪可是咱农民的宝贝啊。咱上小学那会儿，勤工俭学，没少割草拾粪……"

"别提了，再提我要恶心了。"林多余拿出一套崭新的瓷茶具，打开绿茶包装袋，边冲茶边自我显摆道，"这都是闺女孝敬的。"赵丰年问："哎，小娇还上学吧。她怎么……"林多余就怕话说少了他听不懂，忙解释道："小娇自从给大老板当秘书，就不上学了。再说了，现在这社会能挣钱就行，上学不上学无所谓。"

赵丰年听着暗叹不已，环视四周，整个屋子黑洞洞的，像样的现代化家电没有，一台电视机还是黑白的，上边两根天线，说明也是年代久远了。林多余冲上茶水说："丰年，喝水，你用不着来讨债，过两天，闺女发工资了，我就还给你，大老板说了，每月给闺女发最高的工资，还说让我喝个够，人家有的是好酒。"

赵丰年当然知道"大老板"是谁。他回过头来，没有将心里话说出来，而是说了此行的目的："多余，我今天来不是向你催着还钱的，是请你去合作社干活，你不能再这样懒下去了，而且酒多伤身，你要……"林多余立即打断他的话："丰年，咱老人常说，懒人有懒福。你也看到了，我现在都雇人干活了，我以后不差钱，闺女每月一万多块。"

赵丰年实在憋不住了，将心里话终于说了出来："多余，你一口一个大老板，传刚的为人处世你不知道吗？你怎么敢让小娇跟他干呀！"

"人家大老板虽然没有开合作社，但挣钱不比你少。"

"我的意思不是钱的问题。"赵丰年停顿一会儿，稳住自己的情绪，继续道，"还有，小六是什么人你不知道吗？你怎么忍心让他干又脏又重的活?!"

"他就是个傻子，我说给他找个跟我老婆一样的女人，他还真相信了，我让他干啥活他就乖乖地干啥活，哈哈。"

"你呀。"赵丰年刚要劝林多余几句，张玉振打来电话，说羊窝子村家家户户散养鸡，质量上乘，每天供货千八百斤不成问题。赵丰年嘱咐他立即跟村民签订收购协议。挂断电话，正要给李梦好打电话，她正巧打进来了，说蔬菜被王经理全部收下了。赵丰年大为高兴，立即安排道："梦好，我打听过了，我们想要开发山鸡蛋产品，就必须办理食品生产许可，也就是QS标志，你现在就着手到食监局申请办理……"李梦好连连答应马上去办理。

"今天太顺利了。"赵丰年挂断电话，刚要继续跟林多余交流，手机又响了，他看是任政打来的，起身走到院子里接听。任政说今天要到合作社调研，他连说："好好，欢迎领导来指导工作。"挂断电话他对林多余说："多余，今天先到

第三十七章

这儿，我有事先走了。"

林多余巴不得他快走，连连向外挥手："你忙，你快去忙吧。"赵丰年走了几步，又不放心地说："多余，我还是要提醒你几件事：第一，不能让小娇跟着传刚干了；第二，不能让小六白给你干活了；第三，不能再懒了，明天就到合作社干活去，干一天有一天的工资。还有……"林多余实在烦他啰唆了，也悄声朝他道："丰年，咱俩从小一块长大，我只提醒你一件事啊，你最好离林芷芗远点，村民背地里闲话不少。"

赵丰年听罢，顿觉头晕目眩，恨不得找个悬崖跳下去，禁不住向外一瞥，云雾已经散去，龙山主峰清楚可见，山谷中飘荡着白云，仿佛置身云海中。此时，赵丰年顾不得欣赏美景了，没再说一句话，转身匆匆离去。林多余望着他离去的背影道："哼，从小就好为人师，现在自身难保，我可不听你的。"转身又拿起酒瓶对口喝了起来。

赵丰年赶到合作社，任政已经到了，跟他来的还有康肇平等人。赵丰年请他们进办公室，任政说不用了，这次主要来调研合作社的成功做法，准备在全镇推广。赵丰年忙摆手说做得还不够，更谈不上成功。赵丰年带着他们到合作社收购站点、加工厂房、塑料大棚、蔬菜种植基地等进行了参观、考察。看到各项工作有条不紊，呈现一派繁荣景象，任政等人赞不绝口。站在层层梯田上，康肇平让赵丰年讲几句话，他婉言谢绝，林芷芗大大方方走过来，对着镜头侃侃而谈，直到康肇平说"OK"。

任政拍着赵丰年的肩膀说："好样的，不愧是当过兵的，有气魄、有能力、有前途。"临走时，任政问他有没有困难，赵丰年忙说没有，然后从口袋里掏出一大沓百元钞票说："任书记，村里蔡大娘让我把钱转捐给没钱上学的孩子，请您送交镇教办吧。她是一位孤寡老人，不要低保和村里的任何补助，天天捡破烂自食其力……"还没等任政反应过来，康肇平立即认识到这是一条好新闻，让赵丰年带着他去采访蔡大娘。

赵丰年说："蔡大娘平静惯了，别去打扰她老人家了。"这时，任政明白了，他接过钱感慨道："蔡大娘这份心意，真让我们感动啊，我不禁想到，在扶贫的道路上，还有什么困难能难倒我们呢！"

当晚，龙海市新闻联播播放了任政在振兴合作社的调研报道，当画面出现林芷芗的采访镜头时，叶彤看到了，第一时间给徐雯雯打了电话，让她快看今晚的新闻，没等徐雯雯问怎么回事，她神秘笑着挂断了电话，这更引起徐雯雯的好奇心。因为新闻已经过了，她通过回放看到了真实的画面，当看到赵丰年和林芷芗在一起的画面时，特别看到林芷芗大出风头，脑海里忽地冒出他们去省城开房的情景，憋在心底的怒火一下子爆发了，她立即给叶彤和菲菲打电话，限她们半小时内到皇冠娱乐城。

菲菲离皇冠娱乐城较远，等她进了包间，已经迟到了十分钟，推开门见王亚和叶彤正在劝慰徐雯雯。"雯雯，你堂堂的城里人，高贵的总经理夫人，董事长千金小姐，可别输给一个乡下老女人。""这个丰年啊，口味也真是怪异，放着美貌如花的老婆不珍惜，反而去追寻什么已经索然无味的过往，还……"菲菲一步闯进来，打断王亚的话说："你们俩来点正能量好不好呀，不就是一个再平常不过的新闻现场嘛，他们要是有那种事情，能上新闻吗?！"

"我不管，我要跟他离婚！"徐雯雯哭诉着。叶彤趁机挑拨说："就是离婚，也不能让他们俩好过，给他们曝光，看看他们还要脸不。那个林芷芗真心狠，害死自己男人了，又来勾引赵总。雯雯，你可别学她那没出息的男人。"然后对王亚说："你有什么办法？"王亚神色慌张忙摆手说没有。

徐雯雯说："我不会自杀，我要离婚……离婚……"她抱着头痛不欲生。

菲菲忙劝说："雯雯，你是堂堂的公司老总，有点理智好不好，事情没有你想象得那么糟，我劝你别给丰年添乱了，我凭感觉，他们真没有什么，他对你真的很好，如果真有事，不等咱们，公安就找上门了。"她伸手拉着徐雯雯："雯雯，没什么大不了的事，别听某些人的挑拨离间，你们应该好好坐下来谈谈。"

徐雯雯叹气道："其实，我想很久了，我实在不愿意过这种日子了。"

第三十八章

"离婚？雯雯，你神经了还是听到了什么……"赵丰年接到徐雯雯要求离婚的电话，吃惊不小，好长时间才反应过来，"我不同意。"

"丰年，我们好聚好散，你有你的理想，我有我的活法，我不能干涉你，你也要理解我，我们没有必要搞得沸沸扬扬，你提出条件吧，我一切都答应，前提是必须离婚。"徐雯雯把话都说到这份上了，赵丰年猜想她肯定早想好了，但还是想挽回目前的困境，他强忍忧伤的心情，说："雯雯，你说，只要不离婚，你让我怎么做都行。"

"你只要回城，很简单。"徐雯雯说。

"我……"

"我就知道你舍不得那个老女人。"

"雯雯，你胡说啥呀，我们……"赵丰年刚要解释，徐雯雯猛地将电话挂了。赵丰年越想越觉着不对劲，难道妻子变心了？应该不会，凭直觉，她不会爱上王亚。难道听到了村里的风言风语？她身边有个王亚，恐怕自己无论干什么也瞒不了她，自己有必要回家跟她解释清楚。赵丰年跟张玉振打了声招呼急匆匆赶回城里，路上拨通了妻子的手机，不管她听不听，将自己的心里话说了出来："雯雯，离婚，门都没有，我坚决不同意，我这就回家，咱们坐下来好好谈谈，有些事听我跟你解释清楚……"

赵甜正在做作业，赵丰年问："你妈没有回来？"赵甜头也没有抬，继续做着作业说："还不到下班时间，她回来干啥？"他心想也是，接着问她怎么没有去学校，赵甜说快高考了，现在学生都在家里复习。他忽然觉着对不住女儿，高考的关键时候,也没有时间陪读,他心想,就是为了女儿也不能离婚。为了表达自己的心意和歉意,他特意去超市买了妻女最爱吃的食物,围上围裙开始做饭。

饭做了一半,手机响了,赵丰年擦干了手拿起手机,见是张兴海打来的,他声音很急,大意说秦翠从架子上摔下来受重伤了,张玉振已经去市立医院了。赵丰年忙对女儿说了一声匆匆出门了。他来到医院手术室,张玉振和张兴海等人已经在外面焦急等候了,他安慰张玉振不要担心,有困难大家一起承担。

秦翠从手术室出来已经半夜时分,她躺在床上紧闭双眼,脸色煞白,不停地咳嗽,浑身缠满了绷带。转到病房后,医生问谁是家属,张玉振赶紧上前,赵丰年和张兴海也跟了上去。他们来到走廊里,张玉振担心地询问妻子的病情,医生没有及时回答,而是询问了秦翠的工作,张玉振说在城里给人家刮泥子。医生点头说:"我告诉你们啊,病人应该得了尘肺病,总体密集度阴影超过四个肺区,已经相当严重了……"

张玉振听了更加着急,抓住医生的手迫切地问:"医生,你说我该怎么办?怎么办?"赵丰年忙将张玉振拉开,咨询医生:"医生,从目前病情看,是先治摔伤还是尘肺病?"医生说:"摔伤死不了人,十天半月就康复了,尘肺病如果不赶紧治疗,可有生命危险。"赵丰年点头说:"医生,我们明白了。"

"都怪我,不让她刮泥子就好了。"张玉振自责道。张兴海安慰道:"玉振,别自责了,你们刮泥子不是一天两天了,嫂子得这种病,主要是防护不到位。"张玉振立即埋怨妻子道:"是,我经常告诉她,要带着防尘口罩,可是她嫌麻烦,这……唉,这麻烦更大了,还得花钱,谁知道得多少啊,听说治疗这种病花钱无底洞。"

赵丰年说:"无论花多少钱也得治疗。"他知道张玉振目前的经济条件,安慰道:"玉振,放心吧,我说过了,我们一起想办法,别为治疗费担心。"张兴海在旁边也安慰他,张玉振提着的心这才安稳下来。

安顿了张玉振和秦翠,赵丰年回到家里已经凌晨三点了,赵甜还在复习功课。看到饭桌上的饭菜没有动,他忙走进卧室,打开灯见床上平整如初,心里顿觉不是滋味,来到女儿房间问:"你妈回来了吗?"

赵甜站起来伸着懒腰,打着哈欠说:"你们是……是怎么啦,怎么回家都

第三十八章

先问回来了没有？爸爸，你是不是跟妈妈两军对立了，要离婚吗？"

赵丰年心里咯噔一下，忙说："不许胡乱猜疑，我跟你妈好着呢。"

"好就好。"赵甜说着到卫生间洗漱。赵丰年担心女儿受到影响，过来隔着门说："甜甜，我告诉你啊，当前你的主要任务是安心复习，备战高考。"赵甜刷着牙说："知道了。噢，妈妈回来过，不过很快就走了，好像很生气的样子。"

赵丰年来到餐厅，肚子里明明咕咕叫，却一口也吃不下。他拨通了妻子的手机，没承想关机，他不免担心起来，想给岳父打电话询问，忽然觉着这时间又不妥，便起身将饭菜放到冰箱里，收拾干净回到卧室，忽然见床头柜上有一张纸条，上面写着：我们已经没有什么好谈的了，你明智的话，咱们协议离婚，真要是等律师找到你，一切就没有协商余地了。他看完将纸条扔到地上，长叹一声一头倒在床上。

赵丰年打了一个盹天就亮了，他感觉头脑有些发胀，到卫生间用凉水冲了头，然后拿着毛巾出了门。小区里有人还认为他跑步冒出的汗水，说："丰年，真早啊，跑步出汗了。"还有人老远喊："赵总，最近忙什么去了，好长时间没见你晨练了。"这时，不等他回话，有人跟着解释说："赵总回乡创业了，都上电视新闻了……"他也没有心情跟这些人聊天，而是继续拨打妻子的手机，依然关机。他边走边给岳父打电话，里面传出徐大营低沉的声音，他忙问："爸爸，雯雯昨晚在您那儿吗？"

徐大营嗯了声。赵丰年忙说："爸爸，您劝劝雯雯，她突然提出离婚。"徐大营显得不耐烦，说："你们都不是小孩子了，还用我操心吗？"说完他就挂断了电话，这让赵丰年既失望又伤心，同时也放心了。

赵丰年本想吃过早饭去岳父家"负荆请罪"，刚咬了一口油条，张玉振打来电话说要退股份给妻子治病。他放下筷子丝毫没有犹豫说："玉振，我跟你说过了嘛，有困难咱们一起扛，我不同意你退股，眼看就要挣钱分红了，不能让你们这些功臣利益受损。"

"赵主任，我知道你为我好，我咨询过了，治疗尘肺病需要好多钱，我不想给你和合作社添麻烦。"赵丰年立即说："玉振，给秦翠治病的钱，我想办法给你借，你放心吧。"说完他挂断电话，接着就盘算着找谁借钱，战友、同

事、朋友甚至家人滤了一圈，他最终拨通了菲菲的电话。菲菲正想找赵丰年说事，还没来得及问，他第一句话就道："菲菲，我求你一件事。"菲菲没有丝毫犹豫："赵大哥，有事你尽管说，说不上求。"

"那好，菲菲，我直说了……"接着赵丰年将借钱的事情说了。菲菲说："赵大哥，本来我想找你商量，想在你们村找一户贫困人家结对子，尽点绵薄之力，你这么说，我先捐给他五万吧，不够再说。"

赵丰年忙说："不不，菲菲，两码事，这个钱是借的，我以人格担保，到时候连利息一起还。至于你想结对子的事情，我另找合适人家，先谢谢你了。"

"赵大哥，不用这么客气，你给我卡号吧。"菲菲说。赵丰年通过微信发给了菲菲银行卡号，还没等坐下吃饭就来短信提示了，显示五万元到账。他按捺不住激动的心情，立即给张玉振去了电话，让他放宽心，钱已经有了，吃过早饭给他送去。

上午，赵丰年给张玉振送去五万元钱后，打算去岳父家，又一想这时候他们肯定上班了，不如先到公司找妻子谈谈。这时，镇政府办公室秘书来电话，让他十点前到镇会议室开会，还特别强调了一句，请假必须找一把手。李梦好又来电话说，办证需要法人亲自签字和盖章。这样一来，他寻思着妻子也不过是逼自己回城，只好先回村办要紧的事情了。

这次还真让赵丰年想错了，还没有开完会，他接到妻子通过微信发过来的《离婚协议书》，后面还跟着她的一段话：为了甜甜高考不受影响，我们最好协议离婚，这样对谁都好。他顿时感到一阵晕眩，好在他刚讲完话，要不然还不知如何讲下去。

《离婚协议书》里写得很详细，因为眼花，他决定先不回城里，回合作社办公室仔细阅读再做决定。开完会天已经黑了，回村的路上下起了小雨，到了合作社门前广场，听见音乐响着，他寻思下雨天还有人跳舞啊，走近了才看到只有林芷芎一个人在跳舞。他怕村里人看见影响不好，没有过去打搅，转身默默进了办公室，将《离婚协议书》转到手提电脑上仔细阅读里面的条款内容，其中对家产的分割非常细致，清晰写着自己已经从家里支走一百五十万元现金，卖了一辆奥迪车四十万元，平时一些零碎带走的估计也有三十万。

赵丰年将身子往后仰，展开手指摩擦着快要爆炸的头颅，反复开导自己：

第三十八章

忍住忍住，想开想开，身体要紧，没有过不去的坎，自己没做错事……他起身转了一圈，然后坐下继续看内容：目前，家里存款还有四百万元，一套楼房，价值三百万元……给女儿留学二百万元，还剩二百一十万元。看到这里，赵丰年感到丝丝晕眩，后面他不想再看下去了，捂着脸直觉眼泪湿润了手指。

"忙什么呢？吃饭了吗？"背后突然传来林芷芗的声音，赵丰年吓了一跳，急忙关掉电脑页面，用袖子擦了脸上的泪痕，转身道："哦，只有你一个人跳舞，下雨天别感冒了。"心里巴不得她快离开。林芷芗嗯了声，从脸盆架子上拿着毛巾擦拭头上的雨水，侧身问："怎么啦？看你不高兴的样子。"

"没没。"赵丰年忙道，听到她关切的声音，内心更加委屈伤感，真想将心中的郁闷和痛苦向她倾诉了出来，忽然一想，算了，别打搅人家了，便打开了浏览页面，想找新闻看。林芷芗擦干了头发，坐到了他对面，长长地叹气。赵丰年愈加心慌，她看出他的心情，劝道："事情都过去了，我已经从悲伤情绪中走出来，你要保重身体……"

赵丰年听着她善意的表达，感觉温暖如春，忽然想起林多余的提醒，又好似乍暖还寒，只好改变话题："最近跟张保联系了吗？他身体恢复得怎么样？"

"唉，想着这几天去看看。"

"这样吧，让兴海跟你去……"

赵丰年刚说到这儿，张兴海走了进来："主任，让我跟芷芗嫂去哪儿？"

赵丰年立即笑着说："说曹操，曹操就到。是让你跟芷芗去省城看望张保。"张兴海接着说："好好，芷芗嫂肯定想儿子了。"几个人正说着话，张玉振走了进来，林芷芗忙问："秦翠好些了吗？"赵丰年好奇地问："哎，你不在医院陪护，怎么回来啦？"

张玉振解释道："今晚我岳母陪床，让我回家睡觉。回来了，总是想来合作社转转看看。"张兴海接着说："玉振的心情我感同身受，每天要是不来合作社转转看看，心里就放不下。"林芷芗也说了类似的心情。赵丰年感动地说："谢谢你们，眼下有这么几件事要办，一是秦翠好了以后呀，不能让她去刮泥子了，回村开个民俗旅馆。二是在龙山饭庄给兴海和晓晓举办婚礼，咱不铺张浪费，但要搞得热热闹闹……还有一件是，兴海跟芷芗去趟省城，探望张保，这个孩子也是咱们大家心上的事情。"

"谢谢。"林芷芗擦着眼泪说。忽然,外面传来喊叫声:"妈、妈……"接着传来赵树店的声音:"谁呀,找谁?"林芷芗听出是儿子的声音,但她不敢相信是真的,透过玻璃窗朝外张望。张兴海先出去了,接着传来他惊奇的声音:"是张保呀,你怎么回来啦?好了吗?"

林芷芗终于相信了,刚要跑出去,张兴海和张保已经走了进来,她抱着儿子激动地问这问那:"是你吗?你好了吗?你怎么回来的?"

赵丰年笑着说:"看看你,儿子回来了,还流眼泪。"林芷芗忙指着他对儿子说:"这是你赵叔,就是他送你去的医院,你还认得不?"张保摇摇头,然后叫了声叔叔,接着问了玉振和兴海。张兴海问:"张保,你怎么找到这儿的?"张保说:"我回家后,见妈妈、爸爸不在家,是邻居告诉我妈妈在这儿跳广场舞,爸爸呢?"

林芷芗抱着儿子又哭了,大家又不好解释。林芷芗拉着儿子的手说:"咱们回家吧,别给你叔叔们添麻烦了,改天好好谢谢这些关心我们的恩人。"张保很有礼貌地一一告别。

看到林芷芗娘俩消失在雨夜中,赵丰年对他们俩说:"玉振、兴海,你们都累一天了,早点回家休息吧。"张兴海不想走,张玉振感觉累了,便起身刚要出门,忽然听到村委大喇叭传来李昭村急促的声音:"村民注意了,下个紧急通知啊,咱村五婶家的孙女小珊和小玲家的女儿丽丽放学后,到现在还没有回家,谁要是看到了,抓紧告诉五婶和小玲啊……"

张玉振转过身来,还没有开口说话,小玲急匆匆地跑进来求大家帮忙找孩子。

第三十九章

　　这一夜,龙山村几乎所有人都行动了起来,他们拿着手电筒在路边的深沟里、河塘、大坝里四处寻找,急促、撕裂的喊声在山间夜空里回响着。

　　赵丰年根据小玲提供的线索,当即安排道:"兴海,你到小珊、丽丽同学家了解情况,玉振开车去学校了解情况,你是侦察兵出身,沿途尤其是深涧、河塘要仔细观察,我去村委跟昭村主任商量下一步寻找的方案,咱们时刻保持电话畅通。"说完,三个人分头行动。

　　赵丰年来到村委,五婶正对着李昭村诉说孙女至今未归的情况,有人提醒报警,李昭村说失联不到二十四小时,派出所不会立案,眼前先派人寻人。不一会儿,张兴海反馈信息说,小珊曾经对同学说要当演员了。赵丰年心中忽然升起不祥的预感,他即刻对李昭村说:"我看不要在村周围盲目寻找了,小珊和丽丽应该没有回村。"小玲接着说:"是啊是啊,到现在为止,咱村没有人看到她们的影子。"

　　大家正说着话,张玉振来电话了,说学校保卫隐约看到小珊和丽丽放学后,被一辆越野车接走了。赵丰年接着问一句:"保安看清车牌号了吗?"张玉振说没有,他正在做进一步询问。

　　赵丰年果断地说:"综合分析,我断定小珊和丽丽没有回村,她们去了城里。"这时众人开始议论纷纷,小玲急得跺着脚说:"她到城里干什么呀,我们又没有亲戚在城里。"当有人说她们是不是去歌舞厅时,连一向镇静的五婶也着急了,拉着赵丰年的手说:"丰年,你对城里熟悉,快给想想办法吧。"

　　赵丰年对李昭村说:"李主任,我跟兴海、玉振去城里寻找,你在家坐镇指挥，一旦有消息立即通知我们，我们一旦有线索也马上告诉你。"李昭村点头答应。

去城里的路上，赵丰年三个人分析，小珊她们很可能被张传刚骗走了，一旦落入他的手里，这些涉世不深的女孩儿肯定吃大亏，所以必须在最短的时间内找到她们。张玉振给张传刚打电话，果然关机。三个人交换眼色，立即直奔皇冠娱乐城。他们从前院到后院，再到地下室，凡是停车的地方都查遍了，没有张传刚的车辆。他们进了歌厅逐门逐间寻找，惹得客人非常不高兴，服务生过来驱赶，正在气头上的张玉振跟他争吵了起来。

于伟从监控中看到有人闹事，带着保安过来，一看都相互认识。张玉振指着他的头皮厉声道："快把张传刚这个狗杂碎叫出来！否则，别怪我砸碎整个娱乐城。"于伟身后的保安不愿意了，冲上前要跟张玉振动手，被赵丰年及时阻止了，他将于伟拉到一边，诉说了事情经过。

"他真的没有来我这里啊。"于伟实话实说，"我也好长时间没有见到他了，不信，你可以调出娱乐城的监控查看嘛。"张兴海走了过来，说："于老板，怎么说你也在我们村盖了房子，龙山村的人没有怎么你呀，你……"于伟忙说："我知道我知道，怎么说我也是龙山村的人嘛，不能不帮忙。"接着将赵丰年拉到小房间，不一会儿两个人出来了，赵丰年朝张玉振、张兴海挥手，三个人出了歌舞厅来到车上。赵丰年拨通了蔡三九的电话，说："蔡大哥，你能联系上传刚嘛，有人看到他将咱村两个女孩子从学校带走了啊，至今没有回家，家长都急疯了。"

手机里传出蔡三九的声音："丰年啊，其实，我跟他也不怎么熟，既然你找到我头上，我也不能不管呀，我联系一下看看啊。"说完随即挂断了电话。

赵丰年立即对他们说："我们分头行动，将城里所有大酒店、会所、KTV歌舞厅寻找一遍，越快越好。"张兴海和张玉振刚下车，赵丰年敞开车门又嘱咐道："打的，别怕花钱。"说完，他开车来到一家大酒店，跑到前台进行询问。当找到第五家酒店时，蔡三九来了电话："丰年啊，我告诉你，我跟传刚联系上了，没有你们想得那么严重，他说林小娇请同学吃饭，他只是提供了方便，哈哈。"

赵丰年仿佛提在心头上的石头一下子落地了，他从总台上抽出几张纸巾擦

第三十九章

了额头上的汗珠,虽然还不完全相信他的话,但还是说:"蔡大哥,谢谢你啊。"

"丰年,这份情可是记在你头上了啊,哈哈。"蔡三九说完接着挂断了电话。他还没等喘口气就想给李昭村打电话报平安,这时手机又响了,是张念爸打来的,他刚放在耳边,就听见张念爸着急的声音:"丰年,你快来帮帮忙,张念手指被人剁了。"

"怎么又凑到一起了,祸不单行啊。"赵丰年边开车往张念爸的住处赶,边打电话通知张玉振和张兴海赶去,同时打电话给李昭村说明了情况,让孩子的家长放心。

赵丰年赶到张念爸的住处,张玉振和张兴海也赶到了,他们面前出现一幅既可怜又惊恐的画面。张念躺在床上紧闭双眼,汗珠子直往下流,张念爸紧紧攥着他的一只手,鲜血从指缝里往外流。张玉振急切地问:"怎么回事,到底出什么事情了?"赵丰年忙说别问了,快送张念去医院。

来到医院急救室,当张念爸松开手,赵丰益查看伤口时,周围的人禁不住都惊呆了,左手中指和食指只剩下半截。张念爸差点吓晕,哭着道:"你这是咋了啊?"赵丰年急忙问张念:"张念,断掉的指头哪儿去了?"张念艰难地说:"在口袋里。"离他最近的张兴海迅速从他口袋里掏出两截手指递给赵丰益,说:"还好,来得及,快送手术室……"

手术室外,张念的父母焦躁不安,一个劲地自问:"这到底怎么回事?他做什么了?是谁砍断的呀……"不但张念父母不知道,在场的人都感到事情不简单,赵丰年隐约感觉与张传刚有关。

确实。今天下午,张传刚让张念开着自己的车,拉着林小娇去接客人吃饭。张念也没有多想,按照林小娇的指挥,顺利接着刚下学的小珊和丽丽,因为是一个村的,彼此都熟悉,说说笑笑来到了临海大酒店。下了车,丽丽抬头望着高耸云端的大厦忽然犹豫了,林小娇拉着她说:"走吧,就在里面,一会儿我请客。"

走到电梯前,林小娇让张念不要跟着上去了,在外面等着。张念也没有多想,退到大厅坐在沙发上玩着手机。忽然,听到张传刚的声音:"费科长,就等你了,方总已经到了。对对,绝对学生妹,处……我什么时候骗过你……"

张念转头望去,见张传刚跟一个中年人走了进来,他拿着手机坐到角落的

沙发上继续打着电话，眼神在大厅里来回巡视，显得有些神秘和紧张。张念忽然明白小珊和丽丽的危险处境了，他猫腰进了卫生间立即给林小娇打电话："你说实话，今晚是不是大老板设的局，想陷害小珊和丽丽？"林小娇不想承认，张念接着道："你要是不想被村民用石头砸死，快说，在几楼？"

林小娇本来看到张传刚找女孩子生气、嫉妒，害怕她们取代了自己的位置，经张念这么吓唬，她也害怕了，告诉他在八楼。张念没敢去乘坐电梯，快步跑到了八楼，看到小珊和丽丽正在门口跟林小娇争执，他喘着气跑过去，拉着她们的手说："快跟我走！"说完还狠狠瞪了林小娇一眼。

三个人朝电梯口跑去，忽然听到电梯开门的铃声，接着传来张传刚等人的奸笑声，他急中生智，快步闪进女卫生间，待脚步声过去，他让小珊伸头看看人走了没有。小珊伸头，看到他们离去的背影，朝张念招手，然后三个人悄悄来到电梯前，可是电梯正忙，张念怎么按电钮也停不下来，他隐约听到张传刚正大声呵斥林小娇，他急忙拉着小珊和丽丽朝楼梯跑去。

还好，下到一楼大厅，没见张传刚追过来，张念稍稍放心了。一转头忽然看到张传刚几个手下站在大门口，他又领着小珊和丽丽从后门跑出大酒店，在路上截住一辆出租车，让她们坐在后排座位上，给了司机二百元钱，说："师傅，山河镇龙山村，二百足够了。"司机答应着开走了。

张念望着离去的出租车，提着的心终于放了下来，他抬起手臂擦了脸上的汗水，刚要转身离去，忽然一想，自己这样走了，张传刚一定会找林小娇的麻烦。正当他要回去时，一帮人跑了过来，问："张念，人呢？你放走了吧，你想找死啊……"张念也没有理会他们，径直来到一楼大厅，果然见张传刚气得暴跳如雷，指着林小娇大骂："要是找不回人，你等着挨揍吧。"

"人是我放走的，不关她事。"张念走了过来。张传刚扔下林小娇，接着狠狠给了张念一耳光，骂道："臭小子，我就知道是你放走的，别人没有这么大的胆子，你是活够了吧。"

张念朝着他愤恨道："我不是活够了，是终于想通了，从今以后，我决不跟着你这个畜生干了！"说完就要离去，却被张传刚的手下拦住了。张传刚恶狠狠地说："你说来就来，想走就走啊，你不会忘记入行的规矩吧。"

"我没有忘！"张念说着从内衣中掏出一把匕首，朝着自己手指道，"我

第三十九章

放走了两个人,自断两个手指,算是公平了。"说完,两根手指掉落地上。有人大喊:"出人命了。"费科长和方总吓得趁机溜走了。

这时,有人说女孩子坐着出租车走了,张传刚正要安排人去追截,蔡三九打过来电话:"兔子还不吃窝边草。你不动脑子啊,你请女孩子吃饭的事情,全村都传遍了。"

"蔡大……九爷,我……我一时疏忽,都是张念这个小子给搅了,我这就去追……"张传刚还要解释。蔡三九厉声道:"我看你不想活了。"说完迅速挂断电话,张传刚这才罢手,骂骂咧咧带着手下走了。

经过赵丰益及时抢救,张念的手指总算完整保住了。张念爸拉着赵丰年的手说:"丰年,张念就交给你了,只有你能救他啊。"

这件事在龙山村引起不小的震动,出现了两种截然不同的声音和看法。张玉匣在村委里当着众人面道:"值得大惊小怪嘛,人家大老板好心好意请她们吃饭,看看,这事闹的,差点惊动公安局了。"

李昭村坐在对面,立即反驳道:"你说得简单,难道你不知张传刚是什么德行吗?什么时候了,到现在还袒护着他,也不怕……哼!"

"你把话说清楚。"张玉匣立即不满道,"我怕什么啦?我至少知道他张传刚现在是咱村的守法村民。"他刚说到这儿,有人不满道:"他是你们张姓家族的,你护着他呗。"

张玉匣拍着桌子站了起来:"你们说话可是要留有余地,我张玉匣怎么说也是当过兵的人,从来公私分明……"李昭村不等他说下去,大声对林多余说:"多余大哥,你去把张念找来,让他说说张传刚到底是什么样的人!"

"对对,这个小子跟着大老板很长时间,他最知道底细。"

"哎,听说这次小珊她们多亏张念机智相救,别看他年纪不大,就是义气。"

"他就是个小卒,还是人家蔡三九行啊,一个电话就把事情搞定了,这个人……"没等这个人说完,张念一步闯了进来,大声说:"你别说了,蔡三九这个人跟张传刚一样,我知道他们都不走正道。"此话一出,满屋皆惊,当李昭村的目光要落在张玉匣身上时,他已悄悄溜走了。

张玉匣不在,李姓村民顿时有了底气,纷纷要求李昭村腰杆硬起来:"主任,俗话说,有权不使过期无效。我们都拥护你。"李树善进来说:"昭村,别看你是村主任,但你得好好跟着丰年学学,他的能力和为人处世方面,都比你强。"

当着众人面,说自己不如别人,李昭村心里别提多别扭了,但李树善是族长,在村里德高望重,又不能拿他怎样,李昭村干脆将脸扭了一边,越想越不是滋味,越想越憋着一股气。

"村民们,我竞选村主任的时候说了,当官不是为了自己,只想为村民办点实事,你们要是相信我支持我,现在跟着我走。"李昭村说完迈开大步出门了,众人还不知道他要做什么,纷纷跟在他的后面,多半是看热闹。李昭村一直走到秦秀琴家门口才停下来,这时有人明白了,上前劝道:"李主任,你想捅马虎屁股?可是要小心点啊。"

小六蹿出来大声道:"我不怕她。"说完跑上前拍门:"开门开门,村主任来了,快开门。"话音未落,门是开了,但蹿出一条狼狗,众人纷纷后退,小六抄起木棍狠狠砸在了狼狗的头上,狼狗惨叫着转身往里跑,小六顺手抓起狼狗的后腿摔在了大门旁的石墩子上,顿时,脑血迸飞,狼狗惨叫一声一命呜呼了。

秦秀琴疯了一般冲上去抓小六,小六转头快跑,她跟着追打。这时,众人涌进去,满院子鸡、鸭纷纷往墙头上乱飞乱窜,室内空荡荡的不曾住一人。李昭村对张念说:"你将挖掘机开来,全部拆了,要快。"

"好嘞。"张念跑出去,不一会儿开着挖掘机将房屋铲平了。众村民一片欢呼。秦秀琴跑回家,见房屋没有了,一时也呆住了,往日的神气一下子没有了,等她醒悟过来,立即打电话给自己的男人,这才哭喊着说房子被李昭村强拆了。有人提醒李昭村要当心,他故意大声道:"这房子是违法占用,不符合村规划,早该拆了……我不怕,我在村委等着他们告我!"

接着,李昭村带人将采石场的厂房、设备全部贴上封条,停止一切工作。并且告诉他们抓紧将欠款交到村委。紧接着,他又指挥部分村民将村里的养猪、养牛、养鸡专业户的圈舍、大棚等全部拆除,责令他们三天内搬离出去。养殖户看到天上飞地上跑的畜禽,纷纷反映时间仓促,而且为啥不事先通知。李昭村立即给予反驳:"上边早有通知,村里不让搞养殖了,你们仗着某人权势硬顶着不拆不搬,我可不听那一套,村民选我,我理应为大多数村民办实事。"

"难道我们不是村民吗?"

第三十九章

"你们不搬不拆,是不守法村民。"

"我看你只护着李姓家族,你态度蛮横,工作粗暴,我到上级告你!"

"在我眼里,姓李姓张的都一样,你告吧,我在村委等着……"

李昭村的工作力度立即在龙山村引起强烈反响。有人拥护,也有人反对。在蔡三九隐秘、豪华的会所里,聚集着一帮人,他们各个神色凝重,暗含杀气。张传刚拳头砸在桌面上,恶狠狠道:"我看,干脆将李昭村做了了事。"

蔡三九气得狠狠瞅着他道:"你总是不动脑子,这时候敢动他一根汗毛吗?"

"那也不能让他嚣张下去。"张传刚说。

张玉匣说:"我看他得意不了几天。他干的这些事,一没有请示党支部,二没有召开村委会,三态度强横,简单粗暴,村民反应强烈。我已经上报镇领导了,很快会有处理结果,还反了他不成,哼!"

蔡三九瞥了他一眼,说:"你们小看他李昭村了……我告诉你,他干的这几件事,难道不是你当支部书记的应该干的吗?"

"我不是……"张玉匣没有说下去。蔡三九自然知道他的意思,说:"你的好意我是领情的。"说着他站了起来,走到张玉匣跟前,拍拍他的肩膀说:"我告诉你们啊,现在形势对我们不利,一动不如一静。"张传刚刚要说话,被他用手示意下去,神秘兮兮地说:"我自有办法让他死无葬身之地!"

第四十章

"这次李昭村力度之大,前所未有,我担心他会受到报复打击。"在振兴合作社主任办公室,也坐着一群人,大家无不为李昭村担心。

张玉振站在窗前,指着窗外兴奋地说:"你们看,拆了三马虎的房屋,现在咱们合作社多敞亮啊,喘口气也舒坦。"林芝秋接着说:"李昭村真做了一件随民意、顺民心的大好事,他胆量也够大的,竟敢拆了三马虎的房子,以后咱这儿下雨天,再不会洪水倒灌、臭气熏天了。"

林芷芛的看法却相反:"依我看呀,李昭村做事有些鲁莽、简单,先不说许多村民堵在村委门口讨要说法,那些养殖户的圈舍都给扒了,又没有给他们事先安排接收场地,现在满大街猪、鸡、狗、羊到处乱窜,成了啥了,唉。"

"哎,村民都说好,你怎么唱反调?"林芝秋反驳,被赵丰年止住了,他刚好来了微信,看是妻子发来的,心想妻子改变主意了,巴不得他们快离开,说:"好了,李昭村所作所为,村民自有公论……刚才我们召开了周例会,安排了工作,每个人都清楚吧?"众人都说清楚了,他接着说:"好,散会,大家都忙吧。"说完就想看手机内容。

"赵主任。"李梦好和林芷芛不但没有离开,还异口同声地喊赵丰年。赵丰年抬起头来,林芷芛忙笑着对李梦好说:"梦好,你有事先汇报吧。"说完就要离开,被赵丰年叫住了:"芷芛,你有事,先别走。"

李梦好似有尴尬,其实她只想单独跟赵丰年聊聊,见此情景,只好重复汇报了刚才会议上的事情。赵丰年听着并没有新事情,便说:"好,你做得很好,快去忙吧。"李梦好只好转身离开,快到门口,又被赵丰年喊住:"梦好,过几天要给兴海办婚礼，到时候你主持啊。"李梦好答应着走了。

林芷芗望着李梦好的背影扑哧一笑，赵丰年忙问："你笑啥？"林芷芗笑而不答，也没有坐下，而是说："我的事情很简单，就是告诉你，张保可以回学校继续学习了，昨天收到他学校来的信函了。"

"好呀，从此以后，你们的日子就会越来越好了。"赵丰年说到这儿，勾起了林芷芗许许多多的伤心事，她没有说出来，而是点头说："谢谢你，要不是你，我坚持不到现在，或许跟着他……"赵丰年没让她说下去，笑着说："老张要是活着该多高兴呀，等张保挣钱了，你们的日子就好过了。"

林芷芗将眼泪堵在了眼眶里面，故作笑容说："丰年，特别谢谢你，真的。"

赵丰年忙说客气了，眼睛又不时地看手机，林芷芗知道他有事情只好告辞走了。

赵丰年找到徐雯雯发给他的微信，并不是自己想象的内容，看了反而更令他心碎。内容很简单：看在咱们夫妻一场，屋里的所有财产随你挑选，房子你先要，付给我一百五十万，如果不要房子，我付给你一百五十万。甜甜跟我，你不要抱有任何想法。

"她这是没有一点商量的余地了，也真够绝情的。"赵丰年扔下手机，跑到窗口想大喊几声，发泄心中的郁气，忽然见窗外有很多社员，他强忍住了。

其实，徐雯雯发这条微信，也是受到菲菲的劝告："雯雯，你不要把事情做绝了，要给自己留有后路。"

那天，徐雯雯招呼菲菲和叶彤来到办公室，拿出《离婚协议书》给她们看。叶彤看完说："雯雯，也太便宜他了，你不但要让他一无所有，还要让那个乡下女人日子不好过，说吧，需要多少人，我们一起去撕烂她。"还没等徐雯雯表态，菲菲立即变色道："叶彤，你唯恐天下不乱。"

"我是为雯雯好。"

"你别忘了，是雯雯提出离婚的。"

"那也是他有错在先。"

"赵大哥有什么错！"菲菲说着猛然起身拉着徐雯雯出来，"雯雯，你听我跟你说件事。"两个人来到会议室，菲菲将门关上，说："雯雯，你知道赵大哥跟我借钱的事情吗？"

"他竟然跟你借钱？也不嫌丢人！"徐雯雯吃惊道。

菲菲耐着性子说："雯雯，他要不是被逼急了，能跟我借钱吗？"说着，拉着她坐在椅子上劝道："雯雯，离婚不离婚是你的自由，我不想掺和，我今天跟你讲，你别把事情做绝了，更不能让王总和叶彤迷住你的眼睛，搅乱你的思维，你知道他们什么关系吗？"

徐雯雯说："好像叶彤追王亚，但他不同意，他也不会同意。"

"你呀，也太自信太天真了吧。"菲菲还是没有将心里话全部吐出来，而是委婉道，"雯雯，作为你的闺蜜，我今天再次提醒你……"不等她说完，徐雯雯有些不耐烦了，站起来说："你不用说了，我实话告诉你，我跟丰年离婚，与王亚一点关系没有。"说完转身要出门，被菲菲一把拉住了，问："那你告诉我，你心里是不是还爱着赵大哥？"

"你管得也太宽了吧。"徐雯雯甩掉菲菲的手夺门而出。

不久，赵丰年与徐雯雯协议离婚。两个人从民政局大门走出那一刻，彼此一颤，都想问一句或看一眼，但还是忍住了。走到停车场各自上了车，徐雯雯趴在方向盘上无语泪流，恨他也恨自己，难道是自己太任性了吗？这时，她甚至后悔自己太冲动了。赵丰年仰在靠背上无语感叹，走到这一步是他从没有想过的，曾想一辈子好好待她爱她，可是人生变幻无常，走着走着劳燕分飞，难道是自己做错了吗？他想了很久，总觉着没有做过一件对不起她的事，离婚是她主动提出来的，两个人走到这一步，是两个人的价值观和追求改变了，自己并没有错。他叹了一口气，坐直身子发动汽车，忍不住朝她停车的位置望去，忽然发现她还在，心头仿佛被人一击，浑身战栗不已，说不清什么滋味，强烈的感觉告诉他，必须与她说句告别话，应该有种仪式感，体现男人的海量。

赵丰年下了车刚走到一半，徐雯雯也下车往这边走，两个人在中间位置碰面，几乎同声道："我想……"

赵丰年客气道："你先说吧，女士优先。"

此时，徐雯雯不敢直面他，咬着嘴唇将脸转向一边，然后说："我奉劝你一句，那……那个女人，你……不值得你爱。"说完甚至都不想听他说什么了，猛然转身往回走。赵丰年似乎明白了她的心情，朝着她背后大声道："雯雯，难道你不想听听，我要对你说什么吗？"

第四十章

徐雯雯停住脚步,转身朝着他强装欢颜,忍住快要溃堤的泪坝,问:"好呀,你说吧,该不是祝我幸福吧。"

"唉。"赵丰年真想将她搂在怀里,哪怕是牵牵手也好。他仰望着天空说:"雯雯,事到如今,说得再多再好也毫无意义了,我只想对你说一句,时下不是有那么句话嘛,无论何时何地,你回头我还在。"说完他再也控制不住自己了,泪眼蒙眬中看到她捂着脸快步上车了。

赵丰年上车后,想着快些离开这个伤心地,上路后忽然发现徐雯雯的车始终与自己并排行驶,他将车速慢了下来,再慢了下来,多想就这样一路走下去啊!到了十字路口,遇见红灯,两个人都缓缓停了下来,彼此的心都激烈跳动着,甚至都不敢再去望对方一眼,本来等红灯的滋味是漫长的,今天怎么如此之快呀,当绿灯亮起,两个人不约而同地相望一眼,然后他向左她向右驶去。

离婚的事情,赵丰年没有告诉父母,更没敢告诉备战高考的女儿,他只要了一百五十万元,房子归徐雯雯所有,其他统统没有要。他也没有告诉合作社的任何人,表面上尽量装出没事的样子,还特意安排合作社放假半天,为张兴海举办婚礼。

婚礼安排在龙山饭庄会议室里,室内装饰彩灯、彩花和彩球,舞台中间大大的红双喜格外醒目。李梦好指挥工作人员一遍又一遍彩排。赵丰源梳着油光发亮的头型走到林芝秋跟前说:"芝秋,我今天是特意来看你的。"

林芝秋故意逗他道:"好呀,给我带什么礼物来了?"

"我……我……哦,我给你买了,走得急,忘带了,下次给你捎来。"赵丰源凑近她继续说,"我到城里才知道,咱村那个所谓的诗人,根本不是诗人,顶多三流……哦,根本入不了流。"林芝秋明白他嫉妒张然,便道:"那你入流了吗?"

赵丰源立即挺起腰板,一甩头道:"我坐办公室的,当然入上流社会了。"周围的人看到他的头发散开了,一撮毛立在头顶,忍不住哈哈大笑,林芝秋朝着他道:"来吧。"赵丰源还认为她让自己靠近些,刚要靠近却被林芝秋推了一把,说:"抬桌子!"众人又笑了起来,他顿时羞愧难当,忙低着头抬起桌子。

赵丰年特意穿了西服,正在镜子前扎领带时,张玉振急匆匆进来了。他说:"你不去现场帮衬着,来我这里干什么?"

"一会儿就去。"张玉振说着竟然坐了下来。赵丰年转身道:"兴海是孤儿,亲戚朋友不多,他们的爱情经历了生死考验,所以我们必须给他张罗好。"张玉振应了一声,然后站起来说:"主任,我有件重要事情想跟你汇报,就几句话。"

赵丰年看到他迫切的样子,点了点头,示意让他坐下来谈。张玉振说:"主任,我预感今年的苹果价格一定上涨。"接着详细分析了几个方面的原因,赵丰年立即明白了他的意图,说:"这件事就按你的想法办,我建议咱们先跟果农签订收购合同,附加一条,收购期如果价格有变动,以最高价格为准,补给差价,给他们吃颗定心丸。"

"太好了。"张玉振激动地站起来,忽然神色突变,叹气道,"主任,你的建议好是好,可是我们现在没有现成资金啊。"他小心而紧张地看着赵丰年:"主任,你要是能贷出款,这绝对是赚钱的好时机。"赵丰年没有丝毫犹豫:"钱没有问题,你大胆干便是了。"

"太好了,太好了。"张玉振喜形于色,挥动着手臂说,"主任,你要是能弄到钱,咱们还可以赚更多的钱。"赵丰年似乎明白了他长远计划,没有表态,听他继续说:"我琢磨着,咱们要是秋天库存一批,等到春节前后销售,肯定翻几倍。唉,只是这样投资更大了,还要建恒温库房,不……"

"你估计投资多少钱?"赵丰年问。

"一百五十万吧。"

"好,我同意你的计划,明天开始干吧。"

"太好了,太好了,简直太好了!"张玉振跺着脚连声道。忽然,他似乎不放心,小心问:"主任,你当真?"这时,从外面传来鞭炮声,赵丰年站起来说:"我什么时候说话不算话?走吧,新娘子来了。"张玉振兴奋地给赵丰年开了房门,说:"走走走,今晚好好热闹热闹,好好喝上几杯,哈哈。"

张兴海的酒席就安排了六桌,都是近亲和合作社的社员。主持人李梦好今天还特意邀请了张保前来当帮手,坐在台下的林芝秋小声对林芷芗说:"你瞧见了没有,他们还真般配。"林芷芗抿嘴笑笑,但没有开口,想到儿子生病的样子,眼泪止不住要往外流,忙低下头用餐纸擦干了。

"各位来宾,各位亲朋好友,今晚最隆重最热闹的场面就要到了,请大家鼓掌欢迎新郎张兴海、新娘董晓晓闪亮登场……"随着李梦好动听的声音,张兴海和董晓晓在张保的引领下上台,台下掌声不断,有人高喊:"新郎、新娘讲讲恋爱史。"

"他们的恋爱史,可谓惊天动地……"赵丰年的话音还没有落下,张念过来小声说:"赵主任,蔡三九来了。"不等赵丰年回话,张玉振立即道:"撵出去,我们不欢迎他。"还没等赵丰年答话,蔡三九拿着大红包笑着进来了,朝着赵丰年笑道:"恭喜啊,恭喜啊……"

赵丰年示意身边的张玉振起来,让蔡三九坐下,说:"蔡大哥,请坐。"

"这是礼金,一万,哈哈!"蔡三九将红包塞进赵丰年的手里,赵丰年再三推辞道:"蔡大哥,你有所不知,兴海举办婚礼,不请客不收礼。"蔡三九手臂在场内比画了一圈:"我看你们来了这么多人嘛。兴海结婚,邻里邻居理应喝杯喜酒嘛,哈哈!"

赵丰年还要解释,婚礼已经进行到祝贺词环节,李梦好让他上台讲话。他只好撇下蔡三九上台讲话,先祝福两位新人,然后对着大家说:"值此大喜的日子,我只有一句话,那就是好人有好报!"台下一片欢呼声。他下了台子准备跟蔡三九好好聊聊红包的事情,但他已经离开了。张玉振从外边回来了,对他说:"我将他的红包扔到他车里了。"

赵丰年点头说:"你办得很好。"刚说完,手机来微信了,他打开一看,见小玲发来了几张图片,竟然是李昭村在歌舞厅搂着舞女喝酒的照片,他暗暗吃惊,忙关闭图片生怕别人看见。还没有抬起头来,张玉振惊叫道:"哎哎,你们看到微信了吗?李昭村这么做可是要出大名了。"

周围的人似乎都收到了同样的微信,大家似乎顾不得吃饭了,都低着头看手机。林芝秋笑着道:"看来哪个男人也好这一口,昭村也不例外啊。"赵丰源接着说:"现在村干部不务正业,贪污好色。"林芷芗立即反驳道:"你这话绝对了啊,我平时看李昭村不像这样的人,也很少见他去城里,更没有看见他穿过西服,怎么会……他可能得罪人了,被人陷害也难说。"赵丰源撇撇嘴道:"你别忘了,人家现在当官了嘛。"

林芝秋指着赵丰源开玩笑道:"你这个坐办公室的,也常去那样的地方?"

赵丰源便开始吹嘘起来,自己如何风吹不着雨淋不着,自己身边有许多美女围着转。林芝秋当场嘲讽道:"你吹吧,要是真有那么多美女围着你转,还用得着求小玲给你介绍对象?"赵丰源弄了个大红脸,引得周围人哈哈大笑。

面对大家的议论,赵丰年没有插话,更没有表态,山雨欲来风满楼,他预感龙山村将有大事发生。吃完酒席,李梦好用话筒招呼大家别离开,接着指挥员工将饭桌撤走,腾出足够大的空间。赵丰年问林芷芎:"梦好这是要干什么?"

"肯定是联欢会了。"林芷芎肯定地回答说。

"你怎么知道?"

林芷芎抿嘴不再回答,而是招呼众人坐下,示意音响师放音乐,放出来的竟然是舞曲。李梦好说:"我们合作社从筹建到现在很不容易,大家都辛苦了,借今天喜庆的日子,大家聚在一起尽情高歌跳舞……"话音未落,张兴海与董晓晓走到中央翩翩起舞,张念等年轻人也开始跳了起来。赵丰源眼瞅着林芝秋,却不敢过去邀请她跳舞。林芷芎走到赵丰年面前,想主动邀他跳舞,没承想李梦好先下手为强,伸出手邀请道:"赵主任,我请您跳舞好吗?"

"对不起,梦好,我不会跳舞……"没等他说完,李梦好强行拉着他说:"我教你,来吧。"赵丰年谦让着还不想跳舞,林芷芎将他推到人群中,说:"你今晚大胆放松一下,让梦好教你跳舞。"这时,他才明白是林芷芎特意安排的活动,刚与李梦好摆开舞姿,忽然李昭村那几张艳照片闪现脑海,他顿时没有了情绪,拉着她坐回原来的位置,说:"梦好,你听我说,今晚咱们为大家服务,你去唱歌吧。"

李梦好似乎觉察到赵丰年的心思,说:"主任,我觉着你没有必要心事太重,你太过谨小慎微了,偶尔放松一下心情,对你身体好呀。"赵丰年听懂了她的心意,忙说:"谢谢你,梦好,我今晚真的不想跳舞,改日吧,我请你们。"

李梦好说:"这可是你说的啊,那你唱歌吧。"赵丰年点头,李梦好给他点了一首《咱当兵的人》。等舞曲结束后,她用话筒大声道:"下面请赵主任为大家唱《咱当兵的人》,大家欢迎。"赵丰年拿着话筒走到中央位置,随着音乐唱了第一句,便朝着张玉振和张兴海招手,他们俩立即领会迅速跑到他身边合唱了起来,铿锵有力的声音穿透屋顶回荡在山村上空。

晚会结束后,赵丰年叫上张玉振和林芷芎来到办公室,他们俩还意犹未尽。赵丰年打断他们的对话:"玉振、芷芎,我匆匆叫你们俩来,想同你们商量一件事情,我明天要陪着女儿高考。"

林芷芎插话说:"对对,你确实应该好好陪着甜甜高考。"

赵丰年没有理会她,而是对着张玉振说:"咱们俩商量的那件事,你不要有疑虑大胆干吧,别耽误了。"接着对着林芷芎说:"我明天将一百五十万打进合作社账户,专款专用。"

张玉振兴奋地直点头,林芷芎似有诧异,问:"你哪来的那么些钱?"

赵丰年说:"你甭管了,我从明天开始关机,合作社一切工作由玉振负责,兴海休几天假,尽量别打搅他。"话外之音,合作社有事尽量别找他,看到林芷芎似乎不太放心的样子,又补充道:"哦,我家座机开着,我不在家可以留言,也可以在微信上留言。"林芷芎这才完全放心。

第四十一章

赵甜高考这天，正巧徐雯雯要出差，赵丰年要了她的车钥匙，亲自送女儿参加高考。

一路上，赵丰年反复叮嘱女儿高考事项，还说这几天专门陪着女儿高考。赵甜说："爸爸你越这样，我反而更感觉有压力，你看妈妈这样做多好呀。"

"北京有个房博会，你妈要是不出差，也会陪着你。"赵丰年说。

赵甜忙说："别呀，爸爸，你们要是真为我好，让我考个好成绩，你们该做什么就做什么。"这个关键时候，他不敢不听女儿的话。赵丰年以商量的口吻说："甜甜，这样吧，反正我请假了，这几天我送你考试，再给你做饭，这样你中午既能休息一会儿，还能保证饭菜质量，要是吃不好，闹肚子可麻烦了。"

"那好吧，谢谢爸爸。"赵甜爽快答应了。

赵丰年送走了女儿，一时没地方去，也怕有别的事耽搁接送女儿和做饭，回到暂时的家。室内每一件物品都让他触景伤怀，看一眼再看一眼。坐在床沿上，空气中依然弥漫着妻子的味道，他抱着头真想大哭一场。想到这张床很可能就有另一位男人躺上时，钻心的疼痛让他忽地站起来，想将室内砸个稀巴烂。

他习惯性地拿起手机，忽然想起已经关机了，便将手机放到桌子上，可是心里总是觉着有人有事找他。他走来走去，手机仿佛一块磁铁，吸引他拿起来又放下："唉，总得放下啊。"

座机突然响了，赵丰年快速走过去，见是林芷芗的号码，急忙拿起话筒："是赵主任吗？"赵丰年嗯了声，接着是沉默，话筒里没有声音了，他只好问："喂喂，有事吗？"

第四十一章

"我感觉你有事瞒着我,我……我……"林芷芗一时也不知如何是好了。

"我们离婚了。"赵丰年说出口又有些后悔,忙道,"我没事,你不用担心,好好配合玉振工作,我很快就回去了。"

"嗯,你多保重。"林芷芗说完急匆匆挂断了电话。

赵丰年站在电话旁发呆了一会儿,开始给女儿准备午餐去了,不久又有电话打来,他见号码不熟悉没有接。赵甜考完最后的科目,赵丰年对上车的女儿说:"甜甜,你总算考完了,我也解放了。走,到海边吃海鲜去,反正现在不怕吃坏肚子了。"

"好呀好呀,还是老爸心疼我。"赵甜说。

赵丰年忙说:"你妈更疼你,她要是不出差,今晚咱们……"赵甜立即打断他的话,说:"你不要说了,我什么都明白。"

"你明白啥?"虽然赵丰年笑着对女儿说,但心头还是火烧火燎地痛,他看到女儿的脸朝向了窗外,便不再说话了。

赵丰年和女儿来到海鲜餐厅,只点了海鲜,还特意为女儿要了一只龙虾,爷俩大快朵颐,似乎忘记了烦恼和忧伤。赵丰年抓了一把香螺放在女儿眼前的盘子里,说:"你妈最爱吃香螺。"说完他后悔了。赵甜忽然哈哈大笑,说:"爸爸,别伤感,你和妈在一起也快二十年了吧,你不觉得审美疲劳吗?我简直不可想象。"

赵丰年立即严肃起来,说:"你瞎说什么呀,你爷爷奶奶生活在一起五十多年了,他们不是很好吗?"

"爷爷奶奶天天吵架拌嘴,你不知道呀?"

"夫妻吵架如小河流水,你不知道呀?"赵丰年说到这儿,又拿起手机看看。赵甜不高兴道:"爸爸,干吗呀,我看手机比你女儿重要。"

赵丰年将手机扔到一旁忙道歉:"对不起啊,今天是咱爷俩的空间,吃!喝!"他觉着应该给女儿上堂课:"甜甜,夫妻之间的事情,你还小,不太懂。但我今天必须告诉你,真正的夫妻就是左右手,虽然没有感觉,但有力量、有情趣、有温暖、有爱心。"说着双手做了一个"心"的造型动作。

赵甜伸伸舌头,然后说:"爸爸,我可不想你当我的政委啊,今天是咱们爷俩解脱的日子,来,干杯!"赵丰年忙说:"对对,好女儿,干杯!"爷俩

喝了几杯啤酒,赵丰年忍不住又问:"甜甜,分数出来前,你想干什么?不如到乡下实践锻炼吧。"

赵甜放下酒杯想了会儿,忽然兴奋地说:"爸爸,既然你能请假,不如陪着我出去旅游吧,天下那么大,你真该出去转转。"

赵丰年感觉自己最近确实太累了,再不尽快调养,真要崩溃了,医生也建议出去旅游放松,连说好:"你这个主意不错,咱们去欧洲或美国看看吧,顺便考察你留学的事情,我们给你留下二百万,够你……"赵甜没让父亲说下去,说:"爸爸,你不要再提这些不开心的事情,我已经告诉过你,我不想出国留学。还有,咱中国这么大,风光无限,我才转了不到万分之一,我想走走丝绸之路。"

"好呀,就这么决定了,你马上联系旅行社,我们跟团走,省得麻烦。"然后,他端起酒杯说,"预祝我们旅程愉快,干杯!"

赵丰年找了代驾,回到家已经十点了。赵甜洗澡去了,他不敢再进卧室了,便走到电话机旁,按了留言键,先是母亲的声音,问甜甜考试怎么样,再是张玉振的声音,说卡上没有收到一百五十万元,还让他赶快给任政书记去个电话,有重要事情找他。

"爸爸,你可要讲信用哟。"赵甜洗完澡,穿着睡衣擦拭着湿漉漉的头发。赵丰年没有答话,而是盯着电话机,他强烈意识到前妻骗了自己,急忙打开手机,给她打电话,结果关机。他又给张玉振回了电话,找了理由解释没打钱的原因,接着拨通了任政的手机,里面立即传来他的声音:"丰年,你女儿考完试了吗?"

赵丰年忙说考完了,任政立即道:"那好,明天上午八点,你准时到辛书记办公室。"

"什么事情这么急?我刚跟女儿定好了,去大西北旅游……"赵丰年还想问清楚。任政以命令的口气说:"什么事情你暂时不要问了,你是共产党员、退伍军人,就无条件服从命令。"说完挂断了电话。赵丰年这才对女儿说:"甜甜,大西北,我可能去不了了。"

赵丰年次日八点准时赶到辛瑞民办公室。

辛瑞民首先询问了合作社的情况,赵丰年汇报了当前发展态势和下一步的打算,着重汇报了提前与果农签订购销协议的事情。看到信心满满的赵丰年,辛瑞民忽然话锋一转:"赵主任,突然叫你来,是有件重要事情需要跟你商量,

第四十一章

镇党委研究决定，任命你代理龙山村党支部书记。"

这件事确实太突然了，令赵丰年根本没有思想准备。他惊讶道："辛书记，我……我村主任都没有竞选上，支部书记我……"任政进来说："你不用我、我的了，这是组织对你的信任，你大胆干吧。"

"可是，张书记他……"赵丰年依然在迷魂阵里，站起来让座。任政示意他坐下，然后坐在他身边的沙发上说："张玉匣身为村党支部书记，顶风而上，违反中央八项规定，被免职了。"接着述说了事情的经过。

李昭村"艳照门"被曝光后，镇党委考虑近日有关他的人民来信、上访和村支部反映等情况，决定对他进行停职检查处理。消息一出，立时在村里掀起强烈风波，有人不平，有人惋惜，当然也有人高兴。

在龙山深处隐秘的会所，一帮人正在举杯庆贺。张传刚喷着酒星子大声说："怎么样？我就说嘛，他李昭村那个熊样子能当村长，啊，村主任，不行！"于伟接着说："我看也不行，他水平太差了。"

张传刚围着众人转圈，边走边说："关键他太不识好歹了，竟敢在太岁头上动土。九爷说了，在龙山村，凡是不听话的都让他没有好下场。"他走到张玉匣跟前，拍着他的肩膀头说："我这个本家就是有本事，不动声色让姓李的滚下台，这招太妙太绝了。"

"那，还是九爷厉害，是他出的高招。"张玉匣端起酒杯兴奋地说，"这是三十年的茅台啊，村里的招待酒，你们平时喝不到，今天高兴，特意拿了一瓶，喝个痛快啊。"欧所长忽然说有事起身要走，张玉匣从桌子上拿了一盒中华烟揣进他的口袋里，说："你工作特殊，不敢留你，下次找个节假日，咱们吃野味去啊。"

欧所长应了一声匆匆离去。张玉匣端着酒杯比画着高喊着："他公务在身，没办法，咱们是小老百姓，喝喝。"

于伟对张玉匣说："张书记，你光请当官的吃野味，今晚也让我们尝尝鲜吧？"张玉匣抿着油光光的嘴唇大声道："好。"然后朝服务员招手："服务员，上野味！"不一会儿，一盘炸田鸡腿、一盆坡兔子炖萝卜端了上来，众人边吃边说香。当服务员端上一碗红烧肉时，张传刚挥舞着手道："红烧肉谁没有吃过啊，端回去！"

张玉匣不紧不慢道:"既然上来了,尝尝嘛。"看到他神秘兮兮的样子,于伟先夹了一块放进口里,咀嚼着品味着,然后大笑道:"太好吃了,张书记,这绝不是猪肉,是?"张玉匣笑而不答,众人似乎一下子明白了,纷纷夹起红烧肉狼吞虎咽起来。

忽然,室内闪了几下亮光,张传刚转身朝外望去,只见满天星斗,说:"我还以为打闪了呢。"众人都没有在意的,只有张玉匣心事重重,夹到嘴边的那块红烧肉怎么也放不进去了。

当晚,张玉匣先给蔡三九打电话说明了情况。蔡三九只回了一句话:"有我你怕什么呀。"他还不放心,接着给王副区长打电话,说到喝酒上了茅台酒时,王副区长立即道:"你不要说了,以后不要与我有任何联系。"说完迅速挂断了电话,他再打,对方已经无法接通。

这时,张玉匣害怕了,如热锅上的蚂蚁,急忙拨通了贾洲道的手机,将经过前前后后诉说了一遍。贾洲道厉声骂道:"你真他妈的不识数,什么形势了还敢公款请客吃饭,还上了高档烟酒,吃国家明令禁止的野味,你不知道违纪犯法吗?!"

张玉匣心更慌张了,带着哭声哀求道:"贾镇长,看在咱多年的交情上,你得帮帮我、救救我呀……喂……喂喂,贾镇长……"过了一会儿,贾洲道才说话:"你呀,先不要自乱阵脚。室内闪光未必有人照相,即便是照了相,也未必敢举报,说不定有人闹着玩呢。"

"哦哦,你这么说,我稍微放心了。"张玉匣擦着额头上的汗珠喃喃道。

事态的发展可是没有随他们的侥幸心理走下去。次日,有村民实名举报张玉匣等人去高档会所用公款请客吃饭,还上了高档烟酒和国家明令禁止的野生保护动物。

辛瑞民将照片和录音扔到桌子上,生气道:"顶风违纪,无法无天。"贾洲道还想替张玉匣说几句话,镇纪委书记直接道:"举报人还特别指出,镇政府有张玉匣的保护伞。"

贾洲道急忙替自己辩白:"我跟张玉匣只是工作关系,没有私交……我可以公正地说,他这次顶风违纪,应该好好查查他。"

鉴于龙山村村支书和村主任都被停职检查,在镇党委会上,辛瑞民想派第

第四十一章

一书记去龙山村主持工作。任政提出了不同意见，认为龙山村情况特殊，家族势力严重，而且村主任和村支书都不在任上的情况下，外人很难立即开展工作，他郑重推荐了赵丰年。

贾洲道提出反对意见："现在几乎天下人都知道赵丰年合作社亏损，负债率居高不下，人心涣散，要是让他代理支部书记，恐怕不能服众啊。最重要的是，他一旦担任村支部书记，最怕他假公济私。"

任政立即给予反驳："贾副镇长，请不要用你自己的思维去看待别人，你了解振兴合作社的目前状况吗？"

贾洲道说："我听说经营并不好。"

任政说："你只是听说。据我亲自调研了解，目前振兴合作社经营情况恰恰与贾副镇长听说的情况相反，合作社一切正常。他们将村民的蔬菜、农产品分成等级，分别在城里的超市和农贸市场销售，非常受市民的欢迎，销路前景广阔。他们还提前与果农签订了收购合同，下一步还要建设恒温库，储存苹果等农产品，投资这么大，没有负债反而不正常了。"

辛瑞民点头说："振兴合作社已经让一半以上的贫困户脱贫，仅此一项，就应该肯定赵丰年的成绩，他退伍不褪色，保持了军人雷厉风行和坚韧不拔的作风，只是……"

贾洲道见书记表态肯定赵丰年成绩，急忙见风使舵："嗯，这个赵丰年还真不简单，竟敢使用上访专业户当经理，咱们安顿了不少嘛，哈哈。"忽然见书记似有看法，又话锋一转说："赵丰年这个人嘛，缺点也不少，目无领导，喜欢给别人提意见，爱管闲事，总想为天下人打抱不平，我看带有明显的个人英雄主义嘛。"

任政说："我了解他的性格脾气，眼里容不得沙子，心里藏不住污浊，说话直率，容易得罪某些人，我认为恰恰说明他爱憎分明、正直无私，我们需要这样的干部。"他的话得到了大多数与会人员的肯定和支持，最终经过镇党委会研究，决定委任赵丰年为龙山村代理支部书记。

会后，辛瑞民对任政说："任书记，你抓紧联系赵丰年到我办公室，我先征求他的意见，然后你与他谈谈话啊。"任政爽快地答应了。

第四十二章

赵丰年没有想到龙山村发生了戏剧性的离奇故事,他强烈感觉李昭村是被张玉匣、蔡三九、张传刚等人陷害的。他没有当场允诺,而是说回家考虑后再答复,辛瑞民同意了。

赵丰年没有当场答应的原因太多了,顾虑也更多,以自己对村干部提出的意见和上任后的工作力度,一定会引来反对势力的打击报复,再说合作社刚刚起步,也不想就此罢手。

任政当晚驱车来到赵丰年办公室,两个人进行了促膝谈心。"丰年,你退伍不褪色,这是你的优点,但你或多或少存在性格上的缺陷,你认识到了吗?"

"是是,任书记批评得对,我以后一定改正自己的直脾气。"赵丰年说。

"脾气直本身不是毛病,我也不是批评你,咱们是战友,互相交流嘛。"任政语重心长地说,"做村民的工作,不同于部队的战士,也不同于公司的员工,光有满腔热情和干劲十足是远远不够的,既要有握冲锋枪那股勇气,也要有捏住绣花针的定力。"

"我懂你的意思,我从小生长在农村,体味到农民所苦,也明白他们所需。实话跟你说,当时回村创业还没有很高的思想觉悟,也只是想给自己找一个心安理得的挣钱方式,后来经历那么多事情,尤其看到了张兴海的调查统计,我一下子震惊了,怎么还有那么多的贫困户啊。"赵丰年说到这儿,激动地站了起来,任政示意他坐下,他坐下后,接着说,"组织信任我,给我一个感恩、报效家乡的机会,我会将村民的利益放在首位,我是这么想的……"

任政哈哈大笑说:"这才是你赵丰年的性格呀,很好嘛,这么短时间就有

第四十二章

了思路和办法，可见你早有思想准备呀。"

赵丰年对任政佩服得五体投地，忙说："还是你会做思想工作啊，不过，我确实存在诸多顾虑。"

任政鼓励道："我一来先表扬你退伍不褪色，怎么，还没说几句话就产生畏难情绪啦？我告诉你丰年，你要还是中共党员，还是退伍军人，你没有任何理由说不！"

赵丰年的热情和活力一下子被激发出来，他猛地站起来表态说："感谢任书记对我的批评和鼓励，使我认清了自己的缺点和差距，更坚定了建设家乡、服务父老乡亲的信心，听君一席话，胜读十年书。请你放心，我一定不辜负组织的期望。"

"好呀，丰年，有你这句话，我完全放心了。"任政特别指出，"村两委是党和国家的根基啊，咱们曾经是军人，要干就一定干好。"

赵丰年第二天兴冲冲去了辛瑞民办公室："辛书记，赵丰年向您报到，请您安排工作。"

辛瑞民大喜，握着他的手说："赵主任，镇党委选你代理龙山村党支部书记，主要看重你的综合能力和纯正的工作经历。当然，你是龙山村人，比较了解龙山村现状，而且有着较高的威信。你上任后，首先要稳定人心，健全村两委会班子，召开临时村民代表大会，按程序免去李昭村的职务。"任政在场，接着说："赵主任，你的担子不轻啊，我们也考虑到你的现实情况，允许你继续干合作社，这样一来，你自身利益可能要受损失，但也可能……"不等他说完，赵丰年立即道："辛书记、任副书记，请放心，组织信任我，我决不会有负重托，我决定回村立即辞去合作社主任职务。"

"那你的损失可就大了。"任政和辛瑞民在高兴之余都不无担心道，"这次任命你只是代理书记，时间只有八个月，你……"

赵丰年说："我只有一个请求。"辛瑞民和任政交换眼色后点点头，示意他接着说："请取消对李昭村停职检查的决定，恢复他村主任的职务。"

"他可是证据确凿啊。"任政说。

赵丰年掏出手机，找出李昭村的照片放大给他们看："辛书记、任副书记你们看。"任政说："没什么特别呀，正是他李昭村无疑，他还多次向镇党委报告自己是冤枉的，我看一点都不冤枉。"

"你们看这张。"张丰年指着第三张女人肩背上的照片说，"这个人的手指纤细、圆润，而李昭村的手指因长年累月干庄稼活，是粗糙、弯曲的。"这时，辛瑞民也看出了端倪，对任政说："赵主任说得有道理，你再仔细看看，头像是经电脑处理过的。"

赵丰年又说："关键他手上戴着瑞士劳力士手表，现在市场价几十万元，他李昭村……"不等他说完，任政和辛瑞民如梦方醒，几乎同声道："哎呀，我们差点冤枉他了。"任政肯定道："现在仔细琢磨，从举报的录音中，也能听出李昭村是被陷害的。"

赵丰年说："李昭村这个人不是没有缺点，但我看重他雷厉风行和勇担责任的作风，我们会配合好的。"

辛瑞民握着赵丰年的手说："丰年同志，有你这句话我们放心了。由于历史等多方面形成的原因，龙山村情况确实比较复杂，我给你下达三大任务，稳固基层政权、修复绿水青山和带领全体村民奔小康。"

赵丰年立正，向辛瑞民敬了标准军礼，用洪亮的声音表态道："我将辛书记三大任务比作'三大战役'，下定决心取得全面胜利，请组织放心。"辛瑞民大喜，禁不住朝着任政伸出了大拇指。

赵丰年接到任命，仿佛战马奔向战场，犹如战舰行驶在浩渺的大海中，无穷的力量在血液里涌动，从未有过的踏实和干劲，使他忘记了一切病痛。回到合作社后，在中层干部会议上，他当场宣布张玉振为振兴合作社主任。

顿时，整个会场仿佛炸了锅，大家都说不让赵丰年走。李梦好哭着说："我是为你才回村的，你走我也走。"林芷芗不敢当着众人流泪，只好低下头偷偷抹泪。林芝秋将椅子踹了一脚，没好气道："我看散伙算了，反正也没有干头了，白辛苦这么些日子。"好多人流露出对未来的担心。

"大家静静。"赵丰年感慨道，"感谢大家对我的信任，这份情我永远记着。我要告诉大家的是，我只是离开振兴合作社，并没有离开龙山村。再说，我还有一百多万元在合作社里，我在这儿表个态，也请大家放心，我不带走一分钱，与广大社员心连心、共命运。"他说到这儿，大家激动的心情才稍微缓和下来。

张玉振说："赵主任，谢谢你对我的信任，我，我怕难以胜任。"

第四十二章

赵丰年说："你只要克服急躁情绪就没有问题了，遇事多跟兴海、芷芛商量。"张玉振含着泪说："振兴合作社是你一手创建起来的，你不能一走了之，撇下我们不管，有事还得找你汇报。"

赵丰年笑着说："我现在是村代理支部书记，村里的事情，我当然得管了，你尽管放心。"说着，朝林芷芛问："我总共在合作社投了多少钱？"林芷芛说："总计一百五十二万零三元整。"他摇摇头说："我当时说好了，只入股五万，其余作为启动资金。"然后对张玉振说："你把我的五万股份退出来吧。"

"什么？"在场的人都惊呆了，纷纷表示不让他退股。张兴海说："赵书记，你不能退，当时我跟玉振遇到困难要求退股时，你说快分红了，不让退，现在眼看分红了，你怎么能退呢？我们不答应。"众人齐声道："我们不答应。"

张玉振说："赵书记，你投入一百多万，却只拿五万作为股份，你已经吃大亏了，你有情，我们不能没有义啊，我不同意给你退股，还保证年年给你分红。"

林芷芛说："合作社里有你的股份，大家都清楚，不会影响你干书记嘛。再说，大家也会心安。"

赵丰年真诚地说："大家的心意我领了，我退股是让全村村民看的。要不，即便我没有给合作社输送利益，也会有人怀疑我，我是为了避嫌，避免不必要的麻烦。"

"身正不怕影子歪。他娘的，我看谁敢？"林芝秋又要发脾气了，赵丰年笑着说："好长时间没听见芝秋骂娘了啊，看来改得还不彻底嘛。"大家都笑了，整个会场气氛才轻松缓和下来。

突然，村喇叭里传来李昭村的声音："村民注意了，下个通知啊，凡是欠村里款的，抓紧上缴啊，如有村里欠村民款的，拿着借条到村委会核实啊……"

"已经下过这样的通知了嘛，我上次已经跟村里核实了，可到现在也没有拿着钱，说了等于没说。"林芝秋嘟哝着。

林芷芛问赵丰年："村里还有钱？"

赵丰年说："我还没有到任呢，不清楚。"

张玉振憋不住了，道："你还没有上任，他竟然敢瞒着你下通知，简直太嚣张了。"林芝秋接着说："是啊，我听说他到处放风，说自己是被诬陷的，以后村里只有他说了算。"赵丰年笑笑没说什么，突然林芝柱低着头走了进来，说有事想跟赵丰年汇报，赵丰年这才结束会议。

赵丰年拉着张玉振走到角落，充满歉意道："玉振，对不起，我承诺的那一百五十万元不是因我调走了就不给你们了，实话告诉你吧，这是我离婚后分割的财产，雯雯说好了打给我，可是……唉，她现在人去了北京开会，电话也不接，我……"说到这儿，他仰望天空，眼睛也湿润了。

张玉振忙安慰说："赵书记，不打紧，有这个钱，我们发展得快一些，没有这个钱，我们虽然慢一点，但照样发展，请你放心，你也不要自责了，你对合作社已经倾尽财产了。"

赵丰年说："我说话算数，一定兑现诺言。"说完叫林芝柱进了办公室。

"赵书记，我干得好好的，怎么说撵就撵了啊。"林芝柱含着泪说。赵丰年问怎么回事，他说："上午，李主任让我上交钥匙和账本，我知道上次得罪他了，他要查账，我因为没有张玉匣书记的话，没有让他查。赵书记，我对你说，这么些年，村里一分钱我也没有贪污，我……"

赵丰年朝他摆手，不让他说下去："村里的账目，你都清楚吧。"

"清清楚楚，每一笔账，谁花的，干什么用的，时间、地点都记得清清楚楚。"林芝柱说着靠近赵丰年小声说，"前天，张玉匣让我销毁一些账本，我没敢，他跟李许私自花的费用，我都格外记着，你要是想看，我拿给你看。"

赵丰年朝他严肃道："我现在不看，你一定保管好，等着上级来审计，到时候你配合好。"

"那我……"林芝柱望着赵丰年，露出期盼的眼神。赵丰年对他说："你尽管去工作吧。"林芝柱这才放心告辞，转身走了几步，忽然回过身来说："李昭村还当着许多村民说你村主任没有竞聘上，却能干书记，不知镇党委怎么想的。"

赵丰年没有让他说下去，朝他挥挥手，林芝柱这才转身走了。他走到窗前，望着林芝柱的背影，听着大喇叭里李昭村高调的声音，暗自思忖，这个林芝柱心眼子不少，真是会拍马屁。看来，李昭村要给我来个下马威了。

第四十三章

赵丰年一早去了城里，跟女儿商量，借她一百五十万元急用。赵甜说："爸爸，反正我用不着，你都拿去用吧。"他非常感动，说："只用一百五十万元，我已经答应人家了，咱不能不讲信誉。"然后，父女俩到银行办理了转款手续。

赵丰年从城里回村，走进村两委大院，只见人山人海，办公室挤得满满的，他们大都是来要账或对账的，没有一个人是来还账的。他的出现，立即引来众多村民高呼："书记来了，向他要钱。"都是村里的老少爷们，面对一张张熟悉而迫切的面孔，他心里没底，也不知道村里还有没有钱，只好不住地解释自己刚来，不熟悉情况，最好找李主任办理。

赵丰年挤进办公室，桌子、椅子都被林芝柱收拾干净了。还没等他坐下，林多余就走过来说："丰年，你当官了，得给我安排个活干，挣钱多还不费力的。"说完，他不再去蹲门口了，而是找了一把凳子坐在了赵丰年侧面，见了人故意抬起笑脸，表示自己跟书记关系不一般。

魏三全走过来，朝着赵丰年激动地比画着，还伸出大拇指。赵丰年猜到，他下山到振兴合作社送山药，特意过来对自己表示感谢。赵丰年站起来对他说："你不用谢我，是你的山药品质好，能卖上好价钱，下一步要扩大规模啊。"魏三全连连点头，高兴地走了。

"这个哑巴还挺会来事的。"张念走过来说，"赵书记，村里挖水沟的活让我干呗。"赵丰年对他说："你这时候别来添乱了，找你叔去，你的活儿，我们早给你安排好了。"

"我不去跟着他修车、补胎。"张念不愿意去。赵丰年解释说："我的意思，

你先跟着你叔学会怎么做人做事吧。"

"赵书记,你说这话我不爱听,我张念在龙山村也是响当当的人物,小珊、丽丽要不是我,她们早毁了,我为此成了残废,村里应该给我补助才是。"

林多余接着张念的话说:"按说村里应该给他评残,他是见义勇为……"他们俩一唱一和,赵丰年根本顾不上他们,接二连三接听电话,大多数是村民要钱的,也有战友、朋友知道他当上村支书打电话祝贺的。

"赵书记,李主任让我支付给村民钱,哪有钱啊。"林芝柱领着一帮村民过来为难地说。一个村民说:"林芝柱,你别仗着手中有点小权为难大家啊,再说钱也不是你家的,你凭什么不给支付?"众人附和着嚷嚷起来:"对对,这些年,采石场、采沙场、养殖场上缴的租金至少一千多万,这么些钱都哪儿去了?"

"反正现在咱村账上一分钱都没有。"林芝柱急了,朝着他们喊道,"李主任说有,你找他要去。"

"就是他让我们找你要的……"

"赵书记,你看……"林芝柱又将皮球踢给了赵丰年。赵丰年没有将皮球再踢给李昭村,而是再三解释道:"李主任说有,那肯定有,但到底去哪儿啦?还得查账核实,一旦有钱了,一定支付给你们。"好说歹说才安抚了要钱的村民。

一上午啥事也没干,还忙得不亦乐乎。快到中午了,赵丰年打电话给母亲,说回家吃饭。正要起身下班回家,李昭村大步闯进来,将破了帽檐的草帽扔到他的办公桌上,拿起茶杯到水龙头前接了一杯凉水仰头灌进肚子里,然后坐回椅子上,弯腰将沾了泥污的裤腿子放下来,说:"村里的水沟早该通通了,堵塞多少年了,上几届没有管的,下雨天都灌进村民的屋里。"他的话显然说给赵丰年听的,言外之意,只有自己才真正为村民着想做事。

赵丰年嗯了声,还没有说话,李昭村直起腰对他说:"我把林芝柱开除了,他不但不给村民办事,安排他工作还推三阻四……"赵丰年刚要回话,他忽然小声说:"他是张玉匣的人,一个鼻孔喘气。"

赵丰年不得不说了:"李主任,关于林芝柱,从目前情况看,开除显然不合时宜,一者上级要来村查账,只有他清楚,你我都不清楚。二者他这个人到底给不给村民办事,还得一分为二看问题,咱村账上要是真没有钱,他即便是

268

神仙也无能为力,你说对吧。"他的话是商量的语气,让李昭村找不出反驳的理由,李昭村没好气道:"你是一把手,当然你说了算。"

话是这么说,心里当然不服气。李昭村自以为赵丰年刚来,而自己是为村民做事,所以许多工作并没有经过赵丰年同意,甚至在赵丰年尚不知情的情况下越权干了,自然引来不少争议。

这天,张然气冲冲来到村委找到赵丰年说村里挖水沟,将水全部引到他家的田地里。此前,赵丰年收到不少村民反映这方面的问题,他并没有急着给张然解决问题,而是问了他创作的事情,张然说最近出版了诗集,还被省协会吸收为会员。赵丰年向他祝贺,同时问:"村里需要个笔杆子,你想不想干?"

"我当然愿意干了。"正愁着没有合适工作的张然满口答应。然后,他又问自己田地被洪水冲毁问题,赵丰年说了解一下情况。张然忍不住问:"赵书记,现在村里都议论你怕村主任,其实你没必要怕他呀。"

赵丰年摆摆手说:"你不了解情况,以后自然会明白的。"

不但张然不了解,即便是亲爹亲娘也不一定了解。赵丰年回到家里,趁一家人吃饭的时候,王兰香说:"丰年啊,你二姨听见村民对你议论不少啊,说啥的都有,你四爸也说,振兴合作社是你一手搞起来的,投入几百万,现在交到他们手里,万一打了水漂……唉!"

"妈,您放心,我心里有数,知道该怎么办。"赵丰年边吃边说。

王兰杏继续劝道:"你二姨、四爸都是为你好,我也觉着要是不好干,趁早别干了。"赵树存将筷子重重摔在桌子上,没好气地朝着妻子道:"你净说泄气、负能量的话,丰年任村代理支部书记,那是组织的任命,是组织对他的信任和重托!搁在战争年代,那是打前锋,明知会牺牲,也得义无反顾往前冲。"

王兰香生气地瞪着丈夫道:"我没跟你说话,你插什么嘴?张口战争年代,闭口战争年代,好像全国就你一个人革命。"说完起身收拾餐具,她这是有意避开,不与丈夫拌嘴。

赵树存对儿子说:"丰年,我虽然还没有看到你上任三把火,但你肯定有你的想法,我跟你说啊,在龙山村,你是党的主要负责人,你可不能辜负组织的信任和重托啊。"

赵丰年不便将公事当成私事说,便道:"爸,您放心,我正在按组织的要

求一步一步做着。"赵树存听了满意地点点头。

魏东特意找到赵丰年,说:"丰年啊,现在村里关于你跟昭村的传闻不少,我现在不好下论断,但你自上任以来,确实成绩不突出啊,村民、党员的眼睛是雪亮的,你作为村里的领导人,要负起应有的责任啊。"

赵丰年握着魏东的手说:"谢谢老前辈关心我,这些日子我主要了解村里的基本情况,确实问题不少,我正在制定措施和办法,请老书记放心。"

确实,这些天赵丰年还真没有闲着,他调查了解到,村里不是没有存款,账上清楚写着一千二百多万元,然而这些钱都在承包户手里,他们就是不缴。还有,村里外欠也相当惊人,多达三百多万元,有村民的、有包工头的、有建筑公司的,最多的是酒店餐费,甚至还有皇冠娱乐城的消费,于伟曾多次上门催债。最让他担心的是,上级每年调查贫困人口统计表上,几乎看不到村民的名字,还是多年的文明村,这与他掌握的实际情况相差甚远。

"表面现象害死人啊。"赵丰年越了解越感觉问题复杂,越复杂他愈加感到责任重大,白天干不完的工作,晚上加班。这天深夜,忽然听到有人敲门,他开门见张传刚站在门口,还没等请他进来,他已经闪进院内了,径直来到西屋。

赵丰年猜到了他的来意,没有冲茶倒水。张传刚倒是很实在,自己冲了一杯水笑嘻嘻说:"赵书记,九爷让我带话给你,祝贺啊!"

"九爷?"赵丰年脑海里立即闪现蔡三九的面孔。他故意问道:"九爷是谁?我不熟悉。"

张传刚哈哈大笑:"赵书记真会装啊,你在城里混了那么些年,九爷的大名你竟然不知道?"

"啊,那个九爷我闻听过,听说是黑社会老大,但我们没有任何交际。"

"我实话对你说了吧。"张传刚向赵丰年身边靠了靠,说,"其实你们经常见面,哈哈。"赵丰年故意摇头,张传刚只好说出在赵丰年意料中的那个人——蔡三九。

"他呀。"赵丰年还是有些惊讶。

"没有想到吧。"张传刚从提包里拿出两条烟扔到沙发上,"十万块钱,一点小意思。"说完他转身要走,却被赵丰年一把抓住,抓起两条"烟"硬塞

第四十三章

给他。张传刚死活不要，实在拗不过他，只得抬出了蔡三九："难道九爷的面子你也不给？"

赵丰年郑重道："行不正之风，谁的面子我也不给。"说完把"烟"硬塞进他的提包里，强行把他推出了大门外。然后，赵丰年到东屋里对看电视的父母说，晚上他不在家，谁敲门也不开，平时谁送礼也不能收。

确定蔡三九是什么样的人了，赵丰年认为李昭村遭此挫折不足为奇了。他打电话给李昭村，让他到办公室开碰头会。可是，他迟迟没到。赵丰年安排张然去施工工地找到了李昭村。他很不乐意，急急火火赶到办公室不满道："什么屁事这么急？耽误我多少时间啊。"

张然都听不进去了，刚要跟他急，被赵丰年止住了，平静地对李昭村说："李主任，挖沟子的工程先停下吧。"

"什么？你说停就停？为什么？"

"是啊，我说让你停下所有工程，因为我们要对龙山村做整体规划，不能头疼医头、脚疼医脚。"

李昭村看到赵丰年不像开玩笑的样子，第一次感到自己的权威受到了挑战。他不甘心，立即道："都开工了，怎么停？再说了，我是一村之长，难道还没有挖条水沟子的权力吗？"

"不错，你是一村之长，但不是什么事情都由你一个人说了算！要是你都能说了算，还要我这个支部书记干什么？！"赵丰年这句话可是点中要害，李昭村仿佛被当头一棒。这时，他才领教了赵丰年的厉害，只好强词夺理道："我当然听你的。但是，为了老百姓的利益，我什么事都敢做，什么人也不怕！"

赵丰年听出他话外之音，没有动火，而是摆事实讲道理："很好，你敢说敢做，我敬佩的就是你这点。那好，我问你，你随意开挖水沟子，损坏古村风貌，是经过村两委研究决定的，还是我同意的？"

"这……"李昭村没有话说了。

赵丰年继续道："你口口声声说为了村民的利益，那好，你坐下，听听我分析分析你所谓几件为村民做的大好事。"李昭村没有坐下，想离开又不敢，只好听他继续说："其一，你带人强拆了蔡白露违法建造的房子，问题彻底解决了吗？他们是不是又在废墟上搭了棚子，天天到村里、镇上上访，显然并没有解决问题。其二，你带人给采石场承包户贴了封条，一走了事，他们欠村里的上千万承包费，到现在一分钱都没有上缴，难道你不知道吗？其三，你让人拆了养殖场，到现在他们还没有着落，猪、鸡在村里乱窜，搞得村里脏、乱、差，严重扰乱了村秩序不算，他们一天一天的损失谁来算、怎么算？"

赵丰年越说越来气，但还是压住火气，走到李昭村跟前说："我的李大主任啊，我不否认你的初衷是好的，但你所做的大多事情，都虎头蛇尾，有始无终，并没有得到广大村民的认可啊，难道这些人不是龙山村的村民！而且你不汇报不请示，不经村两委研究，全凭你个人主观臆断，说严重的，你这是典型的个人英雄主义，说句不好听的，你就想搞独立王国！"

此时，李昭村再也说不出话来了。赵丰年也没有理会他，而是对张然说："你下通知，明天上午召开支部扩大会议，村两委的干部必须参加，不准请假。"张然急忙记在小本子上，他又说："这是我召集的第一次会议，参会人员扩大到各村民小组组长吧，用手机逐个通知，不要动不动在大喇叭上喊。"他这句话是故意说给李昭村听的。

第四十四章

次日一早,赵丰年先来到振兴合作社,他惦记着张念和小六能否适应合作社的工作环境。走到货场,见小六正满头大汗往车上装货,比其他人干得卖力。张玉振走了过来,请他到办公室坐坐,两个人刚到办公室,林芷芎听到声音也过来了,张念勤快地给他冲茶水,他笑着说:"你小子,干办公室的活了?"

张念忙说:"没有,还在服务中心,这不是看着你大书记来了嘛。"大家都笑了起来,张念出去了,赵丰年说:"张念、小六比较特殊,我不放心,过来看看。"

林芷芎忙说:"赵书记你放心吧,你的接班人现在很会做思想工作了。"张玉振被说得有点不好意思了。赵丰年很感兴趣,林芷芎接着说:"小六刚来的时候,社员都不同意,特别是女社员还怕他,有的甚至要辞职……张主任就给他们开会做思想工作,说小六总归是龙山村的村民嘛,我们都不要他,他混迹社会上,那危害岂不更大了,让兴海带他、教育他,咱们都帮助他……果然,小六现在学好了,干起活来,别人扛一个麻袋,他扛俩。"

赵丰年看着张玉振点点头说:"好呀,这样一来,我完全放心了。"几个人正说着话,张兴海进来,说张合躺在村委门口,口口声声要求李昭村处理他的家务事。李昭村不敢惹他,还说让他找书记,说现在村里都是书记说了算。

张玉振和林芷芎都望着赵丰年,他显得十分平静。张玉振气愤地说:"这个昭村,脾气跟我差不多,但他一根筋,自以为是,你处处谦让着他,他认为是你怕他。"林芷芎点点头:"赵书记,昭村这个人没有坏心眼。"

"我当然了解他了。"赵丰年哈哈笑着说,"我昨天已经跟他……"刚说到这儿,李昭村打来电话,请他抓紧到村委处理张合的家庭纠纷,他故意说:"哎,我听说他特意要求你处理嘛。"

李昭村听出话音不对,赶紧说:"赵书记呀,别听他们胡乱传说,龙山村你是一把手,都得听你的呀,你快来吧。"赵丰年挂断电话,朝着张兴海道:"你跟我去趟村委吧。"张兴海自然明白,出来喊着张念:"张念,跟我一起去。"还没有走到村委大院,听见张合呻吟着叫喊着:"啊……昭村主任,你得管我啊,我养了不孝儿了啊……"他的儿子其实就在身边,李昭村也站在不远处,跟他说着话,但就是不敢靠近:"张大爷,你别在这儿闹腾了,你的家务事,我们村干部不好管,你儿子不孝顺,可以到法院起诉嘛。"

"我不,我只找你……"

"大爷,一大早您不躺在炕上,怎么躺在地上了,要是受凉了,可是没有好身体啊。"张兴海走过来说。张合本来睁着眼睛,看到他赶快闭上眼睛,也不痛苦呻吟了。张兴海朝张念道:"张念,帮一把。"说着蹲在张合身边,张念抱起张合,张兴海顺势背起了张合。这时候,张合不愿意了,大声道:"你这是干什么?你将我背到哪儿去?要不背到主任家里吧。"

张合这句话可把李昭村吓坏了,忙摆手说:"别别,我不在家,我要开会,背回他家里……"

"哼,口是心非,不办事。"张合趴在背上指着远处的李昭村对张兴海说。张念在后面说:"大爷爷,你这么做不嫌丢人,你的儿女怎么做人啊?"

张合生气地说:"你小兔崽子懂什么?"然后转回头对张兴海说:"兴海,我是故意找碴,现在咱龙山村别看姓赵的当家,我琢磨着丰年也只是过渡,最终还是李姓家族说了算,他李树善最近特别嚣张,还说三十年河东、三十年河西,张姓家族要走下坡路了……我……我气不过,想法把李昭村弄下来,让你干!"

张兴海笑着说:"大爷,你老思想了,只要为村民好,甭管姓李的还是姓张的,谁干都一样。"

"那不一样,你干着,我脸上也有光,说话也硬……"张合说着睡着了,张兴海将他安全背回了家。

第四十四章

李昭村还不放心给张兴海打电话询问。赵丰年对他说:"兴海不会将张大爷背你家去的。"然后道:"人员到齐了开会。"张然说支部委员、民兵连长赵树明和村委委员、妇女主任方茹还没有到。李昭村不耐烦道:"你快给他们打电话,说开会时间到了,让他们马上到。"

不一会儿,张然走到会场对赵丰年说:"赵书记,赵树明还在外地跟他儿子搞运输,赶不回来了。方茹大嫂在城里给她女儿看孩子,说今天女儿、女婿都上班,没有人看孩子,不能参加会议了。"

赵丰年听罢十分生气,但没有表现出来,问:"你昨天都给他们下通知了吧。"张然点头说通知他们本人了。这时有与会人员替他们辩解:"村干部又不是脱产干部,谁家还没有点事情啊,可以理解啊。"李昭村立即反驳道:"要是都有事,别开会了,干部也别当了,况且今天是赵书记主持的第一次会议,他们不来,也不请假,起码表示个态度嘛。"

赵丰年朝李昭村示意没让他说下去,自己坐稳,挺起腰板,环视会场一圈后,道:"他们赶不来,咱们不等了,开会吧。"他先是唠起了家常,气氛渐渐融洽了起来,又介绍了自己代理村支部书记的经过,忽然话锋一转,神态严肃了起来:"说实话,通过最近了解村里的真实情况,我内心非常震惊和着急。今天与会的都是村干部,我也不怕你们议论,我曾经在村主任选举大会上提出十大问题,通过这几天的调研走访,不止十大问题,还有更多的问题!今天就是要将村里的所有问题讲出来!村两委班子涣散、黑恶势力渗透基层组织情况有吧!村民贫富悬殊,家族传统思想顽固,赌博、偷盗、站在大街上骂街、邻里不团结等不文明现象有吧!你们也看到了,西山生态环境遭到严重破坏、龙山水库污染不是一天两天,为什么不能根除掉?村会计账上清楚写着多达一千二百多万元存款,为什么不能支付给村民?还有,村里外欠也相当惊人,多达三百多万元……我真不知道怎么评上文明村的,我今天就是要告诉大家,我要将这块遮羞布撕掉,让问题暴露在大家的眼前,然后我们一起采取措施,大家齐心协力想办法去解决!"他说到这儿,场内所有人员都用惊疑的目光注视着他。

"之前,辛书记跟我谈话,下达了'稳固基层政权、修复绿水青山和带领全体村民奔小康'三大任务,我比作'三大战役'。这几天我做了'三步走计划'，具体到每一年、每一个人、每一件事，我的目标是让乡下人过上城里人的生活……"接着，赵丰年将计划和目标进行了宣讲。

面对赵丰年由浅入深、有情有理而且符合实际的讲述，大部分与会人员给予肯定和期待，但也有人露出怀疑的眼神，并当场提出疑问。赵丰年解释说："有人对我的计划提出疑问是正常的，也希望大家对计划包括我本人进行监督，便于我及时纠正和改进。"

赵丰年带着严厉的口气说："同志们，我们的工作性质决定了，既要干好村里的工作，还要养家糊口，不容易，我深有体会。但我今天把话说在前头，必须强调组织纪律性，谁也不是铁人、完人，有事请假，有困难大家都还要帮助呢，希望大家不要撞在我的炮口上，我是炮兵出身。"会场立即发出一阵笑声。

赵丰年最后说："明天上午，龙山村全体党员，包括村委不是党员的干部，到咱村几处革命遗址走走看看，由老书记魏东给咱们讲讲，学习学习。下午党员培训，聘请大学教授姜山给我们上党课。张然下好通知。好，散会！"大家从会场走出来格外振奋，有的人围拢在赵丰年身边说话，一旁的李昭村不免感觉到了自己与赵丰年的差距。

次日一早，赵丰年第一个来到集合点，接着魏东到了，他担心自己讲不好。赵丰年鼓励道："老书记，你知道啥就讲啥。"魏东点头答应。接着有党员陆续来到村委大院报到，赵丰年都一一握手。出发的时间到了，张然拿着报到名单对赵丰年说："全村一百一十二名党员，因病、有事请假十五名，已经报到九十五名，还差两人没到。"赵丰年紧接着问是谁？张然说："赵树明和方茹。"

"又是他们俩。"赵丰年忙问，"他们接到通知了吗？"

"我亲自打的电话，他们都接了，也没说不来。"张然回答。

赵丰年忽然想起一个人："张玉匣怎么没来？"

张然急忙回答："他说病了。"

赵丰年哼了两声，李昭村走过来说时间到了，该出发了。

赵丰年忽然道："李主任，你马上召集两委委员召开临时会议，我有事宣布。"李昭村急忙将村两委委员召集在一起，赵丰年当场宣布："我现在以村支部代理书记的名义宣布免去赵树明村党支部委员和民兵连长的职务，暂停方茹村委委员和妇女主任的工作，待召开村民代表大会追认。"全场皆惊，村委委员治保主任说："赵书记，给他们处分严重了，平时他们也不参加会议，可能习惯了。"

"一点也不严重，我这么做就是要彻底改变这种目无组织纪律的错误习惯！"

李昭村提议："是不是两委再商量商量，让大家表决一下？"

支部委员林芝柱说："特殊时期特殊安排，要是在战争年代，他们俩这是临阵脱逃，是要军法处置的！"

第四十五章

赵丰年雷厉风行的做法震撼了全场，大家都不敢再言语，接着他又当场宣布："我现在任命张兴海为龙山村民兵连长，林芷芗代理龙山村妇女主任。"转身对张然说："你现在马上给张兴海和林芷芗打电话，让他们参加今天的活动，随后我跟张主任解释，请他支持。"然后对李昭村说："时间到了，别让党员等久了，出发吧。"

路上，赵丰年给张玉振打了电话，说明了情况，还请他支持工作。张玉振说："赵书记，别说你要他们俩，你点到我，我也无条件上。"赵丰年说："你是知道的，村干部都不是脱产干部，还要挣钱养家糊口，他们俩的股份请不要退了。"

张玉振表态说："你放心，我会全力支持你的工作。"

在鹞鹰窝阻击战遗址，全体党员并列站在纪念碑前，魏东讲述了那场激烈的战斗情景。他说："当年咱们龙山村是抗日根据地，驻扎着龙海县委、滨海军区二支队，还有野战医院。一天，汉奸领着日本鬼子来村扫荡，魏全亮大队长亲自指挥阻击敌人，掩护大部队撤离……在最危急关头，他对我说，'魏东，你通知同志们快撤，我掩护'。当年，共产党的干部都将危险、困难留给自己……"

在龙海县第一个农村党支部旧址、在野战医院住过的房子，魏东生动地介绍着当年的烽火岁月，参观人员心潮澎湃，纷纷表示上了一堂生动的革命历史教育课。快近中午了，赵丰年说到蔡大娘家里看看，众人不解，不知他想干什么。蔡大娘正在吃饭，破旧不堪的桌子上只有一个玉米饼子、一碗稀粥和一盘炒茄子，外加一小碟腌制的辣椒。

蔡大娘忽然看到这么些人涌进来，慌忙站起来不知如何是好。赵丰年拉着她的手对大家说："我带你们来，恐怕所有人不知道用意。其实，大家也都看到了，蔡大娘家里的生活条件是什么样，吃得喝得怎么样，即使是这样的艰苦生活，蔡大娘还捐出三千元钱，托付我捐给家庭贫困的孩子上学，这可是她老人家一辈子省吃俭用积攒的啊。"在场的所有人都感动了。魏东说："据我所知，她还不是五保户，更没有享受低保，也从来没有向村里要过一粒粮食，全靠自食其力。"

蔡大娘这时说话了："自己还能干，咋要公家的东西。"

赵丰年感慨道："同志们，我不客气地说，有些共产党员的思想觉悟还不如蔡大娘，希望能引起大家的深思。下午，我们进行党课学习，请大家不要迟到啊。"他说完，李昭村接着说："路近的人员各自回家吃饭，路远的人员到龙山饭庄吃工作餐。"

赵丰年回到家刚要吃饭，赵树明气哄哄进来了，走到院子里大喊大叫："赵丰年，你给我说清楚，为什么免了我的职务？你算老几，刚刚当了代理支书就觉着了不得了，别人怕你，我不怕你！"

赵树存一口饭刚到嘴里，他听到外面有人来闹事，刚要起身出去看看，被赵丰年按住了："爸，你不要出去，他是冲我来的，上午我免了他的职务，他不服气。"赵树存立即道："我听说了，是他错在先，你没有错，用不着怕他。"

王兰香放下碗忙说："别得罪他啊，跟人家好好解释清楚。"

赵丰年答应着出门，面对气势汹汹的赵树明，他强忍着愤怒面带微笑说："树明叔，有话慢慢说，干吗大吼大叫的？"

赵树明指着赵丰年的头皮说："你想我慢慢说，立即恢复我的职务，否则，我跟你没有完！"

"不可能。"赵丰年坚定地说。这时，外面进来好多看热闹的，王兰香出来劝和，好多村民过来拉赵树明走，他仗着人多，更加肆无忌惮："全村那么多干部，村里开会谁当回事啊，为什么只拿我开刀啊，你偏心……今天你不给我讲清楚，我让你干不成书记！"

张玉振闻讯赶来，要上去拉赵树明走，被赵丰年喝住了："你别掺和，这

是我们的事情，忙你的去吧。"然后对赵树明说："走，有事去村委办公室说。"说完大步先走了。赵树明不想去村委，这时有人劝道："你跑到人家里吵闹，这是私闯民宅，是犯法的，人家要是告到派出所，你可麻烦大了，快走吧。"

"哼，告到哪儿我也不怕，我还要告他滥用职权呢！随意提拔人，什么人都用。"赵树明只好退了出来跟着赵丰年走，后面跟着一大群看热闹的村民。赵树明老婆过来拉他回家，当着众人的面，他强要面子，硬着头皮去了村委大院。走到门口，他觉着实在走不进去了，一些吃完饭的党员都到了，他们三三两两聚拢在院子里聊天说话，张然正在布置会场。

"走啊，你不是要跟我讲清楚吗？进去讲清楚。"赵丰年对赵树明说。赵树明此时进也不是退也不是，只能嘴硬："哼，你成心让我在村民和党员面前难堪，你真够毒辣的。都是一个村的人，你好意思吗？我……我不过是开会没有请假嘛，以前都这样，习惯了，你问问他们，谁有事请过假？"

赵丰年说："以前我管不着，从我开始，开会不来、有事不请假就是违反组织纪律，就必须按有关规章制度给予纪律处分。"看到赵树明不再强横了，他耐下心来说："我一再强调纪律性，也给你通知了，可是你一而再地违反组织纪律，我实话告诉你，你撞到我的炮口上了！"

"算我倒霉。"赵树明此时不敢跟赵丰年摆强硬态度了，只好抱屈，"我勤勤恳恳为村民服务，不贪村里一分钱，担任村干部十几年，没有功劳还有苦劳，哦，你一句话给免了，我违法了还是违纪了？"

"你要是真违法违纪了，现在也不会站在这儿跟我说话！"赵丰年这句话可把赵树明触动了，他低下了头。赵丰年说："功劳只能代表过去，况且，据我了解，这些年，你整天忙着搞运输，村里会议不参加，村里有事找不着你，你说，你为村民做了什么贡献？你搞了几次民兵训练？村里有多少民兵你知道吗？"

"你……你……我……"此时，赵树明真无法回答了。

赵丰年还想给他一次改过自新的机会，说："你现在还是一名共产党员，下午的学习必须参加，我再跟你说一遍，要是不参加，后果你自负。"说完，转身往会场走去。

赵树明忽然来气了，冲着赵丰年的背后说："有什么了不起的，我有事，

第四十五章

我就是不参加,你取消我党员身份又能怎样?我照样跑运输挣大钱!"说完扭头就要走,被冲过来的魏东狠狠扇了一耳光:"混账东西!今天你要是不去好好听党课,你以后就没有我这个舅舅!"

方茹走了过来,拉着他的衣袖说:"别再嘴硬了,是咱们错了,学习学习吧。"赵树明这才算是找了个台阶下,乖乖跟着众人进了会场。

学习会场其实是村委大院,讲台是一张办公桌,上面安放话筒,后面是支架,旁边安放一张黑板,党员们坐着马扎或板凳,围拢在讲台前。赵丰年做了动员讲话:"同志们,今天我们在露天会场听姜老师讲党的历史和理论知识,虽然条件简陋,但一定要认真听讲……相信不远的将来,我们会坐在宽敞明亮的大会堂里学习!"

姜山从中国共产党建党、土地革命、抗日战争、解放战争、新中国建设、改革开放,一直讲到党的十八大召开,还特别讲到了反腐倡廉,通过三个典型案例进行了剖析。他最后说:"中国现在之所以能够强大,就是坚持了党的绝对领导,中国共产党执政之所以稳如泰山,就是始终坚持了全心全意为人民服务的宗旨。"他的精彩演讲,获得了全体党员们热烈的掌声。

姜山因为晚上有事,没有留下吃饭。赵丰年送走姜山回到办公室,方茹向他承认了错误。赵丰年说:"改了就是好同志。"正说着,手机响了,是女儿打来的电话。他说:"我现在有事,晚上回家打给你。"说完挂了电话,接着安排张然草拟关于龙山村村干部任免的请示文件,直到夜晚才回家。

家里来串门子的邻居比往常多,郭何氏、五婶还有不太熟悉的娘们正与王兰香在东屋聊天,王兰香看见儿子回来了,赶紧去拾掇饭菜,还惦记着赵树明的事,说:"树明会武功,你小心点。"赵丰年忙说没事了,简单吃了饭,便来到西屋,刚要给女儿回电话,林芷芗打来电话关心。他说:"我没事,关键是你和兴海,事先没跟你们商量,有点唐突啊,下一步要忙了,村里的工作,合作社的事情,辛苦你了。"

林芷芗说:"我干活没问题,我担心你,突然让我担任村干部,恐怕村里人不一定服气,风言风语肯定少不了,我觉着你还是重新考虑考虑吧。"

"还考虑啥呀。"赵丰年坚定地说,"芷芗,甭管别人怎么说,走自己的路,因为我知道你的能力,你放开干就是了。"

林芷芗感动地说:"丰年,谢谢你的理解和帮助,你要注意身体。"

赵丰年说:"谢谢关心……"

说到这儿,林芝秋风风火火闯了进来,说:"赵丰年,你偏心眼。"他忙挂断电话,抬起头看着她,问:"你干吗呀,不问青红皂白就说我偏心眼?"

"我怎么就不如她了?她凭什么能当村妇女主任,不让我当?"林芝秋直口直舌道。

赵丰年也直截了当道:"你当不了。"

"哼,你看她比我漂亮。"

"你觉着比她丑吗?我觉着你比她漂亮。"赵丰年这句半开玩笑半认真的话,直接触动了林芝秋的敏感神经,她抹着泪说:"我除了说话比她粗鲁外,其他哪方面也比你老相好强。"

显然,林芝秋吃林芷芗的醋了。这还是小事,王兰香私下劝说儿子:"俗话说,寡妇门前是非多。她刚死了男人,在村里威望也不够,况且你们以前还有过那种关系,你让她当村干部,村里人说闲话的不少,唉,你可要考虑好呀。"

赵丰年安慰母亲说:"妈,我要是前怕狼后怕虎,就不会答应干村书记了,从目前我所了解的情况来看,还只有她能胜任村妇女主任。"

"她倒是能说会道的,脾气也和气、温柔,只是……"

"我现在只看中了她与人的交流能力和人品,别的还没有时间考虑,也不去考虑。"

"你这孩子,就是犟,听不得劝,别引火上身呀。"

"妈,您放心,我知道该怎么做。"娘俩正说着话,女儿来电话了,赵甜说:"爸爸,你猜我现在在哪儿?"他认为女儿跟她妈妈在一起吃饭,便道:"跟你妈在一起吃饭吧,她开会回来了吗?"

赵甜叹气说:"我妈呀,回是回来了,可是天天忙……爸爸,我告诉你,我现在已经到西安了。"赵丰年吃惊道:"你这孩子,我还想着给你送行呢,你怎么不提前告诉我呀?"

赵甜说:"你不是忙嘛,爸爸,我告诉你一件巧合的事情,我在飞机上认识了一位帅哥……"她说到这儿,赵丰年的心头咯噔了一下。

第四十五章

原来，赵甜独自上了飞机，找了座位刚坐下，随后上来一位戴着眼镜的青年坐在了她身边。闲聊中得知，两人老家竟然都是龙山村的。赵甜笑眯眯地说："我爸爸现在是龙山村支部书记。"青年听了连连叹气没有说话。赵甜问怎么了，青年说："你爸爸接我爸爸的班。"

"这么说，龙山村上任支部书记是你爸爸喽，哈哈，我很少听爸爸说你爸爸的事情，哎，你叫什么名字？"赵甜问。

青年说："我叫张明明。"赵甜主动伸出手说："明明哥你好，我叫赵甜，认识你真巧啊。我高考结束后，出来游玩放松放松，你呢？"赵明明说："我去年大学毕业了，现在搞电商平台，到西安考察市场……"两个人一直聊到下了飞机，互相加了微信，相约龙山村见。此时，她们或许不知道，两个人的父亲，正在龙山村展开了正与邪的较量。

第四十六章

赵丰年突然接到辛瑞民的电话,他预料到会有人打小报告,便将上任以来的工作、学习情况做了汇报。辛瑞民并没有提出批评意见,反而一再鼓励他大胆干大胆闯,同时提醒他要注意民情民意,事关重要工作,一定严格按照程序走。他在电话中还说,今天镇纪委、审计、公安等部门组成调查组要对张玉匣的问题进行调查。赵丰年忙说:"辛书记,我们组织党员参观革命遗址的学习效果很好,我看到了很多党员干部思想觉悟有了很大的提高,我想今天召开党员民主生活会,让大家相互讲讲,我的想法是让犯过错误的人自己讲出来。"

"你的做法很好。"辛瑞民说,"你们民主生活会照常召开,调查组按党委部署照常进驻龙山村,也能提到促进、推动和警醒作用。"

"那好吧。"赵丰年答应了。

龙山村两委和老党员干部组成的党小组会议在村委办公室召开。开会前,赵丰年亲自给张玉匣打电话,张玉匣说了句"有病请假",便挂断了电话。

魏东第一个发言,他先做了自我批评,接着说:"我平时不说,这个民主生活会我必须说,我对上任党支部尤其是张玉匣同志有意见,他有六个方面的问题……"一一列举后,又指着李许说:"还有你李许同志,虽然你现在退了,但你还是党员,你今天要将问题老老实实对组织和党员同志们说出来!"

李许顿时惊慌万分,忙说:"我、我还有啥呀,都是一把手说了算。"

这时,林芝柱说话了:"要我说,李许同志的问题还真不少,最明显的一条,

第四十六章

给女儿大操大办婚礼。"他这么一说，会场顿时引起不小的震动。他接着说："今天这个民主生活会开得太及时了，太有必要了，我先做自我批评，这些年，我干村会计，虽然没有贪污村集体一分钱，说实话，也跟着沾了不少光，比如说，村里招待，剩下的烟酒、饭菜我都打包拿回家了……我都有记录啊，加起来三四千元，新书记上任，已经全部上缴了，你们可以问赵书记。"众人眼光齐投向赵丰年，他点头说："林会计跟我提过此事。"

林芝柱这么说，李许坐不住了，接着做了自我批评和检讨。他擦着汗说："我虽然没有具体统计，但大概有个数，我全部退还，对打着公家旗号的私人招待费、出租车费等，我也全部上缴，林会计有统计，可以给我个准数。"

林芝柱说："我哪有统计啊，我光知道你女儿办婚礼的时候，你拿给我一大沓出租车发票。"李许忙说："还有，我女儿结婚时所收的礼金，全部退还给村民……"

民主生活会开了整整一天，方茹、赵树明等人也做了自我批评。赵树明深刻反思了自己的错误，说："以前自己不开会、不学习、不做事，也没觉着做错了事情，反而习以为常了，通过昨天的学习和今天的民主生活会，我认识到了自己所犯的错误，认识到没有履行党组织交给自己的任务，赵书记免去我的职务，我再也不会有任何怨言了，我决心一辈子跟着党走。"

李昭村不是党员，他在大街上逛荡，忽然觉着自己没事可干了，不免暗暗伤神。路上，遇到李树善问他怎么不开会，他说自己不是党员。李树善将他拉到路边的树荫下说："昭村啊，你得跟着丰年学学啊，看看人家，做事不显山露水，举重若轻，可是你……唉，该好好自我反思反思了。"因为李树善是族长，他没有反驳，但也没有认同，没说话却径直走了，气得李树善指着他的背影说："比比人家，你差距太大了。"

"通过这种方式，我们看到了差距，认识到了自己所存在的不足……"赵丰年在民主生活会上做了总结发言，"今天这个民主生活会开得很好，大家态度端正，认识到位，相互批评，开诚布公，没有私心……为什么有些同志有缺点，甚至犯了错误呢？就是我们民主生活会开少了，批评与自我批评少了，平时都各自忙自己的，学习少了，相互监督就更少了……今后，我们只要严格按照各项规章制度办事，各项工作就一定能走上正轨。"

会后，赵丰年叫上张兴海来到了张玉匣家做劝说挽救工作。张玉匣正在吃晚饭，根本没有生病的样子，对赵丰年的到来非常抵触和反感。赵丰年耐心劝道："张玉匣同志，我今天来是代表组织跟你谈话，希望你跟组织说清楚，调查组明天就要驻村了，要是调查组传唤你了，你可就……"不等他说完，张玉匣恼羞成怒，冲着他吼道："好呀，让他们来呀，不做亏心事，不怕鬼叫门，我张玉匣一辈子清清白白，就是纪委、检察院来，我也不怕！我没有犯罪！你少跟我胡扯！你知道，诽谤也是犯罪！"

张兴海说："你为什么不参加民主生活会？广大党员对你提出不少意见，有的同志反映你有犯罪问题。"

"你们这是干什么？上级还没有对我怎么样，你才上任几天，首先对我下手了，你好狠，你将来也会跟我一样！"张玉匣指着门外说，"你们出去，我要说跟镇领导说，不会跟你们这些小卒子瞎叨叨。"

赵丰年走出大门外，长叹一声。张兴海说："他这是要自寻绝路啊！"

赵丰年回到家，一夜没有睡好觉，反复考虑必须帮助张玉匣认识错误，重新做人。次日一早，他再次来到张玉匣家。张玉匣老婆哪句话难听她说哪句，赵丰年也没有理会她，而是对躺在床上的张玉匣说："你起来，跟我去见一个人。"

张玉匣老婆认为他要带走自己的丈夫，上前发疯似的撕扯赵丰年："你想把他怎么样？他犯什么罪了？你滚……"

赵丰年只好对张玉匣说："去不去，随你便，我在门口等你十分钟。"说完他先出去了。不到十分钟，张玉匣出来了，他老婆还是一个劲往回拉："你不能去，你回不来了，我们娘俩可怎么过呀。"

赵丰年在前头走，张玉匣跟在后面，两个人都不想说话。当来到魏家楼子村，张玉匣气喘吁吁走不动了，坐在路边的石头上休息，赵丰年站在不远处耐心等着他，当两个人快要走到魏东家时，张玉匣不走了，此时他才明白了赵丰年的用意。

"你怎么不走了？"赵丰年问。

张玉匣也不答话，转身要往回走。赵丰年大喝一声："你站住！"然后走到他面前道："怎么？不敢见老书记？"

第四十六章

张玉匣反问道:"赵丰年,你想干什么?我知道他背后没说我一句好话,你想再让他羞辱、揭发我吗?"

"你标榜自己清清白白,你害怕老党员揭发吗?"

张玉匣不说话了,赵丰年接着道:"我告诉你,你无故不参加党员活动,不参加民主生活会,已经不是合格的党员了,我今天带你来这里,就是想让你再接受一次教育,让你彻底反省。"

"我有病,已经请假了,你少来!"张玉匣极力辩解。赵丰年直接给他揭穿:"你什么病?吃药了吗?打针了吗?有医院的诊断证明吗?你说请假,你跟谁请的假?组织批准了吗?"一连串的提问,让他再无话可说。

赵丰年指着魏东的家门口说:"你现在还是一名党员,我叫你一声张玉匣同志,你自己睡不着觉的时候也不想想,你是当过兵的人,也曾经当过书记,可是你跟老书记在思想觉悟、工作方式上都有很大差距,看看老书记过的日子,再想想你的日常消费,看看老书记住的房子,再看看你住的房子,难道你就没有一点感想吗?你不觉得羞愧吗?"

"你们来啦,怎么不进屋?"魏东出来了。赵丰年指着张玉匣说:"老书记,我今天带他来您这儿,就是想让他接受再教育。"

张玉匣冲着魏东没好气地说:"我知道你背后没说我一句好话。"

赵丰年立即道:"你做过哪一件事,能让大家说你好?"

魏东猜到了赵丰年的用意,走到张玉匣近前说:"玉匣啊,我是看着你长大的,你小时候是一个懂事乖巧的好孩子,当兵以后,年年都受到部队嘉奖,村里敲锣打鼓将喜报送到你家门上,你刚当村支书那会儿,也是带领村民勤劳致富……可是,后来随着你思想膨胀,不注重学习,不组织开会,整天认识领导,结交老板,攀龙附凤,好大喜功,奢靡享受,早已忘记了自己的本质,脱离老百姓,离党的要求越来越远……"

张玉匣实在听不下去了,转身又要走。赵丰年急忙说:"张玉匣同志,老书记可是语重心长,听不听是你的事,做不做也是你的事情……"没等他说完,张玉匣抬脚走了。赵丰年还想追上去,被魏东拉住了,说:"你已经仁至义尽了,他要是还有点思想觉悟会去自首了,要是没有,谁也救不了他。"

当天上午,张玉匣主动走进调查组办公室,交代了自己所犯罪行。李许将

所得不义之财全部上缴,其他村干部纷纷补缴了私人消费的费用和欠款。最后统计,村里实际对外欠款才三十多万元。最终,因为张玉匣犯贪污、受贿、挪用公款等罪名被检察院起诉到法院,因自首和揭发他人犯罪行为有立功表现,被法院判处有期徒刑二年,缓期三年执行。

不久,龙山村人事任命文件上级批复下来了,张兴海任支部委员、民兵连长,赵树明任支部委员,林芷苈任村妇女主任,免去林芝柱的支部委员和会计职务,村会计由张然担任。对村两委的大变动、大调整,许多人开始很不理解,甚至感到意外、惊讶,但仔细琢磨,无不对赵丰年的人才观念和用人手段伸出大拇指,也就是说,第一场战役被他打赢了。

第四十七章

赵丰年不敢松劲,马上拉开了第二次战役的序幕。他从村民最关心的清欠款入手,成立了清欠领导小组,自己亲任组长。

张然拉了清单,最多的像张传刚,欠款达二百三十万元,最少的也有几百元钱,欠款最长时间达到二十五年。赵丰年起草了告知书,打印多份,分发到每户家中,在大街上张榜公布,并在大喇叭里反复播出。内容写得非常明确,十天之内上缴的,不收利息;二十天内上缴的,收一半利息;三十天内上缴的,收全部利息;过了一个月再不上缴的,将起诉到法院。不但起诉费要欠款人承担,还查封财产和账户,一旦列入失信黑名单,那就成了老赖,以后包括家人在社会上处处都受影响。

赵丰年将催收任务下认到两委成员,再三强调这是政治任务,好比是一场运动战,不能坐等人来,要走出去,找到人,想尽一切办法逐个击破。为起带头作用,他将欠款最多的张传刚和催收最难的严百顺分给了自己。

全村人在等待着,欠款人在观望着,任凭两委成员跑断腿、磨破嘴,十天过了,收缴欠款不过百万,且都是些零散小户。赵丰年再次给张传刚打了电话,没有想到这次他很痛快,说马上还款,条件免去那一半的利息。赵丰年说不行,必须按通告制定的政策执行,否则会失去信誉度和公信力。张传刚只好同意全部上缴。赵丰年大喜,马不停蹄来到振兴合作社,他要当面与严百顺交锋。

张玉振见赵丰年来了,把他请到了办公室。赵丰年说找严百顺催缴欠款,张玉振告诉他,严百顺已经请假三天没有来上班了。赵丰年暗暗着急,急忙给他打电话,竟然关机,他心想,我早料到这个严百顺是个难缠户。

"赵书记,你别着急,或许他四处筹款去了。"张玉振说着拿出两个银联卡递给赵丰年,"一个是你退五万元股份和六千元的分红,以及十二万元的工资,共计十七万六千元。另一个是我还你给秦翠治病的五万元。"

"哦,开始分红了啊,不错不错啊。"赵丰年也没有客气,心安理得地接过两张卡。张玉振简单介绍了合作社的发展情况,此时,赵丰年顾不得听了,便说:"改天听你仔细讲,我还得找严百顺去。"张玉振建议他去严百顺姐姐家找找,他告辞后直接去了严百顺姐姐住的村子。

路上,赵丰年给菲菲打了电话,说还给她钱。菲菲有点惊讶,说不着急还,两个人闲聊了起来。菲菲说:"赵大哥,祝贺你啊,你是我心中的偶像,真的,令我佩服的第一条就是有责任感。"

赵丰年说:"唉,说责任感,有,但也不完全,对甜甜娘俩,我确实少了关爱啊。"

菲菲说:"我觉着你对雯雯已经尽到做丈夫的责任了,只是她要求和期望得太多了。因为我非常讨厌王总和叶彤,近来跟他们联系也少了,那天在商场偶遇雯雯,见她憔悴了。我觉着她挺可怜的,她还是爱你的。"

赵丰年没有及时回话,菲菲接着问:"她要是回心转意,你还……"赵丰年打断她的话:"菲菲,我最了解雯雯的个性,不聊了,我有事先挂了啊,来乡下玩啊。"说完挂断了电话,急急匆匆赶到严百顺姐姐家。她说也联系不上严百顺,这让赵丰年非常失望。他一时间有些心神不定,脑海里忽而想到要账,忽而出现严百顺,忽而又出现前妻,一团乱麻怎么也理不出头绪来,搅得他好烦好难受。难道自己真的要抑郁了吗?他愈加惶恐、担心,最后硬定格在前妻的面容上,说好的一百五十万,她为什么骗人呢?

其实,徐雯雯也不是成心要骗赵丰年,那一百五十万元,加上她自己的一百万元被她炒股炒没了。她不敢将实话告诉他,一时又搞不到那么多钱,只好处处躲着他,甚至不敢接他的电话。自从离婚后,徐雯雯难免内心空落落的,女儿又不在家,她请求王亚、叶彤和菲菲陪着她玩。菲菲不喜欢王亚和叶彤,已经渐行渐远。王亚则趁机讨好徐雯雯,经常约她出来吃饭,这让叶彤受不了,也渐渐疏远了她。

这天,徐雯雯跟王亚在饭店里吃饭,她忽然问:"爸爸跟孙媛媛什么关系?"

第四十七章

王亚暗自惊讶，故作不知道："上下级关系啊。"她用犀利的目光盯着他又问："你们每年年底去海南，说是考察项目，为什么到现在没搞成一个项目？你实话告诉我，真的还是假的？他们要是没有那……那个，为什么给她提升副总经理？"

王亚忙解释说："雯雯，你别胡乱猜疑了，董事长跟孙总啥事没有。"看到她依然不相信的目光只好说："我实话告诉你了吧，每年春节，董事长在海南消费高，都是让她去预付款项，这次提她副总……"说到这儿，叶彤发来微信，问他在哪儿，他不敢回复忙关掉手机，然后继续说："你是知道的，我工作太忙了，要应酬拓展业务，还要内部管理，孙总是我推荐给董事长的，对不起啊，当时应该先请示你才对。"

徐雯雯似乎相信了，她心情不好，便提前结束晚餐回了家。王亚送到楼下，她不让他上去了，说："好了，你留步吧。"

"你还是那么小心，就怕我进你家门，我还能把你吃了。"王亚故意开玩笑。徐雯雯也没有回话，通过刷脸进了大门。王亚看到她进去了，急忙掏出手机，开机后给叶彤回了电话："喂喂，我在市府开会，不方便接听，现在刚开完会，你在哪儿？"手机里立即传来叶彤娇滴滴的声音："我在临海大酒店开了房间，刚洗完澡，快点来吧。"

"好好，我这就过去，嘿嘿……"他与叶彤打情骂俏徐雯雯没有听到，但急切接听电话的动作，都被玻璃后的她看得一清二楚。

进了房间，徐雯雯将皮包扔到沙发上，一头倒在靠背上呆坐着，不想看电视，也不想洗澡，有一种难受的滋味搅动着她的心弦。今天应该是"周例事"的日子，往常他都布置得浪漫而温馨，而现在，唉，她仰头长叹，也说不出为什么，这种滋味在王亚面前一点感觉都没有。"赵丰年，我恨死你了！"她发狂地喊着，抓起一个布娃娃扔到了地板上。

现在，不但徐雯雯恨赵丰年，村里几乎所有往外掏钱还账的人都恨死他了。张传刚将二百多万的欠款和一半的利息全部交到村里，一下子引起连锁反应，那些原本观望的人也上缴了欠款，纷纷说："连大老板那么黑的人都缴了，看来这次动真格了，也缴吧。"

眼看一个月的期限将至，两委成员大多数完成了催收任务，但严百顺等几

个人还未上交,赵丰年看在眼里急在心上,他四处打听,也托人捎信,依然没有严百顺的半点信息,连影儿都没见着,他不得已只能日夜守在严百顺姐姐的家门口。

严百顺姐姐家是多层楼,傍晚时分,小区门口车来人往,赵丰年借着路灯仔细辨认着每一位过往的中年男人,眼睛都瞪得肿痛了。唉,他将靠背放了放,干脆仰在上面低声唱起了歌曲,这是他自我治疗、调养的最好办法。自从离婚后,白天拼命工作,不去想烦恼的事情,可是每次半夜时分回到西屋坐在沙发上独处的时候,才觉着自己已经成了光棍子,一种悲凉和委屈顿时涌上心头,想想前妻的那些好,拿起手机想给她打个电话,却拿起来又放下,有时也盼望着她能给来个电话……

忽然,手机铃声响了,赵丰年猛地起身看手机来电显示,是张兴海打来的,问他吃饭了没有。他回答说:"现在哪有心思吃饭。"刚放下电话,赵甜来了电话,他惦记着考学的事情,问:"分数出来了吗?"

赵甜回答说出来了,高出本科线六十多分,第一志愿填报了西安一所大学的土木工程专业。赵丰年埋怨她这么高的分数,应该填报北京或上海的大学。她说:"爸爸,我这次去大西北旅行,一下子喜欢上西安啦。"

赵丰年忽然想起女儿说遇见帅哥的事情,又以家长的口吻说:"甜甜,你现在考完试了,按说我不应该管你个人感情的事了,但我以过来人的身份,还是要提醒你啊,一见钟情、偶遇或艳遇什么的,虽然浪漫,但不可靠……"赵甜立即打断他的话:"爸爸,你还惦记那位帅哥吧。你还别说,我还真相信了一见钟情,你就……"赵丰年立即插话道:"甜甜,我告诉你啊,感情这个东西是需要慢慢了解和培养……"不等他说完,赵甜已经挂断了电话。

"跟谁打电话,急成这样子?"林芷芗和张兴海过来,她将一提包子递给赵丰年。他放下电话说:"你们怎么来了?"

张兴海说:"我们在城里办事,芷芗嫂怕你饿着,买了包子,快趁热吃吧。"

赵丰年抓起包子放在嘴里,嚼着说:"告诉你们一个好消息,甜甜这次考试高出本科线六十多分,嗯,还不错,超出了我的期望值。"林芷芗和张兴海赶紧道贺,他忽然叹气说:"你们说说,现在的孩子真是让人无法预料,她考完试出去旅游,路上遇见了一个小男孩,然后对我说一见钟情……唉!"

第四十七章

林芷芗说:"唉,孩子感情的事情,也真让人头痛,张保来电话说,他与原先那个女朋友娇娇又相遇了,怎么这么巧啊,我真担心。"赵丰年立即提醒说:"嗯,你担心是对的,他是因为她才得病的,这次你可千万劝他离那个孩子越远越好。"

林芷芗说:"我也是这么劝的,谁知道他不听呀,要是……唉,那我算是掉进苦海里了。"

张兴海安慰他们两个人:"儿孙自有儿孙福,尤其是感情的事,千万别干涉。"然后指着林芷芗对赵丰年说:"芷芗嫂想得周到,知道你今晚没有地方吃饭。"

林芷芗说:"快点找啊,省着别人天天惦记着。"赵丰年明白她的心意,又拿起一个包子边吃边说:"你以为找对象是到集市上买……"刚说到这儿,手机响了,是李梦好打来的电话,问他今晚上咋吃,她妈妈包了馄饨让他去吃。

林芷芗一听李梦好这个名字,心里顿时丝丝紧张起来,故意将脸转向窗外,装出心不在焉的样子。

赵丰年说:"梦好,告诉你妈妈,我在城里催收欠款,今晚不回去了,跟你张叔在一起,你们先吃吧,谢谢啦!"说完挂断了电话,还有意对他们说:"芝秋怕我饿着。"

张兴海笑着说:"我看芝秋嫂早就对你有意,你们还是同学,按说……"不等他说完,林芷芗立即打断他的话:"她不行,不行。"看到他们都惊讶的样子,林芷芗顿觉尴尬,赶紧解释说:"芝秋太老了,文化低,配不上赵书记。"

"那,你说……"张兴海看着林芷芗,忽然醒悟过来,指着她笑道,"按说你们……"

林芷芗忙按住了他的手,说:"你别瞎说,我看梦好就合适,她……"话还没说完,他俩都连连摇头。她继续说:"你们不要摇头,梦好虽然年纪小点,但比较成熟,人也本分,做事也稳当,我看她对赵书记也有意。"说到这儿,她心中掂量再三,最终还是没敢说出那天赵丰年梦中喊李梦好的事。张兴海觉着也倒合适:"嗯,现在时兴老男人小媳妇。"

"你们瞎说啥呀。"赵丰年吃完包子,用抽纸擦了嘴唇,说,"我个人的事还是希望你们少操心,光合作社和村里的事情就够你们忙的了。"

"你这时候需要人关心、伺候……"林芷芗说到这儿,赵丰年急忙让她打住了:"我刚才说的,你怎么不听?!"林芷芗看到他脸色变了,心里如秋风添秋雨般凉冷,并不是因为受到了他的批评,而是清楚知道他心里已经有了李梦好,只是他这个人过于理智不肯承认罢了。"唉,自己这辈子不可能再得到他了,已经够多了……"她安慰自己,但不免心中生出缕缕伤痛,又转过身望着窗外出神。

张玉振忽然来了电话,说找人打听到严百顺又赌博去了,还劝他别再瞎等了。赵丰年听了别提多失望了,他对张兴海说:"咱们寻找的方向可能错了,玉振来电话说严百顺又去赌博了,咱们到哪儿去找他呀?"

"应该在茶楼或棋牌室。"张兴海说。

"城里成百上千家茶楼,也不好一家一家去查啊。"赵丰年垂头丧气地说,"走吧,今晚就到这儿。"张兴海去开自己的车,林芷芗留在车里,两辆车一前一后往家走。走到一条偏僻的街道上,前面忽然出现一群人追打一个男人,那个男人抱着头蹲在地上号叫着求饶。张兴海在前头,他停下车冲了过去,那些打手见有人来了都迅速跑开了。赵丰年和林芷芗停下车也走了过去,那个被打的男人还是不停地求饶:"别打了,饶了我吧。"

"这不是严百顺吗?"林芷芗率先认出了他,张兴海和赵丰年也认出了是严百顺,忙问怎么回事。严百顺一看是赵丰年,顿时瘫倒在地上:"赵书记啊,看到你,还不如让他们打死算了,你别逼我了,我现在一分钱也没有啊……"

第四十八章

严百顺被张兴海带回村里,他这才吐露了实情。原来,他想通过赌博赢钱还账,没有想到赢了一百多万,庄家却不承认,还派打手猛揍一顿,要不是被张兴海等人碰见,不死也是半残。

赵丰年见严百顺确实穷困潦倒了,逼他还款已经不可能了,他一方面安排张然联系律师起诉他,一方面安抚他:"严大哥呀,你不能再去赌博了啊,这是条不归路啊。"

"丰年,啊,赵书记,你是一村之长,不能眼看着我往死路上走不管啊,你再救救我吧。"严百顺哀求道。

赵丰年说:"这样吧,村委会研究一下你的特殊情况,先将你的户口迁回来,议样你才能有条件搞养殖合作社,还能领到政府政策补贴,只要你好好干,三两年翻身不成问题,有了钱先还款。"

严百顺给赵丰年跪下了:"赵书记,是你救了我,我要是不好好干,我不是人啊。"

赵丰年将严百顺扶起来,说:"村里有规定,到时候法院该怎么判你,你必须接受。"严百顺连连点头答应。令赵丰年万万没有想到的是,第二天上午,严百顺拿着一百八十五万的银行卡来到村委交给了张然,离还款最后期限只差半天。事后,严百顺逢人便讲:"人家赵书记对我有恩,咱不能无义啊。是姐夫提醒我找律师,与前妻分了房产……"

龙山村仿佛一夜之间掉下一千多万元,赵丰年更是应接不暇,银行拉存款的来了,好长时间没有联系的李昭钰亲自登门拜访,说最近行里分了存款任务,

请老同学一定帮忙。上级领导检查来了,贾洲道明着告诉他,镇上经费少,多赞助些。徐大营突然打来电话,再三说自己没有亏待他,还劝他们复婚。小玲提着海参、燕窝等高档礼品盒赖在办公室不走,一口一个表哥,求他给村民发福利……他们都是冲着这笔钱来的。当然最关心这笔钱的还是村民,大部分人认为这笔钱一定会分给村民,有人甚至盘算着自己能分多少钱,在支部扩大会议上,大多数委员也同意分钱。

张兴海打心眼里愿意将钱分给村民,说:"这些钱来自村民,理应回馈村民。"林芷芎接着附和道:"困难户可以多一些。"

"一分钱都不能分。"赵丰年板着脸斩钉截铁地说,"好钢用在刀刃上,这些钱必须用在龙山村经济和基础建设以及文化、教育等民生事业发展上。"

张兴海和林芷芎面面相觑。张兴海接着提出了自己的观点:"这些钱如果分了,第一,龙山村可以整体脱贫。第二,有些养殖、专业户可以扩大生产。第三……"赵丰年打断了张兴海的话:"你只看眼前,不看长远,不要再说了。"

"甭管对错,你让我说完嘛。"张兴海还想说。赵丰年坚决不让他说,林芷芎看不过去了,朝着赵丰年道:"今天咱们讨论嘛,就应该让大家畅所欲言。"

赵丰年忽然意识到自己过于一言堂了,忙笑着说:"好好,兴海,你接着说吧。"

张兴海接着发表了自己的看法:"……如果这笔钱不分,村民肯定想不通,到那时,什么议论都出来了,我认为还是发给村民,当然贫困户多点,这样我们完全可以实现整体脱贫,毕竟一千多万,不小的数目。"

"就是因为数目不小,我们更不能分,多大的数目干多大的事业。"赵丰年一直压抑着激动的情绪,此时话音突然高了起来,打了农民宁愿忍饥挨饿,也不吃种子粮的比喻,"如果我们一顿把种子粮吃了,以后的生活咋办?我们带领村民致富,不能看到他们一时有吃有穿就行了,而是要可持续发展,让村民一代代生活美满下去。"

李昭村立即道:"你说得天花乱坠,村民不一定相信,现在村民最讲究实际,这是其一;其二,这么大笔钱,我们一旦利用不好,或出现决策失误,村民会怪罪我们不公,甚至会骂……"

赵丰年没好气地打断他的话:"怕骂就别当村干部,我们是为村民办好事嘛……"李昭村也没有让他说下去："有时候好心未必能干出好事，这样吧，我们意见不统一，还是民主举手表决，决定分与不分吧。"

"你们——"赵丰年感觉要崩溃了。他先朝张兴海望去，他立即低下头，又朝林芷芗望去，她也有意转过脸去。这是怎么啦，他们怎么都不支持自己呢？难道自己真的决策错了？他不甘心失败，强烈的意识告诉他，这些钱绝不能分。他临时决定设立缓冲期，便说："今天我们先不表决，大家都回去好好想想，明天开会再研究，散会。"说完自己先起身离开了。

由于心情不好，赵丰年吃完晚饭来到龙山水库坝堤上，望着夜幕下宁静的龙山村，他将烦乱的心沉静下来，反复告诫自己不能急躁，更不能独断专行。他越想越觉着应该先做通张兴海的工作。正要往村委办公室走去，林芷芗来电话了。他刚要埋怨她，林芷芗先劝说："你别怪大家不支持你，这么大的数目，大家担心是正常的，关键是怕村民们想不通。"

"你们担心说不通我去说呀。"赵丰年将自己的想法说出来，还说村民的工作他去做。这样，林芷芗的思想做通了，首先支持了他的想法。他到了村委，张兴海也到了，看来两个人都想找对方谈谈。

赵丰年说："兴海，我最了解你了，你无非想让全村村民都过上好日子，但你想过没有，有很多村民分了钱，很快坐吃山空，像林多余那样的人很有可能再度贫困……是，把钱分了，咱村能整体脱贫了。但龙山村不会长久发展更不会腾飞。而我们将这些钱用于大力发展二、三产业，龙山村就会有一个凤凰涅槃后的重生，那样才会实现乡村振兴，才会有美好的未来。"接着，他谈了使用这笔钱的"五个一"设想。最后，他说："我们是共产党员、村干部，应该站得高、看得远。否则，村民能信赖支持吗？"

张兴海最终被赵丰年的一番话打动了，表态坚决支持他。赵丰年又给李昭村、赵树明等人打电话，反复耐心阐明自己的观点。

在次日的会议上，赵丰年得到了大多数人的支持。他说："召开村民代表大会，我去给他们讲讲道理，相信大部分村民会支持的。"最后表决，李昭村保留意见，其他人举手同意，少数服从多数，会议通过了赵丰年的提议。

村民听说要开村民代表大会了，大部分人认为要分钱了，这次到会的人比往日多得多。看到赵丰年端坐主席台上，张合直接吆喝："赵书记，我能分多少钱啊？我这把老骨头了，终于能分钱了，以后养老不愁了。"小六跟着喊着："分钱分钱，娶媳妇过年。"林多余高呼："赵书记，我家孩子多，最困难啊，你得多照顾点啊。"

众人不服："好一个'双汉'，你还越穷越有理了，困难是你平日太懒、整日喝酒的缘故，活该！"

"老人留下一句俗语，懒人有懒福。这笔钱分了，多余大哥就能过上小康的日子了嘛。"赵丰源梳着光滑的头型，故意将锃亮的皮鞋翘起来，在众多沾满泥污、草屑的人群中格外显眼。林芝秋看不惯，嘲讽道："哎哎，坐办公室的，工资那么高，还缺这点钱啊，也不怕乡下人笑话。"

赵丰源用手指弹了一下皮鞋上的尘土，然后说："我虽然在城里上班，但户口还在老家嘛，哈哈，有资格分钱。"

"你就惦记着分钱。"林芝秋瞅着他说。

赵丰年有点烦赵丰源回来搅和，没有理会他，而是让张然拿出一卷壁纸，展开后钉在背面的板面上，上面写着"龙山村三年规划图"，接着他将自己分三步走的计划仔细讲解给了村民听，然后高声问郭何氏："郭奶奶，您家每年养的鸡都杀着吃了吧。"

郭何氏忙说："你这孩子刚出去几天，怎么不知道过日子了，要是都杀着吃了，来年咋下蛋孵小鸡呀。"

有人高喊："可以花钱买呀。"

郭何氏接着不服气道："那还不得另花钱呀，为啥不过日子？这好比每年留出的'种子粮'，是不能轻易吃的，对吧？"

众人皆笑。赵丰年接着说："看看，郭奶奶这个比喻好呀，批评得对呀，我们祖祖辈辈都知道这个最简单不过的道理，也就是说，我们将这笔钱分了，目前确实能解决部分家庭的实际困难，但如何建设我们美丽的乡村？如何实现乡村振兴、可持续发展？"

秦秀琴起身道："我们爱咋办就咋办，不用你管了。"赵丰源立即跟着附和："个人的钱个人花呗，本来就是村民的钱。"

赵丰年笑着对林芝秋说："芝秋，你说说，这些钱该不该分？"

林芝秋猛然听到赵丰年让她起来发言，一下子蒙了，站起来忽然眼前一片模糊，双腿开始颤抖，说："分……就分，不分……就不分。"说完赶快坐下了。众人一片笑声。这时，林芷芗站起来，捋了捋短发说："各位村民代表，我说说。"众人的眼光齐投向了她，林芝秋看到她表情自然，不慌不忙地陈述自己的观点，这才感觉自己确实不如她，正如赵丰年所说的，自己真不是当官的料。她投向赵丰年，见他正微笑着看着林芷芗发言："赵书记这是为咱村民未来十年、百年乃至更长的时间考虑，这笔钱要是分到个人手里，每位村民平均分不到一万块钱，钱少了，干不了大产业。好钢用在刀刃上，要是放在村集体手里，这笔钱就会产生巨……"秦秀琴站立起打断她的话："要是放在集体手里，恐怕又被贪污、挥霍了。"有人立即跟着起哄。

赵丰年立即道："林主任说得好，这笔钱放在一起使用，就会产生巨大的力量……我现在明确这笔资金的使用范围，主要用于村经济发展、基础建设，以及文化、教育、医疗、扶贫救困等民生领域。村里将设立创业扶持基金，重点扶持农产品加工、外贸出口等企业，加快餐饮、旅游等行业发展……我赵丰年以党性、人格作保证，这笔钱专款专用，由镇财务所保管，村委会监管，每花一分钱都必须张榜公布，村民发现任何问题可以随时举报。"

李树善站起来说："我看还是赵书记说得对，甭管这笔钱如何花，从他先征求村民这件事情上，我就说他公正、民主、无私，最关键他给我们村规划了一个美好的前景，我支持他。"接着，他对张合说："你也说说，表个态。"

从内心说，张合希望分钱，他被李树善点名，又不好不说，他心里拿不定主意，在人群中四处巡视张兴海。今天，张兴海正巧没来开会，正在着急中，张念过来说："大爷爷，兴海叔是支部委员，当然他得同意了。"

张合心里有底了，立即说："同意同意。"

赵丰年笑着说："我看呀，大家都举手表决吧。"转身对张然说："你数好啊。"张然掏出手机走到村民身后照了几张相，然后高声道："举手的超过百分之八十了。"

赵丰年一拍桌子大声道："好，通过！"

接下来，村两委进行了分工，李昭村负责村民申请扶持基金和养殖户的搬迁工作。张兴海负责基建和道路改造工作。林芷芗负责文化教育、卫生等建设工作。村里还成立了旧房改造和违章建筑拆除领导小组，赵丰年亲任小组长。

赵树明主动请缨："咱们村违章建筑不是一家两家，恐怕有一半以上，拆迁工作肯定得罪人，赵书记已经在催收欠款工作中得罪不少人了，这项工作由我挑头吧，我不怕得罪人！"

李昭村说："我认为这次拆除违章建筑必须彻底，包括小龙山上的别墅群。"他的话立时引起大家的强烈震动。林芷芎说："那可是捅了马蜂窝。"

李昭村接着说："要是树明委员怕，我上！"

"我怕啥呀，我领着干就行，今天也算立下军令状，坚决完成任务！"

赵丰年非常欣慰，说："你们有这种态度，我很高兴。这样吧，领导小组下设办公室，赵树明委员担任主任，负责整个拆迁工作的宣传、协调、拆除、恢复、废渣搬运等工作。"接着他说："这项工作是一场攻坚战，有些堡垒非常坚固，成功与否，关系着龙山村下一步的发展大计，关系着我们村两委在村民心目中的地位，还关系着生态文明大局。所以，两委班子必须团结起来，敢打硬拼，取得胜利！"

还别说，赵树明做事有计划有措施有安排。他制定了实施方案，分宣传动员自行整改、送达必拆告知书和按照国家有关政策实行强拆三个阶段。第一个阶段开展得比较顺利，全村每家每户包括小龙山上的住户都收到了《告村民书》，街头墙体悬挂"依法拆除违章建筑，营造洁净优美环境"的横幅标语，大喇叭不间断播放上级有关文件精神，村两委带头，到各自的家族、亲戚中动员做工作，思想觉悟高的村民主动拆除了院墙外的违章建筑，龙山村有史以来第一次大规模综合治理由此展开。

赵丰年走在街巷上，随处可见丢弃的垃圾，许多家院落草木成堆，满目狼藉，猪狗四处乱窜，鸡鸭到处乱飞，院墙内不时传出牢骚和辱骂声。他心情有些忐忑，愈加着急，开弓没有回头箭，再大的压力也要顶着，再大的困难也要走下去。走到四爸家，见墙外的厕所还没有拆除，他立即给赵树店打电话："四爸，你怎么回事？没有收到《告知书》？"赵树店忙说在上班，下了班再拆，气得赵丰年立即道："请假，现在马上回来拆，我在这儿等着。"不一会儿，赵树店还真回来了，看到侄儿立在一边，没好气地说："你这么接二连三地弄，全村人早晚让你得罪光了。"

赵丰年看着赵树店拆了厕所才离开，忽然接到母亲的电话，说郭何氏和秦

第四十八章

秀琴为了一只鸡争吵了起来,现在郭何氏要跟她拼命。他挂断电话直往秦秀琴家跑去。

秦秀琴在原来废墟上搭建了板房,赵丰年自上任以来,每次走到她家门口,都绕着走,从心里有点打怵。赵丰年老远看见她家门口围着一群人,郭何氏坐在地上扑打着地面要死要活,秦秀琴一手掐着腰一手抱着一只鸡不理不饶。他走到近前,将郭何氏扶起来。秦秀琴不再讨厌他了,先告状:"赵书记,你给评评理,这只鸡明明是俺家的,死老太婆偏说是她家的。"

郭何氏指着秦秀琴说:"谁不知道你是马虎啊,这只鸡就是俺家的,是俺养了三年的老母鸡,准备给孙媳妇坐月子吃。"说着要上前夺鸡。秦秀琴不让,还要伸手打郭何氏,被赵丰年挡住了,问:"有理说理,不准动手打人啊,我问你,怎么证明这只鸡是你家的?"

秦秀琴理直气壮地说:"村主任能证明,他抱着这只鸡放在路中间,这只鸡往俺家跑,他就判给俺了。"

郭何氏哭着说:"他李昭村不懂你也不懂啊,谁不知道鸡这畜生记吃不记打,你整天拿着粮食勾引它,它当然往你家跑了,我看他就是糊涂官!"

这时,周围的人都替郭何氏抱不平,但也有人说她耍赖,明明这只鸡往秦秀琴家跑嘛。赵丰年倍感压力,要是裁判不好,被骂糊涂官是小事,还可能出人命。他从秦秀琴手中拿过鸡,反复查看了一番,然后问:"三嫂,这只鸡你养几年了?"

"半年,哦,七八个月了吧,怎么了?我养多长时间碍你屁事……"秦秀琴支支吾吾又要耍横了。赵丰年心中有数了,他微笑着拿着鸡的后脚趾朝大家说:"大家看看,这只鸡蹬爪长到二三公分了,你们说说,这只鸡得养几年了?"一位上岁数的人说:"鸡的蹬爪一年是个点,两年冒出尖,这只鸡的蹬爪都打弯了,至少三年了。"紧接着,他转身对着秦秀琴说:"你家的鸡是神鸡啊,不到一年的鸡后脚趾长到……"还没等他说完,秦秀琴急速跑回家关上了大门。

第四十九章

正当赵丰年将鸡还给郭何氏时,忽然见上坡一辆大货车飞奔下来,他意识到不好,大喊:"快闪开!"接着踹开门将秦秀琴拉了出来,那辆大货车直冲过去,将门板房撞得粉碎,钻进了前面的废弃碎渣堆。

村民都惊呆了,当清醒过来后,纷纷称赞赵丰年救了秦秀琴的命,还有人说:"哼,像这种人撞死活该!"无论众人说得多难听,秦秀琴坐在地上半句话也说不出来了。

第一阶段结束,还有十多户没有拆。赵丰年问赵树明什么情况,他回答说:"他们都攀比小龙山上的别墅,那里一户都没有拆,我去看过了,家家户户加强了防备,有的还雇上保镖打手,我们去的人都被狼狗咬回来了。"

李昭村连拍桌子道:"他们简直要翻天,这是在我们的地盘上,我看先给他们挖断道路,断了水电,看看他们还怎么生活?"

赵丰年连连摆手,沉思片刻,对赵树明道:"这样,现在到了第二阶段了嘛,你给他们下达《强制拆除违法建设、违章建筑告知书》,内容必须写清楚,要有根有据。"

张然说:"根据《中华人民共和国城乡规划法》《中华人民共和国土地管理法》等相关法律规定,按照上级有关文件精神……"不等他说完,赵树明说:"好好,你马上写一个,我给他们送去。"

赵丰年再三嘱咐道:"必须送到每家每户手里,让户主签上字。"赵树明答应着去办了。蔡五月进来,他是来请求赵丰年将民俗馆保留下来。李昭村先表态:"这次动真格的了,没有双证的统统拆除,天王老子也不行。"最后,

第四十九章

蔡五月说把民俗馆无偿捐给龙山村，说："民俗馆是我一辈子的心血啊，里面收藏了龙山地区的全部文化遗产和民俗物件，是不可再生资源，我无偿捐给村里，只请求别拆除了。再说了，民俗馆的建筑风格与周围的龙王庙相一致，也能添彩。"

李昭村说："说了半天，还是顾忌你的利益，我们要你那些破烂东西干啥？你现在扔到大街上都没有人要。"

蔡五月还要辩解，赵丰年对他说："蔡二哥，你的想法，我觉着挺好，这样吧，你先回去，我们两委商量商量再给你答复，行吗？"

蔡五月仿佛看到了希望，握着赵丰年的手说："村里拆除违法建筑，我举双手赞成，但我请你们考虑实际……"李昭村根本不想听他啰唆了，立即道："我们不会考虑什么实际，说白了你就是不想拆，你还是少麻烦我们，现在抓紧回去拆除。"

蔡五月走后，李昭村说现在是非常时期，不能例外，更不能搞特殊。赵丰年问他有没有去过民俗馆，他说没去过。接着，赵丰年介绍了民俗馆的情况，然后开导李昭村："民俗馆虽然是违法建筑，但从长远看，我们下一步搞旅游，必须有龙山地区的历史文化，蔡五月的民俗馆恰恰填补了这项空白，是最好的去处。而且，里面还开设了龙山地区革命历史展览室，这也是红色旅游的一个点。从目前看，要想再凑齐这么多的文物是根本不可能的……他无偿捐给村里，自然成了村集体财产，我建议保留下来。"

李昭村有些生气地说："你是一把手，你说了算。"看到他有些不愿意，赵丰年笑着说："一把手也不能包打天下啊，这样吧，你们开个村委会研究一下，我尊重村委会的意见。"李昭村抱着不同意的想法召开了村委会，令他没有想到的是，大多数人同意保留下来，他也只好少数服从多数了。

赵丰年指示张然抓紧与蔡五月签订协议，到政府部门办理有关手续。连日来，他的手机几乎被打爆了，多数是求情留住房屋的。李昭钰甚至打电话说，只要不拆小龙山上的别墅，以后贷款他全包了。赵丰年半开玩笑说："老同学呀，你曾经发誓永远不回咱穷山村了嘛。怎么，你也在小龙山上建造别墅了？"

"我存了点钱，闲着也是闲着，大家都看好了小龙山的风水，都去盖别墅，我也算是投资嘛，你可得照顾照顾老同学啊，算我求你了，我就这点资产了，

没了就啥也没了。"李昭钰故意说得可怜巴巴。赵丰年没有给他回旋的余地,直截了当说:"拆除违章建筑,村两委是根据国家法律法规和上级有关文件精神而集体商量决定的,不是我一个人说了算,你要是觉着咱们还是老同学,你带个头,我脸上也好看呀,算我求你了。"气得李昭钰率先挂断了电话。

蔡三九打电话说:"丰年,啊,赵书记啊,我实话对你说了吧,传刚那二百多万的欠款,是我让他还的,我可是支持你的工作啊,你寻思寻思吧。"说完挂断了电话。赵丰年这才知道,小龙山最豪华、占地最大的别墅就是蔡三九的。

贾洲道不打招呼自来,进门大发雷霆,指责赵丰年工作太激进了:"你们看看,龙山村被搞得一塌糊涂,村里乱七八糟,进不去人进不去车……必须停下来,现在上级反复强调要稳定,稳定你们懂吗?稳定压倒一切,不能强拆民宅,而你们……唉,现在上访群众都上市政府、区政府了,王副区长亲自打电话过问此事,都把镇领导批评了。"

李昭村说:"贾副镇长,你言重了,我没见有村民上访的呀。"

"那是你官僚,看不到群众的疾苦和需求,是不作为。"贾洲道批评道。

赵树明忙解释:"贾副镇长,我们可都是严格按照上级有关规定执行的,所有工作都是按程序走的。"

"上有政策下有对策嘛。"贾洲道将赵丰年拉到另一间屋子里单独谈话,"丰年啊,你八个月的代理期限快到了,这时候你可不能自己给自己制造麻烦啊,我好心才这样对你说。"

赵丰年并没有领贾洲道的情。贾洲道走后,他对张兴海和赵树明说:"近日,上级要对村支部换届选举,我没有把握,如果我落选,你们当中无论谁当选,都要按照咱们制定的计划干下去。"张兴海和赵树明都表态要全力支持他,他说:"现在是关键时期,我们更不能有私心。"

任政给赵丰年打电话说:"丰年,你们现在正处在关键时期,对你尤其不利呀,辛书记的意思是将换届选举日期往后拖拖。"赵丰年回答说:"任书记,日期不能拖,不能因为我个人的利益而违反组织原则,无论什么结果,我都能接受。"

经过严格的选举程序,龙山村党支部换届选举结果出来了,所有候选人得

第四十九章

票没有超过半数,赵丰年比第二位仅高出一票。

在镇党委会议上,贾洲道坚持按照投票的结果对龙山村党支部进行重组,建议派第一书记去。任政立即道:"要是派第一书记去龙山村,我去!我不要这顶乌纱帽了。"他的话说得大家面面相觑。任政继续说:"赵丰年上任才八个月,实践证明,他干得非常出色,工作有条不紊,龙山村正在走向正规、走向振兴。不能因为当前的特殊情况就认定他不称职,这是有原因的。"看到大家都不吱声了,他接着说:"很显然动了某些人的奶酪了嘛。"

贾洲道说:"不能违反组织原则嘛。现在龙山村根本乱得不像样子了,哪还有文明村的样子?"

任政立即道:"以前的龙山村根本就不配当文明村,是赵丰年将这块遮羞布揭开了。"

"他没有过半票数,说明大多数党员不拥护,这不是最好的证明吗?"

"他的票数不是最高的吗?"

"好了,你们不要争论了。"辛瑞民说,"我收到了龙山村党员和群众的来信和来电,他们都希望赵丰年继续干。"说到这儿,他故意停下来,扫视了大家一圈,然后说:"我也希望让赵丰年继续干。"会场顿时响起一片掌声,他接着说:"我们要从实际看问题,赵丰年上任时间虽然短,但改革力度大,尤其这次强拆违法建筑活动,正如任书记刚才所说的,动了某些人的利益。而且,从目前龙山村的状况看,部分党员和群众不理解,这是情有可原的,如果我们这时候不去支持和帮助,整个龙山村的振兴和发展大计就有可能前功尽弃,这次换届选举,赵丰年得票最高,我的意见还让他代理支部书记。"他的话得到大多数与会人员的赞同。

最后,镇党委决定龙山村党支部保持现状,重新换届选举延迟半年。

赵丰年得到消息,表面上显得很平静,其实头痛得特别厉害,他只好吃了两粒布洛芬,但胃部火辣辣地难受。于是,他给于医生打电话咨询治疗方法,于医生问了病情及目前的工作和生活状态,然后直接指出了他的病根,是精神高度紧张和工作压力促成的神经性疼痛,建议他抓紧休息调养身体、放松精神,否则病情加重,可能转为精神疾病。

赵丰年明白自己最近的精神状况,或多或少担心起来,但还是坚持自己的理由说:"于医生,没你说得那么厉害吧。本来这次换届选举我要是落选,那有时间休息了,可是镇党委决定推迟半年重新选举,我只有继续上阵了。哎,有没有速效药吃呀?"

"身体是革命的本钱。没有好身体如何更好地工作?"于医生劝道,"丰年,我告诉过你多次了,这种病没有速效药,干工作要积极不假,但不能自我精神加压,你太在意别人对你的看法了,其实没有必要,一定要放得开,保持乐观状态……"

无论于医生说什么,赵丰年都听着答应着,挂了电话心想,过了这段紧张时期一定请假休息,他甚至想好了去西安看望女儿。回家吃饭的时候,赵树存说:"上级组织再让你代理半年,这说明组织对你还是信任的,好好干,别辜负党组织对你的信任。"赵丰年点头答应,他接着神秘兮兮地说:"我告诉你,这次党支部换届选举,我可是投了你一票。"

第五十章

对于父亲投了自己的票，赵丰年尤感欣慰，父亲是老党员，做事一向公正，能得到父亲的认可，说明自己没有走错走弯道路，再苦再累也值得。吃完饭，赵丰年刚要提着包去村委，赵丰源父母进来了，抹着泪要求给自己批一处房场盖老年房。还没等赵丰年问怎么回事，赵树存憋不住了，道："你们住得好好的，干吗要搬出去住？"

赵丰源父亲坐在一边抽烟生闷气，母亲流着泪说："丰源从城里回来说要卖房子，我不知咋回事，他说要在城里买房，现在城里没房没车，没有姑娘愿意嫁，唉，只能求丰年大侄子帮帮忙了。"

赵丰年知道赵丰源的底细，不敢当着叔叔婶婶的面透露出来，安慰说："丰源的事情，你们不要别管了，听我的，在家安心住着。村里正在综合治理，拆除所有违章违规建筑，下一步要按照人口划分房场，对超标的要腾出多占房场……"忽然，手机响了，是赵树明打来的，说综合治理办的工作人员被一帮黑社会人员打伤了。赵丰年不敢怠慢，忙对赵丰源父母说了一句："让丰源找我。"然后急匆匆赶到出事地点。

"快报警啊，黑社会打人啦。"路上，赵丰年听到有人高喊。到了小龙山山脚下，许多村民正与穿着黑色制服、拿着棍棒和砍刀的陌生人对峙，小六蹲在地上，满脸是血。他快速冲到了前面，赵树明等人立即跟他讲述了事情发生的经过。

一大早，综合治理办人员想进别墅区查看地形，被涌上来的陌生人打了回来，小六被打伤。村民知道情况后，纷纷赶来支援，双方形成对峙状态。

不一会儿,欧所长开着警车来了,双方各讲各的情理,他指示干警上前抓走小六,说他带头闹事、私闯民宅等违法问题。赵丰年质问道:"你不了解清楚随便抓人,你这是有意偏袒对方,你这么做是何道理?"

"就是啊,你不去抓拿着棍棒、砍刀的黑社会人员,却抓被打伤的村民,你是他们的保护伞!"众村民将警车包围了。

欧所长有些害怕了,指着赵丰年恶狠狠道:"赵书记,你们想干什么?你要带头闹事?你是不是不想干了?"

赵丰年郑重说:"我干不干不是你说了算。今天的事情,你必须调查清楚再抓人。"

欧所长指着赵树明说:"有群众举报村民私闯民宅,侵犯和扰乱了私人空间……"没等他说完,张然上前道:"欧所长,你讲话也得讲证据,你不能听一面之词,我们综合治理办人员想进入这个别墅区张贴《告知书》,并没有私闯哪家民宅啊。"

李树善指着别墅区质问欧所长:"我问你,这个地方是军事重地还是解放前外租区?"欧所长一下子没话可说了,支支吾吾答不上来。李树善接着气愤道:"解放前外国人的租区不让华人和狗进入,这个地方我们祖祖辈辈都生活在这儿,为什么不让我们进去?他们家家户户拉着铁丝网、养着狼狗、雇着保安,我们村民谁能进得去?"

小六忽然爬起来高喊:"我去给他们拆了。"说完就往别墅群冲去,好多村民也跟着喊着将他们赶出龙山村。

欧所长一看事情要闹大了,忙对赵丰年说:"赵书记,你眼看着村民闹事不管?快阻止他们呀!"

赵丰年冲到最前头,然后转身伸开双手挡住了洪流般的村民,大声喊道:"你们都退回去,我们不能做违法的事情。"有人喊:"这些建筑都是违法的,占用咱村的土地,我们给拆了还不行吗?"

赵丰年耐心劝道:"他们违法建设,我们不能违法强拆,更不能违法闯入别人家的民宅,快回去。"

"难道就不能拆了吗?"

赵丰年说:"凡是违法的一定得拆除,但是我们必须做到依法有据,严格

第五十章

按照法律程序一步一步走,请各位村民相信村两委,我们一定会把这件事处理好,大家都回家吧……"经过他再三劝说和讲解,村民才逐渐散去。他回头想对欧所长说几句,却不见他的踪影,连警车也找不到了。

赵丰年回到办公室,村民也跟着进来,他们还是愤愤不平,他继续耐心安抚。这时,有村民怀疑他与别墅群的富人们暗中私通,说:"赵书记,你要一碗水端平啊,可不能护着他们啊。"

赵丰年反问道:"你们看我是护着他们吗?我讲过了,我们做工作一定讲程序、讲方式方法,按法律规定办事就不会出错。"

众人散去时已接近中午,赵丰年见严百顺还没有走,问了他办养殖合作社的情况,他说很顺利,已经在涧底养殖区建起了猪舍,还申请到了村里十万元的创业基金和上级五万元的政策扶持。赵丰年很满意,站起来要回家吃饭。严百顺见没有外人了,上前小声说:"赵书记,跟你反映个事。"

赵丰年便坐下来看着他说:"什么事,你说吧。"

严百顺还不放心,回头又看了看背后,见确实没有外人了,便道:"村里创业基金由李主任一口说了算,现在养殖户、果农、菜农都找他,开办合作社的人都求着他。"赵丰年忙插话问:"他为难你们了没有?"

"那倒没有。"严百顺接着说,"我跟你说的意思,你不能傻干,你是一把手,给村民好处的活儿你要揽着,你看看,催收欠款、强拆违建这些得罪人的活,你都……"他说到这儿,赵丰年完全明白了,起身没让他说下去:"村里的工作都是村两委研究决定的,只有分工不同,没有好活孬活之分。你呀,以后脑子不要用在这上面,多用于发展养殖产业上。"

"啊,是是。"严百顺看到赵丰年听不进去,想告辞出去,忍不住又伸头道,"赵书记,能在小龙山上建造别墅,肯定不是一般人物。前些年,我有钱的时候,他们都靠近我,自从落魄后,没有一个人上门了,但我知道他们都不好惹,政府部门有,黑道上也有,你可要小心。"

"谢谢你提醒。"赵丰年站起来准备回家吃饭。

严百顺紧跟了几步道:"要不中午请你喝个羊肉汤?"

"快算了吧。"赵丰年正说着,康肇平来电话了,他挥手示意让严百顺先走。康肇平在电话中说电视台要制作《龙河——我们的母亲河》专题片,请他协助取景拍摄。他连说:"好,你来得太及时了。"赵丰年挂断电话,没有回家吃饭,而是立即返回办公室整理材料。

当然,这份材料包含着重大秘密,直到康肇平带着摄制组来了,他才说出了自己的意思,让电视台曝光小龙山上的违章别墅群。

康肇平当场答应,当天制作了小龙山上出现违章建筑群影响龙河水质的新闻片,《龙海新闻》栏目播出后,在社会上引起强烈反响,也引起市委、市政府领导的高度重视。何军市长第二天召集建委、国土、公安、环保等有关部门开会,商量解决办法,并成立了领导小组。他在会议上反复强调:"谁要是包庇或推诿扯皮就撤谁的职,对违建的别墅,严肃查处,无论牵扯到了哪级官员,必须按照党纪国法处理,绝不手软。"

区、镇党委、政府紧接着召开了专题会议,贯彻落实市政府会议精神,派出工作组进驻龙山村,督促整改和拆除工作。挖掘机、推土机等机械轰轰隆隆开进龙山村,有些怕失去官职和工作的人家连夜自行拆除,最后只剩下三四处别墅还硬撑着。

这时,工作人员都收到了恐吓短信,谁要是敢拆了这几栋别墅,谁就会死无葬身之地。赵树明不信邪,开着挖掘机前往施工,忽然一声巨响,爆炸所掀起的碎石、瓦片、水泥块将他淹没了。

从废墟中挖出赵树明来,他浑身是血,昏迷不醒,众人立即把他送入市立医院抢救。张兴海跳上另一台挖掘机要继续拆除,赵丰年挡在了前面的路上,张兴海连气带急,朝着他吼道:"赵书记,你让开,让我上去。"

赵丰年将张兴海硬拉了下来说:"越到这时候,咱们更要冷静,不能盲干。你抓紧报警,直接说,我们怀疑是蔡三九、张传刚所为,请警察迅速抓人。"

张兴海点头说:"不用怀疑,就是他们干的。"

赵丰年说:"你保护好现场,我去医院看望树明,我们随时联系。"说完他开车赶往医院。

赵丰年猜测得没有错。蔡三九原想将李昭村搞下台后,自己完全掌控龙山村了,没有想到换上了赵丰年。蔡三九开始也没把他放在眼里,但这次大规模的综合治理,影响到了自己的切身利益。他咬着牙说:"我小看他赵丰年了。"

第五十章

张传刚建议杀了赵丰年。蔡三九说:"赵丰年不是李昭村,他当过兵,干过公司老总,场上混了几十年,我们不要低估他,必须想个置他于死地的万全之策。"最终,他们在违章建筑里面埋藏炸弹,即便是炸不死赵丰年,也会引起巨大的社会效应。

省公安厅及爆破专家赶赴现场查勘,市委、市政府当天迅速召开专题会议研究对策,免去分管副市长、王副区长和镇党委书记辛瑞民的职务,对王副区长所犯其他罪行立案调查。上级不但没有免去赵丰年的职务,赶赴现场处置工作的何军市长还充分肯定了他的工作,这让赵丰年更坚信了自己的信念。

经过爆破专家的缜密搜索,在违章建筑里排除了三个尚未爆破装置。在确保安全后,赵丰年亲自开着挖掘机奔向蔡三九的别墅,随着一声轰鸣,像一贴膏药似的别墅倒塌了。

顿时,小龙山露出原来的模样,精致、典雅,高耸入云的凌霄宫安然坐落在状如腾空飞舞的小龙山顶上,与龙王庙建筑群在青山绿水间交相辉映,宛如天上琼台玉宇、蓬莱仙阁。

经过综合治理,龙山村完全变了模样。巷道畅通了,院墙整洁了,老蔡家祠堂、明朝魏侍郎祖居、龙海县第一个农村党支部旧址、滨海军区野战医院旧址等,以及解放前的贫民茅草屋、窝棚、石洞都能在村里找到,形成独具特色的旅游资源。赵丰年请来专家,对龙山村进行整体规划,当专家考察后,禁不住竖起大拇指,连连称赞道:"从明清、民国、解放初期、人民公社到改革开放……每个时期的建筑都有,而且几乎完好无损保留下来,甚至每个时期的标语口号、宣传塑像也还在。太美了,少有的具有历史年代感的建筑群呀,一座保存完整的农村建筑博物馆啊!"

根据专家建议,赵丰年找张玉振协商,将振兴合作社迁到村外办公区,腾出黄金地段建设游客服务中心,张玉振没有丝毫犹豫,表态坚决维护村建设大局。临走时,他提醒赵丰年:"赵书记,我担心蔡三九不会善罢甘休,你要当心啊!"

赵丰年说没事,警察正在全力破案,很快将罪犯绳之以法。回家吃饭的时候,母亲反复叮嘱要小心提防着坏人。赵树存却不以为然:"现在是法治社会,谁敢?"林芷芗打电话给他,提醒他不要独自出门。赵丰年哈哈大笑:"谅他们也不敢!"因为白天忙,赵丰年只好晚上去医院看望赵树明。赵树明虽然脱离了生命危险,但伤势严重,至今还躺在重症监护室,赵丰年不放心,几乎每天晚上都要去医院看看。

这天晚上,天上忽然下起了雨。张兴海对赵丰年说:"赵书记,今晚下雨,你最好别去了,要不明天雨停了再去,或者我陪你去。"

赵丰年说:"今晚不去,睡不着觉。你也不用陪我,咱们当过兵的人什么时候怕过事?最近的事情不少,你要与芷芗配合好,边建设边文化跟进,我提出建设党员服务中心的事情,你抓紧落实,考察好地址,上会研究通过后马上办。"

张兴海点头答应,但还是不放心,亲自检查了车辆,说:"你路上慢点,有事给我打电话。"赵丰年应着上了汽车,驶进夜雨中。

第五十一章

进入采石场，道路愈加崎岖不平，赵丰年伸出头朝山顶上望去，黑乎乎的什么也看不见。当行驶到最窄处时，忽然听到山顶上轰隆隆的声音，他预感山体将要滑坡或崩塌了，便用力打转方向盘，朝着前方猛冲过去，然后打开车门跳下汽车躲避到一堆石板背面，密集的巨石从头顶飞过，连同汽车滚进黑不见底的深涧。

"好险。"赵丰年话音未落，忽然听到山顶上有人说了一句"打着了"。

赵丰年猛然惊醒，遇到大麻烦了，有人要害死自己。他赶快掏出手机，拨通了张兴海的号码，还没说话，头顶嗖的一声，接着石头上迸发出火花，军人的警觉性让他敏捷地趴在地上，眼睛迅速扫视四周，对着手机里传出张兴海急促的询问声音，立即道："采石场，有人暗害我，召集民兵快来救我。"说完，他脱下上衣包着一块石头扔向远处，紧接着两声枪响，打在半空中的衣服上，他弯腰抓地如脱兔一般快速冲出采石场。

采石场离村子不远，张兴海率先开车冲了过来，路上打电话通知了张玉振、李昭村等人。众人赶到龙河桥，与赵丰年相遇。张玉振要冲过去抓人，赵丰年对李昭村说："我分析他们已经逃窜了，你快打电话报警，让警察在山河镇十字路口堵截。"然后对张玉振说："你快去涧底村堵截，山顶上的人肯定从那条出山路逃窜。"

赵丰年对张兴海说："你带民兵到村口堵截，要是咱村的人，一定会潜伏回来，只要抓住一个就好办了。"张兴海指挥民兵封锁了村口。

不多会儿，一辆闪着警灯的警车赶来，见到赵丰年他们，下来两名警察询

问情况,赵丰年简单地讲述了事情的经过,还特别强调要派人在山河镇十字路口堵截犯罪嫌疑人。警察说欧所长只让来村里了解情况,并没有说设岗堵截嫌疑人。

张兴海忙问:"警察同志,你们没有遇到对头驶过的车辆吗?"警察说遇到了,张兴海接着问看清车牌号码了没有,一个说下雨天没看清,一个说看清了,是一辆无牌车。赵丰年对警察说:"请你们抓紧去追查那辆无牌车,车上有枪……"

正在这时,李昭村打来电话,在村后路口抓到一名嫌疑人。赵丰年与警察立即赶到村后,经过初步询问,嫌疑人交代是张传刚让他干的,还说张传刚已经往涧底村方向跑了,那儿有人接应。赵丰年赶紧给张玉振打电话询问,张玉振说赶到涧底村时,眼看着一辆无牌车飞驰而逃,怀疑张传刚已经逃跑了。

次日,雨停了。市公安局派人来勘查现场,赵丰年带警察来到现场,从石头堆中寻找到一枚损坏的弹头,经过弹痕专家考证,是半自动步枪打出来的。这件事立即引起了公安局的高度重视,同时也牵出了一桩旧案,早在二十世纪七十年代初,龙山村民兵连曾丢失一支半自动步枪和十发子弹。公安部门将两案结合在一起,全力破案。

赵丰年对警察没有在山河镇十字路口堵截嫌疑人感到非常不理解,向专案组汇报了自己的想法,当专案组派人到派出所找欧所长调查情况时,欧所长却亲自开着警车前往龙山村将赵丰年和林芷芗抓了起来,说他们涉嫌合谋杀人。

欧所长指挥警察要给赵丰年戴上手铐,赵丰年死活不同意,质问道:"你们凭什么抓我?我犯何罪?任书记知道吗?"

"你犯的是刑事案件,不需要他知道,收缴他的手机,铐起来带走。"警察立即上前收走赵丰年的手机,然后拿出手铐要去铐住他。他倒退几步大声喊道:"我还是龙山村代理党支部书记,我看谁敢?"

"怎么,你还想拒捕反抗?"

"你看我像反抗的样子吗?"赵丰年看到村民涌了过来,有的抗议,有的阻止,他怕事情闹大不好收场,主动上了警车,却惊讶地发现林芷芗双手戴着手铐,低着头只顾流泪,看到他上来忍不住哭出声来:"赵书记,对不起,是我连累你了。"

第五十一章

赵丰年强忍着快要爆炸的头颅安慰说:"没事,相信组织会调查清楚的。"然后朝外望去,见张兴海跑了过来,他隔着玻璃窗焦急地大声嘱咐道:"兴海,我的手机被没收了,你赶紧给任书记打电话汇报情况……"还没说完,警察加大油门开车走了。

到了镇派出所,林芷芗被带到审讯室审问,而赵丰年被关在一个单间,里面只有一张床,他感觉好累,心如刀绞般倒在床上,怎么也理不出头绪来。看着四周陌生的环境,明知道自己被羁押了,但他还是不敢相信,甚至反复劝慰自己这是在做梦,是梦境……他重新坐起来,抱着欲裂的头颅回想近来所发生的一切,自己做人做事堂堂正正、清清白白,没做过亏心事,尤其是回村后,十分注意与异性尤其是林芷芗的接触,帮过她,也提拔过她,但这都是工作关系,没有掺杂任何私心杂念,她男人的死,与自己没有丝毫关系……

忽然,门外传来一群人走路和说话的声音,赵丰年立时警觉了起来,心率加快,双眼紧盯着房门。门打开后,任政与几个警察进来了,还没等他开口,任政紧走几步握着他的手歉意说:"丰年,对不起,让你受惊了,受委屈了……"接着解释来晚的原因。

赵丰年下意识地感觉自己没事了,他并没有诉说自己受到的不公待遇和委屈,而是汇报了整件事情的过程和疑虑。任政说:"走走,我们不在这儿谈,我亲自送你回家。"

霎时,赵丰年压抑心底的郁结、委屈一下子爆发出来,他强忍住泪水,感激地说:"谢谢任书记,我自己回去就行。只是请领导调查清楚我的问题,我不想就这么不清不白地被关押。"

任政说:"情况基本搞清楚了,你是无辜清白的,是她一个人的问题,她都交代了。"

"她真的杀人了?都交代了吗?她……"虽然赵丰年不相信林芷芗会杀人,但还是迫切想知道真相。

"走走,车上细说。"任政将赵丰年拉到自己车上,亲自开车送他回家。路上,任政将自己了解的情况与赵丰年说了:"是林芷芗招认自己上次对警察说了假话,她男人吃的毒鼠强不是她购买的。"

"这么说,她男人的死亡与她没有关系啦?"

"她又招供说,自己曾经买过灭老鼠药,但记不起哪年哪月什么时间了,还得警察进一步调查取证。"任政的话,让赵丰年的情绪就像过山车似的忽上忽下,好在她没有预谋或直接杀人,心里安慰了不少。

任政开车刚到村口,围上来好多村民,当看到赵丰年平安无事回来后,大家都放心了,纷纷说:"赵书记是好人,不会有事的。"任政见开不动车了,与赵丰年步行来到村两委,张兴海正在与村民解释什么,他突然见赵丰年进来了,立即兴奋道:"我就说了嘛,赵书记不会出事的,请大家相信上级,相信组织,大家都回去吧。"

任政看到大街上、院子里站满了村民,他知道这些人都关心赵丰年,今晚要是不将赵丰年送回家,还不知会发生什么事情,也证明了赵丰年在村民当中的高威信。张兴海汇报说:"任书记,这些村民都放心不下赵书记,有的要去镇上上访或去派出所探望,都……"赵丰年接话说:"都被你劝住了,兴海,你做得好做得对。"然后转身对众村民大声说:"我赵丰年谢谢大家了,请快回家睡觉吧,明天还要干活呢。"

任政也解释道:"是啊,村民同志们请回吧,我已经将赵书记送回来了,说明他是清白的,请相信组织。"

张玉振说:"任书记,我们不相信欧所长,是他陷害赵书记。"赵丰年不让他说下去。任政解释说:"我回去会亲自认真调查这件事情的,请大家放心。"接着他对赵丰年说:"因为林芷芎的案子还没有结,还需要进一步审查,所以你这段时间……"

赵丰年知道任政要说什么,忙说:"我理解,任书记,我建议这段时间让张兴海主持工作。"张兴海刚要推辞被赵丰年摆手阻止了,说:"听组织安排。"

任政尊重赵丰年的意见,安排张兴海临时主持龙山村工作,安慰了赵丰年一番后回镇里了。

接下来,赵丰年面似风平浪静,内心却如大海波涛汹涌澎湃,难以安下心来。出门遇见村民,他们一句再平常不过的问候:"丰年,在家里没去村委?哦,没事,你一定没事。"他心惊,犹如万箭穿心。林多余装出关心的样子说:"我早提醒你了,村民有闲话,少跟她来往,你就是不听,看看,现在沾光了不是……"

第五十一章

张玉匣老婆传出话来:"踩着别人的肩膀往上爬,早晚得跌下来,现在应验了。"

赵丰年不敢出门了,独自坐在家里看电视,他躺在沙发上久了浑身酸痛,便坐了起来,还不行,只好在屋里来回踱步,手里的遥控器变换着电视频道,可是这么多频道却没有自己喜欢的,他一气之下关了电视。屋里顿时沉静下来,寂静得几乎令他窒息,烦恼袭来,胸闷、头晕、心慌。他暗自道:"难道自己真的抑郁了吗?要是得了精神疾病,人生还有啥意义?"

赵丰年不敢待在家里,他又不敢去大街上,每天清早穿过小胡同来到后山少人走的崎岖小道上,呼吸一下新鲜空气。忽见一群身穿户外衣装、背着双肩包、拄着登山杖的男男女女迎面走来。他知道这是爬山运动爱好者。龙山山势绵延,沟壑纵横,是他们运动的理想场所。以前也经常遇见三五一群,最多达到数十位的爬山者,他并没有在意,但今天却引起了他的兴趣,他主动与他们搭讪,其中一位蒙着防晒巾的女士说:"我在城里开公司,最近生意不好做,思想压力挺大,身体出现状况,就跟着他们出来爬山有意虐一次哈。"

一个"虐"字,让赵丰年忽然一震,他暗自道:"自己住在山里,去魏家楼子、轿顶子等于爬山,没感觉虐呀,今天何不跟着他们去找找虐的感觉呢?"想罢,便请求跟着他们爬山。领队打量着他,说:"我们今天要龙山大穿越,走的都是野路子,你不一定适应。"

赵丰年忙说:"我是当过兵的人,老家就是龙山村,从小在山里转,没问题,你们等我一会儿,我回家换身衣服就来。"说完转身跑步回家。这时,群里有人高喊:"多带水,一定穿登山鞋,还要皮手套……"

不一会儿,赵丰年穿着迷彩服,背着鼓囊囊的双肩包跑了过来,领队见他满副武装的样子,笑着说:"不愧是当过兵的人,麻利,走!"说完带领队员走在或崎岖不平或长满荆棘的很少人走过的羊肠小道上。

赵丰年开始紧跟领队走在前面,可是连续爬了三个山头后,他感觉体力不支了,内衣已经被汗水湿透了,渐渐落在了后面。回头看,龙山村早看不见了,眼前悬崖陡峭,层林茂密,根本无路可走,他直觉口干舌燥,拿出水壶开始往嘴里灌水。领队过来关心问候,他喘着粗气问:"还有多远?"领队说才走了十分之一,他暗暗叫苦,嘴上硬撑说没问题,还能坚持。领队点头说:"那好,

一定跟上，不能掉队。爬山带水比带食物重要，喝水要少喝勤喝，不能一次喝个够。"

接下来，赵丰年真开眼了也傻眼了。眼前出现数十米高的凹凸不平的岩石，领队走在上面如履平地，其他队员开始攀岩。赵丰年多少有些胆怯，看到女队员一个一个往上爬，他怕别人笑话自己还不如女人，只好硬着头皮跟着往上爬，在攀爬的过程中，要踩着凸起的岩石，扒着裂开的岩缝或树枝，脑力集中，全身用力，想尽一切办法爬上去。忽然他被悬崖挡住了去路，上不去下不来，双腿开始战栗起来，浑身感觉无力了，正当不知所措的时候，在前面的女队员伸过来一只手，说："来，我拉你一把。"

赵丰年犹豫了一下，倒不是觉着男女有别，是感觉特别丢人，看到她那真诚的眼神，他还是伸出了自己的手，借着她的力跃上了陡崖。这时，众人都围过来关心问询，有的还想替他背包，这种团结互助的氛围，让他真正感觉到了爬山的乐趣和意义所在。

领队笑着说："这段崖壁对我们来说小菜一碟，我觉着你是当过兵的人，都没有用绳子。"

赵丰年擦着汗说："我是炮兵，我战友张玉振是侦察兵，他肯定没有问题。"接着问："还有比这更陡的崖壁？"

领队说："百丈崖呀。"

赵丰年听了暗暗叫苦，他从小听老辈人说百丈崖只有鸟飞过，自己还真没有去过。他怀着既好奇又发愁的矛盾心情继续上路了。路越来越难走，双腿如灌铅般沉重，赵丰年走几步便停下倚在石头上喘气，望着前面消失在层层山峦中的领队，他真想打退堂鼓。

一个男队员返回来帮助赵丰年，他不想拖累人家，还让他先走。男队员鼓励说："我们既然一起爬山，就是缘分，就是一个整体，不能落下一个人，爬山也是锻炼人的意志，坚持到最后就是胜利。"说着他要替赵丰年背包，赵丰年觉着不好意思，只好拿出食物和矿泉水瓶让他分担了一部分重量，双肩顿时感觉轻松了许多。男队员说："你背的东西太多了，爬山要多带水和黄瓜之类的。"赵丰年连连点头，这才明白他是负责收队的。

坚持爬到百丈崖下，赵丰年仰望直插云霄的山峰，双腿都酸软了，坐在岩

第五十一章

石上大口喘气,汗珠子从额头上直往下掉。领队站在山顶上往下顺着绳子,中间还有男队员像山羊一样稳稳立在崖壁间负责保护大家的安全。女队员用一根绳子拴在自己的腰间,双手抓住另一根绳子往上攀爬,一个个如猴子一般,都顺利上去了,有的还在悬崖中间摆造型让领队照相。临到赵丰年了,他心里麻麻痒痒的,抬头仰望如指头肚小的领队,想喊又喊不出话来,甚至担心领队能将绳子拴结实吗。

领队喊道:"梦想哥,给赵哥腰间拴上绳子,你替他背着包,他这是第一次,安全重要。"

赵丰年这才知道收队叫梦想,忙道:"谢谢梦想哥,我自己背着就行。"梦想将绳子拴到他的腰间,然后将自己的皮手套递给他,教他如何抓住绳子往上攀爬:"你跟女士一个待遇了,没事,叉开腿,身子往后仰,抓住绳子大胆往上爬。"

赵丰年有些惭愧,顾不得面子了,抓住绳子开始往上爬,可是怎么也不顺,脚都不知踩在哪个地方合适,腾出另一只手想抓住岩石缝隙,没几步就吊在半空中悠荡,急得领队大声喊:"要双手抓住安全绳,双脚要稳,你没有攀过岩,难道你没有从电视上看过攀岩吗?"

梦想在下面喊:"赵哥,请相信领队,你也看到了,我们中间也安排人保护,非常安全,照着我说的往上爬。对对,身子稍稍后仰,绳子挽在手臂上,叉开腿,放中间……"

赵丰年稍停了一会儿,深深吸了一口气,照着梦想教的动作,开始往上攀爬。到了半腰,一位男队员给他打气鼓励,这更让他心安,忍不住回头往下望去,虽然山涧深不见底,但也没什么可怕的嘛!他心底忽然放松了,甚至有刺激的感觉,喊了几声,不由得加快了速度,上面的女队员齐声喊:"赵哥加油!加油!你是最厉害的!"赵丰年再也不胆怯了,欣赏着难得一见的险峰风景,享受着攀岩的乐趣,很快登上了山顶……

赵丰年回到家已经傍晚时分,张玉振和李梦好等候多时了。他感觉浑身酸痛刺痒,一心想洗澡休息,撵着他们走了。用太阳能的温水洗了澡,换上衣服,来到房间,泡上一杯茶半躺在沙发上,感觉特别的舒服和惬意。他忽然想到,一整天除了爬山,啥也没有想啊。吃完晚饭,他上床休息了,一觉到天明。

赵丰年感受到爬山的益处了，好在有领队的电话，第三天又跟着他们爬了另一座山。领队还说："只要爬过百丈崖，以后无论多高多陡的悬崖都不在话下。"

有人喝酒上瘾，抽烟上瘾，或玩牌上瘾。赵丰年没有想到爬山竟然上瘾了，就算不去爬山，脑子里也是爬山看到的奇花异草和美丽风景，站在山顶望远，放开嗓子高声呼喊，心情顿时舒畅开朗起来，心胸完全打开，放眼世界、放眼未来，他忘记了一切烦恼和忧伤……大山确实是锻炼身体和洗涤心灵的地方。

这天，赵丰年爬山刚回家，张兴海突然打电话告诉他欧所长自杀身亡了。

第五十二章

　　欧所长早年与蔡三九、张传刚等人有瓜葛,随着职务提升,他逐渐成了黑社会的保护伞。他明知蔡三九心狠手辣,但已经上了贼船,想下来是不可能了。在违章别墅里安放爆炸装置、半路截杀赵丰年,他不但事先知道,还将公安局的内部情况通报给了蔡三九,当接到110服务台转过来在山河镇十字路口堵截犯罪嫌疑人的信息后,他没有安排警察去堵截,只派了两名警察去龙山村了解情况,错过了抓住嫌疑人的最佳时机。

　　当市公安局四处抓捕嫌疑人的时候,欧所长并没有醒悟,他一错再错,亲自将张传刚放走,还将以前的旧案翻出来,以达到嫁祸赵丰年的目的。因为没有证据证明赵丰年参与谋害林芷芗男人,他想从林芷芗身上寻找突破口。林芷芗坚决不承认自己犯罪,只是招认自己上次做了假口供,丈夫吃的毒鼠强,不是她买的。欧所长逼迫她承认是赵丰年购买的,她接着将赵丰年无私帮助她家的经过诉说了一遍。欧所长恶狠狠道:"你们想私奔,说,在省城,你们开房了没有?"

　　林芷芗反问一句:"我们两个人既然在省城,他如何给俺男人买毒鼠强?"

　　正当欧所长找不到陷害赵丰年把柄的时候,任政从市里开会回来,他质问欧所长有没有证据证明赵丰年参与了犯罪。欧所长回答说正在调查。任政又问他从哪儿得来赵丰年参与杀害林芷芗男人的消息,欧所长支支吾吾回答不上来。任政气愤道:"你现在只是怀疑嘛,一没有证据能证明赵丰年参与了犯罪,二又说不出消息的来源,我可以说你这样做,就是独断专行、盲目办事!"

　　欧所长还想争辩,任政说:"你没有证据就随便抓一个勤勤恳恳为人民群众办事的基层村委支部书记,是不妥的,我建议马上放人。"

"他要是……"

任政没让欧所长说下去:"你有了证据再抓也不迟。"

欧所长正如热锅上的蚂蚁般挣扎着,忽然接到了蔡三九的电话:"你要想保护你的家人,你知道该怎么做。"

欧所长呆坐在派出所办公室,将门关死,思考着如何自救,也曾想着自首,可是一想起蔡三九的话顿时浑身发软了。"咚咚……"又是一阵敲门声,再平常不过的敲门声,如同战鼓敲打着他的心。一阵刺耳的警车鸣笛,如同刀子穿透他的胸膛,恍惚中看到一副冰凉的手铐向他走来……哈哈,手铐都是自己给别人戴上的啊,现在却要给自己戴上,他越想越觉没脸见人,越想越绝望。他掏出手枪对准了自己的太阳穴,不知为何他又放下来,解开腰带拴到窗棂上,然后将自己的头伸了进去……

不久,林芷芎被无罪释放。经过警察调查取证,当天她男人吃了小六买的毒鼠强。警察将小六抓起来审问,交代说是张传刚让他买给林芷芎男人的,还说林芷芎男人当时给了跑腿钱,当天他买猪蹄啃了。关键人物张传刚逃跑了,案件暂告一段落。

赵丰年恢复了工作,他憋着一股劲,想抓紧时间将事情办好,才能对得起赵树明。他多次催促张兴海修建进村桥梁。原来的桥又窄又老,还经常堵车,已经不能适应现在快速发展的形势和村民的需求了。

张兴海提醒赵丰年,主汛期还未过去,龙山水库经常泄洪,不适宜在下游修建道路和桥梁。村里一些老年人也找到李昭村向他提出了相同的观点。赵丰年认为这是李昭村对自己决断有成见,或者不服气,立即给予反驳:"干工作还讲究天气不天气?战争年代下雨就不冲锋了?就是下刀子也要干!"

说归说,赵丰年也不是不担心,他曾到水库管理站咨询,站长说今年汛期尾声了,按往年经验,这时候没有大暴雨天气了。

张兴海不敢怠慢,召集民兵组成突击队,日夜指挥施工人员加班加点。这天夜里,龙山地区突降大暴雨,到次日也没有停歇的意思。赵丰年坐不住了,急忙赶到施工现场。张兴海正在指挥人员搬运物品和设备撤离。他看着密集的铁管架在还没有完工的桥墩周围,下面的激流已经淹没到桥墩一半位置了,有些地方开始晃动。他对张兴海说:"你抓紧通知所有施工人员撤离,我去管理站,让他们尽量不要泄洪。"这时，手机响了，是管理站站长打来的电话，让他赶紧用大喇叭通知居住在下游的村民撤离泄洪区域。

赵丰年顾不得多想了，立即跑到村委通过大喇叭通知村民撤离，而且不间断播放，又安排张然通过微信、短信、电话等形式提醒村民注意防洪防灾。

赵丰年不放心张兴海他们，跑回了施工工地。半路上遇见撤离的张兴海，看到洪水咆哮着将三个桥墩淹没，他的心一下子凉透了，后悔没有听众人劝告。

洪水退去，龙河上只剩下三个光秃秃的桥墩，价值十几万的铁管、水泥等材料被洪水冲走。这时候，村里流言顿时四散开来，许多村民对赵丰年产生了怀疑："拿着公家的钱瞎折腾，还不如当初分给村民……"

面对村民的非议，赵丰年没有做过多解释，指挥民兵等青壮年劳力从河中打捞没有冲走的设备和财产。魏东来到了现场，赵丰年不让他下河，说："老书记，您怎么也来了，我还想忙完这阵子，亲自找您汇报。"

魏东看到赵丰年内疚的样子，安慰道："人非圣贤，孰能无过？你离开龙山村多年了，对汛期防洪防灾不甚了解，你这次错就错在不听大家的意见，太冒进、太急于求成了。"

赵丰年说："是，老书记批评得对，我要在党员大会上检讨。"

"你能认识到自己的错误就是好同志。"魏东说，"我看出来你憋着一口气，有气可以发泄，千万不能怄气。全村的党员和村民都在看着你，你的一举一动、一言一行都关系着党在群众中的威望。所以，以后你可要谨言慎行啊，多听听大家的意见，保准没错。"

赵丰年忙说："谢谢老书记指点。"

晚上，赵丰年又来到医院，坐在赵树明身旁，他虽然没有生命危险了，但还是不能说话，如同植物人。赵丰年接到于医生询问病情的电话，他忙说现在好了，遇事不再心烦意乱，而且头也不痛了。于医生问他如何治好的，他说了最近爬了几次山。于医生立即明白了："我一开始就让你放松心情，你爬山脑力集中，心情能够得到放松，缓解了压力，身体得到了锻炼，出一身汗，等于排了一次毒。你这个爬山疗法很有效嘛，可要坚持啊。"

赵丰年连连答应，回到病房握着赵树明的手不肯松开，眼睛湿润了，内心深处除了对赵树明感激敬佩之外，也对自己的失误和过失感到内疚和不安。

"树明叔,你快好起来吧,我们还在一起工作、战斗,你也经常给我提提意见,让我少犯错误,少走弯路。"赵丰年说到这儿,赵树明妻子惊喜道:"他爸流泪了,有知觉了……"赵树明紧闭的眼睛动了几下,然后终于睁开了。

事后,赵丰年专门向镇党委书记任政做了检讨。任政安慰道:"这次事故有自然因素,放下包袱,按照制定的规划脚踏实地地做好每一件事。"同时,他还特别强调:"张传刚还没有缉拿归案,他在你们村所造成的影响还没有清除,你多加强核心价值观教育,让广大农民不但要富起来,还要做有文化有思想的农民。"

赵丰年还在党支部会议上做了检讨,对自己的行为进行了彻底反省,广大党员和村民看到他态度端正,认错诚恳,慢慢地对他的议论由责备、质疑转为理性、公正评价了。

这天,李昭顺来到村委,见到赵丰年一再说自己糊涂,不该听蔡三九的谎话,又试探地问:"赵书记,你问问张玉振,合作社还要不要我了?"赵丰年爽快说:"老李,振兴合作社肯定会要的,不如这样,村里聘任你为农业顾问,你给规划规划,哪块地适合种植庄稼还是蔬菜,庄稼适合种植啥品种,蔬菜适合种植啥种类,都写得详细一点。"

李昭顺连说好,一定办好。他前脚走,林多余后脚进来,见到赵丰年第一句还是要救济。张然在一旁说:"多余哥,如果以前你要救济还情有可原,现在咱村那么多合作社和园区,你在哪儿干点也饿不着啊。"

林多余忙替自己辩解:"我孩子多嘛,上有老下有小的,你当容易嘛。"赵丰年没有理会他,而是对张然说:"咱村外出打工的还有多少人,你统计了没?"

张然说:"目前,咱村相继成立了养殖、种植、机械、果品四个专业合作社,三十个家庭农场,开办民俗旅游二十三家,大多数村民不出村打工挣钱了,在村里任何一家合作社或农场上班,每月至少三四千元工资。看来,当初你坚持不分钱的举措是正确的。而且,前来旅游的人络绎不绝,外省的都有,尤其是到了节假日,村里的停车场根本不够用,都停在大路上……赵书记,你反复强调发展第三产业,我认为村里成立旅游开发公司的条件已经成熟了,现在咱们村缺的是硬件设施,市作协想来开年度会议,已经接待不了了。"

"是啊,连五十人以上的团,咱村都接待不了,缺个宾馆。"张玉振进来说。

第五十二章

赵丰年点头但没有说话。张玉振接着说:"赵书记,要是村里不成立旅游公司,给我们振兴合作社吧,到时候门票收入,对半分成。"

赵丰年笑着说:"干好你的专业吧。"

张玉振见赵丰年没有同意,便道:"赵书记,你怀疑我们合作社的实力吧,我今天特意来跟你汇报,今年苹果大丰收,年底价格翻了五倍,截止到昨天,咱们振兴合作社实现净利润五百二十一万元,厉害吧。"

赵丰年不无高兴地说:"你张玉振就是搞经营的材料,不错不错。"

张玉振说:"哎,赵书记,你的钱要是用不着,放在合作社涨利息吧。"

赵丰年说:"我用不着,放在那儿就是,利息按照国家规定就行。"

林多余听振兴合作社发大财了,忙对张玉振说:"玉振,从你们合作社给我找个活干呗,我家孩子多,上有老下有小的,不容易啊。"赵丰年忽然想起在林多余家看到的美景,忙对他说:"听说小娇在家里,你让她到村里申请创业扶持基金,把你们的老屋腾出来开民俗旅游吧,这样你也有活干了。"

张玉振说:"是啊,以后再没有人叫你'双汉'了。"

"我现在不懒不喝了,你们看看,我手里没有酒瓶了吧。"林多余摊开手说,大家都笑了。忽然,魏三全抱着一个红包裹走进来,他后面跟着一位推车的穿着大红上衣的中年女人,车上用绳子捆绑着苹果挂满枝头的盆景。

魏三全将红包裹塞进赵丰年的手里,然后指着盆景比画着。赵丰年明白魏三全的心思,他刚刚结婚,是来送喜糖的,忙笑着说:"魏三哥,恭喜啊,这包喜糖我收下了,祝你们新婚快乐。"说着朝着他新婚妻子点头笑,衷心地祝福他们。魏三全还是比画着,指着盆景显得尤其着急。他妻子指着盆景对赵丰年笑着说:"赵书记,这是三全送给你的礼物,苹果象征平安,祝你平安幸福。"

赵丰年急忙对魏三全说:"三全哥,你的心意我领了,我不能收你这么贵重的礼物。"魏三全急了,抓住赵丰年的手臂摇晃着用哑语诉说着。他妻子当即解释说:"赵书记,三全谢谢你对他的照顾,让他终于娶上了媳妇,这点礼物不算什么,他喜欢捣鼓盆景,家里有的是,不算给你送礼。"

"你不要我要。"林多余说着伸手要去摘苹果,被张玉振挡住了。张玉振说:"哎哎,不是给你的啊。"然后惊讶道:"三全哥的手太巧了,竟然培育、修剪出这精致而且有着美好寓意的果栽盆景。"接着朝着魏三全说:"三全

哥,你还有吗?我买你一盆,放在办公室里,吉祥如意。"他的话提醒了赵丰年,赵丰年忙对魏三全说:"三全哥,我收下,给你放在村委办公室当样品,如有人喜欢,替你卖了。"

魏三全还是不满意,一心让赵丰年收下。小玲急匆匆进来,赵丰年认为她又是来推销营养品的,忙说:"我们村哪有这笔开支啊,你以后不要来推销……"小玲连连摆手,上气不接下气断断续续地说:"今天我不是……来推销的,是邻居……小张家的孩子发热烧到四十度了,不去医院……"

赵丰年听罢大惊,他曾听二姨说这家人信神秘的教,生病不住院,吃饭不动荤,出门不见人,整天关在家里不知搞什么。他立即对张玉振说:"玉振,你跟我去看看。"

几个人快速来到小张家,大门紧闭,小玲怎么叫也不开门。张玉振只好爬墙进去,又打开门让赵丰年进去。只见小张和他妻子、父母都围在孩子周围,闭着眼念念有词。赵丰年伸手试了试孩子的额头,已经非常烫手了,忙对张玉振说:"抱着孩子送医院,快。"

小玲刚要去抱孩子,小张与他家人疯了一样阻止她抱孩子,小张拿起菜刀要砍小玲,被张玉振夺了下来。小张的父母指着小玲咒骂她,小玲有些害怕,张兴海、五婶和王兰花听到消息赶了过来,张兴海上前抱起孩子与张玉振去医院了。

小张及家人还要往外冲,被赵丰年、王兰花等人硬拉住了。担心小张家人会出现意外,赵丰年没敢急着走,一直做小张家人的心理疏导工作,直到他们安静下来,他又安排二姨、小玲、五婶在此守候,自己先行离开。路上,张兴海来电话说,孩子抢救过来了,医生说再晚来一步,有可能转成肺炎或脑膜炎了。

赵丰年回到村委,张然问孩子怎么样了,他说没事了。张然说:"赵书记,咱们村现在在外面打工的村民,不到百分之二十了……"赵丰年没让他说下去,点头说:"你通知张兴海和林芷苈,下午开个会,你也参加。"

下午,张兴海、林芷苈和张然按时到会。赵丰年问了小张孩子的情况,张兴海说体温下降了,孩子的母亲也到医院看护了。赵丰年这才放下心来,他将自己酝酿已久的想法说了出来:"小张家的遭遇给我们党员干部敲响了警钟,赌博、迷信等恶习陋习在我们村时有发生,当务之急要加强思想文化建设,引导村民崇尚科学,反对邪教,通过制定村民公约等措施,约束村民行为,提高村民整体素质，决不能物质生活越来越好了，精神生活却倒退。"

林芷芎说："赵书记这个想法好，我的想法是，仅靠跳广场舞不行，要将传统文化重新拾起来，像茂腔戏，五婶当年就是主角，李树善大爷、张合大爷都是耍旱船、闹龙舞的好把式，年轻的可以跳交谊舞、街舞等，还可以举办摄影、美术、书法、文学等比赛……文化娱乐活动多了，村民顾不得那些乱七八糟的事情了。"

"好，这件事交给你办，一步一步来，积极稳妥地推进。"赵丰年对张然说，"你抓紧草拟村民公约，简单明了，十要十不准，让村民都看得懂，也能照着做。"张然记在本子上。赵丰年补充道："还要编辑一本崇尚科学、反对邪教的宣传小册子，发送到每一户村民家里，在宣传栏和街道上张贴告示、悬挂横幅标语，普及科学知识，倡导新风尚。"张然答应。

"在村里多设几个公告栏。"赵丰年对张兴海说。

"好的。"张兴海答应后又对赵丰年汇报说，"书记，村党员服务中心选址好了，在村委东侧，这个地方靠近大街，村民过往方便。"

赵丰年说："马上动工，建成后，你来当中心主任。"他忽然想起一直挂在心头上的重要事情，对张然说："你跟魏校长将村里的夜校办起来，定期或不定期给村民上课。"

"主要学习什么内容？"张然问。

赵丰年说："刚解放时，夜校是为了教村民识字，学文化。现在，村民文盲已经被扫除了，我们要结合村里发生的新情况、新问题，及时编写教材教导大家如何做，为什么不能做，要用具体实例剖析根本原因。"

林芷芎说："像严百顺就是一个很好的例子。"

张然点头说："他可是反面教材，差点被人杀了。"

赵丰年立即对他说："你是组织者，可不能掺杂自己的主观意志和个人感情，要对事不对人。"张然忙答应。然后赵丰年对大家说："从目前看，龙山村基本解决了吃饭、穿衣问题，随着经济的快速发展，党、群、团、民兵建设和文化精神生活等方面也要紧跟着上去，并驾齐驱，少了哪一方面，实现小康生活也是一句空话。"

"其实，精神生活更重要。"林芷芎说。几个人正说着，赵丰源母亲慌慌张张跑来说："丰年，你快到俺家看看，他爷俩打起来了，要出人命了……"

327

第五十三章

赵丰年赶到赵丰源家,见他正跟父亲争吵,几个陌生人在屋里屋外四处巡视。赵丰源父亲气得嘴都青了,指着儿子边骂边跟赵丰年诉说着:"败家子啊,赵家出了败家子啊,你要是把房子卖了,我、我敲断你的狗腿!"

陌生人走到赵丰年跟前。赵丰源父亲指着赵丰年对他说:"他是村书记,也是我们老赵家说了最算的,你们走吧,我不卖房子。"

赵丰源立即说:"爸爸,你真是老糊涂了,我们卖了房子,让丰年再给批个房场,还能挣钱,这么点道理你怎么就不懂呢?乡下人真是愚昧。"

赵丰年明白大概了,立即朝着赵丰源道:"老宅是不能卖的。"然后对陌生人说:"你们是?"其中一个说:"啊,赵书记,我们来看房子,已经与赵丰源先生签了协议。"

赵丰年立即说:"中央有文件,不允许城里人到乡下购买农家老宅,协议也不受法律保护,你不知道?"

"知道知道……"陌生人还想与赵丰年套近乎。赵丰年严厉道:"你们签订的房屋买卖合同是无效的,据我所知,这套房子户主是我叔叔的名字,不是赵丰源的名字,他做任何事都无效,请你们离开吧。"

几个陌生人走到一边小声商量了一会儿,将协议书扔给赵丰源走了。赵丰源想跟着跑出去,被赵丰年一把拽了回来,说:"看看你干的好事,都回家卖祖宅了,没出息!"

一桩好买卖眼看被赵丰年搅了,赵丰源将怨气撒到他身上,说:"是啊,你现在是百万富翁,又当着支部书记,你当然不缺吃不缺住的了,我现在……"

第五十三章

说到这儿,他连连打哈欠不说,眼泪都流了出来,说:"我还要在城里买房子,现在城里姑娘条件高,你又不是不知道,没房没车,人家根本不搭理。"

赵丰源说着又数落父母道:"说起来,你们人生也够失败的,看看人家爹娘,谁不在城里给儿子买套房子啊,我怎么这么倒霉,让你们生出来啊……"说着连哭带跺脚,拿起竹竿乱作一团。

赵丰年从赵丰源异常狂躁的神态上看,断定他吸毒了,既愤怒又惋惜,没有想到村里还出现了吸毒违法现象,他立即给张然打电话:"你现在抓紧去找广告公司,制作横幅挂在村口和显要位置,内容:崇尚科学,反对邪教;坚决打击吸毒、赌博、偷盗等违法犯罪行为;爱护家庭,珍爱生命。"说完,走到赵丰源近前,问:"你怎么不去上班了?"

"我辞职了,我要去干更好的事业。"赵丰源说。

赵丰年干脆戳穿了他的谎言:"你被蔡三九辞退了吧。"

赵丰源嘴硬:"是我不想干了。"说着,他的神态变得异常烦躁,眼神也开始恍惚不定。赵丰年直接问:"你是不是吸毒了?"

"我,我没……我没吸毒,你不要胡说……"赵丰源说着抬手赶赵丰年走,"你是谁呀,敢管俺家的事情,你走。"赵丰源父母听说儿子吸毒了,显得更加绝望,拉着赵丰年,让他救救儿子。

赵丰年立即给张兴海打电话,让他开车来赵丰源家。不一会儿,张兴海来了,赵丰年小声对他说:"丰源吸毒了,你马上送他去戒毒所,一切费用我出。"说完,两个人架着赵丰源上车,赵丰源更恼怒了,破口大骂赵丰年多管闲事,赵丰年也不管他了,让他父亲跟着车去了戒毒所。

赵丰年迈着沉重的脚步回到村委,见崔建设正坐在办公室里,他周围站着要买赵丰源房子的那几个陌生人,其中一个人指着他介绍说:"赵书记,我们崔总想找你谈谈投资的事情。"崔建设站起来哈哈笑着:"赵三快,近来可好呀。"接着伸出手想跟赵丰年握手。屋里的人都怔怔地看着他们俩。赵丰年跟他握了手,但并没有说话。崔建设给赵丰年递上一张名片,上面写着:崔建设,龙海市天昊投资集团总经理。

崔建设说:"本来我想在村里买间房子,偶尔来乡下住住,清静清静。当我来到龙山村时,一下子被这里的纯自然生态吸引住了,不瞒你说,我实地考察了一番，认为龙山村缺少整体规划，尤其是硬件设施……我愿意独家投资成立旅游公司，也可以与你们村合资，门票可以五五分成。"

李昭村还没等赵丰年答复，率先表态说："都是大自然赐予的，收什么门票呀。"

崔建设说："门票收入，占总利润很大一部分，从全国看，很少有景区不收门票的，何况我们这儿开发，需要大量的资金投入。"

李昭村立即道："你们要觉着不挣钱，可以不来投资啊。"

崔建设似有尴尬，朝着赵丰年望去。赵丰年说："崔总，你来投资，我们很高兴，不过，这不是一件小事情，我们还要召开党员大会和村民大会通过。"崔建设认为赵丰年还记恨此前的不愉快，忙解释说："赵三……啊啊，丰年啊，当初没有给你担保，其实是因为我公司有困难，咱是老战友了，你可不能……"

赵丰年笑了笑说："只因为咱们是老战友，我也对你实话实说，我们村已经有开发旅游计划了，也确实需要有人投资，但不会只有你一家。"

崔建设立即兴奋起来，更加迫切地说："我们公司实力雄厚，资金充裕。我们可以分三步走，首先打通各景点的道路。"

李昭村插话说："我们已经在干了。"

"那正好啊。"崔建设继续说，"建设五星级的宾馆，这是第一步，需要两年时间。"说着瞅了林昭村一眼，见他不说话了，接着说："第二步，建造小火车。"他说到这儿，李昭村和赵丰年都感觉新鲜，探身竖耳听他继续说："我仔细查看过了，山中有很多二十世纪六七十年代留下的防空洞，小火车正好穿过，这样不会破坏生态。"

赵丰年和李昭村几乎同声："好！"

"这需要三年时间。"崔建设继续说，"第三步建设国际一流的康养中心，需要五年时间。"赵丰年看了李昭村一眼，见他不再抢话了，便说："建设一流的康养中心，肯定会破坏生态环境，我不建议建……"崔建设打断他的话，说："赵书记，你不用担心，我去魏家楼子考察过了，那个山村整体自然风貌保存完整，可以不拆一石一瓦，不建一间房子，全部利用其原有条件。"

赵丰年大喜，说："对呀，魏家楼子地处千药谷中，地理条件得天独厚。崔总，你太仔细了，十年规划完全符合我们村的实际，崔总，谢谢！"他禁不住站起来同崔建设紧紧握手,然后说出了埋藏已久的宏大志愿:"我的志向还是要开发山泉水资源,你愿意不愿意投资?"

崔建设笑着说:"好事呀,你眼光长远行动快,我相信大力发展第二产业,对振兴龙山村见效一定快……哈哈,以后叫你赵……几快了,哈哈。"从此,村民才知赵丰年还有一个赵三快的外号。

在村党员大会上,赵丰年对开发龙山旅游和山泉水资源的实施方案做了说明,并征求党员们的意见。

李昭村不是党员,他没有资格参加会议,自己顺着中心大街往文化活动中心走,路两边挂着"扫黑除恶,清除毒瘤""崇尚科学,反对邪教""坚决打击吸毒、赌博、偷盗违法犯罪行为""爱护家庭,珍爱生命"等横幅标语,他在宣传栏前停住脚步,上面的内容很多,"村民公约"他参加过讨论,内容都记住了,没必要再看了。"财务公开"内容他也知道,最终他的目光盯在"科普宣传"内容上。什么是邪教?邪教的本质和危害,如何防范和抵制邪教……他看得很仔细,联想最近村里出现的迷信等问题,他觉着加强科普宣传教育太重要了。

"你怎么没去开会?"李树善走了过来问。李昭村听出是李树善,并没有回头,道:"我不是党员。"

李树善有些惊讶,接着问:"你还不是党员呀?"李昭村立时不太高兴,反问道:"不是党员就不能为人民服务了?"一句话噎得李树善半天没有说出话来。李昭村想离开,被李树善拉住了,说:"我有几句话想跟你说说。"

"改天吧,我忙。"李昭村甩手要走。李树善马上拿出族长的威严道:"连我的话也不听了?"

李昭村只好站住了,表情却显得很不耐烦。李树善缓和了自己的情绪,语重心长道:"昭村啊,我承认你是好孩子,也算是好干部,但你有自己的缺点却不敢面对,还死不承认。"

"我哪有啊。"李昭村反驳道。李树善说:"看看,你就是死犟,跟人家赵书记学学,做错了敢于承认,还在大会上做检讨,这需要勇气,但得人心啊。"看到李昭村有些不服气,他继续道:"入不入党是你个人的事情,为村民做好事也不光是党员的事情,但我觉着党员是讲纪律的,凡事冲在最前面,不怕死

331

不怕苦，赵树明就是。"

"是是。"李昭村实在不想听李树善说话了，点着头答应着强硬离开了。李树善叹气道："这孩子，要是事事听我的，进步还快。"

李昭村回到村委，党员大会已经结束了，看到赵丰年兴奋的样子，他心里明白，党员大会肯定通过了他的方案。赵丰年说："李主任，你组织召开村民代表大会，我去宣讲开发龙山旅游和山泉水资源实施方案，党员大会已经通过了。"

李昭村答应着，心里抑郁不快，实在忍不住道："党员大会你讲，村民大会你也讲？"

林芷芗听出李昭村弦外之音，笑着说："中国共产党是执政党，党领导一切，赵书记是村里一把手，村民代表大会他有资格讲话。"

"那还要我这个村主任干什么？免了算了！"李昭村火气腾地上来了，话也脱口而出。整个办公室顿时僵住了。赵丰年感到他是冲着自己来的，忙笑着说："李主任，是我安排不周，向你道歉，咱们村是党领导下的村主任负责制，村民代表大会，你是应该负责讲话。"

"我……"李昭村再一次感受到了赵丰年的谦虚和柔中带刚的话语中透露出的诚意，自觉有些不好意思，故作谦让道："还是你比较熟悉工作，你讲吧。"赵丰年哈哈了两声算是给了他面子，不再计较。

村民代表大会是在村委院子里举行的，主席台上安放了两张桌子，张然要摆放话筒和桌牌，被赵丰年制止了。赵丰年和李昭村并列坐在主席台上，看到人员都到齐了，赵丰年朝李昭村动了一下手势，说："你是村主任，你先讲吧。"

李昭村立时热血沸腾，原先满脑子的话忽然消失得无影无踪了。他干咳两声，然后道："啊，啊……今天开村民代表大会，啊，就是让村民讨论一下咱村开发旅游和山泉水资源的方案啊，这个，这个方案……"说到这儿，他不知从哪儿说起了，侧身朝赵丰年求助，赵丰年小声说："方案你已经看过了嘛，照着念就行。"

"方案，方案……"李昭村这才想起照着方案读，可是找遍全身发现竟然忘了带，急得脸都涨红了。他起身想去办公室里拿，赵丰年觉着这样会冷场，便说:"还是我先说说吧。"接着朝向村民道:"各位村民代表们,今天委屈大家了,坐着马扎顶着烈日开会,我保证用不了三年,我们会坐在宽敞明亮的大会堂开会、活动!"

台下一片鼓掌,张合站起来高声道:"也给我们老年人建个活动中心。"赵丰年说好。一位小女孩站起来高喊:"也给我们小孩子建个跳舞、唱歌的地方。"赵丰年说没问题。李树善半信半疑问:"赵书记,咱村还有那么多钱吗?"

"有!"赵丰年张口而出,指着身后的龙山村十年规划图,说,"一切都在这张图里。"接着分步骤、分阶段宣讲了未来龙山村十年规划:"开发旅游和山泉水资源不冲突不矛盾,可以同时上马,我们利用三年时间建好所有硬件设施,旅游景点初具规模,可以接待游客。龙山泉水第一步要占稳龙海市市场,第二步打造龙山泉水全国品牌。利用五年时间,中医药谷区、农业观光区、水果种植区、崖棚瀑布群区、百花园区等建成,建造小火车连着各区,人在画中游。再用五年时间,我们就要上一个层次了。对外,我们要到外国去建设水厂,创建跨国公司,让龙山泉水品牌走向世界。在内,我们要建设国际一流的康养中心,城里投资公司的崔总已经去魏家楼子考察过了,山村整体自然风貌保存完整,可以不拆一户人家,不建设一间房子,全部利用其现有条件。"

有村民道:"有人投资那好办了,让他们建设老年人活动中心、幼儿园、文化活动中心,屯影院、图书馆,还有洗澡堂。"众人大笑,跟着附和。

赵丰年笑着摆手道:"人家是公司,不是唐僧肉。再说,有钱也不能让他们全部挣去,我们也要投资,人人当股东。"话音刚落,秦秀莲立即道:"说来说去,你就是让村民集资呗,俺没有钱。"好多人跟着起哄。林多余说:"有人既然想投资,让他多投点嘛。"

赵丰年不急不躁,耐心引导说:"咱们乡下啊,有句俗话,攒钱盖屋娶媳妇。大多数人家省吃俭用,积攒了半辈子钱盖房子,不会想到将积攒的钱用于投资,更不敢去银行贷款做生意,这就是乡下人与城里人观念的差别。我们羡慕城里人的生活,也不是不想尽一切办法缩小差距,那为什么还有距离?我认为,首要的问题还是思想观念问题。要想改变这一切,必须解放思想、更新观念,跟上现代社会发展的步伐……天昊公司是全国性的大公司,资产上千亿,人家为什么偏偏看上我们这个小山村？那是看到了未来的发展前景，人家远道而来投资，我们蹲在家门口为什么就不能投点资？"

有些村民开始在底下小声嘀咕了，赵丰年接着说："当然了，入股纯粹是个人行为，村两委决不强求……整个十年规划需要十几个亿，启动资金来自三个方面，一是吸引外资，当然，不止天昊一家公司。二是村集体贷一部分款，现在咱们村发展形势很好，有好多银行亲自上门动员我们贷款。三是村民入股，少则几百块钱，上不封顶，谁投资谁收益。"

李昭村突然插话说："投资有风险，大家都回家好好商量商量。"

赵丰年接着说："是，投资有风险，大家回家好好盘算盘算，我在这儿先跟大家说明啊，原始股跟后面的入股收益可是不一样的，我们村实行的股份制跟证券市场不一样，是不准随便买卖的……"

"我投资，我就是砸锅卖铁也投资，摆在眼前的钱不能不拿。"严百顺第一个举手，接着蔡五月、李昭顺、李许等村民也跟着要投资。赵丰年说："今天不是报名大会，是征求村民意见……"不等他说完，李树善举手高喊："还征求啥呀，谁看着钱不挣啊，赵书记，我们相信你！"

赵丰年转头对李昭村说："你看到了吧。"李昭村点头。赵丰年接着安排道："村民入股的事情你牵头办吧，要好事办好。"

李昭村立即站起来高喊："村民们，咱们有言在先，今天都同意了啊，谁要是还有意见，可以直接到村委提，三天后在村委统一报名。"

第五十四章

有人忙着报名入股，也有人忙着当官。林芝柱听说村里要建设山泉水厂和成立龙山旅游开发公司，带着礼物找到赵树存，求他给自己说情，不承想被赵树存数落一番，让他走正道，别做见不得人的事情。

林芝柱碰了一鼻子灰，又不甘心，直接来到村委，看见办公室里只有赵丰年在，他先抱辛苦，说自己干了十几年的村会计，没有功劳也有苦劳，还说自己不贪不占，是自己倒霉，遇到张玉匣这么个大贪官……赵丰年不想听他啰唆，也明白他来的目的，便说："村里成立了龙山旅游开发公司，正在筹建阶段，你去吧。"

林芝柱大喜过望，忙说："赵书记，你让我去干什么？凭着我多年村干部的经历，去当经理……"赵丰年没让他说完，说："至于你去干什么，现在还不能定，肯定有合适你的工作。"话都说到这份儿上了，林芝柱也不敢再提出其他要求，答应着离开了。

林多余哭丧着脸进来，嘴里嘟囔着："龙山村搞旅游，毁了老嬷和老头。"赵丰年问怎么回事，他说："小娇搞了民宿酒家，把我跟她妈撵出去了，现在没地方住了，你批个老年房场让我们住吧。"

最近前来要老年房场的不仅林多余一个人，过去村里在村头批了一块场地建造老年房，而现在村里正在综合治理，统一规划，已经无法再批地建民宅，尤其是不符合政策的老年房。林多余看到赵丰年没有及时答复，提醒道："赵书记，听说你代理快到期了，你可要为村民多做点好事，到时候还有人投你的票。"

赵丰年对他说:"我的事不用你管,好好管管你自己吧。关于老年房场的事情,我明确告诉你,村里已经封了,以后不会再批了。"

林多余生气了,道:"你这是对老年人不关心嘛,你算什么书记?"

赵丰年立马变了脸色,道:"你嚷嚷什么?不光你!"

林多余看到赵丰年生气了,也不敢硬顶,只好说:"俺家的情况特殊,上有老下有小,为了响应村里号召大搞旅游致富,我们积极腾出房子让小娇折腾。实际情况来了,我们没地方住了,你总不能看着我们睡大街上吧。"

"你呀。"赵丰年说,"小娇一个人能搞起酒家吗?她需要好多帮手,有你跟嫂子干活的时候,你让小娇留出一间住房,是可以做到的。"

"她……"林多余还要解释,赵丰年来了电话,是林芝秋打来的,让他过去一趟有要事相商。他起身对林多余说:"我提醒你啊,只要你别懒,小娇是不会撵你走的。"说完赶到了龙山饭庄。

林芝秋坐在吧台里面耷拉着脸,见到赵丰年道:"你让梦好去干旅游公司经理。"赵丰年似乎早已预料到她会说这句话,但他没有回话,而是坐到了吧台前的沙发上说:"给我倒杯金银花茶,一上午没有喝口水,渴死我了。"

林芝秋倒了一杯金银花茶端到他眼前的茶几上,说:"上火了是吧。"赵丰年将身子往后仰了仰,说:"这么多事,能不上火嘛。"

"哼,上火活该,反正没有为俺娘俩操点心。"林芝秋说着将头扭在一边,故意不看他。

赵丰年喝了几口水,说:"梦好还年轻,需要磨炼。再说,她在振兴合作社干得好好的,听玉振说要提拔她当副主任,多好呀。"林芝秋立即打断他的话,"得了,别说他了,一提他我就生气,我们已经跟他娘的闹翻了。"

赵丰年暗暗吃惊,忙问怎么回事?林芝秋说:"他这个人太自私了,介绍客人全部去了他老婆开的民俗店,几乎不到龙山饭庄了。"他因为不了解情况,所以没法表态。她继续说:"现在振兴合作社,不是你干的时候了,全部他一个人说了算,我受不了他的气,决定退出来。"

"怎么退呀?"赵丰年担心起来。

林芝秋说:"股份全部退出来,龙山饭庄打价,他算得很细,包括龙山饭庄门头,要给我二十万,我不同意,太贵了,别忘了这套房子是我家的老宅。

第五十四章

你跟他说说，再下下价格，他不敢不听你的。"

这时，赵丰年心里有数了，说："芝秋，别怪我说你，你现在是赚了便宜卖了乖。"林芝秋还要争辩，被他制止住了："你想想，光龙山饭庄这个牌子也得卖二十万，在龙山地区谁人不知谁人不晓？城里好多人来龙山村旅游就是冲着饭庄来的。"

林芝秋听进去了，赵丰年接着说："还有饭店的设备，哪样东西不值几个钱呀。"

林芝秋插话说："都是你干的时候买的，自从他干了以后，没添一样值钱的东西，再说这些东西都贬值了啊。"

赵丰年感觉他们已经不能在一起合作了，便道："其实，你退出来也好，你们可以双赢。振兴合作社可以专攻主业了。你呢，可以发挥你的优势，将饭庄做大做强，可以开连锁店嘛，到时候你一个人肯定忙不过来，让梦好也……"

林芝秋立即打断他的话："你总是没想让梦好好，你现在说了算，村里有多少好位置不让她去干，你看我不如芷芗又俊又浪还会说，哼！你找她去吧。"

"你胡说什么呀！"赵丰年刚要端起水杯又重重放下了。

"难道我说得不对吗？你能让她干村妇女主任，为什么不能让梦好去干村团支部书记？"

赵丰年一时不好回答她，沉默一会儿说："芝秋，我知道你对我有意见，可是我也给你同样的机会了，上次让你在大会上发言，你吓得腿都哆嗦了，你自己也承认了嘛，哈哈。"他故意将气氛缓和下来。

其实，林芝秋知道自己的那点本事，她不是不服林芷芗，而是自己另有心思，这时候她终于说出来了："我不是要攀人家，我是觉着你辜负梦好……"说到这儿，她还是犹豫了一下，最后干脆豁出去说了出来："你难道没有看出来她对你好吗？"

"我当然……"赵丰年忽然觉着不对，忙改口道，"她对我好，我当然知道，但是，不能跟工作联系在一起啊，她现在非常适合销售业务。玉振、我、你，都要对她培养，将来……"林芝秋抢话说："我说她对你有，有那个意思。"

这会儿，赵丰年不能装糊涂了，腾地站起来厉声道："你瞎说什么呀，咱

们是什么关系呀!"

"什么关系?"林芝秋盯着赵丰年反问。

"是,是……"

"什么关系也没有。"林芝秋示意他坐下来,"你坐下吧,我跟你细细说,我……"忽然,门外进来一群游客,赵丰年趁机说:"好了,这件事请你以后不要再提一个字了,快接待客人吧。"说完,他转身要离开,林芝秋想拉他也没有拉住。他回头又道:"玉振提的条件一点也不高,你听我的抓紧办理就行。"说完匆匆出了饭庄,刚走到大街上,接到母亲的电话,让他回家吃饭,他看了一眼手机,屏幕上显示十二点了。

赵丰年折返往家走,到了家见二姨和小玲正跟母亲说话。小玲立即起身迎出房门,显得特别热情,他还认为她又是来推销营养品的。还没等他说话,小玲先说:"大表哥,我今天来不是推销产品的,是给你说媒的。"

赵丰年笑笑没有理会她,进了屋跟二姨聊天,问她怎么不在饭庄干活。王兰花说:"是小玲硬拉着我来给你说媒。"王兰香接着说:"你也该考虑考虑这件事了,你要是不定下来,咱家的门槛可让媒婆踩平了。"

小玲笑着说:"是呀是呀,主要表哥的条件太好了。"

"好啥呀。"赵丰年说,"我的婚事你千万不要操心了,多给咱村其他光棍子介绍介绍。哎,据张然统计,咱村今年已经有二十多位光棍子成家了。"

小玲说:"是啊,现在给咱村介绍姑娘,不像以前那么难了,这都是大表哥的功劳。"王兰香惦记着她介绍的是哪家女人,忙问:"小玲,你介绍的是哪家女人啊?"在她心里,儿子这个年纪不好找姑娘了。

小玲跟王兰花眼神交流后,说:"其实,大家都相互认识。"

王兰香有点急了,忙催促道:"你卖啥关子啊。"赵丰年要离开被母亲拉住了,说:"你也听听。"

"就是林芝秋的女儿李梦好。"小玲说出了女方的名字。赵丰年似乎预料到了,并没有感到惊讶,而王兰香叹气道:"人家还是小姑娘,恐怕……"王兰花忙拉着姐姐的手说:"姐,年龄不用担心,林芝秋侧面跟我提过多次,听说梦好对丰年也有意。"

赵丰年实在听不下去了,起身道:"不合适,绝对不可能,我不想让全村

第五十四章

老少爷们从背后戳我的脊梁骨。"说完,他连饭也没有吃离家走了。

赵丰年直接来到村委办公室。中午,难得屋里清静,他坐在椅子上,将头仰在椅子背上,闭上眼睛,想眯一会儿,却因心情异常糟糕无法入眠。李梦好对自己示好不是没有感觉,在他意识里这是不可能的事情,所以工作中尽量跟她拉开距离,不给两人单独在一起的机会。有一次,林芷芗建议让她担任团支部书记,他也没有答应。唉,她现在好吗?怎么不给我打个电话?不如给她打个电话,可是拿起手机又一想,这时候给她打电话说什么呢?要是她……他想起了前妻,于是攥着手机又仰在椅子背上。

忽然手机响了,吓了他一大跳,急忙看来电显示,是陌生号码,他接通后听出是快递小哥的声音,说来了快件,问送到哪儿,赵丰年说了地址。不一会儿,一个戴着头盔、身穿快递公司制服的青年人急匆匆走进来,他摘下头盔,赵丰年一眼就认出他:"你是小秦,怎么干快递了?"

小秦将包裹放到桌子上,拿着清单让赵丰年签字,说:"我改行干快递了,在镇上开了公司,全镇的快递业务都让我包了。"

"小秦,你不简单呀。"赵丰年签完字说,"快坐下歇歇,我给你冲茶。"小秦忙说:"谢谢赵书记,我还得去其他地方送,以后有物品外发,给我打电话就行了。"说着递上名片,然后告辞快步走了。

赵丰年还有话跟他说,见他走了,只好回头看包裹,是女儿寄来的大枣。他正要打开,林芷芗推门进来。

"吃饭了吗?"赵丰年问。

林芷芗神情黯淡,说:"没心思吃了。"赵丰年忙问咋回事,她叹气说:"我快让张保气死了,他死活要跟那个女孩子好,唉!"

"她应该早毕业回老家了,怎么,难道张保又去找她了?"赵丰年问。

"不是。"林芷芗解释说,"上次我跟你提过,世间也真有奇巧的事情,张保假期去阳关外看夕阳,谁能想到,那个女孩子也去了……唉,我,我担心他……"

赵丰年说:"你的担心不是多余的,他已经被那个女孩子伤害过了,不能刚刚好了伤疤忘了痛,明确告诉他,不同意。"说完,他觉着自己说多了,忙说:"我只是个人的意思,你还得自己拿主意。"

林芷芗含着眼泪凝视着他,说:"每次听你说话,我心里就踏实了。"赵丰年忙离开她的目光,抓起一把大枣递给她,说:"甜甜给寄来的,尝尝。"

　　"你家甜甜多听话啊。"林芷芗吃着大枣说。

　　赵丰年将一个大枣放在嘴里咀嚼着,品味甘甜的滋味,母亲来电话了:"丰年啊,你怎么不吃饭就走了啊,我也觉着梦好不合适,她太小了。"

　　赵丰年下意识看了林芷芗一眼,然后回答母亲的话:"妈,我在外简单吃点,下午还要开会,好了好了,我知道了,您不要说了。"

　　王兰香又说:"小玲还托我求你一件事,她男人想干水厂厂长,还说曾在城里工厂当过车间主任,很有管理经验。"

　　赵丰年立即说:"妈,往后村里的事情,您跟爸千万别掺和啊。"

　　"都是亲戚,求到门上,我也不好推辞。"

　　"村干部任命是需要村支部商量的,不是我一个人说了算。妈,您告诉她,表妹夫回村干事我们欢迎,想当厂长不现实的……好了好了,妈,我先挂了啊。"说完挂断了电话。然后,他喝了一口水,故意自言自语道:"村里企业多了,托关系走后门打招呼的忽然多了。"

　　林芷芗似乎没有随着他的意思说话,而是郑重道:"哎,梦好这个姑娘还真不错,你先别拒绝,考虑一下啊,我是认真的。"

　　"我也实话告诉你,现在我还没有重新组建家庭的想法,真的,一点也没有。"

　　"你们离婚也很久了。再说,你这么忙,总得有个女人照顾你啊。"

　　"我不少胳膊不少腿的,咋还用人照顾。"

　　"我上次推荐梦好干村团支部书记,你不同意。现在好了,有人在背后议论,现在团支部书记位置空缺,是你给她格外留着的。"

　　"你也相信那些八卦?"赵丰年说,"芷芗,别人不了解我,你还不了解我?唉,我现在啊……"正要说下去,李昭村、张兴海、张然等人吃完饭来上班了,他赶紧闭嘴,对张兴海说:"兴海,我去医院看看树明,你抓紧筹备党支部换届的事情。"

　　张兴海答应着拿出一份报告说:"赵书记,跟你汇报一下,这是党员服务中心工作计划,为了更好地服务全村村民,实行条块服务管理办法,中心一条

第五十四章

线穿到底,每个自然村作为区,下设片,每片三十户左右,片再分组,每组不超过十户,组是左右前后邻居,红白事、生病吃药打针、老人需要照顾、邻里矛盾、孩子上学等,中心都能及时掌握,一目了然。"

赵丰年顾不得看计划,说:"你的想法很好,计划先放这儿,晚上回来再看。"刚说完,李昭村过来说:"赵书记,跟你说啊,有村民想申请扶持基金入股,你看……"不等他说完,赵丰年坚决说:"那怎么行?两码事。"

李昭村接着问:"那我怎么回复人家?这可是得罪人的事情。"

赵丰年直接说:"扶持基金是扶持那些干事创业的村民,将来能为咱村带来效益,而入股是个人的事情,不能混为一谈。"

"好的,我知道该怎么对村民说了。"李昭村说完出去了。林芷芗看不过去,对赵丰年说:"入股明明是李主任分管的事情,他却将得罪人的事情往你身上推,你现在是关键时期,还将矛盾、问题往自身上揽,你不怕到时候没人投你票。"

赵丰年说:"我没有想那么多,干一天就得负一天的责任。"

"赵书记,丰年……"忽然,外面进来十几个老年人,他们喊着赵丰年的名字或职务,纷纷要求他批老年房。赵丰年忙讲了现在的住房政策,还有村子未来的规划,可是老年人并不认同和理解。其中一个说:"丰年啊,你有钱,城里乡下房子有的是,而我们跟儿子儿媳挤在一起,婆媳鼻子不是鼻子,眼不是眼,常常为了鸡毛蒜皮的小事争吵起来,矛盾加剧,家庭不和呀。"

另一个接着说:"当公公的上个茅房都不方便,有的甚至跑到村外树林子里去拉屎、尿尿。尤其夏天,儿媳妇都不敢穿薄一点的衣服……"

其实,这些问题是农村普遍问题,赵丰年既看得到,也听得到,但今天他没有令老年人满意的答复:"爷爷奶奶、大爷大娘们,你们反映的问题,我是知道的。"

"你明知道为什么不给解决呀?"

"是啊,现在村里号召家家户户搞旅游,年轻人将屋里房间全部改建成豪华客房,有空调,有电视,有海绵床,而我们却没地方住,这不等于害我们这些老嬷和老头嘛。"

"人老就是不好啊……"

面对老年人的质问和不满,赵丰年始终没有表现出不耐烦,他笑着说:"你们反映的问题,一定会在咱们村大发展中解决……"

送走了一波,又来了一波,直到太阳落下西山,天上黑影了,赵丰年才直起腰喝了口水:"问题还真不少。"林芷芍问他还去不去医院看赵树明,他说去,张兴海担心他路上安全,要跟着一起去。他摆手:"你的事情比较多,我看玉振有没有时间,让他开车去。"

张兴海和林芷芍说:"他跟着,我们就放心了。"

第五十五章

张玉振开着刚买的高档越野车拉着赵丰年往城里走,一路上光说合作社的事儿:"书记,我们在城里超市和农贸市场设立了多处专卖店,村里的蔬菜、农副产品销售两旺,你当年的期望已经达到了。"

赵丰年听了很欣慰,明白自己的身份,不便说多了,只听不插言。说到林芝秋,张玉振显得格外激动,说:"芝秋嫂最近总是跟我过不去,说不跟我干了,要退出股份,还要将龙山饭庄收回,我觉着房子是她的,出价二十万,她还嫌多了,赵书记,你知道吗,有人出一百万要买龙山饭庄这个牌子。"

"不能卖给别人。"赵丰年说话了。

"是,我也是这么想的。"张玉振继续说,"怎么着,芝秋嫂也是创业元老,她说我偏心眼,还威胁不让梦妁跟着我干了,还……"说到这儿他不说了,赵丰年怕牵扯到自己,转移话题问:"哎,你去三全哥那儿买盆景啦?"

"买了。"张玉振兴奋地说,"开始想放在办公室里装饰一下环境,没有想到谁去看了谁喜欢,也不贵,百八十一盆,权当送花,买了几盆送给客户,没有想到他们赞不绝口,我决定全部包下,已经跟三全哥协商好了。"

赵丰年点头说:"确实不错,凡是到办公室的人,都对苹果盆景感兴趣,我那个战友非要抱走,我说五百元,他没有还价搬走了,昨天让张然将钱给三全哥送去了。"

"看来什么市场什么价格,应该拉到城里去卖。"

"嗯,你这个建议不错,一定要形成产业,前景广阔。"

"嗯,又开辟了一条挣钱路子。"张玉振答应着,走到城郊却没有进城,而是驶向一条隐秘的道路,半个小时后,在一所部队医院门前停住了,赵丰年在门岗详细登记后,才让车辆进去。

赵树明被安排在这所部队医院治疗。上月,在市立医院,赵树明的输液管突然被人割断了,要不是护理家属发现及时报告了医生,他会有生命危险。这次意外,惊醒了赵丰年,他认为是蔡三九、张传刚等人干的。

赵树明已经能够坐起来了,说话虽然不十分流畅,但也能与人交流。见到赵丰年,说:"你那么忙,不要经常来看我了。"

赵丰年说:"隔个三两天不来看看你,心里不踏实,叔,最近感觉怎么样?要多吃饭,增加营养,身体自然好得快。"赵树明答应着,又问:"张传刚抓到了吗?"

赵丰年回答说:"听派出所的同志说,张传刚前几天在内蒙古露头,他们去抓捕了。"

"快抓住他,要不我睡觉都不安稳。"赵树明说。

两个人聊了一会儿,赵树明说:"快好了,回去跟着你大干一番事业,这些天憋在医院里,急死我了。"赵丰年安慰道:"养好身体是你现在的头等任务,下一步还有重要工作等着你干呢。"

赵丰年想让赵树明干旅游开发公司的经理,这个位置非他莫属。因为赵树明还在养伤,从筹备到基础建设都由他亲自负责。

这天,赵丰年和李昭村正在村委研究园区规划,林芝柱突然从工地上打来电话,说十几个黑社会人员闯入工地,让他快来处理。

"难道蔡三九、张传刚来了?"赵丰年第一感觉他们找上门来了。好多人听了不由得浑身发抖,望着赵丰年不知怎么好了。林芷芗立即道:"快报警呀。"张念攥起拳头就要往外冲:"我去摆平他们。"

"你站住。"赵丰年喊住张念,然后对大家说,"先不要报警,我去看看情况再说。"

林芷芗担心说:"张传刚现在是亡命之徒,你去会有危险啊。"众人都劝说他不要自己去,要去大家一起去。赵丰年没有同意,自己去了工地,张念不放心悄悄跟了上去。

林芷芗急得直跺脚:"要我看,还是报警吧,万一真是张传刚他们,赵书记人单力薄肯定要吃亏。"李昭村说:"万一不是他们呢?还是先等等,赵书记当过兵,见过大世面,他不会有事的。"她还是不放心,直接给张玉振打电话让他去工地看看。

时间一分一秒过去,大家的心都悬了起来,林芷芗不停安慰自己:"玉振在部队是特种兵,能以一当十,张念也去了,他应该没事。"李昭村望着窗外,心里激烈翻滚,这时,他才真正感觉到党员与普通人的不同。

正当大家焦急万分的时候,外面传来笑声,大家循声望去,见赵丰年跟一个戴墨镜的中年男人进了院子。林芷芗第一个跑了出去,赵丰年笑着对大家介绍说:"这是我的老同事孙海涛经理。"然后对他说:"你戴着墨镜,可吓着大家了。"孙海涛忙摘下眼镜说:"我这几天眼睛上火,红肿了,只好戴着眼镜了。"

众人进屋,张然给孙海涛冲上茶水,孙海涛介绍了自己来龙山村的原因。原来,他所在的建筑公司在龙山宾馆招标会上中标,他是带着设计员、施工员等人来打前站的。话说开了,大家都很高兴,尤其是赵丰年紧紧握着他的手说:"欢迎你来为我们家乡做贡献。"

孙海涛拍着胸脯说:"赵书记,乡村振兴,有我一分力量才是呀。之所以事前没有同你打招呼,是避嫌啊,请多理解。"赵丰年听了很感动,说:"还是你最了解我,谢谢!"

龙山村人规模改造和旅游、山泉水的开发,在整个龙山地区影响巨大,波及城里,连恒发源公司都被惊动了。

近来,龙海市房地产在政府的大力调控下,整个行业恢复到正规,房价进入平稳期,像此前高价拿地的公司甚至降价促销。徐大营看着业绩逐月下降的财务报表,紧锁眉头暗自忧虑。他打电话让王亚过来,询问最近的情况:"我们新开发的楼盘,不能一直降价,这样下去用不了多久公司就垮了。"

王亚解释说:"董事长,现在整个行业都在降价,我们……"

"我们当初高价拿地,现在的形势下肯定吃大亏了。"

"谁知道形势会大变呀。"

"一心拿'地王',还不是你定的策略吗?"徐大营显然为公司经营战略后悔了,也后悔没有听从赵丰年开发山泉水的报告,他想立即补过,便安排道,"听说丰年要在老家开发山泉水,这是朝阳产业,我们不能再错过机会了,你马上同他联系合作事宜。"

王亚听了心惊肉跳,他感觉董事长已经对自己有看法了,而且更担心一旦跟赵丰年合作,那他以后的日子不好过了,忙说:"董事长,现在房地产还是朝阳行业,现在大家都在开发居住、疗养、治病、看护等一条龙的康养中心,我们是不是……"徐大营没让他说完,提高声音道:"你尾巴翘高了,不听我安排啦?"

王亚连连道歉,慌忙表态坚决听从董事长指示。这天,王亚带着购物卡亲自登门拜访赵丰年,说:"里面一个数,你懂的……"没等他说完,赵丰年郑重道:"我不懂,你要是还想跟我谈话,赶紧将卡收起来。"

王亚知道他说一不二的脾气,干笑了两声,道:"赵总,啊,我现在应该称呼你赵书记,我这次来,不说你也应该猜到了,看在咱们共事多年的份上,你应该帮帮小弟啊。再说,恒发源公司是你起步和创造辉煌的地方,不看我的面子,也得给董事长和徐总面子啊。"

"请你别附加其他人。"赵丰年道,"你来,我确实猜到了你此行目的,我也干脆对你说了,你千万别对我抱有任何希望,我们所有工程项目都严格按照国家有关要求实行招标,你们想参与,我们欢迎,请直接到网上登记,然后参加竞标即可,很简单。"

"你不要跟我打官腔,我这次来是受董事长指派,要跟你谈合作开发龙山泉水……"

赵丰年哈哈大笑,直接不让王亚说下去:"你们现在想跟我合作,那当初呢?"

"当初条件不成熟嘛。"

"王总,当初你什么心思,咱俩都心知肚明,我今天明确告诉你,我们已经有合作对象了,我也不再跟你废话了,请自便吧。"

王亚被下了逐客令,又尴尬又生气,但他为了自己的利益,还是想多说几句:"赵书记,我知道你讨厌我这个人,但我实话跟你说了吧。此前,我跟徐总一点事也没有,虽然我喜欢她。但是,你拒绝了我,等于拒绝了恒发源公司啊。"

第五十五章

赵丰年更加反感，真想立即赶他出去，他索性将头转到一边不理他了。

王亚继续说："你们离婚了，按说我有机会了，可是我还顾及你的面子和感受，要是你拒绝与恒发源公司合作，无疑等于将雯雯往我身边推啊，哈哈……"赵丰年再也不想听了，起身道："王亚，我实话对你说吧，雯雯是什么样的人我最了解，现在即便是有一万个男人也轮不到你！"说完自己先走了。

王亚被赵丰年刺激得不轻，他路上暗暗发誓一定将徐雯雯搞到手。回到公司，他先到徐雯雯的办公室，见面说晚上请她吃饭，徐雯雯很高兴，忙问："你见到他了吗？谈得怎样？他跟我们合作吗？"

王亚说："我去看了，龙山村还真不咋地，只是一个小山沟嘛，有啥大作为？我去跟董事长汇报啊，今晚我们在老地方不见不散。"

"我今晚上有事，你自己去吧。"徐雯雯听出他没有办成的话音，立即拒绝了他。待王亚出去，她蔑视道："我知道你办不成。"

王亚没办成，徐大营让女儿去办。徐雯雯很为难，说："爸爸，你明知道我们是这种关系了，你让我去丢人啊，我不去。"徐大营耐心开导说："雯雯，其实，我是想利用这个机会让你们复婚啊，丰年无论能力和人品都没的说，现在将一个穷山村搞得红红火火，仅仅旅游项目投资达十几亿，你应该听到了吧。唉，当初，悔不该不听丰年的建议，山泉水开发项目，我们一定要争取过来，为公司长远发展做打算啊。"

"爸爸，好马不吃回头草。他再优秀，钱再多，我也不稀罕。"徐雯雯说。

"你就是嘴硬。"徐大营叹气说，"我看得出你还爱着他，为了甜甜，你们也应该复婚。还有啊，你也看到了，公司业务萎缩，效益下滑，现在到了非常困难时期，你要为爸爸分担忧愁啊。"

徐雯雯火气腾地上来了，指着门外说："你因为提拔了她，才引起公司上下不满，她不懂业务，整天搽脂抹粉，还要大牌，动不动训斥别人，对找她报销的人员卡着不给报销……"徐大营知道女儿指的是孙媛媛，忙阻止道："她对工作负责嘛，你不要动辄指责和怀疑公司最优秀的员工。"

"爸爸，我可是您的亲女儿啊。"徐雯雯简直气得要晕头了，质问父亲道，"爸爸，您跟她什么关系？为什么处处偏向于她？"

徐大营也不敢跟女儿发火，耐着性子说："你胡说什么呀，你口口声声说你是我的亲女儿，为什么爸爸现在有困难了，你不但不帮，还在胡搅蛮缠？你说，这个公司是谁的？将来还不都是你的！"

徐大营这句话恰恰让躲在门外的孙媛媛听到了，她刚要推门进去，却被背后的王亚阻止了，说："干吗呀，偷听人家父女吵架啊。"孙媛媛瞥他一眼，扭头回自己的办公室了。

王亚悄悄跟了进来，孙媛媛还是抑制不住内心的愤懑，指着门外道："好，以后就让他好摆好玩的无能的宝贝女儿去干吧。"王亚笑着说："孙总，你小点声。"

"我怕谁呀，大不了……"孙媛媛说到这儿被王亚阻止了。王亚说："孙总，董事长可是非常器重你啊，可不能意气用事，再说了，公司就是人家的嘛，哈哈。"孙媛媛说："龙山村的项目你不准去了，我倒要看看她怎么去见人家！"

还别说，徐雯雯真的去见了赵丰年。为了能见到他，她也颇费了一番脑筋。晚上，她打电话给在西安的女儿："甜甜呀，最近跟你爸爸联系了没有啊？"

赵甜回答道："我们几乎每天都联系啊。妈，怎么啦，怎么突然想起爸爸？"

徐雯雯有些尴尬，但还是说出了自己的意思："我想找你爸爸商量件事情，可我们好久也不联系了，你给……"赵甜明白了妈妈的意思，故意说："妈妈，你不是经常告诫我，自己的事情自己做。你们大人的事情，我可管不了，好了好了，妈妈，我要上晚自习了，拜拜。"说完，赵甜先挂断了电话。

"这个熊孩子。"徐雯雯拿女儿也没有办法，横下一条心，给赵丰年打电话，按了多半的号码又停住了，叹气道，"明天还是亲自去趟吧。"

第五十六章

赵丰年在村委办公室处理完杂七杂八的事情便来到工地上，戴着安全帽的孙海涛跑过来："赵书记，施工进度比你预想的还要快。"赵丰年抬头仰望高入云端的塔吊说："可要保证质量啊。"

"那必须的。"孙海涛掏出香烟递给赵丰年，他摆手说不会，孙海涛叼着烟卷说，"我听说王亚找过你。"赵丰年点头，并没有过多解释。孙海涛接着说："自你我走后，恒发源的日子可不好过啊，业务不断萎缩，已经没有效益可言了，要不他王亚也不会硬着头皮找你。"

赵丰年说："其实，他根本没有必要找我，去竞标就是了，反正我们所有项目都公开招标。"

"是啊，这个社会，凭本事吃饭。"孙海涛说到这儿，忽然问，"徐总没有来找过你？"赵丰年一愣，没听明白他的意思，他接着说："哦，就是雯雯嫂，听说她现在也跑业务了。"

这倒让赵丰年很感意外，正要详细问，手机响了，他一看竟然是徐雯雯的号码，心情变得激动起来，朝着孙海涛说："你一说她，她就来电话了。"说完，他走到一边接电话，里面传出那熟悉的带有命令还有毫无距离感的声音："我已经到你村子了，你在哪儿？"

"我，我在工地上，你先回家吧，爸妈都在家里。"赵丰年不假思索地说。一阵沉默后，传来徐雯雯低沉的声音："今天不回、回家了，我找你有点事。"

赵丰年忽然想到了彼此的境况，忙说："那，你先到小娇的云上人家吧，我随后过去找你。"挂断电话后，他跟孙海涛打了声招呼匆匆离去。

云上人家是林小娇开办的民俗饭店,以餐饮、休闲、住宿为主。徐雯雯刚进院子,林小娇出门笑着说:"您好,请问您预约了吗?我们这儿必须提前预约。"徐雯雯似乎没有正面看她,仰着脸径直往里走,说:"是你们赵书记让我来这儿等他。"

林小娇看到她的气质,听到她的口气,尤其是听到是村书记让她来的,心想这个女人一定来头不小,把她领到最好的房间,又问徐雯雯喝点什么,徐雯雯也不客气地说:"来杯咖啡吧。"说完走到阳台上,眼前开阔,风景优美,白云在山间时而奔腾,时而飘荡,脚下的层林、梯田时隐时现,真有置身云上的感觉。"太美了。"她发自内心感慨道。

林小娇答应着来到前台,赵丰年急匆匆赶了过来,她朝房间嘟嘟嘴,神秘地笑了笑。赵丰年解释说:"看你神秘兮兮的,她是我女儿的妈妈。"这时,林小娇才咯咯笑了起来:"难怪阿姨气质那么好呀,赵书记,你快过去吧,我这就冲咖啡。"

赵丰年说:"你泡咱村的菊花茶就行,也不用到那个雅间了,我看院子里的凉亭就很好,敞亮不说,周围有鲜花、绿植、流水围绕,又浪漫又富有诗情画意。"林小娇答应着去准备了。

赵丰年心头忽然剧烈跳动了起来,仿佛尝到了初恋的滋味,他思索着见面如何打招呼才好,是握手,是拥抱,还是点头示意,想着想着来到了雅间门外。他轻轻敲了几下,里面传来"请进"的声音,他猛然推开门,看到徐雯雯沉静地坐在原处没动,甚至都没有抬眼看他,这倒让赵丰年的心一下子平静下来:"你来啦,走,到外面喝茶。"

徐雯雯也没有答话,拎起挎包站起来从赵丰年面前走过,此时,他真想伸开双手拥抱她,但他没有这么做。两个人来到凉亭上,林小娇端着茶具过来了,她冲着徐雯雯笑笑,然后对赵丰年说:"赵书记,你得管管我爸爸,我这儿忙了他说有事外出,到吃饭时间了,他又回来了,净吃好的不说,每天三顿,顿顿一斤白酒。"

"你爸爸懒,全村是出名的。"赵丰年忽然问,"哎,他说不懒不喝了。"

"他呀,对外都这么说。"林小娇边冲着茶水边说,"还有啊,我跟张念处对象,他也管,还说不是大老板他不同意。"

第五十六章

徐雯雯望着林小娇说:"你年纪轻轻就当了老板,确实也得找个大老板。"赵丰年忙说:"她男朋友张念,现在虽然不是大老板,但在振兴合作社干得非常出色,已经升职了,将来我们龙山村人,人人都是大老板,是吧小娇,叔叔支持你。"

林小娇给赵丰年冲上茶水说:"唉,我爸爸有你丁点儿开明就好了。"

赵丰年忙安慰道:"小娇,你不用担心,我会做通你爸爸的思想工作,我跟你阿姨说几句话,你忙去吧。"林小娇答应着走了。徐雯雯好奇地问:"这些鸡毛蒜皮的事情你也管啊。"

"是啊,村民无小事。"赵丰年朝徐雯雯说,"喝吧,我们当地的菊花茶。"徐雯雯嗯了声,然后双手捧起茶杯喝了一小口,将目光投向亭外的水车上,水车吱呀吱呀地转动着,竹筒里的水汇集到水渠里,然后流向精巧的荷花池,花色多样的金鱼在水里自由自在地游着,一只蜻蜓飞了过来,在水面上用尾梢点了一下又飞走了。山巅、流水、白云、人家……多美的一幅画卷啊!

"甜甜好像谈了男朋友。"赵丰年的话打断了徐雯雯的思绪,她收回目光,与正对着自己的赵丰年打了照面,顿时让她心乱如麻,一口气仿佛堵在了胸口,上不去下不来:"哦哦,她也简单提过,不想跟我细说,她告诉你男孩子的情况了吗?"

"我只知道是那次去西安旅游,在飞机上认识的,是个帅哥。"

"不帅她能看上嘛。"徐雯雯白了他一眼,然后自言自语道,"可千万别再找乡下的。"声音虽小,赵丰年也听着了,忙说:"乡下的怎么啦,只要人品好,有事业心,还谈得来,我会同意。"

"你的档次也太低了吧,甜甜是什么条件?将来是要继承亿万大公司财产的,可不能让她随便找个穷光蛋,必须过我这关才行。"

"感情跟财产不能混为一谈。"

"你说得轻巧,她现在跟我过,你没有权力管她啊,我警告你啊,你以后少跟她通电话,还每天都联系,你有资格吗?"

"甭管怎样,我是她的爸爸,这种关系天塌下来也改变不了。"

"哼,跟着你受穷啊。"

"你看我穷吗?哈哈,那你今天来干什么?你不来,我还要找你呢,那

一百……"赵丰年刚说到这儿,徐雯雯忙插话说:"你也真小气,才一百多万嘛,当时,我炒股赔了,才没有及时打给你,少不了你的钱。"

"不是小气不小气的问题,是信誉的问题。"

"哼,你以为我不知道,你从家里划走了一百五十万。"

"那是我跟女儿借的。"

"女儿跟着我,就是我的。"

"你……"

忽然,林芷芎急匆匆跑过来,看到他们俩在一起时,顿时羞愧万分,刚要转身离开,忽然又觉着没有礼貌,硬撑着上前问候徐雯雯:"你好,你……"

徐雯雯没有给她好脸色,将愤怒而带有嫉妒的表情投向了赵丰年,说:"看来,你们已经到了寸步不离的地步了啊。"林芷芎忙解释有事找他,说:"徐总,我真的不知道你来,我、我这就走。"

"你真会演戏啊。"徐雯雯冲着林芷芎来了,"你们现在还没有结婚吗,怎么,我跟我以前的男人见个面你就吃醋了?我可不跟你一样,我大度得很,你们什么时候结婚啊,我来喝喜酒啊。哦,我顺便问一句,你那个残废男人死了才多长时间啊?"

"徐总,你误会了。"林芷芎连连解释。赵丰年觉着徐雯雯过分了,忙说:"雯雯,你过分了啊。"

"是我过分还是她过分!连这么点时间她都受不了吗?"徐雯雯朝着赵丰年吼道,然后抓起拎包冲了出去。赵丰年追了几步,怕外人看见,便停住了脚步,蹲在地上连连叹气。林芷芎走了过来,连连道歉:"对不起啊,赵书记,我真的不知道她来了,我……"

赵丰年站了起来,说:"有事到办公室说吧。"到了办公室,张然跟他说明天镇组织委员要来村参加党支部换届选举,他点头坐下。林芷芎走过来难过地说:"镇组织委员来电话,说明天来参加村党支部换届选举,我给你打电话,不是占线就是不通,我一着急出去找你,碰到林多余,他说你在小娇那儿,我也没加多考虑就跑去了……唉,对不起啊。"

赵丰年低头看了看手机,刚才为了跟前妻多聊几句,将手机调到静音上了,确实有十多个未接电话。林芷芎又说:"你快给她打电话解释清楚吧,真是

352

第五十六章

误会。"赵丰年见屋里人多,走到院子想给徐雯雯打电话解释,拿起手机又觉着现在不能打,她正在气头上,打电话岂不是自找羞辱,他立即转身回办公室准备明天的述职材料了。

次日上午,赵丰年早早来到村委,他想多熟悉几遍述职材料,其他党员也陆续来到办公室。张兴海给组织委员打电话到哪儿了,他说很快就到了。正在这时,大门外一阵喧哗,张然跑进屋对赵丰年说:"赵书记,你快出去看看吧,张合大爷背着铺盖卷要到村委睡觉,口口声声要求你给他解决问题。"

"他怎么在这时候来捣乱啊。"有人说。张兴海要出去,被赵丰年阻止了,说:"既然张大爷指名道姓要找我,还是我出去处理吧。"说着将述职材料递给他,说:"等组织委员来了,你先组织开会,我要是赶不过来,你给念念。"说完,赵丰年急忙出去了。

张合见到赵丰年急切地伸出手拉着他道:"丰年啊,你是好孩子,你是好书记,我没有地方住了,你让我到村委住吧。"这时,周围有好多人指责张合又耍无赖了,骂他为老不尊,也有人诉说他有三儿两女五个孩子,却没有一个孝顺的,为此闹过多次矛盾和冲突,派出所、司法所和村两委先后调解多次,都没有取得令人满意的结果,才逼得他走投无路了。

李昭村过来对赵丰年说:"赵书记,组织委员来了,叫你快去,这儿有我。"张合听到他的话,立即嚷嚷着:"你们谁也不行,我就找赵书记,只有他能帮助我找地方睡觉。"周围的人说:"看他说话不像痴呆的样子,装的嘛。"

"怎么这么多人啊。"赵树明拄着拐杖突然出现在大家眼前。赵丰年刚要站起来跟他说话,被张合牢牢抓住了:"今天,你上哪儿我跟着上哪儿。"赵丰年只好仰着脸问:"你怎么回来了?医生让你出院吗?"

"今天这么大的事情我能不来?"赵树明说。

赵丰年对他说:"你回来得正好,支部成员就能过半了,你告诉组织委员,我这儿离不开,你们先开会吧。"李昭村接着说:"跟组织委员说说,延期到下午开嘛。"

赵丰年对赵树明说:"不能再延期了,你们组织就行。"赵树明答应着去会场了。赵丰年对李昭村说:"你开车,我们与张大爷一起去镇司法所。"然后对张然说:"你通知张大爷的五个儿女,今天上午必须去镇司法所处理赡养

老人的问题。"

还好,张合五个子女都到齐了,有的带着配偶,在司法所调解室吵闹不停。小儿子吵得最凶,挥舞着手臂道:"他养了五个儿女,为什么偏偏让最小的我养老,这不公平。"大儿子媳妇顿时指着他道:"你别忘了,是老爸给你盖了新房子,我们几乎净身出户,当然你养老了。"

大女儿说:"农村风俗,闺女出嫁了,娘家的事情不应该管了。"小女儿接着说:"是啊,我出嫁时,爸爸连一辆自行车都没有陪送,别说给盖房子了,我们当然不能养老。"

小儿子又指着二哥说:"你的房子可是父亲给盖的,还供你当了兵,提了干,现在在城里有工作了,咱们兄弟姊妹五个,数你过得好,你就应该接父亲去城里住。"

二儿子立即抱屈道:"父亲给我的房子也是大哥住过不要的,是旧房子。再说了,我在城里的房子只有六七十平方,我们一家三口人够挤了,父亲要是去,住哪儿?我这几年没少给父亲买营养品和钱,你们凭良心说,谁比我拿钱多?"

兄弟姊妹又开始吵闹,都说自己孝顺,却没有一个表态说自己愿意养着父亲。

赵丰年算是听明白了,他大声说:"你们不要吵了,现在听所长给你们讲讲法律知识,听听不赡养父母的后果。"

小儿子还是不服气:"现在儿子、女儿一样养老。"

小女儿接着反驳道:"那是在城里,咱农村还没有实行,也根本行不通。"

小儿子忙指着所长说:"所长,儿子女儿一样有义务养老,对不对?"

所长示意他坐下,然后给他们讲解有关赡养父母的法律知识:"我国宪法第四十九条规定,成年子女有赡养扶助父母的义务,任何人不得以任何方式加以改变……"大女儿立即哭开了:"我现在都六七十岁了,早年没有了男人,一身的病,还靠儿女养老,拿什么养啊?"

一直不说话的老大发言了,指着小弟弟说:"他以前也没有将父亲撵出去,自从搞民俗旅游开始,嫌弃父亲多占了房间,少挣钱了呗。你这个不肖子孙,我打死你!"说着要去揍他,小儿子也挽起袖子说:"要打,你打不过我。"

张合斜倚在椅子上,呻吟着:"哎哟,你们啊,万好没有一好啊,让我早点死了吧……"

第五十六章

赵丰年心里十分难受,但他记住了张合"万好没有一好"这句话,反复琢磨着。李昭村实在气不过,指着他们说:"你们没有一个孝顺的,要我说,轮着养,一家一个月或半年。"

这时,场面又乱成一锅粥,兄弟姊妹各说各的困难和不养的理由。赵丰年刚要说话,手机忽然震动了起来,他低头看微信,是张兴海发来的:"祝贺你,全票当选。"他像没事似的关掉显示屏,然后刚要讲话,手机又震动了,他猜想是村里党员给报告消息或贺电的。他没有再看手机,而是入情入理分析了张合家的现状,也指出了各自的困难和苦衷。他忽然一拍桌子,提高嗓门道:"作为子女,不能因为这困难那苦衷就不养老人了,乌鸦反哺、羊羔跪乳,鸟畜都知道报恩,何况人?刚才所长已经给你们讲了法律知识,不赡养父母,那是要坐牢的!"

张合的子女都不说话了,李昭村似乎找到了解决办法,颇为得意道:"办法倒有一个,你们兄弟姊妹可以凑钱建老……"赵丰年知道他要说什么,立即打断他的话:"我先声明,在咱村个人盖老年房已经不可能了。"

李昭村自觉失言,低下头不敢再发言了。张合的二儿子立即表态说:"李主任的建议我觉着非常适合我们家的情况,如果你们没有钱拿,我愿意一个人出,到时候房子归我。"

张合小儿子立即道:"你心眼子倒不少,养老不积极,占房产倒是冲在最前面,现在谁都知道咱们村房产值钱。"

看到他们又吵闹了起来,赵丰年心里很生气,又不能当着大伙的面批评李昭村,只好说:"我刚才说过了,老年房的事情,你们就不要有任何幻想了。今天,我跟李主任都在这儿,是本着来解决问题的,不是来看你们吵架的。"接着,他谈了自己的建议,说得张合儿女包括张合本人在内都口服心服。

第五十七章

  赵丰年说不让个人盖老年房，但他没说不让集体建造老年公寓，他讲了龙山村未来的发展规划，其中老有所依、老有所养是重要内容。他先将张合二儿子叫到旁边做思想工作："你还是国家干部，起码要明白事理，思想觉悟要高，你老家的房子现在空着，要是没有人住，时间长了也就毁了，你让老人搬过去。"接着又对张合的大儿子说："俗话说，国有大臣，家有长子。你是老大，你带个头，表个态……"

  就这样，赵丰年针对他们一对一地耐心劝导，最终，结合张合还能生活自理的实际情况，先搬到老二家住着，兄弟姊妹排班轮流去照顾，保证每天不缺人。这个建议虽然是暂时的，但在赵丰年心里，居家养老是大趋势，这些问题一定会在发展中解决。

  回村的路上，赵丰年让李昭村通知张兴海、张然和林芷芗在办公室待命，有要事相商。赵丰年刚进村委大院，有人向他表示祝贺，进屋后，里面人都朝着他微笑点头，他也没有在意，对李昭村说："咱们开个会。"李昭村马上驱散不相干人员，只留下张兴海、林芷芗和张然。

  在这次换届选举中，张兴海得票数第二，赵树明第三，他们当选新一届村党支部成员。赵树明投完票返回医院了。张兴海汇报了换届选举情况。赵丰年接着说："今天，我跟大家商量一件事，也是受张大爷一句话启发，'万好没有一好'。我们村目前经济条件极大改善了，但不孝顺、邻里间不团结、赌博、坑骗顾客等现象还是存在的，这些问题一天不解决，就会影响咱村创建文明村，尤其影响咱村对外形象。张大爷的'万好'是个虚数特指，我琢磨着，以前曾经有'五好家庭',我们再加'五好',凑个'十好',在全村开展一次'十好家庭'评比,甭管得几好,都制成牌子挂在他们家的门头上。"

"好好,太好了。"林芷芗第一个鼓掌,"这样既褒奖了十好的家庭,也刺激和激励那些没有达标的家庭。"

张兴海说:"嗯,十好的内容一定要全面,照顾到方方面面。"

"我路上打了一个腹稿。"赵丰年对张然说,"我说你记。"张然答应,然后他说:"爱国守法,热爱家乡好;尊老爱幼,家庭和睦好;崇尚科学,移风易俗好;重教明理,文化氛围好;乐于助人,社会公德好;勤劳致富,节俭持家好;互帮互助,邻里团结好;爱护公物,环境卫生好;文明用语,待人和气好;诚实守信,树立形象好。大家都说说,还有哪些需要补充或删除的。"

大家议论了一番,李昭村、张兴海都说好,内容非常全面、具体。赵丰年说:"既然你们都同意,那好,我还要特别要求,凡是违反第一条和第二条的,一票否决。"

林芷芗接着说:"也就是一好也得不着呗。"

赵丰年点头说:"村两委成立'十好家庭'评比委员会,由村党支部成员张兴海同志任主任。"说着对李昭村说:"村委出一个副主任。"李昭村不假思索指着林芷芗:"她呗。"

赵丰年接着说:"好,评比委员会由若干委员组成,每年评比一次。"李昭村说:"委员必须是村里威望高、能力强、办事公正而且人品要好的人。"赵丰年点头,对张兴海说:"你们先拿出一个名单,不超过二十人,然后在村里张榜公示,哪怕有一个人投诉,也要换人。"张兴海点头。他接着说:"还有许多细节内容,你们委员会再商量研究,这项工作关系到每一个家庭的切身利益和声誉,越具体越好。"

李昭村强调说:"一定要公开公正。"

当晚,张兴海等人拟出委员名单提交村两委审批,包括魏东、李树善、李梦好、李昭顺等人,共十九名。村两委当晚给予批复同意。次日一早,在公开栏公示委员会名单和"十好家庭"内容。公示三天,除李昭顺等三个人被村民举报不符合人选外,其他人全部合格,接着全村轰轰烈烈开展了"十好家庭"评比活动。

此项活动从开始就牵动着每一位村民的神经。张合走路不拐了,来到村委

找到赵丰年大夸特夸儿女孝顺,还说三个儿子伺候得可好了,每顿饭都有鱼和肉,还给他洗澡,端屎端尿。小六跑到村委大喊大叫:"我能干吃苦,我要找媳妇,我得'百好''万好'。"林芝秋给赵丰年打电话生气道:"第九条明显针对我嘛。我就这脾气,改不了了,你爱咋办就咋办。"赵丰年笑着道:"你也知道自己的缺点啊,以后一定要文明用语,尤其你们这些对外服务窗口。"

"照你说,我看全村没有一家能评上'十好'。"

"你甭管别人了,管好自己别说话带脏字就行了。"

"哼!"林芝秋气得先挂断电话,又想起有事跟他说,再打过去电话,可是赵丰年一直占线。她自语道:"给哪个浪娘们打电话,这么长时间。"说完忽然想起"十好家庭"里的内容,立即自我改正道:"给哪个女士打电话啊。"

确实,赵丰年正与女儿通电话,先是赵甜打来的:"爸爸,你怎么将妈妈惹火了,她发誓死也不见你了。"赵丰年简单述说了那天发生的经过:"你妈妈还是原来自高自大的脾气,唉。"

赵甜忽然咯咯笑着问:"爸爸,你跟芷芗阿姨到底有没有那层关系?"

"你胡说什么呀。"

"那,以前你们俩真是恋人了。"

赵丰年没有否认,问:"你干吗呀,对我以前的事情这么关心,好好学你的习吧。哎,我问你,你妈说你谈了男朋友,是不是在飞机上认识的那个帅哥?"

"爸爸,还真是缘分,你信不信?反正我是相信了。"

"你还没有告诉我他是……"

"他是你上任支部书记的儿子,叫张明明,他说认识你。"

赵丰年心里咯噔一下,忙说:"他爸爸……"

"我听说了,他爸爸是贪污犯,但跟他没有关系,他也多亏没有按照他爸爸的安排去上班,现在自己开电销平台,很挣钱。"

无论女儿怎么夸奖张明明,赵丰年心里总是不舒服,说:"甜甜啊,按说你搞对象,作为家长是不能管的,但是你是我的亲女儿嘛,总得给你参谋参谋嘛,我跟他爸……"这时,赵甜猜到了爸爸的心思,忙说:"爸爸,你想哪儿去啦,实话告诉你吧,我的男朋友不是他,但也是帅哥。爸爸,我有事先挂了啊。"

"喂喂,到底是哪个?"赵丰年还想知道,赵甜已经挂断了电话,气得他

第五十七章

顺口骂道,"他娘的,越来越不听话了。"

赵丰年转身想给前妻打个电话问候,思来想去还是没有打。此时,徐雯雯恨死他了,越想越觉着赵丰年和林芷芗已经有问题了,她一气之下跑到徐大营办公室,扔下一句"权当他死了"转身离去。

徐大营知道女儿的脾气,十分惋惜龙山村的合作项目。王亚悄声进来,说:"董事长,据我市政府的哥们透露,市政府要在山河镇龙河村规划康养园区,这可是大项目,比龙山村水厂项目可是大几十倍呢。"

"好好,你立即盯着这个项目,这个项目全部由你负责。"徐大营说。

"好嘞。"王亚答应着出门了。他来到徐雯雯办公室,进门道:"徐总,告诉你一个大好消息。"他没容她答话接着说:"市政府在龙河村规划康养园区,董事长说了,让我负责。"开始徐雯雯认为他是来嘲弄自己的,听见他这么说,便道:"那恭喜你啊,但愿你能拿下这块大肥肉,我们也好跟着喝口汤。"

"我怎么觉得你说话这么难听啊。"王亚靠前道,"怎么,这次前夫家之行,被……"徐雯雯突然指着他的头皮道:"你说,他算个什么东西,才这么几天就,就那个了,真不要脸,气死我了,后悔死我了,真不应该去。"

王亚猜到八九分了,笑嘻嘻道:"你现在知道谁好了吧,晚上找菲菲、彤彤她们坐坐吧。"徐雯雯没有提出反对意见,算是答应了。

四个人坐在酒吧里,菲菲懒得说话,徐雯雯心情不好,一杯接一杯喝酒。叶彤一反常态,直说赵丰年这好那好:"唉,赵大可哪儿都好,有魄力有能力,长得也好,还会伺候人。你们听说了没有,现在城里找个农民工干活可费事了,即便是找到,工钱也比往年贵好几倍。"

菲菲说:"是呀,前几天我家阳台渗水了,找个维修工,人家张口一天三百元,不还价,怎么回事呀?"

叶彤说:"现在农民不进城打工了,都到赵大哥的老家龙山村……"徐雯雯用力拍着桌子发疯一般道:"够了,他好,你们找他去吧。"

叶彤故意瞅着王亚说:"你以为我不敢找啊,他要是愿意,我现在就嫁给他,多好的一个男人呀。"徐雯雯实在气疯了,抓起酒杯泼到叶彤的脸上,骂道:"你去找他呀,不要脸的浪货。"

"你才不要脸,吃着碗里看着锅里,你算个什么东西!"叶彤抓起挎包站起来朝着王亚吼道,"走,咱们不是她的发泄桶。"

徐雯雯指着王亚道:"我看你敢跟着她走!"

王亚真的很为难了,劝劝这个说说那个:"你们怎么回事嘛,咱们好久没聚聚了,难得出来聊聊天说说话,可是你们……"

叶彤下了最后通牒:"你走不走?"王亚看了徐雯雯一眼,不想走:"彤彤,你也不要走,你们……"叶彤说了句"你等着"转身离去。菲菲不愿意看到王亚虚情假意的样子,借故有事也匆匆告辞走了。

"你们都走吧,我自己喝。"徐雯雯边喝边说。王亚忙将酒瓶夺了过来,说:"我能撇下你走嘛,雯雯,不要再喝了。"徐雯雯趴在桌子上,一手握着酒杯,一手扶着桌沿,眼睛直勾勾地看着他,说:"你是好人,我知道,咱们喝……"

王亚一直陪着徐雯雯喝酒,直到半夜时分了,才将她送回家。到了大门口,徐雯雯摇摇晃晃掏出进门卡,大门开了,王亚似乎等着她说句上去坐坐的话语,正在这时,她的手机响了,接通电话后,她边说边进了大门,随着砰的一声,大门关闭了,王亚再不好意思敲门进去了。

"甜甜,这么晚了,你打什么电话啊?"徐雯雯脱着鞋说着话。

赵甜故意说:"我在查岗呢。"

"那你还真及时,差两三秒,就是另一番景象了。"

"妈妈,差两三秒就跟那个姓王的上床了吗?妈妈,不是你闺女说你,你有点品位吧,怎么也得找个比爸爸好几倍的让我看得起你呀。"赵甜说话之快都让徐雯雯插不上嘴,等她喘口气的时候,徐雯雯才道:"怎么,你想管妈妈?你可别忘了,现在咱娘俩一个起跑线。但是,你是我养的,你找男朋友,必须经过我同意。"

"你要是不同意呢?"

"那,你们就不能谈。"

"妈妈,你这是霸王条款。"

娘俩聊着聊着怎么也聊不到一块了,徐雯雯要看看女儿男朋友的照片,可是赵甜坚决不答应,还说到时候就知道了。徐雯雯挂断电话想从女儿微信里找,没有找到,她又从女儿朋友、好友圈里找,果然找到一张女儿与一个男孩子合影的照片,当她仔细看清楚后,气得差点晕了过去。

第五十八章

　　这个男孩子不是别人，正是张保。

　　事情还得从赵甜去大西北旅游说起。她跟着旅游团到了敦煌市后，没有去阳关景区的行程，她临时起意，租了一辆车去阳关游览。道路蜿蜒在茫茫大漠中，不时狂风肆虐，卷起的沙尘弥漫天空。忽然一位背包走在路边的男孩子出现她的眼前，车辆靠近了，她忍不住惊叫了起来："怎么会是他？"

　　张保为了磨炼自己，打算从敦煌一路步行去阳关。

　　赵甜从车上下来，主动上前搭讪："你还认识我吗？"张保第一眼惊呆了，喊了一声："娇娇。"赵甜并没有答应，只瞅着他笑。

　　张保仔细看过后，摇摇头转身继续走路。赵甜紧跟上来，问："你不认识我了？我是娇娇呀。"说着，她主动上前拥抱住张保，半信半疑的张保怔怔问："你真是娇娇吗？娇娇……"

　　赵甜听父亲说过张保的感情经历，忽然心动，决心冒充娇娇走入他的生活，"我真的是娇娇呀，你真的是保哥吗？怎么这么巧呀，这些年你都去哪儿啦，让我好找啊。"

　　张保真相信了，瞬间情感爆发，搂着赵甜泪如雨下："娇娇，你不爱我了，我、我没有希望了……"

　　"唉，怎么不爱你呀，你真傻啊。"赵甜不再坐车了，陪着张保一路同行，他们说着话儿，漫步在戈壁大漠之中，看到通红的圆圆的落日，赵甜惊叫起来："保哥，快看，大漠孤烟直，长河落日圆。啊，太美了。"两个人扔掉背包，快步跑到沙丘上，相拥着、跳跃着、嬉闹着，掏出手机将美好的瞬间定格。

晚上，他们将帐篷门打开，并排趴在沙地上，托着腮仰望着浩瀚星空，诉说衷肠，畅谈未来。忽然一颗流星划过，赵甜忙说："保哥，快许愿。"两个人都赶快双手合十，闭目许下各自的心愿。自此以后，两个人感情迅速升温，即便不在一所大学，即便以后张保知道了真相，他也已经被赵甜火热、纯真的情感抚平了心灵的创伤，真挚的感情已经让他们难舍难分了。

徐雯雯当然不希望未来的女婿就是情敌的儿子，她立即将照片截屏发给女儿，问怎么回事，赵甜只好如实回答了，气得徐雯雯当场以死威胁："我告诉你，我坚决不同意你们来往，死也不同意。"

赵甜也倔强起来，立即顶撞道："我即便死也要嫁给他。"

"气死我了。"徐雯雯知道拗不过女儿，她立即给赵丰年打电话，开口便是一阵机关炮："你们还是人吗？畜生不如，甜甜能跟着她神经病的儿子？你这个爸爸怎么当的？失职、失职，简直是失职、不合格！"

赵丰年有点蒙，忙问怎么回事。徐雯雯道："你装吧，你们合起伙来欺骗我，赵丰年，我告诉你，只要我还有一口气，决不会让你们的阴谋得逞！"

赵丰年越想越觉着女儿出问题了："一大早晨的，你怎么啦？一顿乱七八糟地嚷嚷，你吃枪药啦？"

徐雯雯依然火气未消："赵丰年，我问你，你的心让狗吃了，还是坏透了，亏你想得出，你不知道他是神经病吗？家里穷得叮当响，能配甜甜吗？"

赵丰年似乎明白了大概，忙说："雯雯，要不是甜甜，咱们俩现在已经没有任何关系了，我请你说话和气点，有事说事，不要动不动拿出你大小姐的威风。我告诉你，甜甜的事情我真不知道……应该不会呀，你是不是弄错了？"

徐雯雯立即给赵丰年发来截图，他看后也惊呆了，半天没有说出话来。他心里像打鼓一样，越想越觉着不可思议，来到振兴合作社，想找林芷苧问问她是否知晓这件事。

"你好，丰年。""赵书记早上好。"路上，赵丰年看见家家户户都在清理院内外卫生，村民有礼貌地问候他，赵丰年觉着开展"十好家庭"活动见效果了。

振兴合作社内一片繁忙景象，车辆拉着新鲜蔬菜、水果、山鸡蛋、黑猪肉等源源不断驶出大门。林芷苧正在给村民结账，温柔的声音、微笑的脸庞依然如故，使得赵丰年想起了曾经的美好时光。记得有一次，两个人到龙河岸边树

第五十八章

荫下读书,累了跑到清澈的河水里嬉戏玩耍,忽然,她惊叫起来:"蛇蛇……"他跑过去看,原来是一条黄鳝,立即扑了上去……

"赵书记早,你怎么来这儿了?"不知什么时候林芷芗站在了赵丰年眼前,打断了他的回忆,他嗯嗯了两声:"准备去办公室,觉着好长时间没来合作社看看了,半道拐弯过来,看到你忙,没有打搅你,玉振呢?"

"张主任去城里洽谈业务去了,我基本忙完了,到屋里坐坐吧。"林芷芗说。正合赵丰年的心意,他也没有客气,跟着她来到计划财务部。林芷芗忙着给他冲茶,他在一边呆呆地看着她,感觉心里有许多话要说:"你别忙了,我还要去工地看看,哎,问你件事情,张保的女朋友……现在……"

林芷芗叹气说:"我正想找你聊聊呢。"赵丰年顿时紧张了起来,即便是她将茶杯伸到了眼前也没有看着:"你,啥意思?"

"先喝水吧。"林芷芗见他没有接过水杯,便放在了他前面的茶几上,说,"我还是不同意他跟那个叫娇娇的女孩子,我真的怕她,唉,可是他就是不听,等放假回来,你给好好劝劝,他最听你的话了。"听了林芷芗的话,赵丰年认为她还不知道儿子就是跟自己女儿搞对象,顿觉如鲠在喉,一时没有了话说。

林芷芗坐在了赵丰年对面的椅子上,说:"赵书记,跟你简单汇报一下,'十好家庭'评选基本结束了,从初评看,不十分理想,才百分之二十的家庭达到标准,有百分之十四的家庭被一票否决。"赵丰年没有让她说下去,起身道:"等你们委员会集体汇报吧。"说完起身走了。

上午,张兴海、林芷芗等人向村两委汇报了评比结果,将近一半的家庭没有达到五好以上。有人提出是否将标准放宽重新评比。李昭村当场反对:"我们定好的政策、计划等不能随便改,容易让村民觉着我们太随意了。"赵丰年接着说:"我同意李主任的意见,这次评比结果虽然不令人满意,但恰恰说明我们村目前的真实情况,也正是我们需要正确面对的问题,只有正视问题了,才能有待改进。不过,我觉着既然有一票否决,是不是也应该有一票当选啊。"

大家都不明白其意,他接着解释说:"比如说,像张兴海、蔡大娘这样的好人,他们的家庭不一定达到十好的标准。"他这么说,大家都明白了,张兴海说:"我认为'十好家庭'不要动了,可以另设'阳光家庭'嘛。"

"这个建议好。"赵丰年当场拍板。凡是家庭成员受到市级以上表彰、有研究生以上学历、在部队里荣立三等功以上奖章、捐款十万以上等为社会做出重大贡献的家庭,在没有违法的前提下,当选"阳光家庭"。

赵丰年说:"将评比结果在全村公示三天,委员会及时收集村民的不同意见和诉求。"李昭村补充道:"在公示下面写上我跟书记和评比委员会正、副主任的电话,让村民可以直接反映情况。"

赵丰年点头说:"嗯,很有必要。"

评比结果公布后,立即在龙山村炸开了锅,村民纷纷涌到公开栏观看,寻找自己家评了几好家庭或阳光家庭。赵丰年和李昭村也做好了接访和被骂的准备,两个人坐在办公室里,将手机放在桌子上,声音调到最大处。一天过去了,办公室来人也不少,手机也响个不停,可就是没有人反映评比的情况。李昭村仿佛卸下了千斤重担,说:"看来,这次评比非常公正,村民还没有提出不同意见。"

"这才第一天。"赵丰年隐隐感觉激流在后面,故意这么说。回到家里,四爸早在此等候了,见到他不满道:"丰年,你们怎么搞的,我一辈子没做过见不得人的事情,难道我们家还不如三马虎家?"没等赵丰年回话,赵树存瞪着他道:"你还真不如蔡白露家,人家一好,那是守法。你没有一好,那是你赌博,犯法啦!"

赵树店辩解说:"我只是小打小闹,没几个钱。"

"打牌动钱,据说超过五块,就是赌博。"

"我我……"赵树店十分后悔,蹲在地上说,"丰年,你是书记,你跟委员会说说,我以后一定改。"

"晚了。"赵树存没好气地说。

赵丰年安慰了四爸,还说自己是书记,更不能以权谋私、违反规定。赵树店连连叹气:"门头上连一好都没有,如何让孩子们进门啊。"

赵丰年正在吃晚饭,赵丰源父母来了,哭着说连一好都没有评上,以后儿子找媳妇就更难了。赵树存将筷子摔到饭桌上,道:"活该,谁让他不争气!"赵丰年忙安慰道:"叔、婶,'十好家庭'每年评比一次,以后让丰源改了就

第五十八章

成了。"

到了第三天下午,赵丰年和李昭村坐在办公室里,忽然听到外面传来一阵阵争吵声,两个人顿时相觑道:"看来,还是有村民来提意见啦。"

赵丰年从窗子朝外看,又是张合的三个儿子,他心一沉没说话。李昭村指着门外生气道:"又是他们家,肯定为养老的事情,这次没有给他们评一好是对的。"两个人正说着,兄弟仨进门了,都争着要说,李昭村没好气地说:"一个一个来,老大先说。"

张合大儿子说:"赵书记、李主任,你们给评评理,这次评比我没有意见,我知道自己做得不够好,所以想弥补,将我父亲接到家里……"不等他说完,张合小儿子抢话说:"以前,父亲都跟着我过,这次说什么也不能让他老人家走了……"赵丰年和李昭村听到这儿哈哈大笑:"原来是为了争着养老而'争吵'啊。"这件事太好解决了,赵丰年几句话就让兄弟三人和好,拉着手高高兴兴地走了。

李昭村感叹道:"没想到啊,没想到效果这么好啊。"

忽然,赵树明拄着拐杖进来,大声说:"我对这次评比有看法。"赵丰年和李昭村都一愣,李昭村忙说:"你家可是评了十好啊。"

"就是十好,我才有意见。"赵树明说,"我家书不多,乐器少,俺两口子没会唱歌的,连广场舞都不会跳,文化氛围不好,我建议取消十好,给九好也很高了。"正巧张兴海进来,李昭村将赵树明的意见说了,他忙说:"嗯,可以考虑。"赵树明转身对赵丰年说:"我基本好了,已经办了出院手续,今天特来向你报到。"

赵丰年问了具体情况,然后跟李昭村交流了眼神,说:"好,我现在就任命你为龙山村旅游开发公司经理。"李昭村补充道:"你的任命是经过党支部征求了村委的意见,然后认真研究决定的。"

赵树明感动地说:"谢谢党支部、村委的信任。"

村里将"十好家庭"做成精美的铜牌,组织人员打锣敲鼓挂到各家的门头上,场面非常热闹,许多游客也跟着看热闹,开民宿的家庭顿时客源爆满。

赵树明老婆埋怨丈夫:"你就是多事,咱家本来评上十好,现在一好之差就没有人家那么光荣。"赵树明说:"我是支部成员,应该自觉,从现在开始，我买书读书，你唱歌，没事晚上去跳跳广场舞也行啊。"

林芝秋看着"九好家庭"的牌子，心里如五味杂陈，刚要给赵丰年打电话，忽然想女儿在评比委员会里，女儿总不会跟自己过不去吧，肯定是自己还有不足的地方，禁不住扇了自己嘴巴："都怪这张臭嘴啊。"

林小娇指着父亲生气说："都是因为你好吃懒坐，我们家才没有评上十好，以后客人肯定少了，都怪你！"林多余还不以为耻，说："三马虎家才评了一好，咱们比她家强多了。"

秦秀琴将"一好家庭"牌子摘下来扔到地上，根本不当回事，说："没有这个臭牌子，我们照样活得自在，照样吃香喝辣的。"

第五十九章

　　有人将秦秀琴摘牌子、摔牌子的事情反映到村两委，李昭村要处理她，赵丰年反问一句："你怎么处理她？"李昭村不说话了，赵丰年说："她的行为应该是一种现象，这次评比，肯定还有人不满意、不服气，我们第一次开展这样的活动，难免存在不足，要允许一些人发泄一下情绪嘛。"

　　李昭村说："我把问题看简单了，还是赵书记看得远想得深。"

　　"应该是你把简单的问题复杂化了。"赵丰年正想与他交流，便与他长谈起来，"李主任，要不是最近工作忙，真想跟你好好聊聊。"

　　李昭村忙说："我知道党组织有民主生活会，大家可以畅所欲言，赵书记，我也正想找你汇报我的工作和思想，真的，通过这些日子跟你在一起，我做了很多不应该做的事情，说了一些欠妥的话语，还请你批评指正。"

　　赵丰年看到他思想觉悟和认识提高了，内心非常高兴，当即指出了他的缺点和不足："你工作的出发点是好的，但落脚点往往显得不足……我给你打个比方吧，就像一个人中了箭，你呢，只是剪除了外面的部分，真正危及性命的箭头还在里面，治标不治本……"李昭村认真记在日记本上，虚心接受批评。

　　"当然了，成绩还是第一位的。"赵丰年肯定了他的成绩，并一一举例说明，"下一步，我们要经常交心，互相学习，互相监督，也避免我再犯错误，上次因为冒进，一场大雨损失了数万的集体财产，我一直很惭愧。"

　　李昭村很受感动，掏出一份材料说："赵书记，今天跟你谈话，如拨云见日，仿佛上了一堂课，令我受益匪浅，这些日子，我想了很久，我决定加入党组织，这是申请书，请组织考验我吧。"

"好呀。"赵丰年接过申请书,说,"我们还要召开支部大会研究,最近,也有许多表现好的青年要求加入党组织,这是好现象啊。"他将申请书放进抽屉里保管起来,然后对李昭村说:"你下通知,村两委召开会议,研究张兴海同志提出的条块服务计划。"

会上,张兴海仔细讲解了什么是条块服务,如何服务的计划和采取的措施。

所谓条块服务,是将村党员服务中心一条线穿到底,每个自然村作为片,下设块,每块三十户左右,块再分邻,每邻左右前后邻居,不超过十户。选出片长、块长、邻长,实行属地管理责任制,设立专线平台,上下联动,邻长逐级上报情况,特殊情况可以直接向中心报告。村民结婚、生老病死、养老、出门、邻里矛盾、孩子上学等生活大事琐事,中心都能及时掌握,发现问题解决问题,随时随地提供无缝隙必要服务。

李昭村说:"这个计划好,以后咱村里一定会少了打架斗殴、偷盗、邪教、吸毒等犯罪行为,谁家要是有赌博的,邻长第一时间就会发现上报了。"

这时,有人提出不同意见:"会不会让村民有被监视的感觉呀?"

赵丰年解释说:"嗯,你提的意见好,我们为什么要制定计划方案,就是将所有问题事先提出来,并马上修正完善,细节决定成败嘛。"

林芷芎说:"我觉着这个计划好,以后像张合大爷家的养老问题完全可以解决了,也不会出现新闻上说某某老太在家死了几天都没有人知道的悲剧。"

"这就叫居家养老。"赵丰年说,"这是一项民心民生工程,关系到每一位村民的切身利益,我们要借着这次'十好家庭'评比活动所产生的巨大效应,各级要将工作灵活推进,抓细抓好。同时,两委成员要分头到零好家庭走访,看看他们还有需要帮助的。"

这时,又有人提出反对意见:"这些人家已经给咱们村抹黑了,凭啥还要帮助他们?"

赵丰年没有跟他辩驳,而是举了一个例子:"过去,我们家家户户用高粱秆围起来储存粮食,不知大家注意了没有,每根高粱秆都是齐平的,为什么?"

张兴海抢先说:"如果其中一根短了,明摆着不满仓了。"

"就是这个道理。"赵丰年说。大家报以热烈的鼓掌。

赵丰年说:"这里,我要强调的是,服务中心既要好事办好,也要掌握分寸,

第五十九章

及时了解掌握村民及来村工作、居住的外地人和游客，决不能影响他们的私人生活和空间，上门要敲门或事先电话沟通，更不能泄露人家个人信息，这可是法律规定的。"与会人员热烈鼓掌同意。

赵树明在散会之前，说："我也借着这次会议，汇报旅游公司成立及开展的情况吧。"赵丰年点头同意，赵树明招呼赵丰源拿来投影仪，自己打开手提电脑，播放制作的PPT。赵丰源打开投影幕布、接线、调试等工作很麻利，大家知道他刚从戒毒所出来。

赵树明顺着投影出的画面讲解着，众人发出赞叹声："咱村的风景确实美丽啊。"他说："我们规划了三条旅游线，一条是历史文化和自然景观，包括村里历代建筑群、凌霄宫和龙庙、龙山民俗馆、崖棚瀑布群、魏家楼子古村落、轿顶子自然风光等；第二条线是红色旅游，包括龙海县第一个农村党支部旧址、滨海军区野战医院旧址、鹰嘴峰阻击战遗址、龙海县和八路军二支队旧址等；第三条线路是参观花木园区。"

赵丰源根据赵树明的示意调出几个园区的规划图，他接着说："在魏家楼子和轿顶子之间有一条山谷，刘医生说自然生长着上千种中药材，我们将这儿叫千药谷，谐音'钱要鼓'。"大家哈哈大笑。他接着说："南岭上万亩果林，有苹果、栗子、梨、桃等几十种果子，我们将这里开辟成万果园。"众人纷纷点头称赞。

赵树明越讲越来兴致："我们还要建造百花园，包括人洼、东岭、后山、龙河两岸等，全部栽种花草和各种名贵树，做到春天有牡丹，夏天有荷花，秋天有菊花，冬天有梅花，我们天天生活在百花园中。"大家一片掌声。

张然说："村前十亩荷塘，听取蛙声一片。采菊东篱下，悠然见南山……啊，想想就美好。"林芷芗笑着说："诗人说话就不一样。"

赵丰年发言："刚才赵经理将旅游规划说得很具体、详细，大家都谈谈吧。"大部分人说好，李昭村提出了自己不同的看法："照此规划，我们岂不没有庄稼和蔬菜可种了嘛，那样的话，我们岂不失去根本了？"

赵树明坚持自己的观点："等旅游搞起来了，钱自然滚滚而来，家家户户富裕起来了，还怕买不到粮食和蔬菜嘛。"

李昭村反问："如果旅游搞不起来，我们又没有了土地……"张然接话说：

"那就是趴在岸边上的鱼了。"

"不会的,现在全国都在搞旅游,咱市还提出了'旅游富市'的口号,我们现在可谓恰逢其时啊。再说,从目前村子发展旅游的现状看,未来只会更好。"赵树明讲着甚至连拐杖都不用了,扶着椅子背阐释自己的观点。

李昭村将目光投向了一直没有表态的赵丰年,期待他跟自己意见一致。赵丰年站起来,走到幕布前,说:"我同意李主任的观点。"会场里顿时静了下来。他接着说:"当然,赵经理这个规划我基本上同意,只是在第三条路线上,我觉着需要改动。李主任说得不错,我们是农村,农村的根本是农业,农业的根本是粮食,如果我们将根本丢了,还能生活下去吗?"

赵丰年接着说:"其实,农业观光游也是大趋势,像元谋梯田、泰州水上油菜花田,都成了旅游胜地。"张然急忙打开手机走到他面前说:"我们村的田园风景也很美呀。"赵丰年接过手机看,是网友拍的照片和推送的公众号,有挂满枝头的苹果,有醉红的高粱,有沉甸甸的谷穗,每张照片诗配景,其中一张《春到龙山村》的照片吸引了他,层层叠叠的梯田,绿油油的麦苗,围绕着金灿灿的油菜花,远景层峦叠嶂、绿树成荫,白云缭绕,几株粉红的桃花点缀其间。"真是太美了,你让大家看看。"

张然拿着手机让大家看,林芷芗禁不住多看了几张,其中有几张美女的照片。她接着问:"张然,照片上的美女是你女朋友吧?"张然忙说:"是摄影协会的,她们经常来拍照,大家彼此熟悉了。"

李昭村说:"你干脆让她住你家里多好呀,那样拍照更方便了。"大家一阵笑。林芷芗又问:"你们发展到什么地步了?可别让某某人干等啊。"张然知道她指的是林芝秋,忙说:"大嫂,别胡说啊,没有的事。"

赵丰年说:"刚才张然手机里的照片,已经证明了我们发展农业观光也是一条可行的路子。"他对赵树明说:"你将第三条旅游线路百花园改一下,我们必须同步发展农业种植和养殖业,尤其是大洼、北坡和东岭的几百亩良田,必须种植农作物。"大家一片掌声。

李昭村说:"我们种的粮食都是绿色食品,很受游客欢迎。"

"是,这样我们就可以多方面受益。"赵丰年接着说,"对土地的使用,肯定不能一家一块了,我们要实行土地股份制,统一规划,统一种植,可以聘请种植职业经理人嘛,也可以征求摄影家、画家和诗人的意见,对田间的管理、农作物的种植都进行有针对性的布局和规划,毕竟田园风光与自然景观还有区别。"

张然说:"我们就是让游客有不同的感受,我建议,可以在村头、路边、田埂、山坡、河岸等空闲地方栽种花草、树木,比较名贵的中药材还可以制作简介,名贵的花木旁边可以制作名人诗作,让游客既能观赏又能学到知识。"

赵丰年说:"这个建议好,我们可真生活在百花园了,哈哈!"

张兴海建议说:"西山的采石场和龙河的挖沙场,仿佛人身上的伤疤,非常难看,也需要尽快改造。"

赵丰年说:"嗯,我已经有了设想,你既然提出来,我现在跟大家简单说说,西山的采石场,用光伏发电全覆盖,拆除龙河上的拦河坝,让其自然流淌。在涧底建造一座人造天然气厂,废料制作清洁肥,下一步我们村,庄稼、果园全部使用清洁肥……真正做到家家户户全部实现使用清洁能源,如太阳能、风能、水能等,形成一个可循环利用、可持续发展的自然生态区。"

赵树明问:"赵书记,水厂现在什么情况了,村里旅游一旦开业了,山泉水可是有了很好的销路啊。"赵丰年接着介绍了水厂的建设和开发情况:"目前,我们只能开发大桶灌装,在城里试营业,从反映出来的情况看,效果还不错,下一步就要结合咱村旅游开发,推出小瓶精装。"

张兴海问:"叫什么名字啊?"

"龙山泉水。"赵丰年回答。

第六十章

赵丰年以实际行动和超前目光赢得了村民的拥护和尊重,龙山村按照他的设想和计划正在稳步推进各项工作。

按照村两委分工,赵丰年到张传刚和张玉匣家走访,他叫上邻长先来到了张传刚家。

张传刚的家坐落在村西头,三层装饰豪华的红瓦白墙小洋楼,独门独院。张传刚母亲坐在大门口择菜。赵丰年问了声好,然后坐在她对面,主动帮着择菜,聊起家常。张传刚母亲叹气说:"唉,你一来我就知道为什么,派出所隔三岔五来问问,谁知道他跑哪儿去啦?以前对我不管不问,现在连老婆孩子也不顾了。"

赵丰年问:"弟妹和孩子在家里?"

张传刚母亲十分警觉,脑袋摇得像拨浪鼓:"现在村里人见我们败落了,都不愿意来往了,媳妇怕孩子受影响回娘家了,为了孩子上学。唉,世态炎凉啊。"

邻长听不下去了,说:"以前传刚除了那个九爷和当官的,可是没有瞧得起村里哪个人啊。"赵丰年不让邻长说下去,说:"这次我跟邻长来,是想告诉您,我们建立了条块服务制度,你家有什么事情,可直接找他解决。"

"我们没事,一点事情也没有,遵纪守法,也用不着别人监督。"张传刚母亲连连说,然后叹气道,"这么大的房屋,现在都空了,院子里的名贵花草都枯死了,我都给拔了种点蔬菜,现在只剩下我孤老婆子在此看家,那个熊东西跑了就像没事似的,害得我整天为他提心吊胆。"

第六十章

赵丰年看到满脸风霜的老人,详细讲解了条块服务的做法和政府宽大政策,说:"传刚逃走四处躲藏,这分明是与政府作对嘛,希望您老以亲情感化他,让他早日去公安局自首,争取政府的宽大处理。"她急忙表态,一旦有联系,一定劝他到政府部门自首。

张玉匣的家虽然不是独门独院,但是具有现代化气息的别墅群。上下两层,三户为一栋,他家住在东头。大门紧闭,邻长敲了半天,也没有开门。赵丰年马上批评她道:"你是邻长,应该知道他们在不在家。"

邻长似乎对张玉匣家有意见,说:"他家过去就是衙门,手里不拿着礼物不让进门,现在没有人愿意搭理他们了。唉,早知今日,何必当初。"赵丰年又批评道:"过去是过去,现在是现在,你当选邻长,做工作可不能带着个人情绪,你有责任和义务了解帮助左邻右舍。"

邻长说:"你批评得对,我马上改正。"然后又去敲门:"家里有人吗?"隔壁邻居出来说:"他家一般不开门,现在很少有人去他家串门了。"

赵丰年问:"张大哥在家吗?"

邻居说:"他不在家还能去哪儿?"说着用力拍门,喊:"她婶子,是我呀,开门!快开门……"不一会儿,门开了,张玉匣老婆出来,看到赵丰年就要关门,他急忙伸出手用力推门道:"大嫂,我来看看张大哥,说几句话。"

"你现在高高在上,跟我们小老百姓说什么。"张玉匣老婆说。张玉匣听到有人说话,急忙过来,见到赵丰年显得格外亲热,说:"赵书记,快屋里坐。"邻长急忙解释说:"这不,村里弄了一个条块服务,书记来说给你听听,对你有好处。"说着,几人进院里,张玉匣老婆干脆回屋躺在床上不理他们了。

张玉匣赶忙冲茶倒水。赵丰年说:"张大哥,别忙活了,说几句话就走。"

张玉匣顿时警觉了起来,连连说:"我哪儿也没去,天天在家里,严格按照规定上报我的思想和动向,赵书记,我向你汇报……"

"今天,咱们不谈这些,我是来了解条块服务措施实行情况。"赵丰年搬了一把椅子坐在张玉匣老婆身边,"大嫂,你如果对我还有意见,今天你说出来吧。"

"你是村书记,俺哪敢说呀,你真好,真好!"

张玉匣忙对妻子不满道:"你说话不要藏着掖着的,现在赵书记确实将咱们村搞得很好。"

邻长插话道:"咱村跟以前大不同了,现在搞旅游、开合作社、办养殖场,家家户户都富裕起来了,几乎没有人出去打工了,光棍子也少了,龙山村刚刚被评为省级文明村。"

张玉匣叹气说:"当年是我无能,对不起咱们村的村民了。"他老婆不说话了。赵丰年说:"大嫂,你有一个出息的儿子。听我女儿说,他正在搞电商……"说到这儿,她呜呜哭了,说:"这个家还像个家吗?男人不敢出门,儿子不愿进门……"

邻长忙说:"你不用担心,村两委会管你们,我也会帮助你们,你有事尽管找我。"张玉匣老婆终于点头了。

赵丰年对张玉匣说:"张大哥,你也不能天天窝在家里,出去干点活吧,过去的都过去了,现在靠自己的双手劳动挣钱,没有人看不起你。"

张玉匣紧紧握着赵丰年的手说:"谢谢你,当年要不是你拉我一把,我可能万劫不复了。"

赵丰年从张玉匣家回到办公室,李昭村端着水杯过来问:"你走访的两户可是特殊人家,肯定吃闭门羹了吧。"

"还好,哎,小张家怎么样?"赵丰年反问道。

李昭村说:"你还别说,咱们推行的条块服务措施,还真见成效了,邻长几乎每天去小张家帮这帮那,白天带着小张媳妇去合作社打工,晚上去跳广场舞,还特意安排邻居家的孩子同小张家的小孩子一起上学,做了好吃的还给送去。啊,这使我想起了当年,邻居家做了好饭,都互相分着吃,那个香啊,那个情景至今还萦绕在脑海里。"

赵丰年放心了,说:"小张家并不是个案,我们还要加强这方面的宣传教育,让广大村民都认识到邪教的危害性。"李昭村答应着,忽然笑着说:"回来的路上,你猜我看到了什么?"

赵丰年道:"你看到什么?"

"三马虎家的'一好家庭'牌子又重新挂上了,哈哈。"李昭村笑弯了腰,继续说,"三马虎儿子相亲,人家姑娘走到门口,说了一句'连一好都没有'扭头就走了,哈哈。"周围的人听了也都哈哈大笑。

第六十章

赵丰年并没有跟着大家笑,张兴海看出他不高兴的原因,直接对李昭村说:"你一口一个三马虎,人家有名有姓,这是不文明用语的表现。"李昭村急忙捂住嘴朝着赵丰年连连说:"对不起啊,我以后一定改。"

赵丰年手机响了,是李梦好打来的,她说要找地方聊聊,他看满屋子都是人,忙出来走到树下说:"我出来了,你有话直说吧。"她忽然在手机里抽泣了起来,他急忙问:"梦好,你怎么啦?"

"你真的不喜欢我?你为什么总躲着我?我知道去你办公室找你不方便,我们可以找个隐蔽的地方聊聊啊……"李梦好似有怨言。赵丰年忙好言安慰:"梦好,我怎么不喜欢你啦?我一直把你当成女儿看待,别听你妈胡说八道。"

李梦好说:"我真的好喜欢你。"

"喜欢跟爱情还是有区别的。"赵丰年耐心解释,"比如说,我就很喜欢你,但对你是如女儿一样的喜欢,你喜欢我也是可以理解的,因为我和你妈是同学,咱们又在一起共过事……总之吧,你我是不会走到一起的。"李梦好没有答话,好似在听着思考着,他继续劝导说:"梦好,你还年轻,有你的事业和爱情,你自己一定要有主心骨啊。听张主任说,你非常优秀,将销售工作做得红红火火,下一步要提拔你干副主任。"

"我妈让我辞职,不跟着他干了。"李梦好说。

赵丰年立即说:"你妈更年期了,别听她的,这件事你听我的,你的事业不是围着锅台转,而是在经营和营销的大舞台上。"李梦好立即插话说:"我现在在做电商,对了,跟我们合作的是咱村的张明明,他电商做得非常好,在全市乃至全国都有名。"

李梦好提到张明明,赵丰年立即联想到女儿提到的那个帅哥,联想到张玉匣老婆哭着想儿子,他急忙说:"他小时候我见过,这些年我一直在外没有联系了,你抽空带他回村我们见个面吧。"李梦好爽快答应了。

"还有,跟你商量个事情。"赵丰年这么说,李梦好压抑着内心的激烈跳动静静地听着,赵丰年说,"你这几年在城里转悠熟了,我想让你兼着龙山泉水的市场拓展工作,就是有点累,怕你承受不了。"

"为了你,我再苦再累也不怕。"

"是这样,村里要在城里成立龙山山泉水开发公司,我想聘请你做经理,

我当初的设想你是知道的,你也是参与者和支持者,所以我第一个想到了你。"

"嗯,谢谢你的信任,我会干好的。"

"从目前看,振兴合作社还没有人能顶替你的工作,所以我还没有与玉振商量,你心里先有个思想准备啊。"

"嗯,我听你的。"此时,无论赵丰年说什么她都一概答应着了。

没过多久,李梦好带着张明明带回龙山村见到了赵丰年,谈起往事,张明明似乎不愿意提及家人,也刻意回避父亲。赵丰年说:"我女儿说你是帅哥,梦好说你非常优秀,我们一见面,我也喜欢上你这个青年了,希望你以后多为家乡做贡献。"张明明忙说:"一定一定。"

赵丰年说:"听你母亲说,你好长时间没有回家了,她很想你,回家看看吧。"张明明低下头没有说话,赵丰年劝导:"可怜天下父母心啊,你父亲想为你打下一片天地。"

"请你不要提他。"张明明说。

赵丰年说:"嗯,我不提他,我的意思是你并没有听从你父亲的安排,而是有自己的思想和个性,找到了一条符合自己的生存发展之道,我从你身上总结了一句话,儿女自有儿女福,操心费力也枉然。好了,回家看看你妈吧。"李梦好拉他一把,说:"走,我陪你回家看看大娘。"张明明朝赵丰年鞠躬告辞了。赵丰年看着他们亲密的背影,忽然有了做媒的念头。

这天,赵丰源拿着一盒化妆品找到赵丰年,求他转交林芝秋。赵丰年让他自己送给她,他说:"我刚出来,她恐怕不想见我。"赵丰年只好同意帮他转交。

赵丰年来到龙山饭庄,大厅里没有人,林芝秋独自坐在前台看书,见到他进来,头都没有抬说:"你怎么还敢来我这儿啊?"

"老同学说话别带刺啊,看什么书?"赵丰年坐在她前面,将皮包放在了柜台上,看到她手里竟然是张然的诗集。她说:"看看,他把咱村描写的多好啊。一步一景\十里不同天\百花开遍地\千谷药伴泉\万果园里采摘忙\稻田麦浪兆丰年……连你的名字也写进去了,还没看出他这个人挺会拍马屁的。"

赵丰年说:"人家写的诗歌,跟我的名字啥关系啊。再说了,当年我父亲给我起这个名字,就是希望庄稼年年丰收。"

第六十章

"哼！"林芝秋依旧没有抬头。赵丰年说："我来有这么几件事找你商量。"她还是没有回话，他只好硬着头皮夺过她手里的书，说："别假装懂诗歌了，我跟你说说梦好的事情。"她猛地抬起头怀着复杂的心情盯着他，听他继续道："她在振兴干得好好的，你让她辞职干什么？"

"我越来越不信任张玉振了。"林芝秋说。

赵丰年说："我了解过了，根本没有你所说的事情，玉振说下一步还要提拔她当副主任。"林芝秋刚要说话，他继续说："还有啊，我看好了一位小伙子，梦好跟他非常般配。"当林芝秋听说是张玉匣的儿子时，连连摇头："不行，他爸爸是贪污犯。"

赵丰年劝道："他是他，他爸爸是他爸爸，怎么能相互联系呢。再说了，我看到两个孩子谈得来，而且业务上也有来往，我看好了这个孩子，这件事就这么定了，让他们先谈谈吧。"他的口气几乎没有商量的余地，林芝秋心里反而倍加踏实和欣慰，朝着他露出了会心的笑容。

赵丰年说："还有就是你了。"林芝秋有些紧张了起来，听他说："你不要单相思了，张然是诗人，他喜欢的女人是温温柔柔、小鸟依人的那种，既得浪漫还得有文艺细胞，你呢，简直就是匹野马，说话粗鲁，他能看得上你嘛。"

"他娘……"林芝秋刚开口，赵丰年立即道："看看，还不改，你是不想下午的十好家庭了。"她忍不住道："我还看不上他哩。"

"就是就是。"赵丰年打开皮包，趁机拿出化妆品给她，说，"我给你介绍……"刚说到这儿，门口进来一位背着包裹的中年人，他见到林芝秋扑通跪下："芝秋，对不起，你原谅我吧！"

第六十一章

跪在林芝秋面前的不是别人，正是她的前夫。

林芝秋的前夫被现任女伴榨取精光后又遭抛弃了，他只好回家哀求林芝秋看在曾经夫妻一场的份儿上收留他。

林芝秋破口大骂，推着他往外走："滚你娘的，我不认识你，走走，别耽误我做生意。"林芝秋的前夫认得赵丰年，也打听到他现在是支部书记，急忙上前哀求道："丰年，啊，书记，你帮帮忙，说说情，我实在走投无路了。"

"你别管他，让忘恩负义的陈世美滚，快滚！"林芝秋对赵丰年说。

这时，大厅里涌进不少人看热闹，赵丰年忙小声对林芝秋说："先让他留下，其他以后再说，别让他闹腾了，影响饭庄的声誉。"林芝秋听罢，这才转身回内屋了，她前夫也跟着进去了。这个媒恐怕要说不成了，赵丰年提着包走出饭店，临时决定将化妆品还给赵丰源，他在售票处上班，赵丰年往景区门口走去。

路两边根据游客需要，统一设置了若干摊位，有村民开始往货架上搭配货物。五婶见到赵丰年老远高喊："赵书记，我们晚上排练茂腔戏，你得支持啊。"赵丰年看到她与秦秀琴挨在一起，忙走了过来，说："那是一定的。"然后问："买卖还不错吧。"秦秀琴抢着回答："好得很，一天能赚二三百元。"说着拿出一瓶矿泉水递给他："书记，给你。"

赵丰年接过来一看，不是村里开发的龙山泉水，忙问："你们怎么不卖咱村开发的龙山泉水，又甜又便宜，一块钱一瓶。"

秦秀琴说："不是俺不想卖，是没有人给送，这些品牌矿泉水，人家都送

第六十一章

货上门。"赵丰年明白了，将瓶水放下说了声谢谢，在转身要走的时候对五婶说："五婶啊，你是咱村的老演员了，多排练一些有现实教育意义的戏，让村民都乐和乐和。"

五婶说："芷芗也这么说，还请了城里的编剧和导演。"

"甭管请谁，您肯定是主角。"赵丰年这么说，可把五婶高兴了。她笑着说："看看，还是书记会说话。"

赵丰年告别了五婶和秦秀琴往售票处走的路上给张玉振打了电话，向他推荐了张明明，还特别说明他能接替李梦好的工作。张玉振听明白了，笑着说："赵书记，你又想挖我的人吧。"赵丰年介绍了拓展龙山泉水市场销路的计划，笑着说："这项工作非梦好莫属啊，你忍痛割爱吧。"

"反正是为了大局，我同意了。"张玉振爽快地说。

听张玉振这么说，赵丰年放下心来，顺着水泥路朝售票处走去。路两边栽种了花木，间隔处竖立着制作精巧的牌子，上面撰写着花木品种简介，对应着诗句或名人名言，吸引了不少游客带着孩子观看朗读。这是张然的点子，真不错，赵丰年心里说。忽然一辆载客的环保车停在他的身边，张念探头喊道："赵书记，上哪儿啊，上车吧。"

"哎，你怎么开车了，不在振兴了？"赵丰年道。

张念说："旅游公司招聘车队队长，我报名了，没有想到竞聘上了副队长。"

"那也不错，好好干，我走走看看，你忙吧。"赵丰年朝张念摆手，他答应着开车走了。

走到西山采石场，这儿已经修建了宽阔的马路，两边全部绿化，赵丰年抬头仰望，裸露的岩石全部被光伏板遮挡住了，四周是爬山虎等藤蔓植物。他走到一块巨大的岩石边上，沉思良久，那天夜里多亏这块岩石，要不然就被滚石砸中或中弹死了。现在都知道是蔡三九做的，但是没有确凿证据将他缉拿归案，要是能将张传刚抓捕归案或许有所改变。

"走走，你别给咱村丢脸了。"前面忽然传来争吵声，赵丰年紧走几步，见环卫工正在驱逐蔡大娘，她满脸黢黑，背着尼龙袋，里面装着两三个空水瓶子。他问怎么回事，环卫工说她像个要饭的，在景区里逛来逛去，影响村里的形象。蔡大娘却说他怕自己将垃圾捡走了，抢了他的生意。

赵丰年明白了,对蔡大娘说:"走走,我陪你捡。"蔡大娘狠狠瞪了环卫工一眼,然后得意地跟着赵丰年往前走。这会儿她不怕有人赶她走了,见了垃圾箱急忙过去瞅瞅看看,无不失望地说:"现在垃圾少了。"

"大娘,你家得了啥家庭啊?"赵丰年明知道蔡大娘家得了"阳光家庭",但他还是故意问。当时,有人提出她达不到条件,赵丰年说:"蔡大娘是将整个家财都捐献了,我们还能苛求她什么?"

蔡大娘说:"不知道。"

赵丰年说:"你家获得'阳光家庭'啊。"

蔡大娘抬头看了太阳,然后问:"什么意思?以后不让我捡破烂啦?"说着她神秘一笑,说:"我又攒一大摞了,等我卖了钱你再捐上去。唉,现在东西少了,捡不着了。"赵丰年听了,笑着问:"蔡大娘,那您说,现在生活是好了还是孬了?"

"肯定是好了,干净了。"蔡大娘笑着说。

"没有影响您的生活吧?"

"没有。"蔡大娘说,"邻长、块长、片长都经常去问问,芷芛领我去大饭店吃饭,有鱼有肉还有鸡,大米饭、饽饽,随便吃,我都不知吃啥好了。"然后又担心地问:"你说,我天天去吃,大饭店不跟我要钱吧?"赵丰年忙说:"蔡大娘,这是咱村办的老年食堂,一天早、中、晚三顿饭,你尽管去吃,不要钱。"

"嗯,那就好了……"蔡大娘放心了。赵丰源走过来对她说:"你怎么又来了?"赵丰年立即对他不满道:"整个龙山村都是蔡大娘的家,她可以随意去每一个地方!"

"她,她整天拖着尼龙袋子到处闲逛,衣服脏兮兮的,影响咱村的形象嘛。"赵丰源辩解道。赵丰年狠狠瞪了他一眼,然后说:"蔡大娘习惯这种生活了,她是闲不住的人,挣了钱也都捐了出去,这样的人,应该值得每一个人尊重。"赵丰源不敢再争辩了,连连答应,蔡大娘朝着他嘿嘿道:"就你整天嫌弃我。"

赵丰源觉着自己委屈,当着赵丰年的面又不敢对蔡大娘发火,只想快点离开此地:"赵书记,今天游客比较多,我还有其他事情,先走了。"赵丰年忙对他说:"你先别走,我还有事找你。"赵丰年想对蔡大娘说几句话,见她已

第六十一章

经离开了,便转身对赵丰源说:"蔡大娘是闲不住的人,你不能嫌弃她,得想个办法既让她高兴,也不影响村里的整体形象……"说着忽然想起一个好办法:"咱村经常搞志愿者活动,你给蔡大娘穿上志愿者服装……"不等他说完,赵丰源一拍脑袋说:"对呀,我怎么就没有想到呢。"

赵丰年拿出化妆品对他说:"还是你自己送给她吧。"

"怎么,她不收?"赵丰源顿时紧张了起来。赵丰年解释说:"我正要给她,谁知她前夫来了,我看你要抓紧点啊。"说完赵丰年把化妆品递给他独自离开了。赵丰源捧着化妆品站在原地自言自语道:"唉,这样一来就难上加难了。"

赵丰年来到景区大门外,看见游客很有秩序地排队购票。忽然,他看到人群中一位中年男人很像何军市长,他紧走几步,果然是何军。"何市长,您怎么来了,也不事先下个通知?"赵丰年上前说。何军笑着解释道:"你这儿成了网红打卡地,我来看看,不需要惊动任何人。"

"走走,进去看看。"赵丰年握着何军的手就要进去,何军说秘书正在买票。赵丰年一听更觉不好意思了,刚要去阻止秘书买票,秘书拿着两张票过来了,赵丰年夺过票要去退票,被何军阻止了,说:"按要求办,我也不例外。"他这么说,赵丰年只好作罢。

何军刚要检票进景区。赵丰年说:"何市长,我带您先看看龙山村的村风村貌吧。"何军点头同意了。

走在村中心大街上,何军感受到了商业街的繁华,他多次停在公告栏前驻足良久,仔细阅读公布的内容。赵丰年一路讲解着,参观了村党员服务中心、旅游服务中心、老年食堂等,还参观了村建筑群、龙海市第一个农村党支部旧址、龙山泉水厂房等,来到龙山水库大堤上,赵树明特意拿着拆除违规建筑前的照片让何军看,他瞩目良久,然后说:"你们做得好,一定要保护好青山绿水。"然后何军又指着烟波浩渺的一碧静水说:"这是咱市的重要水源地,看到水如此清澈,我放心了。"

返回景区,赵树明指着前面的小火车说:"何市长,小火车项目本来是五年规划,可是我们不到两年就实现了。走,去体验一下。"

何军随着游客上了小火车,几声汽笛声,回荡在大山深谷,小火车缓慢启程,稳稳行驶在群山绿树中间,一会儿从山洞穿过,一会儿钻进云海,一会儿贴在

悬崖峭壁上,游客不时传来惊叫声和称赞声。赵树明一路讲解着,先后参观了崖棚瀑布群、魏家楼子古村落、轿顶子药材基地等,他们来到鹰嘴崖,登上烈士亭,赵丰年讲解了先烈在此阻击日军的惨烈故事。

何军听罢,登上山顶,环视着巍巍群山动情地说:"没有先辈的流血牺牲,就没有我们今天美好的生活啊。"接着,他安排秘书通知有关人员,下午到龙山村开现场会。然后对赵丰年说:"你讲讲龙山村的创业史,是怎么从一个穷山村发展到现在的文明村、富裕村。"赵丰年爽快答应了。

中午,赵丰年要安排好一点的饭店,被何军拒绝了,他们随便到了一家农家饭庄,喝了山药羊肉汤,吃了大饼。最后,何军还安排秘书交了饭钱。

下午的会议在龙山村文化活动中心会议室举行,何军要求不挂横幅,不摆鲜花,每人面前只有一瓶龙山泉水。会议内容:听取赵丰年的报告。赵丰年不带讲话稿,绘声绘色地将如何开发山泉水资源、如何接受辛瑞民交代的三大任务,并对"三大战役"进行了生动、翔实的讲述,引得台下掌声阵阵。

第六十二章

"龙山村实施'三大战役',取得乡村振兴全面胜利!"

龙河村村委办公室里,辛瑞民正拿着当天的《龙海日报》仔细阅读赵丰年的事迹通讯。他因为小龙山违章建筑事件被免职。按说,他担任镇书记不久,违章建筑都是前任所为,完全可以找理由为自己开脱,但他没有这么做,将责任全部揽到自己身上,向调查组提出的唯一要求是到龙河村当第一书记。

"这个家伙果然没有让我失望。"辛瑞民禁不住被赵丰年的先进事迹所感动。他拿起电话,还没开口,门口传来响亮的声音:"辛书记,我向你汇报来啦。"

辛瑞民见是赵丰年,喜出望外,立即起身迎上去,说:"正准备给你打电话,你就来了。"他指着手里的报纸说:"你现在成了全市的名人,各大媒体都在报道你的先进事迹,'三大战役'打得好啊!"

赵丰年用洪亮的声音说:"是你辛书记安排的任务好啊,我必须打好,谢谢你啊。"说着将手里的两瓶龙山泉水递给他,说:"咱自己开发的,送你两瓶尝尝,好喝的话帮我们宣传宣传。"

"你这个家伙,真是会见缝插针啊。"辛瑞民让赵丰年坐下。小秦端过来一杯茶水,说:"赵书记,请喝茶。"

赵丰年望着他一愣,问:"你这是……"不等小秦回话,辛瑞民替他回答:"小秦现在是咱龙河村的村主任了。"赵丰年惊得站了起来,瞪着眼望着小秦,辛瑞民接着介绍说:"常听秦主任说,是你一句话改变了他的命运。"

小秦真诚地说:"是是,赵书记,我能有今天,全靠你当年那番严厉教训。"

赵丰年想起来了,感慨道:"我的臭脾气竟然改造了你。秦主任,总归是

你优秀啊,看来在城里没白刮泥子啊。"

"是是,在城里转悠那几年,确实学到了不少东西。"小秦回答道。

赵丰年从小秦身上联想到了自己,他忽然抓住辛瑞民的手动情地说:"辛书记,如果没有你当初的决定,龙山村不会有今天的幸福生活,我代表龙山村全体村民谢谢你啊。"

辛瑞民将茶杯递给赵丰年说:"赵书记,是你有能力、有魄力、有思想,龙山村是你的功劳,我正准备向你取经呢。"赵丰年忙说:"咱俩就不用那么客套了,你有啥事尽管跟我说,我一定像当年你支持我一样支持你。"

辛瑞民叹气说:"不瞒你说,最近我面临着前所未有的压力。"接着,他将龙河村发生的事情一五一十对他说了。

原来,龙海市恒发源房地产公司看中了龙河村的地理优势,准备在此开发旅游度假中心和康养中心,占地五百余亩,包括龙河村和数百亩良田。要不是镇党委书记任政和龙河村第一书记辛瑞民顶着、拖着,这个项目早开工了。为此,上级有关领导非常不满,多次批评任政和辛瑞民工作不力。大多数村民对这个项目也不满意,拒不签字。开发商纠集黑社会及闲杂人员前来骚扰和恐吓,甚至打伤了村民。

赵丰年听罢,第一感觉是王亚跟蔡三九勾结在一起了,他下意识觉得这次蔡三九逃脱不了法律的制裁。他说:"辛书记,我们合作吧。"

"合作?"辛瑞民惊讶地看着赵丰年。

赵丰年说:"本来,我们村种植的粮食作为储备粮,仅供应本村村民,可是,由于我们出产的都是优质品种,不打农药,无污染无公害,所以刚收割完毕就被游客订购一空。现在,我计划大力发展农业产品,可是村里土地已经有限了,必须出山寻找更大的发展空间。龙河村万亩良田,土地肥沃,正是我们……"不等他说完,辛瑞民完全明白了,说:"你这么说,我明白了,其实,我也正在寻找发展农业的合作对象。"

赵丰年走到窗前,看着龙河蜿蜒在一望无际的田野上,感慨说:"这么好的土地,要是开发成钢筋混凝土,那太浪费资源了。"

辛瑞民担心说:"这个项目,听说市里已经批下来了。发展旅游、康养产业,也是全市未来的发展方向,龙山地区又在规划内。"

赵丰年立即说:"龙海市是典型的暖温带湿润季风性气候,冬无严寒,夏无酷暑,全市的任何一个地方都适合人类居住,没有必要占用、破坏基本良田。这是触及红线的原则问题,也是关系未来社会发展的大计。你不用担心,我们联合写一个报告,阐明咱们的观点。"

辛瑞民点点头,又担心说:"就怕恒发源公司不会善罢甘休,最近经常有不明身份的人出没村里,搅得村民日夜不安。"

赵丰年哈哈大笑:"你更不用担心,王亚那点本事我了如指掌,如果他们真勾结在一起,他们的末日不远了。"辛瑞民哈哈大笑起来,他当然知道赵丰年话里指的是蔡三九,上前紧紧握着赵丰年的手说:"丰年,真的,谢谢你啊。"

赵丰年说:"我们同住龙山之地,同宗同源,本是一家,你千万别客气了。"经过协商,龙山村和龙河村共同投资成立龙山河智慧农业开发股份有限公司,龙山村占股百分之八十,赵丰年任董事长,辛瑞民担任书记。

王亚得到消息,立即向徐大营做了汇报,气得徐大营当场将水杯摔到地上。"他到底想做什么?"王亚说:"董事长,不要紧,我们这个项目是经过区、市里有关领导同意的,是在规划内的。"徐大营紧接着问了一句:"关键市里批复了没有?"

"还,还没有,不过正在批复中。"王亚说。

徐大营不满地说:"你得抓紧呀,我们前前后后投资不少了啊。"

王亚解释说:"我天天往市政府跑,分管副市长说快了快了,一旦上会研究很快就能通过了。"

徐大营焦急说:"王亚,我告诉你,这个项目关系恒发源公司的存亡,我不管你用什么手段和办法,我只要结果,只准成功,不准失败,你懂其中的道理吗?"

"我懂我懂。"

"你要将不利因素考虑在里面,毕竟我们要占龙河村二三百亩良田,我听说这都是红线内的基本农田,所以……"徐大营说到这儿愈加不安起来,只好起身走到窗前朝外望去。王亚走到他身边说:"董事长,您尽管放心,各方关系我都打通了,市领导拍着胸脯向我保证,绝对没有问题。唉,要不是赵丰年中间插了一杠子，我们早开工了。"正巧徐雯雯进来，徐大营指着她说："你传话给他，他要是坏了这个项目，别怪我对他不客气！那我们从此一点情意都没有了。"

徐雯雯看到父亲发怒了，没有敢当面解释，回到自己办公室却越想越生气。她不想给赵丰年打电话，给他发了微信："我不同意，甜甜和姓张的小子别想在一起。"紧接着赵丰年回了微信："我也不同意，但好像你我都管不着，也管不了。"

徐雯雯将手机扔到了桌子上，赵丰年发回的微信让她怒不可遏、暴跳如雷，她真想与赵丰年大吵一顿。

其实，赵丰年已经感受到徐雯雯此时的心境了，但他就是不上钩、不接茬。这几天，他与辛瑞民忙着成立公司的事情，张然起草了《关于成立龙山河智慧农业开发股份有限公司》的报告材料，正通过镇、区政府办公室，逐级上报市政府批复。

几乎在同一时间，赵丰年成立了龙海市龙山泉水开发公司，地址选在城里最繁华的中心大街上。事前，他与李梦好谈话，聘请她担任公司经理。李梦好问给多少人马帮着她干活，他笑着说："俗话说，一个好汉三个帮，我也给你三个人。一个司机赵丰源，一个搬运工小六。"她听到这儿，差点晕了过去，说："赵书记，你不会是糊弄我吧？"

赵丰年忙说："听我说完，还有一个会计张书，人家可是刚刚毕业的本科大学生，而且还是学财会的。"

"张书我了解，干财务没有问题，我是说赵丰源和小六，他们……"

"你别小看他们俩啊，丰源会开车，小六有力气，从目前看，非常适合工作。"赵丰年看到李梦好还是有情绪，接着解释说："我下放给你人事权和财政权，你可以根据公司的发展需要，决定公司架构、部门设置、员工任免、薪酬福利……"不等他说完，她高兴得差点蹦起来，说："好好，你不用解释了，我同意、同意。"

李梦好每天早出晚归到各个超市、商场、小卖部、小区居民楼联系业务、推销产品，然后安排赵丰源开车送货上门。小六肩上扛着一个水桶，手里还提着一个水桶，六层楼不费劲嗖嗖上去了，气不喘，汗不流。赵丰源知道他力气

第六十二章

大,饭量也大,平时给他多买一份饭菜。来之前,赵丰年也特意找赵丰源谈话,嘱咐他多照顾小六,赵丰源一听就急了,说:"他一个傻蛋,到了城里还不更傻了嘛。"

赵丰年耐心解释说:"你心眼子多,多照顾他点,关键你跟着梦好干活,可是要干出点名堂来啊,你知道为什么吗?"赵丰源一点就透,马上说:"我明白,明白。"

李梦好建立起健全的公司架构,公开招聘员工,实行固定工资和绩效考核办法,大大提升了员工的积极性和创业热情。根据客户需求,开发大中小瓶装和大中小桶装不同价格、不同形式的产品,深受消费者的欢迎,不到半年时间,公司顺利在城里打开了局面。这天,她来到天昊投资公司登门拜访崔建设。

"李经理啊,大忙人,你终于敢来我这儿啦。"崔建设起身亲自迎接李梦好。

李梦好说:"你又不是大老虎,我咋不敢来。"

崔建设握着她的手不松开,左看看右瞧瞧:"呀,越来越漂亮啦,越来越有气质了……"她硬缩回手说:"崔总也喜欢夸奖人呀。"因为知道他的脾气性格,李梦好直截了当说:"崔总,我开门见山,今天找您,是想让您帮着联系你们全省系统的业务。"

"我们公司在全省各个地市都有分支机构……"崔建设给李梦好冲水,她接着说:"那太好了,您现在就帮忙联系呗。"崔建设示意她坐下,说:"你怎么跟赵三快一个性格啦,坐下坐下,尝尝我的银针绿茶。"

李梦好只好坐下,说:"崔总,我这么急着做,也等于给你们公司创造效益啊。"崔建设哈哈大笑:"我当然知道了,我不但会要求我们公司全部喝龙山泉水,还要推荐给我那些战友、朋友,还有我家里,我一定支持你。"

"那就好。"李梦好站起来要走,崔建设急了,伸出手去拦住她:"我们还有许多话没说呢,你得经常听听我们这些股东的意见啊。"她笑着回答道:"改天不忙了,一定仔细听崔总教诲。"崔建设见留不住她了,忙说:"中午请你吃个便饭。"

李梦好婉言推辞,说:"今天中午不行,改日我请您。"

"那好,一言为定啊。"崔建设亲自将李梦好送到停车场,看着她上车走了,他还在原地喊:"别忘了请我啊……"

李梦好开着轿车行驶在大街上,她习惯左右张望,忽然龙海市恒发源房地产开发公司的大牌子出现在眼前,她临时起意,拐到恒发源公司大门外,因为门卫都熟悉,她顺利进了大院,将车停好,从后备厢里提着龙山泉水直奔徐大营办公室。

"董事长您好,好长时间没有见到您了,还挺想您的呢,今天特意来看望您。"李梦好进门非常热情地打招呼。徐大营突然见到她,意外又惊喜,指着对面的椅子说:"是梦好啊,坐吧。"李梦好将水放在他办公桌上,有意将贴着商标的一面对准徐大营:"董事长,我们公司开发的龙山泉水,送给您尝尝。"说着开了一瓶递给他,说:"很甜的。"

徐大营碍不过面子喝了一小口,又忍不住喝了一大口,点头说:"嗯,确实有点甜,跟广告上说得差不多。"

接着,李梦好介绍了公司发展历程和目前的市场份额,说:"董事长,目前我们公司已经在龙海市站稳了脚跟,现在准备向全省拓展,争取明年走向全国,按照赵书记的规划,还要在全国建厂,小瓶水已经做成大产业了……"徐大营听得津津有味,眼瞅着水瓶上的商标,回想起赵丰年一次次提议开发山泉水的情景,自己直到现在才理解他当时的心情,更觉对不起他,心想,他真的是为了公司好啊。

"董事长,我大学毕业后有幸跟着您干,受到了您的关照,也学到了很多东西,我现在大小也是公司经理,为了报恩,凡是送到恒发源的山泉水一律打七五折,您看行吗?"李梦好说到这儿,微笑着看着徐大营的脸,他哈哈大笑,说:"你这个小姑娘啊,竟然看不出如此会做生意,好好,你去找桂副总经理吧。"

"还得请董事长亲自给他打个电话。"

"好好,我就当着你的面给他打。"徐大营给桂副总经理打电话说明情况,然后对李梦好说,"这下放心了吧。"

"放心啦,谢谢董事长。"李梦好给徐大营深深鞠躬,然后告辞离开。她心里庆幸不用经过王亚签订单,随后便径直来到桂副总经理办公室,商谈了具体供货、支付货款等事项,并签了合同。

王亚来到办公室,忽然见茶几上摆放着两瓶山泉水,上前仔细看,竟然是

第六十二章

龙山泉水，再看饮水机上的水桶，也印着龙山泉水的商标，眼前立时浮现出赵丰年揣着手、踮着脚朝自己冷笑的画面。极度愤怒之下，他抓起一瓶水扔到地上，差点打着刚进门的孙嫒嫒。

"怎么啦，发这么大的火？"孙嫒嫒问。

"你看看上面贴着什么。"

"我早看见了。"

"怎么，你早知道是赵丰年送来的山泉水？"

孙嫒嫒点点头。王亚立即发怒道："是谁让他送来的？我怎么不知道？是桂副总经理吧，他也太……"孙嫒嫒忙说："是董事长安排的。"王亚听了更加恼火："也只有他敢这么做。前几年，效益好的时候，他眼里只有我，现在公司效益下滑了，他就……唉，现在市场行情不好，能怪我吗？赵丰年都辞职多年了，他能给公司带来什么？哼，孙总，你不签字，他赵丰年别想支取一分钱。"

孙嫒嫒嘟嘴朝门外示意，王亚立刻领会，压低声音说："看来，咱们也得早做打算。"她点头道："隔墙有耳，回头商量。"孙嫒嫒走后，王亚将所有龙山泉水扔到了垃圾桶里。

有人生气，自然有人高兴了。李梦好将与恒发源公司签约的消息第一时间通过微信告诉了赵丰年，他深感意外，也为她的公关能力感到由衷的高兴。"梦好，能攻下恒发源确实不易，不错，祝贺你啊。不过，我提醒你啊，送货容易，拿钱难。"

李梦好回微信："拿下恒发源公司主要是为了社会影响力。"

"哎呀，你太有眼光了，好好。"

"当然，是公司该得的，我会一分钱不少地拿回来。"

赵丰年看到这儿，立即给她回了三个大拇指的表情图。李梦好非常开心，直接用微信语音通话："赵书记，抽时间你来公司指导指导工作，也给我个机会，看看你怎么吃饭快。"赵丰年似乎猜到了她的用意，稳住神情说："你现在刚打开局面，事情还很多，抽时间我与丰源到你家吃，让你妈亲自做。"忽然想起一件事，紧接着问："丰源干得咋样？"

"好着呢。"李梦好说，"赵叔总管后勤保障和运转，非常尽心敬业，每顿饭都给小六增加一份饭菜,还给小六介绍了对象,他自己还是光棍。"赵丰年听了只是笑,她猜到了他想知道的内容,接着说:"他对我也很关心,还经常买东西让我捎给俺妈……"

"他讨好你,肯定是想求你替他说句好话呗。"

"俺爸也多次打电话让我劝劝俺妈。"

"你妈交桃花运了。"

"你给我出难题了呀。"

"还得看你妈的态度。"

"她,唉,就那个样,赵……"李梦好忽然岔开了话题,声音变得格外柔软和深情,"赵……我说跟你单独吃饭,看把你吓的……"突然,赵丰年手机里传出来微信的声音,他立即道:"好了,我来微信了,有空再聊。"说完,他打开龙山河智慧农业开发股份有限公司微信群,是办公室主任发来市政府办公室的通知,要求他去市政府汇报。当天,赵丰年与辛瑞民一起来到市政府,在一楼大厅,遇到也来汇报工作的王亚和徐雯雯。

赵丰年手里拿着龙山泉水瓶,不时地喝上几口。王亚对徐雯雯没好气说:"看看,你原先那位,也真够显摆的。"赵丰年显得格外热情,主动与王亚握手,而徐雯雯从他面前仰头而过,王亚说:"一日夫妻百日恩,没有必要嘛,哈哈。"

赵丰年嘴角微微动了动,没说多余的话与辛瑞民进了电梯,电梯里人多,他正巧与徐雯雯挤在一起,那熟悉的味道几乎令他窒息,他没敢看她,而是将头仰了起来,看着顶棚直到电梯门开了。

会议室桌子上摆放着龙山泉水,王亚看到就有些晕眩,仿佛赵丰年七十二变,若干赵丰年并排站在自己眼前,立时眼晕头痛起来,恨不得扑上去统统赶走。此刻,他巴不得扭头就走,还是徐雯雯说了一句"王总,坐吧",他才强忍着痛苦坐到自己的座位上。

这是市政府召开的一次专题会议,主要研究龙河村开发项目的可行性,何军市长亲自参加。一开始,王亚陈述了龙河村的独特地理优势,建设旅游休闲小镇、康养中心对拉动全市经济、提升就业、安置农村剩余人口等方面起到的巨大作用。他讲完后,分管房地产的副市长带头鼓掌。

接着,赵丰年陈述,他先介绍了龙河村的地理位置、主要生产的粮食、对

第六十二章

全市的贡献度以及加强农业发展对促进社会稳定和可持续发展所起到的关键作用。同时，通过 PPT 形式，详细介绍了成立公司后的设想和规划。最后，他说："各位领导，我们成立公司的目的，就是要保护好基本农田，通过智慧农业开发，生产高端、优质的粮食和蔬菜，无论天下风云如何变幻，都能把饭碗牢牢端在自己手里。"他讲完后，分管农业的副市长带头鼓掌。

王亚立即道："龙河村的价值在于建设旅游休闲小镇和康养中心，它对拉动全市经济起到的作用是直接的是显而易见的。这么好的风水，要是种粮食，即便一亩地打一万斤粮食，还不如一家小宾馆所创造的效益多。"

"性质不一样。"赵丰年立即反驳道，"无论你创造多大效益，盖了多高的大厦，没有粮食你活不了。"紧接着，辛瑞民陈述："咱们龙海市是典型的暖温带湿润季风性气候，年平均气温十三度左右，冬无严寒，夏无酷暑，是'南方的北方，北方的南方'。这些年，全市创建文明城市，出门不到五分钟就有公园，每个社区都开办了医疗诊所，已经获得'全球最宜人类居住城市''花园城市''森林城市'等奖项，全市任何一个地方都适合人类居住，完全可以实行居家养老、社区疗养嘛，没有必要占用、破坏基本良田。"

分管农业的副市长插话说："龙河村大部分土地是基本农田，在红线以内，国家明文规定不准开发、破坏。"

何军立即将目光对准分管房地产的副市长，他顿时心慌，不敢直接回答，便将目光投向了王亚，说："哎，你们恒发源公司上报的材料不占基本农田嘛。"

王亚涨红了脸，支支吾吾说不出来。徐雯雯急忙解释道："只占很少一部分，也只有河岸边一块盐碱地，我们开发的主要是拆迁居民所腾出来的宅基地，目前正在稳步推进。"说着瞟了王亚一眼："是吧，王总。"王亚忙说是。

"你们现在举步维艰吧。"辛瑞民立即道，"全村百分之九十的村民不同意搬迁，他们不在协议上签字，你们就动用黑社会人员威胁、恐吓……"王亚立即慌张了，对着辛瑞民说："你可不要信口开河啊。"

辛瑞民从提包里拿出 U 盘插进电脑里，说："这里面有录像。"王亚低下头不敢反驳了。投影仪里出现了一群文身、赤身露膊的人员，手提棍棒挨家挨户踹门恐吓的场景。没等看完，何军一拍桌子："简直无法无天！"然后对秘

书说:"通知公安局局长来开会。"

不一会儿,市公安局局长进来,何军让赵丰年、辛瑞民和王亚、徐雯雯等人退场,直接问公安局局长:"龙河村出现黑社会人员敲诈、恐吓的事情,你知道吗?"公安局局长急忙汇报说:"市长,我正准备向您汇报这件事,事件发生后,我们第一时间进行了侦察、搜捕,目前已经抓获嫌疑人八人,从他们的口供中,我们初步认为,幕后指使人是蔡三九,他隐藏得很深,我们怀疑他就是龙山村涉枪案的真凶,现已将两起案件合并在一起侦办。"

何军点头说:"嗯,有恶必除,除恶务尽,要营造安全、和谐、美好的社会环境。"

第六十三章

王亚回到公司并没有将真实情况汇报给徐大营，而是添油加醋说："我都向市领导汇报好了，有关部门也疏通了关系，眼看大功告成的项目，谁知被赵丰年在会议上给搅黄了，他处处跟我们作对，恐怕……"见徐大营瞪着自己，忙拍着胸脯保证道："请董事长放心，我一定将这个大项目攻下来。"然后小声说："董事长，我有句掏心窝的话。"他回头看周围没有其他人，便道："我为了这个项目走了不少关系，我都找到了蔡三九。"

"他这样的人你也敢找？"

"您曾经说，不管采取什么手段嘛，这些年咱们没少跟他打交道啊。"

徐大营不说话了。

王亚继续说："蔡三九神通广大，没有他办不了的事情……"

"好了，你不要再提他了。"徐大营指着桌子上的龙山泉水对他生气道，"看看，当初你不同意，现在丰年开发成功了，短短的半年时间，已经打开了全省的市场，照这个速度下去，明年准能推向全国，我看用不了几年，龙山泉水一定会成了全国品牌。你呀，要是有丰年的前瞻性和预见性，我们前几年就会采取多种经营方式，转型发展具有战略意义的新型产业，也不会造成我们目前经营单一举步维艰的困局。"

"是是，对不起，董事长，是我判断失误。"

"我告诉你王亚，你作为总经理，目前公司经营严重亏损，你有不可推卸的责任，如果再不扭亏为盈，董事会不同意，我也帮不了你，你好自为之吧。"

面对徐大营的严厉指责，王亚一肚子委屈和不平，但他只有承受却不敢反驳。回到办公室刚要拿起座机打电话跟孙媛媛诉苦，他却忽然改变了主意，掏出手机拨通了蔡三九的电话，这是与他联系的专用手机，电话通了，却没有人接。王亚预感不妙，立即挂断电话，将芯片从手机里拿出来扔到垃圾筐里，还觉着不安全，又从垃圾筐里找出芯片，开车去附近的公园里连同手机扔进湖水里。

看着湖水恢复了平静，王亚深深吸了一口气，转身往回走，忽然见路边有一个广告牌，上面写着：喝龙山泉水，幸福流淌在心里。又是龙山泉水，这个赵丰年真是无处不在啊，可恼！他一脚踹了过去，哐当一声，引起不远处一名环卫女工的不满。她批评道："这个牌子碍你什么事了？你这是破坏公共财物，看你穿得像模像样的，虽然是个城里人，什么素质……"他知道自己做错了，也不敢回嘴，低着头灰溜溜地快步离开。来到路边的停车处，还没来得及上车，一阵刺耳的警笛声传来，接着三四辆警车从他面前快速驶过，他禁不住浑身一颤。

"梦好，你做得广告太艺术了，喝龙山泉水，幸福流淌在心里。我现在看见就幸福……"在渔家饭店，崔建设坐在椅子上笑眯眯对正在忙碌的李梦好说，却被进来的赵丰年打断了话语："幸福是要喝龙山泉水的。"

崔建设猛回头，见是赵丰年，惊讶之时也有些不好意思，急忙辩解道："我喝了，我天天喝。"

"嗯，那还行。"赵丰年接着将身后的张明明介绍给他，"这是崔总，我的老战友，老不正经。"张明明上前问好，这让一旁的李梦好吃惊不小，她并没有邀请张明明来，显然是赵丰年有意带着他来的。她反应快，立即对张明明招呼道："明明，帮我干活。"张明明爽快答应着帮着她将手提袋里的食品摆放到桌子上。赵丰年拿了一瓶龙山大曲说："老崔，李经理请你钓鱼，少了我你不觉得孤单啊，我今天特意带来三十年的老酒，咱们喝一壶。"

崔建设见桌子上有油炸咸鲅鱼和麻辣鸭头，吃醋道："看看，都是你爱吃的。"李梦好指着一盘盐水煮蚂蚱说："崔总，这可是你的最爱啊。"崔建设立即抓了一只放在口里咀嚼着说："嗯嗯，我确实爱这一口，谢谢你啊，李经理。"

张明明要给赵丰年和崔建设倒酒。赵丰年对李梦好说："梦好，你跟明明到海边去玩吧，我们俩不缺胳膊不缺腿的。反正，我与老崔每人半斤，一定听从你的劝告，多了不喝。"李梦好感觉出了他用心良苦，忽然觉着心里酸酸的，踟蹰着不想去。崔建设说:"去吧,你们俩在这儿,我们俩还放不开,不敢互掐不敢放屁。"

"你这个人说话就是不文雅。"赵丰年用筷子指着崔建设说,看到李梦好还是不舍的意思,便说,"你们俩给我们挂上鱼饵扔到海里完事,我们边钓边喝。"张明明照着做了,然后对李梦好说:"梦好,咱们到那边转转,让他们老战友喝个痛快。"李梦好只好跟着他走了。

经过工作上的交往,张明明早已深深爱上李梦好了。早上,赵丰年打电话约着他出去钓鱼,没有想到李梦好早来了,这让他惊喜不已。今天是第一次单独在一起玩,他抓住机会,对她照顾得非常周到,可是李梦好总是朝赵丰年他们所处的地方张望。他笑着说:"他们两个大男人,不会有问题,我看赵书记有意给咱们制造机会。"

李梦好不便将心里话说出来,担心道:"嗯,他们俩在一起啊,像个孩子又打又闹,有时候连杯子都摔了。"

"是吗,那我们得去看看。"

"唉,先别过去了,听见响声再说吧。"李梦好说完坐在礁石上望着大海出神。张明明指着远处的沙滩说:"梦好,咱们去沙滩戏水吧。"说着不由分说去拉她的手,被她拒绝了,但还是跟着他走了。张明明在前面展开双臂高呼:"噢噢,大海,我们来了……"

崔建设将目光收回来,说:"我看你乱点鸳鸯谱。"

赵丰年说:"我看他们两个年轻人正合适。"

"你这个赵三快呀,想让我快点死心对吧。"

"什么年纪了。"赵丰年白了他一眼,将咸鱼块含在嘴里拿起鱼竿检查上钩了没有。崔建设感叹道:"李经理这个女孩子不但有魅力,而且还有工作能力……哎,我说真的啊,我只是闹着玩而已,这么好的女孩,这么好的机会,怎么没有看出你们有进展啊,你那个东西是不是真不行了,咱老战友说实话。"

赵丰年呛了他道:"你才不行了,要不买那么些补品干吗?我告诉你,小心上火烧掉了你的老身体。"

"我在说你呢,你别转移话题,说实话,对她动没动感情?"

"我实话告诉你吧,还真没有。"

"哎，对了，我记得当兵的时候，你谈了一个对象，后来她来信跟你吹了，当时你难受得大哭一场，我劝你忘了她，这样的女人水性杨花不谈也罢，你跟我不乐意了，还说会一辈子爱着她，她现在怎么样了？你们还有联系吗？"面对老战友重提旧梦，赵丰年内心禁不住再起波澜，那段感情确实让他刻骨铭心，也可以说悲痛欲绝。然而，随着时间的推移，岁月的变迁，一切的一切仿佛变得不那么重要了，说："我是一个倔强的人，一生只流过两次眼泪。小时候顽皮做错事，父亲用条子抽我屁股，我没有流泪。退伍回家开拖拉机往城里运送石料，路上翻车了，差点送了命，我没有掉一滴眼泪，为她我真的泪流不止……"

"另一次流泪，我猜想是你没有成功开发山泉水项目吧，到底怎么回事？当时，哪儿出了问题？"

赵丰年叹气道："我不想再提了。"

"你还没有回答那个对象怎么样了？看到你现在的成就，她肯定后悔了。"

"她现在是龙山村村委成员，龙山村妇女主任。"

"哎哟，成你的下属了，难怪呀，你是不是还爱着她，你回村创业是为了她吗？"

"你今天怎么那么多的好奇心呀，问题一串一串的，我也实话告诉你，我现在心如止水。"

"该不是还想着弟妹，啊，你前妻啊？"

赵丰年坐回椅子上，端起酒杯喝了，叹气道："当年，王亚的条件比我好，她却选择了我……"

"现在还不是离婚了，离你而去，估计人家两个人现在……"崔建设忽然转变话题，"哎，你听说了没有，恒发源现在经营困难，亏损严重，王亚被徐大营训斥了，徐大营现在肠子都悔青了。"

赵丰年立即反问道："难道你没有吗？"

崔建设尴尬笑着说："咱老战友可不许揭疮疤啊。"

"我跟你说实话了吧，只因为咱是老战友了，彼此还是了解的，所以……"

"所以还是跟我合作了，这才是战友情深了嘛，哈哈！"崔建设点上烟走到鱼竿前，看到鱼线不动，转头说，"你多亏离开了恒发源，你知道吗？王亚与蔡三九多有联系，听说在拆迁过程中，他雇用了大量的黑社会闲散人员，都

第六十三章

是蔡三九的手下。这次,蔡三九的好日子终于要到头了,王亚倒霉的日子也不远了。"

"蔡三九被抓起来了?"

"你不知道?今早新闻已经播了。"

赵丰年急忙打开手机,从日报公众号里找出了《市公安局一举摧毁以蔡三九为首的黑恶势力》新闻报道。他暗自欣慰道:"不是不报,时间未到,终于到你了。"

"董事长,蔡三九被抓了。"王亚看到蔡三九被抓的新闻,急匆匆来到徐大营办公室。徐大营抬起头疑惑地问:"他被抓了,与咱们何干?"王亚忙说没有,徐大营接着问:"我早告诉过你,一定不要与这样的人来往,果然让我说对了吧。"王亚明知道他这是在给他自己推卸责任或撇清关系,没敢当面反驳他,而是暗暗骂他老狐狸。

徐大营端起水杯来到窗前,说:"咱们是正规公司,不搞歪门邪道,不跟不三不四、不清不楚的人有任何联系。"王亚连说是。孙媛媛推门进来,拿着一份合同走到徐大营身边说:"董事长,海南那边发来合同,让我们去签约。"

"你也干业务啦?"徐大营问。

孙媛媛说:"光靠王总不行,公司搞成这样,我心里也很着急,正巧海南有一个开发项目,我与项目经理是同学,主动联系业务,没想到成了,这个项目可是十几个亿啊。"

王亚羡慕说:"还是孙总有能力啊,下一次开董事会,我提出辞职,让孙总干总经理。"孙媛媛忙笑着说:"我哪有什么能力啊,还是董事长有福气,要不这么大的项目,能轮到咱们嘛。"

王亚说:"是,董事长,这么大的项目,我建议董事长宜早不宜晚。"接着靠近徐大营压低声音说:"董事长这个时候正好出去避避风头,没有事更好,一旦牵扯咱……"徐大营刚要变脸,他急忙解释道:"我敢拿我的生命担保公司没事,我们公司与蔡三九没有业务联系,请您放一千个一万个心,我的意思是怕万一找我们协查或者函询,很麻烦的,我自己一个人顶着就够了。"

"你们说什么呢?还怕人呀。"孙媛媛问。

徐大营没有说话,走回办公桌前,然后对王亚说:"你马上安排我去海南签约。"王亚小声问："这个项目是孙总联系的，是不是带上她工作起来也方便。"徐大营点头对孙媛媛说："嗯，你还去广州开会吗？先跟我去海南签约，再去开会吧。"

"好的，听董事长安排。"孙媛媛答道。

晚上，徐大营叫女儿到家里吃饭，他知道她做饭不行，专门叫了食堂的师傅去家里做了几个菜。徐雯雯看到饮水机上、橱柜里、餐桌上摆放着大大小小的龙山泉水，顿觉产生了难以言状的情感，她不想让父亲看出自己的情绪波动，指着客厅的旅行箱，问："爸爸，您要出差？"徐大营说去海南签约，又说："唉，咱公司现在处境，不拓展市外业务是不行了。"

"您当初要是听甜甜爸的建议就好了。"

"唉，现在说啥也没有用了，从长远看，王亚真不如丰年，当初你的选择是对的。"既然是对的，怎么离婚了呢？难道自己又选择错了？徐雯雯心情不好，想去厨房帮帮忙，但是厨师都弄好了，她伸不开手，只好回到沙发上看手机。

徐大营说："甜甜大学毕业了，让她来公司干吧，总是自家人。"

"她呀，我都管不了。"徐雯雯继续玩手机。

徐大营看着女儿，若干往事浮现眼前，忽而想起她小时候可爱的样子，忽而想起她的任性。当年，王亚和赵丰年都追她，她选择了自己并不看好、家住农村而且家庭条件困难的赵丰年。后来，妻子去世了，也曾想找个老伴，可是她大哭大闹，还威胁说要是给她找了后妈，就跟他断绝父女关系……为了平衡赵丰年和王亚的关系，徐大营将总经理的位置给了王亚，谁知他们关系越来越僵，最终导致赵丰年辞职，当时自己也是一气之下同意的，也希望有一天赵丰年主动来认错，随着赵丰年事业的成功，让他再回公司已经不可能了，只希望外孙女能来公司上班，或许还能牵动着他……想到这儿，徐大营叹气说："目前，公司只能依靠王总，我不在家，你有事多与王总商量，总归他跟了我这么些年。"

"爸爸，都怪丰年他……唉！"

"也不能全怪他，你也要有所长进，不能整天只知道玩、购物，多关心关心公司业务。"

"我真的不懂业务。"

"不懂学嘛，谁也不是天生就会的。"徐大营显然生气了，看见饭菜上齐了，

第六十三章

朝女儿摆手，"吃饭吧。"爷俩整个吃饭过程中几乎没说话，徐大营吃了几口不吃了，徐雯雯觉着心里难受，说："爸爸，我给你拾掇一下吧。"

徐大营忽然变了语气，说："不用了，我自己习惯了，你回吧。"徐雯雯刚要转身离去，又回头有些依依不舍地说："爸，要不我搬你这儿住，或你到我那儿住吧，爷俩总是有个照顾。等甜甜回来，咱们雇个保姆。"

徐大营说："等我回来再商量吧，你走吧。"徐雯雯这才转身离开。

徐大营走后，公司大小事情都由王亚决断，有人也找徐雯雯，她哪经手过这么多事情，忙急了便推卸说："你们找王总汇报吧。"

这天，徐雯雯忽然接到孙媛媛的电话，说董事长在海南出事了，让她抓紧来海南。她一听着急了，急忙将王亚叫到办公室商量："哎，她怎么会给我打电话？而且她也在海南，她应该去广州开会了呀。"

王亚说："很有可能是董事长找她有要事相商，你没问董事长出什么事情了？"

徐雯雯说："她没说。"接着，她又给孙媛媛打回电话，可是总占线打不通，发微信、短信也没有回。王亚安慰说："徐总，董事长应该没事，说不定想你了，你马上去看看吧。"

徐雯雯通知秘书订了去海南的飞机票。当她赶到海南时，只有公司常年聘请的余律师接机。路上，徐雯雯问父亲到底怎么啦，他只字不提，只有一句："到酒店你就知道了。"她隐约感到有什么大事要发生。到了酒店，余律师领着徐雯雯进了豪华房间，孙媛媛早在此等候了，她身边还有一位七八岁的小男孩。见到徐雯雯，孙媛媛拥抱住她哭着说："雯雯，你爸爸走了……"

徐雯雯立时感到天旋地转，忙问到底出什么事情了，孙媛媛哭得说不出话来。余律师说："徐总，董事长得了急性心脏病，经过医生抢救无效去世了。"

"我要去医院看父亲。"徐雯雯哭着往外跑，被余律师拉住了，劝道："徐总，你节哀吧，董事长已经火化了。"

徐雯雯大惊，然后说："我是他的女儿，没有我的同意，谁敢火化？"

孙媛媛擦了眼泪说："我是他的妻子，是我同意的。"这时，她身边的小男孩拉着她的衣角叫妈妈。徐雯雯忽然明白了，她摇头说："不会的不会的，你们在撒谎骗我，我从没有听父亲说过。"然后盯着余律师道："她说的可是真的？"余律师点点头。徐雯雯当场晕倒了。

徐雯雯醒来后，发现自己躺在床上，脑海里的事情仿佛是一场梦，她走到窗台前，看着浩渺的大海，听着阵阵海鸥凄厉的叫声，这才回到现实，她急忙给王亚打了电话，让他立即赶到海南。

第二天，王亚赶到了海南。他见到憔悴的徐雯雯忙问："徐总，你让我急火火赶来，到底发生什么事情了？"她将整件事情告诉了他，当即气得王亚攥紧拳头说："她怎么能这么做？简直是畜生！"忽然又问："哎，从来没有听董事长提及此事，难道他们背着我们……"徐雯雯难受极了，扑到他的怀里说："我该怎么办呀？"

王亚气愤地说："先找她问清楚。"接着给孙媛媛打了电话，口气非常强硬，而孙媛媛只说了一句话："我已经全权委托余律师，你有事找他好了。"

当天，王亚和徐雯雯在咖啡馆里与余律师见面。余律师拿出徐大营留下的遗嘱给徐雯雯看，她刚看第一条就想撕碎，说："这不是真的，一定是那个狐狸精耍的诡计。"王亚接过来一看，内容确实令人不可相信，其中有这么几条：公司所有股份、财产由儿子徐天赐继承。孙媛媛作为监护人，公司董事长由孙媛媛担任。本人死后，骨灰撒进大海……

"我还是他的女儿吗，他不会这么绝情，这都是那个狐狸精的阴谋……"徐雯雯悲痛地哭诉着。王亚问余律师："余律师，你是我多年的朋友，你说这份遗书的可信程度有多少？"

余律师说："我也不知道董事长会这么做，但确确实实他这么做了，当着我的面写的，还到公证处进行了公证。哦，这里有公证处出具的文书，还有当时的录像和录音。"余律师又将徐大营和孙媛媛的结婚证书以及生孩子的医院证明都拿了出来，一切都摆在眼前了，徐雯雯顿时感觉脑子一片空白。

为了帮助徐雯雯查清真相，王亚带着徐雯雯到徐大营治病的医院进行了调查和走访，病例上清清楚楚写着徐大营因突发心肌梗塞住院抢救。正当她们一筹莫展的时候，公司有人偷偷给徐雯雯打电话："徐总，孙总回来召开全体员工大会……"王亚对徐雯雯说："徐总，我们必须立即赶紧回公司，否则公司就成了她的天下了。"当徐雯雯急匆匆赶回公司，见孙媛媛已经坐在董事长的位子上了。

第六十三章

徐雯雯进屋将所有东西摔碎了，孙媛媛打电话报警，警察前来调查被王亚劝了回去，解释说是公司内部的事情，没有大不了的。然后，他冲着孙媛媛吼道："你做事也太过分了，怎么说徐总也是董事长的女儿。"

孙媛媛道："我早就知道你们两个不清不楚，好呀，你同情她护着她，从今日起，免去你总经理的职务。"

"我还不给你干了！"王亚气愤道。

孙媛媛抱着胳膊道："好呀，我巴不得你不干，滚得越远越好，你们……哈哈，这不称了你们的心意了嘛。"

徐雯雯冲她吼道："这公司是我妈妈和我爸爸一手创立起来的，我是他们的亲生女儿，有权继承……你的阴谋不会得逞，我要去告你。"

"我懒得跟你吵，有本事将公司全砸了。"孙媛媛也不听她吼叫，叫上好朋友到咖啡厅喝咖啡去了。

在酒吧里，徐雯雯只是哭泣："怎么会这样，我现在什么都没有了……"王亚主动握住徐雯雯的手安慰道："雯雯，有我，你放心，我会不顾一切帮你，同她打官司，理在你，不怕她……"

徐雯雯感激道："谢谢你，要不是你，我根本活不了了，还连累你总经理的位子也没有了。"

王亚说："跟她这样的人干，总经理的位子不要也罢。"

"那，我们以后该怎么办呀？"徐雯雯忽然抓住王亚的手说，"王总，你帮我，我们联合公司的老员工，这些人都是爸爸一手培养起来的，一定能把她赶下台。然后再找人调查爸爸跟她的关系，只要有了证据，一切就好办了。"

王亚忽然叹气说："难啊，雯雯，她有董事长的尚方宝剑，财政、人事大权在握，现在的人都势利眼。"

"难道你也势利眼？你刚才说帮我同她打官司吗。"徐雯雯反问一句。王亚急忙说："我是那种人吗？"接着他说："雯雯，事到如今，我建议咱们先保住工作再说，咱们要从长计议。"

徐雯雯点点头说："我咽不下这口恶气，我一定要拿回属于我的东西。"

第二天，徐雯雯去上班，听说公司要召开中高层会议，她也不管有没有收到通知，夹着笔记本去了会议室，刚走到门口却被办公室主任拦住了："徐总，你不能参加会议。"

徐雯雯生气道:"为什么?我还是公司的副总经理,为什么不让我参加会议?"

办公室主任说:"对不起徐总,你被董事长免去副总经理职务了。"徐雯雯顿时火冒三丈,刚要发火,又听他继续说:"啊,对了,请你搬出办公室吧。"

"我看谁敢?"徐雯雯简直要疯了,在公司走廊里大喊大叫,逢人便说,见人便诉,大部分人见了她如同见了瘟神,唯恐躲避不及。她哭着道:"爸爸呀,您是怎么招的这些人啊,他们现在都忘恩了啊。"

"雯雯,我们走!"突然,王亚过来,拉着她的手说。徐雯雯含着泪望着他不知如何是好。王亚说:"我跟她闹翻了,她太过分了,走,我们不跟她干了。"徐雯雯不想走,经不住王亚连拉带劝,只好跟着他走出公司大门。他们开着车在大街上漫无边际地转悠,直到天黑了,他们进了酒吧开始喝酒。

徐雯雯一杯杯不停地喝,说:"喝喝,今晚上不醉不休。"王亚小心陪着她喝酒,忽然她咯咯大笑,整个酒吧的人都朝她看来。王亚忙说:"雯雯,咱不喝了,我送你回家吧。"

"不回家,我要喝,我要跟她斗到底……"徐雯雯嚷嚷着已经站不稳了,王亚只好扶着她出了酒吧,打的回到徐雯雯家。此时,她已经醉成一摊烂泥,他从她的包里找到门禁卡进了楼,然后乘电梯上了她住的楼层开门进去,他想直接将她扶到卧室的床上,徐雯雯却一头倒在沙发上不省人事了。

王亚环视装饰精巧、布置温馨的房间,床头下摆放着一对绣着鸳鸯的枕头,愈加令他刺激兴奋。他也没有想到事态的发展不但全部如自己心愿,而且如此顺利了。"赵丰年啊赵丰年,你不会想到有今天吧,哈哈!"他的目光落到徐雯雯身上,高耸的乳房、红润的嘴唇依旧那么有吸引力:"徐雯雯啊徐雯雯,当年我那么追求你,你却投入他的怀抱了,我为了能得到你,忍辱负重,夜不能眠,用尽一切办法……"

在徐雯雯与赵丰年举行的婚礼上,王亚喝得酩酊大醉,他眼盯着新郎和新娘亲密无间、卿卿我我的样子,一下子激发了他报复的火焰。一天晚上,徐大营应酬喝醉了,王亚打电话给刚到公司不久的孙媛媛,两人将徐大营送回家,然而王亚并没有下车,让孙媛媛扶着徐大营上了楼。不一会儿,孙媛媛回到车上,

第六十三章

哭诉着徐大营将她强奸了,还说要到公安局告他。王亚将她搂在怀里,劝慰她不要告徐大营,还说出了藏在心底已久的计划。

王亚表面上不结婚,对外声称非徐雯雯不娶,背地里却与孙媛媛勾搭成奸,并生下一个男孩。当然,这一切不但瞒着众人,连徐大营也蒙在鼓里,每年去海南过年,其实是王亚、孙媛媛和儿子一家人过大年。

要不是公司连年亏损,徐大营对王亚有了看法,公司里人人议论,董事长要将赵丰年请回来。这一切的一切让王亚和孙媛媛坐立不安,尤其是蔡三九被抓,王亚知道自己与蔡三九做过不少坏事,肯定瞒不过徐大营,便与孙媛媛铤而走险,密谋将徐大营整成植物人,然后借机发号施令,没有想到徐大营知道真相,经受不住打击一命呜呼了……

贪婪的大门一旦打开,就像决堤的洪水不可阻挡。此时,王亚心里还有些不舍,他要完全占有徐雯雯,他要实现自己当年的誓言……他喊着徐雯雯的名字,用手抚摸着她的头发,手指开始下滑。忽然手机响了,他一看是孙媛媛打来的,忙起身走到厨房接听:"我很快就回去。"

孙媛媛质问道:"你现在在哪儿?"

王亚忙回答说:"我们还在喝酒。"

"哼,你们已经喝到床上了吧。"

王亚意识到自己的行踪被孙媛媛监控了,忙解释说:"亲爱的,你干吗呀,我……"

"限你半分钟下楼,发视频证明给我看,半个小时到家,否则我报警!"

"好好,我这就回去。"王亚明白她说一不二,急匆匆下楼,用手机录了视频给她发过去,然后望着徐雯雯房间里的灯光,再有不舍也得迅速离去,他自信满满道:"徐雯雯,我还会来的……"

王亚打的来到海边一栋高档别墅。进了门,孙媛媛坐在沙发上看电视,根本没有看他一眼,徐天赐从屋内跑过来喊爸爸。他弯腰把孩子抱起来又亲又问:"今天天赐惹妈妈生气了?"

"没有。"徐天赐从王亚身上挣脱下来跑进自己的卧室。王亚走到孙媛媛身边坐下,伸出胳膊搂着她说:"别生气了,我不得不这样做,否则会引起她的怀疑。"

孙媛媛将他的胳膊拿起来，故意躲开他说："骗人吧，我知道你们的关系，你不是一直暗恋着她吗？现在终于有机会了。"

"媛媛，你这是说的啥话啊。"王亚又向她身边靠了靠，说，"你呀，吃啥醋呀？我告诉你，我们仅仅成功了一半，还有很多未知数。我现在最担心蔡三九被抓住，我们不但项目没有了，还要受到牵连，所以当前首要任务是向国外转移资产。"

孙媛媛听到他这么说，顿时改变了态度，说："现在国家对这方面控制严格，你有把握吗？"

王亚说："我们通过在国外或香港注册公司，也可以通过地下钱庄。总之，人不能让尿憋死，有的是办法。"说到这儿，他伸出胳膊搂着她说："所以说嘛，你要理解我，我所做的还不都是为你们娘俩啊。"

孙媛媛搂着王亚的脖子，嘴唇几乎对着他的嘴唇说："别的我都不在乎，只不准你跟她上床。"说完猛地将他压到沙发上，狂吻乱摸一阵后，王亚翻到上面，极力挣脱她的双臂站起来自言自语道："还别说，她家的房子太诱人了……"孙媛媛刚要吃醋，他弯下腰亲了她一口，说："我要想办法弄到手，到时候咱俩去住，哈哈。"

"你什么思想啊，人家住过的，我不去。"

"这你不懂了，我要让赵丰年看看……"说到这儿，王亚忽然严肃起来，说，"我们得快办，万一时间长了，让赵丰年知道了，我们可能麻烦大了。"

"不会吧，他们都离婚了。"

"你还不了解赵丰年这个人，按他现在的条件，什么样的女孩子他得不到啊，可是他一直单身，他还爱着徐雯雯。"

"那你呢？是不是心里还……"

王亚不等她说完，将嘴唇压到她的嘴唇上，使她喘不过气来。她猛将王亚推开，大喘粗气说："当前要紧的是龙河村的项目，一旦市政府通过，我们可就赚大发了。"

"唉，半道杀出一个赵丰年，可恼啊。"

第六十四章

赵丰年正为报上去的报告迟迟得不到批复而头痛,刚刚担任镇长的贾洲道借着市里、区里有关领导的指示向辛瑞民施加压力,必须让村民在拆迁协议上签字。辛瑞民跑到龙山村找到赵丰年商量对策,赵丰年将他领到村委办公室,说:"甭管他,你来得正好,我们干我们的,必须打'提前量',现在开始规划公司未来发展目标。"两个人专心研究龙河村规划布局,基本农田不动,然后在闲置土地上建设温室厂房,开发无土栽培、盆栽嫁接蔬菜水果等优质绿色产品。

突然,赵丰年接到林小娇的电话,说她接到了一个陌生电话,她感觉是张传刚打来的,还加了一个微信号,通过聊天,也感觉是他的口气。赵丰年大喜,忙放下手头工作赶到林小娇家里。林小娇打开手机让他看聊天记录,赵丰年说:"现在先不管是不是他,你稳住他,可以给他发一些咱村的照片。哦,对了,你可以去他母亲家里,照几张照片发给他试试看。"

林小娇去张传刚母亲家里,给她照了相还录了视频发给他,结果他再也不回信息了。赵丰年问林小娇,他有没有把你拉黑,她说没有,他心里有数了,便拿过她的手机,通过语音传话给他:"我是赵丰年,如果你真是传刚,你要认清形势,也为你日夜盼你回家的老母亲,赶快到公安机关自首吧,这是你唯一的出路……"林小娇给发过去后,很快对方把她拉黑了。赵丰年马上截屏发给了办案的民警。

正当赵丰年为能抓住张传刚而庆幸的时候,孙海涛急急匆匆找到他,第一句话就问:"你知道恒发源公司出大事了吗?"赵丰年摇头说:"不知道啊。"

孙海涛说:"徐大营董事长在海南突发心肌梗塞去世,留下遗嘱所有股份和财产归他儿子徐天赐所有,还让孙媛媛接任董事长。"

"他一直没有结婚,哪来的儿子?"

"我曾经跟你透露过孙媛媛和徐大营的关系,你总是不信,他们早就在一起了,现在相信了吧。"

"唉!难怪。"赵丰年立即给女儿打去电话,问她知道不知道家里所发生的事情,赵甜说不知道,现在正在西北农村搞调研。

赵丰年忙说:"甜甜,你先放一放手头工作,马上回家看看你妈妈,你姥爷已经过世了,公司出现了严重问题,你回来了解一下情况,我现在不便插手,你懂吗?"

"妈妈怎么没有跟我说呀?"赵甜哭泣了起来,"姥爷怎么会突然去世了呢?"

"你先不要伤心,回家后将一切情况了解清楚,然后告诉我,知道吗?"

"嗯。"赵甜答应了。

赵丰年知道徐雯雯正在生自己的气,肯定不会接自己的电话,便给菲菲打去电话了解情况,菲菲说也听到恒发源公司出事了,但徐雯雯什么也没有说。赵丰年说:"菲菲,麻烦你抓紧找到雯雯,一定劝她别跟王亚来往,我隐约感到这是他们的阴谋。"

菲菲说:"是呀,现在大家都议论这件事太不正常了,徐大营再怎么昏,也不能不给亲生女儿留下一点财产吧?而且他死得突然,孙媛媛也没有让他们父女见面就火化了,现在连骨灰都没有了,整件事太蹊跷,让人无法相信。"

"是是,菲菲,你分析得对,拜托了。"

"赵大哥,这件事你不能不管啊,雯雯可是爱你的。"

"是是,我知道,我一定会管的。"

菲菲放下电话先给徐雯雯打过去电话,徐雯雯听到闺蜜的声音哭了,菲菲赶紧开车来到她身边安慰,也从她口中了解了一些情况。菲菲说:"雯雯,我感觉这里面一定有阴谋,单凭孙媛媛一个女人办不了这么大的事情,一定有人与她串通好了。"

"是谁这么狠心呀?"

第六十四章

"我怎么感觉王总……"

没等菲菲说完，徐雯雯立即说："绝对不会是他，这次要不是他跑前跑后照顾我，给我撑腰，我简直活不下去了。"

菲菲没有反驳她，而是说："雯雯，我只是怀疑他，我的意思你现在必须冷静下来。"

"我怎么能冷静下来呀，女儿不在身边，现在我已经一个亲人都没有了。"徐雯雯哭了。菲菲刚要说找赵丰年呀，怕她反感便将到嘴的话咽了回去。

其实，赵丰年十分惦念着徐雯雯，隔几个小时就给女儿打电话，问她到哪儿了，可是，因为道路塌方，赵甜被困在山里出不来了。赵丰年只好亲自去找徐雯雯，当他走进再熟悉不过的曾是自己的家门口时，开门的主人已经换人了。

赵丰年面对陌生女人问："您是？"

她反问道："请问，你找谁？"

"哦，我找徐雯雯。"

"她搬走了，这栋房子已经卖给我啦。"说完她关上了房门。

赵丰年蒙了，当他明白过来是怎么一回事时，转身往外跑，开着车在路上寻找徐雯雯。他打电话给徐雯雯，竟然关机，接着打给菲菲，问她见过徐雯雯了没有。菲菲一听也着急了，先到恒发源公司询问，一位员工说，她已经不在公司上班了，好像跟王亚又开了一家公司。菲菲赶紧将情况反馈给赵丰年，他暗暗道："雯雯上他当了，我们要赶快找到她。"

海还是那片海，只是人不同了。徐雯雯来到曾经跟丈夫、女儿经常来海边玩的地方，她坐在礁石上，望着浩渺的大海，尽量去回想着曾经的美好时光，体贴的丈夫，乖巧的女儿……可是，王亚和孙媛媛狰狞的面孔时不时地出现脑海，折磨着她早已脆弱、濒临崩溃的心，再想想父亲不明不白的去世，亿万公司被鸠占鹊巢，千万家产被人骗走，还差点连自己的心都被掠走……一幕幕犹如万箭穿心令她痛苦不已，当初悔不该不听赵丰年的话，如果父亲另娶也许不会让王亚和孙媛媛这对狗男女乘虚而入，悔不该与天下最好的丈夫离婚，现在她已经一无所有了，悔恨、悲伤、无助叠加在一起，让她对生命失去了希望。她仰头叹道："甜甜，妈妈最对不起的是你呀，现在连一分钱都没有给你留下啊，我活着还有什么意思啊……"

"雯雯……"当赵丰年和菲菲找到徐雯雯时,她已经走进大海里了,海水没到了她的脖颈,在巨浪将她卷进海底的刹那间,赵丰年一把抓住了她的手。当天,他将她接回了龙山村老家。

徐雯雯一句话也不说,王兰香打了红糖荷包蛋端到她面前,她也不吃,整个人变得呆呆傻傻。正在这时,赵甜赶了回来,她趴到妈妈的腿上哭喊着:"妈妈,你怎么回事呀,你说话呀,对不起,我回来晚了。"徐雯雯忽然抱着女儿放声大哭:"甜甜,妈妈对不起你,现在什么也没有了,咱们成穷光蛋了……"

赵丰年拉着她的手说:"你平安就好。"

原来,王亚一方面做好出逃的准备,另一方面假装被孙媛媛开除,找到徐雯雯商量另起炉灶开公司。

开始,徐雯雯还有所担心。王亚诱导说:"我已经被她开除了,难道你还不信任我?我是为你才落到现在的地步呀,但我不甘心,我一定要争口气。雯雯,就凭这些年董事长积攒下的人脉关系,加上我的能力,我们合伙干吧,你干董事长,我给你打工,干总经理。"

徐雯雯被他说动了,又担心道:"我现在快成穷光蛋了,哪来的启动资金呀。"

王亚说:"不用你出钱,我本来存着二百多万,再将三栋房屋卖了,怎么也得一千多万元,只要你竖起这杆大旗,恒发源公司的人肯定全部跑来,她就成光杆司令了。"

次日,王亚交给徐雯雯一个银行卡,说:"这里面有一千二百万元,你拿着。"还说了密码。徐雯雯被感动了,上前拥抱着他,说:"谢谢你的信任和支持,我也不能只赚便宜不出力,我还有一百多万存款,再把房子卖了,我们一起打天下。"王亚听罢,脸上露出不易察觉的微笑。没过几天,徐雯雯对王亚说:"卡上我存了五百万元,我决定请菲菲给咱们当会计。"

王亚急忙说:"你是董事长,财权、人权都由你说了算。"

徐雯雯很高兴,正要打电话给菲菲告诉她好消息时,银行发来短信提示,五百万元被人转走。她急忙跑到银行查询,卡上只有她的五百万元,根本没有王亚所说的一千二百万元。顿时,她瘫坐在地上起不来了。

第六十五章

赵甜回来还带回了她的男朋友,其实大家都认识,林芷芗听到消息大吃一惊,简直不敢相信这是真的。现在,张保是律师了。他对徐雯雯说:"阿姨,您尽管放心,我会给你讨回公道,让您的利益一分都不会少。"这时,徐雯雯再也不好意思反对他与自己女儿谈恋爱了。

现在最要紧的是报案,赵甜带着母亲到派出所报案,当公安局警察赶到恒发源公司时,孙媛媛已经不知去向。赶到她家,也已经人去楼空。公安机关立即在全国对孙媛媛和王亚发了通缉令。

很快,好消息传来,王亚和孙媛媛在云南边境线被巡逻的边防军抓获。几乎同时,蔡三九被检察院批准逮捕,在他隐秘的居所里查获了大量的违禁品,包括他使用的半自动步枪一支。好消息不断传来,辛瑞民打电话给赵丰年,他们上报的请示市政府批下来了,整个龙河村家家户户放鞭炮庆祝胜利。赵丰年完全放下心来,全身心投入到新公司的筹建当中。

徐雯雯一觉醒来,阳光都照在床上了,她坐了起来,看着熟悉的环境。房间里的摆设几乎没有动,东墙上两个人结婚时的大照片还挂在那儿,梳妆台上的化妆品、眉笔、口红等还摆在原来的位置。唯一变动的地方是床头柜上摆放着一个水晶相框,里面的照片是自己第一次来龙山村赵丰年在庄稼地里给她拍的,这张是最本真也是她最喜欢的照片……回想起曾经的美好时光,她愈加感到心底少有的踏实和宁静。她走出内室,客厅里的沙发上摆放着规整的被子和枕头,赵丰年这几天晚上都睡在沙发上,经常早出晚归见不着他的人影。

"雯雯，你起来了。"王兰香过来说。徐雯雯有点不好意思说："妈，不好意思起来晚了。"说着去洗漱。王兰香忙说："不晚不晚，你洗完脸到东屋吃饭吧。"徐雯雯答应了。

早餐是徐雯雯喜欢的面包、果酱、牛奶和生菜，这些东西在龙山村已经不是稀罕物了。她正吃着，进来一位中年妇女，王兰香介绍说是邻居二婶子。待她吃完饭，二婶才说她是邻长，问有没有需要帮助的地方。徐雯雯知道村里实行条块管理制度，并没有感到好奇，便说："没有，谢谢。"

邻长递给徐雯雯一张卡片，上面写着片长、块长及她的联系电话，说："你有事尽管找我，我就住在你们隔壁。"徐雯雯笑着答应了。

徐雯雯回到西屋，想清扫卫生，可室内干干净净、一尘不染。她在书橱前浏览了一圈，橱柜里除了书籍，还有赵丰年获奖的证书和奖杯，几幅设计效果图吸引了她的目光，有高耸入云的农业研究所办公大楼，有无人机械耕作的田野，有智能化的温室大棚，有独具特色的民俗村落，还有荷花盛开、菖蒲茂盛的湿地公园……她拿起来一一仔细观看，这些都是龙山河智慧农业开发的重要项目，她心里暗道："他真是一个不知疲倦的人。"

徐雯雯与王兰香打了声招呼出了门，想四处转转。街巷游人如织，村里几乎没有闲人，许多人家的门口摆放着摊位，可真是坐在家门口就能挣钱。

林芷芗经常过来跟徐雯雯聊天，两个人渐渐成了无话不谈的好朋友，加上两个孩子这层关系，两个人的感情更加深厚，徐雯雯不再将林芷芗视为情敌了。

徐雯雯觉着自己太闲了，跟王兰香商量，也想在门口摆个小摊，卖点矿泉水等小食品。开始王兰香不同意，没想到赵丰年支持，他让赵树存做了一个小货车，让徐雯雯在门口卖东西。

每天八九点钟，徐雯雯将货车推到大门口一侧村里统一规划的地点。王兰香怕她晒着，拿了一顶草帽给她戴上，她欣然接受。坐在板凳上，看着路上来来往往的人流，她忽然觉着自己好安静，仿佛以前的那些富有、奢靡和任性、冲动，甚至疯狂都是过眼烟云。

一瓶矿泉水只挣一毛多钱，但她也不厌其烦，每卖了一瓶,她都感到好高兴，一种成就感油然而生。王兰香没事就过来给她打下手，郭何氏本来进了老年

第六十五章

公寓，但她的子女都希望她留下一起住，她没事也拿着马扎过来跟王兰香聊天。林芝秋、秦翠店里要用矿泉水，都从这儿拿。邻长、块长、片长也经常过来问候，周围一大群人，惹得游客也喜欢过来买东西，生意特别兴隆，一天能挣百多元。到这时，徐雯雯才感到平淡是一种幸福，她发自内心地说："乡下人真朴实啊！"

孙海涛来找徐雯雯，建议她接过恒发源公司的重任。她说没有资金，他当即表示愿意拿出一百万作为启动资金。她想到王亚也是这么说的，不禁浑身颤抖，她没有同意。张玉振闻听消息，立即与赵丰年商量："当年你投入的钱，现在已经翻倍了，如果你同意，可以提出来使用。"

赵丰年觉着这是再好不过的事情，加上自己在村里入股的钱，全部提出来多达六百万，他把钱全给了徐雯雯，她怎么也不要，还说对不起他，当初不应该那么无情。他真诚地说："这个钱本来就是我们共有的财产，你放心使用吧，过去的让它永远过去。雯雯，向前走，别回头，振作起来，相信你一定能将恒发源公司恢复起来并发展壮大。"徐雯雯再也控制不住自己了，泪流满面的她真想扑到赵丰年的怀里，但她还是克制住了，主动拉着他的手说："我知道你不会不管我。"

王亚虽然抓住了，但他只承认诈骗了徐雯雯的五百万钱财，其他的一概不承认。徐雯雯将孙媛媛告到法院，要求法院判决遗嘱无效。可是孙媛媛一口咬定是徐大营留下的遗嘱，还有证人证言，还说自己被王亚欺骗了，稀里糊涂跟着他逃亡国外。她是不是撒谎，关键得找证据，有人建议给徐大营和徐天赐做DNA比对。赵丰年说："现在连他的骨灰都找不到了，住宅、办公室里早被孙媛媛用清水清洗干净，现在恐怕连他的汗毛都找不到了。"

张保说："那也好办，让王亚与徐天赐比对一下不就有结果了嘛。"

赵丰年顿时醒悟，说："果然是干律师的。"

法警找到王亚，要给他和徐天赐做DNA比对时，他这才坦白一切罪行。为了达到霸占恒发源公司的目的，孙媛媛假意与徐大营结婚，私底下却与王亚保持情人关系。当得知蔡三九暴露时，王亚与孙媛媛密谋夺取徐大营的财产，先给徐大营吃了迷魂药，再让他迷迷糊糊写下遗嘱，然后刺激他突发心脏病死亡。好在这一切都被张保通过正常手段获取了确凿证据，不但为徐雯雯挽回了损失，还恢复了她唯一的继承父亲遗产的地位。最终，法院判处王亚和孙媛媛有罪，两人受到了应有的惩罚。

受到惩罚的不仅是王亚，还有张传刚、蔡三九。张传刚因为有自首表现，被法院判处有期徒刑十三年零六个月。蔡三九因为犯组织、领导黑社会性质组织罪和寻衅滋事、敲诈勒索、私藏枪支等罪名被判处无期徒刑。

蔡三九在服刑的前一天，提出要见赵丰年一面。赵丰年来到看守所，隔着铁窗，蔡三九叹气道："最终还是让你赢了。"

赵丰年说："应当这么说，最终是正义战胜邪恶。"

"丰年，我告诉你实话，当时我并没有真心想杀了你。"

"你这话我不会相信的，因为不符合你的性格，当时你脑海里突然浮现碗口粗的炮管吧。"

蔡三九浑身一哆嗦，然后叹气说："唉，我对龙山村村民有功劳啊，你说，我为他们办了多少事情啊。"

赵丰年义正词严道："我告诉你，你所做的每一件事，都带着你的私心。"

"难道你没有吗？"

"我没有私心，只有公心。"赵丰年说完转身大步走了。蔡三九望着他高大的背影惭愧地低下了头。

时间不觉过去了两年，龙海市城乡一体化示范区商品展在龙河村龙山河智慧农业研究所办公大楼前的广场上举行，恰逢一年一度的农民丰收节，展台上摆满了硕大、饱满、鲜亮的农副产品，金黄的稻田里并排停放着即将收割的大型无人操作机械。目前，龙山河智慧农业开发股份有限公司已经成为大型集团公司，公司员工百分之五十来自城里，科研人员来自全国顶级科学家。

辛瑞民致欢迎词，赵丰年做了公司发展情况汇报，何军市长亲自到会讲话。他说："实践证明，龙山河智慧农业开发的路子是对的，不仅改善了环境，培养了人才，连年丰收的粮食给全市经济起到压舱石的作用，最重要的是让城乡一体化得到了发展和检验，农民成了有体面的职业，吸引大批城里人来打工、就业，充分体现新时代农民敢想敢干，敢为天下先的胸襟和气魄……"

仪式结束后，全体与会人员参观农业开发示范区。他们登上观景台，任政指着正在收获的丰收景象讲解说:"我们山河镇又划拨十万亩土地归龙山河智慧农业公司开发。"赵丰年介绍说:"我们全部实现无人机械操作,十万亩土地从播种到收割,只有不到一百个人管理。"众人都啧啧称奇,纷纷掏出手机或照相机拍照。

赵丰年接着介绍:"这片农田不施化肥、不打农药,将秸秆粉碎成糠用犁深埋地下,灌上水发酵、氧化,用不了五年就会变成跟东北一样的黑土地。"观众纷纷鼓掌,他接着说:"所产出的粮食都是绿色、有机粮食,我们全部上缴国家,惠及大众百姓。"众人一片欢呼,热烈鼓掌。

在一片被遮阳板盖住的现代化厂房,当众人进入里面,忽然头顶露出光芒,大家都纷纷抬头仰望,飘着云朵的湛蓝的天空出现在眼前,接着有人发出惊叫声,原来他们置身魔幻般的世界中,无土栽培的蔬菜、瓜果成排成行生长在容器里,有些垂到地面的藤蔓,挂满鲜亮的果实。

公司总经理张玉振介绍说:"整个温室,全部通过计算机操作,包括温度的调节,蔬菜、瓜果的生长等。"他捧着一盆菠菜说:"这盆菠菜,可以拿到饭店里直接给顾客食用,无毒无污染,非常干净。"接着他抱着长满白里透红的桃子盆栽说:"这是我们通过嫁接、培育的景观实用水果,如果老人过生日,拿着一盆桃子去祝寿,既喜庆又实用。"

有观众提出疑问:"是啊,看着高科技,我们都眼花缭乱,我关心的是,这些开发的新产品跟老百姓日常生活有联系吗?或者说,走到老百姓的生活当中了吗?"

张玉振说:"目前,我们已经在城里几家大酒店、大超市进行了实验,顾客反映非常好,下一步我们将在全市推广,还要到北京、上海等大城市推广,相信不远的将来就会走到寻常百姓家。"观众又是一片鼓掌。

接下来,众人参观了养殖示范区、湿地公园、民俗表演等景区。所到之处,大家无不被现代高效、高产、高新农业所折服。有人感叹说:"从这里看,农民真的成了一种体面的职业了。而且,城里一刻也离不了农村,农村也一刻离不开城里,这是鱼水关系,谁也离不开谁。"

随着集团公司不断做大,效益成倍增长,龙山村和龙河村的大多数村民都住进了宽敞明亮的三层楼房。然而,龙山村两委班子还在二十世纪留下的简陋

办公室办公。赵丰年与张玉振坐在排椅上商量事情,茶几上摆放着两瓶龙山泉水。李昭村和林芷芗进来,他们来汇报魏家楼子康养中心的建设情况。赵丰年说:"魏家楼子是三期开发项目,只要具备了条件,你们大胆干就行了。"接着,李昭村汇报了筹备情况及发展规划,说:"这个项目完全按照初始的设定,不拆旧不新建,保持古村风貌。"

赵丰年频频点头说:"好呀,现在各项工作如千帆竞发,势不可挡。"他指着张玉振说:"振兴合作社现在也成立公司了,不仅仅局限于收购农副产品,还研发了无土栽培技术,蔬菜、水果等高新优质产品通过张明明的电商平台销售全国乃至世界。"李昭村插话说:"是啊,现在咱们是成功了,想起当年振兴合作社筹建可不容易啊,我是知道的。"他的话一下子勾起了大家的辛酸往事,张玉振忽然抱住了赵丰年,忍不住流着泪说:"赵大哥,老战友,谢谢你,要不是你,我……"他哽咽着说不下去了。

张玉振这么动情,让林芷芗憋不住了,眼泪唰地流了下来。赵丰年见此情景,心中虽然感慨万分,但也不能失态啊,他笑着说:"你们这是咋了?玉振,你干吗呀,一个大男人,还是当过兵的人呀,怎么说流泪就流泪啦?"

林芷芗擦着眼泪破涕为笑:"男儿有泪不轻弹,只是未到动情处。唉,我真是……"她说不下去了,转过头去直掉泪,她真想上去拥抱赵丰年,对他说声谢谢。

李昭村觉得是自己的一句话惹得大家心潮起伏,忙道歉说:"看看,我这么一句并不煽情的话,竟然引起玉振和芷芗巨浪滔天的情绪波动。好了,咱们说点高兴的,要是芝秋嫂在就热闹了。"

赵丰年忙说:"对对,大家说点高兴开心的,她现在说话文明多了,哈哈!"

李昭村接着问赵丰年和林芷芗:"哎,你们俩家什么时候办喜事呀?"赵丰年笑着不答,林芷芗看着赵丰年说:"现在的孩子管不了,他爷爷奶奶着急,天天问什么时候抱重孙子,可是他们说不急不急。"

张玉振笑着问赵丰年:"孩子们是不是等着你们呀。"

林芷芗听了心里咯咯噔噔的,明知道自己与赵丰年永远回不去了,但还是伤感不已,眼瞅着他言不由衷地说:"是呀,你跟雯雯嫂也该破镜重圆了。"

第六十五章

赵丰年顿时脸羞红了，刚要说话，忽然李梦好来了电话，他故意大声问："你好，李总，有事？"

"你一个人在办公室？"手机里传来李梦好的声音。大家的脸一齐朝向了赵丰年。他故作镇静扫视了大家，忙说："啊，不是，都在，你有事就……"赵丰年说着走了出去，好长时间才回到办公室。为防止大家猜疑，他主动解释道："梦好在上海设立了办事处，现在手续全部办好了，邀请我去主持挂牌仪式……这个丫头不简单，一个人独闯上海滩。"说着转向李昭村："到时候，我要是脱不开身，你去吧。"

林芷苈似乎猜到了李梦好给赵丰年打电话的内容，忙说："龙山泉水是赵书记的理想，现在成功了，梦好肯定希望赵书记亲自去感受一下胜利的喜悦。"

李昭村接上半开玩笑说："是是，这是咱公司进军大城市第一炮，赵书记是炮兵出身，出名的'赵大炮'，还得你亲自去压阵。"大家都哈哈笑了。

赵丰年看了林芷苈一眼："到时候再定吧。"

正说着，张兴海进来了，他现在调到龙河村担任党支部书记。赵丰年朝他招手："你来得正好，我正酝酿一个计划，跟你们商量商量。"接着，他说："昨天，我看了市里下发的一份文件，要对城西污染大户造纸厂和水泥厂进行整体搬迁和改造。我想，现在城市垃圾堆积如山，农村秸秆随处可见，还有养殖场的粪便处理等问题，我们可不可以利用这个机会，在城西建设大型生物质天然气项目，一来可以解决城市的垃圾处理难问题，二来可以给城里输送清洁能源，三可以实现公司向新领域迈进。"

张玉振说："我看可以，毕竟石油、天然气早晚会有枯竭的那一天，而且生物质天然气工序已经成熟，我们开发越早越有利。"

林芷苈和张兴海也表示同意。赵丰年说："这个计划还得等瑞民书记开会回来上会研究，一旦通过，我们马上立项开发。"

不久，辛瑞民开完会回到公司，赵丰年立即召开会议进行专题研究，最后众人一致通过开发生物质天然气项目。

这天，市政府召开污染企业搬迁和改造专题会议，赵丰年被邀请参加会议。他提着包刚出停车场，正巧遇到也来开会的徐雯雯。两个人一前一后始终保持一段距离，他忍不住道："雯雯，你走那么快干吗？你不回头看看我是谁？"

徐雯雯没有回头，也没有停步，含笑着说："你当年那句话怎么说来？我回头，你还……"赵丰年霎时明白了，心头仿佛被人一击，动情地跑了几步才与她并肩，伸出手向前一指，半说半唱："妹妹你大胆地往前走啊，往前走，莫回呀头！"

"哼！"徐雯雯趁周围的人没有注意他们，猛地转身在赵丰年的胳膊上狠狠地扭了一把。赵丰年猝不及防，看着后面的人跟了上来，没敢吱声，忍着痛咧着嘴与她并肩走进市政府大门。

2022 年 5 月 26 日第三稿完成